青丬江儿女

许祚禄 著

——长篇小说——

中国出版集团 现代出版社

图书在版编目（CIP）数据

青弋江儿女/许祚禄著. --北京：现代出版社，2018.3 （2023.7重印）
ISBN 978-7-5143-6874-1

Ⅰ. ①青… Ⅱ. ①许… Ⅲ. ①长篇小说－中国－当代
Ⅳ. ①I247.5

中国版本图书馆CIP数据核字（2018）第033825号

青弋江儿女

作　　者	许祚禄	
责任编辑	杨学庆	
出版发行	现代出版社	
地　　址	北京市安定门外安华里504号	
邮政编码	100011	
电　　话	010-64267325　　010-64245264（兼传真）	
网　　址	www.1980xd.com	
电子邮箱	xiandai@vip.sina.com	
印　　刷	成都市兴雅致印务有限责任公司	
开　　本	710mm×1000mm　　1/16	
印　　张	23	
字　　数	370千	
版　　次	2018年3月第1版　　2023年7月第3次印刷	
书　　号	ISBN 978-7-5143-6874-1	
定　　价	69.80元	

小说是治愈民族心灵创伤的良药

献给

我长眠于地下的母亲

献给

青弋江两岸的父老乡亲

献给

为新中国建设做出贡献的人们

序

◎ 许　辉

　　青弋江是安徽江南地区一条重要的河流，也是长江的一条重要支流。千万年来，她静静地从风景秀丽的黄山流来，融汇到浩浩荡荡的长江之中。她一路走来，孕育出皖南山区和江南大地的无限风光和一片柔情。她也如一个温情的母亲，默默地哺育着两岸生生不息的人民。

　　青弋江两岸的人民也始终以自己的杰出表现来回报着她的培育，报答着她的恩情，不断地涌现出许多杰出的优秀人才。他们也如青弋江的清流，汇入了中华民族的河流之中，为中华民族的发展不停地注入新的血液，做出了突出的贡献。

　　读完在青弋江边成长起来的优秀作家许祚禄的最新长篇小说《青弋江儿女》，我心里始终充满着一种荡气回肠的英雄豪气。在深感震动和惊喜之时，我仿佛又看到了在不同的时代、不同的环境下，一批批优秀的青弋江儿女，如奔流不息的青弋江之水，源源不断地汇入保卫祖国、建设祖国的滚滚洪流之中的壮丽场面，令我联想不断，感慨万千。

　　这是一部史诗般的长篇小说，以宏大的叙事、感人的故事、生动的人物，全景式的描绘了青弋江两岸的人民，从抗日战争以来，为了保卫家乡、保卫祖国、建设新中国、投身改革浪潮，在不同的历史时期，所做出的巨大牺牲和突出贡献，热情讴歌了青弋江人民在各条战线上不断涌现出的各种英雄和模范人物，颂扬了青弋江儿女勇于牺牲、勇于奉献、吃苦耐劳、开拓进取的精神。小说人物众多，人物塑造生动、形象、有血有肉。故事情节跌宕起伏、扣人心弦，很有吸引力，具有鲜明的时代特征。

小说以男女主人公陶水生和柳金梅几十年曲折的感情故事和生活磨难为主线展开，并以这条主线引申到陶家和柳家两个家族，再从这两个家族发展到以陶村和柳树湾为代表的整个青弋江两岸，半个多世纪以来社会历史的发展变迁。特别是中华人民共和国成立后，在各行各业的建设中，所不断取得的巨大成就。

　　小说中陶水生和柳金梅这两个男女主人公正直善良、宽厚仁慈、勤劳勇敢、忍辱负重、富有同情心，极富正能量。而且他们还能始终以国家民族的大义为重，勇于牺牲、敢于奉献、忘我无私、任劳任怨。他们是青弋江培育出的优秀儿女，也是优秀中华儿女的代表。他们身上所体现出的优秀品格，正是中华民族优秀文化和精神的具体体现。他们的一生以广阔的胸怀和博大的深情，就像奔流不息的青弋江和她两岸广阔的大地，包容了生活中给他们带来的许多波折和磨难，这也正是我们中华民族生生不息，砥砺奋进，不断取得伟大胜利的精神动力。正是由于我们的国家和民族拥有许多像陶水生和柳金梅这样的优秀儿女，他们传承着中华民族的优秀传统和文化，不断总结经验教训，不顾个人利益，前赴后继，源源不断地为我们的国家注入了强大的发展动力。才能使我们的国家在经过一百多年的磨难，在一穷二白的基础上，奋发图强，经过中华人民共和国短短几十年的建设，就已经发展成为举足轻重的世界强国，进入了全面实现中华民族伟大复兴的新时代。这正是这部小说所着力表达的主题。

　　从"小说是治愈民族心灵创伤的良药"这句很有深意的话中，可以看出许祚禄一直就是个很有创作思想和强烈历史责任感的作家。他以高瞻远瞩的目光，站在历史的高度，俯视着中国半个多世纪以来的风云变幻。他是想用小说去反映中国人民艰苦奋斗、不断走向辉煌的精神源泉，努力寻找和塑造我们民族的精神家园。这种不同凡响的高邃深刻的立意，就使这部小说拥有了一种特别厚重的历史沉淀和震撼人心的力量。更难能可贵的是，他没有回避我们在发展过程中遇到过的一些挫折和问题，且都做了非常深刻的思考和具体反应，这是这部小说的又一个巨大成就和收获。是的，我们中华民族五千年辉煌的发展史，就是一部在苦难和曲折中不断探索奋进的历史。就是在中国历史上最好的新中国建设时期，我们也不可能一帆风顺，也会遇到许多意想不到的问题和困难。我们中国人民正是以伟大的民族精神和民族创造力，以敢为天下先，摸着石头过河的创新精神，不断开拓进取，勇往直前，并且不断总结发展过程中出现的经验教训，才能取得现在这样举世瞩目的巨大成就，创造出一个个中国奇迹，巍然屹立在世界东方。

许祚禄是我省近年来冒出来的很有实力、成果突出的作家。二十多年前，他怀揣着文学的梦想，不得不下海经商，自谋生路。他去上海打工，睡在马路边，给浦东工地送砂石。但他始终无法忘记养育他的青弋江和它两岸的父老乡亲。他放弃了在上海发展的机会，又毅然回到了青弋江边参加家乡的建设，从一般的企业管理者，发展到私营企业家。2014年，各种因素又促使他重回文学的殿堂，给我们带来了一个接一个的惊喜，炸响了一个又一个的惊雷，取得了十分突出的文学成就。在短短的几年时间里，他已经发表了十几部中长篇小说，获得了省内外广泛的好评和重视。《青弋江儿女》是他继《沉默的群山》《子孙满堂》《小县城》《在迷茫中追寻》之后出版的第五部长篇小说，也是他文学创作中的又一次突破和丰收。

许祚禄说，《青弋江儿女》是送给养育他的青弋江和它两岸的父老乡亲的一份准备了几十年的厚礼，是他对故土的回报，是一份乡愁的守望。我觉得这份礼物足够厚重、深情，具有很高的社会文化价值和艺术魅力。

（许辉，著名作家，中国作协全委会委员，安徽省文联副主席，安徽省作家协会主席，国文社文学顾问，曾任茅盾文学奖评委。）

一

　　凌晨的大地还冰冻在一片无垠的冰雪中，刚刚发亮的天空中又飘起了鹅毛般的大雪，到处都是白茫茫的一片，正是漫漫长夜结束前最寒冷的时刻。

　　江南的冬天很少能遇到这么冷的天气。青弋江的河谷和堤岸，以及两边无边无际的田野都被厚厚的冰雪覆盖着，大地仿佛都连成了白皑皑的一片。只有河流中间的没有封冻的河水，还在急速地流淌着。两边沙滩上那无数的柳树的树干和树枝，都被冰雪包裹着，一排排矗立在雪地上，就像是晶莹透底的玉树琼花。这完全是一个冰清玉洁的世界。

　　在青弋江中游一个古老的清凉渡口。摆渡的曹老头，披着厚厚的棉大衣，似睡非睡地靠在渡船上，已经熬过了一个漫长寒冷的冬夜，脚下的那个小火炉里的木炭早已烧完了。

　　这是个已经有一千多年历史的老渡口了。历史上这里到长江沿岸都是低洼的沼泽地带，沟河湖泊众多。从有人开始居住时，先辈们开始筑坝建圩，从小圩口逐步连片成为大圩口。从那时起，也就有了这个清凉渡口。它不只是对岸这两个圩口的渡口，还有在河西陶辛圩后边的好几个圩口的几万人，要过青弋江到河东的十三连圩去，都要从这个渡口经过。

曹老头已经这样在这个渡口守候了一辈子，从没有想到离开过。因为他知道这里是上下十几里最重要的一个渡口，连接着青弋江两岸的十几万人口，一夜到天亮随时都有人要过河。虽然枯水的冬季河面已经很小，有时他把渡船横隔在河面，就能把两边连接起来。可是这青弋江的水势变幻不定，随时就可能把渡船冲走。所以，不管天气有多么冷，他从来都不敢离开。

曹老头靠在船上，一边等待着天亮，等待着太阳出来，一边在无聊地回想着这夜从船上走过的人。由于在这里守了一辈子的渡口，经常来往的人，他基本都是有些面熟，特别是夜里经过的人。这一夜大雪封路，几乎没有人过河。特别是日本鬼子来了后，虽然他们住在很远的据点里，但是人人都在躲鬼怪一样地躲着他们，已经很少有人敢出来走夜路了。就是这样，他仍然在坚守职责，没有离开过半步。因为他知道，不管天气多么冷，鬼子多么可怕，这条路是不能断的。它连接着两岸十几万人的烟火，只要有一个人过河，他都要坚守。

曹老头想来想去，这一夜只从这里过去了两个人。他们都是陶辛圩陶村的，是为他们村的陶寡妇到柳树湾去买一个童养媳。

天亮时分，一阵阵男孩儿凄凉的哭叫声把他从半睡半醒中惊醒。他首先担心地张望着想到，是不是日本鬼子又出来了？这两年日本鬼子已经没有刚来时的气势了，他们早已经像是秋后的蚂蚱了。许多躲在外面的人又都偷偷地回来了，而且共产党游击队已经活动得很厉害。特别是到了晚上，那些日本鬼子都是躲在据点里不敢出来的。

曹老头很快就看见从河东的沙滩上走过来几个人。有两个小孩跟在他们的后面一边跑着，一边凄惨地哭叫着："我们要金梅姐姐，我们要金梅姐姐。"

曹老头刚才悬着的心终于落到了肚子里。果然不是日本鬼子下来了。

等他们到了河边，曹老头才看清了来人正是夜里过去的那两个陶村人，和来自不远处柳树湾的柳四宝和他的大女儿金梅。

柳四宝要趁今天的这个好日子，将自己的大女儿金梅卖到陶辛圩陶村的陶寡妇家去做童养媳。他们就要在这个渡口处交接了。跟在他们后面追着哭叫着的是他的两个才十多岁的儿子金水和银水。两个小家伙不时地在雪地上栽着跟头，早已经滚成了两个小雪人。他们仍在跌跌撞撞地可怜巴巴地跟在后面跑着哭着。在这寒冷的晨风里，他们那孩童的嘶哑的哭喊声，更使人感

到一种特别锥心的酸痛。

曹老头听着这男孩儿的哭声，内心就不由得感到一阵阵哀叹，但他只能在心里稍稍同情了一下子。等陶村人带着金梅上了船，立即就把船从岸边撑开。因为他一年到头，在这里遇到这样卖儿卖女，骨肉分离的场面实在是太多了，早已经习以为常了。但他还是不由得在心里狠狠地骂道：柳四宝，你真是作孽啊。再怎么困难，也不能把这么大的女儿卖给陶寡妇家呀。那个小结巴，以后怎么跟她相配呀？

柳四宝是河东不远处柳树湾最有名的困难户。这些年家运一直没有好转，但他老婆的肚皮却很管用，在这样的穷苦战乱之年，却接连给他家生了一大串的孩子，而且还接连生了两胎龙凤胎。他把生下的几个女孩儿，都先后卖给了人家。其实他也是不想卖，都是养了几年，后来实在养不活了，才卖掉的。每一次卖女儿时，他这个堂堂的男子汉，都会伤心地痛哭好多天。让所有听到他那浑厚悲惨痛哭声的人们，都会同时感到内心的一种凄凉。

这个金梅是他最大的女儿。他一直心痛舍不得卖，才养到了十五岁，早已经是个大姑娘了。而且金梅从小就是最听话、最孝顺，知道爱护家照顾人。几岁的时候就能帮家里干活，就会自己起早摸晚捡柴拾粪，还特别会照顾只比她小了两岁和三岁的弟弟金水和银水。就是带他们到河边摸螺蛳河蚌，都是自己往深水里去探路，不给他们一点危险，在家里她早就像是个小大人似的。金水银水也是从小离不开她，一天到晚都是不停地跟着她叫着"金梅姐姐、金梅姐姐"，和她形影不离。他们也是从小最听金梅的话，她给他们使一个眼神，他们都知道该去干什么了。金梅年纪虽小，却早已经是他家里的主心骨了。

如果不是看中了陶寡妇家的那份还不错的家业，柳四宝是绝不会把这么大的女儿金梅卖去做童养媳。他已经不知拒绝了多少人家的上门求亲。他一直就想着能把这个最大的最心疼的女儿养大了，将来风风光光地找一个上门女婿。

当陶寡妇派人找上门来，说这全是天意。她找了几个算命先生算了，都说金梅天生就是她陶家的人，女大三抱金砖呀。不然，哪有这么合的生辰八字呀。

柳四宝接到陶家送来的双方的生辰八字和礼金，整整一夜没有合眼。他不是相信算命先生的话，他也不知道那个比金梅还小三岁的陶家小子陶庆生是个啥妖怪，他只是看中了陶家的那份家业。虽然陶家也是家门不幸，突遭横祸，已经衰落了，但他们家过去毕竟还是陶村的头号大户。他这样决定，其实就是要为金梅能找到一个好人家。这个丫头，落到这个家，从小已经吃过不少苦了。自己不能再耽搁她的前程了，自己再舍不得，过几年，也是人家人啊。

柳四宝决定后，却一直不敢告诉她，他怕自己看到她哭，就会下不了决心。他望着熟睡中的金梅和金水银水，独自流了一夜的泪。直到陶家来接人的人快到家门口了，他才最后痛下了决心。

当他去叫醒金梅，告知她时，金梅首先哭了。但她是个极其孝顺的姑娘，从小对于父亲的话从来不敢回一个不字。她只是自己咬着牙，不停地痛苦地哭着，直到哭红了眼，也只说了一句话："以后谁来照顾金水和银水两个弟弟？"

柳四宝也只是一直低下头，不敢抬头看她，最后小声地说："你安心地走吧，先不要告诉他们。他们已经长大了，他们已经能自己照顾自己了。"

金梅又哭道："他们就是喜欢到河边玩水，我每次都是提心吊胆的。我能不能把两个弟弟带去，再照顾他们几年？"

柳四宝连忙摇头说："那怎么行呢，你不要再管家里的事了，你是去做童养媳的。你要去照顾别人了。"

十五岁的金梅现在已经是个大姑娘了。她知道父亲都已决定，就不敢再说话。因为父亲的话对于她都是不可置疑的。她只能把对于两个弟弟的挂念深藏在心里了。只是当她父亲带她悄悄离开时，她忍不住又要去看一眼金水和银水，不想又惊动了他俩。他俩睁开眼，看不到他们的金梅姐姐了，就一路哭喊着追了过来。

柳四宝把金梅和来接她的人，都送到了渡船上，含着泪朝他们挥挥手说："你们快走吧，不要管他们。我带他们回去。"

金水和银水追到河边时，曹老头已经把船撑到河中间。他们仍在不停地哭叫着："不准带走金梅姐姐，不准带走金梅姐姐。"

金梅站在船头，也控制不住地哭喊道："金水、银水，你们不要再叫了，跟爸爸回家去吧，以后一定要听爸爸的话呀，我会常回来看你们的。"

柳四宝一手抓住一个，硬要带他们回去，没想到他们一个比一个凶狠。他们一起和柳四宝打闹起来，一边大声哭叫着："我们不跟你回家，我们要跟金梅姐姐回家。我们不准把金梅姐姐送人。"

金水和银水挣脱不开，就一起发狠似的咬着柳四宝的手。痛得柳四宝只能松手了。

两个小孩立即就像脱缰的野马，不顾一切地跑到河边，直接扑到冰冷的河水里，冲着渡船就游了过来，一边不停地哭叫着："金梅姐姐，我们不要你走，我们要你回家。"

在他们入水的一刹那，金梅也从船头跳入了水中，直冲到他们身边，一把抓住他们，把他们一起带回到岸边。他们三人顾不得河水的寒冷，又是一起抱头痛哭。

所有的人都被他们的行动惊呆了，也被他们的这份真情感动了，一时不知怎么去把他们姐弟分开。只有曹老头在船上急得大叫着："快送他们回家换衣服呀，他们几个身上都在结冰了。多冷的天啊！真是滴水成冰呀。这几个孩子都不要命了，还不冻出病来。"

曹老头虽在这个渡口过了一辈子了，见惯了各种婚嫁迎娶和生死离别，也见过无数次这样的亲人分离的伤心场景。但他还是从来没有看到这样不要命的小孩，直接往冰冷的河水里扑去的情景，这使他的心里也不由得颤抖了起来。这也使他不由得想起这个大姑娘将被卖去的那个陶寡妇家。想起几年前，陶寡妇带着她的儿子陶庆生和他们家小长工陶水生一起被陶家赶走时的凄惨情景。

那也是个寒冬腊月的早晨，也是在这个渡口。

那时的陶寡妇还不是个寡妇。她还是陶辛圩陶村最富有最有名望的头面人家陶老爷的大太太。陶老爷一共娶了五房姨太太。陶寡妇是头房，其中有三房姨太太都是进门不到两年都被陶寡妇逼得一个上吊死了，一个跳水沟里淹死了，一个吃毒药死了。最后一个姨太太也被逼得要寻死觅活的时候，陶老爷终于忍无可忍地发怒了。他发狠地把陶寡妇和她的从小结巴的儿子陶庆生一起赶出了家门。跟他们一起被赶出陶家的，还有他们家的小长工陶水生。

陶水生一家几代都是陶家的长工。从小就是出生在陶家，是和陶庆生一起长大的，情同亲兄弟。他爹看到陶庆生虽然是个结巴，从小不受陶老爷喜欢。但他毕竟是陶老爷的长子，身上流着陶家高贵的血统，也就让陶水生陪着他们孤儿寡母，一起被赶到外地去了。却不想从此救了陶寡妇和她的结巴儿子陶庆生，也同时救了自己的儿子陶水生。

那天，陶寡妇带着陶庆生和陶水生两个孩子，被送到渡口时，哭天号地，满地打滚，死活也不肯上渡船，引来了无数过渡的人们一起围来看热闹。

陶寡妇早已在地上滚得披头散发，一身泥土，喉咙已经有些嘶哑了。但她仍是怨气难消，坐在地上，一边拍打着屁股，一边指天大骂："天上的各路菩萨各路神仙啊！你们睁开眼看看呀。他们陶家进了活妖精了啊！他们陶家人都被鬼蒙了狗眼啊！要赶我们出陶家。老娘是明媒正娶的陶家大奶奶呀！他们这是以下欺上，天理不容啊！他们还要赶我儿子庆生出陶家，这是造孽啊！陶庆生是陶家的长子啊，是陶家传宗接代的根啊！天上的雷公电婆，你们快来主持公道呀！快来打雷，炸死陶家的妖精。把他们那一家老老少少大大小小的妖魔鬼怪一起给我劈死呀！"

陶寡妇一直在渡口边哭闹边诅咒了半天，直到闹到筋疲力尽，才被陶家几个狠心的叔伯侄子们强行拖上渡船，强行送到很远的地方去了。

陶寡妇一路被强行赶走，一路的恶毒的咒骂声就没有停止过。

都说最毒不过妇人心，怨妇的毒咒是最灵的。果然不到一年，日本鬼子来了。陶老爷带着一家人逃跑，跑得慢了。全家一船人十几口，全被日本人的一颗炮弹炸死了。

于是，青弋江两岸到处在传，陶老爷的一家人都是被陶寡妇咒死的。特别是后来，陶寡妇又投靠了日本人，给日本人带路，给日本人烧饭，还请日本人去陶家房子住。她还利用日本人的势力，把那时赶她出门的陶家叔伯侄子们一个个整得灰脸土面大气不敢出一声。他们个个都在背后骂寡妇不是人，是毒心巫婆，是千年祸害，是活妖精，是真扫把星。现在许多人更是谈之色变，见到她都要远远地避开绕行，生怕惹祸上身。

曹老头眼看着柳四宝一家人的这种难舍难分的凄惨样，心里又不免感到一丝惋惜和怜悯：你这个柳四宝呀，家里再难，也不能把这么好的闺女卖给陶寡妇家做童养媳呀，那就是把闺女往虎口里往火坑里送啊！

二

金梅被人带着翻过圩堤进入陶辛圩，再乘小船划行近一个时辰，就到了

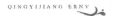

陶辛圩最著名的古村落陶村。陶村所有的房子几乎都是建在水沟旁，每家的门口都有一条石板路通到水沟边，在沟边又搭起了木制的或竹制的跳板给人洗衣淘米。

金梅坐着小船一路过来，沿途都能看到有无数的女人在挥舞着木棒槌捶打衣服。她们的说话声和捶打衣服发出的一阵阵噼噼啪啪声此起彼伏。她们不时地停下来，看着载着金梅他们的小船从眼前划过，一边用手中的木棒槌指画着，一边大声相传着："这是陶寡妇家买的童养媳，她家终于买到童养媳了。"

"这是哪家的姑娘呀？这么大了，怎么还卖给陶寡妇家做童养媳呀？这姑娘要吃大苦，受大罪了，这辈子算倒霉，倒到苦海里了，没有出头日子了。"

"方圆百里谁还不知道陶寡妇的厉害？她找了多少人家，都没有人家同意。这是谁家一定是没米下锅，急得卖女儿了。这就是把女儿往火坑里送啊！哪个做父母的，怎么这么狠心，给她找了这么个恶婆婆。"

金梅坐在小船上，一点也听不到那些女人们在说什么。从小在青弋江边长大的她，还是第一次到陶辛圩里坐小船，也是第一次看到有这么多人家都是住在水沟边。这窄窄的细长的水沟，弯弯曲曲，和数不清的水沟相连，四通八达，都是永远看不到尽头，能把多少人家连在一起啊。这时，她心里首先想到的还是两个弟弟金水和银水。如果自己家里也在这个地方该多好啊，她心里就不怕他们到大河里去玩水了。这狭窄的小沟，他们一个猛子要扎几个来回。

这个陶辛圩里的人，据说都是陶渊明的后代。他们的祖先原是北宋年间，陶渊明的后裔——人称"活鲁班"的陶木匠。陶木匠精通五行八卦阵，秉承先志"不以躬耕为耻，不以无财为病"，从"采菊东篱下，悠然见南山"的江西山区，举家迁居到这片水泽丰饶的江南宝地。

陶木匠不但有一手好木匠活，还深懂天文地理。他来到陶辛圩这里安家落户，看到这里水系发达，渠渠相同，沟沟相连。特别是圩中间葫芦岛那里，更是无边无际的芦苇荡，遮天蔽日。水道密如蜘蛛网，就又以那里为中心设计改造，形成了后来的通向四面八方的陶辛圩独特的水网系统。外人一旦驾船进入这个水网，就会像进入迷宫，常常会迷失方向。而且他还在坝外建有很长的缓坡，堤上种上杨柳，堤下种芦苇，起着加固堤防的作用。所以，千百年来，不管青弋江发生过多少次多么大的洪水，它从来没有漫破过。这个在青弋江边不大的，只有几万亩良田的陶辛圩，却从此成为青弋江两岸最著名的铁圩，成为人人称赞的榜样。

陶村就处于陶辛圩的正中央，离那片神秘的葫芦岛也不远。它是陶辛圩最大的一个村子，也是各条水网的交汇处，从这里出发，顺着水路可以到达陶辛圩的每一个角落。

陶寡妇家有着一座陶村最宏伟最高大的正八间，这也是陶村最富有的象征，还是从祖上相传下来的。她的丈夫陶老爷的祖上几代，原本就是陶村最有名望的人。

陶老爷把陶寡妇母子赶出陶辛圩不到一年，日本鬼子就打过来了。陶老爷没有见过日本人。他还不知道日本人的厉害。别人都逃跑避战走了，就是他还是稳坐钓鱼台，迟迟不愿动身。他一是舍不得离开这个祖传的正八间，这里还从来没有被外人占据过；二是还迷信着老祖宗留下的水网。他想：就是你小日本真的来了，我带你到陶辛圩里面的葫芦岛那里一转，还能被你抓住了？

直到日本人真的进村了，看到四处冒起了浓烟，他才慌忙带着全家人上船逃难。日本人也划着小船跟在他们后面追，一直追进了陶辛圩里面葫芦岛的那片芦苇荡。在那片密集的水道里面，日本人就好像进了迷宫一样，追了好长时间，就是追不上，被他们转悠了半天，就是看不到他们的人影。于是，日本人就气急败坏地架起小钢炮，朝他们逃跑的方向一阵乱轰。

陶老爷正在心中得意：你小日本再厉害，还能在我们老祖宗的水网迷道里追到我？你们这辈子不行，下辈子也不行！

陶老爷没想到，他的船划得再快，也快不过炮弹。一发炮弹呼啸着从天而降，就把他们一家十几口连同小船一下炸了个粉碎。

陶老爷一死，他的那些同门兄弟们和叔侄们就趁机把他家的田产房产和祖传的正八间一起瓜分了，还因分配不公，相互之间大打出手。

陶寡妇得到消息，不管日本人还没走，就一个人跑回了陶村。她到处宣扬说："他们这一家都是被那个小妖精害死的。这就是报应啊！所有跟老娘过不去的人，都该死。陶家的房产田产和祖传的正八间，都是我儿子庆生的。你们怎么吃进去的，就怎么给老娘吐出来。"

陶寡妇那时不得陶老爷的喜，一个重要原因就是她生的儿子陶庆生，小

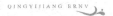

时得了脑膜炎，会说话时就不利索了，越急越说不出话来。陶老爷一个接一个地娶姨太太，就是想多生几个儿子。他没想到最后一家都被日本人一炮炸完了。

陶寡妇心里是真的感激日本人。因为不是日本人来了，这个家已经不属于她了。日本人来后，一直占着陶家的正八间做据点。陶寡妇无依无靠一个人，她只能投靠了日本人。她知道日本人早晚会走，她真正的敌人还是那些陶家同门叔伯侄子们。她也从不说日本人的坏话，还一天到晚地帮日本人干活，说是日本人救了她和陶家。她还带着日本人去捕鱼。这陶辛圩最盛产的就是各种鲜美肥胖的大鱼。她每天都能帮日本人烧出一大锅鲜鱼，好吃好喝地伺候着。每天把日本人吃得高兴，个个朝她竖起大拇指称赞她。

陶寡妇也仗着日本人的势力，大大地出了心里的一口恶气，也趁机把那些陶老爷死后，被陶家同门叔伯侄子们占去的土地房产全都要了回来，更是借机把他们一个个收拾得服服帖帖，再也不敢在她面前大声说话了。他们虽然心里都憋足了气，又只能是敢怒不敢言，只能让他们的婆娘们到处散布她的坏话，使得她臭名远扬。所有人都在说她是陶家门风不兴，招回来的扫把星、恶婆娘；还是个投靠日本人的女汉奸，丢光了陶氏一族的脸。

陶寡妇也知道靠着日本人的势力不能长久。而且日本人已经从她家搬走很久了，自己孤儿寡母的，早晚还会被那些陶家同门叔伯和侄子们算计。她和他们都已成为死敌了。他们绝不会死心，他们惦记的都是陶家的那份家产，而这些东西都是陶家老祖宗留给她儿子陶庆生的。她必须帮他保住这些家产。陶庆生又不争气，见人就说不出话来，早晚还要被他们欺负。于是，她日思夜想，找过许多瞎子算命，才决定给他找个大一些的童养媳。将来既能伺候他，又能帮他守住这份家产。而且，自己还要尽快把她培养成一个厉害角色，才能去对付那些如狼似虎的陶家同门叔伯和侄子们。

陶寡妇很快就打听到了柳树湾柳四宝家的金梅来。这个丫头虽然大了点，但是从小就特别会关心照顾人，还特别孝顺。方圆十几里，提起她个个翘手称赞，从没有人说过她一句坏话。这个正好适合了她的心意。于是她就不惜出了当地十倍的价格硬把她买了回来做童养媳。

三

陶家的正八间就坐落在长水沟的岸边，明显地比旁边的房子又高又大，气势不凡。就是他家门前的水跳板都要比别人家的结实气派，一条很宽的石级直通到水沟里去。门前还有一块很大的用青石铺成的晒场，都是用青砖围墙围住了，和四周分开，成了一个独立的院子。

陶家现在唯一的长工陶水生，一直举着一个挂着鞭炮的大竹篙，站在水木跳板上朝前张望着。他还是一个只有十六七岁的孩子，脸上还洋溢着一种没有完全褪去的孩童的幼稚，身材却也高大得像一个小伙子了。虽然还有些清瘦，却很结实，处处透露出一种精明能干的气息。站在他身旁的陶庆生明显比他矮小瘦弱许多，还像个没有长大的孩子。

他有点焦急地不时地问着："水、水生哥，船、船，来、来了吗？快、快放爆竹。"

水生以一贯的大人的口吻回答道："你不要急，我已经看到船了，再近一点，等船靠岸了，我就点爆竹。"

庆生听了，立即双手捂住耳朵，躲在一旁。庆生从小就是这么跟着水生后面长大的，一直就是最听他的话。水生在他面前也总是显出一种超出他这个年龄的成熟和稳重，像大人一样处处关心爱护他。

水生的爷爷和父亲都是陶家忠实的老长工。他已经不知道自己的祖姓是什么了。他和他父亲都是从小随了陶姓，名字都是陶家给起的。水生的母亲也是陶家给他父亲安排的。在他出生的那天清晨，他母亲还在水边为陶家洗衣服，都没来得及回家，就把他生在了水跳板上，自己就掉到水里淹死了。

这使陶老爷心里一直过意不去，他觉得陶家欠着他们父子一条人命，就给他起了个名字陶水生，还吩咐要把他当成亲儿子养大。他父亲更是感恩戴德，忠心耿耿一辈子。在陶老爷发怒，将陶寡妇和庆生赶出去时，还是他父亲最了解陶老爷的心事，也让水生跟着庆生一起出去了。因为他父亲知道，陶老爷可以不要大老婆，绝对不会不要大儿子庆生的。陶水生也就跟着他们母子一起逃了一条命，而他父亲却因为给陶家划船，也就随着他们一家永远地去了。

陶庆生从小就是把水生当成了亲哥哥，对他的依赖性很强，而水生除了把他当成亲弟弟，还有一种上辈遗传下来的效忠的心理。水生比庆生大五

岁，他也就从小养成了把庆生当成宝宝一样照顾着的习惯，把他的命看得比自己都重要。陶老爷出事后，水生就是陶家最能干的男子汉了，他也就自觉地把陶家的所有责任，都承担在了自己的肩上。他成了陶家里里外外的一把能手，也深得陶寡妇的喜爱和信任，把他当成了家里的顶梁柱。

水生看到那条接金梅的小船快到陶家水跳板了，心情也是越来越激动。他抓住挂着鞭炮的竹篙的双手，都有些不由自主地发抖了。他终于第一次看见了金梅。她站在船头，寒风吹动着她的衣服和头发，她的脸上还挂着两行明显的泪痕；眼睛里带着一种难言的忧伤和痛苦，还有一点不安和羞涩。但这姑娘一眼看上去，就是那种人人喜爱的亲切温顺的好人，就是个非常能干、非常能吃苦的好姑娘。

水生一直悬着的一颗心终于落地了。他心里感到无比的激动和安慰，他心里也是比谁都要高兴。他感到陶家终于转运了，终于买了一个好童养媳。陶家终于又添人进口，又要兴旺发达了。

这串鞭炮还是水生提议要买的。陶寡妇开始还不同意，她说："不就是买了个童养媳嘛，还不知道到底是什么样的丫头，还放什么爆竹。"

水生劝道："陶姨，就是买个丫头，也是家里添人进口的大喜事呀。怎么能不放爆竹。"

庆生也跟着他后面叫道："我、我要放、放爆竹。我、我要放、放爆竹。"

陶寡妇听了水生的话，心里很高兴。她就是从小喜欢水生，人不大，讲话做事都是有条有理的。真是穷人的孩子早当家，懂事早啊。庆生要有他一半的精明，我也就不用为他担心了。于是，她就大声地答应道："好，水生，听你的，要放就给我买个一万响的，还有冲天炮。我就是要让他们四周的人都听到。我们陶家又要添人进口了，我们陶家彻底转运了。谁也别想再打我们陶家的主意了。"

水生看到载着金梅的小船已经到了陶家的水跳板，赶紧点着了鞭炮。一长串鞭炮立即噼里啪啦地响了起来。

庆生也在一旁欢蹦乱跳地叫起来："放、放爆竹了，放、放爆竹了。"

水生把挂着正在燃放着鞭炮的长竹篙交到庆生手里，又急着去点摆在地上的冲天炮。

陶家这边鞭炮放得热闹，却没有能吸引住四周的人家。几乎家家都是紧闭着门，充耳不闻。现在他们也都对陶寡妇家的任何事都感到了仇恨，只有几个不懂事的小孩往这边跑来看热闹。

金梅就是在那一片噼噼啪啪的爆竹声和水生放的那几声冲天炮的炸响中，走进了陶家大门。她也是第一次见到了这个大名鼎鼎的陶寡妇。

陶寡妇高坐在前客厅的太师椅上，眼里透出一种逼人的威严。她虽然穿戴有些老旧，盘着头发，手里还拿着一根很旧的拐杖，显出一副老成持重的样子。但能看出她还不老，不到四十岁的样子，脸上眼角还没有任何皱纹。在后脑上打着结的头发，也看不到一根是白色的。

金梅被带到她面前的时候，只用眼悄悄地瞥了她一眼，就双膝跪在了地上，低着头不敢抬起来。她一进门，小小的心里就已对她的眼神和气势感到害怕。

陶寡妇仔细地看了看跪在眼前的这个丫头。她明显地比同龄人要长得粗壮结实，胳膊和腿看着就是很有力气的样子。她也很懂事懂规矩，一进门就自己给她跪下了。看来中间人介绍得不错，没有说假话。

陶寡妇用威严的目光看了她很久，才严厉地教训道："金梅，听说你一大早就跳到河里去了？你是我付了钱买来的。你的命就是我们陶家的了。你进了陶家门，以后就是陶家人了，就要忘记你过去的家了。以后不要再想那个家。以后不许再做这样的傻事了。"

陶寡妇嘴上这么说，其实心里是暗暗高兴。这个小丫头真的是会照顾人啊。她只是希望她能早点把这份心用到庆生身上。而且她看上去就比同年的小姑娘懂事能干。只要自己管教得好，将来一定会更能干。

金梅低着头一直不敢说话。这时，水生给她端来三杯热茶说道："进门要先敬婆婆三杯茶。"

金梅这才直起身，端起一杯茶恭恭敬敬地说道："请婆婆喝茶。"

陶寡妇接过茶杯，一杯接一杯地喝完。她本想多请些人来，办桌酒席的，毕竟是陶家添人进口的大事呀。但想到正和那些陶家叔伯和侄儿们闹得不快活，都成死敌了，也就不想请他们了。也就减免了所有的程序。这也还有她在心里不愿一开始就把这个童养媳看得很重的意思，她知道心里越是看得重的，表面上越是要表现得不在乎。

陶寡妇放下手里的茶杯，一字一字慢吞吞地说道："从现在起，你就是陶家的人了，就要开始学陶家的规矩。以后凡事都要按规矩办。陶家的规矩

多得很，你都要慢慢跟着水生学。水生，先带她去敬祖宗吧。"

水生就又带着金梅到后堂屋去拜各位祖宗。庆生一直紧跟在水生后面看热闹。他还不清楚，这个刚进门的，比他大许多的大姐姐，就是他未来的媳妇了。

陶家的后堂屋，供着陶家列代祖宗的灵位。金梅在水生的带领下，朝一个又一个灵位跪拜进香。

金梅这才感到这个陶家确实不同凡响。这个高大宽敞的正八间，不只是陶村最大最好的房子，就是在她家所在的柳树湾，也是最高最大的房子。而且这后堂里的祖宗灵位也是她见过的最多的一家，还一年到头地供奉着。她在家里时，只有到逢年过节的时候，才会给祖宗们磕头的。这又使她对陶家增添了许多敬畏之心。她同时也感到，这么大的房子里只有他们四个人，太空荡了一些。如果能够把金水银水一起带来，该多好啊。

四

金梅还不清楚自己到陶家的未来和地位。她只觉得是自己家里困难，她父亲才会把她卖给人家。自己就是来做丫头的，自己家里拿了人家钱，自己就没有说话的权利，自己就该好好地给人家干活。对于父亲的这个决定，她没有丝毫的怨言，只能一切按照父亲的嘱咐去做，绝不能给父亲丢脸。只要自己家里好，只要能让金水银水能过上好日子，让自己来干什么都行。

金梅进门的当天就把陶家里里外外地打扫了一遍。陶寡妇看到这个小姑娘确实很勤快，啥事都不用吩咐就知道找着去做，心里暗暗高兴。但她仍是板着脸，不说一句好话，只是吹毛求疵地严厉指责她做事毛糙，连桌子都没有擦干净。金梅不敢说话，就像做错了事似的，低着头又去小心翼翼地擦桌子。接着又跪在后堂屋把各个祖宗牌位仔细擦了一遍。

她就这样干了一天的活，也没听到陶寡妇说一声好，也没看到她脸上露出一点儿笑容。她晚上一个人睡在床上，还是惶恐不安地久久不敢入睡，生怕哪里做错了。她这才感到了一种特别的孤单，她开始想家了。这还是她第一次离开自己的家。自己的家虽然很破，可是有自己的父亲和两个弟弟。总会使她感到那才是自己的家，总会使她感到一种家的温暖。可是这里的房子虽大虽漂亮，只是给她一种不安和冷漠，一种恐惧和空荡。特别是陶寡妇那张总是冷漠严峻的脸，使她心底里感到了一些可怕。还有那个像跟屁虫一样跟在水生后面的小结巴，怎么看都是很可恶的样子。整个家里只有水生还是不错的，比自己大不了多少，却懂那么多事，陶家里里外外的事几乎都是靠他去做。金梅的心里顿时有了一种同病相怜的恻隐之心。他这么聪明能干，怎么也和我一样是个苦命人呢？这么小就给陶家做长工，他这些年又是如何活过来的呢？

金梅想着想着，就想起了过去在家带着金水银水一起玩乐时的幸福时光。直到模模糊糊地睡着了，她的脑海里还都是金水和银水。

第二天一大早，在全家人都还在熟睡时，金梅就已经起床了。她先煮熟了一锅稀饭，就拿着大家换洗的衣服用热水和米浆浆泡后，拿到水沟边去洗。

早晨的天气依然很冷，水面上都结成了厚厚的冰块。金梅用木棒费了好大的力，才在水跳板旁砸出一个冰洞来。她把衣服放到冰洞里清洗，一双小手很快就冻成了两个红萝卜。她并不感到冷，她从小就是这么干活的。

在她一件件衣服清洗干净，回去晾晒时，陶寡妇已经起床了。她一点没有对金梅的这个表现感到满意，她首先严厉地训斥道："谁叫你把稀饭煮得那么稀呀？是喂猪的呀？"

金梅立即像做了错事一样，站在一旁不敢作声。她知道自己做错事了，在下水煮稀饭的时候，她是想先问一下要放多少水。但是，看到陶寡妇正睡得香，就不敢打搅她，才自作主张的，就按照在自己家里时的习惯多加了水。

陶寡妇接着又把一个大澡盆放到她面前，对她瞪着眼说："别傻站着了，给我拎几桶水来。"

金梅赶紧又接连到沟边拎了几桶清水，把那个大澡盆装满了。

陶寡妇这才说："当着我的面，再把这些衣服给我清洗一遍。"

金梅赶紧又把衣服放到澡盆里清洗。还没洗两下，陶寡妇已经拿了个竹鞭过来，狠狠地抽了她几鞭，一边骂道："你这个没有用的死丫头，洗个衣服都洗不干净！你家还问我要了那么多钱。我出的钱可以买十个比你有用的丫头！给我再拿到水边去洗三遍，再洗不干净，就给我钻到水里去！"

金梅只得忍着痛，一声不敢出地又到水边去清洗衣服。到了水边，她委屈的泪水才敢一颗颗掉到冰洞里。但她只是在心里狠狠地埋怨自己：怎么这

么笨呢，连个衣服都洗不干净，活该讨打。

金梅不知道，她挨打不是自己稀饭水加多了，衣服没有洗干净，而是陶寡妇故意找碴儿，就是要借口先把她痛打一顿。一来就要给她一个下马威，让她长长记性，让她从一开始就怕她，竖起自己的威严。这是她一贯教育人的方法。其实，她一早看到金梅干的那些事，心里正在暗暗高兴。这笔钱花得值，终于买了一个有用的好丫头。

金梅一遍又一遍地不知洗了多少遍了，也不敢起来，直到她的一双小手冻僵了，还跪在水跳板上不停地洗着。

水生和庆生都起来吃早饭了，才想起金梅，才一起到水边叫她。水生帮她端起装衣服的木盆说："这衣服早洗干净了。看你冻成啥样了，赶快回家烤烤火。再洗下去，就快冻死了。"

这是金梅来到陶家后，听到的第一句关心的话。她跟在水生后面，望着他比自己高出一头的高大身影，心里顿时充满了一种莫名的温暖，眼里也充满了一种无比感激的泪水。

金梅回到家里，顾不得自己冻僵的双手。她首先跑去给陶寡妇盛了一碗稀饭递过去。由于她的手僵硬得太久了，那碗稀饭端不住。还没到陶寡妇面前，就连碗带粥一起掉到了地上。把碗摔得粉碎，稀饭溅了一地。

陶寡妇直接冲过来，当着水生和庆生的面，就又给了她两记响亮的耳光："你真是个没有用的死丫头。连碗都端不住了，一进门就给我家破财。你真是个小灾星小扫把星！"

金梅吓得连哭都不敢了。她只能低下身去打扫泼洒的稀饭。这时，水生走过来说："陶姨，这不能怪她。这么早就去洗衣服。你看她手冻得都起包了。是冻坏了，我来打扫。"

水生说着把金梅拉到一旁，又给她盛来一碗稀饭说："赶紧趁热焐焐手，暖暖身子，不要冻坏了。"

金梅接过热气腾腾的稀饭，立即感到一股从没有过的暖流从手心传遍了全身。可是，她捧着粥碗，站在一旁不敢吃。她只是忍不住又掉下来一颗颗眼泪。她也从此记住了，在这个家里，还有一个和她一样地位的关心他的长工。她一下子就感受到了水生的亲密。

陶寡妇听了水生的话，这才缓和了口气说："水生，你吃完饭到田里去看看。家里的事你不用管。她是我花大价钱买回来的。她还没有还我的债呢，我是不会饿死她的。"

水生喝完稀饭，就到田里干活去了。庆生也赶紧跟着他后面跑了出来。一离开他妈，他的心里也放松了许多。在他妈面前，他一直感到很害怕、很拘束。因为他妈一直教育他，在水生面前一定要保持主人的样子。水生再好，还是下人，是家里的长工。你才是家里的主人。可是，他总是做不到，总是把水生当成大哥哥看待。他常常为此背地里受到他妈的责骂。

庆生跟在水生后面又蹦又跳地叫道："水、水生哥，我妈、我妈为啥又买、买了丫、丫鬟？"

水生回答道："金梅不是丫鬟。她是你的童养媳。你要对她好。她将来要做你的老婆。"

庆生立即叫道："我不要她做老婆。我只要你做哥哥。"

水生笑道："这事由不得你做主，有你妈定。金梅昨天进屋起，就已经是你的媳妇了。你看她多会干活，你还不要她做老婆？"

庆生怯怯地说："我、我怕她。我妈打她。她、她以后也会打我。"

水生又笑道："你这么小，就怕媳妇了？"

庆生又说："水生哥，我、我就想一辈子跟你在一起。你、你还、还没有老婆，我、我也不要老婆。"

水生摇摇头说："我们长大了，都要娶媳妇的。以后都是要和媳妇过日子的。"

水生带着庆生到他家的田里去了。陶家现在还有十几亩上好的水田。这都是陶寡妇通过日本人从陶家叔伯们手里要回来的。

各家各户都在靠近水沟的田埂上种了许多蔬菜。水沟两旁的沟埂上几乎都是菜地。现在也都被厚厚的冰雪覆盖着。

水生带着庆生来到他家的田埂上，扒开冰雪，掏出一些大白菜、白萝卜、菠菜。他还很有兴趣地跑到田中央，扒开雪地，像个老庄稼人似的查看压在冰雪下的绿油油的麦苗和油菜苗。他心里很高兴，这么好的麦苗和油菜苗，到春天一定会有好收成。

庆生却没有他的好兴趣。外面到处都结了这么厚的冰雪，使他没有了出去玩的快乐。他还是喜欢夏天，能每天跟着水生去捕鱼扒泥鳅捉黄鳝。但他在雪地里跑了一圈，很快就找到了乐趣。他对着水生惊叫道："水、水生哥，黄、黄鼠狼。你带我抓、抓黄鼠狼。"

水生看到他指着的那一排雪地上的脚印，摇着头说："那不是黄鼠狼的脚印，那是野狗的脚印。这么冷的天，黄鼠狼都躲在洞里，不出来了。"

庆生仍不想放弃，他又叫道："那、那我们就、就去找、找黄鼠狼的洞。"他说着就跑到沟渠旁，很快找到一个洞，又叫道："水、水生哥，这、这里面一定有黄鼠狼。"

水生跑过来又说："这是老鼠洞，老鼠洞很深的。我们挖不到底。"

不时地有村人们过来，笑话庆生："小结巴，你昨天娶媳妇了吧。你那媳妇长得咋样啊？"

庆生不知世务地抬起头说："我、我不要她做老婆。我、我要他给、给水生哥做、做老婆。"

大家都笑话道："这小结巴，还是个小傻瓜。哪有把老婆送给别人的。"

"他还那么小，他晓得什么？至少还要过两年才能同房。"

"还是小结巴有福气呀，这么小就娶了一个俊俏的大媳妇。"

"你看水生没老子没娘的，就是可怜啊。他比小结巴大这么多，就是没人管没人问。他从小就是一天到晚给陶寡妇干活，陶寡妇也不管他。应该先给水生找个媳妇呀。"

"陶寡妇会管他？那就是太阳从西边出来了！她就是个吃人不吐骨头的恶婆娘。水生可怜啊！这辈子是卖给她家了，一辈子也不会出头了。"

"那个昨天进她家门的小丫头更可怜呀，还不知道会吃多少苦头呢。一大早，我就看见她一个人跪在水跳板上洗衣服呢，手都冻僵了。这么冷的天啊，陶寡妇还这么能这样折磨人呢。"

水生听到大家都在说陶寡妇的坏话，实在听不下去了，就拉着庆生的手说："我们回家去。"

庆生还在跟在他后面叫着："水、水生哥。就、就是老鼠洞，我们也把它、它抓出来。我不想回家，我怕、怕见我妈。"

他们回到家里，在门外就看见陶寡妇又在严厉地教训着金梅。金梅又像做错了事的小丫鬟跪在她面前的搓衣板上，低着头一句话不敢说。

水生和庆生看到陶寡妇一脸怒气的样子，不知道金梅又做错了什么。陶寡妇真生气发火了，连他们也感到害怕。他们一起待在外面也不敢进门去了。

五

陶寡妇知道金梅比庆生大许多，她心里担心将来庆生制不住她。为了从一开始就彻底顺服金梅，她的办法就是一打二骂三罚。

她罚金梅做的第一件事，就是找出一大堆旧衣服旧被单，叫她全部拆洗干净。金梅就这样一声不吭地跪在凛冽的寒风中，整整洗了三天才洗完。她的双手早也因冻疮冻坏了，像脱了皮的烂肉，血水和脓水不停地流着，到后来连衣服都拿不住了。她也只能忍着痛和泪水，不敢说一声。在她的心里，她是被卖给了陶家。这全是因为自己家里穷，收了人家钱，自己就是冻死了，也是应该的。自己这条命就是拿来还债的。

水生看见了，觉得这个小姑娘实在太可怜了。他看不到她做错了什么。可是陶寡妇的性格他又清楚，她决定的事谁也劝不动，越劝越差。水生觉得一定是因为这次买她，花了很多钱，她这就是有意在惩罚金梅。他也就只能偷偷地给了金梅一些治冻疮的药，给她晚上去抹在手上。有时看到她的双手冻得实在拧不干衣服了，就过去帮她把水拧干晾晒。

金梅常被他感动得热泪盈眶。她才到这个人生地不熟的地方，就能得到他的热心帮助。这使她感到，这世上到哪里都还是有好人。因为她从小所受的磨难太多了，还从来没有人这样关心过她。所以，水生一点点小小的关怀都要使她感动半天。

金梅按照陶寡妇的安排，把那些破衣服破布破被单，都洗净晒干了。又熬了一大锅面糊，开始把那些破布在门板上，一块块地贴到一起，贴成厚厚的一面布板，放到太阳底下去晒。

金梅做这些早就轻车熟路，不用陶寡妇教。她从小就会做，她知道这是做布鞋用的。只是陶寡妇的要求更严格一些，她不敢自作主张，每贴一面布，都要请陶寡妇检查一遍，直到她完全满意为止。

这几年，自她妈病逝后，她父亲和金水银水穿的鞋都是她做的了。她每年都要给他们做几双新鞋的。所以，这些活，她做得很内行。陶寡妇也没有再挑到毛病，就叫金梅先给庆生做十双鞋。她这样做的目的，也是希望金梅能够一针一线地把庆生记在心里。

金梅开始每日每夜地纳鞋底、做布鞋，双手都被勒出了无数道血痕。她也不敢停下来。因为这使她又找到了有家的感觉了。这也是她最喜欢干的

活。她在家时，就喜欢看到金水银水看着她纳鞋底、做布鞋，跟着她叫唤："金梅姐姐、金梅姐姐，给我做新鞋。"然后看到他们穿着新鞋在地上又蹦又跳的样子，整个家里都充满了喜庆的气氛。

金梅一口气就给庆生做了冬天厚棉的春秋单层的十双布鞋，接着又给陶寡妇做了一双。她看到还有许多布脚料，就马不停蹄地又给金水银水各做了一双。最后，她又老是想起水生在偷偷给她治冻疮的药时，穿的鞋很破了。她想到他也是一个家里的人，也就又偷偷地给水生做了一双新鞋。

水生的这双鞋，她花费了最多的心思。她不好意思去量他的脚板，只好偷偷地在水生走过的脚印上拿手去量，默记住了水生双脚的尺寸。在做这一双鞋时，她的脑海里总是出现水生的影子。还几次出神地扎破了手指，流出了好多血，使鞋底和鞋帮子里都沾上了一些血迹。但她的心里始终充满了甜蜜。因为她活到这么大，还是第一次有了被人关心和爱护的感觉。过去都是她在关心比自己小的弟弟和妹妹，而且每次陶寡妇要打骂她时，他都会想方设法地帮助她。这份情谊，她只能用这双鞋来报答他了。一定要把这双鞋做好。

这天深夜，金梅做完这些鞋，好不容易松了一口气，正在美美地做着美梦。梦见大家都穿上了她做的鞋，都在夸奖着她，喜迎新年时。就被陶寡妇的一顿鞭子抽醒了。

陶寡妇把她拖到地上又打又骂道："你个死丫头。你才来几天，就偷我家东西给别人做鞋。给我说，你是给谁做的？"

金梅不敢撒谎地说："是给我家兄弟金水银水做的。你交代的我都做好了。"

陶寡妇恶狠狠地骂道："你个死丫头，进了我家的门，还在想着你家里。你还想着你的兄弟，你把我们家算什么了？我叫你把你那个家里的人都忘了，你还敢给我记着啊！你怎么就是不长记性啊！把我的话当成耳边风！"

金梅一边捂住脸哭，一边说道："我记着你的话。我也想把他们忘记。可是他们都是我从小带大的亲弟弟，我忘记不了。"

陶寡妇气急败坏地一边用鞭子抽她，一边骂道："你就是不长记性，你就能忘了打了？我跟你说过多少遍了，你心里只能记着庆生，不能记着其他人。我只叫你给庆生做鞋，谁叫你给别人做鞋了？你才来几天，就敢私自做主了。谁给你这么大的胆子？"

陶寡妇又看到那双特别大的鞋，立即像眼里进了刺似的跳了起来，严厉地逼问道："这双大鞋又是给谁做的？"

金梅只能如实回答道："我给你们家里人人都做了新鞋。这双是给水生做的。"

陶寡妇听了她的话，心里不由得咯噔了一下。她想到金梅进门后，外面人都在说，怎么给庆生找来个这么大的童养媳，金梅配水生才合适。

陶寡妇立即叫来水生，把那双鞋拿给他。水生一试，不大不小，正好合脚。

陶寡妇顿时心里一惊。自己怎么千算万算，就没有算到水生正好比金梅大两岁，他们正合适呢？这还了得，这才几天，她给他做的鞋就是一丝不差了。而且看上去，也是这双鞋做得最好最细致，针针线线密密麻麻，横成行竖成对斜成线。这说明这段时间，金梅的小心思都用在水生身上了。这要久了，庆生还怎么能对付得了他们，这还不要出大事啊！

陶寡妇一时气急，又不好明说，只能气急败坏地骂道："你个死丫头，你算老几？我家里的事，何时轮到你做主了？我两天不打你，你就要上天了！"

陶寡妇按捺不住心头的怒火，她直接叫水生和庆生，把金梅吊了起来一顿毒打："我叫你不长记性，我叫你自作主张。这个家还有我在，永远轮不到你做主。"

金梅被打得眼泪直掉，可她就是咬着牙一言不发。她不知道自己哪里错了，自己不就是多做了几双鞋吗？要我忘记我的两个弟弟，打死我也不行。他们都是我的亲弟弟。要我死可以，要我忘记他们不行！不管陶寡妇如何地抽打她。金梅都是紧咬着嘴，一个求饶的字都不说。

水生和庆生不知道陶寡妇怎么发了这么大的火，这样发狠地毒打金梅。水生在一旁急得不敢说话，只是不停地给庆生使眼色，想叫他去劝住他妈。可是庆生看到他妈气成那样，也不敢跟他妈说话。

陶寡妇直到打累了，她又把鞭子交到庆生手里，严厉地命令道："你给我接着打，给我往死里打。这个死丫头不打够了，将来不知还有多大的胆子。"

庆生不敢打，他拿着鞭子的手在不停地发抖。他胆怯地问："妈、妈、她、她做错了什么？为、为啥要、要打、打她？"

陶寡妇继续怒吼道："都是为了你这个没用的东西。这个死丫头，有野心，就该狠狠地打！她进了我家的门，心里还想着她的家，心里还想着别人的事。她对我们家不忠，你给我好好教训她！她是你的媳妇。我现在就教你怎么教训自己的媳妇。"

陶寡妇说着，就抓住庆生的手一起死劲地抽着金梅。庆生想跑，可是被他妈抓住手不放。他只能用求援的目光看着水生。

水生看到金梅被吊打得太可怜了，她早已被打得遍体鳞伤，鲜血在顺着脚跟一滴一滴滴到地上，就过来抓住他们的鞭子说："你们不能再打了。这样会打死她的。"

水生没想到，一向对他和蔼可亲的陶寡妇，突然异常暴怒地对着他怒吼道："你给我滚出去！我在教庆生教训他的媳妇。以后，庆生教训媳妇时，不许你插嘴。这里没有你待的地方。"

水生被陶寡妇骂得只好退了出去。陶寡妇仍在带着庆生继续不停地抽打着金梅。

陶寡妇一边抓住庆生的手抽打金梅，一边教训道："她是你的媳妇。以后想打就打，想骂就骂，不要听任何人的。你给我记住，你的媳妇就是要打要骂，才能安心做你的媳妇，才能永远是你的人。"

这是庆生第一次被逼着跟着他妈打金梅。虽然心里不情愿，可是几鞭子打完，他的胆子也大了起来。他从一开始就对她怀有的敬畏心理也消退了许多。

水生走到外面，心里还一直没搞清楚。陶寡妇怎么发了疯似的毒打金梅。这个可怜的丫头进门这些日子，做事规规矩矩，小心翼翼，从来没有哪里犯过什么错啊！现在外面人都在说她是个难得的好姑娘了。

水生更没想到，陶寡妇不但把金梅恶狠狠地毒打了一顿，还是一夜没有睡着觉，而且还做出了一个令他做梦都没有想到的惊人决定。

天一亮，陶寡妇就把水生叫到面前，拿出那双金梅给他做的新鞋，让他穿上。他感到正合适，穿着很舒服。他还以为是陶寡妇叫金梅给他做的。正想说感谢的话时，陶寡妇却先说了："水生，这些年，你在我们家辛苦了。我特意叫金梅给你做了一双新鞋，送你路上穿。你从今天起，就要穿新鞋走新路了。"

水生还没有明白过来。陶寡妇又冷冰冰地说："世上没有不散的筵席。

你们家对于我们陶家忠心。我们陶家对你家也不错，也把你养这么大了。我也想把你留下来。可是，现在这年头啊，我们孤儿寡母的也是自身难保呀。我怕耽误了你的好前程啊。你还是早点儿出去找出路吧。"

水生这才听清楚了，陶寡妇是要辞退他。他感到很突然，头脑顿时嗡嗡作响。他从来没有想过，他会被东家辞退，陶家会不要他了。一种巨大的羞耻感和惶惑感袭击着他的心，使他一时六神无主，无地自容。他不知道自己哪里做错了。他还想问问她为啥突然就不要自己了，想求她给自己一个改正的机会。

陶寡妇还没等他说出口，就开始一把鼻涕一把眼泪地哭诉起来："水生啊，我也知道人是老的好。可是，我们家运不幸啊。我们这孤儿寡母的，已经没有福气再请你了。你走了，将来不管混得怎么样，可不要怪我们。你到底吃过我们陶家十几年的白米饭呀！我也是没有办法呀！你还有什么要求，尽管跟我说。我一定尽量满足你的。我只希望你一路走好。你可不要怪我心狠呀！我也是不想你走啊！可是现在兵荒马乱的，我们孤儿寡母的哪能请得起你呀！我买这个童养媳，已经把家底花光了。现在陶家什么都没有了啊！真是没法留你了啊！"

陶寡妇话都也说到这个份上了。水生知道，她已经是下定决心要赶自己走了。他知道自己再说任何话，都是无用的了。不管怎么说，陶家都是对自己有恩的，自己是在陶家长到这么大的。陶家不要自己了，都是自己的错，自己还能说什么呢？他当时还不知道陶寡妇的心事。她突然这么无情果断地要赶他走，就是不想让他再和金梅有任何接触的机会。她就是要将一切可能扼杀在萌芽之中。

陶寡妇知道，该狠心的时候必须狠心。在她的眼皮底下，她绝不能让任何不利于庆生的可能发生。庆生就是自己的命，为了他，自己什么事情都可以去做。水生确实是好，是比亲儿子还好。可他怎么能和庆生比呢？为了庆生，她只能这么做了。

水生也没有任何东西，他把几件破衣服打成一个包裹就偷偷地出了陶家的大门。他觉得被老东家莫名其妙地辞退了，就是件很丢脸的事。他不想被任何人看见，一路小跑着出了陶村，跑了很远他才回头望了望陶村。他觉得他再也没有脸回到这个村子了。但他心里没有一点对陶家的怨恨，他仍觉得陶寡妇的决定都是对的。陶家已经买回了童养媳，有人干活了。也就没有必

要再养着自己这么大一个人了。家里多一张嘴就是一份负担啊，自己是到了该离开的时候了。

这时的水生，才感到一片迷茫。他一个人在雪地里徘徊了许久，他不知道他该往何处去，他从来也没有想过离开陶家该如何去活。他现在只是个一无所有无依无靠的孤儿了。只有脚下的那双新鞋，才使他显得有一些精神。这是陶家送给他的最珍贵的礼物。

水生是在好久以后，才知道陶寡妇突然辞退他，就是因为这双新鞋。而金梅被吊打半夜，也是为了这双新鞋。这就使他后来一直感到对金梅有了一种永远的歉意和感激。

六

金水和银水这两个小孩儿，在金梅被送走后，就像丢了魂似的，整天哭着叫着要金梅姐姐。他们从小没有了母亲，就是跟在金梅后面长大，一天也不曾离开过。金梅就是他们这辈子最亲的亲人。

柳四宝看不住他们，只得把他们关在房间里。两个小孩在房间里又打又闹了好多天。他们那断断续续的凄惨绝望的呼叫声，从尖锐到嘶哑，震撼着柳树湾每一个人的心。一些好心的人觉得这两个孩子太可怜了，就把他们放了出来。几乎所有的人都在骗着他们。金梅姐姐因为有事，到很远很远的地方去了，她过几天就会回来看他们。

两个可怜的小孩每天都要沿着青弋江岸边跑很远很远去找他们的金梅姐姐，有时就来到清凉渡去等金梅姐姐。

曹老头每天看到这两个小男孩儿在那里可怜巴巴地等着他们的金梅姐姐，怎么劝也劝不回去。他亲眼看到过他俩跳到冰冷的河水里的情景，知道他俩都是个犟孩子。他担心他们出事，也就一直不许他们过河。

曹老头最终被他俩这种一如既往苦等的精神感动了。他知道他们这样下去是等不到他们姐姐的。他终于动了恻隐之心。

这天，他允许了他们过河。并告诉他们，翻过圩埂顺着那条最长的沟埂一直往前走，不用一个时辰就能到陶村，就能找到他们的金梅姐姐了。

两个小孩立即翻过圩埂，一边问着人，一边一路小跑着往陶村而来。

到了陶村，他们向在沟边洗衣服的妇女们问路。那些妇女们都恨透了陶寡妇的恶行，个个都在添油加醋地说着："你们这两个小家伙，快回去叫你爸把金梅接回去。不然她早晚要被他们母子两个打死了。他们天天都在打她，打得好可怜啊！"

金水和银水听了她们的话，立即火烧火燎地来到陶家。陶家院子的大门锁着，他们也不会叫门。金水往地上一蹲，银水往他肩上一站。金水再一起身，银水就翻到了院墙上。他又弯腰把金水拉了上来。

庆生正在家里朝金梅发脾气。水生突然离去后，庆生好像一下子就失去主心骨，一连几天都是打不起精神。他把这个原因都记恨在了金梅的身上，心里对她充满了怨恨。他想如果不是她来了，水生绝不会走的。更何况这些天，他妈每天都在教他如何管教金梅。告诉他，金梅就是他未来的媳妇。自己的媳妇就该自己管，想打就打，想骂就骂。现在管不住她，将来就更管不住了。

陶寡妇有事出去了，把他们反锁在家里，让庆生看着金梅。庆生又不能出去玩。他气恼地拿着竹鞭不停地抽打着桌子，朝金梅叫道："都、都怪你。谁叫你来、来我家的？你、你早点滚回去。我、我不要你。我、我不要你做媳妇。我、我要去找水生。"

陶寡妇不在场，他再有胆子也不敢把鞭子抽在金梅身上。金梅比他高比他大，也比他结实。他心底里还是有些怕她，他心里又急，越急越说不出话来。脸上憋得通红，样子看上去很凶。

金梅在一旁低着头，只顾干自己的活，不理他。她心里已经越来越讨厌这个小结巴。就知道仗着他妈的势欺负她，还敢帮着他妈打她。

金梅看到庆生在那乱发火，就转过身背对着他，一点也不理他。同时心里充满了蔑视：哼，如果不是我家里缺钱，把我卖给了你家，就你这个小结巴，我一个巴掌就能把你抽倒。你还敢打我？

庆生突然看到金水和银水，一起翻院墙进来，惊慌地叫了起来："小、小偷，两、两个小偷。"

金梅还没抬头看清楚。金水已经扑上来，用胳膊肘锁住了庆生的脖子，把他摔倒在地上。银水跳到他身上一顿拳打脚踢。

他俩边打边骂道："你这个小结巴，敢打我们金梅姐姐，我们就捶死你。"

金梅看清是金水和银水时，慌忙过来拉住他们："金水银水，你们两个

怎么来了？"

庆生已经被他俩打得鼻青脸肿了。他躺在地上一边痛哭一边骂道："金、金梅，你坏，你坏，你叫人打我。我、我不要你做媳妇。我、我不要你在、在我家。"

金水和银水看到金梅的身上到处都是伤疤，又是义愤填膺地冲过来猛打庆生，金梅急得拉都拉不住。

庆生被揍得抱着头大叫："她、她不是我打的，是、是我妈打的。"

金梅急得泪都出来了。她只能一手拉住一个，大声喝道："金水银水，你们连我的话都不听了？谁叫你们打人了？再不听话，我不喜欢你们了。"

金水和银水这才停住手，气汹汹地对庆生说："小结巴，你以后敢打金梅姐姐一下，我们就打你一百下。"

这时，陶寡妇回来了。她一看到庆生被打成这样，立即抄着竹扫把冲过来，她一边大骂道："你们是哪里来的小野种，敢打我儿子？"

金梅一把抓住她的竹扫把，朝她跪下哀求道："都是我的错，你要打就打我吧。他们都是我弟弟。你可以打我，不能打我弟弟。"

金水和银水一使眼色，立即冲上来，一人抱住陶寡妇的一条腿，把她重重地摔倒在地上，继而扑在她的身上，对她边打边撕咬着。

陶寡妇被摔得太狠了，头脑混沌得还没有清醒过来，双臂就已经被他们咬出许多的牙齿印了。她被他们压着身子，一时翻不过身来，她只能号啕大叫起来："金梅，你这个死丫头。你才进门几天呀，你就要翻天了，就叫人来打我。"

金梅也是越急越没有力气，好不容易才把金水银水拉开。陶寡妇又爬起来，蹦着跳着要打他们。

金梅只能夹在中间，一把抱住陶寡妇，一边哀求着："求你不要打我弟弟。"

陶寡妇见打不到金水和银水，只能气恼地不停捶打着抱着她的金梅。

金水和银水一见她又打他们姐姐，又冲上来撕咬着她。庆生一看他们三个一起打他妈，也冲了上来。于是，他们全都哭着叫着揪打在一起，顿时就把陶家闹翻了天。

外面闻声来看热闹的人越来越多，几乎整个陶村都轰动了。大家纷纷拥来看热闹，就是没有一个人上去拉架。大家都是心里怨恨陶寡妇，都是想看她家的笑话，就是想看到她被两个小孩撕咬着开心，还有人不怀好意地在一旁继续鼓动着。

陶寡妇毕竟是见过世面的人，她还给日本人做过事，她的头脑很快冷静下来。她知道他们家最大的敌人就是这些虎视眈眈的陶家同门叔伯侄子们，他们巴不得她家打出人命来。

陶寡妇立即放开他们，转身去面对那些围观的众人。她一边怒气冲冲地拍打着屁股，一边大声朝他们骂道："你们有什么好看的？你们哪家不吵嘴不打架的？他们小孩子打架，有什么好看的？你们想看老娘的笑话，你们永远都看不到。你们以后谁也别想欺负我们孤儿寡母了。我们家庆生将来有帮手了，他们两个将来就是他的小舅子！"

金梅趁着陶寡妇去骂围观的人，赶紧把金水和银水一起抱在怀里，护着他们要送他们回家，却被陶寡妇叫住了："金梅，你不要带他们走。他们人小，也是贵客。我们以后都是一家人了，这就叫不打不热闹，越打越亲热嘛。"

金梅立即感激地给陶寡妇当众跪下，无比激动地说："多谢婆婆，大人不计小人过，不计较我两个弟弟的过失。我以后一定加倍报答你。"

陶寡妇故作大气地说："都是误会了，我们都是一家人，以后不要再给别人看笑话了。你起来吧，给我去把那只大公鹅杀了，好好招待你的两个弟弟。"

庆生在一旁一听，不干了，他大叫起来："我、我不干，他、他们打我，还、还杀鹅给、给他们吃？"

陶寡妇对他厉声道："你知道什么？他们都是你的小舅子，以后都是你最亲的亲戚！"

村里赶来看热闹的人，看到陶寡妇突然这样一百八十度的大转变，全都感到无趣地离去了。

金梅知道陶寡妇这些话都是对着村里人说的。她吃了这么大的亏，心里的气一定难消。她没有去追杀那只大公鹅，而是立即带着金水银水出了陶村，送他们回去。

他们出了陶村很远的地方，金梅才从怀里拿出两双新鞋，一边给他俩换上，一边满眼含泪地嘱咐道："你们以后在外面千万不要再打架了。你们还小，会吃亏的。以后也不要到陶村来找我了，要有事找我，就到清凉渡找曹

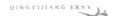

老头带个信。我一定回去看你们。"

金水和银水又一起哭了。他们一人一只手地拉住金梅说:"金梅姐姐,你跟我们回家。我们要你回家。他们以后还会打你的。"

金梅又抱住他们一起痛哭了一番说:"我已经被卖了。我不能回家了。我送你们回家。听姐的话,你们以后不要再来了。在家要听爸爸的话,我会经常回去看你们的。"

金梅一手一个地牵着他们的手,一直把他们送到清凉渡的渡船上,看着他们到了对岸,才抹着泪,转身回去。

金梅回到陶家,就自己拿来搓衣板,来到陶寡妇面前跪下,双手递上竹鞭说:"今天都是我的错,是我的两个弟弟不懂事,冒犯了你。谢谢你放过他们。我替我的弟弟认错,你想打想罚,我都认了。"

金梅主动讨打,陶寡妇却一时不知该如何办了。

这时,还在气头上的庆生冲上来,夺过竹鞭狠狠地抽了她一鞭。他嘴里还不停地骂道:"你、你也滚。我、我们家不要你。我、我不要你做媳妇。我、我恨你!你、你赶走了水生,还、还叫人来打我。"

这是他打过的最用力的一鞭,他举起鞭子还想抽。没想到陶寡妇却夺过了他手里的鞭子,朝他瞪着眼说:"你现在还逞什么狠劲!都是一家人,闹点误会,过去也就算了。你以后要多去和他们往来,你以后还要多靠他们帮衬呢。"

七

水生离开陶村后,一直不知道到哪里去。他从小到大只知道在陶家干活,还没出过陶辛圩。他根本还不知道外面的世界到底怎样,也就不敢出去。他绕着陶村四周的村子,转了几天,想能再找个人家打长工。可是,又觉得都是离陶村太近了,他被东家辞退的事,一定会传过来。

水生没有了主意,就朝陶辛圩中间的葫芦岛而去。这是整个陶辛圩最中间,也是最神秘的一块地。有着许多鬼吃人的传说,平时大人们都不敢进去。特别是深夜,那里就能传出吓人的鬼叫声。如果哪家小孩闹哭了,只要说一声"葫芦岛的鬼来了",立即一点声音都没有了。

陶辛圩和青弋江两岸许多大小圩口一样,自古都是河谷沙滩和沼泽,到处生长着许多芦苇、野篙和其他各种野生植物。自先人筑堤建圩时，才开始逐步改造成一片片盛产水稻和小麦油菜的良田，成为江南富饶的鱼米之乡。一年三季，两季水稻，冬季赶种一季小麦和油菜，旱涝保收。

葫芦岛那片地还是一片没有开发的处女地，保持着原始的模样。成片的芦苇高大茂密，遮天蔽日，密不透风。人一进去就会迷失方向，找不到出路。一千多年了，没有人敢轻易去触动这块神地。是因为据说，陶渊明的后人当时在建筑陶辛圩时，就认定了这是一块不能乱动的宝地，这里就是一幅天然八卦图中的活水眼。这里的水路密集，四通八达，可以通往整个陶辛圩的各个角落。后有人又说，这里是龙潭，里面藏着巨龙，好多人都亲眼看到过巨龙从这里升天，也有人看到天上的龙到这里来喝水。再后来又有人说，这里住着陶辛圩的保护神，保护了"铁圩"陶辛圩千年不破。

水生从小听说了许许多多关于葫芦岛的传说。可是他既没有看到过神，也没有遇到过鬼。他只是对这个充满神奇的小岛充满了好奇。他只进来过一次。

那还是一年多前，葫芦岛里出了个大英雄，大家都叫他陶大胆。他不但胆子大得敢住在葫芦岛，还在那里组织起了游击队，还敢带着人跟日本人干仗。他们还到城里把日本小队长杀了，炸了他们的据点。

那天，来了好多日本人，嗷嗷地叫着，要把陶大胆他们全部抓出来。他们让陶寡妇带队，一起进了葫芦岛。水生也被陶寡妇叫来帮着划船。

水生和陶寡妇在前面帮着日本人划船带路，后面几条小船一起紧跟着进了葫芦岛，很快就迷了路。四周到处都是密密的芦苇，挡住了视线，看不到一丈外藏着什么。就是水面上也长满了厚厚的水葫芦、狗尾巴草、菱角、铜钱草、水蜡烛、美人蕉、莲藕等，还有许多叫不出名的野草，把所有的水道都堵住了。往哪里去，小船都划不动。而且那些芦苇滩和水面上又起了好大的雾，使四周变得更加神秘缥缈。许多水鸟在水面上惊叫着飞来飞去，一条条水蛇在水面上游过，快速地钻到芦苇滩里去了。

日本人来得再多也没有了办法。他们只是气得呱呱地大叫着，举着枪向芦苇滩里一阵阵扫射，只惊起更多的水鸟飞向天空。日本人最后只能一无所获地撤了出来，后来也就没敢再来了，连陶寡妇家的房子都不敢住了。

水生从此就永远记住了陶大胆这个大英雄，他就想着能见这个大英雄一面。只有他心里知道陶寡妇帮日本人，也不是真心的。也是因为没有办法的

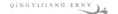

事。不然，她孤儿寡母的又怎么能去对付陶家的那些叔伯侄子们呢？又怎么能把那些陶家的田产和房产收回来呢？日本人一炮干死她家十几口，她实际上在心里还是恨着日本人的。他心里一直佩服陶寡妇是个有本事的人，一个女人就能利用日本人把陶家的田产和地产都要了回来，又把陶家的门面支撑了起来，还能续起陶家的烟火，这哪一样都不是一般的女人能做成的事情。他心里也一直感到很庆幸，那天没有找到陶大胆和他的游击队，是因为他和陶寡妇都是嘴上不说，心里清楚。他们都不想成为罪人，都不是真心要带日本人去找游击队，所以他们走的都是岔道和死路。不管怎么说，他们也不能帮助日本人去杀中国人呀。

水生独自走向葫芦岛深处。这里现在完全是一个冰天雪地、银装素裹的世界，许多枯萎的芦苇芦笋都是成片地被冰雪压倒，显得更加空旷。只有那些无数的粗壮的芦秆还在寒风中屹立着，被沾上的冰雪冷冻着，变得更加的坚硬和锋利。所有的浅滩和沟渠都被冰雪覆盖着，成了一个整体，像个天然滑冰场一样，可以畅通无阻了。

水生在这些厚冰上或跑或滑，不到一天，就把整个葫芦岛四周都跑了一遍。可是，他没有发现任何人。但他心里还是充满了快乐，因为在人们传说中，神奇无比的葫芦岛，也不过如此。就是被许多沟渠分割成了许多的芦苇滩。而且，他还在一片芦苇滩的深处，惊喜地发现了几间低矮的芦苇茅草搭盖的小屋，还收藏着一些生活用品，分明在不久前还有人住过。它们隐藏得很好，如果不是光秃秃的冬天进来，从外面是无法看见的。

水生心里暗暗高兴，无家可去的他终于找到了家。他可以先住下来，再慢慢去找大英雄陶大胆。他甚至开始有些怀疑了，这个陶大胆是不是也和传说中的神话一样，根本不存在了。

江南的冬天就是和北方不一样。早上的冰冻得再厚，到下午，在太阳的照射下，许多地方就已经解冻了。特别是水深水面大的地方，这里本来结的冰就不厚，太阳一照，早就化了。

水生来到一块很大的沟塘边。这里是他见过的最大的一块水面，比他见过的青弋江面还要宽。他已经决定就在这里住下不走了。他得先解决吃的问题。他知道这四面的沟塘里藏着许多宝贝，够他一辈子也吃不完。

水生脱光了衣服，就走进了寒冷刺骨的冰水中，开始去摸鱼。他接连打了几个寒战后，完全蹲到水里时，才开始感到原来水下面比上面还要暖和一些。他开始顺着沟塘边往前摸去。他知道那些怕冷的鱼儿这时都是躲在沟塘边的草丛中、泥土里，他的双手一摸一个准，一条也不跑。特别是他摸到那些大鲫鱼时，它们都乖乖地一动不动，有的还是自己往他手里钻。他越摸越兴奋，这葫芦岛的鱼就是不一样。这些大鲫鱼，都是一斤多重一条，浑身还泛着一种淡黄色的光，这就是最珍贵的黄鲫啊！他在一片草丛中，一下就摸到了十几条这样的大鲫鱼。

他没有停止，兴趣更高。他已经完全忘记了寒冷，他继续往前，又在一片草丛中首先摸到了一条五六斤重的大黑鱼。这条大黑鱼正躲在草丛中，一半身子钻在泥土里睡觉。被他轻托着出了水面，才清醒过来，大尾巴搅动着水面，打了水生一脸的水。但是，它已经清醒得太迟了，水生已经双臂用力地把它抛到了岸上。它在岸上疯狂地蹦跳了好久，才平静下来。

水生知道，这样的大黑鱼往往都是带着一群小黑鱼的。他又小心地一条接一条地摸到十几条两三斤重的黑鱼。他看到岸上横七竖八地躺着的那些鱼，他知道这些鱼就够他吃一个冬天了。但他兴趣更浓，他又到水深的地方去摸蛤蚌。他想这里好多年没人来过，这里的蛤蚌一定会又大又肥。他摸到一人深的地方，只留一个头浮在水面上，双脚在下面泥土里扫着。他在夏天的时候，最喜欢带着庆生一起摸蛤蚌，总是要摸到一澡盆，才会停止。陶寡妇家的水跳板旁的水里整年都有用网兜养着的蛤蚌，从来就没有吃完过。

水生知道，最大最肥的蛤蚌，都是长在淤泥最多的地方。他很快就在那淤泥中踩到了两个大蛤蚌。这两个大蛤蚌并排长在一起，他用脚都踩不出它们的大小，但他感觉到，这都是他见过的最大的蛤蚌。他一连扎了几个猛子下去，才把它们从泥土里扒了出来。他借着水的浮力，才能一手托着一个，游到岸边，把它们搬到岸上，果然每个都要比脸盆还大。

水生上了岸，才感到了冷。他的浑身都也冻紫了。他还想继续下去，可是手脚已经不听使唤了。他点着早就准备好的芦苇草，一边烤着火，一边穿上衣服。又拿起两条鲜活的大鱼，放在火上烤了一会儿，就半生半熟地吞到肚子里。他知道只要吃饱了，他的浑身就会恢复热气。他吃饱喝足后，就收拾起所有鱼和蛤蚌回到了那个茅草屋里。他在外面挖了一个雪洞，把鱼和蛤蚌都用冰雪覆盖住，才回屋睡觉。

水生一觉就睡到了第二天上午。他又出来，去找了一条很浅的沟塘。这里的冰结得厚，到了下午，太阳晒着都没有化。水生砸开一块冰块，又赤

身跳到冰水里。这里的水不深，不到大腿那里。水生的大半个身体露在寒风里，比浑身没在水里更冷。

水生并不怕，他来时炖了一锅黑鱼汤喝了，只要浑身活动开，就不会感到冷。他首先在烂泥里打了几个滚，让厚厚的泥巴把自己包了一层，这样也可抵挡一些寒风。

水生到这里砸冰下来，是他从冰面下看到这里有野生的莲藕。果然，他的脚一踩到深泥里，就踩到了一串莲藕。可是要把这些莲藕，从一米多深的烂泥里淘出来，也不是简单的事。

水生弯下腰，用脚勾住莲藕的一头，用手抓住，然后小心地用力，边拉边拽，双脚在下面不断用力推着淤泥。这样不久，一整串的莲藕，就被他从烂泥中拽了出来。他就这样一连拽出了十几串莲藕，没有一串在中间断过。

水生没有把这片沟塘里的莲藕掏尽，他上来了换一个地方。他知道一个地方不能掏得太多，要留下种子，明年又会长起来。水生一连几天找了几个地方，掏来许多莲藕。他知道这就是他的主食，这个冬天是吃不完了。他后来又去挖来许多他喜欢吃的红丝根和其他野菜。

水生晚上一个人睡觉时，他就会想到庆生，想到那个给他做新鞋挨打的金梅。他好想能够回到陶家去，送一些大鱼和莲藕给他们吃。可是一想到陶寡妇的那张脸，他就不敢回去了。他慢慢地已经有些明白了。陶寡妇突然把他赶出来，就是不想让他再进陶家，不想再让他和庆生、金梅见面，不想让他对他们有任何影响。可是，他又怎么能忘记他们，忘记陶家。他从小在陶家长大，一直就把陶家当成自己的家呀。

水生有时越是不想陶家，就越是想得厉害，搞得他没有了一点的睡意。于是，他就不睡了，就趁着黑去芦苇丛里捉老鼠，捉黄鼠狼，对于这些爱夜里出来活动的小东西，他的经验很足。可是连抓了几夜，也就没有了兴趣了。因为这时，他满脑子想的还是庆生，过去都是带着他去抓的。他已经习惯庆生一天到晚跟在他后面，不停地叫着："水、水生哥，水、水生哥。"

现在没有了庆生跟在后面叫他，使他感到了特别的孤独和不适。他也就对那些老鼠和黄鼠狼都失去了兴趣，只有回去蒙头大睡。

水生就是这样不分白天黑夜地吃了睡，睡了吃，梦里想着恋着陶家，不知过了多少天。他一直盼望着春天能够早点到来。到了春天开耕了，他就能出去找活干了。直到那天他在深更半夜被惊醒。

八

那一夜，水生做了好多美梦。他特别地梦见了金梅给他做鞋子的情景。因为这是他一生穿的第一双新鞋，而且还是他第一次知道了这个世上还有人专门为他做了一双新鞋，这使他的心里始终感到暖暖的。于是，他又梦见自己手里拎着那条最大自己一直舍不得吃的大黑鱼，肩上扛着几大串莲藕，回到陶家，大家围在一起炖着莲藕，喝着大黑鱼汤时的情景。他愉快地笑了，他闻到的四处都是鱼香味。

水生做着梦，流了一口的口水，他是抹口水时才醒的。他首先就是闻到了一股浓烈的鱼香味，接着就听到草屋外面有许多人在吃饭的声音。他立即吓得缩着身子，不敢出声。他想起人们传说的鬼吃食的样子。那些一定是葫芦岛的鬼在抢食了。

水生好久都装睡着，缩着身子，不敢醒来。直到后来，他听到外面有人在说话："我们今天真是有口福了，这条大黑鱼的味道就是香啊！"

这时，水生的胆子才大了起来。他想到鬼是不会讲话的。再说天都快亮了，远处已经传来老公鸡的叫声，什么鬼也都要跑了。一定是这草屋的主人回来了。水生这才起来，走出草屋外。他看到有七八个人，正围在一起喝着他的那条大黑鱼汤，炖吃着他的莲藕，而且一个个都带着枪。

他们其中一个高个子，身材魁梧，脸庞黝黑，腰间别着一把手枪。他首先看见水生，高声对他说："小鬼，你怎么跑到我们家里来了？你是干什么的？你别害怕，我们饿了。我们吃了你的鱼和莲藕，我们将来会还给你的。"

水生连忙说："不、不，没事的，你们尽管吃。我有好多鱼和莲藕。我占了你们的家，用了你们的材料，大家都很公平了。"

突然，他们之中的一个小伙子站起来说："陶队长，我想起来了，我认识他。他就是陶寡妇家的小长工陶水生。去年，就是他和陶寡妇给日本人带路来找我们的。他也是小汉奸。"

水生听他声音一看，心里立即慌了。这个跟他年纪差不多大，却比他矮半个头的小伙子，就是陶村后面那个村臭名远扬的陶根子。这小子可不是个好人，他长得精瘦，一脸贼眉鼠眼的样子。他从小就是偷鸡摸狗的干尽坏事，是陶辛圩出了名的小贼。他还几次夜里爬到陶家偷东西，都被水生当场抓住了。水生当时看到他每次都是可怜巴巴地跪地求饶，教训了他几顿，就把他给放了，还在外面给他瞒着。

这时，水生在想。跟这小子在一起的人，都不会是好人，一定是土匪。自己真要倒大霉，遇见土匪了。

立即有几个人走到他身边，拿枪对着他，严厉地问道："你真的就是陶寡妇家的小长工水生？你怎么一个人到这里来了？是不是陶寡妇叫你来的，是来给日本人探路的？"

水生忙摇头说："我是水生，我不是陶寡妇叫来的。她不要我了，把我赶出来了。我是没地方去，才逃到这里来的。"

那个高大个子立即叫住他们说："你们别吓着这个孩子。看他一个人大半夜里睡在这里，也不像是个坏人。"

陶根子又接着说："报告陶队长，他从小就是坏人。他一家几代都是帮着地主剥削穷人的帮凶。他过去还打过我呢。"

这时，陶队长走过来问道："陶寡妇为啥不要你了？日本人是不是又到她家来了？"

水生忙摇头道："日本人一年多没来过了。陶姨也不是真心帮日本人的。我最知道她，她也是被逼得没办法，她只能去找日本人帮忙。"

陶根子又在一旁说："她都不要你了，把你赶出来了，你还帮她说话。你真是个贱骨头啊。陶寡妇就是我们整个陶辛圩最恶毒最可恨的地主婆。你的觉悟真是太低了，你应该去找她报仇啊！我听说了，陶寡妇家买了个大童养媳，一定是怕被你勾引了，才把你赶了出来。"

其余人也都在跟着说："这个地主婆，就不是好东西。你一家几代给她家做长工，你父亲还是因为他家被日本人炸死的，怎么能在这寒冬腊月里，把你一个人赶出来。这样的地主婆，个个都是背信弃义的狗东西。我们早就该把她们都革命了。"

水生听不了他们说陶寡妇的坏话，就大声地辩驳道："不是的，陶家就是最好的东家。世界上没有比他家好的东家了。做人要有良心，是她家养大了我，对我有恩。滴水之恩，涌泉相报。我是不会对恩人记仇的。"

那个陶队长开始对水生感兴趣了，他又问道："我还是第一次听人说陶寡妇的好话。既然她那么好，为啥要把你赶出来呢？总该有个理由吧。"

水生黯然地低下了头，他也不知道陶寡妇为啥突然要赶他走的。他只是红着脸喃喃地说："是、是我没做好。是、是她家也有困难。是多一张嘴多一个负担。"

陶根子看到他那个语不达意的窘迫样，立即发现新大陆似的高声叫道："我知道是什么原因了，是陶寡妇买了一个大童养媳。水生一定是看上人家的童养媳了，才被赶出来的。你真是个没用的东西，就是出来也该把陶家的童养媳一起带出来呀。她陶家就应该先给你娶媳妇，那个小结巴才多大呀，真是糟蹋人啊！"

他还没有说完，他的话已经触动了水生内心深处的痛。水生就感到是受了极大的侮辱。他顿时就像是一头暴怒的狮子，不顾一切地朝陶根子扑了过去，一下子就把陶根子摔倒在地上。然后扑在他的身上，猛揍着他。

陶根子根本不是他的对手，只能趴在地上大叫："水生，你还敢打我？我现在是游击队队员了。"

水生一边揍他一边骂道："你就是个贼，专门到陶家偷东西的贼。我过去不打你，是看你小子可怜。"

陶根子嘴上也不服软："你才是真正的贼。你、你偷陶家的人，偷陶家的童养媳。"

其他人没想到，水生有这么大的勇气，敢当着这么多人的面，说动手就动手。大家惊愕了片刻，才去把打得不可开交的两个人拉开。

陶根子吃了大亏，爬起来，仍然不依不饶地说："报告陶队长，陶水生也是陶家顽固不化的家奴。也应该立即和陶寡妇一起消灭掉，不能留下祸根。"

陶队长没有理他，反而面向水生问道："你在这里住几天了？下一步准备去哪里？"

水生站直身体说："我来了好多天了，我在等陶大胆。我要去参加他的队伍。"

陶队长立即问道："噢，你也知道陶大胆？你为啥要参加他的队伍？"

水生马上挺直了腰杆说："我们陶村的人个个都知道陶大胆。他是个打鬼子的大英雄，他有三头六臂，他能飞檐走壁，他还会水里钻土里藏。我到这里来，就是想找陶大胆，就是想参加他的队伍。你们连陶大胆都不知道，那你们是什么人？"

陶队长听了他的话，突然爽朗地大笑了起来："谁把我说得这么神乎了。我就是陶大胆，我只杀过几个鬼子，我可没有你说的那些本事啊！"

大家都跟着笑了起来说："水生，算你有福气，让你遇到了。我们陶队长就是陶大胆。"

水生仍然将信将疑地问道："你们就是共产党游击队？你们在骗我，我不相信。共产党游击队里的都是好人，不会有坏人。"

他这样问，是心里还没有搞明白，共产党游击队，陶大胆的手下，怎么还会有陶根子这样的小偷呢？

陶根子立即气呼呼地骂他道："你真是狗眼不识泰山。不是共产党游击队，他们这么多人能看着你打我？我们现在给你一个将功折过的机会，也是给你一个报仇雪恨的机会。给我们带路，去消灭陶寡妇这个罪大恶极的女汉奸，抄了这个地主老窝。"

到了这时，水生才知道，这次陶大胆带着游击队回来，首要任务就是要清除陶寡妇这个女汉奸。他立即惊慌地朝陶大胆恳求道："陶大胆，你是杀鬼子的大英雄啊！你怎么能对她们孤儿寡母下手呢，她们能有什么罪过呀？他们一家全被鬼子炸死了，就他们两个活下来，容易吗？你们怎么能搞错了对象呢？你们要杀鬼子，我带你们去。我对鬼子那里比去陶家还要熟。"

陶根子又在一旁大声地教训他："你要参加革命队伍，就要提高革命意识，与敌人划清界限。我们现在就要去革了陶寡妇的命。她就是我们整个陶辛圩最恶毒最可恨的地主婆，她就是给日本人做事的女汉奸。你就是最好的例子，你一家都把命卖给了她家，她说不要就一脚把你踢出来了。"

水生还不知道革命是什么意思，他急切地对大家说："不是这样的，她没有外面人说的那么坏。那都是陶村人为了夺她家的田产，故意败坏她的名声。她也就是为了陶家好，为了庆生好，她做妈的为了自己儿子好，有什么不对的？"

陶队长仔细地瞧了瞧他说："好，你说得很好，没想到你这个小鬼还这么有情有义。你说说陶寡妇做过什么好事。"

水生又急切地说道："我说的就是实话，对就是对，错就是错。就是去年她和我给小鬼子带路，到葫芦岛追你们。她都悄悄跟我说了，专往水草多的地方划，这样小鬼子的船就划不动，就追不上陶大胆了。她是想小鬼子和陶大胆都不得罪。她一个孤儿寡母的，又被日本人拿枪逼着，能做到这样容易吗？"

陶大胆又爽朗地笑了起来："哦，我终于明白了。为啥那次小鬼子的船都是往死水道去的呢。我原来还以为是小鬼子不认识路呢。原来是你们有意带他们去的。"

水生越说越激动："就是，我们当时就知道你们躲在那些芦苇荡里。我们真要带鬼子找你们，你们一个也跑不了。陶姨还悄悄地跟我说过，陶大胆是真正的大英雄啊！如果我们中国人都像陶大胆一样，日本人就不敢到我们家里来了。"

陶大胆听了他的话，立即有所醒悟地说："幸亏我们有幸遇到了你。要不，我真要犯个原则性的大错误了，错把陶寡妇当成了敌人啊！"

水生又接着继续对大家说："你们都是听了别人的谣言，不是所有的地主婆都是坏人。她也是个苦出身的人，被陶老爷赶出家门时，吃过好多苦啊！都是陶家的那些叔伯侄子们，惦记她家的田地和正八间，到处造她的谣。"

陶大胆已经从心里喜欢上了水生。这个小子不但有胆有识有点子，有能力搞来这么多的莲藕、黑鱼和大黄鲫，还这么有情义。而我们共产党游击队就需要这样的小伙子。他开始向他仔细了解陶寡妇家和陶村的其他情况。水生的这些话已经改变了他此行的目的。他这次带队伍过来，就是听信了陶根子和社会上的那些传言，本来的主要任务就是要去把陶寡妇这个十恶不赦的地主婆和罪恶的狗汉奸惩处了。

水生这时才明白，陶大胆的这支游击队一直在青弋江两岸的各个大小圩口打游击，葫芦岛只是他们的一个流动据点。他们有时经过陶辛圩的时候才来这里。他们这次来，还有一个重要任务，就是给新四军大部队筹集一船粮食。

水生赶紧说："我知道，你们共产党的队伍，不能偷不能抢，更不能逼老百姓去交粮。你们不能为了粮食去打劫陶家。他们孤儿寡母的，能活下来就不容易了。"

陶大胆说："你别急，我们只打恶霸地主，不会去打他们孤儿寡母的。这里还有没有其他的恶霸地主？"

水生想了半天也没有想出哪个是恶霸地主，他说："我们陶辛圩没有恶霸地主。他们都是老实的庄稼人，靠种收租子，对下人都很好。"

陶根子一听就跳了起来："陶队长，他一家几代给人打长工，都是奴仆思想。他的觉悟跟不上革命的需要。这里到处都是恶霸地主，他怎么就看不

出来呢？没有恶霸地主，我们去打谁？怎么去完成任务？"

陶大胆立即打断他的话说："你也是刚参加队伍不久，你的觉悟也要提高。我们游击队不是为了粮食，才去打击恶霸地主的。"

水生想了想，又说道："陶队长，你们不就是要搞一船粮食吗？我能帮你们搞到。"

陶大胆惊讶地望着他："你到哪里去搞一船粮食？"

陶根子跟着说道："陶队长，你放心，他说能搞到，就一定能搞到。陶寡妇家粮食藏在哪里，他最清楚。他带我们去就行了。水生，不管你用什么办法，只要能搞到粮食，你就立大功了，就算是你加入我们队伍的见面礼了。"

陶大胆严肃地说道："我们是共产党的队伍，不需要什么见面礼。我们也是有纪律的，不能拿群众一针一线，不能逼百姓做任何不情愿的事情。"

水生看了看大家，认真地说："只要你们都听我的，我保证你们一天就能搞到一船粮食。"

陶大胆拍了拍他的肩膀，兴奋地说："小鬼，我就听你一回。我倒要看看你怎么能给我变出一船粮食来。"

陶大胆立即叫大家从芦苇滩里挖出两条他们埋在那里的小船。水生这才知道，他们把船都沉在了水里，上面又种上芦苇，怪不得小日本来了找不到他们。他来了这么多天，也没有发现呀。

到了第二天下午，水生就带着他们出发了。他又带着他们来到那些浅浅的沟塘，打碎冰块，就首先跳了下去，他还大声地对他们说："在我们这鱼米之乡，只要肯动手，还能饿死？"

他不一会儿就从水底拽出一大串莲藕，扔到船上说："只要你们一起下来摸，很快就能搞到一船。"

陶大胆首先在心里笑了：这个小鬼，你能把这莲藕当成粮食吃。可我们部队不能拿它当粮食吃呀。

不过这也是额外的收获，先搞一船野生莲藕给部队送去，也很好啊。陶大胆立即带领大家一起下到水里去摸莲藕，只有陶根子一个人怕冷，不敢下去，说他不会水。

水生在水里嘲笑道："你是孬种，青弋江两岸长大的人，有几个人不会水的？"

水生趁机抓起一把把烂泥，朝陶根子身上砸去，很快就把他砸成了一个泥人。陶根子在岸上被砸得无处可逃，乱奔乱跳，气得大叫："水生，你刚参加队伍，就敢砸我？我比你资格老。"

大家全都笑道："我们革命队伍不分前后，不摆资格。你也下来摸莲藕吧，这也是一场战斗。"

大家齐心合力，很快就摸了一整船莲藕。陶大胆连夜派人往部队送去。

接下来的一天，水生又带领他们去摸了半船的蛤蚌，还抓了几十条鱼。他觉得陶大胆的任务已经超额完成了，没想到一回到住地，陶根子首先向陶大胆提出了意见："陶队长，我们不能再跟着水生后面瞎摸了。他这就是怕我们去陶寡妇家要粮食，故意带着我们瞎转。我们的任务是要搞一船大米。跟他后面是一粒大米也搞不到。没有大米吃，部队还怎么打仗？"

陶大胆显然心里也着急。他一时也想不出办法，他已经听信了水生的话，他不会下令去惩处陶寡妇了。可是除了她家，他也不知道怎么去搞一船粮食。

水生看到大家晚上都闷闷不乐的着急样子。他心里也着急，也睡不着觉。他不是怕任务完不成。他心里是怕陶根子完不成任务，偷偷地带几个人就去把陶寡妇家抢劫了。因为，他知道陶根子从小就是一肚子的贼心，专门惦记人家的好东西，什么事都能干得出来。

于是，水生想了一夜，早上起来就对陶大胆说："陶队长，我今天去搞大米。我保证给你搞来一船大米。"

陶大胆又吃惊地望着他："你到哪里去搞大米？"

陶根子也在一旁嘲笑他道："你不会又带我们到冰块下面去摸吧，大米又不长在水里。"

水生极其认真地说："陶队长，你放心，我今天一定会给你搞一船大米来。但我有一个条件，以后谁也不能再动陶家的主意了。我保证，我今天一个人出去，一定能给你搞一船粮食。"

陶根子立即跳到他面前："你一个人去，你是想溜吧？你还没有参加队伍，就想当逃兵了？"

水生略带嘲讽地说："那你就跟我去划船。你不敢下水，不就是会划船吗？"

陶根子立即退到一旁说："我一个人跟你去，不合纪律。我要带两个人

一起去看着你。你要敢跑，你要敢骗我们，我就先毙了你。"

陶大胆紧盯着他问道："我相信你。你要告诉我，你能去哪里搞一船大米？"

水生顿了顿说："是陶家，我知道她家有一船粮食，是我帮她收割的。"

陶根子又跳了回来，来到他身边说："你的思想总算跟上了。你早就该想开了。快告诉我们，她家粮食藏在哪里？我们去拿，就不要你跑这一趟了。"

水生不理他，他神情认真地对陶大胆说："陶队长，我知道队伍上有困难。可是陶家粮食都是血汗换来的，不是偷的不是抢的。我去搞粮食可以，但你还要答应我的一个条件。"

陶大胆问道："什么条件？你快说。"

水生抬起头来，坚定地说："你要给她家打一个借条，盖上你们共产党的大印。你们以后一定要还给她。你们共产党将来不能赖账，不能亏待了他们孤儿寡母。"

陶大胆立即大声地回答道："行，你的这些要求，我都答应。只要她借了粮食给我们，就是对革命有功的人。我们共产党绝不会忘本，一定会加倍报答她们。可是，你要我们盖共产党的大章，我们现在还没有呀。我们所有的共产党员都给她签字画押，盖上血手印，这就比什么章都管用。"

陶大胆立即写好借条，让大家一起签字画押，刺破手指，加上手印，交给了水生。水生这时才知道，原来陶大胆的真名叫陶大民。

水生收好借条，看到陶根子又在一旁贼眉鼠眼地看着他，就主动对陶大胆说："陶队长，你还是派两个人跟我去划船搬粮吧。但是他们不能进陶家，只能我一个人进去。"

陶大胆说："都根据你的需要，要带他们，也都要听你指挥。"

水生和陶根生带着一个游击队员，一起上了小船，往陶村划去。沟面上还有许多冰没有化，只是中间的冰很薄。

水生在船头敲着冰指路。陶根生不时凑到他面前，拍着腰间的手枪威胁他说："水生，现在陶队长不在了，我就是你的领导。如果你不听我的，胆敢玩花样，我就一枪毙了你。"

水生十分鄙夷地小声对他说："小根子，你吓唬谁呢？我还不知道你的底。如果你以后总是想坏主意，害陶家的孤儿寡母，我就把你过去几次到陶家偷东西被抓的事，告诉陶队长和大家，让你以后没脸混了。"

陶根子慌忙地说："好，好，我都听你的。只要你能把这船米借到，你以后就是爷了，我们都要听你的。"

陶根子说完，就退到后面去划船。水生猛力地敲打着船前的冰块，也控制不住自己内心越来越恐慌。他只是怕陶家出事，才想出来借粮的。其实他心里一点儿底也没有，他知道陶寡妇历来都是铁公鸡一毛不拔的人。她怎么可能答应借一船粮食呢？

九

水生离家后，金梅在家里的任务就更重了。她除了在家里做家务，田里的活儿也要去照应。她每天还要到沟埂上去挖菜。她很喜欢在外面，一出来就不想回去。何况陶家的田地很多，她东跑跑西望望，一天时间都不够。她怕回家去面对陶寡妇的那张脸，她心里已经对她害怕极了。

金水和银水来打闹过一次后，陶寡妇对金梅的脸色还是没变，但是动手打她的次数明显少了，也没有过去狠了，只是经常朝她拍拍桌子打打板凳地吓唬她。她其实心里已经喜欢上这个姑娘，她感觉到了这个姑娘内心的善良和温顺。不但会做事，还特别地会照顾人。她开始有意多让她和庆生在一起，每天让庆生带着她到陶家的各块田地里去转。她是想要他们从小就把陶家的这些田地都记在心里，这都是她拼了命夺回来的。

庆生心里一直怨恨金梅来了，赶走了水生。所以就一直不愿理她，不愿跟她说话。

金梅心里也不喜欢他。这么大的孩子了，一天到晚什么事不会干，还经常仗着他妈妈的势力打她，跟金水银水没法比，完全就是一个废物。再怎么装少爷，也是个结巴。

所以，他们一出村子，离开了陶寡妇的眼，就是各走各的。不管是谁走在前面，后面的那个人都要拉得远远的。他们两个人从来不说话。村子里有人遇到了，故意拿庆生取笑："庆生，又带着你媳妇下地了？"

庆生总是扭着脖子，涨红着脸说："我、我只要水、水生哥。我、我不要她做媳妇。她、她只是我、我家买的丫头。"

金梅在后面听了，心里也鼓满了怨气：你这个小结巴。我做一辈子丫

鬟，也不嫁给你。我一辈子不嫁人，也不做你的媳妇。

金梅一到地里，就完全不顾庆生了。她总是有着干不完的活，因为她从小就喜欢带着金水银水在地里干活。冬天雪地里的农活不多，她有时没事干了，就在沟埂上的菜地里把覆盖着的冰雪扒掉。

这时，庆生就会走过来，双手叉着腰，神气活现地对她说："这、这大白菜，大、大萝卜，都、都是水、水生哥种的。你、你不能动。水生哥说了，有雪盖着，就、就像盖着被子，捂、捂着了，就不会冻死了。"

金梅不听他的，他越说不能扒雪，她越是要扒。她在心里嘲笑道：你个小结巴，你还来教我。这些大白菜，我也要让它们出来晒太阳。

金梅硬是把那些大白菜一棵棵地从冰雪里扒出来，看到她们一棵棵亭亭玉立地站在雪地里，心里开心地笑了。她没想到这个水生真会种菜，把这大白菜种得又高又白。自己从来就没有种出这么漂亮的大白菜，真不知道他是下的什么肥料哇。这时，她就会不停地想起水生，心里产生一种莫名的内疚和怜悯。她觉得这都是自己的原因，是自己来了，抢了水生的饭碗，才让他被辞退了。这么冷的天，他无亲无故的一个人，又能去哪里呢？还不要冻死啊！

庆生见金梅不理他，就又赌气似的自个去找老鼠洞了。金梅干完活，站起身就朝沟面上望去。她就是在这条沟里坐船来的，她每次到了这里，就会想起自己的弟弟金水和银水。她不知道他们在家里，会不会记得自己的话。

金梅抬眼望去时，突然眼前一亮。她首先看到了水生正带着两个人划着小船，朝她这边而来。她的心里不免一阵激动。真是说到曹操，曹操就到啊！刚才还在为他担心呢，现在他就好好地回来了。好人总会有好报，再大的困难也难不倒他。

水生站在船头上，也是习惯地在朝陶家田埂上张望。他也是首先看见了金梅正独自站在雪地里在朝他望着，心里也是自然产生了一种怜悯同情之心。这个童养媳的命真是比自己还苦啊！自己不在了，陶家的活都该由她干了。这还不要把她累死呀，而且她夜里还要挨打。如果自己在陶家，还能帮她一下。

水生很快就看到了在远处找老鼠洞的庆生。他无比激动地扯开了喉咙大声喊道："庆生、庆生。"

庆生听到他的叫声，起身看见了他，立即跳着朝他挥手跑着喊道："水、水生哥。"

水生和庆生一个在船上，一个在沟埂上，相互挥着手，不停地叫喊着，一起来到陶家的水跳板上。水生还没有等船靠稳，就已经跳了下来，和庆生紧紧地抱在了一起。金梅也跟在庆生后面回来了。

水生又回到船上拿起他带回来的那些鱼蛤蚌和莲藕，对金梅说："金梅，麻烦你帮我洗洗去烧，让我们大家好好地吃一顿。"

庆生又大叫道："水、水生哥，你、你在哪里，摸、摸来这么多？你、你怎么不、不带我一起去呀？"

金梅没有说话。她按照水生的吩咐去洗鱼烧饭。她看到跟在水生后面的两个人个个腰里别着手枪，心里暗暗替水生高兴。觉得他一出陶家，就变得有出息了。

只有陶寡妇心里上下不安，怦怦乱跳。她做梦也没想到水生才出去这几天，就带着两个带家伙的人回来了。他这是来者不善，无事不登三宝殿啊，他是回来找我算账的？

陶寡妇毕竟是见过大世面的人。她虽然内心恐慌，但是还是稳坐在太师椅上一丝不动，等水生请了安，才慢慢问道："水生，你这些天出去干啥了？我想找你都没找到。怎么说，我也该送你一些工钱哪。你后面那两个人是干啥的？"

水生忙说道："陶姨，我出去就在葫芦岛住着。这两个人都是我的朋友。"

陶寡妇斜眼看着陶根子和后面那个游击队员，慢条斯理地说道："你没干什么？那你怎么会有这样的朋友，你不会出去当了土匪吧？"

陶根子一听，就气得冲她怒吼道："陶寡妇，你说谁是土匪？你不要不识抬举。"

陶寡妇根本不吃他这一套："你不就是后村的那个小贼陶根子嘛，你别以为你腰里别着个家伙，我就不认得你了。你吓唬谁呢？我日本人的枪口见得多了，哪能怕你这个小贼。"

陶根子被陶寡妇揭了老底，立即恼羞成怒地把手枪拔出来，重重地拍在桌子上："陶寡妇，你这个女汉奸、恶婆子，我们今天就是来找你算账的。"

水生一把夺过他的手枪，严厉地说道："这是在我家。你显什么威风呢？"

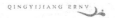

另一个游击队员立即把陶根子抱住，把他推了出去。

陶寡妇这才语气软和地说："水生，你要回来算账可以，干吗去找土匪来呀？"

水生说道："他们不是土匪。他们是共产党的游击队，是陶大胆的队伍。"

陶寡妇心里更加紧张起来："你别唬我。陶大胆会收这样的人？那个人从小做贼就像是个土匪。"

水生说："他早就改邪归正了，参加了革命队伍，就是好同志了。你以后不要再说他小时的事了，谁小时不做错事呢？"

陶寡妇恶狠狠地吐出一口唾沫说："我看他就是个狗改不了吃屎的种。水生，你要回来算账，可以呀。干吗还带他们回来？我们家几代都对你家不错呀。虽然你家只剩下你一个，可是谁家能没有个灾祸？我们家不也就剩下水生一个了？你自己凭良心说，我家还欠你多少工钱？只要你跟我们陶家彻底两清了，以后不上我家门了，要多少我都给你。"

庆生在一旁插嘴道："水、水生哥，你、你还是回家吧。他、他们都不是好人。"

陶寡妇朝庆生一瞪眼："你个小孩，知道什么，给我出去玩去。"

庆生不知道陶寡妇是要把他支走，他抓住水生的手说："我、我哪里也、也不去。我、我要跟水生哥，永、永远在一起。"

水生说道："陶姨，我不是回来算账的。是我欠着你们家的，是你们家把我养大的，这个情我一辈子也还不了。"

陶寡妇不明白地问道："那你带他们这些人回来干什么？"

这时，金梅烧好了一锅鲜鱼端上来。水生连忙盛了一碗鱼递到她手里说："陶姨，你先尝尝这鱼，这都是我在葫芦岛摸到的。我是特意送回来孝敬你的。"

陶寡妇接过鱼碗，连着吃了几口，才赞道："难得你心里还有这份心。其实啊，只要你心里不恨我，我也就安心了。"

水生等陶寡妇把一碗鱼吃完了，才吞吞吐吐地说："陶姨，我回来是想求你一件事，想向你借一些大米。"

陶寡妇连着点头说："你就别客气了，还借什么？你没得吃，就扛些回去。"

水生又说："不是我借，我是帮共产党游击队，帮陶大胆向你借粮，我这里有他们的借条。"

陶寡妇立即变了脸问道："他们要借粮？他们要多少？"

水生说道："一船，只要借一小船，我知道你家里粮食够吃，多的不只一小船。"

陶寡妇没等他说完，就已经把手里的碗朝他砸来，接着就把桌上掀了个底朝天。金梅刚端上来的菜肴都被撒了一地。

陶寡妇气急败坏地用手指着水生破口大骂："我就知道你是黄鼠狼给鸡拜年，没安好心。哪有借一船粮食的？这就是打劫呀！你还拿借条来唬我。他们共产党游击队说来就来说走就走，我到哪里去找他们还？他陶大胆哪天被人打死了，我去找谁要啊？水生啊，你看着老实。其实就是狼心狗肺，吃里爬外的东西，一肚子的坏水。我终于看清你了。你就是变着法在害我们陶家。你想报仇就朝老娘来。"

陶根子听到陶寡妇在里面咆哮起来了，立即冲了进去，拔出手枪对准她说道："我就说过对于这样的恶婆子、女汉奸，就应该一枪毙了，为民除害。还跟她啰唆什么？我们本来的任务，就是要来彻底消灭她，没收她家的粮食的。就是你异想天开，多此一举。"

水生立即挡住他的枪口说："这里没有你的事。你给我出去，你要开枪先打我。我说过只能来借粮，不能来抢粮。"

陶寡妇看到他们人多，索性往地上一躺，一边打着滚一边号啕大哭起来："你们所有人都欺负我们孤儿寡母的。陶家的叔侄们欺负我们，日本人欺负我们，你们共产党游击队也欺负我们。水生你也跟着欺负我们了。你的良心被狗吃了啊！你从小就是我带大的。我现在就剩一条老命了。我不活了。你们要粮没有，要命一条。"

水生看到她闹成这样，只得悻悻地准备离去，他对陶根子说："陶队长说了，我们必须守纪律，我们回去吧。要惩罚就惩罚我，是我没有完成任务。"

没想到金梅突然跑出来，挡住他们说："我知道你们共产党游击队。你们是我们穷人的队伍。这个粮食，我们借给你们。你们要多少，我们就借多少。"

陶寡妇一听，立即跳了起来，冲着金梅吼叫道："你个死丫头，你算什

么东西？我家哪里轮到你做主了？"

这时，庆生也一把抱住陶寡妇的大腿，哭道："妈、妈，我、我也借。水、水生哥，要多少，我都借。我、我只要水、水生哥。我、我不要粮食。"

金梅来到陶寡妇面前跪下说："婆婆，你要打要骂，以后再打再骂吧。我看出来了，水生哥是在帮我们。他是不想你被当成女汉奸给枪毙了呀！我们家那边的汉奸都被游击队枪毙了。你的命比粮食重要啊？粮食没有了，明年还可以种。你的命没了，你让庆生以后怎么办？"

陶寡妇听了金梅的话，才突然清醒了过来。她心里其实还是有些害怕被游击队把她当汉奸给枪毙了，还会伤及庆生的。她立即趁机改变了态度，她又爬起来对水生说："好吧，水生，我看在你面子上，就相信陶大胆一回。你回去告诉陶大胆，他写了字据在这里。他以后不要想赖不还，他就是进了阎王殿，老娘也要跟他去要这船粮食。"

水生立即喜出望外地说："陶姨，你放心，陶大胆和所有的共产党员都签了字画了押。共产党讲话算数，绝不会赖账。"

陶寡妇又说："他们那些人，我都不认识，你也给我签字画押，我只认得你。"

水生说："我还不是共产党，我签字没有用。"

陶寡妇说："我就要你签。等你当了共产党，想赖都不行了。"

陶寡妇等水生签完字画完押，就让他们去搬粮。他们很快就把那个小船装满了。

庆生也跟着忙得一头大汗，他总是跟在水生后面不停地说："水、水生哥，你们、你们再多装一些。"

水生说道："船都装不下了，你们还要留足口粮和种子粮。你叫你妈放心，我明年春天一定回来帮你们收割小麦，种早稻，多收粮食。"

庆生又说："你们、你们要去哪里？我、我也要跟你去。你、你不在家，我、我活着没劲。"

水生安慰道："你还小，还不能跟我走。陶家也离不开你。"

水生看到金梅一直在和他们一样地扛着米袋，心里很过意不去，就走过去说："金梅，你扛不动了，你先歇歇吧。"

金梅不理他，只顾继续扛着米袋，每次都走在了陶根子的前面。她还不时地说着："我从小累惯了，不干活就浑身不舒服。不像有的男子汉，只长了个空架子，干活还不如女人。"

陶根子知道金梅是说自己。他也不生气，他还偷偷地对水生说："水生，没想到陶家买的这个媳妇，人长得漂亮，还这么能干活。如果我是你，打死我也不离开陶家。"

水生立即骂道："你有时间说这些废话，就不能多去扛几袋稻米？"

水生他们装完稻米离去时，金梅过来问他："你们游击队有多少人？我来给他们每人做一双鞋。"

水生回道："你家务事多。我们队伍上人多，就不麻烦你了。"

水生他们划船离去时，金梅和庆生一起站在水跳板远远望着，水生离开很远了，还在向他们挥手叫道："你们放心，明年春上，我一定回来帮你们种地。"

水生满载而归，陶大胆心里非常高兴。他特别地表扬了水生的功劳，说他改变了他们原来的计划。我们共产党游击队就是要和广大的人民群众建立起一种鱼水之情，团结包括陶寡妇这样有过问题的所有的人。还说水生做出了很好表率。我们共产党人一定要说话算数，借的米一定要还，欠的债也一定要还。

水生随即正式参加了他们的队伍，跟着他们马不停蹄地转战到各地去了。

十

水生他们走后，陶寡妇越想越后怕，原来他们是要来除奸的。她心里越来越喜欢金梅了。这个小丫头不但会干活能吃苦，而且关键时刻还很有主见，不怯场。如果不是她及时站出来，自己也许已经被陶根子这样的人枪毙了。从那以后，她对金梅的要求虽然很严，但是打骂已经明显地减少了。她开始改变对金梅的看法，开始教导她。自己对她严全是为了她好，是她的心眼太好了，好人在这个世上是没有饭吃的。因为这世上的坏人太多了，就像是陶家的那些叔伯侄子们，个个都是如狼似虎的，对于他们就应该心狠，好心只能对自己家里的人。

陶寡妇开始感到，将来有金梅帮着庆生，就不会太吃亏了。但是她也开始感到不安，她看到金梅和庆生一直好不起来。他们不只是在外走路不在一

起，而且在家里从来也不说一句话。她感到这样下去，庆生就永远吃不住金梅了。

陶寡妇又开始开导金梅说："庆生比你小，你不能这样待他。你要处处关心他爱护他，你要像对待你两个弟弟一样照顾他。"

可是，不管她怎么说，金梅都是低着头不讲话，她就是无法和庆生亲近起来。陶寡妇感到这个小丫头其实内心很倔，只得改变办法，开始暖暖她的心说："我知道你喜欢你那两个弟弟。你要真想他们，就去把他们接过来玩几天。"

金梅显然有些感动了，但她却说："他们要在家照顾我爸。"

陶寡妇拿出一些新布料给她说："我给你买了一些布料。你给你爸和两个弟弟每人做一件衣服，给他们送回去。你也回去看看他们，你一定要把庆生带上。他们都是亲戚，将来都要相互照顾的。"

金梅立即感动地给她跪下："婆婆，你对我的好，对我家的好，我永远记住。我会一辈子报答你的。"

金梅利用陶寡妇给的布料，日夜不停地给他爸和金水银水每人各做了一件新衣服。正是快要过年了，她心里正在担心他们没有新衣服穿呢。她为此感动了好几天，她开始感到陶寡妇就是天底下最好的人了。她其实就是个刀子嘴豆腐心。她做的一切其实都是为了自己好，为了教育自己。自己所受的打和骂，那都是自己做得不好，是该打该骂的。

金梅做好了衣服，开始主动和庆生说话："庆生，我今天带你去柳树湾玩。我们家那里有好多的柳树，真的好漂亮。"

庆生却不理她："我、我不去你家。我、我不喜欢金水和银水。"

金梅心里也不想带他去。可是她怕不带他，陶寡妇就不会让她回家，就又求他说："你放心，他们不会再打你了。我会叫他们带你到柳树林里去玩，那里有好多黄鼠狼。还有大河里比这里的水沟好玩，还能抓到脸盆大的大河鳖。"

庆生这才有了兴趣，他反问道："真有、有脸盆这么大的大河鳖？"

金梅肯定地说："嗯，冬天，这些大河鳖都爬到沙滩上做窝了，还有很多河鳖蛋和小鳖，一抓一大堆。"

庆生这才高兴地说："那、那好，那、那我就陪你去。我、我就去捉鳖。"

金梅带着庆生，喜滋滋地回娘家。这还是她被卖后第一次回家，满心的高兴都挂在脸上。在清凉渡过河的时候，一船的人都在看着他们，还有人在不停地说着陶寡妇的坏话。

金梅听不下去了，她直对着他们说："她没有你们说得坏。她是个好人。她还买新布让我给家里人做新衣服。"

众人都在笑话道："真是太阳从西边出来了。陶寡妇也能变好人？陶寡妇就是作孽啊！买了这么大的童媳妇。这两个人相差这么多，以后怎么能够配成一对呀！"

金梅听了他们的话，感到心里不舒服，脸上红红的。船一靠岸，她就不顾庆生，一个人跳到了岸上，自顾往前走了，又把庆生丢了很远。

庆生跟在后面追不上，就叫道："金、金梅，是、是你叫我来的，你、你不带我。我、我就回去了。"

金梅听到庆生的叫声，才不情愿地停下等他。

青弋江在清凉渡这里拐了一个特大的弯，就在拐弯处留下了一大片看不到边际的大沙滩。河谷也变得特别宽，看不到两岸的圩堤。在这连绵几十里的沙滩上，到处都长满了一棵棵高大的柳树，那一棵棵古老的柳树已经不知道长了多少年了，一棵棵枝丫密集。虽然是冬天，还没有一片树叶，但是都被冰雪冻结着，矗立在雪地里，就好像是一棵棵玉树琼花，晶莹透底。

庆生一下子就被这一片神奇的景色迷住了。他跟在金梅后面，在这片柳树林中，不知道走了多久，终于来到了柳树林中的一个村庄。这个村庄就是金梅从小长大的柳树湾。站在围堤之上，就能看清这个只有一百多户人家的村庄的全貌。它很特别，前后左右到处都是柳树林。房子有的建在圩堤上，有的建在圩堤的里面，还有的就建在围堤之外。他们各家各户之间都有一点距离。他们每家的四周也都栽了许多柳树。虽然都是些低矮的茅草房，但是到处都是炊烟袅袅，老水牛大白羊在悠哉地走着，鸡鹅鸭成群结队。它们还不时地仰起脖子，发出几声清脆的叫声，到处都是一派生机盎然的景象。

金梅家就住在圩堤之上，面对的就是一片最广阔的沙滩和密密的柳树林。金梅一走上圩堤，正在门口玩耍着的金水和银水就看见了，他们一起欢叫着："金梅姐姐回家了，金梅姐姐回家了。"一边蹦跳着跑过来，一起拉住她的手，把她拉到家里，没人在意跟在后面的庆生。

金梅回到家里，看到家里乱得不成样子了，就一头钻到家里，忙着整理了。金水和银水也忙着帮助到后面的池塘里去拎水。

柳四宝看到他们全部忙得不亦乐乎，都把庆生一个人晾在旁边，没人管，就把银水拉到庆生面前说："就让金水一个人去拎水。你去陪庆生玩。"

银水却瞪着眼说："他坏，他打我们的金梅姐姐。我们恨他，没人跟他玩。"

柳四宝骂道："不要胡说，他是你姐夫。你们以后都要对他和金梅姐姐一样好。"

银水一下子挣开柳四宝的手，指着庆生的鼻尖骂道："小结巴，我们不干，我们不要你做姐夫。你滚回去。你要敢再欺负我们金梅姐姐。我们长大了一定会找你报仇！"

金水听到银水的叫声，也跑了过来，凶狠狠地对着庆生说："小结巴，你后来有没有欺负金梅姐姐？你妈有没有打金梅姐姐了？你回去告诉你妈，以后再敢打金梅姐姐，我们一定要去找她算总账。"

庆生一下子就被他们的这种凶样子吓哭了，他抹着眼泪说："你、你们欺、欺负人。我、我不敢打金梅。我、我心里怕她。是、是她叫我来的。"

金梅听到他们在外面闹起来了，就出来说道："金水银水，庆生是来做客的。你们不能这样对待客人。你们带他到沙滩上去玩，去捉大河鳖。"

金水银水这才不敢说话了，但他们都说："金梅姐姐，我们只想陪你，不陪这个小财主玩。"

金梅也没法子了。她烧好饭，和大家一起吃完饭，看到他们都穿上了新衣服，才安心地带着庆生离去。

金水和银水一直把她送到清凉渡口，还恋恋不舍地不想离去。金梅说："你们回去，好好听爸的话。我过了年再来看你们。"

庆生过了河，跟在金梅后面好久，才敢说话："金、金梅，我、我以后不敢来你家里，我、我怕他们。他、他们欺负人。你、你也骗我。他、他们不带我玩。"

金梅说道："你怕他们什么？他们又没有打你，回去不要告诉你妈。他们以后会对你好的。"

庆生仍在怯怯地说："我、我不会说。他、他们为啥都对你好？怎么就、就没有人对、对我好？"

金梅听了他的话，沉默了半天，才突然说："谁说没人对你好？水生不就是从小对你好，是你们把他赶走了。"

庆生黯然地低下头说："不、不是我，是、是我妈要他走的。他走了，这、这世上就没人对我好了。我、我以后一定要去找他。"

金梅一直走到陶家，都没有再和庆生说一句话了。但是，她的心里却是感到无比的幸福。她爸和金水银水终于穿上了新衣服，她也可以安心地等过年了。这时，她又莫名地想起水生来。大家都有新衣服过年了，他一个人在外面又怎么过年呢？

江南的冬天越冷，往往春天就来得越早。春节过后，就已经是春暖雪融了。所有被冰雪压了一个冬天的麦苗和油菜苗，全都茁壮地生长起来了。所有的田野到处都是呈现出绿油油的一片绿色。

大年初六，金梅就已经一个人到麦田里去拔草了。她知道陶家的田地多，水生走了，家里又没有长工。等到杂草和麦苗一起长起来，麦苗就长不过杂草了，只能先去拔一遍。

柳四宝知道了，也就带着金水和银水一起来帮助拔草。陶寡妇自然高兴，这样她就不急于找长工了。她对于长工的要求很苛刻，找不到比水生好的，宁愿不要。可是比水生好的长工，又能到哪里去找呢？

金梅每天趴在田地里拔草，心里都要想起水生。感到他就是从小和自己一样的命苦，就是会做事，把陶家的田地都修整得整整齐齐，连每一条田埂和水沟都是修得笔直漂亮。于是，她就盼着这些麦苗能早点儿长大，能早点儿成熟，这样水生就会回来帮忙了。他一定会回来的，他说话从来都是算数的。

庆生看到金水和银水经常来他家拔草，也就渐渐和他们玩熟了。但是他们心里还总是有阴影没过去。

十一

水生跟着陶大民的游击队在青弋江两岸打了几个月游击，跑了许多地方，但他心里还是一直挂念着陶家。到了春天麦子成熟的季节，他特地去向陶大民要请几天假。说他去年答应了陶家，要回去帮他们收麦子种水稻。

陶大民立即答应道："我们还欠着她家一船稻米呢。你应该回去帮忙的。我们就是要和老百姓打成一片，成为一家人，这也是一场战斗。你现在已经

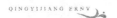

是游击队员了。小鬼子是没几天蹦跶了，也要警惕他们会下乡来捣乱。你就多带几个人去，要多防备，快点干完就回来。"

陶根子跟着就叫道："水生，陶寡妇家给了你什么好处？你干了十几年，她什么没给你，就把你赶了出来。你还真是死了心，这样惦记她家，你是在惦记陶家的童养媳吧？她配你正合适。你干脆就把她带回来吧，我们正缺少一个烧饭的。"

水生立即跟他翻脸道："你这张臭嘴，以后少说屁话。她一进门就是陶家的少奶奶，是庆生的媳妇。"

陶根子又叫道："还少奶奶呢，你参加游击队这么久了，手里都有枪了，怎么还改不了一身的贱骨头？"

水生说道："即使参加了游击队，手里有了枪也不能忘本。我的命就是陶家养大的，这辈子绝不能做任何对不起陶家的事情。"

陶根子又凑过来说："水生，你要是不敢要，就把她介绍给我。她太大了，不适合庆生。我保证以后会给庆生再娶一门媳妇。"

没想到水生一把揪住他的衣服，凶狠地说道："我再次警告你，以后不要打陶家的任何主意。不然我就是被枪毙，也要先毙了你！"

水生说完，就把他猛地摔倒在地上，带着几个游击队员，朝陶村去了。

陶根子爬起来悻悻地说："我就是开个玩笑，你干吗这么急，干吗这么凶呀？你还说你心里没有人家童养媳，你骗谁呀？"

水生是夜里带着游击队员回到陶村的。他没有打搅他们，而是先到了陶家的田里。他看到他去年种的小麦都长得很好。每一个麦穗都很饱满，沉甸甸地弯着头。他剥了几粒放在嘴里嚼，非常香甜，早已熟透了。旁边人家的田里已经开镰收割。陶家明显的是人手不够，才割了一点点。

水生心里高兴，知道自己回来得正是时候，就顾不得休息，趁着早晨的光亮就开始带着大家割麦。

陶家每天都是金梅起得最早。她也是想趁早去割一垄麦子，再回来吃早饭。她远远地就看见陶家田里有几个人在割麦，心里一阵暗喜。她感到一定是水生回来了。她快步跑到田头一看，果然是水生带着的人。

她高兴地大叫道："水生哥，是你回来了。我就知道你讲话算数。"

水生直起腰说："金梅，你起得这么早啊！我们路过这里，就来帮你几天忙。"

金梅又说："你们都割这么多了，一定都累了。你们先停下休息一会儿。我回家去烧水。"

金梅说着又一路小跑着回到陶家，欣喜地叫着："婆婆，婆婆，水生回来了。他带回好几个人在给我们割麦子。"

陶寡妇听到她的叫声，也立即从房间里出来，一边欢喜地说着："水生还真是讲良心啊！"一边朝田里去了。

庆生也听到了，也跟着从房间里跑出来，一边跑一边叫着："水、水生哥回来了，水、水生哥回来了。"

金梅已经同时点着了灶上的两口大锅，一口烧开水，一口煮稀饭，还忙着抹桌子摆板凳，摆放咸菜。她很快就把家里能吃的东西一起找出来了。

在她把一大锅稀饭煮好时，陶寡妇已经领着水生和游击队员一起回家来了。

陶寡妇还在大声地说着："水生呀，你还真把这话记在心里了，还特意跑这么多路回来帮忙。"

水生说："这是我们应该做的，我们还欠你一船稻米呢。你们有困难，我们应该帮助。"

金梅已经给他们把一碗碗稀饭端到了桌子上，说道："大家快喝稀饭吧，一定都累了吧。"

"是呀、是呀，你的稀饭煮得真好。"游击队员们个个称赞道。

金梅看到水生带着大家喝稀饭时，发出了带哨子的响声，心里开心极了。

水生他们吃完早饭，就说："陶姨，我们时间紧，还是去干活吧。"

陶寡妇忙说："不急，人又不是牛，干了这么多活，就该歇歇了。"

水生说："我们有纪律，要快一点干完，还要防备日本人。"

陶寡妇忙说："我去给你们站岗。要是日本人来了，你们不要管我，就往葫芦岛跑。他们再敢追你们，我就用砖头砸死他们。"

庆生也跟着说："水、水生哥，我、我也去站岗。"

金梅说道："你就别去捣蛋了。我带他们去割麦子，你就在家里给我们烧水送水。我杀两只鸭子，你给我把毛拔干净了，我回家来烧。"

庆生连忙点着头说："我、我一定拔、拔得一根毛不剩。你、你再杀一只大白鹅。"

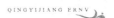

陶寡妇也说："对，再杀一只大白鹅。大家流了这么多汗，一定要让他们吃好。"

金梅跟在水生他们后面一起去割麦子。她干活从来没有输给过别人。她憋了劲要跟水生比一回，紧跟在后面追着他不放。水生没想到这个丫头干活不输他们男子汉，每一垄麦子都和他割得一样整整齐齐。他有时看到她实在累了，就故意放慢节奏，等着她。到后来，干脆说："金梅，你还是先回去烧饭吧。多烧几个好菜，让我和同志们好好享享口福。我知道你的菜烧得好吃。"

金梅仍不依不饶地说："烧饭的时间还早呢。"

别的游击队员都笑着说："水生，你看她跟在你后面，一点都没有比你少割。我们在后面都跟不上了。"

水生被大家笑得不好意思了，只得又弯下腰去割。有时在前面就故意连她这垄的麦子也带割一些。

金梅跟在后面知道他这是有意在照顾自己，心里感到很甜蜜。她不服输是不行的，割麦子她就是跟不上水生。

由于大家都是抢着干，不到三天，陶家十几亩地里的小麦都收到了晒场上。接着，水生又架起了水车。陶家的水车是只有两个人踩的小水车。水生让大家分班踩水，自己牵着老牛去耕田。

金梅也和游击队员搭帮踩水。她最喜欢趴在水车上，一边看着水随着吱吱呀呀的水车声流到稻田里，一边目不转睛地望着水生耕田，做着美梦。原来这就是她一直向往的美好生活啊。

水生不管干到多晚，都要严格执行纪律，带着几个游击队员到葫芦岛野外去住。这一是为了防止日本鬼子偷袭，二是不想给陶家增加任何麻烦。

庆生看到水生他们去住葫芦岛，吵着闹着也要去。水生只好带上他一起去。到了葫芦岛，庆生一下子就被那成片的芦苇滩惊呆了。那无数的密密麻麻的芦苇秆，经过一个冬天的煎熬，正在争先恐后地吐出新叶，黄绿相杂，所有的水路全部畅通了。许多叫不出名字的水鸟在水里不停地钻来钻去。特别是早晨，还要发出各种悦耳的啼叫声。

庆生进去的第一夜，就好奇得久久不能入睡，后来又睡得很死。到了早上被水生叫醒，才看到浑身也不知被什么虫子咬出许多的血孔，他又吓得要哭了。

　　水生把他带回家里，先帮他用热姜水把浑身泡洗了一遍，又帮他擦了一些膏药。

　　金梅知道了，第二天晚上就拆下自己的蚊帐给水生带上。水生不愿带，就说："你不用蚊帐，你怎么睡得着？我们常住在野外，早就习惯了。"

　　金梅硬塞在他手里说："你们就不是人？就不怕虫子咬？你们是客人，客随主便，一定要带上。"

　　水生又带着大家起早摸黑地干了几天，帮陶家所有的稻田插上了稻苗，就要离去了。

　　陶家人个个恋恋不舍地送他。庆生一刻不肯放开他的手说："水、水生哥，我、我也要跟你去参加游击队。"

　　水生劝道："你还小，队伍不能收你。"

　　庆生问道："你、你什么时候还能回来？"

　　水生回答道："早稻成熟的时候，我一定回来帮你们干双抢。"

　　水生最后对陶寡妇说："陶姨，你放心，我们欠你的一船稻米，一定会还你。我们绝不赖账！我们来帮你干活，就算是先付的利息。"

　　陶寡妇不好意思地说道："你这孩子，你帮了我们这么大的忙，怎么老提那船稻米？我们现在不缺吃的。那船稻米我们不要了，算是支援你们革命了！"

　　水生依然认真地说："桥归桥，路归路，借就是借，有借就要还。"

　　到了早稻成熟的时候，水生果然又带着那几个游击队员回来了，帮他们抢收抢种。只是这次时间很紧，他们就是在水车旁搭了个草棚，就睡到了田头上。

　　在他们回来后，金梅也就不想回家了，整天跟着他们干活。到了夜里，她就趴在水车上不停地踩水，别人休息了，她也要一个人趴在水车上踩水。水生只好又过来帮她。他们两个并排趴在水车上，一起步调一致地和谐地踩着水，吱吱呀呀地一直踩到深夜，就是不知道停下来。

　　那夜一轮明月高悬，夜空明净，微风徐徐，熏得人醉。

　　他们开始没有一个人说话，仿佛都能听到彼此的心跳声。最后还是金梅先说了："再有两天，你们又要走了？"

　　水生点头说："是的，队伍上有任务，这几天假是陶队长特批的。"

　　金梅又说："你们部队有女兵吗？"

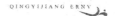

水生说:"我们游击队没有女的,大部队有。"

金梅突然说:"你跟陶大胆说,我要跟你一起去。我也要参加你们的队伍。"

水生立即说:"你不能走,你不够条件。"

金梅把水车踩得哗哗响:"我为啥不够条件?我除了打仗,我什么事都能干。"

水生沉默了好一会儿才说:"你已经是陶家的媳妇,你就是陶家的少奶奶。你不能离开陶家。我不能带你走,我们都不能做任何对不起陶家的事。"

金梅更是发狠地猛踩着水,有些愤怒地说:"我人卖给陶家了,命没有卖给陶家。你不带我走,我就去死。"

金梅踩得太猛。水生跟不上她的脚步,双脚不停地被下面的踩水板砸着。他被砸得再痛,也不敢叫一声。他也不敢看她,只是目光凝望着远方的夜空,嘴里不停地说着:"你也不能死,你必须好好活下去。因为你还欠着陶家,你还没有还清陶家的债。陶家现在只剩下庆生一根独苗了,你有责任把陶家的香火续下去。我也是欠着陶家的。我们都要讲良心,我们都不能做任何对不起陶家的事情。"

水生越说,金梅越是发疯似的踩着水车,一刻也不停下来。水生不敢说下去了,也不敢叫她停下。他只能趴在水车上,呆呆地望着水车里被抽上来的水源源不断地流入稻田里。

直到其他的游击队员来换他们,才硬把金梅从水车上拽下来。金梅一下水车,就累得昏迷了过去,水生赶紧背着她去找医生。

两天后,水生带人离开时,金梅才完全清醒过来。她跟在后面跑过来,追上水生,把十几双新鞋一起扔到他怀里,气势汹汹地说:"水生,你记住,你给我们家帮忙种地,我帮你们做鞋,我们两清了。你借走的一船稻米,必须尽快还回来。你给我早点儿回来还!"

所有人都被她的举动震惊了,只有水生抱紧那些鞋,语无伦次地说道:"你们放心,我绝不赖账。所有的账我都会还。"

金梅没有想到,这次水生失约了。他这一去,好几年就没有回来了,就像完全消失了一样。

十二

水生离开的那一年，日本人投降了。金梅在家里可怜巴巴地等着。她想日本人走了，水生不用打游击，该回来了。水生到年底也没再回来，到了第二年，国共又开始打内战了，知道国民党部队也在找他，金梅开始担心水生，不再祈求他回来。到了第三年，水生仍然没有任何消息。

金梅开始在心里后悔，水生一定不会回来了，都怪自己当着大家的面要他还稻米。可是自己当时说的都是气话呀，自己只是想他能早点回来。自己做的那些鞋，怎么能抵得了他们流的那些汗水？

金梅没有等来水生，却等来了国民党官府的人。他们把陶寡妇抓去，要公审枪毙，说她是女汉奸，还是通共分子。

金梅知道这都是陶家的那些族人心里恨陶寡妇，跑去告发的。她先是跑到那些陶族的长辈们家去挨个地磕头求饶。说不管怎么说，陶寡妇也是进了陶家的人，庆生更是你们姓陶的人。你们怎么能叫外人来害自家人？这不是给陶家祖宗丢脸吗？你们不就是恨她要回了陶家的田产？只要你们能把人救回来，你们想要的田产给你们。人比田产重要啊！

可是没有人听她的话，他们就是想借机清除了陶寡妇，不给祖宗们丢脸。一些尖刻的老婆子小媳妇还当面骂她道："你真是和水生一样，是个贱骨头，没有血性。她那样对待你折磨你，那时没有把你打死，你还要帮她说话。她就是天下最恶毒的坏婆婆。她死了，你才能出头啊！"

金梅没有办法，只好带着庆生一起到县衙门去撞钟喊冤，可是也告不通。

在公审陶寡妇的现场，金梅不顾阻挡地跳上台，说要当众揭发陶寡妇的罪行。这样子，主审官才让她登台讲话。

金梅当众撸起衣服袖口，露出胳膊和腿上的许多伤疤，情急之下，她声泪俱下地哭诉道："父老乡亲们，我就是她买回家的童养媳。因为我家穷，我十五岁了，还被卖给她家做童养媳。我是受过她打骂最多的人。她那时对我是一天三顿打，跪着打，吊着打。你们看看我身上的这些伤疤。我应该就是这世上最恨她的人啊！可是老天在上，天地良心，你们做什么事，都要讲道理。她没有做过的事，你们怎么能栽她呢？她不是女汉奸，这都是诬蔑啊！她一家被日本鬼子一炮炸死了十几个人，她怎么会做汉奸？日本鬼子是

住过她家，可是她不愿意，她是没有办法呀，她一个孤儿寡母的在日本鬼子面前活下来，容易吗？那日本鬼子在县里住了这么多年，你们有多少人都是在日本鬼子的面前活下来的，你们就都是汉奸了？你们这些大男人老爷们，日本人来了，你们都跑了，不能保护她们这样的孤儿寡母。日本人走了，你们还要把她当汉奸杀了立功，你们这是在帮日本人杀他们没有杀完的人啊！你们还有男子汉的脸面吗？老天爷也不会答应啊！你们还要说她通共，更是胡说。她都不知道共产党在哪里，她怎么通共啊？那船粮食与她无关，不是她借的，她磕头打滚儿的根本不同意呀。那是我借的，是我借给水生的。水生在她家从小打长工，出去时什么都没有。做人要讲良心啊！我也是苦人家的孩子，我看到他可怜，我就借给了他一船粮食。他那时不是共产党，现在他到底是共产党，还是国民党，我们还不知道呢。你们谁知道水生在哪里？带我去找他。如果他真的入了共产党，那也是我通共啊！你们就这样要枪毙她，天上有雷公啊！"

金梅的一番话说得下面的人群鸦雀无声。最后主审官只好说陶寡妇的罪行还要调查，把她押了下去。同台的几个汉奸和通共分子全部被当场枪毙。

不久，陶寡妇就因罪名不实，被放回家里。陶寡妇回到家里，一头抱住金梅痛哭："我对你那么差。你为啥还要救我呀？我这条老命就是你救回来的，以后这个家里的事就都由你做主了。"

陶寡妇大难不死，却受了很大的惊吓。她回来后就开始考虑庆生已经不小了，应该给他和金梅圆房了，她特意把她亲家柳四宝请来商量。

柳四宝不由分说地说道："金梅早就是庆生的媳妇了，是该同房了，也不需要办什么仪式了。今天趁我在，就让他们圆房。"

陶寡妇立即叫来金梅，自己先躲了出去。柳四宝直截了当地说："金梅，你从过门时就是庆生的媳妇，现在你们都是老大不小了，我做主，今晚就圆房吧。"

金梅一听，顿时脸色煞白，她只慢慢地说出一句话："你要我死可以，要我和他同房不行。"

柳四宝大声呵斥道："你胡说什么？你早就是过了门的媳妇，早晚都要圆房。"

金梅又说道："你们要我做什么都行，就是不要让我嫁给他。我这辈子只能把他当成弟弟。"

柳四宝一听就更火了。他擂着桌子，吼了起来："你反了，你早就是庆生的媳妇了。你这辈子生是他的人，死是他的鬼，你不愿意也要愿意。这是几年前都定下了的事，你还想怎么样？"

金梅站起来，气呼呼地对柳四宝说："爸，我最后叫你一声爸。你欠的债，我都帮你还清了。你不欠陶家什么了，你可以回家去了，你们谁也逼不了我了。"

金梅说完，就打开门一个人跑了出去。柳四宝急得手足无措地对陶寡妇说："这丫头，这丫头，怎么一长大，就不听话了呢？你放心，这事不能由着她。她愿意要同房，不愿意也要同房。"

这时，外面已经传来了惊叫声："金梅跳水沟了，金梅跳水沟了！"

柳四宝慌忙跑了出来。只见在外面的水沟中间，庆生正在水里拉着托着金梅。金梅已经呛了许多水，还在水中挣扎，断断续续地说着："你让我去死。我人卖给你家，命没有卖给你家。"

庆生也呛了不少水，他已经支撑不住了，两个人正在往水下沉。

柳四宝惊慌失措，一头扎到水里去救他们。

陶寡妇哭天号地地给前来的村人们磕头求救："求你们快救救他们。你们恨我，不能恨他们两个孩子呀！是我对不起你们，不是他们对不起你们。你们不能见死不救啊，该死的是我。"

在赶来的村人们的合力解救下，终于把他们三人一起救上了岸。

金梅和庆生都因为水喝得太多，肚子都涨得圆鼓鼓的了。大家赶紧给他们挤压出许多水来。

庆生最先醒来，他一醒来就大哭道："你、你们不、不要逼金梅。她、她死了，我、我也不活了。"

陶寡妇跪在金梅身边不停地号哭着："金梅呀，你这个丫头，你怎么就想不开呀。要死也该让我去死，你不能死呀。你死了，陶家怎么办？陶家不能没有你呀！"

柳四宝心里也是害怕极了，他赶紧叫人带信把金水银水叫来，日夜看护着金梅。

金水银水一到，就以为又是庆生欺负了她，就又要打他。庆生只是低着头不停地说："不是我、我跟着她，她、她死了，还、还没人知道。我、我一直在、在水下托她。她、她是那么重。"

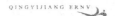

金梅是过了好久才醒来，她木然地看着大家，喃喃地说："你们为啥不让我死？我连死的权利都没有吗？"

柳四宝跪在她的面前，不停地当着她的面，猛抽着自己的耳光，把脸打得啪啪地响："金梅，都怪我无能啊，是我连累了你，我不该把你卖了呀！你不能死。你死了，金水银水怎么办呀？你死了，我哪里还有脸活在这个世上呀？你的命是属于陶家的呀，你要恨就恨我吧！"

金水和银水也一起拉住她的手说："金梅姐姐，你不能死呀。我们不能没有你，你跟我们回家。"

金梅没有再说任何话，她紧闭上双眼，只是泪水不停地流着。

金水和银水一直在陶家日夜不停地守护着金梅，生怕离开一步，她就不见了。

十几天过后，金梅的精神终于好了许多。她对金水和银水说："你们回家去吧，不要看着我了。你们回去告诉爸，不要为我担心了。我都想通了，今晚就和庆生圆房。"

陶寡妇一时不知所措地说："金梅，你自己想好了，我们没有谁再逼你了。我们家的事现在都由你自己做主，你想怎么办就怎么办。"

金梅态度坚决地说："婆婆，我都想通了，你今天就去把陶家的长辈们请来喝顿酒，告诉他们，我和庆生今晚圆房。这都是老天给我安排的。"

陶寡妇赶紧按照她的话去安排。到了晚上，庆生进了金梅的屋，站立不安地说："金、金梅，我、我也不想逼你，我、我都听你的。"

金梅十分生硬地说："那你现在就上床睡觉。"

庆生又说："我、我不敢和你睡觉，我好怕。"

金梅反问道："你怕什么？怕我吃了你？这几年，我吃过谁了？"

庆生又胆怯地说："我、我是怕你死。你、你不能死。你、你死了。我、我们怎么办？"

金梅又骤然落泪道："我不会死了。我前世欠了许多债，还没有还完，阎王还不收我。我的命还要用来还债啊！"

庆生又说："金、金梅，我、我也不想这样的。其实，我、我心里一直想的就、就是去找水生，跟、跟他去参加队伍。"

金梅突然生气地大声说道："你以后不要再说他。他早就不知道死在哪里，成了野鬼了。"

金梅说着，一把抱住庆生，把他摔到床上说："你这个小冤家，我就是前世欠了你家的债，这辈子特意来还的。"

陶寡妇终于如愿以偿地抱起了孙子。这时的她，已经把金梅当成神一样对待了，走在村里，也是趾高气扬的。她感到她终于为陶家做了一件了不起的光宗耀祖的伟业。在这样战乱灾难的年月，是她保证了陶家的香火不断。

当金梅生下第二个女儿不到一年的时候，青弋江两岸终于解放了。青弋江两岸的人民欢天喜地迎接新时代新生活。

水生也跟着打过长江的解放军后面回来了，他还带回来一个两岁多的小男孩，就比金梅的儿子金生大不了多少。

水生已经成为一名解放军的连长。当他一身戎装地来到陶家，看望大家时，金梅只冷冷地说了一句话："你这个死鬼，良心都被狗吃了，还没有死在外面，还有脸回来？"然后就到灶台下去烧饭了，不愿再和他说一句话。

庆生反复看着他的几颗军功章，激动难忍地说："水、水生哥，你、你是大英雄啊！我、我也要当大英雄。我、我也要军功章。"

陶寡妇更是把家里那只老白鹅追得满村子的转，就是抓不到。大白鹅高昂着脖子呱呱地不停大叫，她也就比大白鹅叫得更响："我家水生回来了，我家水生回来啦。他是个大英雄了，他是解放军的大军官了！"

到了吃饭的时候，一家人好不容易坐到了一起。水生激动地说："是我对不起你们，我也一直想回来看你们。后来随部队到江北去了，一直打仗，没有时间回来。现在我们胜利了，我们的新中国就要成立了。我也不会走了，我会经常来看你们了。"

庆生急切地问道："水、水生哥，新中国是个什么样子呀？"

水生神采飞扬地说道："新中国就是一个完全崭新的世界，将是一个完全平等，人民当家作主，没有剥削没有压迫的新世界。这正是我们经过多年的浴血奋战，终于得来的伟大胜利。"

这时，金梅突然气呼呼地插了一句："你们胜利了又怎样？欠我家一船稻米还没还呢。"

陶寡妇忙说："水生，你别在意，金梅只是说气话。她就是刀子嘴豆腐心。她是最关心你挂念你的，她是比谁都盼着你早点儿回来呀。"

水生接着说道："我知道，我都知道。你们放心，我们是不会赖账的。我们一定会加倍还给你们的。陶大胆也回来了。他回来当县委书记，将要带领我们一起建设新中国。"

陶寡妇高兴地大叫道："那还要还什么，就当我们是支援你们革命了。如果不是金梅，就为那船稻米，我都被当成通共分子枪毙了，还我也没命吃呀。"

这时，陶寡妇特意夹了一碗鹅心鹅肝给水生带来的小男孩儿吃。金梅的儿子金生看到了，也伸出小手来抓，嘴里还嚷嚷着："奶奶、奶奶，我也要吃。"

金梅立即朝他一瞪眼："金生，你不许叫！你凭啥跟他争？人家是军官的儿子，是贵种！"

水生知道她这是在冲自己发火，就说道："他叫刘新生，是我战友刘解放的儿子。他的爸妈都在解放战争中牺牲了。他爸还是为了救我牺牲的。我把他带来，希望你们能帮我把他养大。他是烈士的后代呀。当时，他爸妈给他起名字叫新生，就是为了迎接新中国的诞生。"

陶寡妇惊讶地问道："他不是你儿子？你还没有成家？"

水生笑道："这些年，年年南征北战的，哪还顾得上这个事？我和许多战友一样，都在为迎接新中国而奋斗。"

这时，金梅再也吃不下去了。她立即抱起新生，牵着金生一起出去，偷偷地到一旁流泪去了。

陶寡妇忙说："你把新生放在这里，尽管放心。金梅和我一样，就是儿女心太重，绝不会看轻了他。"

等到水生出来找他们，金梅正给着他俩一人一口地喂着饭。新生已经和金生玩到一块儿去了，已经不分彼此。水生没有惊动他们，他自己一个人偷偷地从后门走了。

过了几天，水生又去看望新生。新生仰着小脑袋说："你不去打仗，又来干什么？我不跟你走了，我要跟金梅妈妈，跟金生玩。"

金梅想请他给刚会走路的女儿起名字。水生想了想说："现在已经是祖国河山一片红，就叫她国红。"

大家都跟着一片叫好。金水和银水也都来了，他们也都长大了。他们全都跟在水生后面要去当兵。水生却说："我们国家打了这么多年仗，应该歇歇了。我也要和许多战友一起转业搞建设了。你们现在的主要任务都是去建设我们的新中国，所有建设新中国的地方，都是我们的新战场。"

十三

中华人民共和国成立之初，百废待兴。水生在县里忙得一个人当成几个用，他一方面要带领队伍到皖南山区配合剿匪，一方面要帮助陶大民成立各种新组织。他已经是这位新县委书记的得力助手。但他坚持每个月要回陶家一次，看望新生和他们全家。每次回来都能带来许多激动人心的好消息。

水生对金梅说："我们刚成立了妇女联合会，要开办冬季妇女训练班。我给你报了名，你要去参加培训。"

金梅笑道："我都生了两个孩子了，还去参加什么培训呀，我就在家带孩子，外面事是你们男人的事。"

水生劝说道："不，在我们新中国，妇女要顶半边天。我们开办妇女培训班，就是要帮助广大妇女在精神上彻底解放，帮助教育妇女，培养女干部。你一定要带头去学习，带头做一个新中国的新妇女。"

陶寡妇立即鼓励道："好事，好事呀，真是新中国、新社会、新气象。自古以来，哪有给妇女办学习班的？真是开天辟地第一回呀！金梅，你一定要好好去学。将来当个女干部，给我们妇女争光。这几个孩子交给我带，你尽管放心去吧。"

庆生也跟在水生后面吵着："水、水生哥，我、我也要参加培、培训班，我、我也要做新中国的新人。"

水生说："我们也组织了青年军训班。你和金水银水都可以去学习，一边生产，一边学习军事技术。你们都要记住，我们的新中国来之不易，还有许多敌特坏分子在捣乱破坏。你们都要掌握过硬的军事本领，当国家需要时，就能上战场。"

庆生兴奋地说："好、好，我、我去告诉他们，我、我们一定好好学。谁、谁来破坏新中国，我、我们就都上战场去。"

庆生说着，就头也不回地朝柳树湾跑去叫金水和银水。水生还没有回去，金水和银水就跟庆生一起又跑来了。金水和银水都已长成大小伙子了，都是满脸红光，充满了青春的活力。

金水上气不接下气地说道："水生哥，我还要跟你去打土匪。我爸说了，新中国好，新中国让我们贫苦人家都翻了身。我们都要保护新中国。谁敢来破坏，我家里有我先上，我没了银水上，我们都没了，他就自己上。你放心。我们都不怕死的，我们不会给你丢脸。"

水生听着笑了："我知道你们不怕死，可是我们不要你们去送死。我们还要你们建设新中国呢。为了建设新中国，你们就必须学会过硬的军事本领，才能消灭敌人，保护祖国。"

金梅在大家的一致鼓励下，还是去了县里的妇女培训班。来自全县的几十个妇女都是她这个年龄的小媳妇大姑娘，没有几个识字的，也没有什么修养。她们聚在一起叽叽喳喳地说个不停，什么难听的话都能说得出来，连金梅在一旁听着都感到脸红。

当她们听说水生要来负责指导她们学习时，全都哄堂大笑："他还来教我们？他自己也没念过书。他还是小公鸡，是个童男子，还没碰过女人，还不知道女人长得啥样。他还能给我们上课呀，他知道孩子是怎么生出来的？"

"他只会打仗，哪会管我们女人。让我们管他还差不多。"

"听说他很会打仗，年纪不大，确是个老革命，大英雄了。他打过游击，进过大别山，上过淮海战场，参加过渡江大战。他就是怕女人，遇到女人就害怕，就躲得远远的，不敢说话。所以一直找不到女人。"

"其实呀，像他这样在公开场合不敢和女人说话的男人，就是会在暗地里想女人。说不定心里早就装着哪个女人，夜夜做梦呢，这就叫闷骚。"

金梅再也听不下去了，她按捺不住地站起来说："有你们这样背后说人的吗？水生从小就是我家的长工，人老实能干，现在又是大英雄。你们真要关心他，就给他介绍一个好姑娘。"

妇女们又开始窃窃私语："还是她家长工呢，都是新中国新社会了，她还是老思想呢。"

"她就是陶家的少奶奶，水生当初就是因为她才被赶出去的，说不定他们早就是相好的。她还说水生老实，也许水生心里一直装着的那个人就是她呢。"

金梅听了她们的话，只感到脸上火辣辣地痛，还要说话。这时，水生带着一个干部进来了，他是长得明显要比水生壮实魁梧，只是皮肤粗糙黝黑，没有水生秀气。

水生首先鼓掌说："妇女同志们，这位就是我们青弋江县的县委书记陶大民同志，也就是令敌人闻风丧胆的大英雄陶大胆。让我们以热烈的掌声欢迎陶书记讲话。"

妇女们一起鼓起了掌。这还是金梅第一次看见陶大胆，原来他也只是个普通人，没有想象中的那么神奇伟大。可是他的嗓门却是特别的粗特别的高，一开口就能震撼人的耳朵。他站在讲台上，激动地挥着双手，张开大嘴说道："妇女同志们好，我首先代表我们青弋江县委代表新政府欢迎你们来参加妇女培训班。这是我县办的第一个妇女培训班，以后还要经常办。我要特别的祝贺你们妇女同志们。中华人民共和国的成立，你们妇女也就彻底解放了。现在你们和男人一样平等了。他妈的，那万恶的旧社会就是坏呀！怎么能给你们妇女制定那么多条条框框，戴上那么多的锁链啊？怎么能够欺压你们妇女呢？什么人不都是你们女人生的？男人再有本事也不会生孩子。他妈的，那、那个恶毒的旧社会就是要打倒，那、那些欺压你们的男人都该打倒，再踩上一万只脚！"

水生知道陶大民也没有什么文化，打游击多年，也就前面能说几句话，越到后来也就是越粗，再说下去就更难听了，这都是他在游击队养成的习惯。水生赶紧在一旁高举右手高呼口号："打倒万恶旧社会，彻底解放妇女，誓死保卫新中国！"

那些妇女们也跟着水生高呼口号："打倒万恶旧社会，彻底解放妇女，誓死保卫新中国！"

陶大民也跟着她们一起高呼口号，然后就说："我的话说完了。我现在宣布，你们正式开学了！"

陶大民说完后，就叫大家每人说说感想，主要就是忆苦思甜，说说在旧社会所受的苦。所有的妇女都开始控诉在旧社会所受的压迫和苦难，许多人说着说着，就控制不住地痛哭流泪，说到后来都是在无比感激新政府，在高呼毛主席万岁、共产党万岁。

陶大民和水生也被她们的情绪感染了，也跟着她们开始流泪。说到最后，陶大民又激动地拍起了桌子："他妈的，这个旧社会就是不把你们妇女当人啊，有多少穷苦人家被逼得卖儿卖女啊，被逼出了多少个白毛女啊！你们班上就有一个童养媳。那个陶家的童养媳，怎么没有发言啊？你也起来说几句话呀，你也是受过不少苦的呀！"

金梅一直躲在后面，没有说话。听到陶大民叫她，才站起来发言。没想到她开口却当众责怪陶大民："我没有要诉苦的。我在陶家吃的苦都是应该的。我婆婆打骂我都是为了我好，都是为了陶家好呀。陶大胆，我心里最恨的人是你。你借了我家一船稻米，就跑了几年不回来。你还把我们家水生带跑了几年。你为啥不早几年来解放我们？那样我就不会被卖给人家做童养媳了。现在来解放我有什么用啊？我早就做了陶家媳妇，成了陶家人。"

陶大民一时被她说得无言以答。只好望着水生说："我没有跑呀。我们是转战到江北去了。我们到外面转战，就是为了解放无数像你一样受苦受难的穷苦人，就是为了解放无数像你一样受压迫受欺负的妇女。你们现在都已经解放了。新中国不会再有童养媳，不会再有人压迫欺负你们了。"

金梅听了他的话，不由得泪水汪汪地说："可是我已经被卖了，已经生了两个孩子了，我还怎么解放呀？"

水生接过她的话说："金梅，让你来学习，就是要提高你的思想觉悟呀。你已经是新中国新人了，要能跟得上新中国的步伐。你已经解放了，你现在能够接受学习教育了，就是最大的幸福呀。我们不是解放了一两个人，我们是解放了全中国千千万万的妇女。我们也不是为了一两个人活着，我们是在为全中国受苦受难的人活着。"

金梅听完他的话，觉得这几年水生的变化确实很大。他已经不是过去的水生了，说话一套一套的。金梅越听鼻尖越发酸，她知道水生一直都是只为别人着想，从来就不为自己着想。

开学典礼后，水生送陶大民回去。陶大民一边走一边说："水生，你以后请我来讲话，给我写好讲话稿。对这些小妇女，不能讲粗话了，不能被她们笑话。我们以后都必须加强学习，每天晚上必须读一篇马恩列斯毛的文章才能睡觉。"

水生紧跟着说："是，陶书记，我一直在按照你的指示加强学习。陶书记，你还是让我去青年军训队吧。我还是教他们打仗行，教这些妇女不行。"

陶大民立即朝他吼道："你休想！才解放几天，你就敢不听老子的命令了？她们是我们培养的第一批女干部，责任重大。你必须给我把她们带好了，她们没走，你哪儿也别想去。"

"是，坚决服从命令！"水生立即向他立正行礼。

陶大民又对着他说："我还有一个命令，你要尽快在她们中间找一个媳妇。这也是我安排你到她们这里来的一个目的。你不要心里老惦记着陶家的那个童养媳。"

水生站得笔直，羞红着脸说："报告领导，我没有惦记。"

陶大民紧盯着他说道:"你没有惦记,你脸红什么?你小子肚子里有什么,我还不知道?你还想唬我?我这也是为你好。陶家童养媳已经是两个孩子的母亲了,你不能犯生活作风的问题。我们共产党干部对生活作风问题一向抓得严。你小子要犯错误。我一定严肃处理你。"

水生立即响亮地说:"请首长放心,我一定牢记教诲,绝不犯生活作风的错误!"

陶大民最后语重心长地对水生嘱咐道:"水生,中华人民共和国成立了,我们的任务更重了。我们的目标不是打天下坐江山,而是为了要把我们的国家建设得更好。我们的文化都不高,我现在每天都在加强学习呀,一天不学习,就跟不上新形势。你也要利用这个机会,好好学习,努力进步。我们都不能在新中国落伍。我对你还有很大的期望。"

陶大民走后,水生才回到妇女培训班。他又带来一个年轻的女教师,教她们开始识字。她们的培训班就是从识字开始的。

又有一些妇女按捺不住性子,在悄悄地传说着:"这个小杨教师是不是水生相好的?她配水生正合适,他俩越看越像一对儿。"

金梅听了,心里又是酸酸的,一直心神不宁的,别人的名字都学会写了,她还写不出自己的名字。

水生看见了,就走过来教着她一笔一画地写着"金梅"两个字,大家都围过来看热闹,一起惊叹道:"水生,你也没有念过书,你怎么这两个字写得这么漂亮?"

水生被她们说得满脸通红,脸上不停地冒着冷汗,忙着解释道:"我也是在识字班学的。这两个字重要,老师教得多,一个是金子的金,一个是红梅的梅。"

"还教的多呢,老师就不教你别的字呀?"妇女们又一起哄笑道,"水生,你心里是不是早有相好的,不然我们给你介绍一个?"

金梅立即打断她们的话说:"你们都不要只说不做呀,有合适的赶紧给他介绍一个。我帮他娶回家。"

水生脸更红了:"上课时间,你们不要乱说话了,要把杨老师教的字学会。你们要做新中国的新人,首先就要学会识字。"

金梅性子急,她听大家都说小杨老师适合水生,她也越看越般配。没过几天,她就等不及了,她在路上堵住了杨老师,直接就说:"杨老师,大家

都说你最适合水生，你就嫁给他吧。他真的是个好人，他的心里总是为别人着想。你跟了他，绝不会吃亏。"

杨老师却微微笑道："她们说的人是你吧？我早就嫁人了。"

妇女们在一起，就是七嘴八舌的。几天的时间，关于水生过去在陶家的一点一滴都给挖了出来。她们不再对识字读书感兴趣，整天都在说着水生和金梅之间的事。都说水生几年没有回来，都是因为怕控制不住自己，要把金梅带走了，对不住陶家。

妇女们每次看到水生来，总是爱拿他开玩笑，常常把他搞得满脸通红下不了台。有人当面问他："水生，你是大英雄，很会打仗，抓了许多俘虏，为啥就抓不住一个女人的心呢？"

"水生，你现在可是香饽饽了。你到底是想娶个什么样的女人呢？在我们班上有没有你看上的呀？"

"你是不是心里早装着个人了，忘记不了啊？所以才不要我们介绍。"

水生有时被她们逼急了，就说："我们新中国刚成立，事情多任务重。我还没时间考虑个人问题，我要先考虑国家的事情。"

妇女们全笑了："你没时间考虑，我们帮你考虑呀。你到底要找个什么样的，是不是就要像金梅一样的呀？"

金梅听了着急，就朝她们大叫："你们是来学习的，还是来嚼舌根的？这个妇女培训班就不该办，我们妇女就应该在家带孩子烧饭，跑来能学什么呀？"

妇女们又都笑她："金梅，就你最应该来学习，你的思想太保守了呀。如果你过去思想开放一些，胆子大一些，你不是早就和水生一样是老革命了呀？"

不管她们说什么，金梅都没有后悔当初没有坚持跟水生走。她当时那么决定，最后认命了，其实就是听了水生的话，人不能只为了自己活着，还要为大家活着。她和水生都不能做任何对不起陶家的事，她和水生都要做有良心的人。她知道做人是一辈子的事，无论如何，她都不能让水生为她背负任何不好的坏名声。而且她越来越觉得自己做得对，现在看到陶家和自己娘家，都是越来越好，越来越和睦，自己还有什么后悔的呢？自己就是为了这两家人活下来的。

只是现在每天听到这些风言风语的，每次看到水生，她的心里还是有一些隐隐作痛。她有时就忍不住在心里狠狠地骂着水生：都是你这个家伙，不该走的时候你走了，不该回来的时候又回来了。

金梅听不得任何人说水生的一句坏话，又怕自己影响了水生的前途。他现在已经是个很有前途的青年干部了，前途远大，自己绝对不能对他有任何不好的影响。而自己在这里一天，她和水生就都成了大家议论的焦点。特别已经有人在说水生就是因为挂念她，才把她带到妇女培训班的。

最后，她前思后想，忍受不了这种内心的煎熬，没等培训班结束，就借口回家看孩子，提前回到陶家，再也不愿回去。不过她心里还是很感谢水生，这段时间不长的妇女培训班的学习，对金梅的影响很大。她仿佛感到自己的腰杆一下子硬了。她终于可以像人一样去活了，她也终于知道了女人也可以像男人一样去生活。

水生特意回去请她，要她一定要好好珍惜这次难得的机会，她说啥也不肯："那些个妇女，个个都是毒嘴毒舌，我一天也不愿见到她们。"

金梅嘴上这么说，其实都是假话。她其实最想见最不想见的人都是水生。她是见不着想见，见了心里又要忍受一种煎熬。她现在仿佛又理解了水生为啥一去几年没回来，因为有一种见面比不见面更加使人难受，远离才是最好的办法。

十四

水生终于送走了这群首期妇女培训班的妇女。他如释重负，立即赶往青年军训营。这才是他最擅长的地方。

青年军训营就设在柳树湾。因为这里有青弋江最广阔的沙滩和柳树林。来自青弋江两岸的几百名青年都聚在这片柳树林里。他们都是早出晚归，中午吃的干粮都是从自家带来。他们个个生龙活虎，精神抖擞，情绪高涨，整天在柳树林练习跑步、匍匐、劈刺、瞄准、投弹、挖战壕、下河潜渡等战术动作。他们没有枪，就砍下柳树枝做出许多的木枪和手榴弹。还每一个人都用柳树枝叶做了一顶绿帽子，整天戴着，成了柳树林中的又一道亮丽的风景。

庆生、金水和银水都在他们里面。可是他们并不和睦，因为大家都整天叫着庆生是小地主，不愿跟他在一起训练。他也练不过人家，就想跟在金

水、银水后面。

金水、银水也受大家影响，越来越不喜欢他，觉得他给自己丢脸了，总是有意要丢下他。他只能跟在后面结结巴巴地叫道："我、我是你们姐夫，你、你们不能丢下我。"

金水和银水一起说："金梅姐姐是在旧社会卖给你家的。我们不喜欢你这个姐夫。你不要跟在我们后面，拖我们的后腿。现在是新社会了，你以后要对金梅姐姐不好，我们就把她接回家。"

庆生不敢再跟在他们后面了，只能一个人孤独地在一旁训练着。这种状况直到水生来了，才有了改变。

水生一到，大家的气氛也就变得更加的热烈了。庆生就像小时候一样，整天跟在他的后面，再也没有人小看他了。

他们除了农忙季节，几乎每天都来训练，风雨无阻。水生还特意组织他们之中的尖子，到皖南山区去野战训练，参加剿匪实战。就是农忙季节，也要组织大家组成突击队，去帮助有困难的人家。

水生的能力出众，各项工作都开展得轰轰烈烈，心里最高兴的还是陶大民。他正在向上级推荐重用水生时，震惊中外的抗美援朝战争爆发了。

中华大地再次进入了支援抗美援朝的热潮中，青弋江两岸的人民也当仁不让地投入抗美援朝的宣传中。水生训练的青年团更是踊跃参军，热情空前高涨。

水生开始受命负责志愿军的招收工作。由于要求参军的人很多，水生出于全县工作的统筹考虑，自己制定了三个土政策：一是家里只有一个儿子的不能去；二是家里只有两个儿子的只能去一个；三是结了婚有孩子的不能去。

许多人整天围住他吵闹："水生哥，帝国主义打到家门口了，为啥不愿让我们上战场？保家卫国，人人有责，我们都要跟你去前线杀敌！"

"水生哥，我们好不容易成立了新中国。这些豺狼都来了，他们就是不想让我们建设自己的国家，让我们都到前线去消灭他们，保护我们的胜利果实。"

水生一天到晚都要耐心地和大家做工作："你们都上前线去打仗，我们家里谁来搞建设？我们新中国刚成立，还是百废待兴，许多事都要有人去做，搞好新中国的建设，才是最重要的大事。你们放心，只要前线需要，我一定把你们都带去。我们绝不会让一个帝国主义侵略者跨过鸭绿江，破坏我们新中国的建设。"

金水、银水和庆生都要跟他一起参加志愿军，整天都跟在他的后面吵闹不休。

按照水生的规定，金水和银水也只能去一个了。他俩也就闹得最凶，一刻也不让水生清闲，日夜跟着他："水生哥，你就给我们开开后门，让我们都去吧。打仗亲兄弟，我们从小就没有离开过呀。我们去一个不放心。"

水生毫不松口地说："不行，这是硬规定。你们都走了，你们家里谁来负责？谁来建设我们的家乡？谁来建设我们的新中国？我们抗美援朝的目的，不是想去打仗，而是要把侵略者打回去，全心全意地建设我们的新中国。"

金水见说不通了，就说："那我们就按大小来，我是老大，就该我去。"

银水也毫不退让地说："哥，我从小都听你的，可是每次打架，都是我先上的。打仗的事应该我去，家里事由你做主。"

水生一个也劝不住，只好说："这事你们两个谁也做不了主，把你们爸叫来，我和他定。"

柳四宝被叫了来，他眼里含着泪说："说实话，我这两个儿子，我都不想他们去。可是豺狼打上门了，他们就必须去上战场。我们国家被日本人糟蹋了这么多年，不能再被别人糟蹋了。你们要我选，我手背手心都是肉啊！我能选谁呢？让他俩抽阄吧。"

水生只好写了两个字条，让他俩去抽。最后，是银水抽到了去。父子三人立即紧紧拥抱在一起痛哭失声。

银水异常激动地说："你们都放心，我一定不会给你们丢脸，我一定会成为大英雄的。"

庆生也要去，他从一开始就被水生排除在了名单之外。他整天闷闷不乐的，他晚上回到家里对金梅说："金、金梅，我、我想请你帮、帮我去跟水生说，我、我也要去参加志愿军。"

金梅不解地问："你为啥要去参加志愿军？是我们家里对你不好，让你不想留在家里？"

庆生连忙摇头说："不、不是的。水、水生到现在一个孩子都没、没有，他、他都要去上战场。我、我有两个孩子了。我、我们不能总叫他去保、保

护我们。"

金梅直望着他说道:"水生又要去打仗了?他为啥要去?他做事都是自己做主。我帮你说话,他不会听的。"

庆生接着又说:"其、其实,我去参加志愿军,不、不只是为了跟着水生。现在是新中国、新社会了。他、他们还都说,我、我是地主的儿子。我、我不能让金生和国红,也成、成为地主的孙子。我、我要做英雄。我、我要让他们和、和新生一样,成、成为英雄的后代。我、我是为了金生和国红,才、才要去打仗的。"

金梅突然用十分敬佩的目光看着庆生,连声称赞道:"好,好,庆生,你终于长大了,你终于做了一件男子汉该做的事情,说了一句父亲该说的话。我支持你去。我们一大家人,为啥总要水生他们去保护我们?你尽管去打仗,家里的事你放心。"

庆生又涨红着脸说:"金、金梅,你、你放心。我、我不会再给你丢脸了。我、我一定会为金生和国红,拿、拿一张大奖状回、回来。我、我一定会让他们也成、成为新、新中国的新、新人,不、不受别人欺、欺负。"

金梅有些痛惜地望着他说:"你不但要给他们拿大奖状回来,还要给他们好好活着回来。"

庆生高兴得有些不知所措地说:"谢、谢金、金梅,我、我去参军,绝不是为、为了自、自己立功。我、我是家里的男、男子汉,我、我要担起责任了。你、你赶快帮我,去、去找水生吧。只、只要他、他点头,就、就行了。他、他最听你的话。"

金梅摇头说:"水生不让你参军,我去说也没用的。他自己定的规矩,他不会自己违反。你就去找管他的陶大胆,你就去跟他说。只要能让你参加志愿军,他欠我们家的一船稻米,我们不要了!"

庆生又怯怯地说:"那、那你陪、陪我去,我、我怕他。"

于是,金梅就陪着庆生到县里去找陶大胆。正遇到芜湖几十万各界民众上街大游行,他们高举"抗美援朝"和"打倒美帝国主义"的旗帜,高呼口号。金梅和庆生也自动加入其中,他们跟着大家一起高呼口号,情绪更加的高涨。

在县委大门口被哨兵挡住了不让进,金梅对着大门就大喊起来:"陶大胆、陶大胆,我们找你要债来了。你不要躲啊,你不要赖账。"

陶大民听到她的叫声，马上叫人把他们请了进去。陶大民紧握着他们的手说："你们别急，我马上安排他们还你们稻米。我们欠你家的稻米，欠所有人的债都要归还。"

金梅扑哧笑了："陶大胆，我们家那船稻米支援革命多少年了，你得算多少利息呀。算了，我们都不要了，就算是支援抗美援朝了。我们这次是来向你告水生状的。"

陶大民立即警觉地问道："水生在你家犯啥错误了？我一定严肃处理他。我就知道这小子，早晚会犯错误。"

金梅学着在妇女培训班学的知识说："就是呀，他这次犯了大错误了。他制定的那三条土规定都是错误的。什么家里只有一个儿子的不准去，家里有两个儿子的只能去一个，结了婚有孩子的不准去。都打仗了，美国鬼子都到家门口了，还能有这样的规矩？什么时候能有这样的规矩？最不该去的，就是他水生呀，他家就剩他一个独苗了，他不能去。我们家一家五口啊，怎么也该有一个参军的数字呀。"

陶大民终于听明白了，他笑道："金梅同志，这不是他一个人决定的，是我们大家统筹考虑决定的。水生不同，他是党的干部，也是军队的干部。他有丰富的战斗经验，军队需要他去指挥战斗。"

金梅立马接着说："那不就是他有参军的特权吗？既然能有特别的考虑，那也就给我们家一个特别的数字。"

庆生赶紧站起来说："报、报告，我、我也要参加志愿军！"

陶大民严肃地问道："你为啥要参加志愿军？你以为上战场打仗是像过去一样，跟在水生后面去好玩吗？"

庆生认真地高举右手说："报、报告领导，我、我要参加志愿军，我、我不是去玩，我、我要洗心革面，做、做新中国新人，不、不做地主的儿子。"

金梅也站起来，跟着说："请你给我们家一个参加志愿军的名额。我们全家五口，不能只让水生这样的独苗去保护。要是庆生不合条件，那就我去，我知道你们在收女兵。"

陶大民彻底被他们感动了，他站起来，激动地说："你们说得好，我们革命队伍的光荣传统就是，母亲送儿上战场，妻子送郎上前线。国家有难，人人有责，谁说他有老婆孩子不能参军了？我批准了！庆生，你从现在开始，就是光荣的中国人民志愿军战士了！你不再是地主的儿子，你和他们所有的志愿军战士一样，都是我们的英雄了！"

庆生顿时激动得泪如雨下："谢、谢领导，我、我绝不会给你、给志愿军丢脸！"

青弋江两岸首批入朝参战的志愿军战士，就达到了八百五十六名，他们出发时，个个胸戴大红花，整齐立队。两岸数万民众，闻讯拥来，夹道相送。

金梅和陶寡妇也带着几个孩子都赶来了为他们送行。新生、金生和国红一起拍着小手叫道："我爸爸参军了，我爸爸是英雄了！"

庆生站在队伍里，不停地朝他们招手，眼里灌满了泪水。只有这时，他才感到他已经真正和大家融为一体了。

金梅看到庆生一身戎装、精神焕发的样子，也是心头一热，一种从没有过的暖流传遍全身。她对着庆生大声喊道："庆生，你记住了，你是两个孩子的父亲了。我和你妈，和金生、国红都等着你打胜仗回来！"

站在庆生身旁的银水也朝金梅喊道："金梅姐姐，你放心，有我在，我一定会保护好姐夫。"

柳四宝和金水都参加了鼓乐队，他们在奋力地猛敲着锣鼓，震天动地。

陶大民在欢送大会上，撕破了喉咙地大声说道："同志们，战友们，我们的中国经过一百多年的浴血苦战，好不容易迎来了新中国的诞生，可是那些帝国主义和反动派，他们不让我们好好地建设我们的国家，又打到了我们的家门口来了。我们决不能再让任何侵略者踏入新中国的大门，一定会坚决地把他们打回去！这是我们新中国的第一战，也是新中国的立国之战，一定要打出我们中国人的气势！

"今天我们青弋江县首批八百五十六名志愿军战士就要奔赴前线了。你们都是我们青弋江培养出的最优秀的儿女，是我们的骄傲！我们还有几十万的青弋江的父老乡亲，我们将永远支持你们，如果需要，我们还会前赴后继，分批上战场。任何针对我们新中国的阴谋都会失败，因为我们中国人民已经站起来了，我们决不会再受任何欺负！"

金梅在下面听着陶大民讲话，也感到了热血沸腾。她也感觉到这个陶大胆也是在天天进步，水平提高得快，不用讲话稿，也再不说粗话了。随着陶大民的讲话，数万人民和所有志愿军战士一起振臂高呼："抗美援朝，保家卫国，打倒一切帝国主义和反动派！为了新中国，前进、前进！"

所有新入伍的志愿军战士，高唱着嘹亮的歌曲列队远去。水生走在最后面，陶大民紧抓住他的手说："水生，这些都是我们青弋江培养出的最优秀的儿女，我都交给你了，你一定要把他们都给我带回来。"

水生激动地说："请首长放心，我一定照顾好他们！不管打到哪里，我们决不会给青弋江的父老乡亲们丢脸！"

十五

水生他们奔赴朝鲜战场不久，陶根子就带着工作组回到陶村搞土改。中华人民共和国成立后，他一直在抓土改的试点工作，他对这项工作很热心，干得很卖力，也得到很多表扬。他正是春风得意的时候，现在土改工作已经全面推广了。

陶根子到了陶村，首先就来到陶家，他对着陶家的正八间转了一圈又一圈。有人跟他说："陶队长，这是军属的房子，里面住的都是军属，是不能分配的。"

陶根子朝他翻着白眼道："这我还不知道。水生跟我打了几年游击，我的资格比他老多了。他还是我的老部下，他早就和这陶家没有任何关系了，他是被赶出去的小长工。庆生是参加了志愿军，那是他耍的滑头，想钻政策的空子。他到底还是地主的儿子，这房子也是地主的财产，也要按政策分配。"

自从水生进了游击队后的这几年，水生处处抢了陶根子的风头，特别是陶大民还公开地认了水生做干儿子，什么事都要听水生的。这就使陶根子又吃醋又生气，这口气已经憋在心里太久了，一直无处去发。现在水生去了朝鲜，那里战火纷飞，枪林弹雨，美国飞机天天在"下蛋"，水生能不能活着回来，都是两回事了。现在整个陶村以及整个陶辛圩都归他管了，他正可以扬眉吐气，好好抖抖威风了。

陶根子来到陶家门口，双手叉腰，高昂着头大声叫道："陶寡妇、陶寡妇、陶寡妇，你给我出来！"

陶根子连叫了几声，也不见开门。他脸上挂不住了，他恼怒地对身边人大叫道："这个地主婆，女汉奸，还敢公开对抗工作组，给我把门撞开！"

旁边人刚要撞门，门却开了。金梅首先走了出来，她对着陶根子，也不客气地说道："原来是你陶根子呀，我还以为是哪个野狗在叫号呢。"

陶根子看到是金梅，连忙满脸堆笑地说："是金梅呀，你好。我们是来谈工作的。我叫了几声，陶寡妇怎么不开门？"

金梅十分鄙夷地说："小根子，你参加游击队这么多年，怎么秉性一点没有改啊，满嘴乱喷。我婆婆不叫陶寡妇，她叫陶玉翠。现在是新社会了，男女早就平等了。"

陶根子知道金梅参加过妇女培训班，见过世面，不敢跟她对嘴，只好改口说："对、对，现在应该叫她陶玉翠。我就是来找陶玉翠的。"

金梅又打断他的话说："你还不知道，我家的事，早就由我做主了，不用找我婆婆了。"

陶根子连忙说："你和她不一样，她是正宗的地主婆，你是她买来的童养媳。你也和我们一样是穷苦出身。"

金梅不理他这一套："我进陶家几年了，孩子都生了两个，早就是陶家做主的人了。以后有什么事就找我，不要找我婆婆。她年纪大了，耳朵听不见了。"

陶根子这才吞吞吐吐地说："我就是来找陶玉翠谈她家土改问题的。"

金梅不屑地说："你是土改队的队长，这个你还不知道呀？水生一回来，就把我们家的田地都分了，早就没有了啊，还能等到你来分呀？"

金梅接着又取笑道："小根子，你参加革命比水生早，怎么就是老不进步呢？水生都带兵打到朝鲜去了，你怎么就喜欢在家分地主的财产？怎么大家都说你对地主家的田地不感兴趣，只对地主家的小老婆感兴趣？我们陶村可没有地主的小老婆呀！"

陶根子一听，就急红了脸："金、金梅，你不要听人胡说，那都是造、造谣，那都是诬、诬蔑，是对我们革命干部的恶毒攻击。我一定要彻底查清，对他们实行专政！"

陶根子在陶家讨了个无趣，只得悻悻地离去。不过，他心里还是感到暗暗高兴。几年不见，这个金梅长得更有风韵了，正浑身透出一种少妇特有的成熟的迷人魅力。他确实对金梅已经迷恋得很久了。

又过了几天，陶根子又回来了，他一脸讨好地说："金梅，你是到妇女训练班学习过的，我们现在正缺少女干部，你到我们工作组当女干部吧？"

金梅一口否决道："不用你陶队长挂心了。陶大胆早就要我去当女干部，都被我推辞了。我家有三个男人都到朝鲜打仗去了，一大家人要靠我照顾，特别是这三个孩子，丢给婆婆我不放心。"

陶根子十分惋惜地说："那你可就太亏了！有机会当干部，你不干，非要在家带孩子。当干部才能出人头地，有出息，有脸面，那才是光明大道。现在谁不想出去当干部呀？你怎么这么傻呀？有这么好的机会，别人想都想不到呀！你却不想干。"

金梅继续毫不在乎地嘲笑道："不是所有的人都像你，就想混个乌纱帽。在我心里，带好孩子才是最重要的，他们会比我更有出息。"

陶根子这一招不行，就又去想别的办法。他看到陶家的叔伯侄子们一直对陶玉翠有意见，就在后面鼓动他们。说陶家的田地是地主财产，现在分了，陶家的正八间也是地主财产，也要充公，作为新的村委会。

陶家的那些叔伯侄子们听了他的鼓动，一起哄闹起来，围着陶家，逼他们一家让屋。

陶玉翠死活不肯让，又倒在地上满地打滚："你们都是姓陶的，都是本家兄弟，为啥都要欺负我们？我家的田地都分给你们了，我们家就剩下这座房子了，这还是老祖宗传下来的。"

一些叔侄们都面红耳赤地争吵道："既然是老祖宗的家产，为啥就要传给你们，大家就应该挨个住。"

陶玉翠仍然不服，她又爬起来，抓起一条扁担面对着他们大骂道："这就是我家的房子，你们不服就去问老祖宗呀！你们杀了我可以，要我让房子不行！我唯一的儿子都拎着脑袋到战场上去打仗了。我们家一起有三个上了前线打仗，你们还要把我们赶出去，这是什么道理呀？"

这时，陶根子看到大家闹得差不多了，才看准时机出现了，他对着陶玉翠威胁道："陶玉翠，你别忘了，你就是真正的地主婆。你作威作福惯了，好日子享受得太久了，是该吃吃苦、受受教育了。大家的眼睛都是雪亮的，你如敢继续对抗组织，我们就立即对你实行无产阶级专政。"

金梅过来抢下陶玉翠手中的扁担，劝说道："婆婆，他们不让住，我们就不住。人还能被逼死？我们一家人只要平平安安地在一起，就比什么都好。"

陶玉翠满眼流泪地说："金梅，是我害了你，害你跟着受牵连了。我老了，无所谓了。你带着三个孩子怎么办呀？还有这个新生，他可是革命烈士的后代呀。我不服，我要去找陶大胆。他还欠着我们家一船稻米，他不能不管我们家，我要去问他把水生、庆生和银水一起要回来，看看还有谁敢欺负我们家。"

金梅拉住她说："婆婆，他管着全县那么多的事，那么忙，哪能管到我们一家的事呀？你也是气糊涂了，你这个时候去问他要人，他到哪里去找人？再说，他们在前面打仗，我们不能让他们为家里这点小事分心啊！"

陶根子听到陶玉翠要去找陶大胆，心里还是有些害怕，就说："你们家的房子今天就充公了。考虑到具体情况，可以留两间给金梅和孩子们住。陶玉翠这个地主婆，还是个漏网的女汉奸，必须立即滚出去。她在这个房子里已经住得太久了，不能再让她住在这里享福了！"

陶玉翠听了陶根子的话，立即满口说道："行，行。只要你们不让金梅和孩子出去，我马上滚，我马上滚出去。你们要我滚出去爬出去都行。"

金梅又一把拉住她说："婆婆，你为啥要滚出去爬出去？要死我们一家人也要死在一起，要走我们就一起堂堂正正地走出去。我们一家人永远也不能分开。"

金生、新生和国红三个孩子一起拉住金梅的手说："妈、妈，我们自己家的房子，他们为啥不让我们住啊？"

金梅抱住他们说："你们都给我记住，任何朝代都会有豺狼。我们不向豺狼求情，我们一起走。我们让他们按政策办，我们现在是革命军属，人都能去上战场了，这个房子还舍不得吗？我们也带头执行政策。"

于是，金梅和陶玉翠带着孩子们搬出了陶家正八间，到了陶家原来的三间破旧的杂草屋。

陶玉翠一天到晚痛哭不止："金梅呀，这房子怎么住人啊，都是我连累了你们呀！我怎么就不死呀，你就让我去死吧！"

金梅突然厉声说道："孩子们在家，你能不能少哭几声？这个房子怎么不能住人啊？水生、庆生、银水，他们在战场上还能有这样的房子住啊？他们连命都不要了，我们还要房子？这个事，我们就认了，不要再传出去了。传到他们那里，他们还怎么打仗呀？我们现在最希望的，就是他们都能早点好好地回来。"

陶玉翠听了金梅的话，从此再也不敢哭一声了。她也只能天天在家里盼着水生他们能够早点回来，给她报仇了。

陶根子仍然不甘心，不愿放过金梅。这天，他突然来叫金梅去村委会，说有水生他们在前线的消息。金梅立即跟他来到村委会，也就是她原来的家，陶家的正八间。

到了村委会，陶根子仍然不告诉金梅什么消息，而是十分谄媚地说道："金梅，你就是脾气倔。我们是针对陶玉翠这个地主婆，不是针对你的。你要想通了，你还是可以和孩子们搬回来住，就不用在外面吃苦受罪了。"

金梅也不放过奚落他的机会："我知道，你小时进来偷东西的时候，就开始惦记着陶家的正八间了。现在你终于如愿以偿地住进来了。我是不会跟从小就有贼心的人住在一起的。"

陶根子涨红了脸，严厉地叫道："金梅同志，我现在是革命干部，你不能诬蔑革命干部！"

金梅也不示弱地说："革命干部，我见过的多了，就没见过你这样的。人家革命干部都是带头流血流汗。你就是带头吃好的，住好的，晚上还要去找地主的小老婆！"

陶根子这时已经以军事机密为由，把人都支了出去，他关上门回来说："你说什么，我都不生你气。我知道你们寡妇们都是脾气大，缺乏调理。"

金梅愤怒了，朝他扑过来："你说谁是寡妇？你嘴上没德，我就要抽你！"

陶根子一边躲着，一边说："我说的就是真的，这房子里就是寡妇气味重。陶寡妇守了多少年寡了？庆生也走了一年多了，你不也是在守活寡？你怎么就能守得住呢？"

金梅已经气得脸色苍白，追着陶根子就要打他："我今天就要打烂你这张臭嘴！我家庆生在前方打仗，你在后方咒他死，我今天跟你没完！"

金梅终于抓住陶根子，举手就要抽他耳光，没承想，一下子被陶根子反扑到地上。陶根子压在她身上，一面胡乱地乱吻乱摸着她，一边央求道："金梅，你就早点从了我，我就能好好照顾你。庆生都上了战场了，那个小结巴，他还能有命活着回来？你为他守活寡不值得的。"

金梅被压在地上爬不起来。她一边用双手把陶根子的脸抓成了大花脸，一边高呼救命。外面人听到她的呼叫声，才破门而入。金梅爬起来，对着陶根子大吼："你这个小贼，满肚子都是贼心。你偷了陶家的房子，还想偷陶

家的女人。我跟你拼了！"

陶根子捂住一脸的血，恼羞成怒地倒打一耙："给我把这个泼妇抓起来批斗！她这就是对革命干部的打击报复，恶毒攻击，公然对抗新社会！她一直就是个破鞋。她在妇女学习班时，就因为和水生乱搞男女关系，才被提前开除的。"

金梅怒不可遏地骂道："你放屁！你才是从小贼心不死，你才是无赖流氓。我的屁股都要比你的脸干净！"

可是，金梅已经被人摁住，被捆绑了起来，嘴上被堵住毛巾。她被人推到外面的晒场上。陶根子立即召集全村的人，要现场开她的批斗会。

陶玉翠闻声赶来，她冲过去大叫道："你们要批斗，就批斗我。都不关金梅的事，都是我不服，才叫她去打人的。"

陶根子摸着脸上还在流着的血说："这就是她们反攻倒算，攻击革命干部的罪证，给我把这个老寡妇、老地主婆、女汉奸，一起捆起来批斗，一定要把她们彻底批倒批臭。如果不是水生包庇，她早就被我们镇压了。我们镇压了多少像她这样的老地主、大汉奸？"

金生、新生和国红三个小孩一起跑来，大声哭叫着。在一片喧嚣中，对金梅和陶玉翠的批斗会坚持了很久，直到金梅在台上完全昏倒。

等金梅醒来后，一连几天，她都是浑身无力。关于金梅和水生在妇女培训班偷情的事也被大家添油加醋传得沸沸扬扬。金生、新生和国红三个小孩每天都在外受尽欺负。他们每天都在为此被村里小孩打得鼻青脸肿的，回到家里都是哭哭啼啼的不停。

只有陶玉翠不信，她知道这都是陶根子故意散发的谣言，可是她已经不能出门了，到哪里都会被人指着骂。她只能不停地劝金梅赶快到县里去找陶大胆告状。

金梅摇摇头说："这种事找他有何用？他又管不了大家的嘴。恶人终会有恶报，不是不报，是时候未到。"

金梅抱住三个被打得浑身是伤的孩子说："你们不要再打架了。陶村不喜欢我们，不让我们住，我就带你们回家，回我们自己的家。"

三个孩子一起仰着脸问道："妈，我们的家在哪里？"

金梅欣慰地笑道："我们的家就在柳树湾，就在青弋江的岸边，就在那长着许多柳树的地方。"

三个孩子又一起叫道："我们喜欢柳树,我们喜欢到青弋江的岸边去玩。"

金梅下定决心带孩子们回柳树湾时,对陶玉翠说："婆婆,你留在这里也过不好,你也和我们一起去柳树湾吧。"

陶玉翠抽泣着说："我都老了,早该死了,怎么还能去给你们添麻烦?我过去对你们家那样,我哪有脸去你家呀?"

金梅劝道："婆婆,过去的事都不要去想了。我们都是一家人了,一家人只要在一起,就比什么都好。"

第二天,金梅就带着陶玉翠和三个孩子离开陶村,一起去了柳树湾。

十六

金水已经长大了。他没有能参加志愿军后,就当上了柳树湾的民兵营长。他年轻气盛,工作积极性高昂,每天带领民兵白天训练,夜里巡逻,使柳树湾变得路不拾遗,平稳安定。

柳树湾不同于陶村,历史也没有陶村悠久。大都是姓柳,一百多户人家几乎都是祖上几兄弟发枝下来的,大都还没有出五服,少有的几户外姓人家,也是柳家姑娘招女婿招进门的,远近都是亲戚,相处得都还和气。更主要的就是,柳树湾因为太穷,一直没有出过大地主,称为富农的人家也不算富,这也就少了一些激烈的矛盾和斗争。

金梅带着一家老小回到柳树湾,受到了大家的热烈欢迎。金梅对金水笑道："金水,你长大了,越来越有出息了。我们全家现在投靠你来了。"

金水开心地笑道："金梅姐姐,你就不应该走啊!我们都不喜欢你走,你就应该在柳树湾过一辈子。"

金梅也十分感慨地说道："我也不想离开家。柳树湾再穷,也是我们的家。以后我们一大家就相依为命了,再穷也不分开了。一家人能在一起,就比什么都好。"

当金水听说了金梅被陶根子批斗的事,立即怒不可遏地要带领柳树湾民兵,去找陶根子算账："最该批斗的就是陶根子,他才是小偷、恶棍!我决不能轻饶了他!他们陶村人还能不知道他的底细,怎么也能这样对待你们?我要去找陶村的人去说道理。"

金梅拦住他说："你柳树湾的民兵，还能去管陶村的事呀？事情已经过去了，我们都好好的没事了，这就比什么都好。他现在是土改干部，不要去给他找到我们仇视土改干部的借口。我们可以恨他，但是不能恨土改干部呀！"

金水仍不服："那他们也不能把你们赶出来呀，哪有庆生在前方打仗，他们在后方，把他老妈、儿女、老婆一起赶出家门的？你怎么不早点带信给我？我去帮你们把房子要回来！"

金梅又劝道："都是过去的事了，我就是不想让你知道，也是不想这事传出去，最后传到水生、庆生、银水他们的耳朵里，让他们在外打仗分心啊！我现在就是盼他们能早点平平安安地回来。那个房子算什么？惦记那房子的，不只是陶根子一个，还有陶家一班子人。就给他们去吧，他们也就没得惦记了。再说这确实也是过去地主的房子，我们这也算是和旧社会彻底划清界限了。你帮我们搭几间草棚，我带孩子们住着，心里更踏实。"

金水听了金梅的话，不敢反驳她的意思，只好低下头说："那和陶根子的账，就以后再慢慢找他算。金梅姐，你放心，你回家了，就是我们都没地方住，也不会让你们没得住。"

金梅又认真地说："你一定要保密，我们在陶村的事不要让人说出去。你就说我是想你和爸了，特意回来，好相互照应，传出去不好。现在是新中国新社会，哪里都是我们的家。我们这也算是带头执行政策。"

"金梅姐，你放心，我都知道了。"金水应着声，就带人到柳树林里砍了许多柳树，在自家旁边又搭建了三间土墙茅草屋。金梅全家就又正式在柳树湾安家了。金梅一直觉得还是柳树湾好，这里人情味浓，有利于孩子的成长，后来就一直不愿回陶村去了。

没过几个月，金梅全家被批斗被赶出陶村的事还是传到了县里。陶大民知道了勃然大怒，还能有这样恶劣对待志愿军军属的行为？他立即命人把陶根子抓起来审查，一些人也趁机去告发他利用土改为名，专门勾引地主的小老婆，影响十分恶劣。陶大民当即成立调查组下来调查核实，要求严查严办陶根子。

陶玉翠得到消息，兴高采烈地跑回来告诉金梅，要她一起去揭发陶根子："真是太开心了，老天终于开眼了啊！陶大胆就要给我们报仇了。他们都说只要查实了，这个小贼就要被枪毙了。陶大胆最信你的话，只要你去揭发，这个小贼想赖都赖不掉。我们就等着看他是怎么吃枪子的。"

金梅却冷冷地说："该死的又不是他一个，真枪毙了他又有什么用呢？还会有第二个、第三个陶根子出来的。"

陶玉翠又说："那我们也应该回去把房子要回来，找陶村人报仇去啊！他们也都受到批评，他们不能这样对待我们军属。上面还派来人要处理他们了。"

金梅却说："他们想那房子想了好多年，就给他们去吧，别人帮我们要回来的不香。我们不要为了房子，和整个陶村人记仇一辈子了，活在一群仇人中间，睡觉都不踏实呀。家里人都到朝鲜打仗去了，我们在家受点委屈，就算了，不要再去闹事。"

陶玉翠心里仍不服地说："金梅，你不去，我去！我们不能吃了这么大亏就算了。你不能对任何人都心好呀，那以后还怎么活呀。无论如何，我也不能把那房子给了陶村那些个狼心狗肺的东西。"

金梅又劝道："婆婆，你也别去，让他们闹去吧。我们刚来过了几天安稳的日子，就不要去搅和了。我现在什么都不想去和他们争了。他们毕竟也是姓陶啊，都是一棵树上下来的。我现在只希望几个孩子能够安安稳稳地长大。婆婆，你要相信，好人总会有好报的。我现在呀，天天都做梦希望有好报应，能把好报应报到庆生、水生和银水的身上，让他们都能早点打完胜仗回来，哪还有心思去要那房子？"

陶玉翠看到金梅说着说着，就不停地流泪，知道她心里关心的不是房子，而是在前线打仗的人，也就不再坚持去陶村要房子了，而是找了一个泥菩萨像，天天偷着去跪拜，祈求菩萨能保佑在前方打仗的他们。

后来陶大民派的调查组特意来找金梅调查情况，要落实陶根子的罪行。金梅却说："陶根子在外面干过什么坏事，我不知道，不能乱说。他对我说了许多诬蔑的话，往我和水生身上泼脏水，被我一巴掌就打倒在地上。他是从小干过许多坏事，可是也不够枪毙呀。我不要你们枪毙他，我只要他来赔礼道歉，还我的清白。"

调查组把金梅的话记录下带回了县里，陶大民果然命令把陶根子押回柳树湾和陶村批斗。在柳树湾的批斗大会上，大家个个群情激愤，纷纷上台指责陶根子的种种罪行，特别是他对金梅一家的恶毒行为，天理难容。

陶根子不停地朝金梅磕头求饶，不停地自扇耳光，承认自己诬蔑了金梅

082

和水生，就是出于嫉妒，怨恨水生。因为水生太优秀了，他一到游击队，就处处抢了他的功劳，又抢了他到朝鲜前线的机会。他还说出，是水生心里一直想念金梅。但他更记着陶家的恩情，是陶家养大了他，他再想也不会动陶家的媳妇。

陶玉翠看了陶根子在台上的一系列表演，不停地对金梅说："这个小偷还是本性不改。他小时到我家偷东西，每次被水生抓住了，都是这样磕头求饶的。可他不长记性，一过去就忘了。你不能心软，这回轻饶了他，那就是放虎归山啊！"

金梅对她说："婆婆，得饶人处且饶人。他已经认错了，也就算了。他在外面干的坏事，自有人管，我们没有看见，总不能栽他吧？我们不能因为他对我们有仇，就落井下石，要求枪毙了他呀。"

由于金梅的大度，没有追求陶根子的责任。其他去告陶根子的人家，也都没有确切的证据，全都改口了。最后经过一段时间的调查，都是证据不足，就把陶根子放回陶村。过了一段时间，又官复原职。

陶根子记住了教训，心里还有些害怕，知道了金梅一家是不能得罪的，更怕将来水生他们回来要找他算账。他又特意来到柳树湾，要接金梅一家回陶村去，并要把陶家的正八间还给她们。

他没想到，金梅一点也不领情，冷冷地回绝道："我平白无故地被你们把名声坏到那个地步，我哪还有脸在陶村活呀？我在这里住惯了，不想回去了。房子已经被你们占了，再要回来也不香了。就给你们做村委会吧，就算我们陶家给陶村的贡献吧。现在我们一家也算是和地主彻底划清界限了，我们和旧社会已经没有任何联系了。"

陶根子回去后，心里仍不安，赶紧叫陶村人凑了钱送来，说这本来就是你们家的房子，送给陶村做村部，也不能白送啊，就算是我们出钱买的吧。

金梅看到那些钱，一夜没睡。天一亮，她就带着陶玉翠和金水一起，来到县里的志愿军捐助站，一起捐了出去，她知道现在全县人民都在捐款，朝鲜战场比她们更需要钱。

她捐完钱后问道："我们这些钱够不够买一门大炮了呀？"

受捐人员称赞道："早够了，至少购买两门大炮了。都要像你们这样捐款，什么样的鬼子都能打跑。"

他们的负责人不知道她们从哪里搞来了这么多钱，特意过来问道："你们从哪里搞来这么多钱呀？"

金梅如实说道："我们家过去是地主，现在地都分了，看到大家都在捐款，我们就把家里老房子卖了，我们也要做新中国的新人。我们现在算是彻底和地主划清界限了吧。"

那个领导忙说："你们早就是新时代的人了，你们一家有三个上了前线。我们应该多照顾你们，这钱你们还是留一些回去用吧。"

金梅立即回道："我们家里主要的人都上前线打仗了，我们还要房子要钱干什么？有多少都要捐，人比钱重要啊！我们只希望他们能早点打胜仗回家。"

那个领导特意向陶大民做了汇报。陶大民得到消息，立即赶了过来，他紧握着金梅的手说："我代表县委和全县人民谢谢你们全家，过去你们家给我们捐了一船大米，今天又捐了整个房子，你们永远都是我们的表率啊！我们全县人民都要向你，向你们全家学习呀！"

金梅说道："我们先要感谢你呀，不是你的关心，我们这个房子也要不回来了，也就没有钱来捐款了。你放心，只要国家需要，只要能把美国鬼子打回去，我们家要人捐人，要钱捐钱。我现在只想知道我们家那几个人在朝鲜仗打得怎样？"

陶大民响亮地说道："你们都放心，他们都是我们青弋江养育的最优秀的儿子。他们现在天天在打胜仗，已经把美帝国主义的嚣张气势打下去了。"

最后，陶大民一定要留下他们吃饭。他很抱歉地说："你们家在陶村所受的委屈，我都知道了。我要代表陶根子谢谢你的宽宏大量啊！我已经严厉地批评了陶根子。这个陶根子，我也知道，他跟我打过几年游击，就是大错误不犯，小错误不断，就是不知道进步。以后你们受到任何委屈都可以直接来找我。你们一家三个上了前线，是军属，是模范之家呀，是我们大家学习的榜样。"

金梅摇摇头说道："这些事都过去了，我们也不会记在心上了。人活一辈子，谁不会遇到一点委屈呀。你管着全县几十万人口的大事，我哪能为了我们一家的小事来找你呀？"

金梅说完，怎么也不愿意留下吃饭，就和陶玉翠、金水一起回去了，她如释重负地说道："现在好了，我们家和地主没有任何牵连了。"

金水跟在后面不停地称赞道："金梅姐，陶书记现在进步真大呀，说话

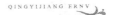

走路和神态，都越来越像大干部了。"

陶玉翠赶紧说道："他现在是县委书记，那还了得呀？管着几十万的人口，就是过去的县太爷呀。我一辈子都没有见过这么大的官了。"

金梅听了他们的话，却不以为然地笑道："你们怎么这么替他吹呢？我怎么现在看他就像个老百姓，衣服上还有好几个补丁，哪里像个大干部呀？还没有过去带枪的时候威风呢。"

金水马上又说道："金梅姐，现在许多共产党干部穿得都像老百姓。你不能看到陶书记穿得像老百姓，衣服上有好几个补丁，就说他是老百姓呀。可是他的眼神一看就是个大干部，身上有一种逼人的气势。"

十七

水生带着的青弋江两岸参加志愿军的战士，是坐了三天三夜的闷罐子火车，才到达鸭绿江边的。

在火车厢里，庆生一直都紧跟在水生的后面，一有时间就对他说："水、水生哥，我、我从小跟着你。到、到了战场上，你、你教我打、打仗，你、你不要丢下我。"

水生点着头说："你就跟在我后面。你放心，到任何时候，我都不会丢下你的。"

银水把他拉到一旁说："都说你不该来，你非要来。你跟着水生哥，他还要照顾你，他就不指挥打仗了？你给他当警卫员都不合格。你就跟着我吧，我来照顾你。"

庆生连忙拍着胸脯说道："我、我是你姐夫，应、应该我照顾你。"

银水不值一笑地说："你还能照顾我？跑步、冲刺、匍匐、投弹、打靶、拼刺刀，你哪样能比得过我？你别给我拖后腿就行了。"

庆生心里很不服气地说道："银、银水，你、你放心，到了战场上，有、有子弹来、来了，我、我一定挡在你前面，先、先死的一定是我。我、我不会怕死，我、我死，也要死、死得光荣。"

银水不耐烦地说："谁叫你挡子弹？谁叫你先死？我们能上战场上的人，谁会怕死？我们是去杀敌人的，不是去送死。你死了，我金梅姐和金生、国红怎么办？"

庆生又说道："我、我死了，我、我就成了英雄。金、金梅和孩子们，也、也就解脱了，就没、没有人给他们扣地、地主帽子了。"

水生打断他们的话说："你不要老说这些没用的话，你也不要一天到晚胡思乱想的。你们都要好好地活着回去。我们是来打胜仗的，我们还要回家建设新中国呢。"

他们到了鸭绿江边，又经过短暂的整编，就被补充到前线部队参加战斗。水生成了一名主战团的突击营的营长，他的部下大都是由他带过来的那些青弋江儿女。

他们趁着黑夜，过了鸭绿江，连夜急行军，直奔朝鲜东岸的长津湖而去。

庆生不理解地拉住银水问道："银、银水，我、我们为啥白、白天不走，要、要晚上才走呢？我、我们都来了，还、还能怕、怕他们？"

银水指了指天上，小声地对他说："我们哪会怕他们？我们就是要去消灭他们！我们是在躲敌人的飞机。"

庆生朝天上望了望不时飞过的敌人飞机，狠狠地骂道："这、这些狗、狗日的孬种，有、有本事下来，我、我们跟你们拼刺刀。"

银水也用枪瞄准敌人的飞机说："我要有翅膀，我就飞上天去消灭他们。"

水生看到他俩在不停地比画着，就过来说道："你们要注意隐蔽，我们现在打不到天上的敌人，就去打地上的敌人。你们放心，我们新中国虽然还很穷，我们只能用步枪和刺刀去打开飞机的敌人。但是，将来我们国家一定会有自己的飞机，到天上去消灭他们。"

银水心里不甘地收起枪来说道："水生哥，我们现在只能用枪打他们的飞机，将来我们的儿子一定会能开飞机去打他们。"

庆生仍在恨恨地说："打、打这些龟、龟孙子，有、有我们就够了，哪、哪还需要等、等到我们儿、儿子来打？见、见到他们，就、就把他们打、打服了，看、看他们以后，谁、谁还敢来？"

水生带领部队趁着夜色，秘密潜伏到长津湖畔。这群在南方长大的战士，从没经历过这么严寒的天气，在零下三十多度的严寒中，静悄悄地卧伏在冰天雪地里，等待着战斗打响。

这个战斗的黎明到来得特别的迟，天气更是接近了零下四十度，许多年轻的战士趴在雪地里，冻得一点不能动弹了。水生不停地在战士们之间爬动，提醒战士们要相互靠着保温，千万不要睡着了，一睡着就会冻僵了。

庆生早也冻得缩成了一团，手脚都不听使唤了。银水把他抱在怀里，不停地帮他活动着手脚，一边说道："你是小地主，小时候没有吃过苦，就不该来战场。"

庆生断断续续地说："我、我就、就要冻、冻死了，我、我不甘心，我、我还没、没有打敌人，我、我还没有立、立功。"

银水捂住他的嘴说："你要不想冻死，就要少说话，少出气。"

庆生冻得实在受不了了："银、银水，你、你不要管我了。你、你保住体、体力。"

银水不停地帮他摇晃着身体说："不要这样想，你就多想想我金梅姐，想想金生和国红，就能挺过去的，天很快就要亮了。"

庆生听了银水的话，又睁开眼，眼里放出一种异样的光芒说道："对、对，我、我不能死，我、我还要为、为他们立功。"

当拂晓终于来临，战斗就要打响时，水生带去的战士有三分之一的人已经完全冻僵在雪地里了。他们还没有来得及开一枪，就已经把自己年轻的生命融化在了这片异国的雪地里。

水生也没有遇到过这样的情况。虽然他们有过准备，可是谁也没有料到天气会冷到这个地步。他们所穿的衣服根本无法抵御这样的严寒。他满含泪水地去一个个地搬动着他们僵硬的身体，可是怎么也叫不醒他们了。他也来不及和他们做一次最后的告别，战斗的号角就已经吹响了。他立即组织所有还能活动的战士一边自救，一边投入了战斗。这时又发现，许多战士的枪已经冻得拉不开了。他们已经顾不得这些了，一起端着枪，挺着刺刀向敌人的阵地冲去。

兄弟部队对长津湖敌人的总攻都已经开始，这是参战的这批志愿军部队入朝后的第一大战役。数万将士同仇敌忾，不顾严寒前赴后继，从各个方向向敌人发起了猛攻，对敌人的包围圈越收越小。绝望的敌人疯狂突围四处逃窜。

虽然所有的志愿军参战部队都是初来乍到，战士们又冷又饿，非战斗减员严重。但是，这支久经考验的英勇部队，经过几天的激烈战斗，就获得了巨大胜利。一战就打出了中国人的气势和威风，消灭了包括美军精锐"北极熊"团在内的大批敌人。最后只有少数美军在来自空中的猛烈火力支援下，如漏网之鱼，侥幸南逃。

水生又接到命令，追击这股逃跑的敌人，一定要全歼这股逃跑美军，给入朝第一战画上圆满的句号。他立即命令教导员带领冻伤和受伤的战士退出战场，他亲自带领少数精兵去追击这一小股敌人。由于他们的一路堵截，使敌人逃往柳潭里的计划破灭，他们都被水生逼进了白雪皑皑的深山老林里。

正被胜利的喜悦激励着的水生，心里暗暗高兴。这些依仗着飞机大炮坦克的美国鬼子，进入了深山老林里，跟我们打游击，那不是徒弟遇到了老师傅，看我怎么像抓大白兔一样，一个个地去抓了你们。

水生就带着少数人钻进了深山老林里，跟在他们屁股后面一路追去，一路又抓到十几个掉队的美军俘虏。水生不断地派人押送回去。

庆生本来在水生安排的第一批撤退的冻伤战士中，当他看到水生和银水都不回去，自己又由于枪栓冻住了，还一枪没开，更没有打倒一个敌人，就要下战场了。他怎么也不愿意，就又跟了上来。要他押送俘虏回去，他也不干，他还跟水生叫嚷着："我、我也要抓、抓俘虏，让我、我多抓、抓几个美国大白兔。"

银水也跟水生说道："他就是想和我们在一起，就带着他一起吧。"

水生也就不再要求他回去了，他对庆生说："你就跟我们把那几个美军一起抓了再回去。你要跟着银水，听他指挥，不能独自行动。"

这一小股美军最后被他们追着抓得只剩下十几个了，躲在一个山崖后面，已经无路可逃了。

水生他们早已经是粮尽弹绝，他们每天都是在啃着白雪，找着野菜，在追着敌人。他已经从一个俘虏口中得知，带领最后十几个人不投降的就是他们的美军营长史密斯少校。

水生心里清楚，他们双方都已经是没有多少战斗力，现在比的就是战斗意志，谁能坚持住，谁就能最后胜利。这时，水生才得到消息，他们已经被增援的敌人包围了，上级命令他们立即撤出战斗。

水生心里不愿放弃彻底消灭这股敌人的好机会，已经追了好几天，他们已经是插翅难逃，就要束手待擒。他一直都在想着要把这些白鬼子一个个活逮了，他不愿放弃这个好机会。但是，他知道他必须服从撤退的命令。

水生只好心有不甘地命令所有战士秘密撤退，等他们撤过了一个山头的时候，水生在清点人数和俘虏时，突然发现庆生不见了，他一着急，就冲着银水怒吼道："我叫你看着庆生，你怎么把他给丢了？"

银水也很懊恼地说："我刚才还看见他在这里呢。我叫他看管俘虏，他说他也要抓几个俘虏，他一定是立功心切，又去追俘虏了。我去找他。"

水生厉声命令道："你给我站住，我命令你立即随部队押送俘虏回去！"

银水十分不安地说："那庆生呢，就少他一个了，我不能丢下他，他是我姐夫。"

水生厉声命令道："我去找他。他从小都是我带大的，我知道他会在哪里。"

银水连忙叫道："不行，水生哥，你是营长，你不能留下找他。我去找他。"

水生又大声命令道："银水，服从命令，立即撤离，我是营长，我不能丢下任何一个兵，这是我的职责。而且我的战斗经验比你丰富，我会很快找到他回来。"

水生下完命令，就立即转身，带着两个战士回头去找庆生。

庆生确实在跟着几个美军后面追，根本没有听到撤退的命令。经过这几天的战斗，他的胆子已经越来越大了。他看到水生带着战士们抓俘虏太容易了。这些个美国鬼子，看着人高马大，像一个个大白兔，其实个个怕死，只要往高处一站，枪一举，大喊一声："缴枪不杀"，他们立即放下枪，就做了俘虏。不过，他还是没有亲手抓到过一个，他感到脸上无光，就一心想着一定要趁机去抓几个俘虏。他看到有几个美国鬼子正在往山上跑，也就不顾一切地追了上来，就和部队跑散了。

庆生抄小路爬到了那几个鬼子的前方，突然冲了出来，端着枪对着他们大喊："缴、缴、缴、枪、枪、枪……"，由于他太紧张，半天也没能把"缴枪不杀"四个字说完。那几个美军，先是惊愕了片刻，看到只有他一个人，立即叫着朝他包围过来。

庆生赶紧扣动扳机，想朝他们开枪，可是这时怎么也扣不动扳机了，眼看着敌人就要到眼前了。正在这时，水生带着两个战士，及时在后面出现了，他对着敌人一声断喝："缴枪不杀，你们已经被包围了，我们优待俘虏。"

那几个美军回头看到水生，才停住了脚步。其中一个会说中国话的美军，高举起双手说："他是共军长官，我们投降。"

庆生借机冲过去缴了他们的枪。水生走到那个会说中国话的美军面前问道："你会说中国话，很好，你们是哪个部队的？"

那美军回答道："报告长官，我们是史密斯少校的部队。"

水生又说："我们追了你们几天了，你们都跑不掉了，你们史密斯少校在哪里？"

那美军回答道："史密斯少校就在前面的山头上。"

水生听了他的话，心里不由得一动。这个史密斯少校，他已经追了几天了，现在就在眼前。他不愿放弃这个良好的机会，他立即不假思索地说道："我们志愿军优待俘虏，你带我去劝史密斯少校投降，劝他们不要再做任何无谓的反抗。"

那美军有些狐疑地望着他问道："就你自己去？他们那里还有十几个人呢。"

水生斩钉截铁地说："他们都已经被重重包围了，周围都是我们的部队。他们已经是插翅难逃，我是去和他们谈判的。"

水生说完，就命令庆生和他带来的一个战士，先押着那几个俘虏回去。庆生欣然受命，当时他还不知道，水生这样做，也是他知道周围敌情复杂，到处都是敌人，他主要就是想先稳定住这几个俘虏，自己留在后面一是为了迷惑敌人，给他们断后，保护庆生他们先撤。还有就是他的心里还有些不甘，还想去把史密斯少校和最后几个美军一起俘虏了，为这一战画上更完美的句号。他知道这股敌人已经被他追得走投无路，早已经没有了任何战斗力，就是在那束手待擒，他不愿放过这个绝好的良机。

水生是在望着庆生和那个战士押着几个俘虏，走了一段路，到了安全地带，才和自己的警卫员押着那个美军俘虏，朝史密斯少校藏身的那片茫茫林海雪原中走去。

庆生兴高采烈地押着几个俘虏往回走，刚走过一道山峦，迎面就遇到银水和几个前来接应的战士。庆生高兴地大叫道："银、银水，我、我也抓了几个俘虏。"

银水不安地问道："水生哥呢？"

庆生朝后一指说："水、水生哥又去抓、抓俘虏去了。"

银水和几个战士正要往前去接应水生，突然路边就出现了许多韩军，一起在朝他们开枪，他们已经被敌军包围了。

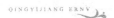

　　银水他们又经过一场激战，在后面赶来接应的战友们支援下，才冲出了敌人的包围圈。他这时才对着庆生大吼起来："都怪你，不听命令。水生哥是为了救你。如果水生哥回不来了，我拿你是问。"

　　庆生这时才反应过来，水生留在后面是为了保护他们。他立即发疯似的大叫道："我、我不回去，我、我要去找水生。"

　　银水一把拉住他，把他摔倒在地上："你还想违抗命令？现在到处都是敌人，你到哪里去找？"

　　庆生突然号啕大哭起来："我、我、们不能把、把水生，一、一个人留、留在后面。我、我死也、也要和、和他死、死在一起。"

　　银水一边拉着他往后撤，一边说："你现在哭还有什么用？赶快跟我们冲出去，看住这几个俘虏，不要让他们跑了。水生哥有经验，他一定能对付那些美国鬼子的，把他们全部抓回来。"

　　庆生和银水跟战士们押着俘虏回到志愿军驻地，大家都受到了热烈的表扬。可是他们就是没有再看到水生回来。部队首长还狠狠地批评了水生。作为一个部队的指挥员，怎么能有个人英雄主义，怎么能丢下部队，独自去劝降呢？

　　部队没有来得及休整，很快就对敌人展开了新的总攻，把前来支援的敌军全部打了回去。庆生和银水随着战士们，在水生前去的地方遍地寻找了几天，也没有再获得水生的任何消息，他和他的警卫员都消失得无影无踪了。

　　庆生和银水这才知道，水生已经回不来了，他已经被部队列为战场失踪人员。他们俩一起抱头痛哭，但是他们还来不及悲伤，新的更残酷的战斗还在等着他们。

　　特别是庆生，痛不欲生。他这时才知道，没有水生回去找他，他早就成了敌人的俘虏了，水生自己去劝降，也是为了掩护自己。他知道以后再也不会有水生处处关心爱护他了，他必须像一个坚强的战士去迎接新的战斗。他的心里燃烧起了熊熊的怒火，发誓要为水生报仇。

十八

　　金梅在家，一连几天夜里都能梦见水生、庆生和银水时而在一片雪地里爬行，时而在一片血水中冒出头来朝她微笑。她常常半夜被惊醒，就爬起来一直坐到天亮，再也不能入睡。可是每天早晨，她都要笑着和大家说她又梦见水生、银水和庆生他们在朝鲜打了大胜仗，他们很快就要回来了。

金水也是每天都在听广播，他每天都要跑来告诉金梅好消息。他说志愿军又在朝鲜打了大胜仗，已经把敌人都赶回了三八线，很快就要把侵略者全部赶到海里去了。

为了支援前线的抗美援朝战斗，柳树湾在金水的带领下掀起了轰轰烈烈的大生产热潮。金水一时成了柳树湾村里的生产标兵和积极分子。他白天带领大家互帮互助参加劳动，夜里带领民兵保村卫民，防范敌特的破坏。有几次，他还带领民兵去皖南山区配合清缴残余的土匪。他同时还成为了村里兼职的宣传员，他非常珍惜这个宝贵机会，经常喜气洋洋地到各地去宣传，他的工作能力和说话水平天天在提高。他也把陶大民作为了自己的学习榜样，整天把他的那句话挂在嘴上："新中国把我们穷人都解放了，我们从此都是国家的主人了。我们穷人家再也不用卖儿卖女了。我们都要做新中国的新人，保卫新中国，建设新中国。"

金梅看着金水终于长大了，每天都在进步，心里非常高兴。她开始考虑要尽快地为他找个媳妇了，村子里像他这个年龄的青年大多都已成家了。

金梅去问他有没有心里喜欢的姑娘，没想到他却红着脸说："金梅姐，我不急，现在建设新中国重要。水生都还没有结婚呢。我要等银水回来了，我要和他们一起娶媳妇。"

金梅笑道："娶媳妇哪有等的？你等到水生和银水都从部队带个媳妇回来了，那你怎么办？这么大的小伙子了，还脸红，你的媳妇我去帮你找。"

金梅在家里想了好多天，就是没有想到合适的女孩。她一直在心里想，金水现在是个一心向上追求进步的新中国新青年，一定要给他选一个新中国的女青年，而自己认识的人又太少了。她最后终于想起自己参加妇女培训班时的那些人，其中有个和金水年龄合适的姑娘，是来自方村圩的方卫红。她原名叫方小红，是在妇女培训班改的名字，她那时腼腆着脸对大家说："我以后就叫方卫红了，我要永远保卫无产阶级的红色政权，做建设新中国的标兵。"那姑娘那时年龄虽然最小，讲话做事却是落落大方，为人和和气气，是当时人人都喜欢的小人精，各方面的表现也都是最积极的一个。

金梅心里是越想越喜欢，高兴得夜里都睡不着觉了。早上一起来，就没和任何人打招呼，就一个人迫不及待地出了柳树湾，顺着青弋江大堤朝方村

圩走去。

方村圩和陶辛圩一样，都是在青弋江的西岸，和十三连圩隔着一条青弋江。只是中间有一条叫荆山河的岔河把它们分开成立两个独立的圩口。

金梅顺着青弋江东岸的政和大堤一路走来，宽阔的河谷里绵延几十里都是一眼望不到头的沙滩。虽然沙滩上的柳树林越来越稀疏，没有柳树湾那里的密集，但是从上游一路流来的青弋江水，仍是那么的清澈明亮。一艘艘小渔船划行在江面上，就像是行驶在一幅江南的水墨画里。

金梅一直走到荆山河入口处的对岸，才下到河边。这里是到方村圩的第一个渡口，也叫三岔口，是十三连圩、陶辛圩、方村圩三圩交界的地方。从河东渡过河到达河西，翻过大堤就是千年古镇方村了。这里是离柳树湾最近的一座古镇。金梅从小时就经常到方村镇来上街，家里卖什么买什么，都是来这里，自然早就熟悉无比了。

水生带队伍回来，刚解放的时候，中华人民共和国成立的第一个青弋江县政府还是在这里驻留了几个月，后来就移到青弋江的入江口芜湖市那里去了。

方村镇不大，街中间只有一条青石板路。这些青石板路经过一千多年的踩踏，变得光滑油亮，散发出一种古老的清辉。街道的两旁挤满了各种大小不同的店铺。有经营铁、木、竹的，有理发、做衣、皮匠、修理、肉铺、做小吃的，还有些小店铺变化不定，数不胜数，经营布匹、五金、糖、烟、酒、杂货、饭店、茶庄的，比较有名的大店铺就有十几家。

方村镇自古就在青弋江两岸闻名。大家都传说，他们的祖先原是东吴的大将，奉命守卫青弋江两岸，招募万名民工围沼泽建行春圩，也就是后来的方村圩，发展生产，增收粮食，以备军需。他们在原行春圩圩堤筑涵闸，遇涝则泄，兴建道路桥梁，在这块一万八千多亩肥沃土地上，圩田种水稻，高处种桑麻麦菽，低处蓄水养鱼虾、莲藕、鹅鸭，历经千百年来繁衍生息，烟火逐渐旺盛。这里的人们忙时种田，闲时捕鱼，过着"饭香羹鱼"的定居生活。宋代著名诗人杨万里路过此处，留下了"桑畴入眼郁金香，麦陇千机绿绵芳。诗卷且留灯下读，轿中只看好春光"这样的赞赏。

后又有精明的商人看到商机，在方村这块原先静谧的荒地上，占地结庐，开起了鸡毛小店。农户偎圩堤建房，渔民在这里搭盖暂居，两岸炊烟缕缕，鸡犬相闻，渔歌互答，扁舟穿梭。白天酒旗飘动，肉旗标高悬，夜晚灯火相映，成了生活在这里的百姓购物易物的集散地。

方村能在一千多年前就得到这样的发展，完全是得益于母亲河青弋江的哺育。古代陆上的交通不发达，水上运输成本低，运量大，适合传统经商相对较慢的节奏。船由这里上可直达皖南山区；下可入芜湖弋江出口处直达长江，顺江可去武汉、南京、上海等地；东入水阳江可达当涂及江苏境内；西入漳河可南上余杭。过去的这里，每日都是"百舸争流帆点点，扁舟竞渡欸乃声"。春秋季木排漂移，山区的竹、木、炭、茶叶、桐油在这里畅销，来自圩区的粮食、鱼虾、禽蛋、莲藕等农副产品，换取油、盐、酱、醋、茶等生活用品，多余被商家收购畅销各地。从这里往返芜湖只需一日，地位优势明显。所以这里不仅是具有江南典型水乡特色，极为适合渔业发展，更是发展商业的好地方。

金梅来的次数多，开小店的许多人都见过面脸熟。她一路问去，很快就打听到方卫红家就住在离镇子不远的方家园。她穿过方村街道，走了不到两里，就到了著名的方家园。这里住着的数百户人家都是姓方的，和陶辛圩的陶村一样，是方姓聚集最集中的一个大村。但是，他们和陶村不同，他们的祖先并不姓方。

古时，方村还没有起名的时候，有许多泾县放木排的人经过方村。他们一路辛苦，餐风夜露，当他们第一次发现这里居然有不少住户，生机勃勃，忙高呼同伴，缓——撑、缓——撑！声音高亢，在河岸上空久久回荡。他们停下木排，系好缆子，在这里买酒买菜，见这里农产品丰厚，人居兴旺，觉得是一个好地方。自此，放木排者每次离这里几里许，就要高呼：缓——撑、缓——撑。由于方言的原因，他们的发音听上去就像是：方——村、方——村。

经过这里的那位东吴将军，听到他们在青弋江里高声呼喊这里叫方村，认为这就是河神赐的名字，而且这个名字很好听，叫着响亮。从此就把这里叫方村。后来又为了躲避战乱，他们那一门族人也就改姓为方。

方家园和陶村相同之处，就是所有的人家几乎也都是依水沟和水塘而建，水沟和水塘面积越大的地方，居住的人家也就越多。只是这些水沟的水塘大多是被水坝和沟埂隔开了，相互比较独立，虽有水涵相通，却无法使木船自由畅行。

金梅到达方家园时，还没用找就首先远远地看到了方卫红。她正赤着

脚，卷起裤腿，穿着短袖衫，戴着草帽，在炎炎烈日下，站在一块抽干了水的泥塘里，带领大家清除钉螺。

金梅看了心里就暗暗高兴。这姑娘不但长得漂亮，像一朵盛开的荷花亭亭玉立地站在泥塘里，还是这么吃苦能干。这么大热的天，她也不怕苦不怕晒，工作积极性还这么高涨。

在水塘旁的岸上，被清理上来的许多钉螺，全被大太阳晒死了，堆得像小山一样，被架着火在烧。

方卫红听到有人叫她，说有人来找她。她抬头就看见金梅正站在泥塘旁，在朝她招手。她立即跑上岸来，惊奇地叫道："哎呀，金梅姐，你真是贵客呀，你怎么来了？我正想去找你呢。"

金梅不解地问道："你怎么知道我要来找你？你找我有事？"

方卫红满脸汗水，爽朗地笑道："金梅姐，我在妇女培训班时，就有好多事想问你，没想到你说走就走了，后来就没有来了。"

金梅有点不好意思地说："我脑子笨，又不识字，我不想拖你们的后腿。"

方卫红不停地抹着脸上的汗水笑道："哪里呀，金梅姐，水生那时一直说你有许多值得我们学习的地方，说你身上从小就有着一种难得的责任和担当；说你身上还有一种我们中国人忍辱负重勤劳善良的传统美德；说你小时吃过那么多苦受过那么多的罪，却从来不记仇不记恨，只知道以德报怨。我们大家也都知道，你从小就有一颗善良的菩萨心肠。你后来没去，我们好多人都在想你呢，我们都应该好好向你学习呀。"

金梅听了她的话，先红了脸说："你别听他胡说。他总是喜欢说别人的好话，他才是个心肠好的会报恩的人呢。我哪有他说的那么好呀。"

方卫红急切地问道："金梅姐，你知道水生现在的情况吗？他们仗打得怎样啊？我们妇女培训班的好多人也都在想着他呢。"

金梅摇着头回答道："他在朝鲜打仗的事，我也不知道呀。你们真的还有许多人在关心他，怎么后来就不给她介绍个好姑娘呢？"

方卫红有点失望地岔开话题说："金梅姐，我们回家再慢慢说。我们这里不同于你们那里，就是田多，水面少，容易水涝干旱，到处都在长这个钉螺，祸害庄稼，还传染血吸虫。过去这些水塘都是各家各户的，分了好多块，没法清除。现在好了，我们是新中国新社会，大家都可以团结起来，统一行动干大事。我们现在就是要一个水塘一个水塘地把它们全消灭，打它一个歼灭战。"

金梅问道："这么多钉螺，怎么能够找得完啊？这个坏东西，我们家田里也有，它祸害我们多少年了，就是除不了根啊！"

方卫红十分自信地笑道："我们现在不怕它们了，它们再厉害，还能比朝鲜战场上的侵略者厉害？这几天的太阳真厉害，我们现在排涝变旱，全村男女老少齐上阵，就是要利用这个大太阳晒死它们，用石灰水浇灌它们，再用火烧光它们。经过这一个夏天，就一定能把它们基本消灭。"

金梅看到她说得神采飞扬，也深受感染。她记得当时在妇女培训班，方卫红刚去的时候还是个非常胆小的姑娘，开始时连话都不敢说。才一年多的时间，她就变得这么出色能干了。看来水生那时说，妇女培训班就是能培养人教育人，都是真的。可惜自己没有学完就跑了，现在后悔，已经迟了。

金梅跟着方卫红进了她家，还没坐下，就开始不停地说起金水的好来："卫红妹子，我家兄弟金水，也和你一样，一进新社会呀，整个人都变了，一天到晚在外，忙的不停，样样都是先进了，还能进山打土匪呢。"

方卫红说道："现在我们大家都是一样，新中国新气象呀，每个人的心里都憋着一股劲儿，要为国家做贡献。我们穷人翻身做了主人，就要有主人翁的精神，把国家的事当成自家的事去做。我以后一定去向你家金水学习。"

金梅接着试探着问道："你忙国家的事，也要关心自己个人的事呀。你现在订了人家了吗？新国家新社会，大姑娘也是要嫁人的呀。"

方卫红不好意思地笑了笑说："我自从进了妇女培训班起，就已经把自己嫁给了新中国了。"

金梅放心地笑了："现在话是这么说，你是个姑娘家，早晚还是要嫁人的。我这次特意来找你，就是要来给你介绍一个对象。"

方卫红有些脸红地说道："你是为这事来找我呀，你也看过《小二黑结婚》呀。现在进入新中国，我们都喜欢自由恋爱了。"

金梅立即急不可待地抓住她的手说："我只是来给你介绍呀，就是自由恋爱，也要有个对象呀。我家兄弟金水跟你真是天生一对，地设一双啊。你们又都是建设新中国的积极分子，我就是来介绍你们认识的呀。要不，我哪天把金水带来让你们见个面，你们就像小二黑一样自由恋爱吧？"

方卫红低下了头说："我知道你们家的人都很好。可是，我现在就是想

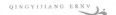

嫁给一个英雄，一个真正的英雄。"

金梅忙说："我家兄弟金水，也是个大英雄啊！他还带着民兵到山里劝回了几个土匪，立了大功呢。家里发了好多奖状呢，不然你哪天去看看？"

方卫红见金梅说的心急，只好低下头吞吞吐吐地说："我是说像那些在朝鲜战场上打仗的大英雄啊。国家解放了，全国人民都在家建设新中国，就是他们还在保家卫国，抛头颅洒热血，他们才是最值得我爱的人。"

金梅似乎有些感悟了："你、你是说要像水生那样的？"

方卫红这才抬起头，仰起红扑扑的脸说："金梅姐，你知道水生他们在前线战场的消息吗？我正想等打完消灭钉螺这一仗，就去找你问问他的情况。他才是真正的大英雄啊！我现在天天都能梦见他，想起他在妇女学习班的样子，就是想知道他的情况。"

看到方卫红这种急切娇羞窘迫的神态，金梅终于明白了。原来她心里早就有了水生。这也是天大的好事呀，水生是早该有个媳妇了。自己那时还一心要为他找个媳妇，怎么就没有想到这个小方卫红呢。

金梅顿时高兴地笑了起来，她拉住方卫红的手说："这就是缘分啊，怪不得这些天，我总是梦见你呢。原来你早就注定是我们家的人啊！你喜欢水生，怎么不早说呢？我早知道，就该帮他把你娶进门，再让他去朝鲜啊！"

方卫红的脸更红了："金梅姐，我不是只跟你问问吗？人家是大英雄呀，喜欢他的姑娘，还不知道有多少呢。"

金梅立即说："我知道，到现在只有你一个。水生样样好，就是一点没出息，见了女人，不敢说话。"

方卫红又追问道："那你知道他现在的情况吗？"

金梅摇头说："战场上的事，我哪里知道？有一个人一定知道，我带你去问他，也一定要早点让水生知道你喜欢他，让他好安安心心地打仗，平平安安地回家成亲。"

方卫红赶紧问道："谁呀？你帮我去问问呀。"

金梅一拍大腿："陶大胆呀，他还能不知道水生的消息？我带你去找他。"

方卫红显然也很激动，但她却说："这几天不行，正是消灭钉螺的关键时期，等些天，我就去找你。"

金梅感到心里有些复杂，她是来给金水找媳妇的，没想到竟给水生找了一个媳妇。她是一直希望水生能早日找个媳妇，可是真的有了一个喜欢他的姑娘，她心里又有些说不出的滋味了。她甚至在心里有些后悔，自己是一直在关心水生，怎么就对他的婚事没有尽心尽力呢？自己怎么就想着金水的婚事，就没有去想水生呢？

金梅在方卫红家吃了午饭，就开始往回走。方卫红一直把她送到方村河西渡口。这里是方村的主渡口，来往的人很多。方卫红一直站在渡口看着金梅到河东上了岸，还在不停地朝她挥手。

河东很小，和河西没法比了，只有十几户人家和商铺。金梅很快就穿过了，她又急匆匆地走在政和大堤上，脑子里不停地想起水生来，一路不停地掉着不知是啥滋味的眼泪。她不知道过了这么多年了，怎么一想起水生，自己就控制不住地要哭。快到柳树湾的时候，她又特意下到青弋江边，用清清的河水，把满脸的泪痕洗了一遍又一遍。

但是，金梅回到家里时，她的心里已经非常坦然安静。这夜，她终于睡了一个安稳的觉，还做了一个美美的梦。她梦见水生、银水、庆生一起凯旋了，他们和金水一起，都娶了媳妇生了一大堆孩子，过上了美美的日子。

金梅是一直脸上带着笑梦到天亮，才笑醒的。到了早上，新生抬起小脸望着她说道："金梅妈妈，你夜里又哭了。"

十九

初秋时节，正是青弋江两岸数万亩稻田里的水稻旺盛生长的季节。从大堤上望去，各个圩口里的平坦无垠的稻田都是绿油油一片，就像是一片片绿色的海洋。

方卫红终于等来难得的清闲日子，她一大早就从方村渡口过河，从政和大堤朝柳树湾走去。她等待这个日子已经等不及了，她的心里萌动着的都是爱的喜悦和冲动。她从在妇女培训班见到水生的第一眼起，就已经深深地爱上了他，他那身穿军装的英姿勃发的身影就已经深刻在她的心里了。她总是在暗处观察他的一举一动，特别留意别人对他的每一句议论，她们说他的每一句话，她都记在了心里。但那时，她还只是个情窦初开的少女，她还只能按住内心澎湃的心跳，还不敢有任何表露爱意的勇气，甚至都不敢去向金梅多打听一点他更多的情况。当她终于鼓足勇气，控制不住内心越来越热烈的

感情，想向他有所表露的时候，他已经到朝鲜抗美援朝去了。她又只能默默地在家里等待他的消息。

方卫红也是个穷苦人家的孩子，是解放军来了，给她家分了几亩田，才使她有了一种彻底翻身的感觉。妇女培训班短暂的学习，又使她有了一种脱胎换骨的感觉，使她从内心对新中国充满了热爱。她发誓一定要做一个彻底的新中国新人。她回到家里，一直就是在想方设法要有所表现，要为新中国建设多做贡献。现在，她终于有了一种巨大的成就感，她终于为新中国建设做了一件了不起的大事。在她的带动和号召下，经过一整个炎热夏天的辛苦奋战，一直祸害了多少年的钉螺终于被他们消灭了。上面还特意派人来检查验收，表扬了他们取得的突出成就，赞扬了他们的这一伟大创举。将尽快把他们的成功经验向全流域推广，争取尽快在整个青弋江流域彻底消灭祸害了无数年的血吸虫病。

方卫红受到这么大的表扬，心里首先想到的就是要尽快把这个好消息告诉水生。因为她能取得这样的成绩，还是因为水生的鼓励和教导。在她们妇女培训班结束的时候，水生对她们说过："你们已经是解放了的新中国新妇女。你们回去一定要做新中国新人，要带头破除旧思想，带头开展爱国卫生活动，要把祸害我们数百年的血吸虫病彻底消灭。绝不能让血吸虫病，再在我们新中国泛滥成灾。"

方卫红是永远记住了水生的这些话，他的话让她变成了另一个人，她首先就想起要彻底消灭钉螺。现在她走在这条政和大堤上，心里的喜悦之情，自是不自言表。她仿佛就是在走向自己心中的爱人一样。

她感到这条政和大堤修得特别高特别宽。这只是政和圩的一段靠近青弋江的外大堤。政和圩和其他的十三个圩口一样，它们一起合并成了十三连圩以后，原来的那些圩堤就都成了内圩堤。这些内圩堤条条相连，把各个圩口连接了起来，成了交通要道。许多人家和村庄也就居高而建，建在了内圩堤两旁，就形成了一条条长长的人烟长廊。这些长廊房屋连接，绿树成荫，永无尽头，就又形成了一道十三连圩特有的不同于其他任何圩口的独特景色。这段政和大堤又使方卫红感到特别的亲密，因为她很喜欢政和这个名字，那就是她所向往的政通人和啊。

方卫红一边心情愉快地观赏着圩堤内的迷人景色，不知不觉就看到了那堤内堤外无边无际的柳树林。她的心灵再次被震撼了，她从来没有见过这么多的柳树林。远远望去，堤内堤外都连成了一片，就像是一片广阔无边的绿色海洋。而清澈明亮的青弋江就像是从这片绿色海洋中飘逸而出的一条玉带。

金水正从柳树湾出来，他也正处于工作热情特别高涨的时期。他家土改时分的几亩地根本就不够种，现在又是晚稻生产的季节，田里事由他父亲柳四宝照料就足够了。他感到浑身还有使不完的力量，就带着几个年轻人组成了最早的互作组，去帮助那些有困难的群众。一边宣传新中国的政策，一边带领大家开展轰轰烈烈的爱国卫生活动。

金水迎面就遇到了方卫红，他不由得驻足凝望着她。他在柳树湾还从没遇到过这么靓丽的姑娘。一件红色的上衣特别的显眼，好像浑身都充满了无限的活力。脸上红润润的，一双大眼睛不停地闪动着光芒，透出一种精神焕发的神气。

方卫红看到这个小伙子很远就在盯着她看，走到他身边，也忍不住好好看了他一眼，正好两双眼睛对碰在一起。方卫红不由得扑哧一声笑了，她首先问道："同志，请问这里就是柳树湾吗？"

金水立即点头道："对，这里就是我们柳树湾，你是来走亲戚的？"

方卫红笑道："我家哪有亲戚在这里。我是来找金梅的，她家在哪里？"

金水立马惊喜道："你找我金梅姐，我带你去！"

方卫红也惊喜地叫道："你就是她的兄弟金水呀，真是巧啊，一来就遇到你。我知道你是个非常能干的好青年。金梅姐到哪里都夸你呢。"

金水被她说红了脸："我哪里能比得上你呀。金梅姐从你家回来，一直都在要我向你学习。那么大的毒太阳，你还带着大家找钉螺，硬是把它们全都消灭了。"

方卫红也不好意思地说："金梅姐就是到处夸人。我有什么好夸的。新中国就是我们大家的家，无论事大事小，我们都要当成自家的事去干。我只是做了我们应该做的，应该夸的是水生他们在前线保家卫国的人。"

金水也忙说："就是，我现在最后悔的事就是没有能去朝鲜战场。能像他们一样，在战场上为新中国冲锋陷阵，该多带劲啊！"

方卫红劝道："你也不要后悔。我们大家不能都去前线，后方的事也要有人去做。建设新中国也是个新战场，我们也是可以多做贡献的。"

金水和方卫红一起并肩走进柳树湾，一边像久违的熟人，不停地交

谈着。

许多柳树湾的人，一起跑出家门，争先恐后地张望着他们。因为大家都知道，金梅一直在为金水找媳妇，还逼他出去见过几次面，都没有谈成。这次，有个姑娘自己找来了，都误认为一定是金水已经谈成的媳妇了。还不时有人对面遇到他们说："金水，你终于找到媳妇了，你金梅姐这下放心了。"

金水和方卫红都被大家说得不好意思了。他们不再说话，全都低着头，急匆匆地走路。直到进了金梅家，还有许多人跟在后面在看。

金水把方卫红送进金梅家，就立即出来，急着去鱼塘里捕鱼。他这才对大家说："你们不要乱说呀。金梅姐说了，她是水生的媳妇。"

方卫红的到来，让金梅高兴得四处忙活，很快就张罗了一大桌子菜。方卫红不好意思地说："金梅姐，看你忙得这样，我以后都不好意思再来了。"

金梅说："一家人别说外话，你以后就把这里当成水生家。我们都是他的亲人，你想来就来。"

方卫红更不好意思了："金梅姐，你可千万不要在外说呀。到现在还不知道水生在外面咋样呢，也许他早就在外面找了对象了。"

金梅急忙摇头说："他的心思我最清楚，他心里是最恋家乡的。他到哪里也不会安心，总会回来的。所以，你放心，他不会在外面找对象，他安不下那份心呀。他心里还一直挂念着新生呢。"

方卫红又说："金梅姐，我们还是先去问问他的情况吧。"

金梅立即点头说："好、好，我知道你的心事。我们吃完饭，我就带你去找陶大胆，让他把话带给水生去。就说我已经在家给他找好了媳妇，不要在外分心，早点打完仗，回家来成亲。"

方卫红听了她的话，低下头不停地帮她给灶里添火。火光把她的脸照得更红了，就像是个熟透了的红苹果。

吃饭的时候，金梅把陶玉翠和柳四宝一起都叫来了。金水更是从鱼塘里捕上来一条十几斤重的大胖头鱼，烧了一大锅。

金梅首先把鱼头和鱼尾以及最好的一部分盛了一大碗，递给方卫红。这时，新生、金生和国红三个在外玩的小孩一起回来了，国红又和金生吵了起来："妈妈，金生又把鱼泡都抢了，我和新生也要吃鱼泡。"

金梅立即说："你不要急，我知道你们都喜欢吃鱼泡。新生的我早就给他留着了。"

金生又不高兴地噘起小嘴说："妈，你给新生留的比我多。你对他比我好。"

金水抱过金生说："一条鱼只有一个鱼泡啊，你不要和新生抢了，我下次再捕条更大的。"

新生在一旁说："等我水生爸爸回来，你想吃多少鱼泡就有多少鱼泡。我水生爸爸最会抓鱼。"

方卫红看到这三个小孩可爱，也就把自己碗里的分给他们。金梅忙说："你吃你的，你别管他们小孩。他们在一起是一天吵到晚，又是一会儿也分不开的。"

国红仰起小脸问道："大姐姐，你是来给新生当妈妈的吗？"

新生一听，就放下碗哭了："我不要妈妈，我只要金梅妈妈，我只要水生爸爸。"

金生也叫了起来："金梅是我妈妈，不是你妈妈。"

金梅立即抱起新生说道："不准乱说，我也是新生的妈妈，你们都好好在家玩，我和你们卫红姐姐到县里买糖回来给你们吃。"

吃完饭，金梅急着带方卫红去县里找陶大胆。她还没忘金水的事，她临走时，把金水拉到一旁说："我上次给你找的那个政和圩的沈家姑娘怎么样，人家在等回信呢。"

金水在她面前紧低着头，又是一言不发。金梅又急了："我怎么一跟你提这事，你就是闷罐子呀？你见过几个了，怎么都是不满意的？你不要以为我们穷人家翻身了，你的眼光就变高了，就挑肥拣瘦的了。我们到底还是穷人家呀！要不是解放了，你到哪里去娶媳妇呀？我就觉得这个沈姑娘不错，人家是在五大港边长大的。那个五大港可是我们十三连圩的风水宝地呀，那里有仙气，自古生龙出凤。那里的小姑娘个个长得水灵，又能干又通水性，以后就是你的好帮手啊。你要决定不了，我就去帮你订下这门亲事吧。"

金水立即红着脸说："金梅姐，你别为我的事担心了。你以后要为我找，就找个像方卫红这样的新中国进步姑娘，别的就不要找了。"

金梅一下子惊得半天说不出话来，过了好久才说："金水，你的眼光真是变高了啊，怪不得好几个你都看不上了。方卫红是好，可是我到哪里给你变出第二个方卫红来？"

方卫红不知道他们在说什么，就走了过来说："金梅姐，你们是不是还

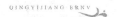

有事呀，要不就改天吧，今天时间也来不及了。"

金水立即插嘴说："要不我划小船送你们去。你们顺着河水下去，不到半天就能到长江边了，你们就不用走路了。"

金梅一把拉住方卫红的手就走，连头都不回地对金水说："我们不要你送。你顺水下去快，回来逆水，要划多长时间啊？"

方卫红不好意思地回头，对金水笑了笑说："我和金梅姐今晚可能回不来了，家里多麻烦你了。"

金梅拉住她的手，快步走着说："没事。陶大胆就是当了县委书记，他还欠着我们家一船稻米呢，我还怕他不给我们管吃管住？"

金梅嘴上这么说，其实是心里着急。她已经从金水的眼睛里看到他是真的对方卫红动心了，因为她从来没有看到过他的这个眼神。此时，金梅的心里慌乱极了，金水的这种眼神使她感到害怕。金水确实是她从小最亲最疼的亲弟弟，自己一直都在忙着给他找媳妇，也想给他找个最好的姑娘，可是这方卫红是水生的媳妇呀。水生那么命苦，好不容易遇到一个好姑娘，又在前线打仗，她绝不能再给金水和方卫红任何接触的机会。虽然，她也感到自己这样做是不是对金水狠了点，可是她只能这样做。

金水跟在她们后面走了几步，没有追上，只好怅然若失地望着方卫红跟着金梅离去。他确实是看上了方卫红，这就是个使他一见钟情的姑娘，这就是个他夜夜做梦想见的充满新中国新气象的姑娘。可是，他知道她是水生的媳妇，他开始心烦意乱，不知道该怎么办了。

二十

金梅带着方卫红步行十几里，穿行在十三连圩的数万亩稻田里，就好像走到了一片碧波万顷的绿色海洋中。到处都是一望无际的正在生长的水稻，一条条沟渠，像一根根发亮的丝带穿行在稻田里。一个个大面积的鱼塘，就像一面面镜子镶嵌在稻田里，既是蓄水池又是聚宝盆。无数的人家和村庄点缀在这绿色海洋中，冒出缕缕炊烟，飘向蔚蓝的天空，形成了一幅无比静谧的江南水乡田园风景画。

这个十三连圩，是青弋江下游最大的一个圩口，拥有十多万亩的良田和数万亩的水面，以及数万人口。自古就有"稻黍千层浪，鱼虾堆满舱"的美誉。近代更是声名远扬人人向往的江南鱼米之乡，富庶之地，人丁兴旺，号称青弋江边最大的粮仓。许多外地姑娘都以能嫁入十三连圩为荣。

这十三个圩口的形成，已经有一千七百多年的历史。十三个不同的圩口合并连接在一起，形成了一个大圩口。最早的咸保圩，始建于东吴赤乌二年，后来又逐步围起其他十二个圩口，其中数个万亩以上的大圩口。后经过历代各界乡绅的共同努力，逐步联结成片，最终形成统一的十三连圩。但在旧社会，由于各种社会矛盾没有解决，没有建立起完整统一的领导机构，各个圩口依然各自为政，各行其是，十三连圩的优势没有更好地发挥出来。直到新中国成立后，十三连圩的优势开始逐步发挥出来了。十多万亩良田得到重新整治，正到处显露出勃勃的生机。

金梅和方卫红通过青弋江两岸唯一的一条公路芜屯公路，朝芜湖市走去。青弋江县政府经过几个临时住点，现在已经落在了长江边的芜湖南岸。这条公路从芜湖而来，穿过十三连圩，直接通向皖南山区深处，是皖南地区最重要的一条陆上通道，来往的车辆很多。她们顺着芜屯公路走了一段，就搭上了去芜湖的便车。

当她们到达青弋江县委大院时，陶大民不在。他接到电话，就让下面的人把她们安排到招待所住下。

中华人民共和国刚成立两年多，正是百废待兴的时候。陶大民整天都带着人在下面指导工作，忙得几乎没有时间待在县委办公室。他仍然保持着过去打游击时的习惯，穿着一件破大衣，背着一个军用水壶，坐着一辆旧吉普车，自带着一包干粮，到全县的每一个村庄去转。两年多来，他几乎跑遍了全县的每一个角落。下面的许多地方都还没有车路，都要丢下车，跋山涉水，常常一天要走几十里乡下小路。他常风趣地对身边人说："我们过去打游击时，都是夜里走的小路，现在条件好多了，都是白天走在大路上了。我们的道路一定会越走越宽广，越走越亮堂。我们就是要保持过去打游击时的艰苦朴素的光荣传统，尽快把县里的各项工作搞上去。我们不仅要解放人民，还要为人民谋福利，让人民早日过上好日子。"

他身边的人都知道每次跟陶书记下乡，都是最苦的差事，没完没了地跑着不说，有时还要饿着肚子，每次都被大家说成是一次艰苦的小长征。于是，有人就故意劝他道："陶书记，你当县委书记都几年了。你还是整天穿着这个破大衣，上面的补丁我们都数不清了。我们县里再穷，也不会少你一

件大衣呀。到了老百姓家里，他们会笑话我们的。一个县委书记，管着几十万的人口，都没有一件像样的好衣服，穿戴的比一些老百姓还差，还怎么能带领大家过上好日子呀！"

陶大民立即抖了抖身上的旧大衣，非常骄傲地说道："这是我从国民党手里夺过来的战利品，有着特别的意义呀，一辈子都不能丢掉。我们共产党人，从国民党手里夺取政权，不是为了当官老爷，讲排场、摆派头，而是要把老百姓装在心里，为老百姓谋福利。现在我们刚从旧社会解放过来，全县的人民生活多苦啊！还有多少人民生活艰难，缺衣少粮，流离失所，肚子都吃不饱呀。就是这样，他们还在支援我们新中国的建设，支援抗美援朝。我穿件旧大衣，又有什么奇怪的？在人民没有过上好日子之前，我们共产党领导干部决不能带头改善生活，带头享受。"

他身边的人听了他的话，再也没有人敢说了。他们只能不约而同地跑到县委大食堂，悄悄把食堂里的锅巴都包了下来。每次跟陶大民下乡，都要带上几大包锅巴和几个军用水壶。因为他们知道，陶大民下乡从来不在老百姓家吃饭。如果有老百姓非要请他们吃饭了，他们的工资拿去交伙食费都不够。

陶大民也喜欢和他们一起啃锅巴，他每次都会把锅巴放在嘴里，咂得嘣嘣响，还要大声称赞道："我们食堂师傅的水平真是越来越高了。这锅巴炕得又厚又脆，做梦都能闻到它的香味，吃了都不知道饱啊！"

大家心里感到再苦，也不敢跟他说了，还都要附和着他说："就是呀，陶书记，我们现在每天一个水壶，一把锅巴地下乡，是比过去井冈山的革命老前辈们的红米饭、南瓜汤好多了。"

陶大民也就不忘趁机教育大家："你们说得好啊！我们共产党干部到任何时候都不能忘本，都要把人民群众装在心里。只要能全心全意为人民服务，我们就会感到无比幸福。"

陶大民是在天黑时赶回来的，他一回来就直接赶到招待所看望金梅。

陶大民一见到金梅，就热情地紧握住她的双手，爽朗地笑道："我一听说是你金梅来了，我就立即赶回来了。你是个对新中国有特殊贡献的人，我一辈子都会记住还欠你家一船稻米。"

金梅也不客气地说："陶书记，我们不是来问你要米的。我是来问你要人。你把我们家三个人送去朝鲜打仗，一年多了，怎么就没有一点儿消息？"

陶大民摇着头说:"经过我手送去的人多着呢,我也想知道他们的情况呀。特别是水生那小子,他还是我的干儿子呢。他上了战场这么久了,也不给我这个干爸来一个消息,寄一封信。"

方卫红在一旁担心地问道:"他们在战场上会不会出现什么情况?不能这么久没有消息呀?"

陶大民安慰她们道:"你们在家不用急,现在没有任何消息,就是好消息啊。我只能告诉你们,他们又在朝鲜打了几个大胜仗,已经把美国侵略者赶回三八线,快把他们赶到海里去了。"

方卫红立即高兴地叫了起来:"他们快胜利了,他们就快回来了!"

陶大民这才注意到方卫红,他指着她问金梅:"这丫头不是你家的吧?你家好像没有这么大的丫头。"

金梅忙笑道:"我就是来给你报喜的,她就是水生的媳妇。"

陶大民不解地问道:"水生的媳妇?这小子什么时候找的媳妇,他怎么没有向我汇报?"

方卫红又羞红着脸说:"都是金梅姐在瞎说。我不是水生的媳妇,我哪配得上他那样的大英雄啊!"

金梅这才解释道:"她呀,早就在妇女培训班就恋着水生了。水生去打仗了,她在家着急,我就带她来了解水生的情况。你帮着把这个好消息带给水生去,让他安心打仗,家里有好媳妇等着他呢,等他打完仗,就回来成亲。"

陶大民立即大声叫好道:"这小子,我那时让他去妇女培训班,他还不愿意呢。现在不是有结果了?现在看来,我让他去妇女培训班就是对了。"

方卫红的脸更红了:"人家大英雄,还不一定能看上我呢,部队有那么多好的姑娘。"

陶大民高兴地一拍桌子道:"这你放心,他的事由我做主。他还没有向我汇报,他怎么敢找女朋友?再说,现在前线战斗打得激烈,他哪里还有这个心思呀?你们怎么不早说呀,我早知道,就该先给他把婚事办了,让他上战场前,先给我们留下一个革命后代。"

金梅在一旁急着说:"那你就赶快把这个好消息传给水生啊!"

陶大民又紧握着金梅的手,激动地说:"你们放心,我一定会想法把这个消息尽快传给水生。我还要特别地感谢你们家呀,你们不仅为革命捐了一船稻米，还把陶家的房子卖了，全捐给了抗美援朝。我要代表所有在前线的战士感谢你们！正是因为在后方有无数像你们这样的人民的无私支持，他们才能在前方不断地打胜仗。"

金梅受到陶大民的表扬，一时不知道如何说话，就说道："你放心，只要国家有难，我们家仍然是要人出人，要粮出粮，绝不会再让小日本那样的外国人打到家里来了。"

陶大民十分感慨地说道："是呀，这些侵略者已经欺负我们一百多年了，他们还以为我们是那个可以随便欺负的旧中国呀。我们中国人民已经站起来了，我们的新中国已经是战无不胜的！我们就是要把他们全部打回去，打出一个太平盛世来，打出一个建设新中国的新时期来！"

金梅和方卫红没有在陶大民那里得到任何关于他们在前线的消息，但是她们却得到了一个意外的惊喜。芜湖市各界人民组成了大型慰问团，就要代表全市人民前往朝鲜慰问在前线战斗的志愿军战士。陶大民说金梅是支前模范，应该跟慰问团去参加慰问。

金梅心里也确实想去，可是她想起家里的孩子和老人，特别是看到方卫红那可怜巴巴急切渴望的眼神，就把这个光荣的使命让给了方卫红。

由于陶大民的直接安排，方卫红非常荣幸地成了芜湖慰问团的一员，带领着青弋江两岸人民的问候，随全国慰问团到达朝鲜。他们一到朝鲜，就整天冒着敌人从空中的狂轰滥炸，深入各个部队去慰问。

方卫红沿途所见所闻，都是被敌人炸毁的焦土，都是志愿军战士英勇奋战的感人故事，无不令她感到热血沸腾。这使她的内心更加充满了英雄情结，也使她对这些前线作战的英雄更加地崇拜和爱恋。他们就是她心中最可爱的人！

所有慰问团的同志，都目睹了我们年轻的战士，在如此恶劣的条件下，拿着落后的武器，在用血肉之躯与装备精良的强大敌人英勇作战。他们的内心都受到了巨大的震撼和冲击，他们全都含着热泪激情洋溢地表示，一定要以更大的热情投入新中国的建设中去，尽快把新中国的各项工作搞上去，一定要尽快造出先进的飞机、大炮和坦克，来支援我们年轻的战士。

方卫红一到前线就在到处打听水生的下落，她不远千里而来，就是为了追寻他，为了向他表达自己内心这种越来越炽烈的爱意和崇敬。她终于见到了一些和水生同来前线的青弋江两岸的战士，才打听到水生已经在抓捕俘虏的战斗中失踪了。他没有立功受奖，也没有留下任何英雄的事迹，他早已被列入失踪人员名单。她没想到等待她的会是这样的结果，她的内心充满焦虑和失望，她只能满眼含泪对着朝鲜的群山，在内心呼号：水生，你到底在哪里？你那么勇敢、那么会打仗，你怎么就会失踪了呢？

方卫红最终没有再获得找到水生的任何消息，也没有能见到庆生和银水。他们正在最前线，参加激烈的上甘岭战斗。方卫红最后只能带着满心的遗憾和不安，恋恋不舍地离开朝鲜，回到家里。

当她去向金梅说起水生失踪的事时，金梅的脸色突然变得煞白。好久之后，她才醒悟过来。她六神无主、目光无神，只是反复不停地说着一句话："水生一定会回来的，他的命大得很，他就是在水里生、水里长的，只要有水的地方，他就会活下去。他就像我们柳树湾的柳枝，插到哪里都能成活。你一定要等他，他一定会回来。"

方卫红也坚定地说道："我也相信他不会死，他就是我心里的大英雄，不管他是伤是残了，我都会等他回来。"

方卫红回去的时候，金水一路跟在后面，不停地安慰她说："你心里不要太难过呀，我们青弋江边的儿女没有怕死的。就是我上了战场，也会像他们一样英勇。"

方卫红还在一路低着头掉泪。金水也不知道该如何劝她了，只是默默地把她送到方村渡口，把她送上了渡船，才说："我金梅姐和我们全家人都很喜欢你。你以后常来玩啊！"

方卫红只是点了点头，仍没说话。她低着头望着静静流淌的河水，她只感到自己内心的泪水，就像是这青弋江的河水，永远也流不尽了。

二十一

庆生和银水经过一年多的战斗，已经逐步成长为勇敢的战士。庆生就好像是突然换了一个人似的，水生的突然失踪，使他仿佛一夜之间就长大了。他从小跟在水生后面，凡事都听他的，几乎没有过自己的主见。现在没有水生，他感到他也应该像水生照顾他一样照顾银水。每次战斗，他都想着要冲在银水的前面，心里也一直想着：我是他姐夫，有子弹也要先为他挡住。

在接下来的下碣隅里的战斗中，心里怀着为水生报仇心愿的庆生和银

水，一起参加了突击敢死队。

在冲向敌人的碉堡时，前面去炸碉堡的战士一个个中弹倒了下去。庆生看着这一个个战友牺牲在眼前，又想起离他而去水生，心里顿时产生了巨大的勇气。他不顾一切地冲了上去，抱起炸药包就要往前冲。

银水突然冲过来，一下扑倒他，夺过他手中的炸药包说："姐夫，你不能死，你要好好活下去。"

庆生拉住他不放："银、银水，让、让我去炸死他们，为、为水生报仇。我、我是你姐夫，让、让我、我先上。"

银水一把推开他说："姐夫，你还要回家去照顾好金梅姐姐。你不要计较我们小时打过你，那时我们小，不懂事。"

银水说完，就已经冲了上去。庆生立即开枪给他掩护，他看到银水一直冒着敌人的炮火，匍匐前进，一直爬到敌人的碉堡下，突然跃起，把炸药包塞进了敌人的碉堡。随着一声巨响，敌人的碉堡就被炸飞到天上。

庆生立即跟着战友们高呼着："为、为了新、新中国，前、前进！"一起挺身跃起，冲了上去。

庆生一马当先冲在最前面，一把抱住银水，上下仔细地看着他说："银、银水，你、你吃子弹了吧？你、你以后不准抢、抢我的炸药包！"

银水拍拍身上的灰土，露出两排整齐的牙齿笑道："姐夫，我没事，我又不是第一次炸敌人的碉堡。我比你跑得快，敌人的子弹打不到我。以后炸碉堡的事都归我，我就喜欢抱炸药包炸碉堡。"

庆生激动地抱住他说道："不、不行，我、我是你姐夫，我、我比你大，你、你在、在外面，要、要听我的话，就、就是听你金梅姐的话。你、你以后打仗，都、都要跟在我后面。"

银水很不以为然地说道："我从小最听金梅姐的话。现在我长大了，我就是要做战斗英雄，决不给金梅姐丢脸。"

庆生见他不听自己的，只好又说道："我、我就是来、来战场立功的。你、你不要老、老是抢了我的功劳。"

银水朝他龇着牙笑道："姐夫，以后我立的功劳都给你吧。我为了金梅姐，也要保护好你，你家就你一个。你要活着回去，还有金梅姐和金生、国红，都在家等着你。我家还有金水呢。"

庆生急得脸通红："不、不，你不能这样想。我、我比你有、有福气，我、我都有儿女了。你、你还小，你、你还没、没有结婚生子呢。"

银水却倔强地说道："我不比你小，金梅姐的孩子，就是和我的孩子一样的。我是他们的舅舅，舅舅比天大。"

水生失踪后，庆生开始总是在银水面前装大，所以银水说啥，他都尽量依着他，只是对于他总冲在自己前面不满。他觉得自己虽然和他年纪差不多大，但是是他姐夫，就应该像水生照顾自己一样地照顾他。而银水认为他是小地主，从小娇生惯养，没有吃过苦，干啥事都不如自己，应该是自己多照顾他才行。他们两个常常为这个事争执起来没完没了。连战友们都开始嫉妒他们，说他们就是一对欢喜冤家，一天到晚吵吵闹闹又是一时都离不开的。

一些战友知道了他们的往事，在战斗的间隙，就开始拿他们打趣："银水，你过去都要追着打他，现在怎么就反过来处处照顾他了？"

银水毫不顾忌地回答道："我们过去打的是小地主，现在我们是战友。"

庆生也赶紧补充道："我、我们不只是战、战友，我、我们还、还是亲戚。我、我是他姐夫。"

经过连续几战下来，庆生和银水的关系变得更加亲密了。他们的战斗经验已经越来越丰富，几乎每次战斗都能立功受奖。

银水更是成为了战斗标兵，他就像是一个勇敢的灵猴，穿行在战场上，几乎无处不在。每一次的冲锋，银水都是冲在了最前面。庆生时时都想着要保护他，可是每一次都落在了他的后面，就是追不上他。

庆生每次跟在后面，看着银水和战友们争先恐后地越过战壕，穿过战火和硝烟，把鲜艳的红旗，插到敌人的阵地上，高高飘扬，都会为银水感到由衷的骄傲。他为银水的不断进步高兴和骄傲，也为他身边许多像银水一样勇敢的战士感到高兴和骄傲。身处在这样一支视死如归，勇往直前，战无不胜的伟大部队，也使他时刻都感到热血沸腾，豪情万丈。每一次看到他们的这些英勇壮举，庆生的心灵都会感到一次震荡。他也跟着他们不断地坚强起来，战斗经验也变得越来越丰富。他每次都在努力地跟上他们，不想总是被他们落下。

他们跟随大部队一路追击南下，一举把美军和所有侵略者赶回三八线，占领了汉城。接着就开始参加了防御敌人反击的阻击战，抵御着敌人的反复攻击。

庆生后来一生最难忘最骄傲的，就是他和银水一起，作为后续支援部

队，进入上甘岭，参加了举世闻名的上甘岭战役。

这是他们参加的最后一场战斗，也是最残酷的战斗。当他们到达上甘岭，进入坑道时，附近的山头已经被敌人无数遍的炮火炸去了几米，不再能见到任何草木。到处都是充满了血腥味的焦土，空气中也到处都弥漫着死亡的气息。只有坚守在坑道里的志愿军战士们，个个都在死守阵地，用意志和生命在狙击敌人。

庆生和银水也不知道他们是第几批补充上来的战士了。连续的作战，已经使他们目睹了无数志愿军战士，牺牲在异国他乡的情景。此时的他们，心中早已忘记了自己，他们和所有的战士一样，心里充满着的都是保家卫国的豪情和为战友们报仇的怒火。

敌人的飞机大炮，不断地对阵地进行疯狂的轰炸，然后就在坦克的掩护下，进行轮番进攻。庆生、银水和所有坚守的志愿军战士，隐蔽在狭长的坑道里，躲避着敌人如雨的炮火，然后利用敌人炮火的间隙，冲出坑道，狙击敌人。在他们的英勇反击下，敌人只能在他们面前丢下一具具尸体，又仓皇地退了回去，始终无法攻占他们的阵地。但是，在一次次反击，一次次的反冲锋中，他们的战友也在一个个地倒下。最后和他们一起补充上来的战士已经只剩下几个人了，他们已到了无粮无水、缺少弹药的绝境，但是，他们没有一个人想到后退。这时，他们的眼里已经没有眼泪，已经没有恐惧，剩下的只有视死如归的勇气。

当敌人又一次在坦克的掩护下，冲上阵地时，早已打红了眼的庆生结结巴巴地只说了一句话："银、银水，你、你最小。你、你要活着回去，告、告诉金梅和孩子，我、我没有给他们丢脸。"然后就抱起炸药包朝敌人的坦克冲去。

银水又猛扑了上来，抢过他的炸药包说："姐夫，我去炸坦克。你不能去，你还有金梅姐和孩子，你要活着回去照顾他们。"

庆水推开他说："你、你炸、炸碉堡行，炸、炸坦克，不、不如我。"

银水还是硬抢过炸药包说："姐夫，炸碉堡你不如我，炸坦克你也不如我，我比坦克跑得快。"然后，银水就抱着炸药包连续几个翻滚，滚下了战壕。敌人发现了他，密集的子弹一起向他射过来。

庆生眼望着银水身中数弹倒了下去，他惊叫着："银、银水！"他不顾一切地就要冲过去救他，却被身边的战友死死地按住。他仍在大叫着："我、我是他姐夫，先、先死的应该是我。我、我要去救他。"

银水先举起手朝庆生挥了挥，表示自己没有事。接着他就假装中弹牺牲了，躺在战壕里，利用战壕的掩护，等待着敌人的坦克轰隆隆地驶过来。等到敌人的坦克压过他的头顶时，他毅然地拉响了炸药包。他最后拼着全身的力气，对着庆生他们高喊道："同志们，为了新中国，前进！"

在他高昂的呼喊声中，随着一声巨响，敌人的坦克就被炸瘫在那里。

庆生和战友们趁机一起冲过去，打退了后面的敌人。庆生来到被炸毁的敌人坦克旁边时，再也找不到银水的影子了。他只能不停地胡乱抓着地上炸得血肉模糊的焦土。他已经听不到任何声音，仿佛已经走入了另一个世界。他只能一边爬着，一边不停地哭号着："银、银水，我、我是你姐夫，我、我要带你回家。"

庆生最后是被赶来支援的战友们抬下战场的，后续的战斗还在更加激烈地进行着。经过这一次残酷的战斗，他的耳朵已经被炸聋了，他的脑海里一直都停留在银水和坦克一起爆炸时的情景。

庆生和银水都被授予了战斗英雄。庆生后来又要求上战场，要去为水生和银水报仇。他一直觉得，他们一起来的，他们都牺牲了，自己一个人哪还有脸活着回去。

上级考虑到他受伤很重，他的耳朵被炸得难以辨别声音了，已经不适合再上战场，就批准他提前转业回家。

庆生回家后，受到英雄般的热烈欢迎。

陶大民亲自代表县委县政府到柳树湾召开表彰大会，表彰银水的英雄事迹和迎接庆生凯旋。他亲手给庆生戴上大红花，颁发了奖状。

庆生举着挂满胸口的军功章，满眼泪水不停地说着："这、这不、不是我一个人的。水、水生和银、银水的军、军功章都、都在这里。我，我都帮、帮他们收藏着。"

陶大民将光荣烈士的牌匾亲手送到柳四宝的手里。柳四宝接过牌匾，紧贴在胸前，痛哭不止，一句话都说不出来。金水在旁扶住父亲，整个人也像虚脱了似的。

银水舍身炸坦克的英雄事迹早也在青弋江两岸广泛流传，成为了柳树湾最大的骄傲。全村人都轰动了，欢呼柳树湾出了个全国闻名的抗美援朝的大英雄。

只有金梅一点也激动不起来，她的双眼早已哭得通红，声音已经哭哑了，她悲痛欲绝地对陶大民不停地比画着说："我们要这个光荣牌匾有什么用啊，我们要人啊！我们一家上去三个，只回来了一个。还有水生呀，你们怎么能忘了他？"

陶大民已经听不清金梅的声音，但他知道她在说什么，他双手搀扶着她说："我现在也不知道水生的情况。他被列入了失踪人员名单。在朝鲜战场上失踪的人太多了，还一时查不清啊。我一定会继续派人去查，一有他的消息，我立即通知你们。"

金梅几乎是撕破喉咙地哀号着："水生命大，他不会死的！他一定还会活着。你们一定要找到他，你们不能忘记他呀。"

二十二

银水的牺牲，给金水的心里带来了极大的震撼。他特意到柳树湾的沙滩上给银水堆起了一座坟墓，里面只安葬了他过去用过的几样衣物。

金水很长一段时间，都像丢了魂似的。一有时间，他就跑来陪着他，有时深更半夜里跑来，就靠在他的坟头上睡着了。对于这个从小一起长大的兄弟，他的心里充满了内疚，他一直在痛恨自己。自己是他哥，就应该是自己先上战场的，要死也应该是自己先去死啊，怎么能让他先去了呢？

这天晚上，他又想起银水了，他就来到了银水的坟头，靠在那里躺了很久，不知不觉地就睡着了。梦里一直都在梦着和银水一起在柳树湾的柳林里玩耍的情景。他终于开心地笑了，直到梦见银水趴在他怀里在给他抓痒，使他感到浑身痒，才清醒了过来。他睁开眼，就看见有一只大螃蟹正在他的身边爬着，他伸手就把它抓住了，看着这只又胖又大的河蟹，足有七八两重。他这才想起，现在正是河蟹上岸的季节。过去的这个时候，他都是带着银水，彻夜在河滩上去找河蟹，抓到了，就在天亮的时候到方村河西去卖了买酱油和盐。于是，他就一边想着银水，一边趁着清凉的月光，顺着青弋江的河水，一路去寻找着河蟹。等找到方村河东时，他已经抓住了十几只大河蟹。来到方村渡口时，就有许多人在问他买，他都摇着头说不卖。

因为，一到方村，他就自然地想起了方卫红。虽然金梅姐一直都在警告他，不许他去找方卫红，说她就是水生的媳妇，到任何时候都不能变。他也是从小最听金梅姐的话。可是方卫红就是他见一眼就永远不能忘怀的人，他已经无法控制对方卫红的迷恋和向往，他的内心时刻都在忍受着这种煎熬。他为此还对从小最崇敬的金梅姐有了不少的埋怨。那个水生哪里就比我好了？他现在失踪这么久了，一点消息都没有，都不知是死是活了，你还要为他霸着方卫红。他再好也不能跟我比呀，我才是你的亲弟弟呀。

金水心里再有怨气，也不敢在金梅面前表露，只是对于她热心给自己找的姑娘是越来越看不上了，有时都不想去见面了，急得金梅只能在一旁干着急。他早已瞒着金梅把方卫红的情况打听得清清楚楚。每次得到方卫红的一点消息，他都会怦然心动，心里要激动很长时间。

现在，因为银水的牺牲，金梅和他们全家人都是伤心过度。这段时间没再逼他去相亲了，他也没有考虑过方卫红。可是，他一路走到方村，首先想到的就是要把这些河蟹送给方卫红去。现在不管什么理由，都无法阻止他的脚步了。

金水一路进了方家园，到了方卫红家门口，才感到了一些拘束和不安，一时竟不知道该怎么办了。他心里感到一些忐忑不安，他想放下河蟹，就悄悄地离去。可是，他又舍不得离开，他渴望着能看到方卫红一眼，而且这种愿望是那么的强烈，也使他毫无顾忌。于是，他就在她家门前的石墩上坐了下来，一直等到天亮，太阳出来。

方卫红家的大门还关着，一家人都还在睡觉。是村里一些早起的人看见了他，一起帮他大声叫道："小红呀，你家来客人了。"

方卫红听到叫声，才起来开门，发现是金水，才吃惊地问道："金水，怎么会是你？你怎么这么早来了？"

金水心里忐忑不安，脸上有些发烧地说："是、是我金梅姐，让我把这些河蟹送给你。"

方卫红忙把他请进屋里说："你们家真是光荣啊！出了银水这么个大英雄，这也是我们所有青弋江儿女的光荣啊！上次在你们村开表彰大会，我也去了。我正准备过几天再去看望金梅姐呢。"

金水进了她家，也不知道说什么了。他只好无话找话地说："其实，水生也是个大英雄。庆生回来都跟我们说了，水生带领他们一共抓了十几个美军俘虏。可惜他回不来了，也没有被评为烈士。"

方卫红听了他的话就说："我经常晚上梦见他，他说他一定会回来的。"

金水立即着急地说："大家都说梦都是假的。梦里说他要回来，其实就是回不来了。你总不能就这样空等他一辈子吧？"

方卫红吃惊地望着他，突然无语了，停了好一会儿，她才说："我在心里早已经嫁给他了。不管他是死是活，我都会等到他的消息。金梅姐说了，水生就是在水里生水里长大的，他就像柳树湾的柳树，命大得很，插到哪里都会活下去。"

金水听她这么说，也就低下头不好再说下去了。方卫红没有再跟她说话，而是去厨房给他烧了一碗面条，煎了三个荷包蛋。金生一直把面碗捧在手里，凝望着那两面黄的荷包蛋，发呆似的舍不得吃。

这反倒是方卫红有些不好意思了，她小声地说："你快吃呀，都快凉了。我知道我没有金梅姐烧的好吃。"

金水连忙咬了一口，顾不得满嘴在流着蛋黄就说："你烧的比我金梅姐烧的好吃。"

金水立即狼吞虎咽地把一碗面条和三个鸡蛋吃到了肚子里，喝得一点儿汤汁都不剩。他说的不是假话，他一直就觉得他金梅姐煎的荷包蛋，煮的面条，都是世界上最好吃的。现在他才知道，这方卫红烧的才是最好吃的。

在方卫红家吃了早饭，金水还是舍不得走。方卫红看出了他的心思，也不好直接催他走，就说："你今天有时间，你能陪我一起去找找庆生吗？我想去问问他战场上的事。我一直就想着去找他了解一些战场的情况。"

金水忙说："好，好，我现在就陪你去找他。他今天一定就在河东粮站。"

金水立即带着方卫红，出了方家园来到方村河西，又从渡口过渡后，来到河东，朝河东粮站而来。一路上都有许多人在看着他们，还有一些人在他们后面指指点点的。

方卫红被大家看得不好意思了，就匆匆地走在前面，总想和金水拉开一点儿距离。金水看到她走得快，也只好紧走几步跟上她，总是和她一步不离。于是，他们就像是赶集似的，越走越快了。

金水太向往这样的情景了。他这时是多么希望就能这样永远跟着方卫红一直走下去啊！方卫红走在前面，初升的太阳温和耀眼，灿烂的阳光照在她的身上，仿佛给她镀上了一层神秘的金环，使她的全身都散发着一种特别吸引人的清香。

方村河东粮站还是一个新政府刚刚建立起来的新粮站。处在青弋江大堤之外，一面靠着青弋江大堤，一面面对着青弋江，水陆交通都很方便，已经是十三连圩一个重要的粮食集散地。它中间的晒场很大，对面就是两排新建的高大的粮食仓库，还有几间低矮的小草屋，就是粮站工作人员办公和生活的地方。

庆生光荣退伍后，由于他是参加过上甘岭战役的战斗英雄，县里安排了好几个岗位给他选。他一时不好做主，就回家要金梅定。金梅就说："你是上战场上打了两年仗，可是你和那些把命丢了的人相比，那又算得了什么呢？你有命活着就是天大的造化了，你还有什么好挑三拣四的？你本来就说话结巴，现在耳朵也被炸得听不清东西了，你还怎么去当干部？你就去河东粮站看粮食吧，离家也近。这也是你命中注定的啊！你家在旧社会是地主，就是收粮食。现在在新社会，你还是去收粮食。"

庆生也就接连点着头说："我、我不挑，只、只要能照顾你们，离、离家近，我、我干什么都行。"

庆生到了粮站上班，每天都要把粮食仓库里的粮食搬出来晒干，然后收起来入仓，再把大晒场扫得干干净净，绝不落下一粒粮食。他一点也不摆战斗英雄的资格。如果人们不去打听，就没人会看出，这个一天到晚只会扫地晒粮食的、耳朵有些聋又结巴的人，会是上过战场的大英雄。

庆生现在的敌人，又变成了那些无处不在的老鼠。这里靠近河滩，所以老鼠特别的多。这里的老鼠不但会游泳，而且还特别会打洞。可是对付这些喜欢地里钻的小家伙，庆生从小就跟着水生学会了不少本领，再狡猾的老鼠，遇到他就算倒大霉了。

庆生刚去的几天，就对那些老鼠打起了歼灭战，每天都能消灭一大批。他一个也没有浪费，都把它们剥了皮，油炸了下酒。他还每天指着越积越多的老鼠皮，骄傲地对前去参观的人说："老、老子在上、上甘岭，消、消灭的美国鬼、鬼子比、比它们还多。这、这些龟、龟孙子，还、还想跟、跟我打、打游击。老、老子，不、不管它、它们从天、天上飞、飞过来，还、还是从、从地里钻、钻过来，都、都要活、活捉了它们，剥、剥皮，油、油炸，下、下酒。"

庆生回来一些日子后，终于从别人处搞清楚了。原来他妈和金梅以及孩子们，都是被陶根子抓去批斗，被他逼出陶村的。而他家的正八间已经变成

了陶根子办公住家的场所。

庆生也就心里越想越生气，他愤愤不平地想道：老子拎着脑袋在前线流血打仗。这个从小做贼的小偷，还在家里欺负我妈和老婆，还霸占了我家的房子。

最使他生气的还是，在划定成分的时候，陶根子又把他一家划定成了地主，这使他无论如何也接受不了。自己到朝鲜战场去，拎着脑袋打仗，不就想让自己的儿女不再成为地主的孙子，怎么到后来还是一样的呀？这个狗日的陶根子真是比朝鲜战场上的敌人还要坏呀。

庆生再也忍不下这口气了。他就瞒着金梅，穿上一身旧军装，胸前挂满军功章，带着一根大木棍，一个人出了粮站，跑到陶村去找陶根子算账。他这口气已经憋得太久了，再也不能放过陶根子了，他要豁出这条命跟他去拼了。

金水和方卫红到了方村河东粮站，没有找到庆生，才知道庆生一个人到陶村去了。他知道不好，担心出事，立即又带着方卫红一起急匆匆地朝陶村赶去。

庆生到了陶村，乌黑着脸，谁也不搭话，直奔自己的老家，那座依然是全村最漂亮的正八间。这座正八间前面三间现在成了村委会，后面三间成了陶根子的家。

庆生进了前屋，就擂着桌子大叫："陶、陶根子，你、你给老子出、出来！"

陶根子听到叫声，连忙从后屋出来，看到庆生的一脸凶样，连忙堆笑地说道："原来是大英雄庆生回来了，快请坐。"

庆生一见到他大模大样地住在自己的家里，更是火冒三丈。他大声责问道："你、你凭啥住、住在我家里？"

陶根子知道理亏，而且他现在又是战斗英雄，正在走红，不敢跟他吵，赶忙给他倒了一杯茶，满脸堆笑地说："庆生，你还不了解情况呀。你家这房子，是金梅不要了，非要卖给我们村里。我们是出钱买下的。你不信，回去问金梅呀。"

庆生更加气愤地责问道："就、就是村里出、出钱买的，你、你有什么资格住、住在这里？"

陶根子忙说："我这也是为了工作。中华人民共和国刚成立那时，事情多呀，我现在是不分昼夜地为政府工作，为人民服务呀。我正在做新房子，我很快就要搬走了。"

庆生开始责问道："我、我上战场，把命都差点儿丢了。我、我家房子、田地都、都没有了，你、你为啥还要把我、我家定成地主？"

陶根子立即昂起头说："我们这都是按上面政策定的。你爷爷是地主，你爸是地主。你不是地主，你是谁的儿子？"

庆生一听就控制不住了："我、我是地主的儿子？我、我一家人都被日本人炸、炸死了。我家金生和国红都还没、没有出、出生，他们怎、怎么也成、成了地主？"

陶根子见他急成这样，话都说不出来了，更是毫无顾忌地说："你是地主，他们是你的儿女，他们不是地主是什么？你家子子孙孙都是地主。"

庆生气得脸色苍白，再也说不出话来，抓起茶杯就猛朝陶根子砸去。接着抢起木棒，拼了命地就朝他打来。

陶根子一看不好，立即吓得跑到外面，一边跑一边大叫："贫下中农同志们，这个地主的儿子反攻倒算来了。"

庆生一边追打着他，一边结结巴巴地说道："你、你这个小贼，你、你家子子孙孙，才、才是贼。老子是、是战斗英雄，老、老子有枪就、就毙、毙了你这、这个贼。"

庆生发了疯似的跟在陶根子后面满村子追着打。陶村所有的人都跑了出来看热闹。大家心里都在暗暗高兴，暗地叫好，没有一个人出来帮助陶根子。

这段时间，大家早就对陶根子霸道的工作作风感到厌恶了。他们过去是和陶寡妇有意见闹矛盾，但毕竟都是陶姓一棵树上下来，拳头朝外打，胳膊往里伸。他们也都觉得陶根子对陶家做得太过分，只是敢怒不敢言。现在，庆生回来追着打他，也算是帮他们出了心里的一口恶气。

陶根子被庆生追着抱头鼠窜，连挨了好几下木棍，才敢回身抢过木棍，和庆生抱摔在一起。但是他心里一直在发虚，不敢真还手。一是庆生是从战场回来的真正的战斗英雄，比他功劳大了；二是在看热闹的都是他同门的叔侄们。自己要是把庆生打吃亏了，最后吃大亏的只能是自己。

陶根子只能死抱着木棍不放，虚张声势地大叫："庆生，你不要以为你上了朝鲜战场，就了不起。我比你参加革命早，我资格比你老，我才是老革

命。你不要凭资格攻击革命干部。"

庆生仍不肯饶他："你、你是做贼早。我、我要为民除害，打、打死你这个贼。我、我连美国鬼子都不怕，还怕你这个贼。"

陶根子是心里服软嘴上不肯服软，就开始用话气他："你算是什么战斗英雄？你就会回家逞英雄。跟你一起去朝鲜的人，有多少人都战死了，怎么就你活着回来了？因为你就是地主的儿子，从小就怕死，就会逃跑。所以人家都死了，就你不死。你就是个怕死的逃兵。"

庆生气得急火攻心，一时没有力气追打他了，只能急红着脸跺着脚骂道："放、放你娘的狗屁，上、上了朝鲜战场的人，就、就没有孬种。只、只有你这样的小贼，才怕死，只、只会躲在家里害人。"

斗起嘴来，陶根子就开始占上风了："庆生，我不会和你一般见识，定你家地主，那是上面的政策。不是我不想帮你们，连陶大胆都帮不了你。你攻击我，就是攻击新中国，攻击我们无产阶级专政。"

庆生气得更说不清楚了："你、你、就、就是放、放屁。我、我、保、保护新、新中国，上、上过战、战场。大、大家心里都、都清楚。"

就在他们争持不下的时候，金水和方卫红及时赶到了，这才把他们分开。庆生仍不愿饶他，跑到他家里，把陶根子家的东西一边往外扔，一边继续指着他骂道："我、我家房子，是、是卖给村、村里的。你、你有什么资、资格住、住在这里？你就是在占、占村里便宜，你给我滚、滚出去。"

陶根子看到庆生不把他赶走，是绝不会罢休。更主要的，他看到陶村没有一个人出面帮他，知道他们都是在暗地里帮庆生。他也不敢再把事情闹大，只得忍气搬出了陶家的房子。但他仍然嘴硬地说道："不是我要住在这里的，是大家要求我住在这里的。这地主的老房子，我住着都感到晦气。"

庆生直到气势汹汹地把陶根子一家赶了出去，才在金水和方卫红的劝说下，回到了柳树湾。

陶玉翠听说庆生去把陶根子打了，高兴得眼里都流出了泪水。她感到她的这个没出息的儿子终于有出息了，连人人都怕的陶根子都敢打了。从此，她的腰杆也就硬朗了许多，回陶村去的次数也变得多了，有时还要特意回去住几天。她也敢公开跟着别人去指责陶根子的不是了。

只有金梅仍然不高兴，她指责庆生说："你仗着自己有战功，就跑去把他打一顿，就算出气了，又能有什么用呢？只能使他心里的仇气更大，更会变着法子来报复我们。你知道他是小人，为啥还要跟小人一般见识？"

金水接过话说："金梅姐，陶根子这样的人，以为自己参加了几年游击队，是陶大胆的老部下，就到处整人。大家都对他有意见，早就该打了。你不要怕他，他再有能耐，还敢到柳树湾来报复你们？"

庆生仍不服地说道："我、我还要去、去找陶大胆。为、为啥还给我家定地主？他、他为啥不管？"

金梅立即打断他道："你不要有事就去找他。他是管你一家的事，还是管全县的事呀？为这事，我已经找过他几次了。他也没有办法，人家都是按上面政策定的，没有错呀。你家解放前本来就是地主。他也不能为你开后门呀。"

庆生气得眼泪都流出来了："这、这不公平，我、我都上战场了，还、还把我儿子女儿，都、都定为地主了。"

金梅说道："都是你们陶村定的，定就定了呗，反正在我们柳树湾没人把他们当地主看待。金生和国红和大家一样都长得好好的，没有任何人欺负他们。"

金水也跟着劝道："姐夫，你们也不要再计较这个事了。他们陶村定你家地主，就让他们说去吧。在柳树湾，金生和国红都是我的外甥，他们就跟着我们家走。我们家可是祖宗几代的贫农，他们也就是贫农的后代。"

二十三

金梅看到方卫红和金水在一起，心里感到很奇怪。她知道金水的心思，心里也为这个亲兄弟着急，可是她心里还是放不下水生。她悄悄地把方卫红拉到一边问道："你怎么和金水跑到一起去了？"

方卫红顺口问道："金梅姐，不是你叫他给我送河蟹去了？"

金梅连忙摇头道："我哪里要他给你送河蟹呀？怪不得我一直没有看到他人影，原来他昨夜是给你抓河蟹去了。你不要理他，水生一定会回来的。"

方卫红也说道："我知道他一定会回来，我经常梦见他好好的。我还想去找陶大胆问问，有没有他的新消息。"

金梅安慰她说："你别急，他有消息，一定会派人来告诉我们的。他是水生干爹，和我们一样在关心他。"

金梅硬留下方卫红吃过晚饭，看到时间太迟了，又要留她住下。方卫红看到她一家都很热情，也就不客气地留下过夜。

金梅陪着方卫红一夜也没合眼。她俩一边回想着过去在妇女培训班的点点滴滴，一边回想着水生的种种好处来。她们激动得有着说不完的话题。说到最后金梅流泪不止："水生怎么就是这么命苦呢？怎么就是没有他的消息呢？"

方卫红也流着泪安慰她说："金梅姐，你不要难过伤心。自古好人都有好报，水生一定会没事，一定会好好地回来。我听你的话，一定等着他。"

金水也没有睡觉，他就在离金梅她们窗口不远的地方，不停地吹着他最喜欢的唢呐。那孤独的呜呜的声音，一直吹到了天亮。

早上起来吃饭的时候，金水一再提出要亲自送方卫红回去。方卫红低着头不好拒绝。她知道金水在外吹了一夜的唢呐，也知道金水的心意，可是自己现在心里只有水生。她不知道该如何去打断金水对自己的念头。

金梅过来直截了当地对金水说："你不是说好要带几个孩子玩吗？他们等你一天了。庆生要到河东粮站上班，顺便送卫红回去正好。"

金生、国红和新生一起拉住金水说："舅舅，舅舅，你带我们去抓河蟹。我们要吃大河蟹。"

金水被三个孩子缠住没有办法，只得可怜巴巴地看着方卫红和庆生一起走去。他又转眼望着金梅，就满怀怨气地想跟金梅说一句。金梅姐，我是你的亲弟弟呀，你就一点不帮我。

可是，还没等他开口，金梅先对他开口了："金水，方卫红昨夜都跟我说了，她心里只有水生没有你。她要你以后不要去找她了，这样影响不好。"

金水听了金梅的话，只好低下头，一句话不说了。

方卫红一路不停地向庆生询问着水生在战场上的情况。

庆生和方卫红走在政和大堤上，没有了旁人，他的话一下子就多了起来，也变得利索了许多。他一路不停地说着："水、水生就是最大的英雄。他、他带领我们抓了十几个白鬼子，他，他不会死的。他，他本事大得很。他、他们有人说，他可能被、被美军抓了俘虏了。我，我打死也不相信，只有他会抓俘虏，他，他怎么会被敌人抓了呢？"

方卫红还是第一次听说水生可能被抓了俘虏，这至少说明他还活着呀。她异常激动地问道："你是听谁说的？他还活着，那他会在哪里呢？"

庆生连忙低声说："我、我也是后、后来听人说的。你，你千万不要告诉金梅。她，她又会担心的，又、又会睡不着觉的。她、她心里最、最牵挂水生了。这、这都是后来，有、有人猜的。我、我们都不相信，就、就把他列为了失踪人员。他、他现在是失踪战士，名声也比当、当了俘虏好啊！我、我们那时找、找了他几、几天，一根纱，都、都没有找、找到。"

庆生的话，已经使方卫红处于绝望的心又复燃了。这就证明了她内心的感觉，水生一定还活着，他不会死的。只要这一点就够了，不管他有没有成为敌人的俘虏，只要他还活着就够了，自己就会有希望等到他了。

方卫红已经无法控制住自己内心的激动。她和庆生到了方村，一个人渡河到了河西，就不想回家去了。她又来到河西码头，这里一天有一班机帆船到芜湖，她急着要到县里去找陶大民。

方卫红一直等机帆船到了，上了船，心里仍然像涨潮的河水，平静不下来。这条从青弋江上游开来的小机帆船，只能载十几个人，是青弋江上最重要的交通工具，每天只有一班。它冒着一缕黑烟划破清澈的水面，顺着弯曲的河道一路前行，就好像是行驶在一条碧绿的玉带上。两边连绵不断的沙滩上长满了青草。许多头水牛在悠闲地吃着草，有的走到河边喝着水，偶尔昂起脖子，对着河里走过的机帆船哞哞哞地叫几声。

方卫红无心去欣赏两岸如画的景色，她坐在船舱里，满脑子想的都是水生，脸上总是充满了笑意。是的，只要水生还活着，不管他在哪里，自己都要去找他。

机帆船顺水而下，速度很快，没用半天的时间，就出了青弋江口，进入了浩瀚的长江。方卫红还是第一次进入长江。真是无风三尺浪啊，机帆船一进入江面就不停地颠簸了起来。方卫红心里开始感到一些害怕，躲在船舱里不敢出来。好在，机帆船很快就到码头靠岸了。

方卫红跟金梅来过，她很熟悉地就来到了青弋江县委大门口。她来到门卫室时，才感觉到一些不好意思了。

门卫问她找谁时，她红着脸，忸怩着半天才说出是找陶书记。门卫又问道："你认识陶书记？"

方卫红立即点头说："我上次就来过，我们是老熟人。"

门卫赶紧去通报，很快就有人来把她带到了陶大民的办公室。

陶大民热情地接待着她，问道："怎么就你一个人来了？金梅怎么没有

陪你来呀？"

方卫红感到脸更红了，她说："我没有跟金梅说，我听到庆生说，水生可能还活着，他可能是被敌人俘虏了。我就急着来问问，有没有那些俘虏的消息。"

陶大民连忙说道："你来得正好，我也是刚刚得到水生的一点消息，还没有全部搞清楚，就没有去告诉你们。水生确实没有牺牲，他也确实是被敌人俘虏了。"

方卫红激动得站了起来，控制不住情绪地叫道："那就好，不管他是断胳膊断腿的，他只要还能留条命回来就好。陶书记，你也知道他不是怕死的人。他一直都是很勇敢的，他一定是负伤，或者不得已才被敌人俘虏的。"

陶大民不停地点着头说："这我知道。凡是上了战场的人，都是好样的。不管他们是什么原因被俘了，他们都还是我们的亲人。我们一刻也没忘记他们，我们一直都在想方设法地把他们全部接回来。"

方卫红接着说："就是，他们没有原因，怎么会被俘呢？他们人现在在哪里？"

陶大民也很动情地说："战场上的形势确实是瞬息万变，我相信水生一定是遇到了一些意想不到的困难，不然他是不会被俘的。在朝鲜战场上，我们双方都有一些俘虏，我们已经相互交换了。我也派人去查了，可是在返回的被俘人员名单中，还一直没有查到水生的名字。"

方卫红又急了："这怎么可能呢？你们是不是把他给漏了，他怎么还会留在朝鲜呢？"

陶大民看到她着急的神情，耐心地劝道："你不要着急，现在许多情况还没有搞清楚。是有一些志愿军战士留在了朝鲜，可是水生也不在这些人中间。我们现在从已经返回的一些被俘人员那里，得到了一些材料。水生可能去了台湾。"

方卫红一下子惊呆了，她简直不敢相信自己的耳朵："不可能，他绝不会去台湾，他心里只会惦记着他的家乡。"

陶大民安慰道："你也不用担心，现在的情况很复杂，确实有许多同志都被逼去了台湾。我也知道水生。他自己是绝不会背叛祖国到台湾去的。"

陶大民说完就拿出了一张水生和史密斯上校的合影，对方卫红说："你看这张照片，还上了外国的报纸呢。听说这个史密斯上校一直就很关心水生，也许就是被他带去的。"

方卫红看到水生和史密斯上校在一起的照片，仿佛就被子弹击中了似的，顿时感到眼前一黑，一下子跌坐在靠椅上，半天才缓过神来。她脸色惨白，咬着牙一字一句地说道："他为什么不死？为什么不像银水一样战死？"

陶大民又指着这张照片说道："这也许也是敌人的阴谋。从我对水生的了解，他是宁愿战死，也不会当叛徒去台湾的。我正在找人调查呢。你等等调查结果，一切都会搞清楚的。"

方卫红已经听不进去陶大民的话。她突然发疯似的把那张水生和史密斯上校在一起的照片和报纸撕了个粉碎，然后扔在地上，发狠地用脚踩着踩着，愤怒至极地骂道："他就是个叛徒，逃兵，都上报纸了，还要调查什么？他给我们全县的人民丢脸了。他早就该死了，他早就该千刀万剐了。"

陶大民仍在劝她说："你冷静一点，光是这张照片，还不能说明问题，只能说明他确实还活着。所有的情况，以后都会搞清楚的。"

方卫红一边说着："不要再提他了，他在我心里已经死了，他就是个万恶的叛徒。"一边扭头就跑了。

陶大民忙叫人追她，想把她留住，却怎么也没有留住。

方卫红头也不回地一路哭着回到家里，关住门躲在房间里，又抱头痛哭了几天几夜，也不吃不喝。家里人都不知道发生了什么，急忙到柳树湾告诉金梅。

金梅闻讯赶来，金水也紧跟在她后面跑来了。金梅一听此事，立即就高兴得流下泪来，她说："我就说水生他不会死呀。他是好人，好人命大。谢天谢地，他还活着，就比什么都好。"

金水一听到水生还活着的消息，心里也是有些惊喜，可是精神却是一落千丈，就像是秋后霜打的茄子。他想到，只要水生还活着，他对方卫红的一切奢望都要破灭了，他不会再有任何希望。正在他准备低头耷脑地要离去时，方卫红却叫住了他，当着众人直接地问道："金水，你是不是真心喜欢我，你是不是真心想娶我？"

金梅立即打断她的话说："金水的婚事，我给他做主，我已经给他选好了。终于等到了水生还活着的消息，这就是天大的好事呀。你放心，他一定会回来的。"

方卫红冷冷地说道："你不要再跟我提他，他在我心里已经彻底死了！"

金梅忙说："你是不是发烧把头烧昏了呀？净说胡话，你天天都在盼着水生能活下来，现在他还活着，不正顺了你的心意了？你别胡思乱想了，好好地睡一觉，冷静几天，头脑就清楚了。"

方卫红眼睛直直地望着金水说："金水，我现在冷静得很。你要想娶我，我立即就嫁给你；你要是不要我，我马上就嫁给别人。"

金水立即大声回答道："我这辈子就要娶你，别人谁也不娶！"

金梅在一旁急得泪都出来了："我不同意你们在一起！你们怎么能这样呢？好不容易等到水生还活着的消息，怎么就不能等把情况搞清楚了再决定呢？怎么也该等他回来了再说呀？好事不在忙中起呀。"

金水拉住金梅说："金梅姐，你就别再为水生操心了。他活着去了台湾，说不定早就在那里娶妻生子了，哪里还会想到我们？"

金梅立即打断他的话说："你别想趁机捣乱，水生绝不是那种人。他谁都会忘记，也不会忘记新生的。他一定会回来，我比你们都了解他。"

方卫红已经变得态度异常坚决地说："金梅姐，我都想好了，不管他是死是活，我都不会再等他回来了！他和美军一起照相的时候，就已经是我的敌人。我现在只想着能到战场上去消灭他这个可恶的叛徒！"

金梅只好无奈地说："那你们也要有段时间相互了解啊。婚姻大事，不能如同儿戏，哪能这样说定就定了呢？"

方卫红态度更加坚决地说："金梅姐，我已经决定了，我现在就要嫁给金水。我这辈子不能嫁给英雄，就要嫁给英雄的家人，嫁进烈士的家里！"

金水也走到方卫红身边，态度坚决地对着金梅说："金梅姐，我们早就相互了解了。我们都是认真的。请你不要再干涉我们婚姻自由。"

金梅看到他们这样态度坚决，知道再说也无用了。她只能不停地在心里为水生叫苦：水生，你这个人怎么就这么命苦呢。这么好的姑娘啊，等了你这么久。你怎么就不能早点儿回来呀，你这辈子吃的苦还没到头啊！

二十四

虽然金梅心里还是有着很多的遗憾，但是她也没有任何理由再反对方卫红和金水的自由恋爱。她开始全力筹划他们的婚礼，这毕竟是他们家天大的喜事呀。没想到，方卫红却很大方，不希望她张罗。她说："金梅姐，新社会新风气，我们就不要搞过去那一套老规矩了。我和金水去领一张新中国的结婚证，就算结婚了。"

金梅坚决不同意，她说："新社会是要新事新办，可是，老传统也不能一点不要啊。我们柳树湾有个老规矩，无论哪家娶媳妇，都是我们村添人进口的大事，我们都要热闹一次。这次，你们也不能破坏了这个规矩。别的程序可免，办酒席的事情不能免。"

金梅说到做到，方卫红已经带着新中国的结婚证先进了金水家的大门了，她还是安排她爸柳四宝杀猪宰羊，抽干了一口水塘，捞起几箩筐的鲜鱼，大摆宴席，招待全村的父老乡亲。村里所有的鼓乐手都拿出了得手的家伙，吹拉弹唱起来。整个柳树湾充满了少有的欢乐气氛。

附近一些要饭的叫花子，也都闻讯赶来了。柳树湾多年来，一直有个良好习惯，无论哪家办酒席，都要在村口先摆一桌，先给那些赶来的叫花子吃，等他们吃饱走了，村里才正式开席。当那些衣衫褴褛的叫花子，坐在一起狼吞虎咽的时候，全村的小孩都跑来围着看热闹。这时，还是金生眼尖，他首先指着远方说："又来了一个叫花子。"

大家闻声望去，只见在远处的河堤上，果然又走来一个身材高大，衣服破旧，背着包裹的叫花子。一些小孩欢叫着朝他跑着叫着："这个叫花子来迟了，他们都吃完了。"

新生也在这群孩子之中，他跑近了几步，突然就停住了，他大声叫道："他不是叫花子，他是我的水生爸爸！我水生爸爸回来了！"

水生听到他的叫声，立即紧跑几步，紧紧地把他抱在怀里，眼里不停地涌出泪水。

"水生回来了。"这个消息立即像一声炸雷震惊了整个柳树湾，几乎所有的人都闻讯跑了出来。跑在最前面的就是庆生。他一边跑一边激动地泣不成声："是、是我、我水生哥回、回来了。"他跑到水生面前一把抱住水生痛哭失声："水、水生哥，都、都怪我，是、是我害了你。"

水生也紧紧地抱住他，不停地说："你没有害我，我们都活着回来了，就都好。"

陶玉翠也跑过来了，她一把拉住水生的手，扑通一声就朝他跪下，声言颤抖地说："庆生都跟我说了，你是为了救他，才被抓的。我们陶家的列祖列宗在九泉之下都要感谢你呀！"

水生连忙扶起她说："陶姨，你不要这样，都是我应该做的。我也要感谢你们一家，一直帮我照顾新生。这孩子都长这么大了。"

所有的人都在围着水生问寒问暖的，只有金梅躲在后面，远远地只看了他一眼，就不愿再去见他。她一直躲在厨房里一边烧菜，一边默默地流泪，还不停地自言自语说着："你这个没福没命的家伙，你怎么早不回来，迟不回来呀，你这叫我怎么办呀？"

在庆生和大家的一再问询下，水生才吞吞吐吐地说出了，他这些年的情况。

原来那天，水生和他的警卫员押着那个美军俘虏，到达离史密斯少校的不远处，要求他出来对话。他要那俘虏喊道："史密斯少校，志愿军长官要和你对话，你们快出来投降吧，你们都被包围了，志愿军宽待俘虏。"

史密斯少校看到只有水生他们两个人，就走了过来问道："一直追我们的就是你的部队？"

水生十分威严地说："你们快投降吧，你们的部队都被消灭了。我们没有消灭你们，是因为我们优待俘虏。"

史密斯少校朝四周望了望说："我们还没有成为俘虏，我们还在等待救援。"

水生十分镇定地说："你们早已经是无粮无弹，走投无路，早就是我们手中的俘虏了。你没听见刚才的枪声，你们的救援部队都被我们打退了，你们快跟我们下山吧。"

史密斯少校又不解地朝山下望了望，又问道："你们的人呢？怎么就你们两个人？"

水生朝山下一指说道："我们部队正在山下等着你们，在给你们烧饭呢。我一个人来接你们，是为了表达我们的诚意。"

史密斯少校又跟那个水生带来的俘虏叽咕了几句，就对后面的美军说道："我们都投降了，下山吃饭去。"

剩下的十几个美军一起举着手里的枪走了出来。水生把他们的枪都下了枪栓，又叫他们把枪扛在肩上，就和警卫员押着他们一起下山去找部队。

史密斯少校还在一路不停地和水生讲着话："你们都是什么部队呀？都是从哪里冒出来的？追得我们一刻也没有放松。我们几天都没有吃东西了，你不来劝降，我们也要坚持不下去了，你们怎么就能坚持到现在呢？"

水生有力地回答道："因为我们是正义之师，我们是在保家卫国，我们有着国家和人民赋予的无穷力量。"

他们走在半路上，突然就从密林里冲出来一群韩军，一起把水生和他的警卫员摁倒在了地上。

史密斯少校连忙叫道："你们不要伤害他，我们是他的俘虏。"

那些韩军说道："史密斯少校，我们是来援救你们的。"

史密斯少校这时才反应过来，原来周围来的都是韩军，不是志愿军。他来到水生面前，惊讶得睁大眼睛，对他竖起大拇指说道："原来是这样，你还敢来诈降？你怎么有这么大的胆识？你真是个大英雄啊！我参加过太平洋战役，打过硫磺岛、阿留申岛、马绍尔岛、冲绳岛战役，还从来没有打过败仗，现在却败在了你的手里，还做了你的俘虏。你真是个了不起的指挥员，你就是个值得我敬佩的英雄。"

水生恨恨地说道："你们所有的侵略者都会被我们打败，你们枪毙我吧，我绝不做你们的俘虏。"

押着水生的韩军叫道："你现在是我们的俘虏了，你还不投降？"

史密斯少校又说："不、不，我们都做过他的俘虏。他现在已经是我的好朋友，是我敬仰的英雄。你们以后要好好待他，谁也不许伤害他。"

水生被他们押到了韩军驻地。没过几天，史密斯少校又特意带着翻译，拿了酒和肉来陪水生喝，他十分敬佩地说："密斯陶，我们之间的战争已经结束了。我们在战场上是敌人，在战场下就是朋友。我第一次和你们中国人打仗，就打了大败仗，还做了你的俘虏。我还有好几个问题没搞清，想向你请教。"

水生仍然坚决地说："你要把我当朋友，就先枪毙了我，不要让我做俘虏！"

史密斯少校摇摇头说道："你是我的朋友，没有谁会枪毙你了。我不会问你军事机密，我们现在的谈话已经没有任何军事的意义。我只想知道，你们十几万志愿军是如何能在零下三十多度的雪地里趴了一整夜，你们就不是正常人吗？"

水生响亮地回答道："因为我们心中都有一团熊熊燃烧的烈火，决不再让任何侵略者踏进新中国一步！是你们打到了我们的家门口，我们必须把你们打回去！"

　　史密斯少校又问道："为什么你一直追着我们不放，我怎么都甩不掉呢？我们都没吃的了，我们坚持不住了，你们又是怎么坚持住的？"

　　水生笑了，他说："因为我们是猫捉老鼠，老鼠再狡猾，它也会被抓到。"

　　史密斯少校不停地敬着他酒说："最后我再问你一个问题，你是一个军官，你怎么还敢冒着这么大的危险去诈降？你当时就没有考虑后果吗？"

　　水生脱口而出："因为在我们中国军人心里，从来没有自己，只有我们的祖国！我只想着让我的战友安全撤离！"

　　史密斯少校震惊了片刻，不再说话，只是不停地对他敬酒。最后，连走时，他特意对水生敬了一个标准的军礼说："密斯陶，你是第一个让我吃败仗的人，也是第一个让我当俘虏的人。我会永远记住你的，永远把你当朋友。我现在已经来管理战俘营了，你以后有什么困难，就找我。我会尽力帮助你的。"

　　水生说道："你要真做朋友，就帮助我回国去，要不就把我枪毙了。"

　　史密斯少校惊讶地叫道："回国？你现在是战俘，你还能回国呀？你只有去台湾才有出路，像你这样优秀的军官，到了台湾至少还可以当少校团长。他们正需要你这样的人才。我保证你的前途依然光明远大，你不应该放弃这么好的机会呀！"

　　水生斩钉截铁地说道："我就是死一千次一万次，我也不会去台湾！我永远不会背叛我的祖国！"

　　史密斯少校看到他这种坚定的眼神，就问道："你这么想回国，你的家里还有什么人？"

　　水生又响亮地回答道："我是青弋江的儿女，青弋江两岸的人民都是我的亲人。"

　　史密斯少校不可理解地摇摇头说："你怎么有这么愚蠢的想法呢？人都是要为自己的前途和未来着想的呀。那么多人都是你的亲人，他们还会把你当成亲人吗？你要回去，我会帮你，可是我还是劝你去台湾。到了台湾，你什么都会有的，回到中国去，你什么都没有了。你还是仔细想一想吧。"

　　史密斯少校还特意拉着水生照了一张合影，要留作永久的纪念。后来上了外国报纸，还特意派人给他送来一张，这成了水生在战俘营的护身符。

　　史密斯少校后来一直都很关照水生，千方百计要送水生去台湾，都被他坚决拒绝了。几次交换战俘，史密斯少校都扣住水生不放，直到最后一批交换战俘，史密斯少校也要回美国了，他才为水生的真情所动，放他回国。

大家听了水生的遭遇，全都惋惜地叹着气，都说水生运气真是太差了，大好的前程就是这么意外地葬送了。不然最有出息最风光的人，应该就是他，最少也该当个团长师长回来呀。

庆生更是红着眼流着泪，不停地自责道："水、水生哥，都、都怪我。你、你要是不、不回去找、找我，你、你一定会是个大、大军官回来，就、就不会吃、吃这么多苦了。"

喜宴就要开席了，庆生强拉着水生要他坐上座。水生推辞不了，刚被大家硬拉着坐下，端起酒杯，要敬大家时，只见方卫红突然气势汹汹地冲了过来，一把夺过他的酒杯，狠狠地摔在地上，指着他怒骂道："你算什么东西，你凭啥喝我的喜酒？你给我滚！"

所有人都震惊了，庆生不解地问道："你、你疯了，他，他是我的水生哥。"

方卫红继续大声吼道："不！他早就不是原来的水生了。他现在就是美国俘虏！就是狗汉奸！就是国民党派回来的狗特务！"

庆生一听就火了，他猛地掀翻了酒席，一桌子酒菜噼里啪啦撒了一地。庆生勃然大怒道："放、放他娘的狗、狗屁！没、没上过战场的人，知、知道啥？水、水生哥，就、就是真正的大、大英雄！谁、谁造、造谣、诬、诬蔑他，老、老子就跟他翻脸！"

方卫红仍不肯罢休，金水在一旁拉都拉不住了。她继续指着水生怒骂道："你怎么还有脸回来？我们全县八百三十六名战士上前线，立功受奖回来的几十人，其余大都战死在战场了，只有你一个人当了俘虏，还要回来，你给我们全县丢了脸！你还想回来当特务搞破坏，你还对得起这里的父老乡亲吗？你对得起跟你上前线的战友吗？"

外面这么一闹起来，金梅就在后面待不住了。她赶紧跑出来说道："你们都是酒喝多啦，发什么火，闹什么事呀！今天是我兄弟金水大喜的日子，你们都给我安心喝杯喜酒，不要说任何事情。"

水生见到金梅，立即感到有些羞愧地低下头说："金梅，是我今天不该来的。是我对不起你，我没有能够把银水带回来。"

金梅安慰道："我们没有谁怪你，银水没有回来，可他成为了大英雄，

他给我们全家，给我们全村人都争光了。他是我们的光荣啊。就是你呀，这么长时间，都不给我们一个信，回来了怎么也不通知我们一声？"

水生紧低着头说："我也是今天才回来，我只是想先来看看新生一眼。我不知道你们家办喜酒，是我不该来的，我马上就走，是我不该来影响你们的喜酒。"

金梅反问道："你还要去哪里？新生和我们陶家的人，都在这里。你回来了，这里就是你的家。"

水生忙说："不、不，我应该先去陶村，去接受审查。"

庆生忙问道："还、还要审、审查？谁、谁审查你？让、让陶根子审、审查你？他、他算个球呀。我、我去给你做证，看、看他们谁敢审、审查你。"

水生已经站起身，深深地朝大家鞠了一个躬说道："是的。按规定，我应该先回陶村报到的，我现在就去报到，我不打搅你们了，对不住你们了。"他说完，就背起破行囊要独自离去。

金梅立即拦住他，响亮地大声叫道："水生，你给我听着，不管你要去哪里，都给我喝了这顿喜酒再走！你也给我记住了，不管他们怎么审查你，不管他们说你是美国俘虏、是狗汉奸，还是说你是国民党的狗特务，你都是我们陶家的人！我们都相信你，只要我们陶家还有一个人活在世上，陶家就永远是你的家！"

所有人听了金梅的话，都在客气地拉住水生坐下。方卫红也被金梅的这个气势镇住了，再也不敢出声了。金水过来就把气呼呼的方卫红拉回到自己的新房，关上门不让她出来了。

庆生和大家开始不停地给水生敬酒。水生接连喝了两杯，喝出一脸的泪来，难过得再也喝不下去了。他对庆生说："庆生，你带我去看看银水吧，我现在最想去敬他的酒。"

庆生听他一说，立即带着他到河滩上银水的坟墓去。金水也跟着他们一起到了银水的坟墓前。水生没有再说话了，他跪倒在银水的坟前，半天才起身。他起身后就对庆生和金水说道："你们都回去吧，不要因为我影响了喜事。我应该去接受调查，我是有罪的，我对不起大家，我对不起这条青弋江啊！我带走了她八百多名的优秀儿女，活着回来的总共不到一百人啊！而我还活着，我有什么权利还活着，我早就应该死了！"

水生说完，就一个人顺着沙滩，朝清凉渡而去。庆生忙叫着跟了上去："我、我陪你去，我、我看他们谁、谁敢审查你。"

金水看着他俩远去的背影，心里也很不是滋味。他也想跟着去，他担心水生去接受审查，陶根子会刁难他。可是他还得先回去安慰方卫红，而且所有来喝喜酒的人都还在等着他。

所有在喝喜酒的人，都还在纷纷议论着水生，许多人都在惋惜地说着。这个水生真是傻啊，他家里一个亲人都没有了，就是一个新生，也不是他亲生的。他为啥还要回来呀，他这就是回来找罪受啊！

金梅一直都在心不在焉地给大家烧菜，可是不是烧焦了，就是忘了放盐。过来帮忙的人都来劝她休息一下，她也不愿离开，直到累得瘫倒在灶台旁。

二十五

陶根子过去心里有些胆寒金梅一家，心里主要还是顾及着水生。他知道陶大胆心里器重水生，对他就像是亲生儿子一样，有水生在，陶大胆就永远会是他家的靠山。而且，他也担心水生那么有能耐能干，真在外面混成个大官，将来回来找他算账。所以那次被庆生当众打了，受够了气，他都只能忍了下去。现在，上面把水生交到陶村，要他继续审查。他一下子仿佛又获得解放了似的，又开始变得神气活现了。他再也不用拿陶家算数了。水生现在都是被换回来的美军俘虏了，还是国民党特务的重点怀疑对象，是要来接受他的教育改造，他心里还有什么要担心的呢？

陶根子双手叉腰站在陶家正八间的大门口，看着水生和庆生一前一后地走了过来，心里暗暗发笑：你这个小结巴，别以为到朝鲜战场混了几个军功章，就认不清形势了。我审查水生，你跟在后面算老几呀？

陶村的许多人看到水生和庆生来了，一起跑出来看望他们。水生像是个犯了错误的罪人，紧低着头，直接来到陶根子面前，立正报告："报告陶书记，陶水生前来向你报到。"

陶根子为了让大家都能听到他得意的声调，故意抬高嗓门地问道："水生啊，你还算命大，那么多战士都在战场上牺牲了，你还捡了一条命回来。你怎么不先回来报到呀？没经我允许，怎么先去了柳树湾？"

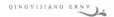

水生立即答道："我只是先去看了一下新生，立即就回来了，没有耽误今天回来报到的。"

陶根子又扬起声调说道："我接到县里通知，就一直在等你了。你毕竟是我们陶村出去的，你以后不管到哪里去，都必须向我汇报，接受我们陶村全体人民的监督教育和改造。柳树湾出了银水这样的大英雄，我们陶村却出了你这个大俘虏，真是丢尽了我们全村的脸啊！真是知人知面不知心啊！如果不是你好好的回来了，我们怎么也不会相信你水生也是上了战场就是贪生怕死的胆小鬼，一上去就做了俘虏，还能好好地活着回来。"

庆生在一旁急了："你、你胡说，水生不是胆小鬼，他、他才是大、大英雄！"

陶根子极度藐视地对庆生说："你不在粮站看粮食，跑到这里来干啥？我是在对水生进行教育改造，这里没有你插嘴的地方。"

庆生不服道："这、这是我、我家，我怎么就、就不能来？"

陶根子故意嘲笑道："都是什么年代了，你还看老皇历呀。现在这里是我们陶村党支部，村委会。你还想回到解放前呀。现在，我们要对水生进行审查，你出去回避。"

庆生急得还想争辩，水生拉住他说："你还是回去上班吧，这里没有你的事，我要继续接受审查。"

庆生不服气，只得愤愤不平地在外面找到一棵大树底下坐下，闷闷地抽着香烟。现在看到水生被陶根子审问，他心里真是比他自己受审问还要难受。

在陶家正八间的前厅，陶根子带着陶村党支部的一班人继续对水生进行审查。陶根子又神气活现地朝中间的位子上一座，就像审问犯人一样地阴沉着脸问道："陶水生，你现在必须清楚你现在的身份，不要再有任何幻想，不要再想过去的功劳。你现在就是战场上的俘虏，是有重大敌特嫌疑的反动分子，必须老实回答我们的问题。"

水生立即毕恭毕敬地回答道："我知道，我回国后，已经接受了两个多月的审查了，我已经写了交代材料。"

陶根子一拍桌子，厉声道："那是在外面，你的材料还没有转到我们这里。老实告诉你，如果不是陶大民书记亲自打招呼，如果不是看着你跟在我后面打过游击，我们还不接受你呢。现在像你这样的人，谁愿意要啊？我们陶村可是有着优秀革命传统的呀！"

水生马上低下头说："我知道，我对不住大家。我给陶村丢脸了，我给你们大家丢脸了，我有罪。"

陶根子呷了一口茶，又慢条斯理地问道："你就先说说你和那个美国佬史密斯少校到底是什么关系，你是怎么被他俘虏的？"

水生立即抬起头说："报告，他是我的俘虏。"

陶根子又一拍桌子道："胡说，你人都被他抓走了，你还敢狡辩？"

水生急忙说："不是这样的。我是先劝降了史密斯和十几个美国兵，是在回来的路上，被韩军偷袭了。"

陶根子扑哧一笑，故意嘲讽道："啊，原来你还不是被美军抓的呀，还是被韩军抓的。这都怪你，过去在游击队不跟我好好学军事技术，就知道讨陶大胆的喜欢，不然怎么会一上战场，就被韩军抓了呢？那韩军哪会打仗呀，我们一个能对付他们几个！"

陶根子看到水生听着不说话，就收起脸上的假笑，语气变得严肃地说："水生，你还是不想说真话呀。你当了俘虏，还要把自己说成是大英雄。你说的那些话有谁信啊，你是把我们都当成三岁小孩骗啊！"

水生立即如实地说："报告，我说的都是真话，当时情况很复杂。这些情况，跟我一起被俘的那个战士，他先回来都已经交代清楚了。"

陶根子摆摆手说："水生，不要以为就你聪明，把我们都当成傻瓜。如果是你抓了史密斯，他怎么还对你这么好呢？他一直都很照顾你吧？还和你照相，上了外国报纸，还让你好好地活着回来了。他为什么要对你这么好啊？"

水生回答道："那是他想和我做朋友，我没有和他做朋友。我知道那是敌人的统战手段。他就是想动员我去台湾。我坚决地拒绝了他。"

陶根子摇摇头说："你又在骗我们。我知道你在战俘营过得很好啊，还享着福，当了俘虏头子啊。你还帮助敌人管理不少的战俘啊。"

水生立即解释道："不是这样的，那都是为了地下工作的需要。我们在巨济岛战俘营，五六十人住在一间帐篷里，中间挖了一条水沟，两边都是铺着稻草，夏天酷热，冬不挡风。我是为了给这些战友们争取一些适当的利益，才去当狱头的。可我一直在利用这个有利条件，组织战俘营地下党员，领导大家开展积极的斗争，就是为了能早日回归祖国。"

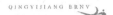

陶根子嘴角浮起一丝冷笑道:"这么说,你还是战俘营的大英雄啊,还应该给你立功受奖啊。"

水生忍不住站了起来,情绪激动地说道:"我们没有谁想到立功受奖,我们只想能回到祖国,建设新中国来弥补我们在战场上的失误。敌人对我们实施罚跑、罚跪、吊打、灌辣椒水等各种酷刑,我们许多战友都被他们活活打死了。这些都没有使我们屈服,也没有吓倒我们。我们不但用自己的囚衣缝制了五星红旗挂在墙上,还为了护住这面旗帜,遭受了敌人的残酷镇压。一批批战友倒在了血泊中,有的就是被他们活活烧死的。后来,为了早日回到祖国,我们还直接扣留了美军战俘营司令杜德将军。"

陶根子不停地擂着桌子说:"水生,我们不是在听你说故事呀。你说的这些谁信呀?你们还敢扣留他们的司令,他们为啥还不杀了你?"

水生不停地抽泣着说:"我的命不是史密斯保下来的,是许多战俘战友用生命保护下来的。他们就是希望我能利用和史密斯的关系,帮助更多的战俘战友回到祖国。"

陶根子不满地说:"水生,你还没有老实交代,你那么帮助他们回国,为什么还有那么多人去了台湾,投靠了国民党反动派?"

水生立即说道:"我知道,他们许多是被逼被骗去的,他们许多人都是身不由己啊!国民党反动派还派了好多特务去威胁利诱。"

陶根子又敲敲桌子说:"这就说明他们的立场本来就有问题。水生,我知道那个史密斯一直要把你带到台湾去,而且台湾还给你封了高官,你为什么没去?你给我老实交代!还有你为什么是最后回来的?国民党反动派给了你什么任务?"

水生毫不思索地一口答道:"他们原来一直扣住我,想逼我去台湾。我宁死不肯,他们才放我回来的。因为我只想家,我只想回到祖国。"

陶根子鼻子一哼道:"你这话可以在外面唬别人,但是唬不了我。你想家,你有什么家?你家里早就没有人了。"

水生昂起头说:"我有家,这个陶家,整个陶村,整个陶辛圩,整个青弋江都是我的家。我有亲人,新生就是我的儿子,所以我一定要回家。"

陶根子一拍桌子,站了起来道:"你、你胡说,陶家算你什么家?你早就被陶家赶走了。新生怎么是你的儿子?你的心里装着的不是陶家,是陶家的那个人吧,你是为了她才回来的吧?"

水生笔直地站正身子，响亮地回答道："是的，我心里就是装着陶家，装着整个陶村，装着所有青弋江两岸的父老乡亲。因为他们把八百三十六名最优秀的儿女，给我带到朝鲜战场去了。我欠着他们的，所以我一定要回来还债。"

庆生在外面等久了，再也等不下去了，他直接冲进来问道："你、你们还、还有没有完啊？"

其他的人也跟着说："陶书记，水生今天才回来，就问到这儿吧。以后再调查吧。"

陶根子看看大家只好说："好吧，今天就到这儿，明天继续。"

庆生一把拉住水生的手说："水、水生哥，你看、看你这身衣服都、都发臭了，跟、跟我去洗把澡，换、换件衣服。"

庆生强拉着水生去了澡堂。当他看到水生脱光衣服，露出浑身的伤疤时，首先就控制不住地哭了："水、水生哥，你、你真受苦了。"

水生拉住他一起走进水池里说："想想那些牺牲在战场上的战友，我们吃再多的苦都算不了什么。"

庆生又忍不住抱住水生痛哭流泪："水、水生哥，都、都是我害、害了你。我、我对不起你，我、我这辈子欠、欠你的。"

水生安慰他说："不要这样，我也有责任，当时我没有照顾好你们。"

二十六

陶根子似乎要把多年来积累在心中的怨恨一齐发泄到水生身上。为了有利于他监视监督水生，他把陶家原来的一间旧柴房安排给水生住，要求他必须每天向他早请示晚汇报，而且要求他必须每天白天去捞一船沟泥上来。

水生心里没有任何怨言，他从小就是住在这个柴房里长大的，让他去捞沟泥，他也可以有些自由。现在只要有事给他干，他就有使不完的力气。他每天天一亮就到沟里去捞沟泥，不到一上午就能捞满一船，到了下午，再攒足了力气，把沟泥一锹一锹地抛到田野里。没有任何人来帮他，全都和他保持着距离。因为陶根子已经对大家明说了，水生现在就是国民党的特务，是专门回来破坏我们新中国建设的，大家都要提高警惕，不能和他亲近。

水生心里知道，自己只有靠辛苦的劳动，才能打消别人对自己的怀疑。

他很快就对这些黑黝黝的沟泥产生了浓厚的兴趣。在江南的这些沟塘里，由于夏天水草茂盛，经过冬天的腐烂，再加上鹅鸭在水面排泄的粪便等，就使沟塘底下的淤泥变得非常肥沃。是多少年来，庄稼人最看重的天然肥土，只要捞上来，给田野里撒上一层，就能保证一年的庄稼不用施肥，都能茁壮生长，产量明显要比别的地方高出许多。

可是，捞沟泥也是最伤劳力的一种重体力活，没有一个强壮的身体，没有一把猛劲，是干不了的。从水底捞上来还能借助水的浮力，容易一些，特别是要一锹一锹地抛到几米高的田野里，那就是全靠的真力气。

水生每天干完活，都感到浑身的腰酸背痛。可是他不敢说一声苦，晚上还要去接受批评教育，检讨自己的所谓罪行。他唯一的安慰，就是每晚都能做着美梦，梦见他捞的淤泥撒到田野里，都长出了一片片绿油油的庄稼。

庆生每天都要去看他，带一些好吃的给他补身子。有时整天地陪着他，可是他又帮不了他干这个活。一段时间下来，陶根子看到水生都能不折不扣地完成了任务，就要变本加厉地给水生加量。庆生实在受不了了，他气呼呼地去找陶根子发火："你、你这就是作、作践人。水、水生是人，不、不是牛！"

陶根子仰着头，得意地说道："我们这是在给他一个劳动改造接受教育的机会。水生人高马大，吃的又多，就他能干，他就适合干这个活。"

庆生揪住他不放："你、你让他一天捞、捞一船泥，还、还要加量？你、你去试试？你、你三天也捞、捞不上来半船泥！"

陶根子摔开庆生："我这是在执行县委的指示。你还是回你的粮站去吧，你无权来干涉我的工作。他的本事不是一直就大得很吗？就是要让他吃点苦，受点罪，是为了不让他有时间有精力去搞破坏。"

庆生又急了："谁、谁说他搞破坏了，我、我可以给他担保。"

陶根子早也不拿他算数了，他高昂着头，背着手，趾高气扬地对庆生说道："陶庆生，你别以为你到朝鲜，混了个战斗英雄，就跑来指手画脚的。现在的战斗英雄多着呢，都像你一样跑来干涉我们的工作，我们还怎么工作？现在的陶村由我做主，我是支部书记，也是村主任，我这就是在按照上面的指示办。你别忘了，你混到底，都还是小地主出生，我是老游击队员，我比你根子红，资格老。你以后不要到我面前来摆资格了。"

庆生气得又一时说不出话来。水生看到庆生又想要打架的样子，赶紧把他拉开说道："你还是回去吧，我现在很好了。你以后不要再来了。我一天捞一船泥巴，能受得了。"

庆生回到家里，仍然压不下这口气，又穿上军装，戴上军功章，要去陶村找陶根子拼命："老、老子在前方打仗流血，让、让这样的小贼、贼、作、作威作福，老、老子和他不共戴天，有、有他无我！"

金梅听他说了水生的事，不停地掉着眼泪："你就知道去打架，你每次去闹一次，水生就会多吃一些苦。你在家待着，我去。我去看看陶根子是哪根筋又出了问题？"

金梅说完，就放下手头活朝陶村去了。庆生害怕金梅一个人去了吃亏，赶紧叫上金水，一起跟在后面去了。陶玉翠也顾不得孩子们了，她也接着跟方卫红打了声招呼，就紧追了过去。

金梅回到柳树湾后，好久已经没有回过陶村了。她走在沟埂上，远远地就看到水生正一个人在水沟里捞淤泥。看到他那个无比孤独的身影，金梅不由得一阵阵心酸，她在心里不停地骂道：水生，你怎么就是这么命苦。你解放前受苦，现在大家都解放了，你怎么还在受苦呀？这都是你自找的，你家里早就无亲无故了，你为什么还要回来，回来找罪受啊？

金梅直接来到了陶家的正八间，她对着大门就大声喊道："陶根子，你给我出来！"

陶根子听到金梅的叫声，立即跑了出来，满脸堆笑地说道："是金梅呀，你怎么回来了？快请进。"

金梅没有进屋，她就站在外面说道："陶根子，几天不见，你就是耗子上墙成精了。当上干部了呀，现在威风了啊，我们陶家的正八间到底还是归你了呀。"

陶根子不好意思地忙说："金梅，你别取笑我了。我参加革命早，老不进步，还是村干部。"

金梅不客气地说道："你把心思都用到整人上去了，什么正事都不干，你还怎么进步哇？"

陶根子连忙辩解道："我干的都是正事呀。我们现在的首要任务就是要巩固政权，防止一切敌特分子和反动分子的破坏。"

金梅毫不留情地当面指责他道："你陶根子这几年，不是喜欢分地主的土地，就是喜欢找地主的小老婆。占了我们陶家的房子，还要欺负我们陶家

的人，这哪样是正事呀？"

陶根子脸上有些挂不住了："我都是为了工作。你不要听信谣言，那都是对我们革命干部的诬蔑造谣。"

金梅又说道："陶根子，你不要以为你的事情已经过去了，调查组都找我们调查了，都给你记着呢。我是看在你也姓陶的份上，才帮你瞒着了，不然你早就被陶大胆枪毙了。你要不信，我马上就带着大家一起到陶大胆那里去揭发你。你有本事，我们一起去找陶大胆评理去。"

陶根子想着那事，心里就害怕，他知道真要闹到陶大胆那里，自己是绝不会讨到好的。他知道陶大胆一直最信任金梅，而且她家里又出了个大英雄银水，自己得罪不起，他连忙服软地说道："金梅，你说得不错，我也是姓陶，我们都是一家人，有事好商量啊。你们陶家人早就搬到柳树湾去了。我哪里还能欺负你们呀？"

金梅直逼着他说："水生也是我们陶家人，有你这样欺负他的？要他一个人一天捞一船沟泥呀。如果你觉得捞沟泥容易，我们两个去比一下，一人捞一船，看看要多长时间。你一个大男子汉总不会怕我一个妇女吧？"

金梅说着，就要拖着陶根子往水沟边去。陶根子知道金梅发起火来，有多么的厉害，她都敢当面扇他耳光，他在心里最胆寒的人就是金梅。他一边躲闪着，一边笑道："金梅，你不知道，我这是在给他教育改造的机会，是在帮助他。现在像他这样有重大敌特嫌疑的人，不是枪毙，就是坐牢。他是因为陶大民书记打招呼，已经算是好的了。再说，他也不是你陶家人啊，他就是一个早就被赶出去的小长工。"

金梅不可置疑地说："谁说水生不是我们陶家人，我们陶家从来就没有把他当成外人。我今天就是来要人的。"

陶根子故意提高声音，阴阳怪调地问道："你来要水生？你到底是为了陶家，还是为了你自己呀？像他这样的人现在还有谁要啊？你真想要他，悄悄地跟我说一声，我就悄悄地给你送去呀！你这样跑来大叫大闹地公开要男人，你就不怕别人笑话你们？你还嫌你们之间的风言风语少啊？"

金梅毫无畏惧地坚决回击道："陶根子，你刚才说了把水生送给我，大家都听见了啊！好，我今天就要把水生带走，你是男子汉，要说话算数。不管别人说什么话，我们心里亮堂，我们不在乎。水生在你们这里不值钱，在我们家就是一个宝。"

陶根子没想到金梅真敢当着这么多人的面，问他要水生，立即又反悔道："金梅，你一个妇女跑来要一个大男人，像什么话呀？你不怕外面人怎么说你？你不考虑你自己的名声，你也要考虑庆生的名声啊！他现在可是战斗英雄啊！"

金梅毫不在乎地说道："不管别人怎么说，我都要水生。水生永远是我们陶家的人，你们不稀罕他，我们稀罕他。只要我们陶家还有一个人在，他就要永远和我们在一起。我们陶家在哪里，他就要跟我们在哪里，我们绝不能丢下他。你要说话不算数不给人，我就当你是放屁。我就去找陶大胆要人，我就去把你的老底一起掀出来。"

陶根子听她不停地说起陶大胆，心里担心她真会去告自己的状，他知道金梅从来都是说到做到。他没想到金梅会这样不依不饶的，自己已经被他逼到墙脚了，没有退路了，他只好退步说："你要人可以，我先要去向县里汇报一下。"

这时，庆生、金水和陶玉翠也都赶到了，他们听了金梅的话，个个也跟陶根子要人，他们一起给水生担保，水生绝不会逃跑。

陶玉翠也不顾一切地指着陶根子鼻尖大骂道："陶根子，你就是不知好歹，贼心不改！你自小被水生抓过多少次呀，都把你放了，你还要这样作践水生，你真是恩将仇报！狗咬吕洞宾，不识好人心啊！还有上次，要不是金梅宽宏大量，你就吃了枪子了，早见阎王去了。你今天要是不放水生，我就拿这条老命跟你拼了。"

陶根子看到他们全家这种势在必得的气势，更不敢得罪金梅了。他知道自己的小辫子还抓在她手里，再这样闹下去，吃亏的只能是自己。他虽然心有不愿，也只好说道："既然你们大家都出面担保，你们可以先把水生带回去，我再去县里汇报吧。金水，你要代表你们柳树湾打个接受证明，这个敌特分子是你们抢走的，以后与我们陶村没有任何关系了。"

金水连忙说道："好，我以我们整个柳树湾担保。水生以后出了任何问题，都有我们柳树湾负责。"

金梅一家人领着水生一起朝柳树湾而去。金梅一路上都在埋怨着水生："你怎么这么死脑筋呀？他要你捞一船泥，你就捞一船泥呀，还要提前完成任务？你打仗那么厉害，怎么就对付不了一个陶根子呢？"

水生低着头，一路上一句话也没有说。没想到，他们刚到柳树湾，就又

被方卫红带着许多人堵在了村口，不让进去。

方卫红怒气冲冲地对着金水骂道："金水，你想把我们柳树湾变成什么地方？别人不要的什么东西，你都往村里带。你想把我们柳树湾变成国民党特务的根据地？你也想成为里通外国分子？"

金水被她骂得不知所措，金梅接过她的话说："你不要怪金水，都是我决定的，跟他无关。谁说水生是国民党特务了？打死我，我也不会相信他会成为特务。"

方卫红看到金梅说话，不敢跟她争辩，她只是继续不依不饶地对金水说："你让这样的狗特务进村，我就回娘家，我绝不会和这样的狗特务住在一个村里。"她说完，就独自气冲冲地朝村外走去。金水立即追了过去，强拉着都拉不住她。

金梅看到这个场景，一时也没有了办法。她已经劝过方卫红好多次了，可是方卫红别的话都能听她的，就是不能提水生，一说水生她就会暴跳如雷。

庆生看到也有许多村里人不想让水生进村，就拉起水生的手说："他、他们不欢迎你。你、你就跟我到粮站去。我、我们一辈子住在一起。"

水生这时才抬起头说："金梅、庆生，你们的心意我都知道，你们不要再为我搞得大家不开心了。我不进村了，我知道我该住哪里了。"

水生说完，就一个人转身朝青弋江河谷里的沙滩走去。庆生赶紧一步不离地紧跟着他。他们又来到了银水的坟前。水生停下说："庆生，我以后就住在这里。这里清静，又没有人，最适合我住。"

庆生惊讶地说："这、这里都是坟墓，怎、怎么住人呀？一来洪水就淹、淹了。"

水生用手一指说："我带走了八百三十六名青弋江的儿女，他们大都没有回来。我要在银水的坟旁再为他们垒一个最高最大的坟墓。我就在这里陪伴他们吧。"

水生说到做到，立即动手堆起沙堆。庆生也跟着帮忙。金水知道了，也就带着一些青年小伙子带着铁锹来给他们帮忙。不久，一座和青弋江大堤一样高的巨大沙堆就建了起来，高高地耸立在河谷中间，成了一道独特的崭新景色，特别得引人注目。

水生就在这高高的沙堆上搭起了几间茅草屋，他终于算是有了自己的家了。为了防止洪水的冲刷，他又在沙堆的四周插满了柳树，铺满了野草，只过了一年，就已是绿树成荫，长成一片。

二十七

金梅每天早晚，都要朝沙滩上水生那个碉堡一样的茅草屋看几眼。她感到他一个人住在那个四周都是坟茔的地方，确实是太孤单太可怜了。她有意识地想叫新生去陪他，她耐心地劝道："新生，那是你爸，他就是为了你才回来吃苦的，你应该多去陪他。"

可是，现在新生已经和其他孩子一样，都喜欢听方卫红讲英雄故事，而且方卫红每次都要跟孩子们说水生就是国民党特务，要求大家时刻提高对他的警惕。有许多孩子还经常成群结队地去找水生打仗，把一个个沙球砸向水生住的那个"碉堡"。

新生也开始受方卫红影响，开始对水生敬而远之、嗤之以鼻，每次看见他都要远远地躲开。一旦金梅跟他提起水生，他都是不高兴地昂起小头说："金梅妈妈，他是狗特务，你不要不要我，不要让我去陪他。"

金梅气不过，第一次给了他一个响亮的耳光，厉声教训道："你不要听人乱说，更不能跟在别人后面乱叫乱砸！他就是你的父亲，他就算是特务，也是你的父亲！"

金梅终于狠着心，把新生送到了水生的草棚里，只对水生说了一句："你回来了，你的儿子你自己带，不要再让他到我家去了。"然后转身就走。

新生不干，跟在她后面追着，哭叫着："金梅妈妈，你不要不要我，我要跟你回家。"

水生赶紧过来抱住他说："新生，金梅妈妈不会不要你的。我只带你玩一天，就送你回去。我带你到河里捉大鱼。"

新生挣扎着："我不要你带，你是狗特务，我要金梅妈妈。"

水生把大家送来的能吃的东西都拿出来哄他。新生仍然不理他，不吃也不喝，到了晚上也不睡觉。他仍在哭叫着："你是狗特务，我不和你睡觉，我要和金梅妈妈睡。"

水生只好哄着他："好，好，我不跟你睡，你自己睡。我明天就送你去找金梅妈妈。"

　　水生把他安排在床上睡，自己就在地上铺了一层稻草单独睡。夜深了，外面一片漆黑，水生看到新生心里害怕了，钻在被子里不敢露头。水生赶紧又点起了一盏油灯，爬坐起来，靠在他的床边，对新生说道："新生，你不要害怕，我在给你站岗。"

　　水生就是这样陪着新生，在地上坐了一整夜。后来几天也是，只要发现新生有些害怕，他就起来坐着陪他。

　　一天也离不开新生的金生和国红，每天都要来找新生玩。他们回家后就对金梅说："妈，新生不让特务睡在床上，特务天天睡在地上。"

　　金梅听了又不停地流着泪说："你们去把新生叫回来，不要再让他回去了。"

　　新生回来后，一头扑在金梅怀里，痛哭着说："金梅妈妈，你不要让我去特务那里了。那里有鬼叫，我晚上怕，不敢睡觉。"

　　金梅望着他那张可怜的小脸，只好把他搂在怀里，也不好再说了。她又去劝方卫红，不要每次跟孩子们讲故事时，就告诉他们水生是国民党特务。水生回来这么多天，什么人都不往来，这么可怜巴巴的，哪里就像特务了？可是只要和她一提水生，方卫红就马上变色动怒，一脸阴沉。

　　金梅知道方卫红已经怀了金水的孩子，这也是她们柳家的大事，需要有个好心情，也就不好再跟她多说了。

　　金梅心里为水生难过，又开始暗地里给他找媳妇，只要他有了家，他就不会孤单了。可是连问了几家，一听说是水生，连话都不回的，就把她拒绝了。于是，金梅天天在家里苦想着，就想起那几个从小被卖出去的妹妹，她们虽然不是和自己一起长大的，但毕竟都是自己的亲妹妹呀，应该好说话些，而且她从小就牵挂着这几个妹妹，也很想知道这几个妹妹的下落。

　　金梅想到这几个妹妹，就再也坐不住了。她立即去和柳四宝说："爸，你那时把我的几个小妹妹都卖给谁家了？我要去找她们。"

　　柳四宝听到金梅突然提起那几个女儿，不由得满眼闪着泪花："你怎么提起她们呀。她们都是经过人贩子卖的，我也不知道她们被卖到了哪里。都过去这么多年了，还到哪里去找呀？"

　　金梅焦急地说："她们都是你的亲生女儿呀？你怎么能一点消息都没有呢？"

　　柳四宝摇头说："我那时也没有办法呀。你妈就是生她们生死的。我也舍不得卖呀。我那时不卖，她们就活不下去了。中间人都说了，买的人家也不愿出面，都是要求和我家彻底断了联系呀。这也是解放前的规矩。"

金梅充满伤感地说："人怎么能这么没情呢，她们都是我的亲妹妹。大河里的水可以断，亲情不可以断，我一定要去找到她们。"

柳四宝无奈地说："可是我们那时都是说好了的，不能再来往了。我们做人要讲信用，守规矩。"

金梅有些愤然地说："你们那是在旧社会定的规矩。现在是新社会，都不算了，哪有不让亲姐妹相认的道理？"

金梅动了心，就是谁也劝不住了，她开始一门心思地寻找妹妹。她先去找到了过去的那些人贩子，再顺藤摸瓜，顺着线索去找。经过半年时间，终于找到了第一个妹妹银梅的下落。

银梅是和金水同胞所生。原来柳四宝也不想把她卖掉，但后来家里实在困难，才没有办法把她卖给了人贩子。人贩子又把她卖到了皖南山区的大山里，人贩子只知道她后又被土匪抢到山上去了。

银梅是最早卖出去的，她被卖时，已经六岁多了。金梅还依稀记得她小时候的模样。她听到妹妹落到了土匪窝里，心想那一定吃了不少苦头，就伤心得不停流泪。她在家里准备了一包锅巴，跟婆婆陶玉翠打了一声招呼，就独自进入皖南山区去寻找银梅。她想解放这么多年了，山里的土匪早就剿灭了，银梅也应该解放了。就是现在还有土匪窝，她也要去找。

她一路从宣城找到广德，又从广德找到泾县，一路找着一路问着，饿了就吃几口锅巴，喝几口溪水，晚上就在一些热心的人家借宿。新社会的人了，对她都很热情客气，可是一问起过去土匪的事，许多人都在回避。特别是那些过去上过山当过土匪的人更是在回避，谁都不愿提起过去那些不光彩的事了。

最后还是金梅那种找不到妹妹，决不回头的决心感动了大家。许多人都开始热情地帮她打听帮她去找，那些过去当过土匪的人也来帮她寻找。终于得到了准确的信息，银梅所在的那个山头，应该是在解放几年后，跟着泾县最后一股土匪解放的，现在在泾县的一片林场里。

金梅得到这个消息，激动得一夜没睡，又步行十几里的山路，找到那家山高林密的林场。当她终于找到银梅时，银梅都不敢相信。但她对过去的家还是有一点印象，她很快就想起了这个小时候带过她的金梅姐姐。她看到

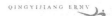

金梅早已磨破的布鞋和满脚的血泡，激动地抱着她，痛哭不止："金梅姐姐，你怎么还能记得我呀？让你受苦了。"

金梅也抱住她不停地掉着眼泪，红着眼睛抽泣着说："你是我的亲妹子呀，我怎么能忘记你呢？你的命怎么比我还苦呀，是我们家对不住你呀，让你掉进了土匪窝。"

银梅不停地帮着她擦着眼泪说："金梅姐，一切都过去了，我们现在已经彻底解放了，政府已经把我们改造成了林场工人，我们也算是新中国的新人了。我们已经不用再整天担惊受怕的，我们现在就是每天去捉松毛虫，养护好这片山林。"

她和银梅见面后，一刻也不想分开了。姐妹俩每天晚上都要相拥在一起，有着说不完的话。金梅听到银梅不停地诉说着被卖后的一路遭遇，特别是被卖到土匪山后，更是受尽了种种磨难，心痛地紧抱住她，陪着她一夜流泪到天亮。

银梅现在已经跟了一个过去的小土匪头子结婚生子。那个当过小土匪头子的妹夫，再也没有了过去时的威风。反而就像是做了错事的贼，心里感到愧疚，一直都远远地躲着她们，甚至都不敢用眼睛看她们，连吃饭都要听从银梅的招呼。

金梅关心地问起银梅现在过得怎么样。银梅十分愉快地说道："大姐，最该感谢共产党感谢新中国的就是我。我现在终于过上好日子了，他再也不敢打我骂我了。现在家里的事都由我做主了，他什么都听我的话了。"

金梅看到这种情况，放心地笑了："那就好，只要他能变好，你就好好跟他过日子，浪子回头金不换。你现在有娘家了，以后遇到什么困难，就回家去找我。"

银梅欣慰地笑了："金梅姐，我真的要感谢新社会。不只是把我解放了，还能帮我把土匪教育改造好。他那时当土匪，也是被逼的。他过去是干过许多坏事，人家都叫他'小阎王'。是新政府宽宏大量饶恕了他，放了他一条生路，他心里一直很感激，再也没有干过坏事了，现在还是林场的工作积极分子，比我还要要求进步呢。"

金梅看到他们林场每天都是起早摸黑地去捉松毛虫，一捉就是一大堆。特别是她的那个叫"小阎王"的妹夫，干得最积极。多高的树，他都能爬上去，有时就像猴子似的，吊在树上荡过来荡过去。只要他找过的地方，松毛虫都被他找得干干净净。

　　金梅就在他们的林场住了两天，看到他们现在的生活现状，也就不顾银梅的一再挽留，放心地急着回家了。

　　可是银梅从小被卖出去，一路吃的苦，却使她一直郁结在心里，越想越难过。这也更使她下定了决心，无论如何，都要把另外两个小妹妹铜梅和铁梅找到。这两个小妹妹都是三四岁时就被卖掉了的，中间都是转了几次手。她打听了好多人，都是一点消息都没有，想找到实在不容易了。

　　柳四宝都没有了信心。他几次劝金梅说："金梅，都过去这么些年了，还到哪里去找？你还是过好自己的日子，不要再费那个神了。都怪我没用啊，要是早解放几年，我怎么也不会卖女儿呀。"

　　金梅仍然坚定不移地说："我们家的人都命大，都是喝柳树湾的水长大的，也就像我们柳树湾的柳枝，插到哪里都能活。我夜夜梦见她们都还活着。只要她们还活在这个世上，不管多少年，我一定要找到她们。她们都是我的亲妹妹呀！"

　　金梅当时想起找妹妹确实是想为了水生，但是找到银梅后，她的想法已经变了。她现在去找妹妹，已经不是为了给水生找老婆，而是为了内心的那股浓浓的亲情。她只是想知道她们的下落，知道她们现在活得怎样。找不到她们，她会一辈子感到不安。

　　金梅东打听西打听，又经过大半年的时间，终于又找到了铜梅的一点消息。铜梅是三岁多被卖的，她当时被卖给了一个在青弋江上划小划子的船家。

　　金梅就顺着青弋江一路打听下去，一直打听到青弋江进入长江口的那座镇江宝塔。在这座宝塔下的两江交汇处，一连数里聚结着许多小船。金梅挨家挨船地去问。功夫不负有心人，她终于打听到了长江边上有户人家，过去在青弋江上捡了一个丫头，和她说的年龄相近，而且和她长得一模一样。金梅喜不自禁地立即朝他们说的那个地方找去。

　　那块靠近长江的地方，要建造一家大型长江钢铁厂。正在热火朝天的建设中，工地上高挂着宽大的条幅"自力更生、艰苦奋斗、早日建成国家大型钢铁基地"的横幅，四周插满了迎风飘扬的红旗，高音喇叭里在播放着嘹亮的歌曲《咱们工人有力量》。许多工人都在泥土飞扬的工地上推着小车，争先恐后地穿梭不停。

金梅进入工地，就看到许多男女工人都是穿着一样的工作服，戴着一样的工作帽，几乎都分不出来。金梅看到有两队年轻的男女工人正在互相呼叫着进行推车比赛，也就赶过去看热闹。在一大群男女的呐喊声中，她看到两个年轻的男女在奋力挥舞着铁锹飞快地铲土装车，然后推着装满土的小车以冲刺速度向着目标地冲去。那个年轻的姑娘推的小车上装的土明显地比小伙子的还要又多又高。一群年轻的姑娘跟在她后面不停地大声呼叫着"铜梅加油，铜梅加油"。等那推车的姑娘比小伙子快几步冲到了目标地，那群姑娘们立即爆发出惊喜的欢呼声："铜梅胜了，又是我们女队胜。你们男同胞加油啊！"

金梅看着看着，早已经是热泪盈眶。她看着那个叫铜梅的推车姑娘的动作神态身姿，越看越像是自己要找的妹妹。她也失声大叫道："铜梅，铜梅，你是我妹妹。"

大家听到她的叫声，全都停了下来。那姑娘也吃惊地回头望着她："你是叫我？你怎么知道我的名字？"

金梅已经控制不住地跑到她的面前，一把拉住她的手，激动地说："你真的叫铜梅呀，你就是我的妹妹铜梅。我是你大姐金梅呀！"

几乎是所有人都同时惊叫了起来："她们真是长得一模一样啊，真是亲姐妹呀。铜梅，你有亲人了！"

铜梅一边擦着脸上的汗水，一边痴痴地望着金梅说："你是我姐姐？我还有姐姐呀，我还一直以为我是捡来的呢。"

金梅难过地说："都是我不好，小时候没有带好你啊。你一点都记不得家了啊！"

大家都在旁边羡慕地说道："铜梅，你真有福气呀。看你大姐要花多少心血，才能到这里来找你呀。"

铜梅满脸露出了幸福的笑容："谢谢金梅姐来认我，我就知道我不会是从天上掉下来的，我一定会有亲人。其实我早就有了许多亲人了，你们大家都是我的亲人。"

铜梅当时就被划小划子的卖到了位于长江边的一户打渔人家，从小记事起，就会划船捕鱼。所以身体长得非常结实，两只胳膊又短又粗，两只手粗糙有力，浑身都有使不完的力气。

现在他们家在的地方办起了这家钢铁厂，铜梅也进厂当了搬运工。一个人推着小推车，每次都堆得像小山一样，比小伙子跑得都要快。特别是搬运钢材，和小伙子一样扛起角钢槽钢一点儿都不输。她已经是大家人人喜爱的劳动模范。

金梅看到她现在真是长大了，还这么能干，而且还成了一名正式的国家钢铁工人，心里悬挂了多年的一块石头终于落地了。因为能够成为一名光荣的国家钢铁工人，那是多少人梦寐以求的事啊！

金梅到了铜梅的宿舍，看到她的墙上贴着许多荣誉奖状，心里也感到很自豪。金梅对铜梅说："铜梅，你给我们家争光了，我们家也出了工人了啊。以后我们都要向你学习了，你比我们年轻，已经样样是先进了。"

铜梅谦虚地笑道："大姐，我们青年小组，现在天天都在开会学习。我们大家每次学习，都表示一定要好好向你们农民学习，学习你们无私奉献的精神。我们的工厂才刚刚成立，都是靠你们农民支持的。没有你们的支援，我们这里还是就只有大山只有石头。我们只有多干活多出力，多生产钢材来支援你们，支援社会主义的建设。我们这里将来还要建设成新中国的一个重要钢铁基地。"

铜梅带着金梅到工厂食堂吃饭时，许多年轻的小伙子，都跑过来热情地围着她们献殷勤。铜梅也幸福地对大家说："我终于有娘家了，我家里还有许多兄弟姐妹呢。"

小伙子也都一起哄笑道："铜梅，你是我们的劳动模范，是我们的学习榜样。我们都是你的兄弟姐妹呀。"

金梅看到这些小伙子都对铜梅这么好，就悄悄地问铜梅的婚姻状况。铜梅红着脸低声对她说："有好多人在给我写信，我现在还不想理他们，干好工作是第一位的。我要等我们钢铁厂正式投产后，再考虑个人问题。我现在只想把我火热的青春献给我们钢铁厂的建设中去。"

金梅听了心里为铜梅感到暗暗高兴，铜梅的幸福和前途已经不用她担心了。铜梅特意带着金梅到整个工地去转了转。金梅从来没有见过这么大的工地，半天都没有转得过来。

金梅连忙摇着头说："铜梅，你工作忙，我们就不转了。你们这个厂多大呀，我什么也看不出来，我还是回去吧。我能找到你就放心了，我以后再来看你吧。"

铜梅依依不舍地把金梅送到船码头说："金梅姐，我们现在正处在决战的关键时刻，大家都在日夜加班，大干快上。我就不送你回家了，等你下次再来，我们那里就会是一家大钢铁厂了。"

金梅最后爱抚地摸摸她的肩膀说："你快回去上班吧，不要送我了。你一定要好好干，为我们全家争光。我们家能有你这一个钢铁工人，是全家光荣啊！"

寻找最小的妹妹铁梅，金梅是花费了更长的时间。她只打听到，她那时是被卖给了一个江北来的戏班子。金梅只听讲过江北，却从来不知道那是在哪里，也从来没有出过这么远的门。可是这个小妹妹，她小时候带的时间最长，感情也最深，被卖走后，她还为此哭过好多天。现在银梅和铜梅都找到了，这个最小的妹妹一天找不到，她一天也不会感到心安。

可是全家人都反对她到江北去，大家都不放心她，因为大家都不知道江北有多远。金梅想起了水生，他解放前就是跟着陶大胆到江北去打仗的。金梅想请水生去帮着找，没想到她刚提起，就被方卫红打断了："金梅姐，你不能找妹妹找昏了头啊，我们不能犯错误。水生就是国民党特务，必须时刻接受我们的监督，不能给他任何出去活动的机会。"

金梅一听就有些火了："你们不让他去，就我自己去！现在都是新中国了，没有土匪路霸，我哪里不敢去呀？"

金梅对方卫红心里有再大的火，她也只能自己憋在心里忍下去。她不是怕方卫红，方卫红在外面还总是要给她一些面子的，她是怕方卫红没完没了地去找金水闹。她知道方卫红常常一不高兴，就能把金水闹得一夜不让睡觉。金水在外面再能干，回家见到方卫红就没有了办法。他常常一脸疲惫，双眼通红地跑到金梅这里来生闷气。全村的人早就在说，金水的脑袋就是长在方卫红的脖子上了，白天金水领导全村，晚上方卫红领导金水。

金梅也知道，方卫红不管怎么闹，金水也是一天都离不开她。因为，方卫红确实能干，也比金水识的字多，天天都能给金水读报纸，讲道理，帮助金水学习进步，也把家里安排得不要金水分心，是个难得的贤内助。

金梅也是找不出方卫红有什么毛病，就是在对待水生这件事上，使她无法容忍，也使她无法理解。水生再有错误，现在都可怜成这样了，她怎么还要落井下石，还要揪住他不放呢？方卫红怎么能变成这样呢？那当初为啥又要爱他爱得那样发狂？

金梅心里心痛水生，也心痛金水。所以每次遇到方卫红发倔的时候，都是她先把事情吞到了肚子里，不去和她争执。她是怕金水夹在中间为难。

金梅不想再让方卫红生气，这只会给水生带来更多的麻烦，就又一个人带上一包锅巴做干粮出发了。她按照水生给她指定的路线，从芜湖坐轮渡过了长江，又从二坝坐火车到了巢湖，开始一个乡一个村地去找那个戏班子。她记得小妹妹铁梅小时就是因为嗓子好，才被戏班子买走的。她找了好多天，也没有找到那个戏班子。她最后只好去找当地的政府求援。那个接待她的干部说："解放前的那些戏班子，都是杂班子，现在都解散了。那些会唱戏的，都改编到歌舞团、戏剧团了。你可以去他们那里找。"

金梅立即按照那个领导告诉她的那些歌舞团、戏剧团一个个去找。终于找到了一家刚成立的歌舞团，看到一群人正在台上齐声合唱《社会主义好》："社会主义好，社会主义好，社会主义国家人民地位高，反动派被打倒，帝国主义夹着尾巴逃跑了，全国人民大团结，掀起了社会主义建设高潮……"

金梅听着听着，就忍不住泪水不停地流了下来，不等她们唱结束，就激动难忍地对着她们高喊了起来："铁梅，铁梅，你是我妹妹，我是你姐姐！"

那群唱歌的人一起停了下来，都对着中间的一个姑娘笑了："小铁梅，你又来了一个捧场的，叫你妹妹呢。"

那个叫小铁梅的姑娘，回头朝金梅笑了笑说："这位大姐，你好。"

金梅已经从她刚才的歌唱声调和神态中，认出了她就是自己的亲妹妹铁梅。金梅跑上台去，异常激动地挤到她面前，一把抓住她的手，满眼流着泪说："铁梅，铁梅，我真是你的大姐，是你的亲大姐金梅呀，我是特意从江南找你来的呀。你就是我最小的妹妹呀，我小时最喜欢带你洗澡，你的肚子上还有很大的一块胎记呀，你还记得吗？这些年，你在外面受苦了，我终于找到你了。"

铁梅也终于醒悟了，她语无伦次地说："你真是金梅大姐，你还记得我。"

金梅紧紧抱住她说："你是我的亲妹妹呀，我怎么能忘记你呀？我一辈子也不会忘记你的，你受苦了啊！"

所有参加合唱的人一起围住了她们说："铁梅，你终于找到亲人了啊，祝贺你呀。"

金梅紧拉着铁梅的手，满眼含泪地对大家说："她就是我最小的妹妹铁梅呀。我终于找到了。我终于把我的三个亲妹妹都找到了！感谢新中国，感

谢共产党，我们一家人又终于团圆了！"

所有人都在为她们姐妹重逢而高兴。铁梅也特意请了几天假，亲自把金梅送回了家。

金水又特意去把银梅和铜梅一起接回来，他们一家失散多年的亲人终于又团聚在一起。

柳四宝心里高兴，却一直躲在水生的草棚里，不愿回去见她们。他对这三个从小被他卖出去的女儿心中有愧。

金梅过来叫他说："我们都知道你那时吃的苦，没有谁心里怪你。你是没有养她们，但是你生了她们。她们还是你的亲生女儿。她们所有的苦难全都过去了。你也该称心了呀。"

金梅又对水生说："今天是我们全家团聚的大喜日子，你也过去喝杯喜酒。"

水生迟疑地说："你们家团聚，我就不过去了。"

金梅厉声道："你必须给我去！以后我们家每次团聚，你都要去！我们没有谁把你当外人，你永远和我们是一家人！"

在全家的欢聚宴会上，全家人都在说着金梅的好，吃了多少苦，跑了多少路，好不容易又把一家人找齐了。金梅也说："我是你们的大姐，这是我应该做的。我们几个亲姐妹，以后再也不会失散了。我没有别的要求，我只想你们平时多来信，报声平安，希望你们以后能每年都回家相聚一次。"

三个妹妹都异口同声地说道："大姐，我们都听你的！你什么时候叫我们，我们就回来！"

方卫红也显得特别的兴奋，满脸喜悦地不停地和她们交谈着，有着问不完的话题。她还不时地教育金水："金水，我们以后不能只做井底之蛙，只看到眼前的柳树湾，你看看，他们外面发展多快呀，真是日新月异，形势喜人啊！我们再不追上去，就要拖共和国的后腿了。"

金水听了也直点头："就是，我一定向妹妹们学习，学先进做模范。"

最后大家又一起骄傲地说道："我们都应该向银水学习，我们是英雄之家，我们都是烈士的亲属。"

水生是被金梅硬叫过来的，他看到大家情绪高昂，方卫红撒着脸，看都不想看他一眼。他怕扫了大家的情绪，就趁金梅忙着烧饭的时候，又一个人偷偷地溜走了。

二十八

就在金梅热心寻找妹妹的这几年，方卫红已经接连给金水生了两个孩子，把柳四宝高兴得每天到处炫耀，柳家到处充满了喜庆气氛。方卫红已经越来越成为全家的核心，也成了全村的业余宣传员。她不仅每天给金水读报纸，也开始喜欢给全村的人读报纸报道外面传来的各种喜讯和大好消息。现在连金梅都要听她的了，因为她三个妹妹每次在外面寄回来的信，都是由方卫红一遍遍地读给她听。方卫红每次都是情绪激昂地越读越来劲，有时还要读给全村的人听，满口称赞着国家的形势越来越好。她的三个妹妹在外面也是天天在进步，个个都是先进工作者和劳动模范，这不只是我们柳家的骄傲，更是我们柳树湾的骄傲。因为她们都是从我们柳树湾出去的女儿。金梅也是越听越开心，感到满脸都是光彩。

方卫红还带着肚子里的孩子，又到县里参加了一次农业合作社的学习班，回来后就指导金水把最初的青年互作组改成了农业合作社。这也是青弋江县成立的新中国第一个农业合作社，受到了上级的表彰。柳树湾也是第一次上了县里的广播，把全村人高兴得一夜没睡，个个奔走相告。后来他们十三连圩人民公社成立后，他们又改成了柳树湾生产大队。金水也由于工作出色，担任了生产大队长。

金水已经变得越来越成熟了，他更是越干越来劲，把柳树湾的各项工作都干得有声有色，样样工作都走在了别人的前面。每年都要从上级领回几张奖状。他特别是在农田的水利建设方面，取得了巨大成就。他把全村一千多亩水田平整成片，建起了统一的排水渠，四通八达，上水和排水，都是统一行动，确保了旱涝保收，成为了全县的样板田。县里和公社都组织大家来开了几次现场会，要求大家都来向柳树湾学习。

特别是他们每年上交的公粮都是最优等的，而且年年超额完成任务，成为了全县宣传的榜样。

庆生在粮站负责收粮，他每次都要把柳树湾交的公粮堆在门口，向所有人展示："你、你们都要向、向柳树湾学习，他、他们交的公粮，才、才是真、真正的光、光荣爱国粮。每、每一颗都很饱满，都像、像是种子粮，他、他们总是将、将最好的粮交、交给国家。"

有些人都认为庆生要求太严了，就故意逗他："我们哪能比得上柳树

湾。他们那里出过战斗英雄，革命烈士。现在又是模范田，他们的思想觉悟高啊。"

庆生又急了："都、都是一样的田地，为、为啥他们交、交的都是最、最好的粮？你、你们交的公粮都、都是作为国家的战备粮。你、你们达、达不到他们的标、标准，我、我就不收。"

只有方卫红心里还对金水不满意，总是觉得他的工作还没有干好。天天晚上都要批评教育他，给他上政治课："要不是解放了，你家一无所有，你连老婆都娶不到，还能生几个孩子呀？我现在又怀上了，你只有把柳树湾搞成全县的模范，对国家多做贡献，给国家多交粮食来报答国家。国家现在到处在搞建设，缺钱缺粮，需要我们支持。我们农民只有想办法，多给国家交粮食。"

金水当面不敢跟她顶撞，一有时间就跑到金梅那里嘀咕："金梅姐，她的要求真是太高了，搞得她就像是我的领导。上级领导也没有她要求的这样严！她天天在家看报纸，按报纸上说的要求我。我哪能样样都争第一呀！"

金梅乐呵呵地笑道："卫红脾气是倔，可是她要求你进步没有错。你不说是为了国家，就是为了你的孩子，也要好好干呀。你弟弟银水是英雄是烈士，你也要给他争光。"

金水每天都要起早摸黑地到柳树湾的田野里转悠。可是全村只有一千多亩的田地，他再努力，也只能一年三熟，怎么也做不出花来呀。他转了好多天，终于灵光一现，想到了办法，他看上了圩堤外那成片的几千亩沙滩。如果把这些沙滩都改造成良田，那一年该收多少粮食呀。金水想到这个主意，一下子激动得不可自制，赶紧跑回去告诉方卫红。方卫红也和他一起高兴得不可自制："对呀，那就是一个天然的聚宝盆呀。现在国家正提倡开荒造田，要多造良田多产粮食。不怕做不到，就怕想不到！"

金水又拿着这个主意来找金梅商量。金梅立即给他泼冷水："金水，你是不是头脑发热了啊？你从小在河边长大，你没看见每年发大水的时候，这沙滩都被水淹了，还怎么种庄稼？那里只能放牛放羊，你不要乱想干糊涂事呀。"

金水没有得到金梅的支持，就又跑去找水生商量："水生哥，我们村里就你见过大世面，你帮我出出主意吧。现在全国都在建设新中国，我们柳树湾不能落后呀，我们怎么才能给国家做出更大的贡献呢？"

水生也说："我们农民只有多种地多流汗水，多给国家交粮食。现在国家各条战线都在大搞建设，最缺少的就是粮食。我们农村就是要变成国家的粮仓！"

金水抓着头说："我也是这么想的。我们柳树湾只留下少数口粮和种子，其余的都交给国家了。可是我们只有那么一些土地呀，我们还是有力使不上。我想带领大家到这沙滩上来开荒种粮，金梅姐不同意。"

水生想了想说："金梅说的有道理，这里是河道，是不能种水稻的。我在这里住了几年，我知道这里的水情，一年只有汛期几个月水大，其余大部分时间都是枯水期。我们可以利用枯水期种一些蔬菜和杂粮，也可以种一季小麦。"

金生高兴地叫起来："就是，水生哥，你一说，我心里也就清楚了。我们完全可以在洪水退了后，抢种一季，在洪水到来前抢收上来。我们人是活的，还能被洪水吓住了？我们就是要和洪水抢夺丰收。"

金水兴奋地带着这个好主意跑回家告诉方卫红。方卫红也高兴地叫起来："金水，你怎么一下子觉悟就提高了啊？我们就是要与天斗、与地斗、与洪水斗，人定胜天。我们一定能战胜洪水，获得大丰收。"

金水更加情绪高涨，他激动得和方卫红商量了一夜。第二天天一亮，他就开始带领全村人奔向了那片广阔的沙滩，开始开荒造田。

水生这个碉堡似的草棚也变得空前的热闹起来，一下子就成了这项开荒造田运动的中心。大家忙累了就到他这里要杯水喝，个个都在夸奖他："水生，你真有眼光，选了这块风水宝地。你一个人住在这里就像是活神仙了。"

只有方卫红一直对他不屑一顾，她还不忘时时提醒大家："你们一定要保持高度的警惕性，少往那个特务据点跑，小心被他利用了。"

金梅又来劝她："你怎么老是说他是特务呀？他哪点像特务呀？他回来这几年，天天活在全村人的眼皮底下，他干了哪样坏事呀？天天在这里为村里看牛养猪，他把我们村里的牛呀猪呀！个个养得膘肥体壮，还下了许多小崽。他都变成猪倌牛头了，特务就是回来养猪养牛的？"

方卫红却反劝着金梅说："金梅姐，你不要被他的假象迷惑了。狗特务都是最会伪装的，他们只是在最关键的时候出来搞破坏。我们必须时刻保持高度警惕！"

方卫红不只是鼓励金水大干快上，自己也是工作积极分子，事事冲在最前面。她一到沙滩上就浑身充满了活力，她把所有的青年妇女组织成了青年妇女突击队，自己担任队长。她们每天早晨都要整齐列队，迎着朝阳，高唱着《东方红》出发。在工作休息时间，她还要带领大家学习语录，朗读报纸。她最爱说的鼓舞人心的一句话就是："我们妇女在万恶的旧社会就是社会最低等的人，现在新中国把我们解放了。妇女能顶半边天，我们不能只说不做，我们要顶起这半边天。我们每样工作绝不能落在男子汉的后面，一定要把他们比下去！"

在她的带动下，青年妇女突击队的工作热情异常高涨，憋着劲儿地和青年小伙子展开各种劳动竞赛。每天都把那些青年小伙子追得满头大汗，憋红着脸对她们说："你们这样不要命地干，真是要把我们逼死呀，我们怎么也不会输给你们呀！"

方卫红高兴得哈哈大笑道："我们就是要逼出你们浑身的力量，建设新中国就是要拿出浑身的力量。"

金水看到他们这种干劲儿，心里更是充满了喜悦。只要有方卫红在，凡事都不要他去做动员了。

他们只用了一个多月时间，就开发出几百亩的沙滩，种上了小麦、玉米、红薯、萝卜、白菜等冬季农作物，使这片广阔的只长青草的沙滩换上了新装，长出了一片绿油油的青苗。

水生的任务也就随之加重了，他每天都要到这些新开垦的庄稼地里去查看。他心里总是充满了喜悦，就好像是在看着自己的孩子在成长。他早已把这片沙滩当成自己的家了，没有谁比他更熟悉这片沙滩，也没有谁比他更喜爱这里。但他很快就发现了这里长出的新苗明显的和河堤内的不同，有些发黄，就是营养不够的缘故。

水生立即把这种情况报告给了金水。金水也急得茶饭不思，自己只是一味地想大面积开荒，现在到哪里去搞这些肥料啊。村子里的肥料本来就不够，现在所有的沟塘边上，田埂边上，人家的屋前屋后，凡是能种东西的地方都被种上了。每天早晚，连一点点鸡屎狗粪都被人捡得干干净净。

水生看到金水急成那样，又给他想出了好办法。他说："金水，你不要着急，车到山前必有路。现在各个圩口里都缺肥料，我们就到沿河的各个集镇去找。青弋江边那么多集镇，总能找到肥料。"

　　水生一语惊醒梦中人。金水立即把青年们组织起来，组成了找粪大军。他们把村里的几条小船全部抬到河里，改成装粪船。整个船其实就是改成了一个大粪桶，上面盖上木板，铺上稻草麦秆，沿着青弋江上下游去找粪。

　　可是青弋江上下游的那些个集镇都很小，所有的粪坑都已经被附近的人家包了，粪便也成为各地最紧俏的物资。他们没有运回几船粪便，就开始被人家当成偷粪贼找上门来了。他们扒回来的粪便，还没有下地，就开始到各地去赔礼道歉了。

　　这些小集镇不能去了，可是几百亩的庄稼急需施肥呀。金水决定顺江而下，带领找粪大军到下面的大城市去，开辟新战场。

　　他们首先就到达了芜湖市四处找粪，他们顺江而下只需要半天多的时间。可是回来时，装满了粪便，又是逆流而上，有时还要下船拉纤，就需要一天多的时间了。这样一个来回就需要两天多时间。他们每天早上带着干粮出发，累了就换班在稻草上睡一觉，不分昼夜，来回奔波。

　　一段时间下来，他们一个个浑身都散发着粪便的臭味了。他们回到村里时，方卫红带头不让他们进门了，她说："你们这些大男人，离开我们女人一天就不行啊？这大河里水有的是，你们就不能先洗洗再回来，非要让我们全村的人闻你们身上的大粪味？"

　　金水已经累乏了，他没劲再理她，就说："我们现在闻什么都是香的，大粪也是香的，能闻到大粪的味道，就比什么都好。"说完就跑回家倒头就睡。

　　方卫红也没有办法了，只好对其他妇女说："谁叫我们遇上这么懒的男人了，只有我们自己动手，帮他们打扫卫生了。一定要给他们多打几次肥皂啊！"她说着就回家烧水，拉起金水给他洗澡，其他人家妇女也赶紧跟着她去学了。后来，他们一回家，家家户户澡盆里的水都是热气腾腾的。

　　金水为此炫耀了好久，他和大家一见面，就打趣道："你们跟着我，都成了最幸福的人，都成了真正的男人了，都是老婆亲自给我们洗澡了。"大家全都跟着他开心地龇着牙笑了。

　　他们几乎找遍了芜湖所有的厕所和粪坑，最后就找到了青弋江县委大院，又被门卫扣住了。门卫问道："我们的厕所都被菜农承包了，你们怎么能来偷粪呢？你们是哪里来的？"

　　金水只好交代说："我们是柳树湾来的，我们走了几十里呀，以后就给我们包吧，我们比别人交两倍的包金。"

门卫不听他说："那也不行！凡事都要讲规矩，你们偷了人家的大粪，就要把你们的粪桶和扁担一起没收了，还要罚款。"

金水急了，就连忙说："我们跑了几十里路来给你们掏大粪，犯啥法了？还要没收罚款？我认识陶书记，我要去找他说理。"

那门卫惊住了片刻说："你不要胡说，抬陶书记出来压人。你一个掏大粪的，怎么能认识县委书记呢？"

金水忙说："我真的认识陶书记。他过去还借过我姐家一船稻米，他还去过我家，他还亲自给我发过奖状呢。你不信就去问问吧。我们是十三连公社柳树湾来的，我叫金水。"

门卫仍是不信："现在来找陶书记的人多着呢，个个都有理由，陶书记那么忙，哪有时间来处理这个事。大粪这个事归我管，就我说了算。"

这时，陶大民正好带着几个人出去开会。金水看见了，连忙喊道："陶书记、陶书记！"

陶大民听到他的叫声，就走了过来，看了看他，忙朝他伸出自己的双手说："你是柳树湾的金水同志吧，我记得你，你是金梅的兄弟，也是银水的哥哥，我去过你家。你怎么到这里来掏粪呢？你们柳树湾离这里几十里呀。"

金水不好意思地把双手往后面藏着说："陶书记，我的手脏。"

陶大民仍然坚持着握紧了金水的双手说："我也是农民出身，谁说我们农民的手脏啊？没有你们勤劳的双手，我们哪里有吃的，还怎么去建设社会主义国家？"

金水憨笑道："陶书记，为了支援国家建设，多为国家交粮食做贡献，我们又开发了几百亩荒滩，正缺肥料呢，就来掏大粪了。我们不知道这里被别人包了，是我们错了，我们以后就不来了。"

陶大民很吃惊地望着他们几个来掏粪的农民，立即面露愧色地说道："你们没有错，错的是我。见到你们，我很惭愧啊。中华人民共和国成立这么多年了，我们到现在吃的喝的，还都是你们农民供应的，可我拿什么支援了你们呀？就是这些粪便吗？还要你们跑了几十里路啊！"

金水连忙解释说："陶书记，我们不是偷，我们也交费。"

陶大民又对身边工作人员说："你们再安排一辆车，把这几个农民兄弟，都带到会议现场去。我要带他们一起去开会。"

陶大民说着就拉着金水上自己的车，金水惶恐地说："陶书记，我、我身上太脏了，这怎么去开会呀？"

陶大民坚定地说道："我就是要带你们去，让大家都来闻闻你们身上的这种大粪的味道。"

金水上了车。陶大民又关切地问道："水生现在在你们柳树湾过得怎样？你们柳树湾能接受他很好。"

金水立即说道："报告陶书记，你们一定搞错了。水生真的不是特务。他的工作一直很好，他是对新中国有贡献的人啊！"

陶大民阴沉着脸不再说话了，他只是目光严峻地望着窗外。

陶大民带着金水他们去的正是县化肥厂的奠基现场，一千多名工人早也列队等候在那里。全场红旗飘扬，歌声嘹亮，锣鼓喧天，会场上插满了各种大幅标语。

陶大民手牵着金水和其他几个农民的手，一起登上讲台。他情绪激动地对大家说道："同志们，我们新中国的建设已经取得了巨大的成就，可是还远远不够啊。我刚才在来的路上，遇到了这几个农民兄弟，他们都是从柳树湾来的，他们一直都是交粮先进村啊。可是他们就为了能给国家多交粮食，跑了几十里路来掏大粪。这些年，我们确实是苦了这些农民兄弟了，他们就是靠着辛勤的汗水，靠着刮地皮，养活了我们，养活了我们的国家，我们欠着他们还不清的债呀！我们的农民兄弟给我们做出了好榜样，我们一定要向他们学习。同志们，今天我们县的化肥厂就要奠基了，这已经是我县建国后建设的第二十家工厂了，这都是我们在农民兄弟的无私支援下建立起来的。我们一定要加倍努力，鼓足干劲，尽早尽快地生产出化肥，支援我们的农民兄弟，不能再让他们跑几十里路来掏大粪了。我们一定要早日实现以农养工，以工扶农的目标。同志们，我们的新中国是在一穷二白的基础上建立起来的，我们的基础太差了，我们现在的物资还很贫乏，特别是缺少粮食和钢铁，我们今天就有许多是从朝鲜战场上回来的同志。这位金水同志的弟弟银水同志就是用自己身躯去炸敌人坦克的战斗英雄。同志们，我们绝不能再让我们的战士用自己的血肉之躯去对抗敌人的飞机坦克和大炮了。我们的发展速度还是太慢了啊，我们全县人民必须尽快掀起'大跃进'的建设高潮，必须加快发展步伐，大炼钢铁，大力发展工业，高举三面红旗，跑步奔向共产主义！"

全场立即响起了雷鸣般的掌声。金水和他们同行的几个农民也被他们的情绪感染了，全都热泪盈眶地跟着大家一起高呼着："鼓足干劲、力争上游、艰苦奋斗，跑步奔向共产主义！"

金水他们回到家里，个个眉飞色舞地叙说着他们参加大会的激动人心的场景，使全村人都深感骄傲，没有任何人感到苦感到累。他们备受鼓舞，个个情绪激昂，更加想方设法地要为国家多做贡献，更加毫无保留地支援那些工厂的建设。

二十九

柳树湾新开发的荒滩第一年就获得了大丰收，全县组织来柳树湾召开了现场推广会，金水和方卫红都被报纸做了重点报道。柳树湾的成功经验立即产生了积极的反响，青弋江两岸的人民纷纷奔向那广阔的沙滩，许许多多沙滩都得到了不同程度的开发。一连多年，这些过去只长野草的沙滩成了一眼望不到头的麦田和菜园，在那个物资极端贫乏的年代给国家的建设做出了应有的贡献。

方卫红每天都要在家学习报纸，她总感到柳树湾的发展速度还是太慢了，已经跟不上外面的发展形势。她总是在批评金水取得一点成绩就躺在功劳簿上，不思进取，由先进变落后了。搞得金水一天到晚心事重重，他就是想不出还能有什么好的发展方法。

方卫红又给他汇报了一个惊人消息，是陶根子也上了报纸。他在陶村率先实现了亩产一万一千斤！报纸广播都在大力宣传。方卫红再也坐不住了，她挺着大肚子跟着金水后面吵着闹着："我们柳树湾怎么能够落在陶根子的后面呢？这都是你思想落后的缘故，你一定要把先进给我夺回来！"

金梅听见了，赶紧跑来劝道："你们什么人的话都能信，就他陶根子的话不能信！他什么时候做过人事呀？他们说的那个田产万斤的稻田就是我家的，我在那里亲自种过好几年呀，还能不知道能产多少粮食呀？年成好每亩能多收个三五百斤，就不得了了，还能一亩收一万一千斤？打死我也不信啊！除非他会偷。"

陶玉翠也过来插嘴说："我去看了我家的那块稻田。他陶根子就是会偷。他把十几亩的快成熟的黄稻棵都移到了一亩地里，说是一亩地里长的。"

金梅笑得嘴都合不拢了："我就知道，只有他这个有贼心的人，才能想出这个馊主意！把那么多黄稻棵移到一起，密不透风，还怎么长呀？水稻也要通风透气呀，这不是影响产量吗？好好的黄稻棵都被他糟蹋了啊！你们千万不要跟他学呀，他是想出名想疯了。"

金水听了金梅的话，也说道："我们不跟他们比造假，我们只跟他们比交公粮，看谁交得多。我们柳树湾比他们陶村田亩少，每年交的公粮都要比他们多。"

方卫红急了："你们都是死脑筋，跟不上形势了，没有做不到的，只有想不到的。多交公粮已经上不了报纸电台了！"

没过几天，方卫红又拿来报纸对金水说："你看、你看，清水乡同和村的亩产已经达到 18387.5 斤了，远远地把陶根子超越了。他们就在我们隔壁的万春圩呀，和我们同在一条青弋江边上。他们能做到，我们为啥做不到呀？我们快去向他们取经学习吧，不然跑步也追不上了。"

金水刚带人去取经学习回来不到两天，方卫红又拿着报纸给他带来特大新闻。就在邻县繁昌县峨山东方红三社柯冲生产队，亩产水稻达到四万三千斤。方卫红满脸通红地对金水说："真是一天不学习，落后许多年啊！人家都上《人民日报》了啊，多光荣啊！还有表扬诗呢，'不见早稻三万六，又传中稻四万三；繁昌不亏叫繁昌，紧紧追赶麻城县'，我们赶紧追着繁昌大干快上呀。"

金水也对着报纸读了一遍又一遍，也是激动得一夜没睡。他终于下定了决心，要发动全村人围滩造田，把开发的外滩变成内圩良田，这样就能够由一季变成三季，大大增加收成。他还和方卫红商量好了口号："大干快上跑步走，追星赶月学先进，围滩筑坝造良田，不比陶村追繁昌。"

金水第二天就召集全村男女社员们开会，宣布了他的这个宏伟计划。

金梅一听就首先站起来反对："金水，你不要昏了头啊，那都是河道，你都围起来了，洪水来了怎么走啊？"

方卫红首先打断她的话说："金梅姐，人心齐泰山移，人定胜天，我们还能被它洪水吓倒？没有能吓倒我们的困难！洪水来了就让它按照我们安排的河道走。"

金水也说："金梅姐，我们是围滩，又不是堵河道。这几年也没有发过什么大洪水呀，我们不能因为怕洪水，就畏缩不前啊！"

金梅看到他已经下定了决心，赶紧又去把水生请了来，她知道金水最听水生的话。

水生赶来就劝说道："金水，心急吃不了热豆腐，人是不能一口吃成大胖子呀。你不能好心干坏事呀。这沙滩千百年了，都没有被围过，因为它是泄洪通道。我们现在趁洪水间隙抢种一季，已经很好了。你怎么知道哪年要发大水呀？"

还没等他说完，方卫红已经对他冷眉怒斥："你这个狗特务，不要在关键时候刮阴风点阴火，出来搞破坏，打击人民群众的生产积极性。我们翻身人民的力量是无穷的，我们打败了八百万国民党反动派，还能打败不了洪水？你滚回你该待的地方去！"

水生被方卫红当众骂得低下头来，再也不敢说一句话了。

柳树湾围滩造田的工程轰轰烈烈地展开了，而且得到了上级有关部门的积极支持，连县委书记陶大民都亲口称赞他们说："这是人民的创举。"

许多单位和内圩村庄都派来了支援队伍，来参加义务劳动。陶大民也亲自带领县里的领导来现场参加劳动，使大家备受鼓舞。

一段时间里，整个柳树湾外的沙滩上都成为了大工地，热闹非凡，人声鼎沸，红旗招展，人们的战天斗地的热情空前高涨。

由于柳树湾的带动，其他一些靠近青弋江的村庄也开始了围滩造田，只是他们的规模和气势远远比不上柳树湾。

经过几个月起早摸黑的辛苦劳动，柳树湾的人们硬是在青弋江河谷里又筑起了一条长长的圩堤，把柳树湾外的两千多亩沙滩改造成了良田。

柳树湾外圩工程完工的时候，县委特意来举行了欢庆仪式。县委书记陶大民又亲自赶到了现场祝贺。他对着大喇叭，高声喊道："广大社员同志们，今天我们柳树湾外圩工程终于建成了，这是我县社会主义建设事业的又一伟大胜利，也是我们高举三面红旗伟大旗帜，战天斗地取得的伟大成果。同志们啊，我们国家积贫积弱太久了，我们的人民受苦受难太久了，我们不能等不能靠，我们一定要向柳树湾人民学习，不但要把最好的粮食献给国家，还有自力更生，艰苦奋斗，向天要向地要的战斗精神……"

水生也站在人群中听着陶大民在台上讲话。他觉得经过这么些年，陶大民已经早就不像过去当游击队长时的样子了，已经越来越像个大干部了，讲话声音洪亮、有条不紊、滔滔不绝，都不用拿讲稿了。

庆祝大会结束后，陶大民还没忘去看望水生。他走进水生那碉堡似的草棚时说："水生，这个外圩一造好，首先得利的还是你呀，你这个碉堡也被围进来了。这说明，你又回到了人民的怀抱里，你怎么还是老反对呢？你写给我的信我收到了，我也看了。你以后不要再写这样伤害人民积极性的信了。"

水生有些胆怯地说："陶书记，我还是担心洪水呀。现在从上游到下游，都在围外滩，把河道变得这么窄，来了大洪水怎么走啊？"

陶大民不以为然地说："水生，你一定要加强学习，跟上形势呀。你要相信人民群众的力量。在人民群众的面前，没有战胜不了的困难！人民群众的一声吼，地球也要抖三抖。洪水又能算得了什么？"

水生不敢再说话了。陶大民临走时，拉着水生的手说："水生，你不要有怨言。你的事不能怪我呀，确实有一些国民党特务混进来搞破坏。我们新中国来之不易，我们不能不保持警惕呀。你要相信组织和人民，一定会搞清你的问题，首先我就不相信你是特务。你以后有事随时可以给我写信。"

水生立即立正道："报告首长，我从没有任何怨言。我现在每天在陪伴那些牺牲在战场上的战友，我感到很幸福。"

陶大民又紧紧地握了握他的手，十分感慨地说："我知道，你的心意我全知道。"之后，再也没说一句话了。

柳树湾的外圩建成后，开春后就收获了小麦，立即抢种了第一季早稻。由于这里已经是全县的样板田，各方面都支援了许多肥料，使这片水稻长得特别的旺盛，绿油油的一片，惹人喜爱。

金水几乎每天都泡在这片稻田里，看出那片水稻一点点地生长。当看到那粗壮的稻秆争先恐后地吐出一串串娇嫩的稻穗时，他更是喜不自禁，他感到了到处都是飘荡的稻花香味，每晚都在梦着喜获丰收时的美妙前景。

可是就在这批早稻抽穗飘香的时节，一场数年不遇的特大洪水不期而至。面对着不断高涨、滚滚而下的洪水，金水这才感到了真正的害怕。他赶紧组织全村男女老幼一起上堤，保护这片外圩。但是洪水的涨势太快，很快就漫到了圩堤顶上，而且还在疯涨。他们就是动员了全村的力量添加子埂，也赶不上洪水上涨的速度。

金水只得向上级请求支援。他们终于在最关键的时候等来了前来支援的一支解放军部队，但是他们带来的决定，几乎使金水，使所有柳树湾的人

崩溃！他们是奉命来扒掉外滩圩堤泄洪。当他们扒开那条新筑不到一年的围堤，看到那一大片正在吐穗养花的水稻被滚滚的洪水卷走时，金水感到了切实的心痛。他绝望得久久地跪倒在河堤上不愿起来。他也知道自己真的错了，他已经成为了柳树湾的罪人。全村人大半年的辛苦汗水，寄托着的所有希望和梦想，以及柳树湾所有的荣誉和骄傲，都已随着这场大洪水而去了。

三十

洪水过后，柳树湾新筑的那条围堤已经荡然无存，又还原成了原来的沙滩和河谷。可是事情还没有结束，上游几个破了圩的地方，一起义愤填膺地告到上面，说是柳树湾出于地方保护主义，围了河道，堵住了洪水，才使他们破了圩。省里直接派下来调查组调查。

调查组来到柳树湾，一连几天都在调查围滩造田的事，放出话来，不查出结果就不会回去。

金水痛哭流涕地天天在检讨认错："这都是我头脑发热犯的错，我检讨，我认罪。你们要抓，要我坐牢，我都认了。"

调查组仍不放松，他们说："你这么年轻，这么大的事，你就一个人能做主？我们一定要查出在背后搞阴谋破坏的阶级敌人。"

全村人都是人心惶惶的，方卫红更是担惊受怕。所有人都知道这事是由她鼓动的，由于她又怀了第四胎，肚子在一天天变大。金水要她待在家里不准出去，再大的事都有他一个人顶着。

这些年，各村各户的妇女都是在比着生孩子，许多人家都是五六个孩子了还要生。方卫红也不甘落后，她对金水说："人多力量大，将来干啥事都是要靠人。我们要趁年轻，给国家多生几个革命的接班人。"

只有庆生是看粮站的，对这种情况看不惯。他总是和金梅嘀咕道："她、她们这些妇、妇女，都、都是在占、占国家便宜。现在是、是按人口分、分粮，她、她们都像猪婆一样，放、放开肚皮生，一家五六个，还要生、生七八个。将、将来都、都吃什么？人、人的咽喉比、比海深。"

金梅立即打断道："你这张臭嘴，少在外面乱说，小心被人抽了耳光。我们国家打了多少年的仗啊，死了多少人啊。现在解放了，国家安稳了，形势好，一家多生几个孩子，又热闹又兴旺，有啥不好的？"

庆生仍不服地说道："现、现在只涨、涨人口，不、不涨地，将、将来，都、都去喝、喝西北风啊！这、这妇女，生、生孩子，也、也要搞、搞攀比，还、还不要、要穷、穷死他们。"

金梅又封住他的嘴说道："人家再穷，心里也乐意。多生孩子也是在给国家做贡献。大家都知道人多力量大，现在是过得苦呀，等孩子养大了，不就享福了？多子多福。"

调查组要在柳树湾公开召开批判大会，总结经验教训。方卫红心里担心金水受到批判，硬是挺着大肚子来到了现场。她觉得都是自己犯的错误，不能全推到金水身上，该受批判的人应该是自己，自己应该站出来替金水分担责任。无论如何，柳树湾都是不能没有金水的。

调查组领导正在台上严肃地训话："你们柳树湾不得了啊！这些年，简直就是独立王国了，针插不进，水泼不进啊！你们犯下了这么严重的错误，给国家、给社会主义建设事业，造成了这么巨大的损失。到现在还没有深刻的认识，到现在还没认识到问题的严重性。没有阶级敌人的破坏，你们怎么能够犯下这么低级的错误呢？怎么可能去围滩造田，堵塞河道呢？一千多年了，都没有人干过的傻事，你们怎么会去干呢？贫下中农同志们，你们一定要提高警惕，擦亮眼睛，把隐藏在背后的阶级敌人深挖出来呀！"

方卫红听了他的讲话，心里更是紧张，首先吓得脸都白了。自己就是犯了再严重的错误，也不能成为了阶级敌人啊，那不是一生全都毁了啊，我和金水可都是根正苗红、劳苦穷深的三代贫农呀。

这时，人群中的人都在窃窃私语："看来他们不抓人不会走啊。阶级敌人，我们村谁是阶级敌人啊？我们村解放前就穷，没有出过大地主，只有富农。"

金梅也在人群中，她见过世面，对于这个架势，一点也不惊慌。她心里怕金水吃亏，一心想护着他，就首先走上台去，很不服气地对着台上的人反问道："他们上游圩口，破了圩，怎么就要赖到我们柳树湾的头上呀？那我们过去没有围外圩的时候，他们也破过那么多次圩，又要怪谁呀？我们全村人辛辛苦苦干了大半年，水稻还没有收上来，你们说扒就扒了。我们都没有说半个不字，我们为国家交了那么多公粮，没有功劳，现在还有罪了？你们要追求责任，就去找陶大胆和公社的干部，都是他们指挥我们干的。他们发的大奖状都还在这里呢。"

金水就像是个等待审判的犯人，一直在台上低着头，一句话不敢说。他看到金梅跑到台上来了，一边急忙推着金梅下台，一边说道："金梅姐，你快下去吧，我知道都是我的错，他们要怎么批就怎么批吧，我都接受。"

金梅不依他，继续说道："这不是你一个人的事，我就是要给我们柳树湾讨回一个说法。他们要开批斗会，就先把陶大胆叫来。不能干的时候，他叫得比谁都响。现在出事了，他就躲了起来。"

台上的领导都被金梅说得很难堪，有个领导严厉地对她说道："金梅，谁叫你上来的？这不关你的事，你快下去，不要影响我们开会。"

金梅仍然不依不饶："你们要开会，我们欢迎，我们也要有个说法，你们必须把陶大胆和公社里给我们发奖状的干部一起叫来，才能开这个会。你们把责任都推到金水一个人身上，我们不服！"

金梅的咄咄逼人，使台上的领导火了。他不停地敲着桌子，大声责问道："金梅，你不要以为你家过去有功，出了战斗英雄，就可以上台来胡闹！我们今天的会议非常重要，就是要深挖阶级敌人。你今天到底想干什么？你是要故意扰乱会场？是要包庇金水，还是要包庇阶级敌人？你这是非常严重的错误行为，你立即给我下去！"

金梅没有被他吓到，怒气冲冲地还要继续上前和他对话。她就是不想让他们的批斗会继续开下去，她就是不想让金水受到批判。

金水使劲儿地拉她都拉不住。几个公社来的民兵，也冲上来拦住金梅。全场气氛顿时变得异常紧张起来。

这时，水生突然站了起来，他大声说道："报告领导，我有话要说，我要揭发。"

那领导忙转向他问道："你是谁？你要揭发谁？"

水生快步走上台说："报告领导，我叫陶水生。我不是要揭发，我现在自首，我就是国民党特务。都是我破坏的，都是我欺骗金水的。"

全场顿时一片寂静，金梅立即挡到水生面前，异常激动地说："不、不，他说的是假话，他不是特务！"

水生又转身对着全场的人，深深地朝大家鞠了一躬说："是我对不起大家，是我欺骗了大家。我就是国民党特务，我就是回来搞破坏的。都是我故意骗金水去外滩开荒种地的，我的任务已经完成了。我现在就自首，我不想再搞破坏了。"

那个领导立即激动地一拍桌子："你们柳树湾果然还窝藏着一个这么大的国民党特务，怪不得会犯下这么大的错误呢。"

金水也急了，他不顾一切地冲到水生面前说："水生哥，你为啥要这样说？这不关你的事呀，我做证，你没有搞破坏。围滩造田，你是最反对的呀。"

水生十分冷静地对他说："你什么都别说了。我知道出了这么大的事，他们不抓一个人过不了关，必须有人承担责任。柳树湾现在需要你呀，让我随他们去吧，一切都会过去的。我住过美国的战俘营，什么样的牢我都不怕。"

金梅已经一把拉住水生，一边要拖他下去，一边急切地说道："你给我回去，你跑来瞎说什么？这个事八竿子也打不到你呀，你回到你的小碉堡里去！我们柳树湾出了天大的事，都由我们柳树湾的人顶着。"

那个领导厉声命令道："你们这是干什么？还想包庇敌特分子呀，给我把这个狗特务带走。"

公社来的民兵一拥而上，揪住水生，就把他抓走了。声势浩大的批判大会也就草草地收场了。

水生被抓走的当天，全村人全都聚到金水家里，全都沉默不语，迟迟都不肯离去。方卫红也终于感悟了，她也是不停地低头哭泣着。

金梅怒气未消对她说："你现在哭有什么用，全村不就是你一个人，一天到晚地说他是特务吗？现在终于把他说成特务了，他被抓走了，你的眼前也就亮堂了。"

方卫红红着眼说："金梅姐，都是我的错，我现在知道是我冤枉他了。没有哪个特务会自己站出来，承认自己是特务的。"

金梅一家和村里许多人都是一夜没睡。金梅最后果断地说道："你们不要管我了，我今天就去找陶大胆要人。今天他不把水生放回来，我就和他没完，我要和他去算算总账了。不是他下令抓的，谁敢抓水生呀？水生真是命苦，怎么就认了这样一个干老子。"

陶玉翠也跟着说："金梅，这事让我去，你还有几个孩子呢！我老了，就剩这条老命了，我去和陶大胆拼了。他欠我家的一船稻米，到现在一粒都没有还呢，借条我还一直留着呢。这次，我要去和他连本带息一起算。"

方卫红也很恳切地说："金梅姐，我跟你去吧。都是我的错，就是真要

抓人坐牢，也该我去呀。我犯的错误，不能让别人顶罪。"

金水立即打断她的话说："这又不是去吵架，你们去干啥？都是我决定的事，还是该我去换水生回来。"

金梅真是火了，她极度气愤地说："你们争什么？你们都以为坐牢光荣啊！你们都不该去坐牢，最该去坐牢的，就是他陶大胆。他的胆子还真是大呀，现在什么都敢吹都敢说了，他现在不是陶大胆，现在是陶大嘴，陶大吹了！一天到晚就会吹牛了，他现在都在干些什么了？一会儿要大炼钢铁，把人家的铁锅铁盆都砸了，一会儿大办食堂，让所有人放开肚皮吃，人的肚皮怎么能填得饱呀。我们这里的围滩造田，不也是他第一个跑来叫好的，这个词还是他提出来的呢。不然就我们一个村，怎么能围起这么大的外圩呀。都是他陶大胆的过呀，就想抓一个水生就唬过去呀。不行，我一定要去和他说理，不要把我们老百姓当成傻瓜，听他唬。还有啊，他不听人话，听陶根子的，搞一亩地收一万多斤水稻，还吹上天，吹到四万多斤呀，一亩地多大面积呀，四万斤水稻要铺多大的地方呀？"

方卫红连忙纠正道："金梅姐，亩产四万三千斤的是繁昌县，不归他管。"

金梅仍然是恶气难消地说："这不都是陶根子带的坏头呀，不都是他陶大胆带头吹上去的？"

金水赶紧劝说道："金梅姐，我们是去求他帮忙放人，不是去找他吵架。这些话你只能在家里说说，你千万不能跑出去说。他知道了，还会帮我们呀？"

金梅这才改口说："好，我都不说了，我们只去求他放人。他要不放，我们就去北京找毛主席告他。"

第二天，金水就划着小船，带着金梅和方卫红一起到县里去找陶大民。由于是顺风顺水，他们没用半天时间就到了青弋江的入江口。

当他们到达青弋江县委大院时，他们没有找到陶大民。他们这时才知道陶大民已经因为犯了严重错误，已被撤销了县委书记的职务，正在接受调查，已经没有人知道他在哪里了。

金梅听到这个消息，只感到眼前一阵发黑，一下子跌倒在县委大院的门口，号啕大哭起来："水生呀，你怎么就是这么命苦呢，唯一能救你的陶大胆，也没法救你了。他真是该倒霉时不倒霉，不该倒霉时就倒霉了。新中国都十年多了，所有穷人都翻身了，你也是苦出身啊，怎么就不能解放，为啥你还要吃苦受罪呢？"

金梅的哭声感染了金水和方卫红，他们也跟着不停地流着泪痛哭了起来。

县委大院里的一些领导听到了，就把他们叫了进去，问清了情况，详细做了记录，就对他们说："你们放心回去，你们反映的情况很重要。我们会及时向上面汇报。这明显就是陶大民犯了右倾机会主义的严重错误，他怎么能逃脱责任，怎么能够把责任转移到陶水生一个人的身上去呢？"

三十一

没过多长时间，水生就回到了柳树湾。全村人都纷纷跑来看望他。只有方卫红不好意思去，她一个人在家杀了一只老母鸡，炖得透熟，暗地里叫金水偷偷地给水生带来了。

水生带回来的话也使大家一直悬着的心安定了下来。柳树湾这次的事情都已过去了，上级不会再来调查处理了。

金水不明白，出了这么大的事怎么说不追究就不追究了？他仔细一了解，才知道原来还是陶大民在被调查时救了水生，救了柳树湾。陶大胆还找出来一封水生当时写给他的信，信中水生要求他能阻止柳树湾围滩造田的错误行为。是他没有听从劝住，一意孤行，才会造成这样的损失。一切的责任都由他一人负责，绝不能为此伤害了柳树湾人民的建设热情。不管犯了多大的错误，柳树湾人民开荒种地的工作热情和为国家无私奉献多交公粮的精神是不能否定的。

当金水把这些情况都告诉金梅时，金梅才后悔不迭，不停地自己埋怨道："是我误会陶大胆了，我还在县委大院骂了他。是我错了，是我冤枉他了，我要去向他赔礼道歉。现在想来，他还是个好人，是一个好干部，他和陶根子那些人不一样啊。他只是好心干了坏事，我们真不该去告他呀。"

金水也很惭愧地说："是的，我们现在都不知道他被抓到哪里去了，还怎么帮他说话，我们的话又有谁会听呢？都怪我呀，都怪我没听你和水生哥的话，做了错事，害得陶书记犯错误，倒霉下台。"

金梅十分担忧地说："陶大胆这次到底犯了多大的错误，不会被枪毙

168

吧？我怎么能鬼迷心窍，跑到县委去告他呢？"

水生摇头说："我也不知道，他是老革命。他只是想一步跑进共产主义，跑快了才摔了跤。他的出发点还是好的，应该不会被枪毙的。"

金梅又非常懊悔地对金水说："好人总会有好报的，希望陶大胆不要有事啊。你一定要去打听清楚，不管他犯了多大的错误，不管他现在关在了哪里，我们都要去看看他。他确实是个打着灯笼都难找的好干部呀！他们都说他一年到头，在县委待不了几天，天天到下面去为老百姓干事。他当了这么多年县委书记了，他还穿的和老百姓一样，吃的和老百姓一样，晚上住在老百姓家里，农忙时还亲自下地为老百姓干活。他心里只装着我们老百姓呀！我们都要讲良心，不能他犯了错误，就忘记了他的好。"

就在他们到处打听陶大民的情况，都为陶大民担心害怕的时候，已被撤销职务的陶大民，突然被人送到了柳树湾接受改造。全村人得到这个消息，都一起跑来看热闹。

陶大民身上已经没有一点官样了，还剃了一个大光头，就像是一个老实巴交的农民。只是他的声音依然洪亮，精神看上去也很好。他面对着全体村民，十分诚恳地说道："乡亲们，你们这次错误，都是由我的错误决策造成的，所有的责任都由我承担。你们不要有任何思想包袱。你们还要鼓足干劲，大干快上地建设社会主义，想方设法地为国家多交粮食呀。"

金梅挤到面前，仔细地把他打量了一番，才说："你只是职务被撤了，没有枪毙没有坐牢就好。我们这颗吊着的心，也可以放下去了。我们做错的事也不能把责任都推给你一个人呀。"

陶大民又对金梅说道："我这些天一直都在反思我的错误。这几年，我头脑发热，我确实犯了脱离实际，脱离群众的严重错误呀，教训深刻呀。按照我犯的这些错误，就是枪毙我，我也不会有怨言的，是党和人民又给了我学习改造的机会，还保留了我的党籍。我就是来虚心向贫下中农同志们学习的。"

金水带头鼓掌说："我们柳树湾欢迎你。陶书记，你解放前是我们的抗日英雄，解放后是我们的好县委书记。你以后永远都是我们的领导。"

陶大民摇着头说："不，我现在到柳树湾就是来学习改造，现在就受你的领导。我们共产党干部就是要能上能下，犯了错误就应该学习改造。我就是要从哪里跌倒的，就从哪里爬起来。希望你们以后要多帮助教育我，多监督我学习改造。"

陶大民到了柳树湾后，就暂时住在了水生的那个棚子里。他和水生一样，白天和社员们一起参加劳动，晚上看书学习。

每次村里开会商量大事，金水都要请他来指导讲话，特别是开党组织的会议，都要请他去主持。他总是十分谦虚地说："陶书记，你领导过全县几十万的人，你比我有水平，你去帮我们出出主意。"

陶大民这时都要对水生说："你也和我一起去开会。我们现在是犯了错误靠边站了，但是我们还要参加党的会议。"

水生有些犹豫地说："报告首长，现在他们不承认我是共产党员了。"

陶大民异常严肃地说："你还是我在解放前发展的老党员。他们不承认，你也是共产党员，没有谁开除过你的党籍。我们入了党宣了誓，就是党的战士，就要一辈子跟着党走。犯了错误，走了弯路，也要接受党的批评教育，继续跟上去。"

金水忙插话说："陶书记，他是共产党员，你当县委书记时，早就应该给他平反呀。"

陶大民断然拒绝道："他要平什么反？从来就没有人打倒过他。他做了美国人俘虏，给我丢了脸，也给党和人民丢了脸，受这点委屈算什么？想想那么多牺牲的战友，他还能有什么怨言？"

水生立即立正道："报告首长，我没有任何怨言，我现在活在新中国一直都好。"

陶大民又看了看他说："这就对了，你跟着我打了几年仗，你也知道我们新中国来之不易呀，是流了多少血，牺牲了多少人才换来的啊！国际反动势力还在围剿我们，国民党蒋介石还在叫嚣着要反攻大陆，我们能不珍惜，能不保持警惕吗？确实有许多特务利用各种机会钻了进来搞破坏，我们这样做，也是不再给他们任何破坏的机会。是有一些像你这样的人受了委屈，可是为了国家的安全，我只能这样做，你要怨就怨我。"

水生眼里已经含满了泪水："报告首长，请你相信我。我永远是你的兵，我以后决不再给你丢脸了！"

陶大民已经从县委书记一下子变成了接受教育改造分子，他身上的威严早就没了，大家见到他说话也就随便多了。按照规定，村里还要定期开他的帮教会，帮助教育他。

每次开他的帮教会，就变得特别热闹。一些平时不太喜欢参加会议的人也都来了。在会场上，大家都爱揪住了他不放，常常搞得他下不了台，搞成了对他的批斗会。

金梅心里没有了顾虑，说话最随意："陶大胆，我早就要跟你好好算账了。你现在不当县委书记了，我们就能算账了。我们现在就要开你的批斗会。"

陶大民也十分诚恳地说："我就是来接受你们批评教育的。你们有任何意见都可以提，欢迎你们开我的批斗会，帮助教育我。我首先自我检讨，我犯了共产风、浮夸风、命令风、干部特殊化风、生产瞎指挥风五大错误。"

金梅接着问道："你怎么后来一当县委书记，就是不听好人话，只听坏人的话？陶根子是什么人，你不是不知道吧？听他的，你哪能不倒霉呢？"

陶大民低下头，不好回答。金梅又说道："你怎么后来胆子这么大，就变成了陶大吹呢，什么话都敢吹呀？"

陶大民抬起头说："我那时不是想吹，我只是在给大家鼓劲呀。你们也知道，我们真的是在一穷二白的基础上发展起来的。我们县里没有什么工业，一切都要从头来，不大干快上怎么能够跟得上啊，什么时候才能赶英超美？"

大家一齐纷纷说道："我们也知道你们的难处。我们自己都是在家里吃野菜杂粮，把最好的粮食都交给了国家。我们都是在尽最大的力量支持国家建设的。"

陶大民显得很激动地说道："我都知道，这些年苦了你们农民了，没有你们的支持，我们怎么能建立新中国？没有你们的支持，我们又怎么建设新中国呀？你们的这些贡献，我都是看在眼里，记在心里了。就是因为，我们欠你们的太多了。中华人民共和国成立已经十几年了，我们看到你们还都是住在这些土坯墙的茅草屋里，我们心里着急呀。我们就是想能尽快地发展起来，报答你们，早日带领你们过上好日子，所以我才会犯下这么严重的急功冒进的错误。"

大家听他这么一说，也就都停了下来看着他。陶大民停了一会儿，又举起右手说："实际上，我到现在都没有想清楚，我是怎么犯的右倾机会主义错误。其实呀，我这左手和右手，一直都是在抓工作，我从来不是用一只手在抓工作。"

金梅看到他这样，就笑了："那你就把两只手抓在一起，左耳和右耳都听人话，不就不犯错误了？"

　　大家也都跟着哄笑了起来，都拿双手不停地比画着说："金梅，你要他两只手抓在一起，就好像绑在了一起，他还怎么工作呀？"

　　于是，大家常常就把他的批斗会开成了谈心会，就在这种说笑中结束了。但是，几次会议之后，陶大民还是自己总结出了原因，他十分诚恳地对大家说："我来了这段时间啊，经过你们贫下中农的再教育，我终于想清楚了，我所犯的错误，不是左手和右手的问题，也不是左耳和右耳的问题，是我的文化不够，水平不够哇。是没有科学文化知识才使我头脑发热，所以才没有能够正确决策，才做了一些错事傻事。我要诚心向你们认错，全都是我的错。"

　　金水接过话说："这也不能全怪陶书记，他管全县那么多事，哪能顾得上我们村的事呀。我们的错误都是在我，是我没文化，头脑简单。"

　　金水的话说得大家都一语不发了，有人小声地说："我们大家都有责任，我们都是穷苦人家出身，没有念过书，哪里能想到那么多呀？"

　　陶大民最后总结道："经过这段时间的反思，我现在终于想清楚了。我犯下的最大错误还不是大炼钢铁、大办食堂、围滩造田这些，主要还是没有发展好教育。现在看到你们村还有许多孩子没能上学，还有的孩子一天要走十几里路去上小学，我实在是感到心痛啊！刚解放的时候，国家就在要求我们扫盲，我也办了许多学习班，可是我们还是文盲越扫越多啊，这都是因为我们人口增长得快，教育没有跟上去呀。乡亲们，我们现在必须立即开始办起小学，让全村的孩子都能去上学。我们绝不能再让我们的孩子，缺少文化，缺少科学知识，再犯我们这样的错误了。"

　　许多人跟着说道："陶书记，我们现在一家都是许多孩子，肚子都还吃不饱，哪里还顾得上他们读书呀？"

　　陶大民坚定地说道："乡亲们，再苦不能苦孩子，再穷也要让孩子们上学。你们只管生，不管教，那就是给将来犯的大错误啊。你们必须把孩子上学当作头等大事来抓了。"

　　金梅听了陶大民的话，带头拍手叫好："好啊，陶大胆，你的这个主意出得好。我们村办个小学，以后我们的孩子们上学就不要跑路了啊！"

　　大家也都纷纷跟着说道："现在真是不识字不行了，就跟不上时代了。

我们一个村只有方卫红一个人识的字多，如果我们大家都能认字看报纸，也就不会只听她一个人读报纸了。我们也要识字。"

方卫红也在一旁，红着脸说："我识的字也不多，我只是半瓶醋，我每天看报纸都是一边查着字典，一边才能读下去。我也没有读透读懂报纸。"

金水低着头，很内疚地说："陶书记，我检讨。上级一直要求我们办识字班扫盲，我都没有重视，我只知道一心抓生产。这也是我的责任啊！"

陶大民最后果断地说道："吃饭干活是大事，识字读报也是大事。我们不仅要立即把村里小学办起来，还要把村里的夜校办起来，继续为大家扫盲。金水，这个事就交给我来办吧，我不能来了只吃饭不干事，我来给你办教育当教师。"

金水赶紧说道："陶书记，你比我水平高，我们都听你的。你说怎么干，我们就怎么干。"

三十二

在陶大民的号召下，柳树湾立即掀起了轰轰烈烈的办学建校的热潮，男女老少齐动员上晒场打制土坯泥砖。最激动的还是那么一大群孩子，整天都在晒场上忙活着，数着一天天多起来的泥砖。

这些土砖都是由河泥加上沟泥，再加入一些稻草和麦秸，搅拌后，加入到一个个长三十厘米、宽二十厘米、厚十五厘米的木制的砖坯里，拍打压实制成一块块特大的泥砖，经太阳晒干成型。柳树湾自有人时，祖祖辈辈都是靠制造这些泥砖去砌墙建房的，整个柳树湾还没有出现过一间砖墙的瓦房。

小学校的泥砖已经打制得差不多了，可是大家都在为做屋梁的木料发愁。柳树湾的柳树很多，可是却找不出几棵能做屋梁的。而且做教室，需要大一些的木料，在柳树湾根本就找不到。

金水跑到公社去了好几次，想请求一点儿支援，也是一根都没有要到。他得到的答复是。现在物资这么紧张，木材这样的重要物资，就是按计划报上去，两三年都不一定能批下来。

就在大家都认为小学校的教室没法按要求建起来时，金梅想起了在皖南山里的银梅。她们那里到处都是山林，木材多得很。金梅为此犹豫了好多天，银梅从小被卖了出去，现在自己村里又没有什么值钱的东西去换，自己怎么又好意思开口去找她们借呢？可是整天看着那帮孩子可怜巴巴的眼神，金梅最终还是下了决心，一个人跑到山里去找银梅。她没有跟家里和村里任何人说去找银梅借木材，只说了想去看看二妹，她是怕借不到。要丢只能丢她一个人的脸，不能丢了全家和全村人的脸。

金梅一个人徒步走了一百多里山路，来到皖南山区里的银梅她们的林场，一天到晚地望着那成片的林场发呆，就是不好开口。

银梅看出了她有心事，就开始不停地追问她，她才最终吞吞吐吐地说出了这次进山的目的。

银梅一听就说："大姐，我们这里就是出木材和毛竹。要是你解放前来，这里都是我们的，你要砍多少都行呀。现在都是国家财产了，我们只是看护林场的，我们要去向领导汇报。"

银梅说着就带着金梅去找林场领导。那领导也是个老革命，一听是要给孩子盖学校，立即就说："这都是国家财产，我们大家现在都是一家的，不分你我了。你们有困难，我们应该支持。"

金梅一听就高兴起来："这是我们全村借的，我们现在没有钱，将来一定会还给你们，有我妹子在这里担保。"

那领导又说："我们林场里的都要报计划，等计划批下来，你们可能等不及呀。我们这里呀，很快就要建设一个全省最大的大水库，就是陈村水库。你们可以先到水库线以下的深山老林里砍一些，不会违反政策的，只是路远要辛苦一些了。"

金梅立即说："只要能借我们，再远我也不怕。我们穷人家的孩子，还能怕跑路吃苦呀？"

金梅开始跟着银梅和那个过去当土匪的妹夫，一起到深山里砍木头和毛竹。只是路途很远，她们每天起早摸黑地也只能来回一趟。她俩再不怕累，也只能扛一根下山。那妹夫真是有一身的力气，一人比她们两个还要厉害，他能把两三根小的木头和毛竹捆在一起，扛在肩上，跑步如飞。那些又粗又长的大木头，几乎都是他一个人扛出山的。

一连几天下来，金梅就感到很不好意思了。她说："二妹、二妹夫，我这次来真是麻烦你们了。我们全村人都会记住你们的这个大恩。"

银梅满不在乎地说："大姐，自家姐妹，你还说客气话。这跟你那时来找我吃的苦比，算得了什么呀？"

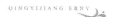

金梅又说："那是我应该做的，你们以后有什么困难就跟我说，不要瞒着藏在心里。"

银梅见她这样说，就立即说道："大姐，我正有事要和你商量呢。我们现在是解放了，可是我的两个孩子青菊和青山，都是在土匪窝里出生的。我们解放前也不是想当土匪呀。现在他们在这里被人叫作土匪的儿子，小孩子也叫他们小土匪，抬不起头来，也没有地方去念书。"

金梅忙说："我家孩子的成分也不好，也是被划成地主了。不管别人怎么看，不管他们是土匪的孩子，还是地主的孩子，他们都是我们的孩子。你要放心，就把他们交给我，带回到柳树湾去，让他们和我家金生、国红一起念书吧。他们表姐妹，从小在一起，长大了就会更亲热。"

银梅立即感激地说："大姐，我也是这么想的，就是怕太麻烦你了。你们家里那么多孩子了，还不把你烦死了呀？"

金梅笑道："我就是喜欢孩子多，孩子越多越热闹呀。我们忙前忙后的，谁不都是为了孩子呀？"

金梅在银梅和二妹夫的帮助下，砍了几十根杉木和毛竹，一根根扛到青弋江的河边，扎成了一个小木排，然后就带着银梅一家顺江而下。

银梅的一对儿女青山和青菊高兴地在木排上欢蹦乱跳："我们也要去上学了，我们也要去上学了。"

当金梅和银梅一家驾着小木排回到柳树湾时，整个柳树湾都轰动了。他们谁也没有想到金梅不声不响地就为村里办成了这么一件大好事。

金水更是激动得泪水都出来了。他不停地对着金梅说："金梅大姐，你真是及时雨观世音啊！我们全村人和全村孩子，都要感谢你一辈子。"

金梅说："我也是为了孩子们。只要他们能上学，什么样的事，我都会去做的。"

陶大民十分感慨地说："金梅，你又给柳树湾做了一件功德无量的大事。柳树湾的孩子们都是幸运的。"

金梅却笑着说道："我们柳树湾的孩子，最该感谢的人应该是你呀。你县委书记不当，来给孩子们当老师。他们这是有多大的福气呀！"

大家全都跟着笑了："我们柳树湾的孩子们真是有福气了，县委书记来给他们当老师。我们就请陶书记来当校长吧。"

由于这批木材和毛竹的及时运到，柳树湾小学终于顺利地建好了。一排十几间土坯墙的茅草屋，成了全村最大最高的房子。由于没有课桌，大家又到河滩上砍来一些柳树，锯成木板，钉成一条条板凳和长条桌。虽然很简陋，却是处处散发出一种新生的气息。

就在万事俱备，准备开学时，没想到陶根子却带着几个人气势汹汹地找上门来。他们首先直奔沙滩上，陶大民和水生住的那个草棚，要抓他们出去批斗。

金梅得到消息，立即带着几个妇女赶了过去，把他们堵在了沙滩上。全村的妇女和老老小小得到消息，也都纷纷赶了过来，围聚的人越来越多。

陶根子他们被大家围住，进不去了，只能对着金梅大嚷道："金梅，你们想干什么？你胆敢阻止我们的革命行动，你是要负责的。"

金梅毫不畏惧地回道："陶根子，几天不见，你又是猴子翻上树了。你在陶村折腾得还不够呀，还要跑到我们柳树湾来折腾啊？"

陶根子摇着头说："金梅，你不懂现在的政治形势。我不跟你说，你把你家金水叫来，我跟他说。他是你们的大队书记，他有政治觉悟。"

金梅马上回道："你现在才想到金水呀？你怎么来时不跟金水说，直接跑来抓人呢？你眼里还有没有我们柳树湾呀？他不像你有这个闲工夫，他忙得很。你自己去找。"

陶根子拿出一张白纸文件，高举着对她说："金梅，我们是奉上级指示来抓陶大民和陶水生去批斗的。他们一个是死不悔改的反动派、现代反革命，一个是志愿军叛徒、国民党特务。就是因为他们的阴谋破坏，才使我们现在天天饿肚子。有的地方都饿死人了。我们一定要把他们挖出来批倒批臭，这是我们目前最大的政治任务。你们还敢阻挡我们，你们都是在犯罪。"

陶根子没有说完，全场人都已经大笑了起来："陶根子，你们陶村早就亩产一万多斤了，还能饿肚子，还能饿死人呀？"

陶根子被大家笑得满脸通红，急得大叫："这都是陶大民让我们吹的，他才是隐藏的最大的阶级敌人，你们还要把他窝藏在这里享清福。我们就是要把他抓出来，要他给我们一个交代。"

陶玉翠也在人群中说道："陶根子，你不要像疯狗，出来乱咬人啊！陶村的事都是你这个败家子干的。你从小就是好吃懒做，到现在都没有改啊。我们家那么好的田地，怎么到了你的手里，就长不出好庄稼来？你们还要年年吃国家救济粮，现在又把种子吃了，你想要陶村人明年都跟着你去吃西北

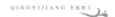

风啊？"

人群中有人跟着笑道："狗改不了吃屎的本性，他没有粮吃，就去偷呗。"

陶根子气得对着陶玉翠大吼着："陶寡妇，你有什么权力诬蔑我？你别以为你躲在柳树湾，我们就不能批斗你了。我们对于你的批斗还不够。以后不许你经常回陶村去煽风点火，暗地里搞破坏。"

金梅打断他道："陶根子，你除了会批斗人，还会干啥？你不要以为我们柳树湾的人，也像陶村人一样，听你吓唬。我们心里明亮着呢，谁是好人谁是坏人，清清楚楚。你想在我们柳树湾把陶书记和水生带走，我们都不答应。"

陶根子辩解道："金梅，你们柳树湾不是独立王国，你们不能成为反动分子的避难所呀。你们要看清形势，尽快把他们交给我们，我就不向上级汇报了。"

金梅说道："我还怕你去汇报呀，陶根子。你土改那时，这条命是怎么活下来的，我们大家都很清楚。不是陶大胆看着你跟他打过游击，念着这份旧情，放了你一马，你早就被枪毙了。你还要来抓他批斗哇，你真是没有良心啊！你真是个祸害，祸害了陶村还不够，还要来祸害我们柳树湾！有我在，你以后就别想再来祸害了，你非要抓人去批斗，那就来抓我，我跟你去。你看看我到批斗会上，怎么去掀你的老底！"

陶根子见到金梅挡在前面，寸步不让，就没有办法了，只能故意装腔作势地说道："你们柳树湾怎么总是公鸡不叫母鸡叫呀，要你们妇女出面呀？男人们都不出面，快叫金水出来。他也是党员，是你们柳树湾大队的书记，我看他敢不交人。"

所有的妇女一起指着他叫道："陶根子，你怎么老是不进步呢。解放这么多年，男女早就平等了，你还敢歧视我们妇女呀，我们妇女能顶半边天。"

陶根子还想继续纠缠下去，这时得到消息的庆生，已经拎着一条扁担奔跑过来了。他一边跑一边在大叫："谁、谁来批、批斗水生哥，老、老子就劈死他。"

陶根子一看到庆生发疯似的样子，首先害怕了，赶紧带头往回跑。他一边跑还在一边叫着："好，你们柳树湾厉害，我去告你们。"

庆生还不愿放过他，一边追一边大骂道："老、老子，美、美国鬼子都不怕，还、还怕你告状？"

金生、新生和一群孩子看到陶根子他们落荒而逃，也一起跟在后面一边追着，一边抓起沙土朝他们砸去。顿时，一阵漫天飞舞的沙战，把陶根子几个人砸得一身沙土。从此以后，他们再也不敢到柳树湾来抓人了。

三十三

柳树湾小学校终于开学了。可是面对着几十个孩子，陶大民首先着急了，缺少老师呀。他把全村认字的人都找了来，也只有水生和方卫红。他们也和自己一样，只能帮着教孩子认几个字。

金水又跑到公社请求支援。可是连公社的小学都缺教师，哪里能有多余的教师支援他们呢？能支援一些教材，就已经是不错的了。

这时，陶玉翠又悄悄去了一趟陶村，她一年不悄悄地回去几趟看看，她的心里就不安稳。她跑来告诉金梅，他们陶村过去出过一个大秀才，还出国了，全家人还都在国外，就他一个人回来了。他原来在芜湖市大学里当校长，被打成了右派，正被陶根子抓回陶村批斗呢。

金梅知道了，赶紧跑来跟陶大民说："陶书记，陶根子终于算是帮了我们一回了。他把陶校长抓回来批斗，我们正好可以去把他请过来呀。"

陶大民一听，就惭愧地低下来头说："我知道，你说的那个陶校长，叫陶旺才，是个有大学问的人。他的那个右派帽子还是我批给他的。我怎么能好意思去请他呢？"

金梅又说道："陶书记，是我们柳树湾请他，又不是你请他。"

陶大民摇摇头说："陶根子现在天天给他戴高帽挂木牌批斗，怎么会放人呢？他的问题很复杂，他还有反动权威、里通外国的帽子呢。"

金梅却说："陶书记，不管你们封了他多少顶帽子，我听我婆婆一说，就觉得他是个好人。他一家人都在外国，就他一个人回来了，他图的是什么呢？他是个大学校长，一个人还能有那么多顶帽子，这么有学问有本事的人，到哪里去找？"

陶大民点点头说："这我知道，他是个大学问家，不然他们也不会说他是反动权威呀。我那时也是事情多，那大学本来也不归我管，他们报给我，我也就批了。现在看来，我又犯了不了解情况的严重错误啊，他确实是个宝

啊。只怕你们请不来，陶根子也不会放人。"

金梅立即果断地说道："这你就不用管了。只要是个宝，我们就要把他请来。他们陶村不放人，我们就去抢！他们能到我们柳树湾来抢人，我们也能到陶村去抢人。"

金梅说到做到，当天就带着几个妇女到陶村去抢人。陶村人看到她回来，都一起跟在她后面，个个都很热情地喊道："金梅，你回来啦，你就该常回来看看。"

金梅一边和他们打招呼，一边来到陶家的正八间前面，大声叫道："陶根子，你出来！我们跟你学先进来了。"

里面的人立即出来回道："是金梅呀，我们陶根子书记又到县里要救济粮去了。你找他有什么事？"

跟着金梅一起来的柳树湾妇女们又开始叽叽喳喳地嘲笑道："陶根子不是最会吹，样样都要争第一吗？怎么年年要吃救济粮啊？原来陶根子就是要救济粮最积极最先进啊！个个大队都像他这样去要救济粮，国家哪有那么多的粮食呀？"

陶村人都不好意思地低下头说："你们柳树湾的粮食生产比我们抓得好，我们应该向你们学习呀。我们没有救济粮，就活不下去了。"

金梅说道："我们不学你们要救济粮。我们要向你们学习，饿着肚子干革命。你们不是抓回了一个反动权威、大右派分子陶校长吗？我们也要开他的批斗大会。你们把陶校长借给我们回去批斗几天吧。"

旁边立即有人说道："金梅，你要能把他带回去，算是救他一命了。他已经两天没有吃东西了。"

金梅反问道："他就算是反动权威、大右派，你们也不能不给他吃饭呀？把人饿死了，还怎么批斗呀？"

许多人都低下来头说："金梅，我们陶村不如你们柳树湾，我们已经有好多家断粮多日了。这次再没有救济粮下来，我们全村人都要饿肚子了。"

金梅有些气愤地说道："那你们还要把陶校长抓来批斗？你们是要把他抓来和你们一起挨饿呀。"

金梅在大家的带领下，看到陶旺才校长时，吓了一跳。他已经是饿得完全虚脱了，皮包骨头地躺在那里只剩下一口气了。他迷糊着眼睛说："请给我一点吃的。"

又有人在一旁喝道："你这个反动权威、大右派、里通外国分子，我们都没有吃的了，还能给你吃的？"

金梅直对着陶村人说道："你们真是造孽啊！把他饿成了这样。你们把这个反动权威、大右派饿死了，我们还找谁去批斗呀？还怎么去查他里通外国？那不把坏人都放跑了？我们先把他带回去批斗了，等你们有吃的了，我再给你们送回来。"

金梅立即叫人扶着陶旺才校长往外走，接着掏出一张早就写好了的借条，交给陶村的人。上面写着"今借到陶村大队反动权威、大右派陶旺才一名。柳树湾大队。"

然后，金梅又对陶村人说道："上面要来要人，你们就去找我们。这个借条是我们柳树湾全村人写的，我们都按了大手印的。你们收好了，我们决不赖账。"

陶村人又拿出那个大高帽和写着"反动权威、大右派、里通外国分子陶旺才"的大木牌，一起给陶校长戴上了。

等到了清凉渡的时候，金梅把那个大高帽和大木牌一起摘了下来，扔到江水里说："陶村的这些东西，看着就晦气，不能带到我们柳树湾去。我们是请他去当老师的，给孩子们看到了不好。"

金梅她们把陶校长带到小学校安排好，就回到家里，把自家的米缸刮了一遍又一遍，刮出半袋米给陶校长送去。陶玉翠拦住她说："金梅，我们家就有这点米了，你自己舍不得吃，总得给孩子们留一些吧。"

金梅却说："婆婆，要难为你和我们一起吃一段时间野菜面糊了。我们田里的稻子很快就要熟了。我们请陶校长来，不能连米都没得给他吃呀，这也是为了孩子们呀。"

陶玉翠十分难过地说："金梅呀，你就不要老想着我了。我知道全家最苦的人就是你，你多少天都没有吃过米了。我要不是跟你来了柳树湾，留在陶村，早就饿死了。陶村早就饿死人了。"

在这几年粮食紧张的时候，柳树湾也是很困难。但由于他们开耕的那片广阔的荒滩，还一直都在种植一些蔬菜和杂粮，虽然收成不高，却帮助他们解决了一些饥荒。特别是在青黄不接的时候，金水总是提前带领大家种瓜代粮，能够救急。

陶校长吃了一顿白米饭后，心里充满了感激，急着就要给孩子们上课

了。他第一次上课的时候，金梅和村里许多的人都跑来观看。这是柳树湾开天辟地的一件大事呀。

陶校长首先在黑板上写下了两个漂亮的大字"中国"，然后就围着这两个大字，画出一个公鸡一样的大图形，接着就神情庄重地说道："同学们，这是我第一次给你们上课。我第一次给学生们上课的时候，都要写下这两个字，画上这个地图。这就是我们的中国，这就是我们中国的地图。因为这就是我们的祖国，是我们祖祖辈辈生长的地方。所以，我们无论在什么时候，在什么情况下，都要把我们的祖国装在心里。"

挤在外面的人都在窃窃私语："这个陶校长是真有学问啊！整个国家的地图，他一画就画出来了，还画得跟我们在新华书店买的地图一模一样啊！"

陶大民也一直站在外面观看着。等陶旺才上完课出来，陶大民首先毕恭毕敬地朝他弯腰鞠了一躬说："陶旺才同志，我正式向你道歉。我把你批成右派，是我犯的又一大罪过，请你原谅我的错误。"

陶旺才慌忙说道："不、不，陶书记，我也有错误。我过去太清高了，缺少和人民群众的感情。我一定虚心接受贫下中农的批评教育，重新做人。"

金梅在一旁对他说："陶校长，你不用怕他了，他现在没权了。他现在和你一样，都是反动分子了。可是我们都不信啊。陶大胆，你也看到了。他一口气就能把整个国家画出来，这多了不起呀，这样的人还能是坏人呀？你以后就不要乱给人扣帽子了！唉，我怎么还说这个呢，你现在已经没有这个权力了。"

陶大民连忙点着头说："是的，陶校长，你是个大知识分子。我现在真心要向你学习了。从现在开始，你就是柳树湾小学的首任校长，我给你当助手和学生。"

陶旺才又慌忙摇头说："不、不，陶书记，这个小学校都是你一手办起来的，你是个真正的实干家呀。我听你指挥，受你领导。"

陶大民变得非常严肃地说："陶校长，请你不要推辞了。这不是摆资格谈功劳的事情，在学校，凭的就是学问。你是大学校长，你是有真学问的人，我只能给你当助手和学生。"

金梅又在一旁笑道："你们都不要争了，你们两个人谁当校长还不是一样的呀？陶校长本来就是校长，陶书记本来就是书记呀。你们犯了错误，在我们心里，也还是把你们当成书记、校长。就是我们柳树湾的孩子们太有福气呀，大学校长来当校长，县委书记来当老师，将来一定会出大人物了。"

所有在场的人都跟着金梅一起笑了起来。从此以后，村里所有人见到陶旺才，都尊敬地叫他陶校长，没有一个人再提他是右派，大多数人都忘记了他的大名。许多人家都把自己家仅有的一点粮食和鸡蛋，悄悄往陶校长这里送来。他们对陶校长的爱护和热情，一下子就远远地超过了陶大民。陶校长那瘦弱的经不住风吹的身子，也一下子变得精神抖擞了。他很快就成为了全村最受尊敬的人。

陶大民、水生和方卫红，也都同时成了陶校长的学生。陶校长每天除了教孩子，还要给他们补课。水生和方卫红也被叫到学校代课，他们都是每人半天来给孩子上课，半天回去参加劳动。

后来有人做个调查，这个只有十几间土坯墙茅草顶的柳树湾小学，还是全县办起的第一个村级小学。等到全县村级小学普及的时候，他们的学生已经能去上中学了。

三十四

金梅把陶校长接到柳树湾后，一直担心陶根子会来要人，她一直都在提防着。没想到，他一直没来。原来是陶村出了大问题。由于他没能及时要到救济粮，许多人家断了炊，有些人家都饿死人了，还有许多村民在外逃。他每天忙着到劝阻接待站劝阻接人，再也顾不上陶校长了。

陶根子也为此受到了上面的严厉批评，他没有了办法，就又想到了歪点子。他把目光盯上了方村河东粮站，他知道只有那里还有一些战备粮。他先动员庆生的一些侄子，想去找庆生偷偷要一些回来做种子，都被庆生义正词严地坚决地回绝了："国、国家战、战备粮，就、就和上甘岭阵、阵地一样重、重要，就、就是饿死了，也、也不能动、动一粒。"

陶根子又是走投无路了，他只能狗急跳墙，夜里带着庆生的两个同门侄子，跑到方村河东粮站来偷粮食，没想到庆生早有准备。他知道陶根子没有要到粮食，一定不会死心，早晚还会来的。

庆生一连数日都是一步不离，严阵以待，他还特意在他们必走的地方挖了一个战壕，上面盖着柳树枝和稻草。陶根子他们一去，全都掉了下去，都被他逮了个正着。

庆生看到跟去的两个人都是他的同门侄子，看到他们饿得可怜，就把他们先拉了上来，严厉地教训了一顿："你、你们真是没、没有跟着好、好人，怎、怎么能跟、跟着陶根子做、做贼呢？把、把我、我们陶村老祖、祖宗的脸都、都丢尽了。"

那两个本门侄子哭丧着脸说："庆生叔，我们也是没有办法呀。我们村里天天都在饿死人了，你就给我们一点粮食吧。"

庆生愤恨地说道："都、都是陶根子作、作的孽，你们就、就该先、先把他饿死。"

庆生给他们找了一点吃的，就把他们先放了回去。

由于多年的怨气，庆生就是抓住陶根子不放，也不把他从战壕里拉上来。他又来到战壕边上，坐在旁边，一边抽着烟喝着茶，一边扬扬得意地骂着陶根子："你、你这个现、现世报，终于落、落到我的手里了。我、我明天就拉、拉你去游、游街示众，拉、拉你去坐、坐牢。"

陶根子早也饿得不能动弹了。他躺在战壕里，有气无力地说道："庆生呀，我也是姓陶呀，你就先给我一点吃的吧。要打要骂，要杀要剐，都由着你。我现在知道错了，以前都是我的错，是我对不起你家。"

庆生拿鼻子一哼，说道："我、我有吃的，给、给猪吃，也、也不给你吃。你、你哪次被、被抓了，不、不都是这、这个德性？你、你骗、骗得了别人，骗、骗不了我！你、你就、就是头恶、恶、狼！就、就是头凶、凶虎！我、我这、这个战、战壕，就、就是给你准、准备的！"

陶根子已经没有往日的一点威风了。他躺在下面，赖着脸哀求道："庆生，我知道我是该死，可是我这次真的不是为我自己来偷粮，我是为了整个陶村啊！如果我死了，能够救陶村，你现在就活埋了我，我没有一点怨言。庆生，我现在真的知道我错了。你也是陶村人啊，你就去想想办法救救陶村吧，千万不能让他们都饿死了啊！该死的人是我，不是他们。你不要再看着我了。我已经跑不动了，就让我死在这里吧。"

陶根子在下面说着说着，就不由得拍打着自己的脑袋，号啕大哭起来。庆生看到他哭成那样，一时竟也不知道该说什么了，也没有了刚才欣赏战利品的好心情。但他心里的怨气一直无法消去，他也不愿再看他表演，就把陶根子拉了上来，严严实实地捆绑住，准备天亮后交到上面去。这样的偷粮贼，不交给上面严肃处理，以后那还得了！

不管陶根子怎么求饶，他都不理他。无论从公还是从私，他都不愿放了陶根子，他盼着这一天已经盼了很久了。

　　庆生捆住了陶根子后，看着他就感到恶心，本想先去睡觉，可是怎么也没有一点睡意。他一直都在忍不住想着陶根子过去对自己家的一切所为，就想到应该在把他交到上面去之前，先把他带回柳树湾批斗一番，也让金梅、他妈和全家人都来出出多年来憋在心里的这口恶气。

　　于是，庆生就像一个胜利归来的将军，在前面用绳子牵着陶根子一边往柳树湾走，一边还在不停地教训着他："你、你这个小、小贼，还、还跟我玩、玩花样，你、你的这些小、小把戏，还、还能唬、唬到我？我、我在上甘岭，把、把美国佬都、都打回去了，还、还对付不了你这、这个贼？"

　　陶根子跟在后面还在不停地求饶："庆生，我这次偷粮真的不是为了我自己。我要是为了自己，早就跑到外面去了，就不会回来了。我真的是为了陶村的人啊！他们可都是你陶家的亲戚，你们都是比我还亲啊！我都能冒着被枪毙的危险，来为他们偷粮。你就能看着他们活活饿死？"

　　庆生愤愤地说："这、这都是报、报应。善、善有善报，恶、恶有恶报，你、你们这、这些年做、做了多少缺、缺德事！"

　　陶根子还在继续说着："庆生，你不是把你家的两个侄子放了吗？我也是被他们带来的，你为啥就不放我？这说明你心里还是有私心的，说明你心里还在惦记着陶村。这就好呀，不管我是去被枪毙，还是坐牢，你都去为陶村要点粮食吧，以后陶村就要靠你了。"

　　庆生不愿意理他："擒、擒贼、先擒王，你、你就是贼头，我要抓、抓的就是你。你现在说、说啥，都、都别想骗、骗我放了你。"

　　庆生把陶根子带回家时，天还没有亮，他先敲开了自己家的门。金梅出来一看，吓了一跳："你怎么把陶根子捆了？"

　　庆生异常激动地说："我、我终于又抓、抓住他了。我、我早就知道，他、他一定会去偷、偷米，早就张、张开网在等他了。"

　　陶根子一见金梅，就哭丧着脸说道："金梅，我也是没办法，是被他的两个侄子逼着去的。我们陶村都饿死几个人了。我总不能看着他们都饿死呀。我没有办法为他们要到救济粮，就只能帮他们去偷了。"

　　金梅恨恨地只说了一句："你知道有今日，又何必当初呢，陶村这些年真是被你祸害够了啊！"她说完就过去解开了陶根子身上的绳子。

庆生急了，大叫道："你，你干吗给、给他解、解开了？我、我还要开、开他的批斗会。"

金梅反问道："你捆了他这么久了，你还没有出够气呀，你还想怎么样？陶村都饿死人了，你还想着开批斗会？"

庆生忍不住激动地说："他、他是贼头，先、先开他批斗会，再、再送他去坐、坐牢。"

金梅有些怨恨地说："以我们的恨，是要把他枪毙十次都不够，可是那有什么用呢？他做了一辈子坏事，这次总算做了一次好事了。他这次带人去偷粮，不是为了他自己，是为了陶村的人呀。你送他去坐牢，陶村的人怎么办呀？他现在是陶村的头呀，让他回去还能想到一些办法救人。"

庆生不理解地望着金梅说："你、你还要把、把他放了？"

金梅劝着庆生说："你把他带回家来了，我就要把他放了。反正他们也没有偷走一粒米，也不算什么罪呀！以后上面要是查下来，你就说是我偷偷放的，与你无关。"

陶根子扑通一声就给金梅跪下了，泪流满面地说道："金梅，过去都是我的错，是我对不起你！是陶村对不起你！是我们欠着你家的。"

金梅拉起他说："现在都过去了，不要再说这些了。你还是赶快回去，帮陶村去要救济粮，现在救命要紧啊。"

陶根子没有再说话，又给金梅磕了一个响头，就连忙起身跑了。

庆生仍在一旁生着闷气："你、你不能对、对所有人，都、都是菩萨心肠。他、他不配，他、他就是过、过河拆、拆桥的小人。"

金梅劝道："你心里气出了还不够呀？这个事你不准往外说呀，那是要给你们陶村丢脸。你到底还是陶村出来的呀。外面都饿死人了，你们那里怎么还留战备粮啊？你就放他们一点儿救命粮吧。"

庆生立即黑沉着脸说："不、不行，就、就是饿死人，没、没有上级命令，一粒也、也不能动。"他说完，就急忙又向粮站跑去，回到了他的岗位。他一直保持高度警惕地坚守在粮站，没有让一粒粮食被盗。

直到上级紧急下令放粮救人，庆生第一个就扛着一大袋米，一口气不停地跑了十几里路，最先送到了陶村。当全村人都喝上稀饭时，他却当众吐出了一大口的鲜血。从此，庆生就像得了一场大病似的，身体明显地衰弱了下去。

三十五

柳树湾小学在陶旺才校长和陶大民的张罗下办得越来越红火，一百多个失学的孩子都被他们招进了学校，附近村的一些孩子，也通过人找了进来。他们按岁数给他们分成了五个班，按不同程度给他们上课。

最忙的还是陶旺才校长，他除了上课，制订全校的教学计划，陶大民、方卫红和水生也是一有空，就要找他问这问那，向他求教如何去教孩子。最积极的还是陶大民，几乎天天要向他问这问那，特别是他在外国的情况。他每次有了新的收获，都要来跟水生和方卫红把陶校长赞扬一番："每次听陶校长一席话，都是胜读十年书哇！"

水生反问他道："刚解放的时候，你不是特别重视学习吗？还给我制订了学习计划。你如果一直坚持下来，就不会犯那些错误了。"

陶大民不停地点着头说："不是我不想学习，实在是太忙了。那时，我一天到晚，一个人分成三个人都不够用。我那时就是空有热情，就想着为老百姓办事，只会往前冲，不知道停下来好好想一想啊！"

水生也很有感悟地说："还是陶校长说得对。全县几十万人，就靠你县委书记一个人干，就是把你分成十个人干，也不够啊，还是要调动全县几十万人的积极性和创造性。"

陶大民深有感触地说："对呀，陶校长说得好啊！如何建设好国家，是门大学问。这不同打仗，战场上的许多东西是不能用到建设战线上来，真是教训深刻呀！"

陶校长的工作积极性更加高涨。大家常常看到他窗口的烛光，几乎是一夜到天亮都不灭。他也不时地向大家夸奖，这群孩子个个都是天资聪明，将来一定会出几个杰出人才。

但是孩子们最喜欢的还是陶大民和水生，只要他们一到，大家都要请他们讲战斗故事。陶大民这时就显得很威风了，能从打日本鬼子讲到赶走国民党反动派，越讲越有劲。

孩子们特别爱听水生讲他如何在朝鲜的林海雪原里捉美国鬼子。可是，他讲着讲着，就讲不下去了。他就带孩子们到沙滩上银水的墓地和那个特大的土堆。

孩子们去了几次，就开始天天往沙滩上跑了。到了沙滩上就开始打沙

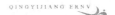

战，打得天昏黑暗，个个都滚成了沙人。陶校长去把他们找回来时，个个书包里口袋里都是装满了沙子。

这群孩子们打着打着就打出了小帮派，最受欺负的就是银梅的孩子青山和青菊。他们每次都被大家当成了土匪一方，受了他们欺负的青山和青菊，躲在家里不愿去上学了，哭着要回家里去。金梅知道了，立即到学校把带头闹事的自己的儿子金生抓出来教训。

金生性子倔，犟着头说："他们本来就是土匪的儿子。我们就是要打倒他们土匪。"

金梅气了，响亮地就给了他一个耳光："我跟你说过多少遍了，他们都是你二姨家的亲弟妹。"

金生仍不服："你就是对他们比对我好。我们就是不带他们玩，就是要打土匪。"

金梅朝他怒骂道："你说他们是土匪的儿子，你也是地主的儿子，他们也会不带你玩的。"

金生骄傲地昂起头说："我爸不是地主，他是战斗英雄，我家里有奖状。"

金梅气得又把他当众罚跪："你才长多大，我就管不了你了？你也学会欺负人了，你不认错，你就别起来！"

金生跪了好久，就是不认错。所有的小学生都来围着他看，新生首先站了出来说："金梅妈妈，你别生气，我们错了。我们以后不再叫他们土匪了，我以后就跟青山青菊是一派的了。"

国红也跟着新生说："妈，我也没有把他们当成土匪，我们都是亲兄妹。"

金梅仍然不放过金生，非要金生亲口承认错误。可是金生就是倔得咬口不说，把金梅气得脸都白了。

最后惊动了陶旺才校长，他过来拉起金生对金梅说："金梅，孩子大了，不能只靠打骂了，需要正确引导。让我来引导他。"

金生这才流着泪说："我妈就是偏心，反正所有的事都是我不对。"

正在这时，金梅看到水生过来，就对着他嚷道："还有你，你代的是什么课呀？总是带他们到沙滩上打仗，讲什么战斗故事，就是不教他们好好念书。你们怎么就是一天到晚喜欢打仗呀，哪有那么多的仗要打？这群孩子都被你带坏了！"

水生被金梅当众骂得低下头来，一句话没说。

还是陶旺才校长教育孩子有办法，他很快把孩子们引导到了学雷锋活动中。一曲《学习雷锋好榜样》的歌曲，开始响彻小学校，也响彻了整个柳树湾。孩子们突然个个像换了一个人似的，容光焕发，争先恐后地做好事比先进。孩子们个个都是早上抢着起床，到村里村外去捡柴拾粪，帮助家里清扫卫生，整理家具，然后就去抢着照顾村里的老人，帮他们挑水洗衣。有时，他们还在陶校长亲自带领下，整齐地列队高唱着"学习雷锋好榜样，忠于革命忠于党，爱憎分明不忘本，立场坚定斗志强，立场坚定斗志强！学习雷锋好榜样，艰苦朴素永不忘，愿做革命的螺丝钉，集体主义思想放光芒！"的响亮歌曲，到田间参加义务劳动。

金梅每次看见了，都要高举起拇指大赞道："我们柳树湾能把陶校长请来，真是得到大宝贝了。这群孩子现在这么听他的话，都要忘记我们这些做爹娘的了。"

金梅家的孩子多，也最热闹。个个都要抢着在金梅面前表现。金梅每次回家，个个都要争着给她递茶倒水，帮她擦汗扇风。每次都要把金梅扇得哈哈大笑："你们都慢点儿啊，排着队一个个来。你们这样一起来扇，还不要把我扇冻了？"

全村的风气也是随之一变，真正是风清气正，路不拾遗。看到这种情况，心里最高兴的还是金水，他经过几年的消沉，又开始受到上级的表彰，成为先进的代表。这主要就是他已经从上次围滩造田的失败中吸取了教训，凡事都不再跟风。虽然方卫红仍然每天还在带他学报纸，但他仿佛已经摸到了上面的意图。只要是对老百姓有利的事都能做，上面不管说什么，还都是为了对老百姓好的。于是，在这几年，他就总结出来上有政策，下有对策，只做不说的办法。特别是在成立生产队的时候，他首先搞了"生产到队、定产到田、责任到人"的责任田办法，保证了生产产量。到了又要把责任田收回的时候，他又瞒着上面把那一千多亩新开荒的河滩私下分给了村民们作自留地，一直就没有收回。反正这本身就是反面典型了，上面也没有人重视。没想到，这一举措起到了意想不到的效果。在经济最困难的那几年，许多地方出现了大饥荒，有些地方更是饿死了人，柳树湾不但没有饿死一个人，没有出现一个外出逃荒的，还按时上缴了国家的公粮。特别是依靠自己的力量办起了全县第一个村级小学。

这一成就惊动了上级的几级领导，好多领导都要他出去介绍经验。他都没有去，他现在心里最愿听的就是金梅姐的一句话："你千万不要学陶根子，凡事都要出风头，搞那些花架子有什么用？只要能让大家吃饱肚子过好日子，就比什么都重要。"

现在，看到这群孩子们都在《学习雷锋好榜样》的歌声中，一天天地长大，他又开始为柳树湾的未来着想了。他来找到金梅商量："金梅姐，我们这些年只想着吃饱肚子，别的事都没有想过了。"

金梅却说："现在每家每户都多了这么多孩子，能吃饱穿暖了，就是大事呀。"

金水又说："金梅姐，你看我们最大的孩子都是十几岁了，再过几年，就要娶媳妇了。我们也要为他们的未来着想了。"

金梅问道："你想得远，你想干什么？"

金水深有所思地说："金梅姐，我们柳树湾历来都是最穷的。从解放前穷到现在，别的地方早就有砖墙瓦房了，只有我们村一直都是土墙草屋。如果我们总是这么穷下去，以后孩子们真的就娶不到老婆了。"

金梅问道："你想造砖墙瓦房？你哪里有这么多钱呀？"

金水十分认真地说："不是我想造砖墙瓦房，我是想给全村的人家都要造砖墙瓦房，让全村的人都住上新房子。"

金梅立即摇头道："金水，你不要又是头脑发热呀，又要犯冒进的错误呀！我们村里的底子，你还不清楚，谁家有钱造砖墙瓦房？"

金水停顿了一下说："金梅姐，我已经想了好久了，才来和你商量。我想先在村里办一个砖瓦厂，有了砖瓦厂，以后就都能住上砖墙瓦房了。"

金梅有些吃惊地问："你想办砖瓦厂？这不是小事呀，你一定要想清楚了。"

金水说："金梅姐，我已经做过调查了，我们这里的沙土最适合烧砖瓦。"

金梅没再说话，她望了金水一会儿说："金水，你想得周到，这是大好事，姐支持你！全村现在最好过的，就是我家了。我家到底还是有一个拿国家工资的。庆生的工资我都存着，你什么时候需要，我都支持给你。"

金水高兴地说："金梅姐，只要你同意，我就敢干了。"

金梅忙说："这事，你还是要去找水生和陶大胆商量。他们的经验比你足啊！"

金水信心百倍地说："好，我这就去找他们商量，找大伙儿商量。"

金水的这个建议一提出，立即获得了陶大民、水生和全体村民的积极响应。随后几年的农闲时间，金水几乎把所有的热情和精力都投入砖瓦厂的生产建设之中。由于他们设备简陋条件差，他们采取的仍是最原始的人工制砖烧砖的方法。人们经常能看到，在河谷里、在沙滩上、在窑洞里，金水都是光着膀子，身先士卒、汗流浃背地带领大家挑土运土、打制砖坯、装窑出窑。

水生也成为他最得力的助手，只要有困难的地方都会出现他的身影。特别是烧砖时，水生几乎是日夜不休，就在窑洞旁铺了一些稻草，累了困了就和金水轮流倒一会儿。

金梅看了心里难受，就过去劝他："你白天要教孩子识字，晚上还要来烧砖，就不能多休息一会儿呀，人又不是铁打的。"

水生总是笑着说："你不用为我担心。烧砖很重要，我在这里心里踏实些。"

虽然这些年，金梅一心要为水生找对象的热情没减，可是水生却越来越冷淡。她每次提起这事时，水生都是很平淡地说："你这一大家人，已经够你烦心的了。不要再为我操心了，我现在一个人很好。你们这么照顾我，我早已经知足了。"

金梅每次听到他说这样的话，心里都会感到隐隐作痛："你这苦日子何日才能到头啊？是我们家欠你的，是我们大家都欠你的。这个债我们这辈子也是还不清了啊！"

水生反过来安慰金梅说道："我从小一个人，早就习惯了。现在陶书记和陶校长也都是一个人了，我们三个现在在一起，就像是一个大家庭，都感觉很好。"

金梅不由得问道："你们三个光棍成了一家，看上去是好，可是你们不能都做一辈子光棍呀。陶校长家的人都不同意他回国，都留在了国外，只有他一个人回来了。这个我们大家都知道。陶大胆怎么也是一个人了呢？他就是犯了错误，成为老百姓了，也不能不让他和家里人来往呀。"

水生听了金梅的话，低下头半天不语。金梅急切地追问道："水生，你

现在天天和他住在一起，对他的情况最清楚，他家里的人都到哪里去了呀？你还是他的干儿子呀？"

水生摇摇头说："陶书记不让我说，我不能说。他是不想让大家为他担心。"

金梅有些生气了："水生，你怎么跟我也是收着藏着的，有什么不能告诉我？"

水生不好再瞒着金梅，只好如实地告诉了金梅陶大胆家里现在的一切情况。陶大民现在表面上看上去，还是大大咧咧，精神抖擞的样子，还在天天叫着喊着要学习进步，改正错误，其实他的内心比谁都苦，他一直都是在强撑着的。他常常夜里睡不着觉，就一个人爬起来，到河边的沙滩上，面对着河水，一直发呆着坐到天亮。水生开始时也不知道他的心里藏着什么事，也不敢问他，有时就远远地跟着他。水生有好几次都听到了他那低沉的哭声，他那半夜发出的沉闷的浑厚的哭声使水生感到胆寒，感到毛骨悚然。因为他跟陶大民打了许多次仗，不管遇到多么大的困难，从来就没有见到他流过泪，更没有看到他这么痛苦过。他就是水生心里最坚强的战士，最伟大的领导。当时，水生一直以为，他一定是因为突然被撤销了县委书记，下放来成为一个普通的老百姓，心里有些想不开。而且他的爱人也在他受审查时，就接受不了，上吊死了，他才会跑来伤心痛哭。水生心里一直都在担心，陶大民会一时想不开，就会跟着他的爱人远去。

很长一段时间，水生都保持着高度的警惕。陶大民稍有动静，他就会立即小心地紧跟着，还不能让他发现。水生时刻都在准备着，只要陶大民向青弋江的河水中间走去，他都会立即扑过去，把他拉上来。可是，他的担心都是多余了，不管陶大胆在河边坐了多久，就是一直坐到天亮，他也没有朝河中心走去过。好几次水生看到他走到河边，心提到了嗓子眼，就要跃身而起时，都只看到，他到河边，用双手捧水，洗了一把脸，就往回走了。特别是，一到天亮，他马上就像换了一个人，就好像什么事情也没有发生似的，和往常一样声如洪钟，疾走如飞。

水生一直就对陶大胆充满了敬佩，他知道他身上永远有种他学不到的东西，一种他永远了解不了的秘密。他也不敢问不敢想，陶大胆在他心里永远高大得就像是一堵墙一个谜。

水生发现陶大民一个人下放来时，没有带什么行李。但是，他随身带来了一个小皮箱，一直自己小心地珍藏着，不许任何人碰它。水生心里好奇，他都被撤职了，还能带来什么绝密材料呢？水生一直不敢去碰他的这个皮包。

直到这天，陶大民神情变得更加阴郁不安，一天都没有和任何人说一句话。傍晚的时候，他就拎着那个神秘的皮包，还带了他特意准备的一瓶酒和一包花生，走出了他们住的草棚。水生赶紧又跟了上去，由于天还没有黑，他不好隐蔽，就被陶大民发现了。

陶大民就朝他招着手说："你不要鬼鬼祟祟地跟在我后面了，过来陪我喝酒。"

水生只好走了过去。他和陶大民一起面对着河面坐在沙滩上，太阳刚刚落山，鲜红的晚霞还没有消失，把天空、河面和广阔的沙滩，都映照得红光闪闪。

陶大民眼睛望着波光闪闪的河面，对水生说："你以后夜里，不要再跟着我了。我是从血里火里滚出来的人，你怎么还怕我想不开呀？"

水生不好意思地说："我不知道你经常半夜里，跑到这里干啥。以后你要来，就叫上我陪你一起。"

"夜里安静，坐在这里可以好好反思呀。"陶大民说着，就抓出了一把花生，用力地撒到河面里，然后满眼含泪地又对水生说："水生，你还记得胜利吗？"

水生忙说道："我怎能不记得胜利，他又在部队来信了？"

陶胜利就是陶大民唯一在世的儿子，还是在抗战的时候出生的。当时在游击队出生时，大家都在渴望着抗战能够早日胜利，就给他起了这个名字。陶大民打游击的时候，生过好几个孩子，不是丢了就是夭折了，只有胜利一个人健康地长大了。刚满十六岁就参军入伍了，一直都在部队进步。

陶大民这时才把那个皮包递给水生说道："是的，他又来信了，你帮我看看吧。"

水生打开那个皮包，里面确实都是胜利写回来的一些信。水生不停地翻看着，已经都是胜利多年前写回来的信了。最后一封还是胜利在两年前，在到达对印还击战前线时，写的一封没有写完的信，信上只有短短的两段：

"亲爱的爸爸：春风疾，战鼓响，革命豪情满胸膛，雄赳赳、气昂昂，我们翻过了喜马拉雅山，来到了祖国西南的最前方。我们是一支翻过雪山、走过草地、打过长江、渡过鸭绿江，解放全中国的战无不胜的英雄部队，我们也是打败过日本、美帝侵略者的无敌之师。不管美苏两大帝国主义多么猖狂，不管他们的走狗多么嚣张，我们的祖国神圣不受侵犯。不管敌人从哪里来，我们都要把他们打回去，坚决把侵略者的气势打下去，保卫祖国的社会主义建设。

"亲爱的爸爸，我们马上就要上战场了。我一定努力用我的青春和热血去保卫祖国的壮丽江山。亲爱的爸爸，你放心，你的儿子是英雄的后代，我绝不会让你失望，你等待着我凯旋的消息吧……"

水生看着这些信，眼泪不停地流了下来。陶大民什么也不说，他都也明白了。陶大民还在不停地朝河面上，一只手撒着花生，一只手不停地倒酒洒着，一边动情地说道："胜利，你们早就胜利了。我今天又来喝你们的庆功酒了。我知道，你最喜欢吃花生，我也给你带来了。"

水生最后告诉金梅，那天就是陶胜利在对印还击战前线牺牲两周年的日子。当时，他还不到二十岁，他是完全可以不上战场的。他是为了给部队开道，用自己的身体去滚敌人的雷区牺牲的。他们所有去滚雷区的突击队，都被炸得飞上了天，没有找到一具完整的尸体。陶大民是在接受审查之后，才知道陶胜利牺牲的消息。他一直都没有去部队领回胜利的军功章，也告诫水生不要跟任何人去说。陶大民对他说，陶胜利已经把一切都留在了部队，留在了边疆，就把那些都留在那里吧。

金梅听完水生的话，早已泣不成声："这个陶大胆，他就不是人啊！老婆儿子都死了，他还能装得跟没事一样，还要我们开他的批斗会。他的这个心肠，怎么就能这么硬啊？"

水生最后告诉金梅，被陶胜利他们消灭的那支印度军队就是一百多年前跟随英法联军侵略北京，火烧圆明园的那支印度军队，胜利他们就是用自己年轻的生命和热血，洗刷了我们中国的百年国耻啊！

金梅知道了陶大民家里的事，心里一直都很难受。她又不好去跟陶大民说，怕引起他内心的痛苦，就对金水说："你们以后就不要再开陶大胆的批斗会了。他一个老革命，过去立下了那么多的功劳，现在什么都没有了。从县委书记变成了小学教师，还有什么要批斗的？他现在落难到我们村里，那就是缘分，你们都要多关心照顾他。"

金水笑着回答道："金梅大姐，我们那个批斗会，你都知道，现在已经变成他对我们的批评教育会，早就不能算是对他的批斗会了。其实，我现在一直都在受陶书记的领导了，他的水平比我高，我是一辈子都跟不上呀！"

三十六

作为大姐，金梅对所有的弟弟和妹妹，天生就有一种特别的关爱。她不但时刻都在关注着金水一点一滴的变化，也始终关注着其他几个妹妹家里所发生的事。她自从把她们一个个找到后，不管有多忙，每年总要去看望她们一次，每次都能给大家带来许多激动人心的好消息。最使她感到骄傲的，还是两个小妹妹，铜梅和铁梅一个比一个更加优秀，都在不断进步。铜梅不但年年要戴大红花，成为先进工作者，还被评为市劳模，省劳模。

铜梅所在的长江钢铁厂发展很快，这家新中国成立后才创建的钢铁厂，随着新中国的成长不断壮大了起来。在长江边上，十几里都成了钢铁厂，高炉一个接着一个，到处都是来拉钢材的汽车和轮船。

金梅每次来了，铜梅心里都是特别高兴，都要骑着自行车带着她到钢厂里转几圈，就像介绍自己家里一样，向她介绍着钢铁厂的巨大变化。

金梅每次去都能看到它不同的发展变化，心里就会感到非常激动，可是她越看越看不懂了。这里已经建起了这么大的钢铁厂，到处摆的都是钢材，陶大胆那时怎么还要他们各地搞小高炉大炼钢铁？还是铜梅比她懂得多，她告诉她现在全国各地都在大搞建设，到处缺少钢材。她们就是加班加点都供应不上啊，她们现在都恨不得一个人变成两个人使用。

在陶大民号召大炼钢铁的那几年，金梅就总是给金水泼冷水说，铁梅他们那里才是炼铁的，那炉子比楼房还要高，铁水就像河水一样往外流啊，她们那才叫炼铁。陶大胆还要你们搞小炉子炼铁，你们应该把陶大胆叫到那个钢铁厂去看看。

后来，金水真就跑到铜梅这里学习了几天，回去后就是没有跟风大炼钢铁，成了大炼钢铁的落后典型。为了这事，还被方卫红好几次不让进家门。最后还是金梅来开导说，方卫红要炼钢铁，你就把她收购的那些废锅废铁都送到铜梅她们钢厂里去炼，她要是能比她们钢厂炼得好，你就让她去炼。

金水果然把方卫红带到大钢厂了。等到方卫红站在高炉旁，看到通红滚烫的钢水滚滚而出的时候，她再也不敢叫金水去大炼钢铁了。

金梅每去一次，心里就会更焦急一些。铜梅工作干得好，婚事却一直没有进展。她每次去了，首先都要问她的婚事。铜梅都笑着说："个人的事是小事，厂里的事才是大事，我们现在的工人都是先国家后个人。"

金梅心里觉得铜梅跟她说的不是真话。这么大的姑娘，哪里有不想嫁人的？女人再怎么工作，也该结婚生子呀。女人的光阴可是耽误不得的，一定是她当了先进，又是市劳模，省劳模，就把自己眼光看高了。她们厂里那么多年轻的小伙子，个个都很优秀，怎么就没有她中意的？

于是，晚上和铜梅睡在一起时，她就开始不停地催促她。要求她不管工作多忙，都要赶快谈恋爱结婚，不然优秀的青年都被别人抢走了。

铜梅被金梅逼问得没有了办法，只好吞吞吐吐地告诉她，其实她心里早就有男朋友了。只是那小伙子是个铁道建设兵，远在祖国的大西南建设成昆铁路，相隔两千多里。由于他们离得远，也就只能相互把好感都埋藏在自己心里，不想相互牵挂影响了工作。他们早已经把自己的青春热血和美好爱情，都融入建设新中国的热潮中了。

铜梅说到那个小伙子时，脸上始终洋溢着无比幸福的微笑，眼里闪动着一种异样的光芒。

金梅一听，心里就更加着急了。这铜梅身边这么多优秀的青年，她怎么能找个两千多里以外的呢？这以后的日子可怎么过呀？还要埋藏在心里，感情的事，又怎么能够埋藏得住啊？

铜梅看到金梅着急，就反过来安慰她说："金梅大姐，我心里最爱的就是他们铁道兵。他们整年战斗在深山老林里，把祖国的铁路修到每一个角落里。他们才是最值得爱的人。"

金梅又问道："那你们是怎么认识的呀？"

铜梅脱口就出："他也是劳模呀。我们是在开交流会的时候认识的。我看到他悬挂在悬崖峭壁上打山洞的照片，我就爱上他了。他才是真正伟大骄傲的人，是我们时代的骄子。"

金梅看到，铜梅说他时，眼里始终散发出了一种充满着温情和神圣敬仰的目光，知道她已经爱得很深，爱得不能自拔了，就只能说道："真是钉钉子配打打子，劳模配劳模最合适，这就是前世的缘分。可是你们离得这么远，以后怎么生活呀？"

铜梅立即回道："大姐，我们一年能见一次面就足够了。我们有些战斗在水库工地的劳模，一连几年都不回家。我们现在已经是最幸福的人，一个战斗在祖国的炼铁高炉前，一个战斗在祖国的崇山峻岭，我们都在为建设新中国而奋斗。祖国的铁路线把我们的心时刻连接在一起，我们的心里跳动着祖国前进的血脉。"

金梅也被她的这种情绪感染了："你们都是劳模，你们的觉悟高。我落后了，以后要向你们学习。"

铜梅已经无法压抑内心的激动，她爬坐了起来，挥着手跟金梅说道："金梅大姐，我刚从成昆铁路的前线回来。我从来没有见过那么高的大山啊！他们那里真是高山峻岭、沟壑纵横、地势陡峭，铁路都是建在隧道山洞里。他们现在就是在创造世界奇迹呀！这条成昆铁路号称人类二十世纪征服自然的三大奇迹。你说他们是多么的勇敢，多么的伟大！能嫁给他这样的筑路英雄，就是我一生最大的幸福。"

金梅不再问下去了，她只希望能早日见到这位在铜梅眼里神一样的建路英雄。铜梅最后告诉她："大姐，再过几个月，我们厂新建的项目，火车轮毂就要投产了，以后全中国的火车都要用上我们生产的火车轮毂了。到时要开庆祝大会，他也要来参加，你也来参加，你就能见到他了。"

金梅满心喜悦地答道："我一定来！我们家有了两个劳模，我们也跟着光荣一回。这也是我们全家人的光荣啊！"

几个月后，长江钢铁厂召开火车轮毂投产庆祝大会，金梅带着金水和方卫红都赶来参加了。整个庆祝大会异常隆重热闹，到处挂满了横幅标语，锣鼓喧天，红旗招展，大喇叭在不停地播报着受表彰的劳模名字。当他们听到铜梅的名字时，全都异常激动地鼓掌。

铜梅还代表受表彰的劳模上台讲话。她站在台上，几乎是流着泪在说："同志们，战友们，我小时候出生在青弋江边的柳树湾。因为家里穷，我们几个姐妹都被卖了，我们都成了旧社会的弃儿。是在解放后，我的大姐千辛万苦地又找到了我们，才使我们重新团圆，重新有了家。是新中国给了我们新生，给了我成为一名钢铁工人的机会，给了我一个更大的家庭，更多的亲人！新中国已经给予我很多很多，我已经无法报答。我只有加倍努力地工作，来回报建设我们的国家，回报我们的亲人！在我心里，从来不知道什么是吃苦受累，吃苦就是福，受累就是考验。我只希望组织以后能将更艰苦的工作交给我，我一定能承受住更加严峻的考验！"

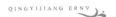

金梅在下面听着铜梅胸前戴着大红花，在台上激情洋溢的讲话，一时感到辛酸，只顾低着头不停地流泪。后来什么人讲话，她都没有听进去了。

最后，铜梅和一百多个受表彰的劳模和先进分子上台受表彰戴大红花。全场响起了热烈的掌声。接着他们一起在台上同声高唱《革命熔炉火最红》："革命熔炉火最红，毛泽东时代出英雄，王杰同志好榜样，一颗红心为革命为革命，他把毛主席的教导记在心，为革命，他把党的事业比作泰山，为革命，他工作不怕挑重担……"

当这气势恢宏的歌声响彻全场时，方卫红又在一旁埋怨着金水。她通红着脸说道："你看他们工人阶级给国家贡献多大呀，他们个个都是活着的王杰、雷锋。我们再不努力追赶，就要落后一万年了！你不能犯了一次错误，就变得缩手缩脚，胆小怕事，裹足不前了。"

金水不服地回她道："我们只是农民。我们除了会种地，还会干什么？拿什么跟他们工人比呀？"

方卫红连忙教训金水说："我们要比的就是思想觉悟！什么都能落后，就是思想觉悟不能落后！我们也要学习雷锋、王杰好榜样，全心全意为人民！我们也要练红思想，练好本领，胸怀天下，一心为革命！我们也要以火热的热情投入社会主义的建设中去，不能做时代的落伍兵！"

金梅看到方卫红越说越来劲，金水就像是犯了错误的小学生，在一旁低着头挨训，就立即打断她的话说："方卫红，这些话，你以后回家再跟他说吧。我们这次主要是来看我三妹夫的，我们到现在还没有看见人呢。你在外面，就给金水留一点面子吧。"

表彰大会结束后，金梅他们终于看到了铜梅的男朋友。这个小伙子个子不高，身体很结实，由于长年在外风餐露宿，皮肤黝黑粗糙，和一般农民也没有什么区别。这也使他们一下子拉近了距离，增加了一种亲密感。小伙子话虽不多，说起来却是句句充满了激情，思想觉悟高。他豪情激昂地对他们说。他们就是祖国的铺路石，他们知道自己肩上的责任有多重，就是要尽快地把铁路铺到祖国的每一个角落。没有什么高山峻岭、千难万险可以阻拦他们。因为他们都是毛泽东思想武装起来的新中国铁道工程兵！毛主席的战士最听党的话，哪里需要就到哪里去，哪儿艰苦就到哪儿安家！

可是，他因为有任务，只陪他们吃了一顿饭，就急着赶火车，回到成昆铁路工地去，匆匆赶往火车站了。

金梅他们都陪着铜梅把他送到了火车站。金梅望着他们依依惜别、难舍难分的场景，望着慢慢远去的火车，不无遗憾地对铜梅说："这小伙子人是很好，很憨厚老实，也很能干，可是你们这相距几千里，一年见不到一次面，以后这怎么生活呀？"

铜梅却安慰着她，十分甜蜜地说道："金梅大姐，人你已经见到了，以后就不要再为我担心了。我们现在都感到很幸福。只要情长久，何必死相守。他为国家铺铁路，我为国家浇注火车轮毂。无论是天涯海角，我们都会时刻在一起！我们的爱情随着祖国的铁路一起成长，我们就是最幸福的人了。"

方卫红也在一旁插嘴说："就是，我真羡慕你们这对劳模夫妻，样样都是先进。你们这才是我们新中国的爱情。我真的是好羡慕你们呀。你们就是我们学习的好榜样。"

金水在一旁听了，低着头一句话不说，都不敢抬头看着方卫红了。方卫红却没有放过他，回到家里，还一直都在拿铜梅他们在教育他，使得金水好长时间都抬不起头来，只能在暗地里默默较劲。他一直都在心里很闷地想着。方卫红什么都想和他们比，他们在炼钢铁修铁路，是在给国家做贡献，我每天在家种粮食烧砖瓦，不也是在给国家添砖加瓦吗？我怎么怎么干，都不如她意呢？可是，他的这些心里话，从来不敢当面跟方卫红说，怕她骂自己一身土气，跟不上形势。有时实在受不了，就跑到金梅这里来发发牢骚。

金梅知道，自己这里只是他的出气孔，他说什么她都不插嘴。她知道金水只要把心里的怨气倒出来后，也就像没事似的了，他还是得老实地回去听方卫红的教育。他再受不了，也是一刻也离不开方卫红的。他这一生就算是被方卫红彻底降住了。

三十七

铜梅的婚事有了着落，金梅心里最挂念的就是铁梅了。这个最小的妹妹，也是最优秀的。她离得最远，金梅最喜欢去的也就是她那里。因为金梅最喜欢去看她唱戏，特别是她唱的《白毛女》，总使她想起她们姐妹四个小时候受的磨难，每次都听着听着，就忍不住泪流满面。

铁梅也是非常想念她，坚持每个月都要给她来一封信，开头都是这句：

最亲的金梅大姐及所有的亲人们。每次排练了新戏，都要来信请她去看。金梅每次去了回来都要骄傲地跟大家宣传好多天，搞到后来，她听戏入迷了，只要听到哪里有大喇叭在唱戏，她都要认为那就是她妹妹铁梅在唱。

方卫红每次都要来提醒她："金梅姐，你喜欢铁梅的戏，你总不能把所有的歌唱家都当成了你家妹妹铁梅呀。"

这天，铁梅突然写来了一封告别信，信上说道：

> 最亲的金梅大姐及所有亲人们：
>
> 　　请原谅我没有来得及向你们告别。当你们接到这封信时，我已经登上了祖国西去的列车。我已经报名参加了新疆建设兵团，我现在已经是一个光荣的新疆建设兵团的战士了！我要到祖国最需要的地方去，到祖国的边疆去，把我火热的青春和理想献给我的祖国！因为我已经听到了天山的呼唤，听到了祖国的呼唤！从此以后，天山南北，大漠戈壁就是我温暖的家。我要去尽情地歌唱，尽情地舞蹈，尽情地燃烧！我是一路读着这首诗远去的，我也把这首诗抄给你们，这就是我此刻西去时的真实心情，请你们和我一起分享吧。《西去列车的窗口》：在九曲黄河的上游，在西去列车的窗口……是大西北一个平静的夏夜，是高原上月在中天的时候。一站站灯火扑来，像流萤飞走，一重重山岭闪过，似浪涛奔流……此刻，满车歌声已经停歇，婴儿在母亲怀中已经睡熟。呵，在这样的路上，这样的时候，在这一节车厢，这一个窗口——你可曾看见：那些年轻人闪亮的眼睛，在遥望六盘山高耸的峰头？你可曾想见：那些年轻人火热的胸口，在渴念人生路上第一个战斗？……

方卫红读着这封信时，已经是情不自禁地激情澎湃，声音越来越高昂。只有金梅听着，心情在不停地往下沉。她没等方卫红读完，就急切地问道："你读这个诗，我也听不懂。她怎么不打声招呼就去了新疆，新疆到底在哪里呀？她去干什么？"

方卫红立即对她说："新疆是在我国的大西北，从我们这里坐火车需要一个多星期，比到朝鲜还远一倍多呢。她是去参加了新疆建设兵团，到那里开荒种地去了。"

金梅急了："她怎么能去那里呢？还是去开荒种地！她是不是犯了什么错误，被流放去了那里？我听人说，过去只有犯了事，被发配才会去那么远的地方。"

方卫红看到金梅急得脸色都变了，赶紧解释道："金梅姐，你别急。你听我说呀，她没有犯任何错误，她很勇敢也很伟大。我要是还像她那样，我也会去新疆的。那么广阔的天地，多么有作为啊！铁梅真的了不起，真的好伟大！我好羡慕她呀。"

铁梅又在接着来的第二封信中写道：

最亲的金梅大姐及我所有的亲人们：

我终于和我的战友们来到了梦寐以求的大新疆。我们看到迎面而来的新疆山水，我们在火车上就按捺不住喜悦的心情。我们一起对着车窗外，拼尽浑身的力量大声呼喊着：新疆，我们来啦！美丽的天山，我们来啦！我们要把你天山南北的沙漠戈壁，都变成祖国的绿洲！塔克拉玛干，我们来啦！我们要把你这个闻名世界的死亡之海，变成祖国的粮仓和瓜果之乡！

金梅大姐，到了新疆后，我最大的感觉就是祖国的天地是那么的宽广！祖国是那么的伟大！人民是那么的淳朴！我们的兵团战士是那么的可爱！他们许多是来自延安南泥湾的英雄部队。他们带着祖国的重托，来到天山南北开荒屯田，已经在南疆和北疆，在大漠戈壁，开拓出了一百多个兵团农场和广阔无边的良田！这里的冬寒夏热，一天温差相差几十度，真正是围着火炉吃西瓜，早穿棉袄午穿纱。就是在这样极其恶劣的环境下，我们的兵团战士，与天斗与地斗，战风沙，夺高产，年年获得大丰收！源源不断地为祖国贡献急需的粮食、棉花、玉米等重要物资。他们就是这个时代最值得我敬仰的人！最值得骄傲的人！我也成为了他们中间的一员，我为是一名兵团新战士而感到骄傲和无上光荣！

铁梅到达新疆后，参加了新疆建设兵团的文工团。她就像是一只高傲的快乐的小鸟，自由地飞翔在天山南北。她那青春嘹亮的歌声，开始响彻在

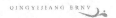

新疆大漠的深处,飘荡在祖国边疆的各个角落。她不断地给金梅来信,汇报她在新疆工作的情况,有时还邮寄一些她们在新疆生产的果壳棉花和大米小麦。

金梅每次收到她寄回来的这些珍贵的物品,总是眼含热泪地拿着去请全村的人来品尝。她逢人就要夸奖道:"就是我这个小妹子铁梅,从小命最苦啊,被卖的时候也是最小,她又一个人去了那么远的地方。新疆那里不如我们江南,热的时候热死人,冷的时候冷死人。她吃了那么多苦,心里还是这么顾家,还要寄这么多好东西回来。"

铁梅从此又成为全家人新的骄傲。她的每一封来信,方卫红都要拿去读给全村人听,使全村人都知道了在遥远的新疆发生的事情,也使大家脸上感到荣光。

只有金梅心里永远放不下对她的那份遥远的挂念。新疆真的太远了,她不能够想去就去了。在铁梅后来的许多来信中,她一直都是在谈她们在新疆所取得的进步,就是从来不谈自己的个人婚事。金梅又是越来越着急,每次在方卫红回信时,都要反复叮嘱她多写几句,问问她个人方面的事情,特别是关心铁梅的婚事。既然兵团有那么多优秀的战士,她也是那么优秀的歌唱家,那就早点找一个结婚吧。女人有了家才算是真正的安家乐业呀。

在金梅反复多次的催问下,铁梅终于给了回音。她在来信中说,请她和全家人都不要为她担心了,她已经爱上了一个真正的大英雄!他也是个从朝鲜战场上回来的英雄,他正在从事一个伟大的事业,完成一个伟大的任务。她现在还不能告诉大家他的名字和所干的事业,也不能寄回他的照片。

金梅听了更是着急,她一直怀疑是铁梅在骗她。现在在中国除了当国民党特务,还有干什么事不能说的?离得这么远,怎么也该寄一张男方的照片回来呀。

不管金梅如何焦急地去信询问,铁梅就是没有再给她更多的信息,没有男方的照片,也没有男方的名字。她又不像是在撒谎,而且是越说越具体了。她说他在战场上受过伤,身体很差,还在那样艰苦的环境里工作,他们那里真正是位于死亡之海的中央,比她们建设兵团的环境还要恶劣。她怕他身体熬不住,她已经调到离他最近的一个兵团农场,就是为了方便照顾他。铁梅在后来的来信中,提到他时,只说一句诗:他是沙漠里的胡杨树,我就是戈壁滩上的马兰花。

金梅后来好长一段时间，都认为那个还没有见过面的小妹夫就叫胡杨树。

直到中国第一颗原子弹在新疆罗布泊爆炸的喜讯传遍全国的时候，全村的人都在听着广播里在播送这个振奋人心的特大新闻。

水生和庆生这两个上过朝鲜战场的人更是激动得不能自制。庆生满面红光地对着全村人结结巴巴地说道："我、我们国家真、真的强大了，也、也有原、原子弹了，这、这个世、世界上，再、再也没有人敢、敢、欺、欺负我们了，我们要、要是早、早有原子弹，早、早就把、把在朝、朝鲜的美军，全、全部消、消灭了。"

庆生心里高兴至极，特意拿出一个月的工资，买回来许多肉和菜，要金梅烧了一大桌，他要自己请客庆祝。全村就他一个人每月有工资，才能这么阔绰一回。平时大家都是一个月，很难见到一次肉腥味的。

陶大民、水生、金水和陶校长都被他请了过来。陶大民显得特别兴奋，他依然声音洪亮地说道："这确实是个值得庆祝的大喜日子。庆生，你就不要舍不得酒啊，要多买几瓶，让我们大家好好喝个够！"

庆生立即回答道："你、你们尽管喝，要、要多少，我就买、买多少。一个月工、工资不够，我、我就、就花两、两个月工资。"

陶校长也是表现出少有的兴奋，他颇为感慨地说："今天这个惊天霹雳一声响，这不只是震惊东方的一声巨响，也是震惊世界的一声巨响啊！这就是在向全世界宣告了，我们中国积贫积弱的时代，正式结束了！我们全国人民虽然还在勒紧裤腰带过日子，可是我们中国真正强大了。我们已经有了自己的国防工业，我们现在不仅能够制造自己的飞机大炮坦克和军舰，还能制造自己的原子弹了，这是多么了不起的成就啊！这就是能给我们国家带来永久的和平啊！我们现在就是过得再苦再累，都是值得的了。"

大家在落座的时候，都要求庆生上座，说他是战斗英雄。庆生坚决不干，他憋红了脸说："我、我还、还是跟、跟水生哥上、上的战场，要、要坐也该、该他去坐、坐上席。"

水生也红着脸说："我哪配坐呀，我参加革命还是陶书记带领的。"

大家都在相互推辞着，金梅端着菜过来说道："你们都不要争了，陶书记和陶校长都是贵客，还是要请他们坐上座。"

等到大家都坐了下来，金梅又不合时宜地问了一句："你们都说原子弹

那么好，我也没有见过。我就想问一句，我们有了原子弹，以后打仗，我们的人是不是就不用拿身体去滚地雷了？"

金梅这一问，大家刚才的喜庆表情全都凝固在了脸上，全部把目光投向了陶大民。陶大民的脸色也是稍稍一变，一时变得异常难看。但他很快就恢复了过来，他首先端起酒杯说："我们国家能有今天的成就，来之不易啊，是有多少人流血牺牲才换来的。今天我们大家就先来敬我们的原子弹。中央领导说，就是当了裤子，也要把原子弹造出来。今天我们终于造出来了！有了原子弹，我们中国人以后什么先进的武器都会造出来的，我们就可以安安心心地去搞社会主义建设了，再也不用怕什么猫头鹰和北极熊了！"

大家这才都像过喜庆的节日一样，喝着说着笑着，情绪也就越来越高昂。他们又从原子弹说开去，都在骄傲地说着这些年国家各条战线所取得的巨大成就，就好像那些成就都是发生在他们自己家里似的，每一个喜讯都在牵动着他们的各条神经，每一个喜讯都使他们感到特别的激动兴奋和快乐。在这一刻，他们说的谈的都是国家，他们的心里装着的都是国家，个人所有的不幸和挫折都也跑到九霄云外去了。

这时，方卫红在家里反复地看着报纸，比对着铁梅的所有来信，突然就像发现了新大陆似的，立即跑过来，无比惊喜地大声叫道："金梅姐，你不要再为铁梅担心了，你看她说的这个地方就是在罗布泊原子弹基地。我知道她嫁给谁了，她为什么不告诉我们了。她就是嫁给了马兰，嫁给了中国的原子弹。"

大家一听，全都愣住了。还是陶校长见识最广，他仔细看了一下铁梅的来信，就对大家说道："铁梅既然不肯告诉你们，你以后也就不要再问她了，这说明她一定是关系到了一些保密。我们喝完今天的这个喜酒，就不要再提铁梅了。我们都要替她保密啊，等到她能告诉我们的时候再知道吧。我们大家现在就一起敬那些在大漠深处，制造出原子弹的无名英雄们一杯吧！今天最该敬的就是他们呀！"

金梅听了，不知道是惊喜还是难过，只是控制不住地眼泪往下直掉："还是我这个小妹妹命最苦啊！我们家这么多人啊，都团圆了，都在过安稳日子了，就她一个人去了那么远的地方。在吃那么多的苦，在干那么危险的事，还不能跟大家说，真的不知她什么时候才能回来了。"

后来，金梅果然不再过多地去问铁梅的事了。就是家里有了什么事，她们也都回信去说，家里一切正常，不要挂念，要她安心工作。

觉悟最高的还是方卫红，她再也不拿着铁梅的来信，读给村里人听了，也不在任何地方再提起铁梅。铁梅那里有了什么消息，她也只会悄悄地告诉金梅一声。在全村人眼里，她们家好像就没有过铁梅这个人，她就好像又突然消失了似的。

三十八

柳树湾一连许多年都处在建造砖墙瓦房的热潮之中，柳树湾也真正开始了从未有过的改天换地的新时代。随着一间间崭新的砖墙瓦房接连出现，以新生、金生和国红为代表的，几乎都是与新中国同龄的一代柳树湾青年终于成长起来了。

金生、新生已经要到公社去读初中了。国红比他们小，按年龄还没到去读初中的水平。金梅想留她再读一年小学，可是她说什么都非要跟他们一起去读初中。金梅看到她整天整日地在家哭着闹着，只好带她去找陶校长。她对陶校长说："我们家这三个孩子，从小在一起长大，一天都分不开的，你看看能不能让国红也跟他们一起去上初中，她能不能跟得上啊？"

陶校长满口答道："他们三个都是我教过的最优秀的孩子，他们都很聪明。国红虽小，只要努努力，是能够跟上的，如果有困难，就让她每天晚上到我这里来补课。"

于是，他们三个成了柳树湾历史上第一批出去读中学的学生。十三连公社中学离柳树湾有十里多的路程，就位于十三连圩中央闻名全县的政和五大港旁边，一面面对着五大港的数千亩水面，三面都是碧波万顷平坦无垠的稻田，景色特别的优美静谧。

政和五大港自古就有"千顷碧波、宽广幽深、天蓄人养、水族繁茂"的美誉，它是由五个水面很大的湖面连成一片，也是十三连圩中间最大的一块天然蓄水湖，其湖面宽广、烟波浩渺、港湾幽静、水天一色。

这所公社中学，也是刚建不久，只有初中几个班。几排简易的砖墙瓦房的教室，一条笔直的大道从大门直通到五大港的水边。路面上铺了一层煤渣，变成了黑色的，其余的路面和操场都还是夯实的泥土路面。所有的路旁和学校的四周都栽满了一排排的白杨树，整齐高大，遮天蔽日，成了一处最

独特的景色，也成为了这所简陋中学的象征。

他们三人每天结伴而行，早出晚归。一年四季变幻不定的更加广阔的江南田野，成了他们快乐的天堂，也给他们带来了许多的遐想。他们到学校的第一天就震惊了全校的同学和老师。

新生从小就有个特别的嗜好，他特别爱出去抓黄鳝扒泥鳅，而且早就培养出了特别的功能。只要他从田沟边走一趟，他就能分辨出哪里有黄鳝和泥鳅，只要被他看上的，几乎就是跑不掉。到中学读书，走的路远了，他就更有了施展这种才能的更加广阔的天地。

金生和国红从小就是形影不离地跟在他后面。看到他有几次硬是从黄鳝洞里掏出了几条浑身长满花斑的大水蛇，把国红都吓哭了。新生却从不害怕蛇，各种蛇他都不害怕。他咬住蛇头，把蛇拽直了，就直接把蛇皮给剥了，然后就把蛇皮挂在水沟旁的树枝上，就像是他得胜的旗帜，蛇肉带回家炖汤。

他们才开始抓黄鳝的时候都还很小，国红心里很害怕，就回家偷偷地告诉金梅。金梅担心他们安全，就把新生叫来教训道："新生，你最大，你怎么就不学好，总是这么贪玩，还要带着金生和国红去抠黄鳝扒泥鳅？你怎么就是不带他们好好学习呢？"

不管金梅怎么教训，新生都是低头不说话，依然是我行我素，一有时间就出去抠黄鳝洞扒泥鳅，晚上还要带他们到人家屋檐下掏麻雀，一点也不消停。金梅见管不住他了，就真的火了，就拿着柳树条要抽打他："你才长多大，就敢不听我的话了？"

国红见状，忙抱住金梅说："妈，你不要打新生，他去抓黄鳝和泥鳅都是为了你呀。"

金梅不解地问道："为了我？我没叫他去捉黄鳝扒泥鳅。"

国红说道："新生哥说金梅妈妈最好，从来都把家里好吃的东西给他吃，自己只吃咸菜叶子咸萝卜条。他就是想抓黄鳝和泥鳅，回家给你吃。"

金梅抓住柳枝条的手停在空中，打不下去了，有些微微发抖地说："你们怎么不早告诉我？我是从来不敢吃黄鳝和泥鳅的。"

金生也跟着说："是新生不让我们说。我们要说了，他就不带我们一起去玩了。"

金梅一把把新生抱在怀里："你这孩子呀，你有这份心就够了。以后就不要再去找了，你就带着他们好好读书。"

新生仰起小脸说："金梅妈妈，我们不会影响学习的，我们都是放假和散学的时候去的。"

金梅心痛地说道："那也不行，那水沟池塘水多深啊，你们不要让我担心了！我们家再穷，也不少你抓的这些黄鳝和泥鳅。"

新生仍在倔强地说："金梅妈妈，你不要为我担心。我们都在大河里划水，还怕这些小沟小塘呀。"

金梅说服不了他，就只好又吓唬他："我不吃黄鳝，也不吃泥鳅。那些黄鳝里面有化骨鳝，你们是分不清的。"

新生仍在摇头说："金梅妈妈，你是世界上最好的人，化骨鳝不会来害你。"

金梅怎么也没有能够说服他。新生几乎就是在与那些黄鳝和泥鳅的打交道中长大的。这些年，新生带着金生和国红捉过多少黄鳝，扒过多少泥鳅，金梅都记不清了。但她从来没有吃过，她都是偷偷拿去卖了，给他们添衣买鞋。那时，各家的生活都过得很艰苦，像黄鳝、泥鳅和鲨鳖这些珍贵的东西，哪家遇到了，都当成了是天上掉下来的大宝贝，都要拿到方村街上去卖个好价钱，是没有谁家舍得自己吃的。金梅更是舍不得吃，她更喜欢能卖了钱，给几个孩子买件新衣服或新运动鞋。看到他们穿上新衣新鞋的样子，她的心里就是比吃了什么都要高兴。所以新生、金生和国红三个从小就是村里穿得最整齐最漂亮的。

新生后来不只是扒泥鳅挖黄鳝的高手，也成了逮鱼的高手。他几乎没有一天能够闲得住，他总是能在人们不经意时带来意外的收获。搞到后来，连金梅都开始到处夸他："这个新生不是水生亲生的，怎么就那么像他呢？就和那些水里生的东西这么有缘，真是不是一家人不进一家门。"

金生也是从小就跟在新生后面学，天天跟他后面帮他拎着网袋，就是没有学到新生寻找黄鳝和泥鳅的那种特别的能耐和特别的嗅觉。他总是不服地问新生："新生，你怎么从水边田埂走一遍，就能知道哪里有黄鳝和泥鳅，而我就是不知道哪里有呢？"

新生故意神秘地说："我的鼻子灵，我能闻到黄鳝和泥鳅的腥味，我还能看到它们藏在哪里。"

金生听了，信以为真，到小学校后，他很快就宣传了出去。新生的鼻子

有特异功能，能够隔很远就能闻到哪里有黄鳝和泥鳅。搞得所有同学和村里人都信以为真，都把他当成了稀奇物。有些同学更是几次找来黄鳝和泥鳅藏着，要来检验他的特异功能。所以，从小学起，新生就被大家认为是个具有特异功能的人了。

新生对钓黄鳝也有着特别的执着。为了钓到一条特别大的大黄鳝，他硬是坚持了三年都没有放弃。

那是在柳树湾下面一面大池塘的水跳板边，有许多人家在这里淘米洗衣服。还有几棵古老的大柳树，树根长到了水里，紧紧地缠绕在一起。

新生凭着独特的眼光，就发现了在那树根下面有一个很大的黄鳝洞。他就带上一把他自己特制的专门钓黄鳝的钢钩。他的钢钩都是用旧自行车的钢丝，把一头在石头上磨尖了，用火一烧，弯成一个钩，后面绑上一节长木条。新生在钢钩上穿上一条大蚯蚓，伸到洞里去，想引黄鳝吃食上钩，然后硬把黄鳝拽出来。

那个洞里面果然有条特别大的黄鳝。当新生刚把穿着蚯蚓的钢钩伸进那个洞口的时候，它猛地一伸口就狠狠地咬住了钢钩，洞口还冒出一股浑水。它的那种凶猛的气势和狠劲把新生都吓了一跳。

新生心里暗暗高兴，他终于钓到了这个大家伙了。他赶紧用双手抓紧钢钩使劲地往外拽。那时他还小，力气不够，那条大黄鳝又特别有劲，又是躲在树根下面，缠绕在树根里，和他僵持了很久，怎么也拽不出来。

新生不肯放弃，紧握着钢钩，一刻不敢放松。他知道只要一松劲，黄鳝就会脱钩缩回到洞里。他又急忙转身变换着姿态，面对着黄鳝洞，双脚蹲在树根上，仰身往后倒着，想借着浑身的力量把它拉出来。由于他这下用的力过猛，硬是把那条大黄鳝的嘴巴拽裂了，只拉出来一块黄鳝嘴巴上的带有黄色花斑的鲜肉。那黄鳝脱了钩，吐出一股带血的浑水，就缩到洞里去了。新生也因为突然失去平衡，一下子就掉到水塘里，喝了好多口水，好长时间才冒出水面。把一直在旁边看着的国红，都吓得大哭大叫起来。

村子里的人知道了，个个见了他，都笑话着他说："新生，你真会钓黄鳝，黄鳝没钓到，反倒被黄鳝钓到水里去了。"

人家怎么说，新生都是低着头不说话。他只是和那黄鳝较上劲了。后来，只要看到那个黄鳝洞出来了，他就去钓，有时把那穿着蚯蚓的钢钩伸到洞里，一等就是半天。可是那条黄鳝已经成精了，怎么钓，它都不吃食了。

新生就是这样不依不饶地跟它坚持了两年多，也没有把它钓上来。但他知道那条大黄鳝还在那个洞里，因为他常能看到它在洞口吐出一堆白沫，它就是不吃食上钩了。

一直等到了第三年的夏天，新生变得聪明了。他开始改变办法，他首先改变了鱼钩。他开始在长长的玻璃线上系了一根两头尖的大铁针，针上穿上活的蚯蚓、泥鳅、面筋、蚌肉等黄鳝最爱吃的饵料，特别选了一个十分闷热的晚上，在洞口的四周放下。由于做了充分的准备，他趁黑放完鱼钩，就信心十足地回家睡觉去了。他知道这样的夜晚，这条黄鳝一定会出来寻食，只要它张口，它就跑不掉了。他已经给它布下了天罗地网。

果然第二天早上，有人去那里洗衣淘米，就看到一条从没见到过的特大黄鳝，在水面中央不停地浮头，大家全都惊叫起来。新生听到大家的叫声，连忙赶了过去，他对大家说："那就是我钓的黄鳝。它果真厉害呀，它吃了我钩，还咬断了我的线。我看它还往哪里跑。"

大家都不信："那黄鳝还在水中间浮头，你怎么知道就是你钓的那条黄鳝？"

新生骄傲地说："它现在脖子里卡着我的钢针，最难受了，才跑出洞来了。你们不信，我捞上来，你们看，它的嘴巴上还一定有个缺口，是我三年前拽下的。"

新生用网兜把那条足有两斤多重的大黄鳝捞了上来。大家围过来一看，果然它的嘴巴上有一个很大的缺口，还有一根大钢针戳破了它的肚子，从里面露出一节锋利的尖头。

大家全都啧啧地称赞道："新生，真不知道是这条黄鳝成精了，还是你成精了啊！"

到中学上学的第一天，新生和金生、国红一大早，就一起兴致很高地沿着朝阳，朝学校走去。要到新学校上学了，他们的心里都藏不住一种异样的激动。

还是初春时节，这年的春天似乎来得更早，江南的田野里，已经到处是一片生机盎然的景象。经过一个冬天煎熬的油菜麦苗，正在吐黄转绿，蓬勃生长。经过几场小雨，所有的沟沟渠渠里不知不觉都已涨满了水，有些沟渠里的水还哗哗地流淌着。

从柳树湾通往学校的十里多道路都是沿着沟渠边。他们转过几个沟塘，

到达一个排水渠旁，新生突然停了下来说："你们等一等，这里有个大黄鳝洞，一定有条大黄鳝。"

金生打断道："现在是什么时节，黄鳝都躲在洞里睡觉吧，还没出洞呢。"

国红也笑道："新生，你一定是几天没抓黄鳝，昨夜里做梦，还没有梦醒吧。"

他们说着时，新生已经脱了鞋子，跳到水渠里。国红在一旁惊叫道："新生，你真是疯了？你就不怕冷？我们是去上学呀。"

新生没有听她的，他已经找到那个黄鳝洞，用手往里面扒了一节，一边对金生说："你快给我找一根长树枝来。"

金生赶紧给他找来一根长树枝。新生一边用手挖着洞，一边把树枝往里面捅，然后又用脚把浑水往洞里不停地踹着。国红在一旁一边看着，一边笑道："新生，这个洞一半在水里，一半在岸边，会不会又要出来一条大红花蛇呀？"

不一会儿，果然在不远处的另一个出口，一条大黄鳝慢慢地钻了出来。金生一把按住那条大黄鳝，一边大叫："新生，这条黄鳝真大，比那条嘴上少一块的大黄鳝小不了多少。"

这条大黄鳝足有两斤多重，浑身发黄，还布满花斑。新生把自己的书都放到金生的书包里，自己的书包就被那条黄鳝塞得满满的。

国红仍然心有余悸地问道："新生，这条黄鳝怎么会这么大，会不会是化骨鳝呀？"

新生摇头说："不是。他们都说化骨鳝是短尾巴，它的尾巴是又细又长，就和我们过去捉过的黄鳝一模一样。"

国红跟在后面，笑个不停："新生哥，你真是个黄鳝精了。这条黄鳝真倒霉，还躲在洞里睡觉呢，怎么就遇到了你？"

金生也跟在后面问道："新生，你怎么用眼睛一瞧，就知道这洞里有黄鳝？"

新生不以为然地说："我们挖过多少黄鳝了，还能不认得黄鳝洞。这条黄鳝就是因为大，才提早出洞寻食了。怪它倒霉，遇到了我们。"

他们满怀收获的喜悦，来到学校上课。一开始上课，他们专心听讲，就把那条大黄鳝给忘记了。那条黄鳝钻了出来，钻到了几个女同学的脚下，把她们吓得失声大叫。有的都当场吓得哭出声来。

新生赶紧抓住黄鳝往书包里装。老师恼怒地就要把他赶出门外罚站："你怎么上课第一天就搞这样的恶作剧？你给我站到门外去。"

国红首先站了起来，表示不服："老师，他做错了什么？你为啥要赶他出去？一条黄鳝有什么可怕的？干吗这么大惊小怪的？我们农村的学生，谁没有见过黄鳝？"国红从小就是这样，看不得新生受到任何欺负，看到谁对新生不好，她都会立即站出来抱打不平。

金生也跟着说："老师，是黄鳝自己跑出来的。我们不是有意的。"

老师看到他们三个第一天来上课，就犯下了这样的错误。一点都不认错，还要这么齐心地搅乱课堂，就一怒之下把他们三个一起赶出了教室。还严厉地批评他们道："这是课堂，以后不许再将任何与书本无关的东西带到教室里来。你们去把这条黄鳝处理了，再来上课。"

只有一堂课的时间，关于新生有特异功能的事就传遍了全校。几乎所有人都跑来看那条大黄鳝。真是奇了，现在的黄鳝都还在洞里冬眠，怎么就被他捉住了呢？学校食堂里的师傅也闻讯跑来，要用一个月菜票换这条大黄鳝。新生说啥都不愿意，他非要带回家去交给金梅。他过去所有抓到的东西，都要亲手交到金梅手里才会放心。最后，还是国红抢过黄鳝，对他说："这么大的黄鳝，我妈看了也会害怕，她也不敢吃。能换菜票多好啊！你就不怕它是化骨鳝？"

新生看到国红态度这么坚决，最后只好让步了。于是，中午到食堂吃饭的时候，那条大黄鳝掺在蒜苗里烧了一大盆，许许多多的师生都吃了。那个食堂里的师傅还特意对他们说："以后遇到了这样的黄鳝和泥鳅呀，就拿到食堂里来换菜票。"

新生在回家的路上，还在埋怨国红："就是你要换的，我就想交给金梅妈妈。他们还说是什么化骨鳝呢，他们都吃了怎么都没有事呀？"

国红只好劝说道："换了这么多菜票多好啊！交给我妈，她也不会舍得吃的，也要拿去卖，还不是一样？"

新生继续倔强地说："我捉黄鳝不是为了换菜票的。我就想看到金梅妈妈吃我捉的黄鳝。还有陶校长，他给我们补课，不管补到什么时候，从来没有要一点好处。"

国红听了他的话，低着头看路，不再说话了。金生跟着新生说："是的，陶校长现在还在给我们补课，等下次捉到了，一定要送给他。"

　　两个月后，他们再次震惊了全校，期中考试，他们三个各门功课都是名列全校前三名。老师不由得又对他们刮目相看，特意把他们叫到办公室，耐心地劝道："你们成绩这么优秀，更要好好学习。功课也越来越重了，你们不能还想着去抓黄鳝泥鳅，要把所有心思用到学习上去。"

　　新生没有听从老师的忠告，也从来没有停止过。他每天除了背着一个书包，手里还要拎着一个塑料网袋，里面装着钓黄鳝的钢丝钩，顺便从路过的泥沟和水塘一边走一边找黄鳝洞。或者在放学回家的路上，就把一段泥沟两头一堵，用双手拂干水，再用双手把泥巴一点点翻开，那一条条肥大活蹦的泥鳅就被扒了出来。金生和国红劝不住他，也只好跟着他一起帮忙。于是，他们常常早上出去上学的时候干干净净，晚上回家时，都是一身的泥水。

　　他们很快又发现了新的目标。他们每天中午在学校食堂吃过午饭后，都要到五大港的水边洗碗，常常能看到那广阔的水面上，有许多硕大的螃蟹和脸盆大的鳖鳖旁若无人地浮出水面晒太阳。

　　国红是最先发现的，她惊喜地叫道："新生哥，你看那鳖鳖多大呀，最小有脸盆大，比我们青弋江里的鳖鳖都要大啊！"

　　金生也说："人家都说这五大港就是水土肥，到处都是鳖鳖和螃蟹，鱼也比别处长得大长得肥，浑身都是油。"

　　国红又说："这要能捉几只上来，该多好啊！"

　　金生回道："这五大港不是小沟小塘，水深几丈，怎么捉啊？只能用渔网去捕。"

　　新生就像发现了新大陆似的，他听了国红的话，就回家特意带来了几个放了长线的鱼钩。这些鱼钩都是他自己做的专钓黄鳝和鳖鳖的，就是那种在长长的玻璃线上系了一根两头尖的大铁针，针上穿上蚯蚓。在上学来的时候，他一路偷偷放到了大港里。中午吃饭的时候，他们顾不得打饭，就朝那几个放着鱼钩的地方跑去。到了那些放着鱼钩的地方，好几个鱼钩上都钓上了一只大鳖鳖，每一个鳖鳖的细长的脖子里都被鱼针卡住了。有的大鳖鳖乖乖地趴在那里一动不动，就等他们来捉；有的还嘴里咬着线在不停地爬着；还有的咬着线躲在水里挣扎着，就是不愿上来……

　　这也是他们收获最大的一次。他们没有来得及送回家，只好带着这几只大鳖鳖又到学校上课。没想到，这几只大鳖鳖不仅惊动了全校同学，惊动了

211

学校领导，更惊动了公社领导。他们特意派人来调查，说五大港里的所有财产都是国家的集体财产，私自捕捞就是违法。

他们全部受到了学校的严厉批评，被认为是严重的违纪行为。所有的大鲨鳖全部被没收带走了，每人还写了一份检讨贴在了学校大门口。

班主任老师为了教训他们，最后想出来一个惩罚他们的办法。说你们不是精力多余吗，就爱折腾出新花样，你们家就在青弋江边上，那就每人每天从柳树湾带一包沙子到学校填沙坑，也算是给全校学生做贡献了。

于是，他们每天早上都要到青弋江的沙滩上装一包黄沙往学校带。新生又开始把主要精力用在帮国红背沙袋上了。他们总是为此产生争执，国红总要自己背黄沙，新生偏偏不让。他总是说，你们受罚都是因为我的缘故，我就该多背一些。

他们最后花了整整一个学期的时间，才把学校的那个大沙坑填满。这应该就是他们留给这所公社中学最大的纪念了，这也是那时学校最受人欢迎的运动场所。

当然他们还留下了另一个纪录。整整三年，他们都是包揽了所有学科的前三名，并以优异的成绩同时考入芜湖的一家重点中学读高中。

三十九

新生、金生和国红三人一起到芜湖读高中后，金梅为此幸福了好长时间，她见到人都要笑呵呵地说，还是我们柳树湾的风水好，我们柳树湾终于出了高中生了，还一出就是三个，老师都说他们将来还会去上大学。你们家的孩子长大了，也要送他们出去读高中。

陶玉翠更是把高兴挂在了脸上，她是一直从柳树湾欢喜到了陶村，逢人都要骄傲地夸奖一番。我们陶家终于出人才了，他们三个都是我从小带大的。国红还是学校第一名呀，这在过去就是女状元呀！

方卫红更是把他们三个在初中得的奖状和成绩单一起拿到小学校，贴在墙上教育孩子们。他们都是我们小学校培养的第一批学生，他们一出去就给我们柳树湾争光了。你们都比他们更聪明更优秀，以后一定能够超过他们。

陶旺才校长更是成为全村的圣人了，每天都会有家长带着孩子们去向他求教。陶校长不管是谁，他都是来者不拒，要不是大家不好意思了，自己要回去，他从来也不催他们回去。

水生和金水也是越来越有干劲。他们一有时间就待在小窑厂里，就想着能把小窑厂的火越烧越旺，计算着何时能把小学校的土墙草屋一起换成砖墙瓦顶的明亮的大教室。

小窑厂办起后，水生就把主要精力花在了小窑厂上，成了金水最得力的助手。陶大民、陶校长和方卫红，看到水生在小窑厂太辛苦了，白天要打砖坯，晚上常常要一夜烧到天亮，就主动地把他在小学校的课给代了，也希望他能把主要精力集中到小窑厂去。

可是大家谁也没有想到，新生、金生和国红三人在高中只读了一年多，就一起回到了柳树湾，不再回学校去了。

金梅不知道他们到底出了什么事，追着他们不停地逼问，就是犯错误也不可能三个人同时犯错误哇。水生和庆生也好像遇到了多大事似的，一起跑来追问。

国红好像受了好大的委屈，又好像和新生憋了好大的气似的。金梅越问，她越是拿怒气冲冲的眼睛盯着新生，非要新生自己说。可是新生回到家，就是用被子抱住头闷睡，就像是个闷葫芦，越问越不说话。

最后还是金生看到金梅着急，才说出了原因。原来金生和国红就是因为家里成分是地主，都被学校的红卫兵组织开除了。国红还一直是积极分子，是在去北京的车上被人赶下车的。金生还是心有余悸地说："你们不要再让我们去学校了，现在不上学了，都在搞串联。我们回去了，早晚会被他们打死的。"

庆生一听就气得一蹦多高："谁、谁说你、你们是地主？谁、谁不让你、你们进步了？你、你们是我的儿女。我、我有军功章，还、还有证书，我去找、找他们说、说理去。"

金梅一把拉住他说："他们小孩子在外面打架，你跑去算啥呀？他们小孩子闹一阵子还不就过去了？你们没有犯错误，不是被学校开除的就好。等过了这阵风，你们再回去。"

金梅又接着问道："你和国红就算是地主成分，那新生为啥也回来了？他可是正宗的烈士后代呀！"

金生望了望大家，只好如实说道："新生都怪他自己，他到高中后又把学籍表填错了，又把他的亲生父亲填成了陶水生。他还为此和人家打架呢，就被人家说成了小特务，也被开除了。"

水生一听，气不打一处来，就立即冲过去，一把掀开被单，把新生强拉了起来，恨铁不成钢地怒骂道："你怎么就是不长记性呢？我跟你说过多少次了，你不叫陶新生，你姓刘，你是刘新生，你是革命烈士的后代。就这个事，陶校长都教育你多少次了？我的话你不听，陶校长的话你也不听了？"

这时，国红也红着眼说道："就是他不长记性，还犟得很。这个原则性的错误一犯再犯，怎么劝都没用。还害得我和金生一起为他抱打不平，受到牵连。"

水生仍然不愿放过新生，强拉着他就要去学校："你给我走，我们现在就去学校改过来。"不管水生怎么拉，新生就是一动也不动，也不说一句话。

金梅立即过来拉开水生的手，责怪水生道："你对他这么凶干啥？你有火没地方撒，就来找他撒？他这算什么错呀？我就喜欢他这样的孩子，从小到大，都不忘本。"

国红又气呼呼地对着金梅说道："妈，你就是处处偏护他，这不是在家里，这是个原则性的大问题。他就因为填错了亲生父亲的名字，就和我们一样失去了参加红卫兵的机会，失去了投入滚滚的革命洪流中的机会，失去了大好的革命前程。"

金梅不听国红的叫嚷，又拉着新生坐下，对着大家说道："不管你们怎么说，新生都没有错，他做得对。有什么大好的前程，可以不要父亲的？新生没有亲生父亲，水生没有儿子，他们就是比亲生的还要亲的父子。你们以后不要再提这个事了，伤了这个孩子的孝心。"

金梅这么一说，再也没有人敢说话了。新生这才硬邦邦地冒出一句："金梅妈妈，你就是我的亲生母亲，陶水生就是我的亲生父亲。我一辈子都不会改的，谁也没有权力逼我改。"

水生和庆生开始还一直都在犹豫不决，生怕影响了孩子们的前途，不断地跑出去打听。可是他们到市里得到的消息是形势更加复杂了，红卫兵之间已经发生了内斗，而且武斗越来越严重。这样一来，他们再也不敢让新生他们回学校去了。

国红在家一刻都不安分，时刻都想着能回到学校去参加战斗，还一直向往着要到北京去。她每天都要来教育新生："新生，我是地主的女儿，我没有资格参加。你不同，你是革命烈士的儿子。现在正是你发挥这个优势的时

候，你现在不能做一条躲在洞里的黄鳝。你知道我们的新中国，我们的红色江山来得多么不容易吗？是无数像你父母一样的革命烈士用鲜血和生命换来的。你作为红色接班人，有责任去保卫这个来之不易的红色江山，这是历史赋予你的神圣使命和责任。"

不管国红怎么催促，新生都不说一句话，不跟她争也不跟她吵，有时躲不了她，就干脆钻在被筒里大睡，国红就是拉都拉不起来了。国红拿他没办法了，也就赌气似的坐在床旁陪着他，等看到他睁开眼了，就又接着和他吵。

金梅听说了外面发生的情况心里害怕，就把他们看得很紧，也不想放他们回学校去。新生又特别听金梅的话，金梅不要他回学校去，他就更不想回去了。

国红更着急了，她不敢跟她妈去吵，就专门盯着新生吵闹不休。新生被她吵烦了，就一个人躲到水生在沙滩上的草棚里不出来了。国红看不到他，就又追了过来找他吵："新生，你这个落后分子，你还能安心躲在这里呀？我们大好的革命前程都被你耽误了。"可是不管她怎么说，新生还是低着头不说话。

水生看到她把新生逼得急，觉得她把新生欺负得太狠了，心疼新生，就跑来找金梅，想叫金梅去劝劝国红。水生焦急地对金梅说道："国红这个丫头太厉害了，每次去了都逮住新生骂。新生就是老实，这么大的小伙子，被她骂得像个小学生一样，一句话都不敢回。"

金梅却毫不在乎地说道："让他们吵吵也好，只要他们不出去闯祸就好。就凭国红那个疯劲头啊，要是出去了，一定会被人打死的。"

水生又有些担忧地说："我就怕新生挡不住她，新生从小就怕国红。她每次都把新生骂得一句话不敢说。"

金梅欣慰地笑了："你呀，就是不懂女孩子的心。你不用担心了，真是一物降一物，国红那个疯劲儿就得遇到新生这个老闷才能对付得了。新生看上去不说话，其实，他心里清楚着呢。我看这两个孩子呀，就是那种见面就想吵，不见面就想见的冤家了。他们这是越吵越亲密，这辈子是分不开的了。"

水生有些感到意外地说："你是说他们不是在真吵？国红不是真的在欺负他？我也希望他们能一直好下去，就怕他们真吵上了心记了仇，伤了感情。"

金梅又笑道："你真是天天烧砖把头脑烧坏了。你什么时候看到他们那是在真吵啊！你没看见从小到大，国红最看不得有人欺负新生，每次都是她出来护着新生呀！她还能真去欺负新生？"

金梅说完，直眼望着水生，过了好一会儿又说："水生，新生都这么大了，你也是这个年纪了，现在也和你刚回家时的情况不一样了，你在小学校代课，还管着小窑厂，大家对你的看法都改变了。现在能看上你的人，已经不少了，你还是早点成个家好好过日子吧！你怎么对大家给你介绍的对象越来越不上心了，你到底要找个怎样的呢？"

水生听到金梅又提到他的婚事，赶紧说道："你们以后不要再说这事了。不是人家不好，都是我不好，是我身上有罪名。我一个人背着算了，是我不想连累人家。"

金梅还想接着说话，水生已经转过身，快步地走远了。金梅望着他匆匆离去的孤独的背影，不由得又深深地叹了一口气。

四十

金梅看到新生天天被国红追着吵，自己也劝不住。她知道国红从小也是偏性子，不闹出一个名堂，就会是无止无休地没完没了。别人去劝，只会是火上浇油。

金梅没有文化，也说不过国红现在满口说出的大道理，就只好对新生和金生说："你们这两个大小伙子，要是浑身有劲没地方使，就去帮你们金水舅舅和水生打砖坯。小窑厂忙得很，他们正缺少帮手呢，你们也去跟他们学学技术。"

新生和金生听了金梅的话，一起跑到小窑厂，跟着水生和金水打制砖坯。这个工序很简单，需要的就是一股子力气。他们每天跟着水生和金水把从河滩上运来的沙土和沟塘捞来的烂泥，搅和在一起，揉成一个个大泥团，然后高高举起，用力地砸在木制砖坯里，再用细钢丝一刮，再把木模板一拆开，一块块标准的泥砖坯就制成了。

水生不仅手把手地教着他们，而且每天都是身先表率，光着上身，亲自带着他们砸制砖坯。开始的几天，新生和金生两个人制的砖坯都赶不上他一

个人的量。

金生累得腰酸背痛了，坚持不住了就对着水生叫道："水生舅舅，你就不能少砸一些，你都让我们追死了。"

水生停下手中的泥团，耐心地对他们说道："你们不要以为砸砖坯只是简单的小事，只要出出力流流汗就行了。其实这里面很有学问的，既可以锻炼你们的身体，增加你们的耐力，又能够磨炼你们的意志。"

金水又故意在一旁拿话激励他们："你们两个大小伙子，长得比我们个头都高了，正是血气旺的时候，还能干不过我们两个半老头子呀！"

这时，一直都在默默无声地砸着泥砖的新生就对金生说道："金生，你身体弱，就少砸一些，没有谁规定你砸多少，我帮你砸。"

金生不服气了，他又鼓足干劲儿说道："新生，我砸不过水生舅舅，还能砸不过你？我和你吃一样的饭，我保证你砸多少，我就砸多少，一块都不比你少。我们先追上金水舅舅，再追上水生舅舅。"

金生和新生心里憋着气地你追我赶，越干越来劲。干到后来，连金水都跟不上了。金水不得不首先服软地说道："我真是不服不行啊，还是你们年轻人厉害呀！"

金生和新生几乎是同时大声对他说道："金水舅舅，你们年纪大了，以后砸砖坯的事都交给我们吧！你们就教我们烧窑技术。"

国红也是天天跟在他们后面，看到金生和新生一个个都是光着上身，脸上和身上到处都是汗水和泥巴，真是又气又恼又没有办法，只能在一旁奚落道："我们革命小将都在外面热火朝天地干革命，全国都起来了。就你们两个躲在这里玩泥巴。你们就是泥巴里冒出来的土蛤蟆、小泥鳅，一辈子没进步没出息，跟不上形势。"

金生接过她的话说："我们农村的孩子本来就是要和泥巴打交道。我们离不开这土地，这一辈子就要和泥巴打交道了。"

国红立即愤愤地对金生说道："你和我一样是地主的儿子，你没出息，你就去和泥巴打交道呀，你不要影响了新生的前途。"

不管她怎么说，新生都是不说话。她说得越多，声调越高，他就把泥团举得越高，砸得更响，总是让那噼噼啪啪的砸泥巴声把国红的声音压下去。国红见了，就是心里再有气，也只能朝他干瞪眼。

这样时间一长，国红身上满腔的革命热情也就慢慢地消退了。她看到他俩这么辛苦，就跑回家去叫金梅给他们多加点菜。

新生和金生一时砸泥巴砖砸上瘾了，他们晚上也不回去了，一起要跟着水生学烧窑。小窑厂实在是太简陋了，还没有一间能住的房子。水生就在旁边临时搭了一个小草堆，里面留了一个洞，夜里困了的时候，就钻进去睡一会儿。

新生和金生跟着水生烧到半夜，个个脸上都被烟熏黑了。金生看着天上满天的星星，话就多了起来，他不无感慨地说道："水生舅舅，你真是运气太差了。你那时如果不是遇到了那几个该死的韩军，把史密斯少校和美军俘房安全地押回来，你现在最少都是军长司令了。我们也就跟你去参军，去开飞机潜艇了，也就不会在这里跟你学烧窑了。"

水生听了金生的话，立即黯然地低下头去。坐在旁边的新生一听就火了，他一把揪住金生，把他拉站了起来，气势汹汹地对他说道："金生，你不想学烧窑，你就先回去，不要在这里胡说八道的，半夜里说鬼话。"

金生看到新生的这个凶样子，心里有点胆怯了，因为新生从来没有对他这样发过火。他赶紧收口说道："我就是随便说说嘛，你干吗发这么大的火呀。"

水生看了看他俩，就说："烧这个小窑要小火慢烧，不能急的，你们不是一时就能学会的。你们都回去睡觉吧，明天还要砸砖坯。"

新生重又坐下说道："我不回去，我就陪你烧到天亮。"

金生也连忙说道："水生舅舅，我也不回去，其实烧砖也很好的。"

直到后半夜，新生和金生再也坚持不住了，才在水生的催促下，一起钻到那个草堆洞里睡觉了。由于小草堆洞实在太小，容不下他们两个的身体，把他们的小腿露出一截在外面了。水生赶紧把外面的衣服脱下来，把他们的腿脚盖住。

水生看到他们的身体越长越结实，心里高兴，也在为他们的未来担忧。总不能就这样让他们跟自己烧一辈子泥巴砖，他去和金水商量。他们这么年轻优秀，不能参加红卫兵，就应该让他们去参加解放军。

金水听了水生的话，立即就跑到公社去要参军入伍的名额。人武部领导何部长跟他说："按条件是可以给你们村两个入伍参军的名额，新生是烈士后代，可以参军。可是金生家是地主成分，政审通不过，不能参军。"

何部长是个部队转业的干部，一直保持着部队的工作作风，一身的旧军

装干净整洁，风领口都扣得紧紧的，使他脖子上的大喉结显得很特别。他的工作原则性很强，说话也是直截了当而又态度坚决。

金水一听就急了："何部长，你们怎么能这样规定呢？金生的爷爷是地主，可是他父亲庆生是朝鲜战场的战斗英雄，还打过上甘岭战役。哪有战斗英雄的儿子不能参军的？这个不公平，你们一定要想办法让他也去参军。"

何部长摇摇头说："这个没有任何办法，这不是我们能决定的事，就是我们这里通过了，到了部队也要退回来。"

金水忙赔着笑脸说："何部长，上有政策，下有对策嘛。那就让金生随了我们家，他是我嫡亲的外甥，我是他亲舅舅呀。我们家可是三代贫农呀，根正苗红，他二舅银水更是全国闻名的大英雄啊，还能不让他参军呀？"

何部长敲敲桌子说："金水，你不要以为我们这里也是你们柳树湾，可以瞒上不瞒下的，上有政策，下有对策。这是死规定！谁也改不了！你赶紧回去吧，我已经把今年的名额都给到别的大队了。"

金水还想争取，何部长就有些火了："金水，你们柳树湾这几年胆子越来越大了啊。我们到处都在割资本主义的尾巴，就是你们还敢私自办起小窑厂，还偷偷地往外卖砖瓦。我还没有派人去查你们呢。你们胆子也太大了吧，你想搞独立王国吗？"

金水听他一提小窑厂，就知道又有人来告状了，连忙说："报告领导，我们没有往外卖一块砖瓦，都是自己家修房子用的。你也知道我们大都是土墙草房，一直穷得连小伙子都娶不到媳妇。"

何部长摇摇手说："我知道你们柳树湾穷出名了，才没去查你们。你别以为你在下面搞一些小动作，我们不知道。还有那个在你们村改造的陶大民，他是现行反革命，你不要跟他搞得太近乎了。你们现在到底是谁在领导谁呀？"

金水连忙说道："何部长，陶书记在下面改造得很好，他还是党员啊，没有谁开除他的党籍呀。我们都受党支部领导。"

金水没有办法了，也不敢再说下去。回来一说，全家人都是义愤不平。国红更是揪住金水不放："舅舅，你怎么这个道理都说不清楚呢，我们从小都是跟着你的呀，是在你们家长大的呀，划成分也该划到你这边来。银水舅舅是烈士，我们也是烈士的后代。"

金水摇摇头说："我也是这么说的呀，就是不行。能让新生去参军，已经不错了。真跟他们吵翻了，他们下来查小窑厂，我还要倒大霉呢。"

只有金生满不在乎说："他们不让我参军，我就不去了，我还不想离开家呢。只要新生能去就好，他的本事比我大，他就应该去部队发展。"

金梅十分难过地说："能让新生去当兵，好是好呀。可是这孩子从小在我家长大，比我亲生的还要亲啊。他真要走了，我心里还真是舍不得呀。还有他从小和国红一起长大，一天都离不开，他们又怎么能分得开呀。"

庆生听了他们的话，一个人不声不响地就佩戴着所有的军功章跑到公社，要找那个何部长算账。他本来心里就憋足了气，再一急，话就更说不清了，他直冲着何部长吼叫道："老、老子命差、差点都丢、丢在朝鲜了，为、为啥不、不让我儿、儿子参、参军？你执、执行的是、是什么政策？你、你们的江、江山，都、都是老子打、打下来的。"

何部长回答道："你家的事你还不知道？我都跟金水说清楚了，你回去问他，不要跑来胡闹。你带这么多军功章来吓唬谁呀？"

庆生一听，就更火了："老、老子就、就是来要、要说法的。"

何部长看到他这个一副凶样，也生气了，就异常严肃地对着他说道："我知道你心里有怨气，我这也是没办法。你家的情况，就是历史遗留问题，我们都是按照规定办的。你就是上过战场立过功，也不能搞特殊化，你还应该带头执行政策。"

庆生越听越气愤，就怒不可遏地抓起何部长桌上的茶杯，猛摔到地上，砸得粉碎。接着又掀翻了他的办公桌，冲过去揪住他的领口，要拖他去找公社领导。

何部长也火了，他猛然脱去上衣，露出一身的伤疤，勃然大怒地对庆生道："陶庆生，你别以为就你上过战场，老子也是上过战场的老革命，军功章不比你少，老子身上的伤疤也不比你少。你以为我这里也是陶村，我也是陶根子，你想闹就闹，今天老子就给你长长教训。来人啊，给我把他抓出去批斗，送他去进学习班。"

立即有民兵过来架着庆生，把他拖到公社大操场上进行批斗，有人给他戴上高帽，胸口挂着一块大木牌。公社大喇叭一喊，操场上很快就站满了人。

何部长一时气糊涂了，也不知道在那木牌上写什么，就临时胡乱地画了几个大字"老顽固、老军痞、老反动"，然后，他就站在台上，大声地对着下面人群喊道："同志们，这个老顽固、老军痞、老反动，就因为上了几天战场，打了几天仗，就一直摆老资格，目无党纪国法，今天竟敢公然攻击我们的人民政府，打砸了我的办公室。对于这样的顽固分子，不管他的过去有多大的功劳，有过多少军功章，地位有多高，只要敢跟人民政府为敌，我们就要彻底打倒他批臭他。在我们人民政府面前，谁也没有特权！"

下面的人，听了何部长的话，也一起群情激昂地高呼着："打倒一切老顽固、老军痞、老反动，打倒一切敢于跟人民政府作对的坏分子。"

庆生从来没有被批斗过，他在台上想挣扎着喊话，被两个民兵强按住头，躬着腰，一点也动弹不得。所有的话都被憋在了喉咙里，只有愤怒和委屈的泪水，一颗颗滴落到地上。

庆生被批斗的消息，很快就传到了柳树湾，全村人都震动了。他们没有想到这个全村最值得骄傲的活着的战斗英雄也会被批斗，个个都感到气愤不平，都表示要到公社去把庆生抢回来，却都被金梅拦了回去。

金梅这时变得异常冷静，她耐心地劝着大家说："你们这时候去的人越多，就会越糟，到时候就会把我们柳树湾，都当成了反面典型。就我和金水过去就行了，你们都在家等消息。我看呀，这次全是庆生的错，不能怪人家何部长，都是他自找的。他再有气，也不能去砸人家领导的办公室呀，还要跟领导打架，人家怎么也是人武部部长呀。批他一次，杀杀他身上的那股子傲气也好啊。都回来十几年了，还开口闭口就是朝鲜战场的事，他就是有功劳，也不能无法无天呀。"

村里人听了她的话，全都不说了。金梅跟着金水到达公社时，庆生的批斗会已经结束，已经被关了起来。

那个何部长还是余怒未消地坐在办公室里，气呼呼地饭都吃不下，见到他们就说："你们来了正好，我正要去通知你们。他还敢砸我办公室，我非要关他一个月的学习班。"

金水忙不迭地给他赔礼："何部长，这事都怪我回去没有说清楚。我姐夫也只是心里着急呀，你就原谅他这一回吧。河东粮站也是一天也离不开他呀。"

金梅反而笑着对他说："何部长，你今天批斗他一次呀，真好，也算是帮我出气了。他从朝鲜回来后，话也说不清，耳朵也听不清，一遇到事呀，就摆过去在战场上的功劳。都十几年了，我也是没有办法呀，今天你就算是帮我教训他了。"

何部长听金梅这么一说话，反倒有些不好意思了。他语气缓和下来说："我知道你们是英雄之家，你也是通情达理的人。我们新中国是有多少人流血牺牲打下来的，谁没有立下过功劳呀？谁的心里不是有点儿委屈呀？都像他那样遇事就摆功劳摆资格，那以后我们政府还怎么工作？我们过去在战场上，命都不要了，现在还有什么委屈是不能受的？受了这点委屈又算什么？"

金梅忙说："还是部长你有水平。就是呀，你们过去在战场上，命都不要了，现在还有什么委屈不能受的？我们家要是跟水生比，就更没有怨言了。我家金生不能参军呀，我们还真没有怨言，谁家的儿子去不都一样啊！说实话，我就这一个儿子，我还真是舍不得让他去呢。"

何部长听了金梅的话，不停地点头说："庆生头脑要是有你一半清楚，也就没有今天这事了啊。规定就是规定，政策就是政策，我们也是对事不对人。"

金梅忙接过他的话又说："他不就是在战场上头脑炸坏了，有时头脑不做主啊，常常发神经。你是部长，大人不记小人过，就不要和他一个计较了。你们过去在朝鲜，要是在一个部队，还是老战友呢。你也不要老战友批斗老战友了，会被别人看笑话的。"

何部长听了金梅的话，就不再坚持了，就顺势而下地说："我也没有真心想批斗他，要真想批斗他，早就把他送到县里去了。你们把他带回去吧，如果他下次再来公社胡闹，我一定不会轻饶他。我们的人民政府都是我们拿命打下来的，我们都要带头维护人民政府的威严。个人受了再大的委屈，都不能来政府胡闹。"

金梅这才放心地笑了："我就知道部长是一时气急，你让他长了教训，我保证他不敢再来了。"

在金梅和金水领着庆生，就要离去时，何部长突然又叫住了他们说："你们家的情况我也同情，是应该给你家一些照顾的。可是规定就是规定，谁也不能违反。金生参军的事不行，可以给你家国红一个机会。我们公社要培养一批赤脚医生，她的条件好，有文化，完全符合条件。我们早就研究过了。"

金梅立即满口赞道："部长，你真是我们的好干部呀，一点也不记仇。我们全家都会感谢你的。"

何部长摇摇手说:"你们不用谢我,这是我们大家集体开会定的。我们只是对事不对人,执行上面的政策。"

金梅和金水带着庆生回到家里,就把庆生戴着的那些军功章全部收藏了起来,对他说:"你这些东西现在都交给我收藏着,以后没我同意不许你戴了。你不要把所有人都当成了陶根子,动不动就戴着这些东西逞凶闹事了。比你功劳大的人多着呢,水生就比你功劳大吧,他到现在什么都没有,他又找谁去打架呀。你这样闹下去,早晚要把工作组搞到我们村来。"

庆生这次吃了大亏,丢尽了脸,低着头再也不说话了,后来也很少能看到他戴着军功章出去吵架闹事了。庆生心里憋着气,回到粮站,只知道埋头干活,每天把仓库里的粮食不停地搬出来晒,连续几天下来,又累得吐出了一口鲜血。他的身体自从上次背着米送到陶村,伤到了根本,就一直没有恢复,一遇到心急气闷和过度劳累的时候,都会吐出几口鲜血来。可是他每次在粮站累吐了血,都在瞒着金梅和全家的人,他一直觉得对金梅和儿女们心里有愧,不想再让他们为自己担心了。

四十一

公社通知新生去参加体检,新生却一连几天都在拉稀,人都拉得变形了,把水生急得不知所措,到处求医。可是新生就是不去医院,整天躺在水生的草棚里蒙头大睡,拉都拉不起来。

水生说什么他都不听,只好跑来向金梅求援说:"这个孩子从小最听你的话,现在只有你能去劝他了。他再不去体检,参军的资格就要取消了。"

金梅摇摇头说:"我去说也没用,他这次得的不是病,是心里有毛病了。这个孩子跟别人不同,他的心思重啊。你别看他一天到晚不说话,其实他心里的事比谁都要多。"

比他们更着急的还是国红,她整天待在他身边,拖着拽着吵着:"你怎么这么不求上进呢?你知道现在参军的名额多么紧张,多少人都想着去参军,都没有机会呀。"

可是她说什么,新生都像是个闷葫芦,一句话不说,就像钉子似的睡在床上,国红怎么也拽不动他。国红没办法了,跑去买来一大包药,硬要往他嘴里塞。新生仍在紧咬着牙齿不松口。

国红最后只好说:"好,你不吃药,我喂你吃。"然后就把药含在自己嘴里,对着他的嘴往里吹。新生一紧张,嘴一张,就把药全吃到肚子里去了。他也紧紧地抱住了国红,眼泪不停地往下流着。

国红也在抱着他哭着,哭完后,她直起身子说:"新生哥,我知道你舍不得离开我,我也离不开你。可是,好男儿就要志在四方,报效国家,就要有远大的理想。不管你将来走多远,走多久,我都会等着你,我的心里永远只有你一个。"

新生被国红逼着去参加了体检,身体各项指标优良,直接被选拔为特种兵。

新生换上军装后。水生把他带到银水的墓前,神情庄重地对他说:"这里埋着你二舅银水和从青弋江出去的几百个志愿军战士。你就是睡在他们的坟堆上长大的,到了部队,不管受多少苦,受多少委屈,都不能丢了我们青弋江儿女的脸啊!"

新生重重地跪下说:"爸,我知道,你就是我的榜样,你受了这么多的委屈,从来没有说一句怨言。"

水生深情地说道:"跟这些牺牲的人相比,我受的这点委屈算得了什么?起码我还活着呀。你要记住,在国家和个人的利益面前,国家的利益永远高于一切。你的父母和这些烈士,都是为了新中国牺牲的,你有责任去保护好这个国家。你要时刻记住,在我们中国军人心里,只有祖国,没有自己。"

新生立即响亮地答道:"爸,你的这些话我早就记在心里了。在我们中国军人心里,只有祖国,没有自己。"

水生又叮嘱道:"还有啊,你到了部队,就不要再倔了,千万不能再说我是你爸,千万不要再犯老错误了。你的亲生父亲是刘解放。我和你没有任何关系,你的父母都是真正的烈士。"

新生流着泪说:"不,爸,你永远都是我父亲,你就是我亲爸。"

水生也动情地说:"孩子,你还年轻,不要太固执了。你有这份心意,我已经满足了。你千万不要为了我影响了你的前程。"

新生入伍之前的几天,国红开始像丢了魂似的,避着新生开始不停地流泪,见了他又强装笑容:"新生哥,你一定要经常来信,我们大家都很挂念你的。"

新生也很难舍地说："我知道，我一定一个星期来一封信。"

国红又说："也不要写这么多，一个月，一个月来一封信就够了。你要把过去抓黄鳝扒泥鳅的钻劲全用到部队去。你将来一定会成为将军，为我们大家争光。"

新生却说："参军入伍，保家卫国，是我义不容辞的神圣职责，但我从没想过当将军，我只想能早点回来和你在一起。"

国红拿眼睛瞪着他说："你不要说这些没出息的话，让人瞧不起。你是男子汉，不要有儿女情长。我也要去学习了，我一定要成为一名最好的赤脚医生。"

新生离去的前一夜，月色朦胧，夜深人静，国红陪着新生久久地坐在青弋江岸边的沙滩上。清清的青弋江河水在月光下静静地从他们的脚前流淌着，他们只是望着天上的月亮，谁也不说话，彼此都能听到自己的心声。

直到月亮西去，远方传来了老公鸡的叫声，国红才说："新生哥，天就要亮了，你还是去睡一会儿吧，明天就要走长路了。"

新生仍握住她的手不放："不，我不困，我就想这样等到天亮。"

国红强拉着他站起来说："你必须回去睡一会儿！明天全村的人都要来送你，你一定要把最好的精神面貌留给他们！你代表的不是你一个，是我们全体柳树湾的人。"

国红强拽着新生，把他送回去睡觉。可是，她自己却一点睡意也没有，她又悄悄地回到他的窗口，一个人默默地坐着，一边不停地流着泪。她一直坐到了天亮，等到金水带着大家敲锣打鼓地来欢送新生。

新生到部队后，国红也到了县里举办的赤脚医生学习班学习。她特别喜爱赤脚医生这个职业，一门心思地钻了进去，她的进步也很快。为了学会打针，她常常把自己一个人关在房间里，把自己的身上扎出了许多血孔。被人看见了，她还不好意思地说，那都是被蚊子咬的。大家都是心知肚明地笑话道，哪里能有这么大的蚊子啊？

这些赤脚医生大都是来自贫穷的农村和落后的山区，大家只经过简短的培训，就奔赴到第一线去了。国红在她们之间，还要算是文化程度比较高的，学得也要比大家快，对自己的要求也比较高。她对中草药特别感兴趣，一有时间就要带着几个学员一起到荒野和大山里去找草药，每次都能采到一大堆回来，搞得大家个个都在赞叹，国红都快成为中草药的专家了，就是当代的李时珍。她被大家说得不好意思了，就红着脸说："我们农村现在药品多么稀缺呀，就是草药多。只要肯花精力，就能找到。多找草药，关键的时候，是可以救急的。"

新生按照她的要求，每月给她来一封信，介绍自己在部队的情况。新生在家时说话不多，写起信来却是豪情壮语信手拈来。国红看了高兴，就带回家读给金梅听，还不停地称赞道："妈，你还老说他是老闷呢。你看他是一肚子的才华，一到新兵连就当上班长了。"

金梅笑道："我不会看错人。我说他老闷只是表面的，你们这些孩子呀，就他最有心数。他现在的信比铁梅的信都写得好啊！"

新生的来信也在不断地介绍着自己的进步。"国红妹妹：火热的新兵连生活就要结束了，我们的心里充满了感激之情，感谢部队，把我们带入了一个更大的大家庭，这是一个充满荣耀，充满温暖的大家庭，这也是一座培养人教育人的大熔炉；感谢新兵连，不仅锻炼了我们的体魄，教会了我们军事技术，还锻炼了我们的精神和灵魂，把我们这些来自落后农村的农村娃改造成了胸怀祖国满怀豪情的解放军战士。我们一定学习雷锋好榜样，发扬王杰一不怕苦、二不怕死的精神，时刻在准备着为了伟大的祖国，不惜牺牲，冲锋向前。我现在最感到骄傲的就是，我们终于领会了这句话的含义：祖国利益高于一切……"

新生在后来的来信中又写道："国红妹妹，我们新兵连的训练结束了，我就要踏上新的征程。许多战友都在写请愿书，要求到最艰苦的部队去，我也写了。由于我们都是特种兵，我们都肩负着保卫祖国的最神圣的使命，我们部队的任务也是绝密的，要求上不告父母，下不告亲人。虽然我也不知道我所去的部队是干什么的，但我知道我将前往大山的最深处，去铸造保护祖国的最牢固的盾牌！国红妹妹，请你们放心，有我们在，你们就可以放心地大搞社会主义建设了，不会再有任何敌人胆敢来侵略我们，来抢夺我们的胜利成果！自鸦片战争以来，带给我们国家的耻辱已经一去不复返了，因为我们都是新中国培养起来的新一代中国军人。最后，请你原谅我，由于保密的原因，我不能再经常给你写信了，也请你原谅我，在写请愿书的时候，我写下了这样一句话。爱情和祖国同样重要，但我选择了祖国。也请你转告我的水生爸爸，我时刻牢记着他的那句教诲，在我们中国军人心里，只有祖国，没有自己。我一定会做到，也一定能够做到……"

国红读着新生的这封来信，激动得热泪盈眶，高兴得都跳了起来。她抱住金梅大叫："妈，你看新生进步多快呀！才几个月呀，跟在家里就像是两个人了，还是部队能教育人啊！"

金梅也说："我早就说过，他是最有内秀的，他也要到大山里的秘密部队，那他是不是也和铁梅一样去造原子弹了？"

国红连忙捂住她的嘴说："妈，这是军事秘密，不许问不许说。"

金梅笑道："好，你想告诉我就告诉我，我不问了。就是你这个疯劲呀，要赶紧改改了，你怎么老是一个人躲在房间里，拿着针往自己身上乱扎呀？你看你身上扎出多少个血孔了。"

国红满不在乎地说："妈，为了让病人少点痛，我就得先受点痛呀。我这就叫实习，先把自己扎够了，再去给病人扎。我不就是给自己身上扎了几个孔嘛，跟那些流血流汗的战士比算什么呀？"

金梅心痛地说："你要实习，就先来扎我。我皮厚，不怕痛。光扎你自己，你怎么知道别人痛不痛呀。"

国红笑道："妈，我扎谁，也不能扎你呀。一见到你，我的手就要发抖了，还怎么扎？"

金梅忙说："那你就先去拿你爸、你金水舅舅、你水生舅舅实习呀，他们都不会怕痛的。"

国红调皮地对金梅说："妈，你放心，他们都想要我去拿他们实习呢，他们都想知道新生在部队的情况，我得赶紧去告诉他们。他们看了新生的来信，一定会高兴死的。"

国红说完，就兴奋地背起药箱，一溜烟儿跑了。她就像是变成了一个快乐的精灵，一只开心的喜鹊，一天到晚嘴里唱着她最喜欢的那首歌"一条大河波浪宽，风吹稻花香两岸……"，到各村各队不停地转着唱着，无处不在。

国红也从此成了全村和附近几个村最受欢迎的人了。只要她一出现，就立即会有许多人热情地拥来把她团团包围了，不停问这问那。国红不断地给大家发着预防药，打着预防针，教育大家搞好生活卫生。在她的监督和指导下，许多人家和村子，都是突然变得清洁卫生，面貌焕然一新。还有许多经常头痛发热，爱打摆子，头上生疖子，屁股上长疮的人，不用出门就被她治好了。

国红年轻漂亮，对人态度和蔼亲切，说话轻声细语，服务耐心周到，温柔体贴。时间长了，那些原来见到针都要吓哭的小孩，见到了她，都要伸出小胳膊，跟在她后面叫着："国红姐姐，我要打针，我要打针。"

国红有时被他们闹得没有办法，就拿出特大号针吓唬他们："你们没有生病，要打什么针啊？再闹我就用这个大针扎你们。"孩子们却都嚷嚷道："我们不怕，国红姐姐打针不痛。"

新生到部队一年后，就光荣入党了。喜讯传来，整个柳树湾都感到喜悦。同时，国红也因为工作出色，成为优秀赤脚医生的代表和先进工作者，受到上级表彰。

更加令全村人感到兴奋的是，村里一下子分来了四个下放学生。大家没有想到的是，柳树湾虽然还很穷，可是在外面的名声却很好，许多下放学生都在主动要求要来他们村插队。

金水到公社领下放学生时，好几个领导都在跟他打招呼，搞得金水一时不知所措。他只好说："我们柳树湾从来不提条件，都听领导的安排。你们放心，只要他们到了我们村里，我们都会把他们当成自己的亲生儿女。"

那个批斗过庆生的武装部何部长特意把他拉到一边，对他说："金水，我这些年分管你们柳树湾，一直没有找你们麻烦，在上面也给你挡了不少事。你们在下面干的一些小名堂，我都是睁一只眼闭一只眼的，特别是你们的那个小窑厂，就是资本主义的尾巴，我也没有去割你的。"

金水连声感谢道："谢谢何部长，我都知道，我们柳树湾一直都靠领导照顾。"

何部长立即摆摆手，压低声音说："这次你必须帮我一个忙，把那个叫李学军的下放学生带到你们村去，帮我照顾好他。"

金水不解地问道："为什么要他呀？他是哪里的？"

何部长说："别的你不要问了，他是我老首长的孩子。那个老首长和陶大胆一样犯错误，被打倒了。这孩子头脑受了刺激，自己跑来要下放，还非要到你们柳树湾去，不然就要上吊寻死。我也是拿他没办法呀。"

金水看到那个叫李学军的下放学生，低着头缩在一旁，头发混乱，身材消瘦，衣服破旧肮脏，一副大眼镜遮住了他的半个脸，没有一点年轻人应有的活气和精神，脚前还摆着一个破烂的包裹，就像是一个外地来逃荒的叫花子。

金水连忙摇头说："何部长，他真是神经病啊。不行，你怎么把神经病

安排给我们大队呢？这个责任，我受不了啊。再说，我们村三个下放学生都是女的，夹他一个男的也不方便呀。"

何部长立即沉着脸说："谁说他是神经病呀？他现在不是好好的吗？你要是把他变成了神经病，我就找你算账！这个人就交给你了，必须给我带回去，还要照顾好。不管他父母犯了什么错误，都与他无关，你都要给他落实所有下放学生的优惠政策。"

金水没有办法了，他只好带着李学军和其他三个女学生一起回去，一路上三个女下放学生个个都是有说有笑的。只有这个戴着大眼镜，路都看不清，瘦弱得一阵风就能吹倒的李学军，走在最后面，一句话都不敢说。

金水就把他的行李包全加到自己的背上，心里暗暗叫苦：这个半疯半傻的人，到村里能干啥呀？自己还得像照顾爷一样照顾他。他心里也知道经常有人到公社告他状，要不是何部长没和他计较，在上面给他打掩护，早就派工作组下去查他们了。他在下面瞒上不瞒下干的一些事，就都会被查出来。特别是他们的小窑厂，一直都在偷偷地往外卖砖，还有他暗地里分给大家的外滩和私有地，早就超标了，哪样也不经查呀。

四十二

回到柳树湾，金水对知青们说："你们的知青房子还没盖好，你们要先插到社员家里去住。李学军就住在我家，以后你就跟着我。"

一直没有说话的李学军突然说道："报告领导，我想住在金梅妈妈家里。"

金水听了一惊："你怎么知道我金梅大姐？"

到了柳树湾，李学军胆子明显大了一些："我和她家金生是同学，在学校就住一个宿舍。他妈金梅是我们大家公认的天下最好的妈妈，给他做的鞋子又细致又好看，给他带的咸菜味道也很好，我们同学都吃过。"

金水一听就高兴了："怪不得你非要来我们柳树湾呢，你怎么不早说呀，那你就去跟金生一起住吧。"

金水就直接带着他朝金梅家一边走一边问道："你和金生是同学，那你和国红、新生不都是同学吗？"

李学军听他提到国红和新生，忙低下头红着脸不说话了。到了金梅家，金水在外面很远的地方就开始大声叫道："金梅大姐，我给你家送了一个下放学生来了。他还是金生和国红的同学呢。"

听到他的叫声，首先跑出来的是金生，他一看到李学军，吃惊地叫道："李学军，你怎么也下放了啊？你怎么能来我们村呢？还要来我家？你快回去吧。"

金水还没搞清楚是怎么回事。国红就冲了出来，抓住李学军的行李，一把就扔出老远，气势汹汹地指着他怒骂道："你这个叛徒、汉奸、小人！你还敢来我家，你给我滚！有多远滚多远，一辈子也不要再让我见到你！"

金水不知何故，连忙拉住她说："国红，你怎么能这样？他是公社分配来的下放学生。你不能这样对待下放学生。"

国红还在继续朝李学军怒吼着："我和你不是同学。我没有过你这样的同学！你就是个卑鄙的小人，阴谋家！你不是根正苗红的革命将军后代吗？我家是地主，你还要来我们家！我们这辈子隔着一条银河，永世不再往来。"

这时，金梅出来了。她直接对着国红教训道："国红，你又在发什么疯啊？上门不欺客。你们有多大的怨气，要这样对待客人？"

李学军见到金梅，立即过来说道："你就是金梅妈妈吧。我知道我那时做错了事，对不起国红。我就是来认错的，也是来接受教育的呀。"

金生也急着对金梅说："妈，这是他俩的事，你管不了。我们都是因为他才不能上学的。在学校时，就是他李学军仗着是老革命的后代，先鼓动国红搞革命，给她借军装，还给她借枪，支持国红当了红色保卫团的团长，他自己是政委。后来又是他去告的密，说我们是地主的儿女，就把我们都开除了。他就是一个当面一套背后一套的两面派。"

金梅却笑道："就为这个事呀。他没有说错呀，你们本来就是地主的儿女，谁说出的不都是一样？你们还都是小孩子，你们知道什么？都是瞎胡闹，国红她哪能当什么团长呀。我还真的要感谢他呀，不然你们还不知道在外面要犯多大的错误呢。"

金梅说着就去拎起李学军的行李，亲热地拉住他的手对他说："你要来我家住，就很好。说明你心里还记着金生和国红是你的老同学，还记着过去的交情。你和金生是同学，过去住一起，现在就应该还住一起。我们欢迎你，先进家里再说话。"

金生又急忙拦住金梅，对她说："妈，他哪家都能住，就是我家不能住。

你还不知道呢，他为什么去告密的？他就是因为偷偷给国红写了情书，国红把他的情书交给了新生。他就嫉妒了，他才记恨的去告密的。他们都是冤家对头！"

李学军满脸通红地连忙辩解道："金梅妈妈，不是这样的。我没有记恨，也没有嫉妒，我只是担心国红出事，不想让她去当红司令。我们市里一共十几个红司令，有几个在武斗中打死了，还有几个都被抓去坐牢了。"

金梅一边拉住他的手往家走，一边对金生说："我一眼看见这孩子，就知道他是个诚实的好孩子，他不会撒谎。我相信他说的都是真话，他就是出于好心。他要是心里记仇，还会来我们村里下放？还会要来我们家找你们？再说，这孩子现在一个人孤零零地下放到我们村里来了，多可怜啊！不来找你们老同学去找谁？你们这些小孩子哪有不闹矛盾的？哪里还有解不开的怨气？你们过去的事，以后都不要再去提了。"

国红又气呼呼地挡住他们说："妈，你别看他现在这副可怜的样子，就被他表面的假象骗了。你不知道他得势时，是多么的厉害。他就是个投机鬼，是个孬种，关键时刻抽梯子的软骨头。我们所有的同学，都响应国家号召，都是上山下乡去开发北大荒、内蒙古、新疆、西藏去了，就是他不敢去，还跑到我们这里来了。我们不能要他，把他退回去。"

金水也过来打断她的话说："国红，哪有你这样胡说八道的？听你妈的话，过去的事，你就不要再提了。就凭他还能记住你们，还能来我们这个穷村找你们，就不错了，就没有把你们当成外人。他们到哪里下放，不都是一样下来吃苦受累的呀？我们这里的条件也不比那里的好，他们都是好学生。"

金梅已经把李学军拉进了家里，还安慰着他说："你别听她胡说。她就是在气头上，说几句气话。这也说明她没有把你当成外人。你们都是同学，还会和过去一样，吵吵闹闹，一会儿就过去了。"

李学军一边喝着金梅递过来的茶，一边十分诚恳地说道："金梅妈妈，我早就知道她的性格，我早有思想准备。我就是来向她认错，改正错误的。谢谢你们给我这个机会。我一定接受贫下中农的教育改造，重新做人。"

金梅又对金生说道："国红脾气差，你也跟着国红胡闹什么？他以后和我们进门都是一家人了，你要好好地照顾好你的同学。"

金生听了金梅的话，就把李学军带到自己房间里，一边给他铺床铺，一边对他说："老同学，你真是贼心不死啊。我知道，你就是为了我妹妹国红来的。我劝你早点死了这个心吧。她心里只有新生，永远不会有你的。"

李学军极其认真地说："金水，我是真心要来接受贫下中农的再教育。我知道她和新生之间的感情，我绝不会破坏军婚。"

金生也很认真地说："我和你是一个宿舍里住了两年的同学，我希望你这次说的是真的。不然我们全村的人都会不欢迎你，我也帮不上你。"

他们说着话时，金梅已经端着一碗热气腾腾的小刀面和三个荷包蛋，送来叫李学军趁热吃了："你这孩子，这些日子也吃苦了，快吃了这碗面填填肚子。"

李学军端着面碗，一时感动得热泪汪汪地说："我早就听新生说过，金梅妈妈煎的荷包蛋是世界上最好吃的，都是两面金黄，蛋黄流油。"

金梅笑了："新生这孩子，到哪里都瞎说。我们农村都很穷，只有这个来招待你了。"

李学军在金梅家一住就是几个月，直到村里给他们知青特意造的知青小屋造好了，也不想搬走了。

自从李学军住进她家，国红就没有再回家住过，只是要常常回家吃饭。这段日子，看到金梅对李学军越好，国红心里就越有气。她见了李学军从来都没有好脸色，也从来不和他说一句话。看到他在自己家里，她有时都不想回家了，她就整天背着个大药箱，到全村各家去转。

国红对李学军的这种蛮横态度，连金梅都看不过去了，就对她说："这个孩子也可怜，下放到我们村，人生地不熟的，你不能这样对待他。你们怎么说也是过去的同学呀，有什么过不去的坎，解不开的怨气呀？"

国红却鼓着嘴说："妈，我对你有意见，你就是敌我不分，你为啥对他比对新生和金生都要好，还每天早上烧荷包蛋给他吃，吃得他都不想走了。真以为这里就是他自己的家了。"

金梅大声回道："他和你们都不同，你们都是苦出身。他出身在高干家里，从小哪吃过这个苦呀？你看他身体瘦成啥样了啊？他现在是家里出了事，父母都犯了错误，被打倒了。他现在落难了，没有人关心照顾他了，我们就更要帮助他。"

国红一听，就又气呼呼地转身走了，一边走还一边不停地发着牢骚："你们这就是典型的门户主义、等级观念、城乡差别！你们为啥都把他们城市下放来的知青，看得比我们农村出身的孩子贵重？他们都是贵种吗？我们

就不是父母养的吗？就该命贱吗？"

金梅每次看到国红气呼呼地跑走的背影，也只能摇摇头没有了办法。不过，她根本不用担心国红，她知道她到哪里都有人喜欢。特别是到方卫红那里，她们总是能有许多说不完的话。方卫红家里的孩子也多，个个都很欢迎国红，国红在她家总比在自己家里开心自在。她常常去了，把她金水舅舅都要赶出来，和方卫红一夜聊到天亮。她们能从银梅说到铜梅，从铁梅说到新生，再从柳树湾聊到全县的变化，能从全国聊到全世界，能从地球聊到卫星，能从飞机聊到潜艇，总是有说不完的话题，总是没完没了，无所不知。特别是她们说起新中国各行各业的建设事业不断取得的巨大成就，更是情绪激昂，彻夜难眠。

金水不敢打断她们，有时睡不好觉了，只能跑来跟金梅不停地诉苦："都说天上雷公大，地上娘舅大，我这个娘舅怎么就是管不了国红这个丫头呢？她每次去了我家都是无法无天的，现在连方卫红都听她的了。她一去我家，我都成为多余的人了。"

金梅听了也只是哈哈大笑着："国红的脾气都是你这个舅舅惯坏的。谁叫你从小一天到晚把她顶在头顶上，到处都说舅舅最喜欢的就是国红呢！你把她惯成这样，长大了不听话了，我也管不住她了。"

金梅现在最担心的人就是李学军。这么年轻，父母都出事了，这孩子的命真是比一般的人还要苦啊。所以金梅对他的关照已经超过了任何人，常常搞得李学军自己都有些不好意思了。

国红看到李学军还不想搬到知青小屋去，实在受不了了。她又跑回来很不客气地对他吼叫道："你这个告密者，脸皮真厚，还得寸进尺了，来了就赖在我家，不想走了啊！"

金梅看到国红又跑回来找李学军麻烦，就赶紧过来说道："你天天在外疯够了，又跑回家来疯啥？他现在是我干儿子了，是我不要他搬走的。我就要他住在我家里，和金生做伴。"

李学军刚来的时候，一直叫金梅是"金梅妈妈"。国红听了感到特别的刺耳，不让他叫，说这是新生专用的称呼，别人不能乱用。李学军只好又认了金梅做干娘，改叫她干娘。

国红又急了："妈，他就是做了你的干儿子，也不能住在我们家里了。按规定，就该住到他们的知青小屋去。那是特意为他们知青盖的新房子，比我们家这个破房子好多了。我们不能虐待了人家知青，那是要犯错误的，就该把他们当成活宝贝一样地供着。"

李学军忙说："我没有觉得你家房子破旧啊。我就是觉得住在这里，就算是有家了，有家的温暖。我哪里也不去了，再好的房子我也不去住。"

金梅又说道："国红，你安心地去干你的赤脚医生吧。你的技术还没有学到家呢，你就不要再管这些事了。我都跟金水说好了，他们四个知青，就他一个是男的，让他去和三个女知青住在一起也不方便啊。你要是看她们房子好，你就去和她们住，也好陪陪她们三个姑娘。"

国红只好又气鼓鼓地说："妈，你太偏心了，你认了干儿子就不要亲生女儿了。好，我走，我永远也不和这样的叛徒、告密者、小人、伪君子，住在一个屋檐下！"

国红真的就搬到知青小屋去和那三个女知青住到一块去了。金梅偷偷地跑去看了几次，看到她和她们三个在一起玩得好开心好快乐，心里才安定下来。她知道，国红是直性子，只是嘴上说说闹闹，都不会往心里去。

这样一来，李学军也就一直和金生住在了一起。每天晚上，金生常常看到李学军睡不着，在痴痴地发呆，都要及时地提醒他说："李学军，你不要乱想心事呀。我和新生就是在这个床上睡了十几年，一起长大的。现在你睡在了这里，你不要以为你就能取代新生。在我们大家心里，谁也取代不了新生。所以，你赶紧断了对国红的念想，把你的心思转移到那些女知青身上去。"

李学军喃喃地说："都是你在胡说，我没有这个想法。"

金生直接翻起身，面对着他说："你的一切心事，全都挂在脸上了，你还能骗谁呀？"

四个知青的到来，给柳树湾带来许多新气象，所有的生活突然都变得丰富多彩有滋有味了。特别是那三个女知青，她们一下子就成为了全村的焦点人物，她们的一举一动都能成为全村人热议的焦点。而且，她们也成为了整个公社知青关注的焦点。几乎每天都会有来自别的大队的知青来看望她们。很快就使她们的这个知青小屋，变成了青年人欢聚的一个据点。

金生也变得特别活跃起来，就像是换了一个人，一有空就要催着李学军一起到知青小屋，去参加她们的知青活动。下地劳动的时候，就自告奋勇地充当她们的指导。

国红有时看到他和李学军一起来得太勤了，心里不想见李学军，就很有意见地对他说："哥，你怎么一下子变得这么勤快了呀？我们这里是女知青宿舍。你们两个男人跑来了就不走，影响多不好哇。"

女知青却都笑道："我们都欢迎他来呀。他现在是我们最好的老师。我们正要向他学习呢。没有他教，我们都不认得麦苗和青草，稻苗和稗子苗。"

金生不好意思地笑道："我们和知青都是一家人，大家互相学习进步。"

李学军每次都是陪着金生，不管国红是怎么不欢迎他，他还是希望国红在哪里，他就待在哪里。每次见到国红，他的眼睛里总是能发出一种特别的光芒，他根本不在乎国红给他的冷眼和不屑的态度。他的气色已经比刚来时好多了，精神也恢复过来了，开始变得活跃起来。而且，他已经越来越表现出他多才多艺的各种才能和丰富的学识。

三个女知青都是来自大城市，一个来自上海，一个来自南京，一个来自合肥，她们的年龄也和国红差不多大，在一起玩得开心，不分彼此。只有每次看到李学军的时候，国红就很反感。可是李学军偏偏就喜欢和她在一起，她在哪里，他就待在哪里不想走了，就是国红常常当众搞得他下不了台，他也不在乎。

金生和李学军每天都要玩到半夜，还舍不得回去。他们回去后躺在床上，还是怎么也睡不着觉，就互相找碴儿。

金生首先说道："李学军，我知道你就是为了我妹妹国红来的。你怎么就是不死心呢？她永远也不会拿正眼瞧你。"

这时，李学军也不抵赖了："我就是喜欢和国红在一起，我爱她是我的权利，她不爱我也是她的权利，你们谁也管不了。"

金生又说："你真是中了邪了。我妹妹那脾气，我都怕她。我妈有时都管不住她。你怎么就是喜欢她呢？你不要再这样着魔了，这对你不好。"

李学军不理他说："你还不懂人与人之间的感觉，我就是喜欢她身上的那股子劲儿。她不同于任何姑娘，她的身上始终散发着一种特别的迷人的味道。"

金生又急得翻坐起来："李学军，我早就警告过你不要有这个歪点子。国红和新生从小就好上了，你不会有任何机会的。还是什么感觉味道呢？你就是书看多了，浑身都是小资产阶级的情调。你还是趁早在那三个女知青中找一个吧。"

李学军也坐起身说："那我要是看上了小上海，你舍得吗？"

金生被他一语命中，异常紧张地问："你、你怎么也看上她了？"

李学军笑道："都是老同学，谁不知道谁的底呀。你天天跑去，不就是想看到她。我和你一样，只是目标不同。"

两个人全都没了睡意，就靠在床上一边望着外面射进来的冰冷的月光，一边没完没了地闲聊起来。直到金梅在外面敲门喊道："天都要亮了，你们两个还在叽叽喳喳地说啥，快睡觉，明天还要下地干活。"

他们立即同声答道："我们还在看书，马上就睡了。"

他们说的小上海，就是从上海来的那个女知青，有个很好听的名字叫江梦云。人也是长得最漂亮，皮肤白嫩。第一次下地干活时，当她脱下鞋袜，露出一双雪白粉嫩的小脚和小腿时，金生一下子就被镇住了。这哪里是人的脚呀？人的小腿呀？这就是白雪公主的脚和小腿呀！江梦云就是从那个时候钻进了金生的心里，再也走不了了。

金生为了能有更多的时间和女知青们在一起，就想出来一个办法。他急得跑去和金水商量说："金水舅舅，现在各个大队都在搞文艺宣传队，我们柳树湾也不能落后呀。我们也要搞文艺宣传队，把青年人组织起来，出去宣传呀。"

金水当即说道："这是你们年轻人的事。你们要搞就去搞，我不反对。但是，我们大队没有一分钱支持你们。"

金生又赖着脸皮说道："金水舅舅，你从小就对我最好了，干什么都依我。你也一向都是最支持我们的，你总不能一毛不拔吧。你怎么也得给我们多少支援一些，买点乐器道具吧，不然我们怎么走得出去呀。"

金水立即抖了抖身上的旧棉袄说道："你看我这件旧棉袄，都穿了几十年了，我也想换件新的，可是我口袋里没钱啊。我也想让你们年轻人高兴呀，可是全大队一千多口人都在向我张口要饭吃，还要许多人缺衣穿。我哪里能挤出钱来给你们买乐器，就把大队里的锣鼓喇叭借给你们用吧。我只能精神鼓励，没有物质支持。"

金生只好低下头，不说话了。他知道再说也没用，只有自己去想办法了。他也知道金生这些年这个大队长当得辛苦，日夜为大家操劳，自己连一件新棉衣都没有。

方卫红也在一旁鼓励道："搞宣传队，好啊，我们村年轻人多，早就该

搞了，我也参加一个。搞宣传队，没有乐器也是可以的呀。"

金生得到金水的许可，立即行动起来。他成了柳树湾文艺宣传队的队长，把村里有点表演才能的人都组织了起来。当然最活跃的还是几个下放学生，她们各方面的才能都要比村里的青年高出许多。于是，每天晚上，她们的知青小屋就成了青年们的俱乐部。他们把各种唢呐、竹笛、喇叭、小号、二胡等所有能吹能拉的东西都找出来了。实在没有乐器的，就找来一节芦苇，在嘴里咬成两片，也能吹出动听的小调来。还有人跑到田野去找那些特大的田螺，挑出螺肉，把后面的小尾巴一锯，就成了最好的螺号，而且每一个螺号吹出的声音都是各不相同。最后引得全村的孩子，都不约而同地跑到田野里找田螺，每个人的胸前都挂着一个螺号，互相比较各自胸前的螺号，成了他们最大的资本。

金梅看到这些年轻人热情高涨，也就每天晚上都要来看他们表演。知青们见到她，也都跟着李学军亲热地叫她干娘。她去看了几次，兴趣也被他们提起来了，就对金生说："你们这群孩子呀，表演得都不错。你们要想有进步，就要去请教陶校长和陶大胆。在我们村里，最有文化的还是他们。"

四十三

金生听了金梅的话，就带着大家跑到小学校去找陶校长和陶大民。在小学校造好后的这几年，陶校长和陶大民都是住在小学校里，他们已经成为无话不说的好朋友。陶大民一直拜陶校长为老师，虚心向他求学。这个小学校几乎就成了陶校长的家了。

陶校长果然有水平。他看了大家的表演，也很有兴趣地说："你们的热情很高啊，表演也不错。可是就你们手里的这些乐器，自娱自乐还是可以，要是拿到公社去比赛表演，那就无法获奖了。"

金生忙说："陶校长，我们也没有办法，大队没有一分钱支持我们买乐器，我们只有自己想土办法。"

陶校长说道："你们都是天才呀，没有好的乐器，也可以获奖。"

金生急切地问道："陶校长，我们怎么才能获奖呀，你快教教我们。我们就是要到公社去比赛，绝不能给柳树湾丢脸。"

陶校长说道："那你们就表演现场小剧和话剧小品。"

李学军立即插嘴道："陶校长，我也是这么想的，我还能写剧本呢。我们就应该活人演活剧，那才感人呀。"

陶校长立即问道："你还能写剧本？拿给我看看，你写的是什么？"

李学军尴尬地说道："我、我正在构思，还没有写出来，我、我明天就能交出第一个剧本。"他说完，扭头就跑了回去，闭门不出，一整夜也没有合眼。金生在一旁看着，一点也没有打搅他。

第二天一大早，他就拿着他写的剧本跑去找到陶校长。金生也紧跟着他跑了过来。陶校长一口气读完，连声叫好："你真是个大才子呀。这个《咱们的干娘》，写得很好！真人真事，有真情实感。我再帮你改改，就先演这个。"

金生也看着剧本说："你写的是我妈？你怎么敢写我妈？"

李学军仰着脸望着他说："我有创作的自由，我写的都是真事。"

当天晚上，陶校长就亲自来带领大家排演这个小剧。由李学军亲自表演男主角。故事其实就是写他下放到柳树湾，受到金梅关心照顾的真实事迹。他站在大家中间，完全沉浸在剧情之中，情真意切地大声表白着："我本是一个被时代遗弃了的孩子，我迷惘地不知道走向何方。在我最孤独最寂寞的时候，为了心中破碎的梦想和追求，我来到了这个穷苦偏僻落后的小乡村柳树湾。在我几乎被所有人遗弃的时候，包括我日思夜想的最心爱的人，是我们的干娘伸出了温暖的双手，热情地接受了我，给了我温暖的家。干娘亲手端给我的一碗面条和三个荷包蛋，就是我最梦想的佳肴。它温暖了我的心，也温暖了我们所有知青的心……"

所有的人都被他的情绪感染着，一起热烈地鼓掌。只有国红在下面听不下去了。她没有想到李学军这么大胆直白，在这大庭广众之下什么话都敢说。她羞红着脸，立即站起身跑得远远的。

在陶校长的悉心指导下，所有青年的热情都转移到排练新剧上，几乎是每个人都有表演节目。

金生更是特意请陶校长亲自给他和江梦云编了一个小剧《锄草记》，就是讲一个上海下放的女知青在回乡青年的帮助下，学会分清麦苗和野草，稻苗和稗子，最后学会劳动，共同进步的故事。金生全心投入，假戏真做，表演逼真贴切。大家都在旁看了大声叫好。

只有金梅越看越不舒服，她把金生叫回家里，严厉地教训金生说："金

生，我劝你还是尽早收起对江梦云的那份心意。你也不看看你自己，恨不得把人家捧在手里了。你就是泥巴里蹦出来的土蛤蟆，人家是大上海的金枝玉叶，你们不是一种人啊！"

已经处在热恋中的金生，哪里还能听进去她的话，就满脸嬉笑地对金梅说道："妈，解放这么多年了，你怎么还是老脑筋？我们革命青年的爱情是没有界限的。"

金梅继续劝道："话是这么说，我就是觉得呀，那个江梦云太娇贵了，你享受不了啊！"

金生回答道："妈，她对我好着呢。我们之间的共同语言已经越来越多了。她还说了，她和我之间没有距离了。她家的成分也不好，我们这是同病相怜。"

金梅仍在耐心地劝说着："那是因为她下放到我们村里了，像她这样的人，怎么可能一直留在这里？你就不要想吃天鹅肉了，早点回头吧。"

金生不等她说完，已经转身跑了。在他心里，江梦云就是天上下凡的仙女，他就是要吃这样的天鹅肉。任何人的话，他都听不进去。他只要现在能天天和她在一起，才不管将来呢。他也感到，他妈的思想太保守了。新中国建设这么多年了，我们都是在新中国成长起来的青年，都是在红旗下长大的社会主义青年，都是同样沐浴着党的阳光和恩情，哪里还有什么城市和农村的区别？哪里还有什么大城市和小城市的区别？我们大家都是一家人，凭啥说他们大城市出生的人都是白天鹅贵种，我们农村出生的人都是癞蛤蟆土八路呀？

金生一头热地爱上了江梦云，已经不能自拔。他开始还不知道，江梦云已经和一起来的上海下放学生潘明有了一些感情。他们都是一起从上海下放来的。潘明的文化水平高，思想进步，长得也是白白净净的，风流潇洒。特别是他的口袋里随身带着红宝书，开口都是豪言壮语和毛主席的语录，还能背出许多马恩列斯毛的文章。他一来就成了大家学习的榜样，被直接安排在公社当了宣传干事。可是他一有时间，就要到柳树湾来搞宣传，大家都知道，他嘴上说是来学习的，实际上就是来看望江梦云的。在大家眼里，他们本来就是最适合的一对了。

金生每次看到潘明来了，心里就特别不舒服，又不好意思赶他走，就只能故意找碴儿："潘干事，你是知青的榜样，就要深入生产第一线去，学会过硬的本领，报效国家。"

潘明也立即回答道："我们知青都是新时代的骄子，就要一颗红心献给党，一生扎根在农村。"

金生故意挑衅地说道："要扎根，就要先学会插秧，才能真正把根插到泥土里去。"于是，潘明每次来了，他都要专门带他到田里去劳动。可是，干农活根本就不是潘明的专长，他每次都落在了大家的后面，累得腰酸腿痛，直不起腰来。

金生帮助所有的知青插秧，就是不愿帮他，常常是大家都插完了，一起围在田埂上等着他。

潘明实在坚持不住了，就直起腰恳请大家道："我们都是兄弟姐妹。大家都要发扬友爱精神，互帮互助呀。你们都来帮我一把吧。"

金生故意嘲讽道："你一个大男子汉，总不能落在女知青的后面，要她们帮你吧？你不是一直都在高喊着，要把一滴滴汗水撒在田里，要把一颗颗心血浇灌在农民的心里。我们现在就在看着你浇灌呢。"

潘明急得辩解道："我不是来参加劳动。我是来参加你们文艺表演的。我们知青下乡，最重要的是要来炼红我们的思想，接好社会主义的班。"

李学军为了给金生帮腔，立即站出来给他纠正道："我们不仅要炼红思想，也要练好我们的体魄。没有一个强壮的身体，还怎么接好社会主义的班？"

潘明立即低下头，不敢再说话了。他知道干农活不如金生，讲大道理不如李学军，他们两个人联起手来对付自己，吃亏受累的只能是自己。几次下来，吃了不少亏的潘明，就不敢再来柳树湾了。

金生正暗暗地得意，李学军却对他说："你要完全取代他在江梦云心里的地位，光靠这一套还不够，还要在各方面都比他优秀。"

金生有些不安地说道："他的文化和理论水平都比我高，我哪里能够跟得上他呀。"

李学军却不屑地摇摇头说："他的文化和理论水平都不高。他就是只会嘴上背一些毛主席语录和马恩列斯毛的文章，都是一知半解，根本就没有学到心里去。"

金生立即说道："就是，我也知道他就是会讲大道理。你的水平比他高，你教我呀。"

李学军直接说道:"学马恩列斯毛的文章,重要的不在于背,而在于用。要真正记在心里,要活学活用到实际工作中去。"

金生又开始在李学军的指导下,每天夜里开始苦读马恩列斯毛的文章,早上起来朗读毛主席的语录。他感到李学军确实比自己研究得深研究得透。在李学军的帮助指导下,金生果然进步很快,讲话做事的理论水平,都得到很大的提高,不只使他感到受益匪浅,也使江梦云对他刮目相看。

金生他们的文艺宣传队到公社参加表演,一举轰动了全场,包揽了前三名。还代表公社到县里表演,也大获好评。县里的报纸电台都在大力表扬宣传。

金生他们受到鼓励,更是情绪高昂,热情洋溢。小小的知青小屋更成了他们欢乐的海洋,整天是欢声笑语、歌声不断。

柳树湾再次声名大作,这也引起了各方面的高度重视。首先,带人来检查的就是那个原来人武部的何部长,他已经升为公社党委书记了。他带着人到柳树湾的四周转了一圈,一句话没说。

金水心里一直打鼓,生怕又被什么人举报了,他紧跟在他后面,不停地说:"何书记,我们大队一直按照上面的指示办,没有任何反动的事情,没有偷的没有盗的,也没有打架闹事的。我们只办了一个小窑厂,都是自己家盖房子用的,没有投机倒把。我们大家都很感谢你,遇到了你这个好领导,一直都在关心爱护我们。"

金水没有想到,何书记最后没有批评他,反而表扬着他说道:"我来看了,也就知道了。你在下面干了什么,你不说我也知道。你们各家都盖起了新瓦房,不简单啊。你们柳树湾各项工作都干得不错,我也跟着沾光了。看来你们这里确实是藏龙卧虎,确实是有高人指点啊。我这次不是来检查工作的,我是来找你要一个人。"

金水立即愉快地答道:"何书记,我们村里别的没有,就是人多,要多少都行。"

何书记笑了:"我要许多人去干吗,还要管饭呀。我今天只要一个人,就是你们那个陶校长。"

金水吃惊地叫道:"陶校长?你们又要批斗他呀?他被打成右派十几年了,早就批斗过了。这些年,他真的没有犯什么错误,他改造的很好,老老实实地把我们村里这么多孩子个个教育的好啊。他是我们村里的大恩人!"

何书记立即板起脸，严肃地反问道："金水，你是不是以为我就会批斗人？我的工作水平还不如你，不会工作呀？谁说我要批斗陶校长了？我一直都是抓革命促生产，两只手都不放松。"

金水连忙说道："不、不、不，何书记，我们大家都知道你是老革命，是个难得的好干部，你都是为了把全公社的工作搞好。没有你的关心爱护，我们怎么能够过上现在这样安稳的好日子呀？"

金水接着又不解地问道："何书记，那你要陶校长干啥？"

何书记这才严肃认真地说道："你金水本事不小呀，很会找宝贝，把个大学校长搞来当孩子王。这几年真是肥了你。我今天就是来向你借这个宝贝，来请陶校长去公社中学当校长的。"

金生慌忙答道："不行啊，何书记，你把他要走了，我们村里的孩子怎么办？再说，他还是右派，不能去当中学校长。"

何书记不等他说完，就不由分说地摇手打断他的话说："金水，你不要太贪心了，让大学校长来给你当了几年的孩子王，还不够呀？金水，你也是个老党员了，你也要不断提高思想觉悟啊。是你村里的一百几十个小孩子重要，还是公社的几百个中学生重要啊？这个事公社党委已经定下了，明天就请陶校长去中学上任。我要亲自接他去。"

陶校长真的要走了。全村的人都舍不得了，晚上一起聚到小学校里来了。金生、国红他们这群年轻人，也都跑来了，谁也唱不出歌了。他们有些人甚至都在心里暗暗地自责。如果不是他们到县里表演，引起了大家的注意，他们怎么会想起陶校长啊！他们一时都分不清，到底是做了好事，还是做了坏事了。

金梅非常难过地对陶校长说："陶校长，我们那时把你从陶村请来，就是想请你教孩子。我们村里穷，没有能照顾好你，让你一起跟着我们吃苦受累了，是我们村里欠你的呀。我们的孩子都大了，他们不会忘记你的恩情。以后只有靠他们报答你了。"

陶校长也是恋恋不舍地说："金梅，你不要说这样的外话。我这条命就是你们救回来的，是我欠着你们的。我走到哪里都不会忘记你们柳树湾的，是你们在我最困难的时候帮助教育了我。"

金梅又问道："陶大胆出去这么多天了，怎么到现在还不回来呀？当年这个小学校就是他指挥办的，怎么这么关键的时候，他不在呢？陶校长调走

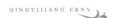

了，他就该来当校长啊。"

这时，陶校长说道："陶书记又回县里学习班学习去了。陶书记只是下来接受劳动改造教育的，组织关系还在上面，早晚还是要离开这里的。我看这个小学校长，最好还是给水生干。我相信他一定能干得好。"

水生连忙摇手说："不、不，我没有水平，还是等陶书记回来，让他干吧。"

陶校长又说："我就认为水生最适合，因为他心里始终装着全村的孩子。"

金水立即说："我也是这样认为的，陶校长说你能干，就你干吧。以后你就不要跟着我去烧砖了，专心教孩子吧。"

大家纷纷表示赞同。金梅也劝说道："水生，大家都要你干，你就干吧。你也搬到小学校来住，不要老是一个人住在那个碉堡里了，天天与河滩里的鬼做伴。"

水生却说："我在那里住惯了，那就是我的家。依我看，最适合干小学校长的是方卫红。她教育孩子比我有办法，孩子们也爱听她的话。我还是干小窑厂最好。我现在就想着能多烧砖，早点给小学校换上砖墙瓦房的大教室。"

金梅听了，愤愤地只对他说了一句："你就这样倔一辈子吧。"

四十四

不管金梅如何反对泼冷水，金生和江梦云还是越打越火热，很快就到了形影不离的地步。金生也把过去跟在新生后面学的那些本领，全都拿了出来，讨好江梦云。而且，江梦云已经很大方地经常到他家来了，每次见到金梅，不再叫她干娘，而是直接改叫妈了。

金梅不是不喜欢她，只是觉得她的变化也太快了。那个在公社的潘明才几天没有来呀，他们可都是一起从上海来的呀。而且，江梦云这个娇滴滴的样子，怎么能够在农村待得久呀？

金梅看到他们越亲热心里越不安，一有时机就对金生说："金生，结婚过日子是一生大事，不是小孩玩家家，一时热啊。"

金生早也不耐烦她了，根本就不听她的话了，她越是反对，他就越是喜欢。他直接就回道："妈，你还是少关心我，多关心一下国红吧。"

国红和新生，都是金梅一手带大的，她比谁都了解他们，从来就没有为他们担心过。金梅心里还是担心金生和江梦云，她怎么也看不出他们怎么能够在一起。金生不听她的话了，她只好去对江梦云说："小江啊，你和金生好，我心里很喜欢。可是你一定要想清楚啊，你是大上海人，金生就是我们农村泥巴里长大的土娃子，他是真的配不上你。"

江梦云立即响亮地回答道："妈，我们革命青年的爱情是没有界限的。我爱的就是他身上那种农民的朴素，爱他身上时刻散发出的那种泥土的清香。"

金梅不知道该说啥了，只好又说："还有啊，我们不能瞒你，我们家是地主成分。"

江梦云扑哧一声笑了："妈，这个我一来就知道。我也和全村的人一样，没有谁把你家当成地主。其实你们就是英雄之家，金生他是战斗英雄庆生的后代，他的舅舅全家都是贫农，二舅银水还是全国闻名的战斗英雄。"

金梅看到江梦云这样说，也就不好再说下去了。她知道，年轻人都是在兴头上，现在她说什么都是多余的了。她只能希望他们能够这样一直好下去。

金梅看到国红的情绪已经越来越消沉了，已经很长时间没有了笑容，更听不到她的歌声了。金梅不知道她遇到了什么心事，就问道："新生还没有来信呀，这个孩子，到底怎么了？他怎么可能这么长时间不来信呢？"

国红极力地掩盖着内心的失落说："妈，他去执行特殊任务了。"

金梅不安地问道："执行什么任务，也不能几个月不来信啊？铁梅他们造原子弹比他们保密吧，也没有几个月不来信的。新生那孩子呀，样样都好，就是一有事就藏在心里，什么人都不说。"

国红心烦意乱地说道："妈，你放心。下个月，他一定会来信的，他这次真是去执行秘密任务了。"

国红说完，就跑到自己的房间里，蒙着头痛哭。其实，她仍然每个月都能收到新生的来信。只是他的信突然变得越来越简单，再也没有了豪情壮语，也没有了过去那种炽热的情感。使得她再也不好意思拿出去公开地读了。

国红一连几封信寄过去，急切地逼问他是不是到了部队就变心了，就这

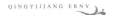

山望着那山高，就不喜欢她了？如果真的不喜欢她了，只要他说一声，自己决不再纠缠他。可是新生回信时，就是不回答她的任何问题，而是打谜语似的反复说着一句话：爱情和祖国同样重要，我永不后悔，我选择了祖国。

国红猜不透他的心事，他怎么总是和自己说这句话呢？就回信问道，你是不是选择了祖国，选择了在军队发展，就放弃了对我的爱情，就不要我了？是不是看上了哪个首长家的女儿？

新生回信时，仍然不回答她的问题。国红后来已经是急切的一个星期一封信地寄过去。新生也是一个星期一封信地回着，只是内容已经少到只有几句话。最后的几封信，几乎都是这一句话了："国红妹妹，请转告大家，我一切安好，身体健康，工作快乐。爱情和祖国同样重要，我永不后悔，我选择了祖国。"

国红几次气得要把他的信撕掉，可是又舍不得。她把新生的每一封信都收藏了起来，难过时就偷偷拿出来读着，一边读着一边流不尽的泪水。她觉得他没有跟自己说心里话，是有事瞒着自己，这就是在拿这句大道理敷衍自己呀，他已经懒得和自己多说几句话了。

这夜，她就是这样读着读着，读了无数遍，仿佛就读懂了新生的心事。他一直就是称呼自己为国红妹妹，也许他从来就是把自己当成亲妹妹的。从来就没有真心爱过自己，是自己错误地认为了他心里爱着自己，才犯了这样的错误。

国红想通了，就自我惨然地一笑。自己在心里说道：新生哥，这都怪我，是我的多情，纠缠你了。我知道我家成分是地主，会影响你在部队的发展前程。其实，你根本不需要这样回避我，你只要说一声，我就不会纠缠你了。我们还是好兄妹呀，我不会影响你在部队的前途。

国红睡不着，就走了出来，回到自己的家。她站在外面看着金生房间的窗户，那过去就是新生和金生睡觉的地方呀。自己小时候，就经常到他们的窗口偷听他们的讲话，有时还去告诉金梅。这是她儿时最大的一个乐趣呀。

夜深人静，一轮明月高挂在天空，把四周照得如同白昼。整个柳树湾都笼罩在一片朦胧静谧的夜色中，偶尔几声不知名的叫声从远处河谷里的柳树林中传过来，显得特别的神秘和遥远。

国红又默默地走到了窗前，才想起现在睡在里面的是李学军和金生了。她突然灵机一动，心里就有了一个绝妙的好主意。她必须尽快考验一下新生，摸透他内心真实的想法。她稍微犹豫了一下，就走到窗前悄悄地敲着窗户。

金生最早醒来。他来到窗前，看见是国红，吃惊地问道："国红，你怎么还不睡？"

国红捂住他嘴，小声地说："哥，你不要出声，不要让妈听见。我来找李学军有事。你给我叫他出来，千万不要告诉妈。"

金生恍惚不安地问道："你怎么来找他？你不会是又要找他麻烦吧？"

国红忙说："哥，你别胡说。我就找他说几句话，找他帮一个忙。你千万不要乱猜啊！我以后再告诉你。"

金生赶紧去把睡梦中的李学军叫醒，小声对他说："快去，我国红妹妹找你有事。"

李学军揉着惺忪的睡眼说："你是不是夜里想江梦云想疯了，不睡觉专说梦话。"

金生拉起他说："你自己到窗口去看吧。你必须保证回来时把国红找你什么事老实交代清楚，不然我就不让你去。"

李学军看到国红果然在窗口叫他，立即喜出望外地一边穿衣服，一边满口答道："我保证一句不差地向你汇报。"

李学军穿好衣服，小心翼翼地打开门，跑了出来。这还是他到柳树湾后，国红第一次主动和他说话，还是在这么美丽的夜里。他内心的激动早已不可压制。他来到国红面前，满眼都在泛着红光："我真是做梦也没想到，你会来约我。这是我多少次梦想的时刻。"

国红仍然沉着脸，冷冷地说道："你还是先清醒一下吧，现在不是在做梦。"

李学军连忙扶扶眼镜说："我知道这不是梦，我真有好多话要对你说呢。"

国红立即打断他的话说："你要说的话，我都知道，你以后再说。你先听我说，你在学校告我密，让我被开除了，是不是欠我的？"

李学军低下头说："那是我的不对，我就是来向你道歉的。可是，我真的是为了你好，我那时真的是怕你上街被人打了。"

国红又说："你现在又跑到我家里，反客为主，把我赶走了。我妈每天像大头儿子一样地照顾你，你是不是欠我的？"

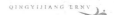

　　李学军连忙点头道："是、是我不好，你应该回家来的。你要是真想回家，我就搬走。"

　　国红接着说："所有这些我都不跟你计较了。我今天来就是请你给我帮个忙。你必须保证不能告诉任何人，包括我妈和我哥。"

　　李学军急切地说："什么事？你快说，只要是你的事，我义不容辞。"

　　国红这才说道："大才子，我知道你的情书写得好。你再给我写一封情书，要情真意切，越肉麻越好。"

　　李学军激动得眼睛发光了："你要我写情书给你？好、好，我一定写一封世上最好的情书给你。"

　　国红又严厉地对他说："你尽快写好后交给我。我还有一个要求，就是你千万不要当真啊，我只是拿你的情书去骗人的。"

　　李学军立即难堪地笑道："我知道，你是想试探新生，考验新生。你放心，你的事就是我的事。我一定乐此不疲，全心全力地帮助你考验他。"

　　国红还想继续说下去，看到金生一直在不远处监视他们，最后就说了一句话："你知道就好，你一定要记住，不能告诉任何人。你不要第二次当叛徒。"

　　国红说完，然后就转身走了。她暗自为自己的想法高兴。她知道新生在学校时，就知道李学军对自己有意，她就是想用李学军给自己的情书，去刺激一下新生。她知道这个老闷，不把他逼急了，他就不会说实话。

　　金生原来是怕国红要找李学军吵架，就一直在远处看着。看到国红走了，他就过来对李学军问道："你现在要老实交代了吧？这么三更半夜的，我国红妹妹找你说了什么？"

　　李学军朝他一翻白眼："这是绝密，我要去做世上最甜蜜的事情了。"

　　金生从李学军那里没有问出啥，心里不安，一大早就对金梅说："妈，昨天夜里国红来找李学军了，搞得很神秘呀。我看他们之间要出问题了。"

　　金梅却不以为然地说道："他们水火不容的样子，能出什么问题？国红就是喜欢瞎胡闹，耍小脾气。她再闹也不会出格的。她比你实在多了。"

　　等李学军来了，金梅还是问道："国红昨晚找你干啥？没有找你麻烦吧，你不要把她的话放在心上。她就是这个脾气。过去的事，她不会记在心上。"

　　李学军显然已经有了准备，他顺口就说道："干娘，她就是想要我帮她写一个反映赤脚医生的小剧本。她也要演戏。"

金梅放心地笑了："这就好，她以后要是还捉弄你呀，你要及时告诉我，不要被她欺负了。"

李学军却不着头脑地回答道："干娘，我就希望她来捉弄我。她欺负我，也是我的一种幸福。只要她高兴，她叫我干什么，我都喜欢。"

四十五

金梅已经好久没有听到国红读新生的来信给她听了，心里着急。她不好问国红，就暗地里叫金生给新生写去了一封信。问他是不是遇到了什么问题，还特意叮嘱他遇到任何问题都要跟家里说，不要一个人闷在心里。

新生很快给她回了信。信中说，他在部队，一切都好，这次参加了秘密任务，还立了个二等功，已经转为正式党员，还提了干。同时，他寄来的还有一张二等功奖状和一张戴红花受表彰的彩色照片。

金梅看到新生在照片里容光焕发，满脸笑容的样子，心里也非常高兴。她这才相信了国红的话，并叫国红回来一起看。她没想到国红一看到新生的照片，就立即气得火冒三丈，抓过照片就要撕了。

金梅赶紧抢到手里，骂她道："你这个丫头，又吃错了什么药，好好的又发疯了。"

这时的国红已经流下了无比痛苦的泪水。她对着金梅说："妈，你不要再跟我提他了，我全都明白了。"

金梅不明白地问道："你在瞎说什么呀？新生立功受奖，入党提干，这是我们全家的大喜事呀。你应该高兴才对呀。"

国红这才说了新生给她来信的事，他早也懒得和她多说一句话了。她为了试探他的心意，特意叫李学军给自己写了一封情书，寄给了他，本想刺激他一下，没想到他竟一点不为所动。还回信说，李学军的情书写得好，他对她真的是一往情深，要她接受李学军的爱。这哪里是一个爱她的人说的话，这就说明新生的心里根本没有过她，都是她这些年一厢情愿，自作多情啊。

金梅越听越急了："你这个丫头啊，就是自作聪明，瞎胡闹啊。你还叫别人给你写情书寄给他，你这让他在部队怎么安心啊？"

国红指着新生的照片，愤恨不平地说："你看他还特意写了照这张像的日期呢，就是他收到我的信去照的。他多细心啊，就是要告诉我们。他现在安心得很呢，终于把我像包袱一样的扔了，他不再有任何负担了。你看他笑得多开心啊，真是满面春风，扬扬得意了。"

金梅坚定地说："你不要乱猜测了。新生从小在我面前长大，他绝不是忘本的人。你说他变心了，我死也不会相信。"

国红急切地对她说："妈，你还不清楚呀？我跟你明说吧，人都会变的。他的心事我都清楚。他现在立功受奖，入党提干，两个兜变成四个兜了，前途远大！而我家成分是地主，只会影响他的光明前程！他又想在你们面前保持一个好名声，他就不好明说，就一直在糊弄我。你看这句话，他每次来信都要说，爱情和祖国同样重要，而我选择了祖国。他这都是骗人的话，这明明就是告诉我，他不选择我了，他选择的是他的前途。是我一直还对他心存幻想啊！"

金梅听了，心里感到一阵阵发凉了，但她仍然不能相信国红说的这一切。她拉着国红一起跑去找水生商量："水生，你不能一天到晚闷在这里烧砖，孩子这么大的事，你不能不管呀。新生一定有事闷在心里，我们应该到部队去看看他呀。"

水生低着头，也是心事重重地说道："我已经写过几封信去问过了。他说他们那是绝密部队，不能进去探望，还说他在外执行任务，不在部队驻地。他不让我们去，等他完成了任务，他就自己回家来探亲。"

金梅不解地问："这是什么部队呢，还不让我们去探亲？"

国红立即愤愤地说："妈，你们还不明白呀。他现在连见我们都不愿意了，就怕我们去了会影响他。"

水生心里不安地说："我也想不通，新生就是变心，也不会这么快呀。"

国红十分焦躁地说道："妈，水生舅舅，你们就不要再劝他了，你们已经管不了他了。他现在是军官了，又是革命烈士的后代，不再是过去的小孩子了。他是什么人，我比你们都要更了解。"

水生继续安慰道："国红，你不要着急，不管是什么事，总要等他回来，大家见了面才能说得清楚呀。我敢保证，新生对于你是真心的。我都看在眼里了。"

国红听不下去了。她站起来激动地说："水生舅舅，我知道你们都是希望我们好。可是，人真的会变的。我对他比你们看得透。你们就不要再关心我们了。我已经长大了，不是小孩了。"

　　国红说完，就转身跑了。金梅看着国红跑去的背影，泪水汪汪地说："这两个孩子，怎么这么让人揪心呢。"

　　水生立即对金梅说道："你不要着急，我再给他部队的领导写封信。我一定要尽快到部队去，当面要他给你们一个交代。他们不让我去，我就到部队去找，我看他能躲到哪里去？"

　　金梅又反过来劝道："他不让你去，你跑去干啥？你就不要跑去给孩子添乱了。如果他真是心变了，你找到了又能怎样？我就相信，新生一定会回来，他不是你们说的那种人。他就是不要国红了，也不会不要我们大家。"

　　国红看到金梅在家，一连多天都是茶饭不思，就反过来劝道："妈，你别再为我们担心了。我自己都想通了，他不就是个军官吗？有什么了不起的。我就是个地主的女儿，我也能过得好。"

　　金梅十分伤心地说："你们还年轻，不懂事啊。我就是想不清楚，新生怎么会这样呢？我的心就不安，他一定是有什么事憋在心里啊。他从小就是这样，一遇到事，就一个人憋在心里不跟人说。"

　　李学军这些日子却是越来越高兴，他也收到了新生的一封来信。信中说，他看到了他写给国红妹妹的情书，写得很好。他很感动，也很为他高兴，希望他以后真能像情书中写的那样对待国红妹妹。国红就是他最亲的亲妹妹。

　　李学军高兴了，就把新生的来信拿来读给金梅听："干娘，你看新生也说我和国红很般配。我的情书一字一句都是发自肺腑的。"

　　金梅仍然心神不安地说："国红在瞎胡闹，你也跟着在瞎胡闹。"

　　李学军异常激动地说："干娘，我真不是在瞎胡闹，我是认真的。我就是为国红而来的，就是为了她而活下来的。想起她，我就有了无穷的动力。"

　　金梅越搞不清楚，心里就越着急。于是她又叫金生给新生写信，要他告诉新生，心里有任何想法，都要跟家里说。如果真是怕我们家成分不好，影响他的前途，也要明说。我们全家都希望他进步，都会原谅他，是不会影响他前途的。

　　国红突然又来找李学军。李学军忙拿出好几封情书说："我天天都在给你写情书，你终于来拿了。"

　　国红不好意思地说："我只要你写一封，谁要你继续写了。你自己收着吧。"

李学军双手捧着情书，激动难忍地说："我已经无法停止了，我现在心里的感情就像是开闸的洪水，一泻千里，势不可当了；又像是奔腾的野马，狂奔不息，还怎么能够停止呢？"

国红盯着他的眼睛，看了很久才说："我请你写情书的时候，就跟你说过，请你不要当真。我只是要请你帮忙的。你以后要是还是没日没夜的写情书，我以后有事就不请你帮忙了。"

李学军忙说："好，我都听你的，你又要我帮你干什么，我一定义不容辞。"

国红指了指他的身上，笑道："看看你现在这个样子，跟我出去要被人笑话死了。你赶紧换一套衣服，陪我到方村河西去一趟。我在外面等你。"

李学军喜出望外："你要约我去方村河西逛街？太好了。"

李学军很快就换了一套衣服出来，果然是焕然一新了，头发用水抹得光光的，眼镜也擦得明亮。

国红看着他笑了："这才像个人样了。我跟你说好了，你只是去帮我忙，不许当真。也不能告诉任何人，包括我妈和我哥。"

李学军挺起胸膛说："大丈夫一诺千金，我上次给你写情书，就没有告诉任何人。是你寄给新生，他回信来说，大家才知道的。"

国红听他说起情书，就又走了回去，对他说："还有就是把你这些情书都烧了。以后不要再写了，要把精力用到工作和学习上去。"

李学军十分难舍地说："这是我花了好多心血写的呀。你不收，就留给我做个纪念吧。"

国红已经划着了火柴说："我不会再看你的情书了。你就留在肚子里，以后写给别人吧。"

李学军看到国红已经把他写的那些情书一张张点着了，一片片升腾的火焰仿佛就在烧灼着他的心。他无比痛苦绝望地叫道："国红同学，你当着我的面烧我写给你的情书，对我也太残酷了吧！"

国红烧完了他写的所有情书，才带着李学军沿着政和大堤一路来到方村渡口，都不再和他说话。李学军跟在后面不停地问她，到底到河西去干什么，她只是回了他一句："你帮我写情书写累了。我请你去下馆子。"

直到过了河，进了河西那家唯一的照相馆，李学军才知道，原来国红是嘴上恨新生，心里还是和家里人一样在牵挂他，担心他出了什么事。而且也不甘心，新生就这么放弃她了。她是请李学军来照张合影，要以和李学军假结婚的消息，最后考验一下新生，以请他回来参加婚礼的借口把他叫回来，当面问个明白。

李学军欣然受命，他也认为国红的这个主意很好。只要新生心里还有一点点国红，他就一定会有所反应的，就算是他自己说的妹妹，结婚大事，他也该回来呀。

国红和李学军照完合影，果然就请李学军到了小酒馆里喝酒。国红十分歉意地说："这是我最后一次请你帮忙了。我也是想不出别的办法。我就是要搞清楚他心里到底是怎么想的。"

李学军回道："你要我干什么都行。我只想等合影照片出来后，能给我一张做纪念。"

国红断然回绝道："不行，我只要了一张寄给新生，就是要把他骗回来。"

等照片出来后，国红特意以金梅的口气给新生写了一封信，请他回来参加国红的婚礼。还故意说，按这里的习俗，你是她的大哥，必须由你在家背她上花轿，无论如何也要请假回来。

果然，没多长时间，金梅就收到了新生的来信。他首先恭喜国红要和李学军结婚了，说李学军是一个非常值得信赖的人，国红嫁给他是最佳的选择。但又说他外出执行任务，要很长时间才能回部队，也不能回家来了，背国红上花轿的事交给金生吧。同时，新生还寄来了一床崭新的军用被单，被单里还夹着一个大红双喜字，作为送给他们的新婚贺礼。

金梅听金生读完信，内心感到一片彻底的冰凉。她只是语无伦次地说着："国红怎么还在胡闹呀，怎么能用假结婚去骗他呢？结婚这样的大事，怎么能当成儿戏呢？"

金梅又要金生去找国红回来问个明白，可是国红已经找不到了。她心里的最后一点希望彻底破灭了，她的心也彻底碎了。

国红一连几天都没有回来。金梅看不到人影，心里就更着急了。她对着金生发火道："你怎么连个人影都找不到呀，她又在外面干啥傻事了？"

金生回答道："妈，你别为她担心。她就是心里难受，想在外面待几天。她天天都在外面村子给人看病呢。"

金梅气愤地说："她还给别人看病呢，现在最该找医生看病的就是她自

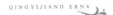

己！她怎么能这样考验新生呢？她这让新生一个人在部队怎么受得了啊？"

金生也是满肚子怨气地替她辩解道："妈，你不要老是向着新生。这事不能全怪国红，全是新生的责任。是他先有意冷落国红的。真没想到，新生也是这种人，一到部队就变心了。"

金梅不满地说："你怎么也和国红一个鼻孔出气了呀？"

金生回答道："现在不是我在说，是全村的人都在这么说。都说是新生变心了，入党提干了，不要国红了，是怕我家成分影响了他。现在就你一个人还在向着他。"

李学军也在一旁插嘴道："陈世美这样的人，在任何朝代都有。新生就是当代陈世美。我们都应该可怜国红，应该给她关爱。她已经做了她能做到的一切了。她是一个了不起的能为爱赴汤蹈火的人。"

金梅听他一说话，就更气了："还有你，国红让你干什么你都干，还要瞒着我。你跟着瞎搅和什么呀？好好的一对人被你搅和黄了。我比你们都更了解新生。他从小到大，从来没有骗过我。"

李学军忙说："干娘，你放心，我以后不再瞒你了。你放心，我一定比新生对国红更好。国红叫我干什么，我就干什么。我这一生就是为她生的，我也是一个为爱赴汤蹈火的人。"

金梅默默无语地低下头，眼里含满了泪水，最后说："你们去给我把国红叫回来。我要好好问问她的缘由。不管你们怎么说新生，我都不相信。除非是新生亲口跟我说。"

金生和李学军看到金梅确实太难过了，赶紧又去找国红，终于把她找了回来。金梅没想到，国红几天不见，精神已经好多了。她好像已经完全从痛苦中解脱了出来。她一回来就对金梅宣布了一个惊人的消息："妈，你不用再为我担心了。我这几天什么都想清楚了，是我不该自作多情，去试探新生，他的决定都是对的。我现在已经决定了，接受他的祝贺，正式和李学军结婚。"

金梅惊叫道："你是不是发热把头脑烧坏了，又说胡话？"

国红又转身对李学军说："其实，我一直就知道你对我是真心的。你写的情书虽然都烧了，可我都已记在了心里。我现在正式接受你的追求。大家就都不要为我担心了。新生在部队也没有了后顾之忧，可以好好发展了。这对我们大家都好，不管怎么说，他都还是我的大哥，我也希望他在部队不断地进步。"

李学军已经高兴得手舞足蹈了："我就知道我的字字句句都是真情，能感动天感动地，也一定能感动你的心，我终于做到了！"

金梅仍在问道："婚姻大事，你怎么能这么决定呢？你们怎么一长大，个个都不听我的话了？"

金生过来安慰道："妈，我们都已经长大了，你就不要再为我们担忧了。我们的事我们自己做主，我们的路我们自己走。"

四十六

虽然金梅的心里，对金生和国红的婚事都留下了许多的遗憾，但是看到都已经是木已成舟，她也只能顺从大家的心意了。她还是开始全身心地为金生和国红筹办婚礼。比她更积极的还有她婆婆陶玉翠，她已经很老了，还能看到陶家再次添人进口，香火延续，心里已经不知有多高兴了。她每次见到金梅都要唠唠叨叨不停地说着："金梅，你就是我们陶家的福星啊！我们陶家又要兴旺了，你一定要他们多给我生几个重孙子。"她还好几次偷偷地跑回陶村，到陶家的祖坟上去烧香禀告。

金梅总是安慰她："你老人家就不要着急了。到明年，你一定能抱上重孙子。"

金生和国红的婚礼是同时举行的，虽很简朴，却很热闹。又在村里摆起了长长的酒席，每家每户都派代表来参加了，还来了许多别的大队的知青。

在一阵热烈的鞭炮声中，在大家的同声祝福声中，金梅家是一进一出，国红正式嫁到了知青小屋，江梦云嫁进了金梅家里。

由于这是两对知青婚礼，公社也派人来参加了，还特意表彰了李学军和江梦云这种志在四方、扎根农村、甘于奉献、艰苦奋斗、吃苦耐劳的精神，是新时代青年的楷模。

金梅特意吩咐金水和水生分别去请陶大民和陶校长过来喝喜酒，对他们说："国红和金生都是他们从小教的，怎么也要请他们来喝杯喜酒呀。他们都是贵客，必须你们两个代表我去请。"

陶大民和水生先来了，他笑呵呵地恭贺道："金梅，你家两个亲事一起办，真是喜上加喜呀。可是我没有带贺礼呀，就给他们送一幅字吧，留作纪念。"

金梅开心地笑道："都是孩子们自己决定的，我现在在家里也像你一样是靠边站了。"

金梅看到陶大民拿出两个条幅，上面泼墨写着几个大字"广阔天地，大有作为"，惊讶地叫道："陶大胆，你的进步真大，你写的字快和陶校长写得一模一样了啊！"

陶大民谦虚地笑道："都是跟他学的。这几年，我跟陶校长后面真学了不少东西，真是受益匪浅，是理论和实践都有进步呀。"

他们说着话时，陶校长就跟着金水到了。陶校长到了公社中学当中学校长后，还是和在村里时一样，穿着一套老旧的蓝色的中山装，已经洗得有些掉色了。胸前口袋里别着一支锃亮的钢笔。他一来就对金梅说："金水跟我一说，我就说一定要来参加。他们是我在柳树湾培养的第一批最优秀的学生啊！还有新生呢，他回来了没有啊？他也是最优秀的。"

金梅有点难受地说："新生在部队执行特殊任务，不能回来。"

陶校长继续说道："新生真是我的好学生呀，他给我留下的印象最深了，经常偷偷地送黄鳝和泥鳅给我吃。他到了部队还能记得我，还给我写过信呢。你放心，他什么事情都能干好，什么任务都能完成的，他确实是个难得的人才。"

金梅家里好久没有过这样的大喜事了。银梅和铜梅也都请假回来了，只有铁梅在新疆太远没有能够回来。她给金生和国红每人寄来了一枚珍贵的中国氢弹爆炸成功的纪念章。这成为了他们收到的最珍贵的贺礼了。

庆生一见到陶大民和陶校长来了，就叫来金生和国红，拿出他们的那两枚纪念章，不停地给大家看，激动不停地对他们说："我、我们国家真、真是不得了了，刚、刚造出原子弹才几年，又、又造出氢弹了。他、他们的这、这纪念章，要、要比我、我所有的军、军功章都要重啊！"

金梅连忙打断庆生的话说道："你就不要老提你的军功章了。那次到公社被批斗，还没有丢够脸呀？我压在箱底几年都没有拿出来了。我们姐妹几个好不容易团聚一次，还是只有铁梅一个人在外面，没有回来呀。我想着心里就难受。我就搞不懂，铁梅他们怎么就能够把原子弹越造越轻，我家的老母鸡怎么下蛋就是越来越重呢？"

方卫红在一旁连忙纠正道："金梅姐，我跟你说过了。氢弹不是原子弹越造越轻了，它是比原子弹更厉害的。"

金梅又是哈哈地笑道："我知道呀，你每天都跟我说原子弹、氢弹、导弹，我什么都没有见过，我咋知道它是大是小、是重是轻呀。我只知道每天去捡鸡蛋、鸭蛋、鹅蛋，每次看到这些蛋就要想起铁梅呀，就是分不清她们搞的那些弹。"

大家听了金梅的话，全都开心地笑了，纷纷说道："我们也都没有见过，我们也只知道它们一个更比一个厉害了。"

银梅和铜梅一起劝道："金梅大姐，你要是想铁梅，你就到新疆去看看她呀。"

金梅立即埋怨她们道："我是一直想去呀，不是一直说好了要等你们一起去吗？哪知道你们是一个比一个忙呢，一直都是抽不出时间来。"

银梅和铜梅全都不好意思地低下了头。是的，她们确实多次说过要陪金梅一起去新疆看铁梅，却一直无法抽出来回十几天这么长的时间来。此时，她们都不敢面对金梅急切的眼神了。

银梅家所在的那片皖南山区，十几年来都在修建全省最大的陈村水库。银梅和她丈夫都是长年累月地战斗在水库工地上，一连几年都不回家。由于他们工作积极，银梅也被评为了省级劳模。她那个过去当过土匪头子的丈夫，也发挥了自己的专长，成为了水库工地的炮眼英雄，专打难打的炮眼埋炸药，也被评为先进工作者和炮眼能手。一家都变光荣了，也就越干越有劲。

他们一心扑在水库工地上，连他们的一对儿女青山和青菊都无法来关心。这两个孩子从小学到初中，就一直都是在金梅这里念书长大的。

银梅只是每年抽时间来看望他们，也来告诉金梅一些陈村水库的进展情况。她的话总是能调起全村人的兴趣，她也成了全村人最盼望见到的一个人。因为大家都关心陈村水库的进展，这关系到每一个人的利益。她每次回来了，村里就会有许多人跑来了解大水库的建设情况。

银梅也是一说起大水库，就是精神焕发，像作报告似的滔滔不绝。她告诉大家，他们的陈村水库就是为他们下游建的，一旦造好了，就能挡住山里来的洪水，青弋江下游的两岸就不用年年怕洪水了。她肚子里总是有着说不完的建设水库的故事。她说起她们在工地上不分男女老少，千军万马上战场时的情景时，更是神采飞扬。她告诉大家，他们都是越有困难越有干劲，从来没有一个人怕苦说累，有许多山头都是被他们的小车一座座地拉走了。每天都会有许多先进的人和事出现。他们在工地上发明了许多新办法，有人力倒拉器，绞架式拉土器，脚踏拉土器，连牛、马、驴子、骡子，都被动员来工地上拉车运土。特别是她的那个做过土匪的丈夫，更是进步大，到后来哪里难放的炮眼，别人不敢打的炮眼，都要请他去。他还带领大家发明了洞穴炮，还有转弯炮，一炮就能把半个山头炸塌下来。

金梅每次看到银梅说着的时候满脸都是幸福，听了心里也很高兴，只是有些担心的悄悄地问她："我们每年都要防汛两个月，天天提心吊胆地过日子呀。有你们造个闸把洪水拦住了，是大好事呀。可是，水库建好了，你们家的林场田地房子就要被水淹了，你们以后怎么办呀？青山和青菊以后怎么办？"

银梅却是毫不在乎地笑着回答道："大姐，现在我们大家都是一家了，都是国家的了，哪里还分你们我们？我们都听国家的，国家要我们搬去哪里，我们就去哪里。有了国家，哪里还顾小家？我们大家的积极性都很高呢。"

大家看到了银梅，又有许多人过来开始追问起陈村水库的建设情况。

银梅先抬起头对大家说道："你们大家都放心，我们现在都在日夜不停加班加点地干，就是为了能早一天把大水库建好。我们的水库真大呀，要比我们十三连圩大几十倍的。我们的水库很快就要蓄水了，到时候，我一定来请你们去看看。"然后，她又对金梅说："金梅大姐，你不要着急，现在正是决战的时候，我实在走不开。明年我一定抽时间陪你去新疆看铁梅。"

铜梅也紧跟着说："金梅大姐，到明年，我们钢铁厂新的高炉也要点火了，我也有时间陪你去。我们就定在明年吧。"

金梅一听就又生气了，气呼呼地对她们说："明年，明年，又是明年！你们年年说是明年，到底是哪个明年呀？你们现在个个比着当先进当劳模，谁还愿意听我的话？你们再没有时间去，我就一个人去了，不就是坐一个星期的火车吗？我不怕。"

金梅说着时，看到铜梅正拿下戴在头上的劳动工作帽，露出了脸上一块新添的很大伤疤，又有些气愤和心痛地说道："特别是你铜梅，你还把不把我当成你的大姐？你的脸上烧了这么大的一块疤了，受了这么大的伤，都不告诉我一声啊？都不叫我去看看你呀？"

铜梅连忙捂住脸上的伤疤，满脸微笑地说道："金梅大姐，我这点小伤算什么？我们这些成天战斗在高炉前的钢铁工人，谁的身上不沾上几滴钢水呀。我们都自豪地说这就是祖国给我们脸上绣上的钢花。"

金梅走过去，仔细地查看着铜梅脸上的那块大伤疤，十分痛惜地一把把她抱在怀里，伤心地流着眼泪说道："这么大的一块疤，你还说是钢花，还不把你疼死了呀！我们这一家人啊，都是命苦啊！怎么个个都是干起活来都不要命的人啊！"

所有来喝喜酒的人，都在一起看着她们，个个眼里都充满了一种无比敬仰和尊重。

金水走过来劝道："金梅大姐，大家都是来喝喜酒的，客人都到了。你现在就不要再说这些事了吧，你们晚上慢慢去说吧。"

庆生也跟着一边忙着邀请大家入座，一边说道："请、请大家入座，陶、陶书记和陶、陶校长是贵客，坐、坐上座，水、水生哥代、代表我陪他们。"

水生拉住他说："你今天是一家之主，你要亲自来陪。"

庆生毫无顾忌地高兴地笑道："我、我家里都、都是金梅做主。今天是我家的大喜事，是、是四喜临门呀，是、是好事连庄。我、我和你一起陪大家。"

四十七

金梅一连几天忙下来，感到特别累，就想好好地睡一觉。可是她还没来得及休息，陶玉翠就先倒下了。她一倒下就再也爬不起来了，她的生命已经走到了尽头。

金梅和一家人全都守护在她的病床前。陶玉翠在弥留之际，她紧攥着金梅的手不放，对着她的耳朵断断续续地说："金、金梅，我、我这辈子，最对不起的人就是你。我、我到了阴间也会保佑你的。我会去告诉所有的祖宗，我们陶家全靠了你。没有你，就没有我们陶家了。"

金梅一边伤心地流着泪，一边对她说："我的儿女都结婚成家了，你还要把过去的事放在心上。都过去了，只要儿孙有福，就是我的福。你不要急着走啊，你还没有抱重孙子呢。你还有什么心愿，就跟我说，我一定帮你完成心愿。"

陶玉翠流着泪说："我、我就想死在陶家正八间里，埋在陶家的田头。"

陶玉翠说完这句话，就闭着眼不再说话了，眼角不停地流出泪水。她不能说话了，还在用最后的力量抓住金梅的手。

庆生跪在她的身旁，早已六神无主了，只是在不停地哭喊着说："妈、妈，你、你醒醒啊，你、你、不要走啊。我、我们家的房、房、子早就卖了，你、你，还、还怎么回去呀？"

一直守护在旁边的国红也在劝道："奶奶，你现在不能去陶村，你要留在这里。你是我最亲的奶奶，你也是从小最疼我的奶奶。我是医生，我一定能救活你，我还要你陪我。"

陶玉翠听了国红的话，一把拽掉了国红给她吊的针管，不停地流着泪摇着头。

金梅立即紧贴着陶玉翠的耳朵说："婆婆，你别急，我知道你的心意。你等着，你坚持住啊。我一定满足你的这个心愿。"

金梅说完，就果断地站起来对金生说："金生，你快去把你金水舅舅和水生舅舅一起叫来，抬着你奶奶，送她去陶村。"

国红吃惊地问道："妈，你真要抬奶奶去陶村？她现在不能动啊，我还要给她打针呢。"

金梅异常坚定地说："这是老人家最后的一点心愿，不然她会死不甘心的。"

庆生也激动地站起来说："我、我在前面抬。你、你把我的军、军功章都、都拿出来。我、我就不怕他、他们的规矩。他、他们不让我进村。我、我就和他们拼、拼了。"

金梅不以为然地说道："你要那些东西干啥？我就不相信他们陶村人的心就不是肉长的。"

金梅带着大家抬着陶玉翠，直接朝陶村而去，她已经好久没有去过陶村了。在过清凉渡口的时候，她才发现摆渡的曹老头已经换成了他的儿子小曹，他的身上还戴着孝。只是渡船还是那条老船，渡口还是老样子。

当金梅带着大家快到达陶村时，突然从陶村跑出来许多人。庆生立即紧张地冲到前面对金生说："金、金生，他、他们陶村人多。他、他们要是挡、挡路，你、你就护着你妈，不、不要管我了。"

金生说道："爸，我们又不是来打架的，你怎么老是想着打架？"

　　庆生又说道："你、你不知道，按、按我们陶村几、几百年的规矩，在、在外面死的人，是、是不能进、进村的。"

　　出乎他们的意料，跑过来的陶村人都是来迎接他们的。陶根子走在最前面。他这些年变化最大，犯过许多错误，也被抓去批斗过，关过学习班，现在身上早也没有了过去的那种凛然傲气。他来到金梅面前，非常诚恳地说道："金梅呀，我们陶村人一听说老人家想回陶村安葬，大家都很感动呀。说明老人家心里一直挂念着我们陶村呀，她到死还记得是我们陶村人啊，老人家一辈子也不容易。我们大家都来送送她吧。"

　　金梅也很感动地说道："我替老人家谢谢大家了。不管怎么说，我家的人都姓陶，都还是陶村人啊。陶根子，你终于有进步了啊，会说人话了。"

　　陶根子低着头说："是你们大家教育了我。我是犯过许多错误，我一直都在改造进步中。"

　　金梅又对着所有的陶村人说道："我知道你们陶村的规矩，在外面去世的人不能进村。我们也不是要破了你们的这个规矩。我的婆婆呀，现在还有一口气，她就是想回家看最后一眼。这是她惦记了一辈子的家呀，不让她看最后一眼，老人家不能安心地走啊！"

　　还没有等金梅说完，所有陶村的人都已经让出了一条路。许多陶家的叔侄们，都争着过来，一起抬着陶玉翠就往陶村而去。

　　一时间，把庆生感动得热泪盈眶。他说不出话来了，只对着陶村和大家，扑通就跪下了。

　　金生看到他爸跪下了，也跟着跪下，给大家还了一个大礼。

　　陶村许多人都过来拉起他们说："庆生，你们都起来。是我们对不起你家呀，你那时还能给我们送来救济粮，救了不少人的命啊。我们大家都记着你的恩情呀。我们说到底都是一家人啊，都是一棵树上下来的，血浓于水，拳头朝外打，胳膊往里伸啊！"

　　陶玉翠终于被大家抬进了陶家的正八间。金梅紧握住她的手说："婆婆，你终于回家了。你快看看呀，这就是你的家呀。"

　　陶玉翠突然抓紧了金梅的手，猛地坐了起来。她努力地睁开眼，想朝四周看一眼，但她没有看完一圈，就手一松，彻底断气了。屋里屋外的人群中，立即传出一片哭泣声。

　　金梅也扑倒在她的身上号啕大哭："婆婆，你不是一心就挂念着你的家

吗？你怎么就不多看一眼，就走了啊？你再睁开眼好好地看看吧。"

陶根子这次变得特别的通情达理，他特意把陶家正八间的前屋腾出来，给陶玉翠做灵堂。三天的丧礼结束后，也按照陶玉翠身前的愿望，把她安葬在了陶家原来的田埂上。

在金梅一家办完丧礼离开时，他还一路相送，不停地对金梅和庆生说："你们以后回来祭拜，一定要通知我呀。我一定好好招待你们。我们都是一个陶姓下来的兄弟呀。我一直都在向你们好好学习，兄弟之间不能记仇。"

金生跟在庆生后面，忍不住地问道："爸，我怎么没有感觉到陶根子有你说的那么坏呀？"

庆生仍然对陶根子心有余怒地说道："这、这次是太、太阳从、从西边出、出来了。"等了一会儿，他又说道，"那、那年他做、做贼，偷、偷粮食，被、被我抓了。要、要不是你妈，放、放了他，他早、早就被、被枪毙了，他、他一定怕、怕我揭、揭他老底。"

金梅听见了，不满地对庆生说："你不要老是跟孩子说你们陶村那些不光彩的事。金生也姓陶，也是你们陶村的子孙，说出去就光彩了？冤家宜解不宜结，多少年的老皇历了，还要记在心上？"

庆生听金梅一说，赶紧不敢再说了。这时，国红又跑来噘着嘴对金梅说："妈，我对你有意见，奶奶去世了，你为什么都不让告诉新生？他和我们一样，也是奶奶一手带大的。他入党提干了，就什么人都能不要，连奶奶也能忘了啊？他就是最会忘本的人。"

金梅连忙说道："他是在执行特殊任务呀。告诉了他，他回来也来不及，他还怎么能安心完成任务呀。你们现在还不许告诉他。等几个月，等他任务完成了，再告诉他不迟。"

国红眼睛红红的，难过地鼓着嘴，不停地说："妈，你就是偏心，什么都说新生好。他哪里好啊？他早就忘本了。"

又过了几个月，真是好事成双，国红和江梦云都怀上了孩子。金梅看到她们的肚子一天天地变大，每天都在计算着她们的预产期，准备着迎接这两个新的生命。

就在她们快要临产的时候，金梅又收到了新生的来信。说他在部队的任务完成了，他已经转业了，马上就要回家。

金梅的心一下子又提了起来，这不是刚刚在部队立功受奖、入党提干

261

了，怎么又突然转业回来呢？

　　金梅心里不安地跑去问水生："新生这孩子，到底怎么了呀？是不是犯了什么错误，部队不要他了？还是自己想家了，要回来呢？"

　　水生也收到了新生要转业回家的信。他也想不出理由，也很迷惑地说："我也不知道，他一直来信都说是在执行秘密任务，从来没有说过转业呀。他信上说是转业，只有干部才能转业呀。这说明他没犯错误。反正他过几天就要回家了，见了面就全知道了。"

　　金梅一连几天都是心神不宁的。她天天跑到村口去等，希望能早点看到新生。果然，这天她看到有一辆吉普车远远地从青弋江大堤上朝村里开来。她立即就朝那吉普车跑去，她心里暗暗高兴。新生果然当了军官，回来都坐吉普车了，这只有县里领导才能坐的呀。

　　吉普车开到金梅的面前，就停下了。从车上走下来一个标准的军人，他穿着一身干净的军装，戴着军帽，腰间扎着武装带，背上还背着叠得整整齐齐的军被，只是没有戴鲜红的领章帽徽。他下了车门，就在车旁站直了身体，远远地就向金梅敬了一个标准的军礼，响亮地叫道："金梅妈妈，您好，我回来了。"

　　其实就在他下车的一刹那，金梅已经认出来，他就是新生。他还和走的时候一样，只是皮肤变得黑了一些。金梅望着他，高兴得满眼泪水地叫道："新生，果然是你，你终于回来了！"

　　新生一直笔直地站着不动，只是朝她大声叫着："金梅妈妈，您不用为我担心了。我回家了，不用再走了。"

　　金梅紧盯着他的腿，急迫地问道："新生，你的腿，你的腿怎么了？你给我走几步。"

　　新生一边朝她走来，一边说道："金梅妈妈，我没事，我很好。"

　　金梅在他下车时就已经发现他的腿不方便了。她立即俯下身去，一把抓住他的右腿，忍不住失声痛哭："新生，你的腿没了。你出了这么大的事，怎么就不告诉我们呀？"

　　新生扶起金梅，安慰她说："金梅妈妈，我就少了一条小腿，现在装了假腿，和真的一模一样了。"

　　金梅伤心至极地问道："你这个傻孩子，出了这么大的事，你就一个人藏在心里呀？你一个人在外面受了多大的苦呀！"

新生又劝道："不是，部队领导和战友们都很关心我，对我照顾得很好。他们给我立功受奖，入党提干。"

金梅不停地摇着头说："你就该早点让我们都知道呀，你这个孩子啊，你怎么这么傻呀？我都明白了，你怎么能够为了一条腿，就不要国红了？你怎么这么狠心，就舍得丢下你最喜欢的女人呢？"

新生也很感慨地说："金梅妈妈，我是您家养大的。我已经欠你们家太多了，我不能再影响她一辈子。李学军各方面的条件都比我好，国红妹妹跟他比跟我更好。我是真心祝福他们的。"

金梅狠狠地捶打着新生的脊梁："你怎么就是傻呀，所有的事都不告诉我们，都不跟我们商量呀。你怎么就是和水生一个禀性啊，你们这两个人怎么就是让我想着就心酸啊？"

这时，村里的许多人都闻讯跑了过来。很快，新生在部队的所有英雄事迹，就迅速传开了。他到部队后，多次立功受奖。一年多前，在一次事故后，他为了解救战友，而失去了一条腿。他为了不让家里人为他担心，就一直瞒着家里所有的人。他本来还可以留在部队，可他不想成为部队的负担，主动要求转业回来了。

这时，大家一算，新生失去那条腿的时候，正是开始和国红冷淡的时候。他给国红回的那些信，都是一个人躺在病床上写的。所有人都在为新生惋惜，这个从小就是闷葫芦的孩子，这次失去的不只是一条腿，还有他最喜爱的国红。她是多好的一个姑娘啊，他真的是很傻啊！

晚上，水生一边帮助新生收拾他带回的行李，一边埋怨道："我知道你们的部队是特种部队，你就是少了一条腿，也可以留在部队的。你为什么要这么快就回来呢？"

新生说道："爸，部队是要我留下的，是我主动要求回来的，我不想成为国家的负担。我就是少了一条小腿，我还可以正常工作。更重要的，我就是想回来和您在一起。您一个人孤单地过了这么多年，太不容易了。我们以后就不会再分离了。"

水生看到新生收藏着的国红写给他的每一封信，他看到那些信纸上都是洒满的泪痕。他抓起那些信，真是又气愤又心痛地对他说道："新生，什么事我都能原谅你，只有这件事我不能原谅你。你怎么能一个人就瞒着大家这样做呢？你什么人能瞒，也不能瞒我呀！你现在还留着这些信有啥用啊？你还知道哭了这么多泪水，你当时怎么就不能告诉我一声呀？你还有没有把我当成你的父亲？"

新生痛苦地低下来头说："爸，我知道你们大家都是为了我好。我已经决定了，我不后悔，我是经过认真思考的。我知道有种爱就是付出，就是相让。她是我的妹妹，她应该有更好的前途。我就是不想影响她一辈子。"

水生用颤抖的双手捧起那些信说："那你还留着这些信干啥？我是帮你烧了还是还给她？"

就在新生回到柳树湾的这天夜里，国红经过一整夜撕心裂肺的呼叫，终于生下了一个婴儿，柳树湾新的一代生命又诞生了。

四十八

银梅又兴高采烈地跑回来，告诉金梅和大家一个天大的喜讯：他们的陈村水库终于修好了，已经下闸蓄水了，马上就要开机发电了。现在的水位是天天都在变化，很快就要变成太平湖了。她是特意来接她去看他们的竣工典礼，去看看他们那里天天都在变化的景色。银梅说这个水库也有金梅的功劳，如果不是她这些年帮她带孩子，她们哪里有这么多的时间一心扑在工地上？银梅说着这些时，满脸露出的都是幸福的微笑和骄傲的神情。

金梅也笑道："我是他们大姨，照顾他们是应该的。我们应该感谢你们才对呀，你们帮我们挡住了洪水，自己却都要成为移民了。如果早些年有你们的这个大水库，我们柳树湾的外圩也许就不要扒了。"

全村人听了这个喜讯，个个都是奔走相告，喜形于色，就好像都是自己家里遇到了特大的喜事。许多人都是闻讯赶到了金梅家里，围着银梅不停地问个没完。是的，这一千多年来，青弋江两岸人民面对的最大威胁就是洪水呀。每年夏天要防汛，冬天要修圩堤，一半的时间都花在上面了，还不能完全驯服洪水。每年都会有些圩口溃破，有时遇到干旱，又缺水吃。现在好了，终于实现了一个千百年的梦想，把这条洪水的脖子给卡住了，以后可以年年旱涝保收了。一些多次遭受过大洪水侵害的老人们，更是激动得热泪盈眶，聚到一起没完没了地回忆起过去大洪水的危害，一连多日心情都是平息不下来。

心情最激动的还是方卫红，她的精神好像又获得了彻底的解放。她又开

始面对着大家，像广播员一样大声宣传了。自从柳树湾围滩造田工程犯了错误后，她好多年已经没有过这样的情绪了。她站在人群中间，激动得满脸通红，不停地挥着手，说话的声音也是越来越高昂，就像是她在课堂上给学生们上课似的说得眉飞色舞："我们天天盼望的陈村水库终于建成了，这是我们青弋江上最大的水利工程，也是我们安徽省最大的水库，真是造福于千秋万代的伟大工程啊！这也是我们战天斗地获得的又一项巨大成就。现在就要高山出平湖了，这是多么壮美的景色呀，大家都应该抽空去看看哪。我们大家都是亲眼看着我们新中国一天天建设起来的，现在真是日新月异，一天一个样啊！真是喜讯频传，激动人心哪！真的是风景这边独好！现在真是做到粮食增产了，人口翻倍了，卫星上天了，原子弹爆炸了，核潜艇下水了，钢产量猛增了，万吨海轮远航了。才短短二十几年时间啊，我们国家就建起了几万个水库，光是我们安徽省就建起了梅山水库、佛子岭水库、淠史杭这样的许多闻名全国的大工程。吃水不忘挖井人，我们应该向所有战斗在国家各条战线上的建设者们致敬。"

大家都知道方卫红最会讲话，也喜欢讲话，她知道的也多。她一开口，大家都是屏耳聆听，从没有人打断。他们也都很喜欢听她说的那些话，因为他们听着就会内心感到鼓舞。他们都是对国家大事的关心超过了自己的家事。

许多人听了方卫红的话，都纷纷表示要去看看陈村大水库。金水也当即表示道："那里才解放的时候，我就去过，是跟水生去帮助剿匪的。现在变成水库了，我们都该再去看看了。你们谁去，我都同意。我亲自带队去。我们是应该好好去向他们学习的，学习库区人民舍小家为大家的精神。"

只有金梅不想去，她仍然心有不安地对银梅说："你们的家都被水淹了，连家都没有了，还去看什么呀？"

青山和青菊两个孩子一人一条胳膊地拉拽着她说："大姨，你一定要去。我们也要回去看，我们家就要高山出平湖了，景色太美了，许多景色以后永远都看不到了。"

金梅最终熬不过青山和青菊这两个孩子的热情，就跟他们一起进山去了。到了山里，金梅和银梅一家都住在临时安置的茅棚里。

水库的水位每天都在上涨，夹在群山之中的水面也在不断扩大，就像一幅美不胜收的高山出平湖的美妙画面在不断铺展。无数激动的人群奔向湖边，赞叹不绝，流连忘返。

金梅每天都能看到有许多人家在一片锣鼓声中搬到外地去了。一些人家故土难离，哭哭啼啼地在水库边祭奠先人，在和祖宗们做着最后的告别。

金梅也被这些人的情绪感染着，不停地问着银梅，这些人要搬到哪里去？他们真可怜啊！他们家没了，田地没了，连老祖坟都没有了。

银梅不停地安慰她，说国家都会安排好的，要她不要担心。

金梅总是劝银梅，要求他们家就移民到柳树湾去，大家在一起好互相照顾。银梅总是推辞说，她和"小阎王"在这片山里住了几十年了，已经离不开这里的山水了。他们响应国家号召，就近安置。

陈村水库的竣工典礼隆重热烈，数万人到场庆祝。水闸的两旁人山人海。几百个劳动模范和先进工作者，以及各项技工能手，都是胸戴大红花，手里捧着奖状，排成一队，挤在水闸的两旁，接受数万人的欢呼。

银梅也在受表彰的建设英雄行列中，她的丈夫，那个"小阎王"也捧着奖状站在了他们中间。

当随着一声号令，蓄水闸缓缓拉起，已经蓄足的库水，从几十米高的闸口，奔涌而下时，整个山谷里都沸腾了。鞭炮齐鸣，锣鼓喧天，无数的人群在欢呼，在跳跃。所有的劳动模范和先进工作者，以及各项技工能手，都同时把手中的奖状高举过头顶，都在同声高呼着："我们的水库建成了，我们的水库发电了，我们山区也有电了。"那气势如滚滚的春雷，震撼着四周无边无际的群山崇林。

金梅看到这个万众欢腾、激动人心的场面，也和许多人一样情不自禁地不停地流着欢喜的泪水。

竣工仪式结束后，金梅就急着想回去了。她还从来没有出来住过这么多天，可是青山和青菊就是不让她走，非要她多住几天，看够了风景再走。他们都说现在库区的景色是一天一景，处处如画，一定要好好看个够。

金梅心里也是还有些不放心，她也想等看到银梅的新家安置了才回去，也就多住了几天。直到金生慌张地跑进山里来叫她，她才知道家里出了大事。她赶紧和银梅一起急匆匆赶回柳树湾。

柳四宝的生命已经走到了尽头。他看到金梅时，已经说不出话来了，只是眼泪汪汪地对金梅比画着，他只想能最后再看所有儿女们一回。

金梅一看就知道了他想说什么，赶紧让金水去给铁梅打紧急电报。十几

年没有回来过的铁梅，终于回电报说，她已经上了回来的火车。金梅把铁梅发来的电报，放在奄奄一息的柳四宝手里，流着泪对他说："爸，铁梅回来了，她还要坐几天的火车，你一定要等到她回家呀。"

金梅接着又要求国红必须时刻守护着他，确保他能够等到铁梅回来。

柳四宝的手里一直紧抓着那份电报，直到铁梅带着儿女赶回来，叫了他一声"爸，我回来了"，他才眼角流出两行泪咽气的。

柳四宝的丧事成了柳树湾最隆重的一件事，许多人都是自愿过来为他守孝。他的四个女儿也是轮流给他守夜，只有铁梅要求天天为他守夜，她十分伤痛地对大家说，她离家十几年，没有尽到一点做女儿的孝心，这最后几夜就让她尽尽孝吧。

金梅最不放心的就是铁梅，就一夜到天亮地陪着她。她一直劝铁梅先去休息，铁梅说啥不肯，她就是一步不离。

这么多年不见，铁梅已经成熟了，她的眼睛里似乎藏着的都是秘密。

金梅一直想问她现在过得怎么样，想问问她家里的情况，想问问从没见面的小妹夫到底是个什么样的人。到了后半夜，她犹豫了很久，还是问道："铁梅，你在信上一直没有告诉我，你到新疆去开荒种地，怎么就去了马兰造原子弹呢？你到底嫁给了什么人？连一张照片都没有给我们？"

铁梅微笑地说道："大姐，因为我遇到了该爱的人，让我义无反顾地嫁给了马兰。"然后，她指着夜空中满天的星星，又对金梅说："大姐，你看天上，那就是我们新中国的卫星，我们中国也有了自己的卫星了。他就是搞卫星的，我能嫁给他是我一生的骄傲。我愿意陪他在戈壁滩一辈子，不管有多么的艰苦，我都无怨无悔。"

金梅不解地问道："你们那里不是在搞原子弹？怎么又搞卫星了？"

铁梅笑了："那也是他们搞的，他和他的同志们，就像是那天上满天的星星。虽然远在天边，无声无息，但他们都在时刻发光。"

金梅望着夜空问道："满天都是星星，我怎么能分得清哪个是你们放的卫星？"

铁梅拿手指着天上的星星告诉她："大姐，以后，你看到的那会走的星星，就是卫星。"

金梅揉揉眼抬头看着，又接着摇着头道："我哪会看到会走的星星呀。我以前看到过天上会走的星星，孩子们都说那是飞机，我们附近有飞机场，天天都有飞机在飞。"

铁梅又微笑着，十分自信地说道："是的，金梅大姐，我们的飞机有了，军舰潜艇有了，两弹一星也有了，我们该有的都有了。我们的国家真的强大了。以后，你看到天上会走的星星，有声音的是飞机，没有声音的，就是我们的卫星。"

金梅不再问下去了，她从铁梅的笑容中，已经看到了她过得很幸福，牵挂多年的心终于放下了。

后来的好多年，金梅每次想起铁梅，都要在晚上去看天上会走的星星。搞得全村的孩子都跟着她朝天上看，个个伸出小手指，告诉她看到了天上会走的星星。可是她总是看花了眼，一次也没有看清过。

四十九

水生终于完成了他在柳树湾的一大壮举。经过他多年的辛苦劳动，他年积月余地预备好了十几万块砖瓦，他仿佛完成了一个巨大使命似的，乐滋滋地跑去告诉金水，现在积累的砖瓦可以盖几间教室了。

金水跑来一遍又一遍地计算着，最后高兴地对水生说："早就够了啊，我们小学校盖起新教室，你是立了头功啊。没有你，我们小窑厂怎么能烧出这么多的砖瓦呀。这些年真是辛苦你了啊！"

金水立即又带领大家一起来改造小学校，他们推倒了所有的泥坯墙房子，全部换成了青砖青瓦的明亮的教室。还造了一块夯实了地面的篮球场，只要不下雨，就能活动了。特别是造了两个水泥的乒乓球台，成了学生们的最爱，许多孩子都成了乒乓球迷，个个都在吹嘘着，自己长大了，要去当世界冠军，去成为容国团、庄则栋。他们的书包里都藏着一个自制的木板球拍，都是大小不一，形状各异。全校只有一副标准的乒乓球拍，像宝贝似的藏在方卫红的手里，只有上体育课和比赛的时候，才能拿出来。

陶校长在这里的几年，不只是培养了一批批学生，另一个最大的收获，就是把方卫红和陶大民都培养成了优秀的小学教师。柳树湾的孩子们正是蓬勃成长的时候，每家每户少的都是五六个孩子，方卫红就一口气生了七个孩子。现在都是走了一批又长大一批，小学校里总是充满了孩子们朗朗的读书声和孩子们的笑声。

方卫红已经变得越来越优秀了，已经成为了小学校的骨干。她每天都是起早摸晚，几乎把时间都花在了小学校里。不管课程任务有多重，她都是独自把工作都承担了下来，她也没有去叫水生来代课。她心里心疼水生，她知道金水管着全村的事情，事情多。这些年小窑厂几乎是水生在撑着的，水生实在是太辛苦了，不能再给他增加任何负担。就是陶大民在回县里学习的时候，她经常一天要上八节课，晚上还要补课，也没有叫过一声苦。她也从来没有向金水提出增加一个教师。她知道现在村里还很穷，每家都是这么多的孩子，大家过得都很穷，增加一个教师，就是增加一个负担。

方卫红也是最受孩子们的喜爱。因为她上课的时候，最喜欢给他们讲故事读报纸。她跟他们讲小冬子、小闯的儿童革命故事，讲雷锋做好人好事的故事；讲王成、邱少云、黄继光、董存瑞的战斗英雄故事；讲容国团、庄则栋等世界冠军的故事；讲焦裕禄、邢燕子的故事；也讲两弹一星的故事。她告诉孩子们，我们的国家是在一穷二白的基础上发展起来了，已经越来越强大，已经从东亚病夫成为世界上举足轻重的大国强国，这些都是因为这些英雄们的无私奉献，才得来的。我们中国现在又有了两弹一星，腰杆子就更硬了，就没有人敢欺负我们了。虽然我们现在还很穷，但是我们都是在为共和国打下坚实的基础，祖国的未来一定会变得更加的强大。这还要靠你们这些接班人认真学习，去努力奋斗。她讲的故事总是让孩子们感到特别的提气有劲，越听越爱听。

新学校建好后不久的一天，突然又有两辆军用吉普车开进了柳树湾，而且直接就朝小学校开去。

金水以为又是上面来检查的领导，也立即跟在吉普车后面跑进小学校。这个小学校改建后，经常有上级领导来检查指导，还有许多外地来学习参观的。

金水心里正在感到一些纳闷，这是从哪里来的领导呀？我怎么没有接到通知呢？还一来就是两辆吉普车。

金水看到从车上下来了几个干部，他都没有见过，还有几个穿军装的人。他心里立即紧张起来了。陶大民书记是不是又犯了什么错误呀？连部队都来人了啊。

金水立即迎了上去，对从车上下来的几个人说道："几位同志好，我是金水。你们是来找陶大民同志吧，他正在上课。请你们先到办公室坐一下，等一会儿。"

这几个人听了他的话，都跟他握了手，却没有一个人进去，全都十分严肃而又恭敬地站在外面等着陶大民，也没有一个人进去叫他。这使金水更加感到意外和不安，这些人看着就像是大干部，他又不敢去问。这段日子，陶大民回县里开会的次数是多了，可都是他自己一个人来回，从来没有吉普车接送过。他不知道陶大民又遇到什么事了，是不是到县里学习开会又说错了话。

陶大民似乎早有心理准备。他不为外面的来人所动，依然认真地给孩子们上完了这节课，最后语重心长地对学生们说道："同学们，这是我给你们上的最后一节课了。希望你们能够认真做完课后作业，以后好好学习，早日成为对国家有贡献的人。"

等陶大民上完课出来，来的几个穿军装的人全都整齐地站成一排，恭敬地朝他敬礼道："首长好！"

其中一个领导模样的人，极其认真地对他说道："陶大民同志，我正式代表芜湖地委向你宣布，你的问题查清了。组织决定，恢复你的一切职务。请你回到青弋江县委书记的位置，继续为人民工作。陶大民同志，你受委屈了。组织对你的定论是，你是犯过严重错误，但是你都不是为了个人，而是为了工作，是为了给人民服务所犯的错误。"然后，他伸出双手紧紧握住了陶大民的双手，热泪盈眶。

陶大民一点也没有表现出激动。他拍了拍身上的粉笔灰，只是平静地说了一句："请同志们等我一下，我换件衣服。"

陶大民进入自己的房间，换上了那套洗得有些发白的旧军装出来时，全村的人听到陶大民平反的消息，已经争先恐后地赶来了。小学校的里里外外都已站满了人。

金梅、水生和金生也一起赶来了。金梅激动地擦着泪不停地问道："水生，这是不是真的？他怎么说平反就平反了呢，他怎么一点都没有告诉我们呢？真是好人都有好报呀。"

金生忙插嘴说道："妈，是真的，这事还能假呀。他又当县委书记了，县里都派吉普车来接他了。"

陶大民看着密密的人群，首先立正，向所有人敬了一个标准的军礼，然后激动地对他们说："乡亲们，我确实是犯过严重错误的人。这些年和你们

生活在一起，是你们教育了我，改造了我。我真心地感谢你们，我永远不会忘记你们，不会忘记柳树湾！我一定牢记毛主席的教导，继续全心全意为人民服务。更加努力地工作，来服务报答你们！"

然后，他又来到大家的面前，和大家一一握手告别。当他紧握住金水的手时，鼓励地说道："金水，这些年，我都看到了。你的工作干得不错，要继续努力加油啊！胆子还要再大一点，把小窑厂再发展壮大一些。要坚持你的那句话不动摇，只要对老百姓有利的事情，我们就要去干。这就对了啊，我们共产党打江山，不是为了坐江山，是为了让所有受苦受难的老百姓都过上好日子。"

金水已经有些惶恐了。他的双手不停地发着抖说道："陶书记，我们柳树湾的一点成绩，都是在你的领导下取得的。"

陶大民拉住金梅的手时，久久不愿放下。他十分动情地说："金梅，这些年真是谢谢你们一家对我的照顾呀。以后你也不要把我当成外人啊，就把我当成亲戚吧。我们一定要经常往来呀。"

金梅连声说道："好、好，我们以后就是亲戚了。你又当大官了，以后千万不要还说大话干傻事，再犯错误啊。路要一步步走稳了。"

陶大民笑道："金梅，你放心，过去的教训深刻，真是刻骨铭心啊。经过这些年的总结和学习，我获益匪浅啊！我以后一定实事求是、脚踏实地、科学决策、统筹考虑、协调发展，带领全县人民早日过上好日子！"

金梅不解地问道："你怎么一当官，说话就像喊口号哇？"

金生赶紧说道："妈，陶书记现在说的是工作方法，不是口号了。"

金梅拉住陶大民的手，一刻也不放松。她又急切地说道："你平反了，你现在又有权了，你也该给水生平反了吧。他还是你的干儿子呀。这些年一直像亲儿子一样照顾你呀，你可不能忘了他。"

陶大民这时把水生叫了过来，对金梅说："水生是我在解放前认的干儿子，这辈子也改不了。可是我没法为他平反呀，组织上也从来没有给他任何定性，给他任何帽子呀。我还怎么去给他平反呀？其实呀，你们柳树湾已经早就给他平反了！他在你们这里，没人把他当成了坏人呀。"

全场人听了陶大民的话，全都笑了。陶大民又对金梅说："金梅，你放心，我做错的事，我都会去改正的，陶校长就是我错划的右派。我一回去，就要给他平反。"

陶大民一直拉着金梅的手，依依不舍地走出了柳树湾。全村人是夹道相送。出了村很远了，他还不想上车，还是金梅劝道："陶大胆，你就上车走吧，有时间常回来看看。"

陶大民上了吉普车，顺着青弋江的大堤走了很远。他又回头望去，他看到在青弋江的大堤上到处都是黑压压的人群。直到看不见了，陶大民又把闪动着泪光的双眼，投向了青弋江两岸那广阔无垠的田野。他更感到了心情的沉重和责任的巨大。

陶大民走了后，方卫红才向金水提出，要求让水生回小学校当校长。她说，这个小学校的一砖一瓦都是水生亲手打制烧出的，就是给他树个像立个碑也不为过呀，不能总是让他烧一辈子小窑吧。

金水二话没说，就去找水生，劝他说："这些年搞小窑厂真是辛苦你了。现在我们村里的人家都已经盖起了砖瓦房，你应该回到小学校去当校长了。"

水生说道："方卫红当校长很好呀，我不能去当校长。"

金水拉起水生的手说："小学校就你们两个老师了，谁当校长不是一个样啊？方卫红在家在外都是领导我的，她还是最服你的领导。"

水生回到了小学校，上体育课的时候，最喜欢带孩子们打乒乓球。他把孩子们打乒乓球的热情提起来了，可是乒乓球也很精贵，水生也不能满足孩子们的要求。一些孩子把球打坏了，就没球打了。于是，每次放学的时候，都会有许多孩子可怜巴巴地跟在他后面要乒乓球，要不到就鼓着嘴，一起在背后骂着水生："他是狗特务，他最坏，他不给我们乒乓球。"

他们的话传到了方卫红那里，她就气愤地把他们全部抓去站黑板，非常严厉地批评他们："他不是特务，他是打过日本鬼子，打过淮海战役和渡江战役的开国英雄，也是上过朝鲜战场，捉过美国鬼子的大英雄。他现在是我们校长了。你们还说他是特务，你们不都成了小特务了。"

孩子们都听方卫红的话，她一开口不许他们说水生是特务，也就没有人再敢说了。孩子们后来见到水生时，都是远远地立正站好，恭敬地叫他："校长好。"

水生又开始把所有的精力都花在了小学校上。这些孩子们常常能让他想起跟他一起去朝鲜的那些青年战士，希望这些孩子中间也能出几个像银水这样的闻名全国的英雄。

五十

陶大民回到县里，在他举行的第一次县委大会上，情绪激昂地说道："同志们，我们中华人民共和国成立二十多年了，我们新中国建设已经取得了巨大的成就。我们已经建立起来完整的国民经济体系和强大的国防工业，特别是我们的人民已经从四万万同胞变成了八亿神州尽舜尧。就是我们青弋江县就办起来一百多家工厂，完成了一百多项水利工程，这是多么伟大的成就呀！我们能够在短时间内，取得这么巨大的成就，是靠党的伟大领导，是靠全国人民的建国热情，也是靠我们广大农民兄弟的无私支援。同志们啊，我们的农民兄弟真的是太伟大、太了不起了！他们就是靠着勤劳的双手，面朝黄土背朝天，靠着刮地皮养活了我们的国家，支撑起了我们国家的建设。可是，我们的农民也是过得太苦了。据我调查，我们县还有几乎一半的农民生活在贫困县下，特别是还有一大半的农民都还住在土坯墙的草房子里。这些年来，不管他们有多苦又多累，他们从来没有任何怨言，总是把最好的粮食作为公粮交给了国家，老母鸡下的鸡蛋送给了食品公司。有许多人家一年到头就哄着一头猪长大，到后来，送到了食品公司，自己连一点油水都得不到啊！同志们，我们欠农民的债太多了，我们应该有所报答了。我们从现在起，要不说大话，不讲虚话，实实在在地为农民办点实事好事。我们要认真落实以农养工，以工扶农的政策。我们要集中全县的力量，帮助农民脱贫脱困，帮助农民尽快地过上好日子。首先就是要帮助他们办起一批砖瓦厂，帮助他们消灭土坯墙草房开始，要在最短的时间内，让他们都住上宽敞明亮的砖瓦房。"

陶大民说到动情处，有时禁不住的眼里闪动着泪花，他的讲话立即获得了全场热烈的掌声。

由于陶大民的积极号召，青弋江两岸随即掀起一股大力兴办大型砖瓦厂的热潮。在几年的时间里，全县就争先恐后地办起了几十家大型的机械化砖瓦厂，一座座几十米高的粗大烟囱拔地而起，遥相呼应。这些高大的烟囱顶上都飘扬着一面红旗。烟囱上从上到下分别写着特别醒目的不同标语："中国人民应该给人类做出更大的贡献""自力更生、艰苦奋斗、多快好省地建设社会主义""与时俱进、艰苦创业、努力建设社会主义新农村""全心全意为人民服务""农业学大寨、工业学大庆""苦干实干、早日实现农业现代化"……

后来好多年，这些在蓝天白云下飘着白烟的大烟囱，都成了青弋江两岸特有的标志，站在任何地方都能抬头望到，也成了青弋江两岸一道道亮丽的风景。

新生转业后，被分配到十三连公社当了武装干事，正好赶上了这次建设砖瓦厂的热潮。公社里也要建设一座大型的砖瓦厂，而且地址就选在了柳树湾。因为这里的外滩有取之不尽的沙土，最适合烧制红砖。

新生知道这个机械化的大窑厂，不同于柳树湾原来的土法小窑厂，而且烧的红砖和过去的青砖也不一样。就不免的心头一动，就在公社党委会上自告奋勇要求调到这个大窑厂去工作。

那个何书记认真地看了他很久说："我们正好缺一个好厂长。我也考虑过你，你烧过小窑厂，比我们有经验。只是你的腿不方便呀，能胜任窑厂这么重的工作吗？"

新生立即站了起来，激动地说道："我的腿没有问题，我不能因为这条腿，就待在办公室里吃一辈子闲饭。请领导相信我，我一定能够干好。我从小就会烧砖，我有经验。"

于是，公社领导一致同意由新生去负责这家大窑厂的筹备建设工作。新生领了新的使命，心里非常激动，可是他又不知道该如何去和金梅说，他知道金梅妈妈一定会坚决反对他的这个决定。他只好托人带信给金生，找他来商量。

金生接到新生的通知，立即赶到公社，听了新生一说，大声说好。他激动难忍地说道："新生，我们是最早会烧砖头的。现在全县都在办大窑厂，我们绝不能落伍。我们一定要办个全县最大最好的大窑厂，烧出最好的红砖，为社会主义建设添砖加瓦。"

新生信心十足地说："我们从小就是玩泥巴砖长大的，搞窑厂，我们绝不输给任何人。我只是担心金梅妈妈，她年纪大了，我不想让她为我们担心。"

金生立即说道："你还知道我妈在为你担心呀？她现在最担心的不是你的工作，而是你的婚姻问题。你要是还决定不了，我就帮你选一个吧。"

新生立即又红了脸："我的事我自己做主，我不会像你，什么事业没干成，就急着结婚生孩子。"

新生转业回来后，开始一直就是住在柳树湾，就是到了公社上班，也是每天早出晚归。

金梅看到他每天颠着那条假腿来来回回，心里难受，就劝他道："你这条假腿，走路都受罪，你就住在公社，不要天天回来了。这么大的人了，还一天都离不开家，你在部队那几年都是怎么过来的？"

新生不听她劝："金梅妈妈，我没有事的，我骑自行车。"

金梅又说道："你那个假腿，还要骑自行车呀。你在路上摔倒了，没人扶都爬不起来。"

直到后来，他每次回来，金梅都要逼他赶快找一个姑娘照顾他。他被金梅逼得太紧了，才有时躲在公社不回来了。可是他几天不回来，金梅又不放心了，就又经常自己找到公社看他。

金生都看不下去了，就对金梅说："妈，新生的婚事你真不要再去逼他了。他现在吃香得很呢，每天都会有姑娘给他写信。"

金梅十分焦虑地说："我也知道，他只收不回，有什么用啊。新生跟你不一样，他心事重啊，所有事都憋在心里，谁也不知道他心里是怎么想的。你不把他逼急了，他屁都不会放一个。国红的孩子，都能满地跑了，他怎么还是那样呢？既然这样子，他何必当初呢？"金梅说着说着，就说不下去了。

金梅知道新生收到人家姑娘写的情书从来不回，还是银梅和方卫红都悄悄地跑来告诉她的。银梅的女儿青菊和方卫红的大女儿柳红艳都喜欢新生，都在给新生写信，想请金梅帮着问问：新生心里到底喜欢哪一个，还是一个也不喜欢，也和金生一样只喜欢大城市里来的女知青？

金梅心里暗暗高兴，这两个丫头都跟自己女儿一样，都是她看着长大的，哪一个跟了新生，都能照顾好他一辈子，她都能放下心。于是，她就直接去问新生："青菊和红艳都是你妹妹呀，她们都比你小。她们给你写信，你怎么能不给她们回信呢？"

新生听了她的话，红着脸低着头就是一语不发，就像一只秋茄子，怎么敲打都没有声音。

金梅只好回来对银梅和方卫红说："新生心里呀，还是那道坎没有过去，只有等他一段时间再问他了。青菊和红艳这两个孩子，一个叫我大姨，一个叫我大姑，我都喜欢，真不知道偏爱哪一个。"

青菊和柳红艳都也长成大姑娘了。她们都比国红小两岁，也是从小到大都是同学，小时候也是无话不说的好朋友。现在长大了，各人心里也都有了各自不可告人的小秘密，见了面也就变得一些不自然起来。

柳红艳开始还很不好意思，是在方卫红的一再催促下，才给新生写信的。方卫红是看到青菊经常给新生写信，新生一直没有回信，才要她写的。刚开始的时候，每一个字都是要经过方卫红的严格审核，都只是一些问候关心的话语。可是，新生一封都没有给她回过，气得她后来就不想写了。

方卫红仍在不停地鼓励她道："我知道新生也没有给青菊回过信呢，你一定不要放弃啊。这说明他心里还没有决定呢。像新生这样有情有义的好人，你全公社也找不到第二个了。你别看他少了半条腿，他还是个吃商品粮的国家干部呀。"

柳红艳情绪低落地说："妈，我还是觉得他心里喜欢的是青菊。他们都是在金梅大姑家长大的，他们早就是一家的了。"

方卫红立即说道："所以呀，新生一直就把她当成亲妹妹了。我天天都在看着，新生对她没有那个意思。他还当着我面跟她说，天天在家里，以后有事就当面说，不要再写信了。"

柳红艳立即回答道："他也是跟我这样说的。妈，我不会再给他写信了，多丢人啊！"

方卫红马上否决道："你一定要继续写，青菊我也是这么跟她说的。现在解放这么多年了，都是在大胆地自由恋爱，有什么丢人的？这样的好男人，你们就要去抢，要是被别人抢走了，你们两个就会后悔一辈子。你和青菊谁能进入新生家里，我都高兴。"

柳红艳知道她妈一向好强，拗不过她了，只好说："好的，妈，我听你的，继续写，那你就不要再叫青菊写了。你这叫我们见了面多么难看呀。"

方卫红又说道："青菊也是我从小教的学生，她一直都比你还听我话。我就是想知道新生心里更喜欢你们哪一个，就是不想让他被你们两个以外的人抢走。"

柳红艳不敢再说下去了，她知道方卫红早已经是学校出了名的最厉害的老师，所有的学生都是从小就怕她，她看准的事都是说一不二。在整个村里，除了金梅，连金水和水生都要顺着她的意思。特别是那些在她手下念过书的人，从小心里都很害怕她，青菊更不例外了。

柳红艳只好低下头，又按照方卫红的意思给新生写信。她忍不住又抬头说道:"妈,谈恋爱也要有感觉,还要有缘分,是强求不得的。你当年追水生都追到朝鲜去了,后来不还是没有在一起呀。"

方卫红一听,心里就有些火了,对着她骂道:"你这个死丫头,那是哪年的老皇历。我那时没有你们现在这样的好福气。我看你和青菊呀,就是一个也比不上国红。"

柳红艳听了方卫红的话,怕她真的生气了,就赶紧对她说道:"我的好妈妈,我知道你是为了我好,我这就去找国红取经去。最了解新生的还是国红姐呀。"

柳红艳说着就去知青小屋找国红去了。后来,她就在国红这里的时间比在自己家里的时间都要多了。

国红和李学军结婚后,这里就成了他们的家,也成了全村青年的活动中心。知青们有新来的,也有上调走了的,只有他们一直没有变化。

国红听了柳红艳的话,笑着说:"我知道你和青菊都在给新生写信。你们写的那哪是情书啊,就是你妈布置的作业呀。"

柳红艳红着脸说:"国红姐,你教教我怎么写吧,不然我妈还会逼我。我现在一见到我妈,心里就害怕。"

国红立即反驳道:"真的是你妈逼你的吗?你心里的那点心事,我早知道,你这就是欲盖弥彰,弄巧成拙了。你心里喜欢他,就要明明白白地跟他说,不要再跟他打哑谜了。在这方面,新生笨得很。你不跟他挑明了,他还真不明白。"

红艳听了国红的话,把头低得更低了,都不敢抬眼看她了。国红又拉住她的双手说:"我们都是新中国长大的青年,你比我还小两岁,怎么比我的思想还落后啊?遇到喜欢的男人就应该主动些,谁规定了非要男的追求女的。你们看我们村里的女知青,个个都是主动追求别人的。"

方卫红一直感到最骄傲的就是,她和柳树湾的孩子打了一辈子的交道,所有的孩子她都教过。她还为国家生了七个优秀的儿女,也是全村生孩子最多的。无论是在金水面前,还是在全村人面前,她都是腰板挺得直直的,说话走路都是响蹦蹦的。她还常常去教育村里的妇女:"我们就是要给国家多生几个孩子,多培养一些接班人,人多力量大。我们这辈子是过得苦,家家要养活这么多孩子。只要孩子们长大了,一切也就会好起来。看到孩子们一天天长大,就是我们最大的幸福。"

方卫红不同于村里别人的，就是她不只要生，要养活他们，还对他们的教育抓得很紧。她训斥教育孩子的声音常常响彻全村。这个时候金水是从来不敢插嘴的，他要插嘴，就会连自己都被教育了。

方卫红家的几个孩子都是在她这种严厉的教育下长大的。柳红艳在家里是老大，从小受到的教育也是最多的。她读到高中毕业回家，还没有敢做过一件违背方卫红意图的事情，虽然有许多都是她心不甘情不愿的，但她都不敢反对。

对于给新生写信这件事，她开始也是不情愿的，因为她们都是从小把新生当成大哥哥对待。但是几封信写后，她的内心已经发生了小小的变化。每次写信时，她都会想起新生那条断了的腿，心里就会感到一阵阵的发酸。在她从小的记忆里，新生的两条腿是在田埂上最会跑的，有时在冬天的田野里，他追着黄鼠狼跑，比黄鼠狼和野狗跑得都要快。只是，新生从来不给她回信，已经深深地伤害了她那颗脆弱的娇羞的姑娘的心。她也不知道该如何去面对新生了，可是只要新生有几天没有回来，她的心里就会有一种莫名的渴望和焦虑。

青菊也和红艳有着同样的感觉。但在新生回家时，当面对她说，都在一个家里，有事就当面说，不用再写信了。她后来写的信就少了。但她心里同样渴望他能每天都回家，虽然她也担心他那条假腿骑车不方便，在他哥青山念完高中就回到山里去工作后，她却一点没有回到山里去的愿望了。她已经从小把柳树湾当成了自己的家，一刻也没有想过要离开这里。

新生每次收到她们的信时，心里总是有种不同的感触。开始的时候，她们都只是在信中写一些安慰鼓励他的话和一些表示要向他学习，努力上进的决心。新生当初看了，一直认为这都是大家用另一种方式，对他表示的一种特别的关怀，心里就会感到一些特别的温暖。后来她们的信中，都在越来越明白地表达自己的心意了，新生心里就感到有些慌了，他不知道该如何去面对了。因为从小到大，他都把青菊和柳红艳当成亲妹妹，从来没有过任何遐想。而且，他对国红的感觉依然是那么深刻，铭刻在心，不能忘怀。他每天回家的时候，都要想方设法到国红住的知青小屋去一趟。哪怕是不进屋，就是从门前骑车而过，只要能看到她一眼，他的心里就会感到一种快乐和幸福。

在金梅不断催促他尽快找个对象，好照顾他生活时，他开始住在公社，

不常回来，也有想回避青菊和柳红艳的意思。他的内心早已经乱成一团麻了。他感到，青菊和柳红艳不断地给自己的来信，都是出于大家对于自己的过分的关爱。这个时候，他最渴望的就是工作，他要把所有的精力和热情都投入工作之中去。

五十一

新生带着新的使命，和金生一起回到柳树湾，雄心勃勃地向大家表达着自己心中的宏伟计划。

金梅听了非常吃惊地问道："你这个孩子，什么大事都喜欢自作主张，怎么就不回来跟我们大家商量一下？你是个只有一条半腿的人了，在公社当干部坐办公室多好啊，怎么又要跑回来搞窑厂呢？你从小就是玩泥巴砖，还没有玩够啊？"

新生安慰她道："金梅妈妈，您不要为我担心。我就适合办窑厂烧红砖，不适合坐办公室，天天坐在办公室都把我闷死了。"

金梅又有些生气地说："我知道你们都是听陶大胆鼓吹的。这个陶大胆一回去当县委书记，就要办这么多窑厂，会不会又要犯过去'大跃进'时的错误呀。烧这么多红砖卖给谁呀？"

金生立即插嘴说道："妈，是你的思想跟不上形势了。我们现在就是要改变发展思路了，不能总是守着这点土地过苦日子呀。我们柳树湾地理位置好，沙滩多，最适合办大窑厂。我们的发展前途大得很呀，我们前进的道路无比广阔。"

新生也耐心地跟金梅说道："金梅妈妈，以前我们村里就是靠着那一千多亩土地养活着。现在每家都是这么多孩子，都长大了，人口增加了两倍了，还是靠着这一千多亩土地养活，怎么能不穷呢？必须要有新的发展思路了。我们目光也不能只看到柳树湾一个村，还要看到全公社，看到全县，看到更大的地方。我仔细计算过了，光是我们公社，要把所有的泥坯墙草屋，都改造成砖瓦房，就是我们的大窑厂办起来了，也要烧二十年的红砖才够啊！我就是希望能尽快让所有住泥坯墙草屋的人家都住上砖瓦房。而且芜湖市也在大发展了，也需要大量红砖。我们就在青弋江边上，顺水而下，还可以把红砖运到南京、上海。这需要多少红砖啊，我这辈子也烧不完。"

金梅听了水生的话，不再反对了，只是最后说："你出去念过书当过兵，比我看得远。你要干，我不反对。我只有一个要求，你必须尽快找个媳妇，让她来照顾你。青菊和红艳都是好姑娘，她们哪一个都会照顾你一辈子的，你到底喜欢哪一个呀？你不好意思，就跟我说。"

新生立即满脸通红地低下头说："金梅妈妈，我只想要金生帮我。"

金梅又急了："你这孩子，你的个人问题早晚要解决的呀！你要金生去帮你，那是你俩的事，我管不了。你要还是听我的话，在大窑厂点火的时候，你必须给我先结婚。"

新生听了金梅的话，又是低下了头不说话了。金生又在一旁插嘴道："妈，你放心，我都跟新生商量好了，保证在大窑厂点火的时候，结婚点火，两个喜事一起办。喜上加喜。"

金梅仍然不依道："你说的不算数，我要新生亲口跟我说。"

金生立即又接着说道："妈，这个事，你怎么能逼他当面表态呀。你看他头都低到哪里去了。他不反对，低头就是答应了你的要求。"

这时金水来了，他一来就哈哈大笑道："金梅大姐，我真是教会徒弟饿死师傅了。我还没有老啊，他们两个就要办大窑厂了，要逼着我们小窑厂关窑熄火了。"

金生立即说道："金水舅舅，你们小窑厂哪能跟我们大窑厂比呀。我们这就叫改朝换代，鸟枪换大炮了。我们是用机器制砖，一个小时几千块，不要跟着你砸砖坯了。我们每天出窑几万块红砖，两天就能超过你们一年啊！而且呀，我们烧出的是红砖，不是你们烧的青砖青瓦了。"

金水仍然有些不服气地教训金生道："青砖红砖还不都是用火烧的，是盖房子用的？你们不管怎么能干，都还是我们带出来的小徒弟。你们两个小毛孩，要想把窑厂搞好，还是要先拜我和水生做师傅。要论烧窑技术，水生排第一，我排第二，全公社找不到排第三的。"

新生立即谦虚地对他说道："金水舅舅，我们大窑厂刚办，还要靠你们多指导，你们的烧窑技术，我们一辈子也学不会。"

金梅又有些生气地说道："你们非要去搞大窑厂，就去搞你们的，不准你们去找水生。他烧小窑厂这么多年了，刚到小学校轻松了几天，你们就又要去麻烦他呀？"

金水听了金梅的话，直摇着头说："金梅大姐，你又是多操心了。新生

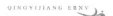

和金生回来搞大窑厂，水生他能不去管？你捆也捆不住他呀，他比谁都是更费心的。我刚才还看到水生跑到沙滩上取土去了，他还要帮他们送土去化验呢。再说了，新生心里要不是架着水生的经验和技术，他年纪轻轻的还敢来搞这么大的窑厂？他有多大的胆子呀？"

新生和金生听了金水的话，立即一起朝河滩上跑去。果然，他们远远地就看见水生一个人正从河滩里背了一大包沙土朝圩埂上爬来。新生和金生赶紧跑过去一起卸下水生背上的沙袋。

金生看到里面许多包着沙土的不同纸包，眼睛一热地说道："水生舅舅，还是你比我们想得周到。"

水生直起腰，一边拍了拍身上的沙土，一边对他们说道："你们要办这样的大窑厂，取土最重要，还要考虑到十年后、二十年以后的取土。我取了几十个不同的样品，都做了记号。你们都送去做化验，做到心中有数。"

金梅远远地看着他们，没有再走过去了。她只是远远地埋怨了一句："水生，你真是苦命啊！这辈子都离不开泥巴，就是要和泥巴打交道啊！"

大窑厂开始进入全面建设了。新生和金生整天待在建设工地上，一步都不离开。水生是一有空就要到工地来看看，金水也是不时地过来指点着。

水生看到公社从外地请来的师傅在每天圈着大轮窑和大烟囱，新生和金生在那里也插不上手，就对他们说："这些大师傅都是造了几十年的大轮窑了，你们在家也帮不上忙，有我和金水在家帮你们照看着，你们还是趁现在有时间，去砖瓦机厂去学习机械吧。那些大机器，我们全公社都没有人用过。你们还是早去学习早好，不要临时抱佛脚呀。"

新生心里最不放心的，也是那些机器，他们从没有摸过。他也怕人家师傅来安装的时间短，怕一时学不会吃不透，以后会经常遇到毛病。因为他们还从没有接触过任何机械。他听水生一说，也说道："我也是这么考虑的，我也想着早点去他们厂把那些机器吃透。我就怕你在家里任务太重了。"

水生连忙催促道："你们放心去吧，现在学校正在放暑假，我正好有时间帮你们照看。有我和金水在家里，能帮你们照顾好圈窑的师傅。圈窑这个我们比你们内行。公社现在办这个大窑厂不容易呀，你们要把所有难处都想在前头，将来才会干得好。"

新生要带着金生一起到江苏的一家砖瓦机厂去学习，那是一家规模很大的专业生产砖瓦机和其他农业机械的工厂。他们全县所有新建窑厂的砖瓦机都是在那里订购的，都是由厂家派人来上门安装调试，当场教会使用。现在只有他们提出上门去学。

临走的时候，新生特意要金梅给他们准备了两大坛腌萝卜、腌蒜头和其他一些咸菜，还有一大包锅巴。一路上，大包小包带了一大堆。

金生背着这些包裹，有些难堪和担忧地说道："新生，我们这是为大窑厂去学技术的，是代表公社去的。你还是个大厂长。怎么一开始搞得，我们就像是逃荒要饭的叫花子，到了人家厂里，会被人瞧不起的。"

新生毫不在乎地说道："我们自己的家底自己知道。我们是去学技术，不是摆富。你也知道，我们公社要办这样一个大窑厂，是从来没有过的大事，要花多少钱啊。我们绝不能花公家的一分钱。现在我水生爸、金水舅舅和许多人，都在为我们做义务劳动。他们图的是什么？我们去吃这点苦算什么？还能怕丢了脸面？"

新生还一再叮嘱金生到了那里，任何时候绝不能透露他就是厂长，会给人家带来不便，要说他就是厂里派来学习的小电工。

他们每人背着一卷棉被，手里提着几个咸菜坛子，来到了那家工厂，就像是外地来打工的民工。门卫把他们挡在外面半天不让进去。就是拿出了公社的介绍信，门卫也不相信，直到他们去打通了公社的电话，才把他们放了进去。

厂里安排他们住在附近的招待所，但是要交住宿费。新生坚决不同意，坚决要求住在厂里车间里。

他们住在车间里，白天跟着工人们学技术，晚上翻看资料。一次都没有出过工厂的大门，除了去食堂吃饭，就是日夜泡在车间里。厂里的工人师傅，都被他们这种执着的精神感动了，全都毫无保留手把手地教他们。他们也有明确分工，新生负责学电工，金生负责学习机械。不到一个月，金生就把整个砖瓦机的全套机械都装到肚子里了。

晚上，金生躺着睡不着，就对新生说道："新生，这套机械也没什么，难不倒我们两个高中生。现在不用他们派师傅去，我们闭着眼，就能把它们安装好，保证没事。"

新生不耐烦了，就回道："你是不是又想江梦云了，你怎么变得这么没出息了？我们才出来几天呀，这是多好的机会呀，要不是这次买他们设备，我们都是不能进来的呀。"

金生爬坐起来说："我不像你，什么事都能放得下。你心里就不想女人啊？青菊和红艳你到底喜欢哪一个呀？还是在外面有了更喜欢的？"

新生直挺挺地躺着，抬眼望着漆黑的夜空发呆，一句话不说。

金生有些急了，一把拉起他逼问道："怎么一问你关键问题，你就闷不作声呢？我们回去后，很快就要点火了，你怎么向我妈交代呀？我是帮你保证过的。还有你一直没有表示，搞得大家都不安心，搞得国红、红艳、青菊三个都不能安稳，这样下去真会出问题的。"

新生仍在想着自己的心事，没有回答他。金生生气了："新生，你再不跟我说话，我明天就回去了。你一个人留在这里吧。反正我陪着你吃了一个多月的咸菜、咸萝卜、咸蒜头，早就吃够了，你这个人的头脑里到底在想什么呢？"

新生看到他真生气了，就说道："我还是在想差距。你一路过来，都看见了啊，为什么我们那里和苏南地区的差距这么大呢？我们那里大部分人家还是住在土坯墙的草屋里，而这里的老百姓都住上楼房了。家家户户都是二层三层的楼房啊，一排排的好漂亮啊，领先我们几十年啊！"

金生索然无味了，他倒头就睡："你这话，从来时就不知说过多少遍了，我的耳朵都长老茧了。人家苏南地区，历史上就是闻名天下的富饶之乡啊。上有天堂，下有苏杭，他们都是在天堂边上。"

新生仍在若有所思地说："我们江南也是自古闻名天下的鱼米之乡啊，也就相距两三百里呀，怎么差距就是这么大呢？"

于是，他们无话可说了，只能各自去想着自己的心事。

他们直到他们厂买的砖瓦机，全部造好，装上了车，才跟着装货的卡车一起回到了柳树湾。跟着来指导安装的师傅，到了安装现场，才知道新生竟是这家大窑厂的厂长。

在新生和金生熟练的指挥下，没几天时间，砖瓦机就安装好了。当砖瓦机压出第一排标准的砖块时，全村和附近的村民们全都跑来观看，他们也正式告别了用双手打制砖坯的历史。

那隆隆的机鸣声和来往不停、川流不息运土运砖的平板车，预示着柳树湾已经进入了热火朝天的新时代。

五十二

当新机器打出的砖坯一排排摆满柳树湾外滩上的晒场时，大窑厂那个标志性的五十多米高的大烟囱已经圈到顶了。金生非常高兴地亲自爬了上去，把一面鲜艳的五星红旗插在了顶上。

新生也一直在下面看着，他也好想爬上去看看，可是他的腿却是怎么也不能爬那么高了。在往大烟囱上刷什么标语时，他却是早已考虑很长日子了，由于来圈大烟囱的师傅，来的时候，已经在别的公社圈起了几个大烟囱，好的标语口号都已经被别人用了，他不想和别人用一样的。他是和大家商量了很多天，才确定了这个新标语"与时俱进、开拓进取、加快社会主义建设步伐"。

水生也赞同说这个标语选得好。在这段时间他对于这个大窑厂花的精力比谁都要多。在刷标语时，他又要自己爬上去刷。金生抢过油漆桶说："水生舅舅，建轮窑圈烟囱的事都是你操的心，刷标语的这个光荣任务就交给我去完成吧。"

水生仍不松手地说道："你还年轻，这么高的烟囱有危险，还是我上去吧。"

金生已经硬把油漆桶抢在手里说道："水生舅舅，我已经跟着你爬上去看过几次了，不就是五十几米高吗，就是一百米高我也不怕了。"

当看到金生爬在大烟囱上，一个字一个字地描写着这个标语大字时，新生激动的心都快要蹦出来了。这描在大烟囱上的字就是他们的心声啊！他现在是天天都在做梦，恨不能一夜之间就能把那些标准的砖坯，全部烧出来，然后所有的人家都能盖起新的砖瓦房，尽快缩小和苏南地区的差距。如果不是少了半条腿，他早就自己爬上去了。

新窑厂眼看着就要点火了，新生是又喜又愁了，喜的是这个花费了他一年多心血的大窑厂就要点火烧砖，愁的是他一心扑在新窑厂上，还没有完成金梅妈妈的嘱咐。他不知道该如何去面对金梅妈妈了。从小到大，他还从来没有敢把金梅妈妈的话不当数的。

新窑厂离柳树湾不到两里的路程，新生又开始有意识地躲在窑厂里，一连几天都不想回去了。都是金生带饭来给他吃。他整天除了待在砖机房里，就是踮着一只脚，举着一对双拐，到晒场上去转着，在那一排排整齐的砖坯里来回检查着，一个角落都不放过。他们已经一口气就打制了几百万块砖坯，密密麻麻地码满了一大块沙滩。他一天都跑不了一个来回了。他一次制出这么多砖坯，就是要保证在轮窑点火后，能保证一年三百六十五天都不停火。而且，他们刚造好的烧砖轮窑，也是全县最大，窑口最多，达到了三十六孔，完全可以满足不停火地运转下去。他每天都在数着，计算着每天都在增加的砖坯，并在心里计算着，等正式点火后，每天至少要出五六万红砖，至少可以给两户人家盖六间砖瓦房，一年就可以给七百多户盖起砖瓦房。要不了几年，全公社所有的人家都能住进砖瓦房了，就可以往外推销了。

养护这些土坯砖，本就是他的老本行，他小时就跟着金水和水生后面学会了，而且现在都是机械压出的砖坯，比过去人工打制的砖坯又结实又标准。但是这次实在是太多了，也是他从来没有遇到过的，他一步不到就不放心。他们过去的小窑厂，一年也就能烧十几万块砖。

新生知道，这些新压制出来的砖坯虽然表面好看，其实就像刚出生的婴儿，娇贵得很。晴天要给它们晒太阳，让风吹干，到了阴雨天，必须给他们都盖上厚厚的草袋，一点都不能被雨水冲刷浸泡。

新生把所有的心血都投入这些砖坯上，就没有心事再去想别的事了。没承想他几天不回家，就惹怒了国红。她直接找到晒场上，当着众人，对着他大叫道："瘸子，你当了厂长就不得了啊，你心里就没有任何人了？"

"瘸子"是新生回来后，国红特意送给他的称呼。她一般情况下都不叫这个名字。她一生气的时候，就这样叫他，叫得越多，就是越生气了。

新生不知道国红怎么又生气了，就踮着脚走过来说："你怎么又生气了？你看我们这些砖坯多么漂亮啊！"

国红拿眼睛瞪着他说："我生不生气，关你什么事呀？你就守着这些泥巴砖就好了。你不就是到部队丢了半条腿吗？你有什么值得骄傲的？要论功劳，水生舅舅和我爸都比你功劳大吧。他们都是上过真战场的人，他们的架子也没有你大。请你回家吃饭，你都不回去呀。"

新生指了指天上说："你看天就要下雨了。这些砖坯还没有盖好，我不放心离开呀！"

国红不理他，继续说道："窑厂这么多人在，少了你这个瘸子，就不转了？就你比别人能耐大呀。"

新生从小见到国红，心里就有些胆怯。知道她这次认真了，不敢再说话了，赶紧推出自行车，要带国红一起回家去。

国红一把抓住车把说："你坐后面，我来带你。你一条腿带我，我还敢坐呀？"

新生只好坐在后车座上，让国红带他回家。在路上，国红一边骑车，一边责问道："你心里到底是怎么想的，青菊和红艳哪个配不上你呀？你以为你当了厂长就了不起了？你条件再好，都是只有一条半腿的人。她们可都是真心实意为了照顾你呀。"

新生坐在后面，听她总是在讲话，就说道："你专心看路骑车吧。我的事我自己心里清楚。等我们点火后再说吧。"

国红又气呼呼地说："你就想着点火，就不想着别人。你总是这样吞而不吐的，你要青菊和红艳怎么办呀？她们对你可都是动了真心的呀。你是不是在外面有喜欢的人了？"

"没、没有，真的没有。我、我就是工作忙，暂时还不想去考虑。"新生急忙回答道。

国红不再说话了。到了金梅家，新生看到金水、水生、庆生、金生和银梅、方卫红，还有江梦云、李学军都在家里。

国红对着大家就说："我帮你们把他抓回来了。我们今天就好好地开他的家庭批斗会。"

金梅连忙打岔道："你这丫头，又在胡说。新生，你别理她。就是叫你回家来吃顿饭，你有好多天没回家吃饭了。"

金梅说着时，已经端来一大碗热气腾腾的老鸡汤，里面放着一只老鸡腿和老鸡的内脏。

新生接过碗对着大家说："你们也都吃呀，怎么就给我一个人吃呢？"

金梅说道："你先喝了鸡汤暖暖身子。你这孩子，干起活来，就是没完没了啊。你都是少了半条腿的人，还这么一天到晚地在晒场上去跑，风吹日晒的，看你这几天又晒得黑了一圈，瘦了一大把。"

金生也跟着说道："新生，你现在是厂长了，不要事必躬亲啊。机房里的事有我在，保证不用你操心。晒场上砖坯的事，我也都安排好了。工人们都会管理好的。"

新生说道："我没事，大家都干得很好。我就是喜欢到处转转，看看这

些新砖坯，心里就踏实。"

金水却还是有些心情郁闷地说："新生，你的新窑厂一点火，我们的小窑厂就真要灭火熄窑了。我们干了十几年的小窑厂啊，心里真是舍不得。"

方卫红立即打断他的话说："你们砸了一辈子的泥巴砖，还没有砸够啊？你看看他们机器压出来的砖坯，是你们手工能砸出来的吗？这就是新陈代谢，时代进步了，你们就该被淘汰了。新生，你干你的，不要顾虑他。"

新生说道："舅舅，我们会考虑的，我们准备把会烧窑的人都招进新厂里来。我还想把你们小窑厂保留下来，小窑烧的是青砖青瓦，还有些地方需要，也可以增加我们的品种。"

金水又说道："这我知道，水生已经跟我商量过了，我们全力支持你们。你们想怎么干，我都没有意见。只是你们新窑厂都是用的我们的地，也应该多招一些我们村里的人呀。这是有政策规定的，你们怎么现在进去的都是外村的人呢？"

新生忙说道："舅舅，我知道，按公社的规定，给我们村安排了一些名额，我只是先要了外村的人。我们村的人要等点火后再进厂。"

金梅立即说道："新生，你金水舅舅也就是随便问问，你别往心里去。你们窑厂里都是又累又苦的活，别的村里人要想进厂，就让他们进去吧，你千万不要为难啊！"

新生十分认真地说道："我们都是按照公社规定安排的。我们村里谁进窑厂，还要听舅舅的安排。"

金水马上说道："我们村许多人都跟我干过小窑厂，都累够了，对进大窑厂倒不热心。只是我家红艳非要进厂去，天天在家吵着闹着。我就是来跟你商量，你能不能让她进去呀？"

方卫红又跟着说："新生，要不你就安排她进厂去给你烧饭吧。你在厂里总还是需要一个人照顾呀。"

金生立即说道："舅母，红艳那么优秀，怎么能去烧饭呢？就让她去当统计员。这事归我分管，我就能定了。"

银梅忙说道："还有我家青菊，天天在家里哭着。这次要是不让她进厂，她就要回山里去了。"

金生又答道："青菊也是在我家长大的，怎么能回山里呢？正好厂里红砖烧出来，还差一个发货员，就让她进厂当发货员吧。新生，这样你的工作就轻松许多了啊。她们这么好条件的又有文化的人，我们窑厂到哪里去找啊。"

新生一直都是在低着头喝鸡汤，一句话没有说。国红又来气了，她先对着大家叫道："你们怎么说起窑厂来就是没完没了啊，回避主要问题呢？今天家庭会议的主要议题，就是他对红艳和青菊，到底喜欢哪一个？他今天必须说清楚，你们总不能把她们两个都塞进窑厂去吧，那不是要把她们的美好青春年华都埋葬了啊？"

金生不服气地对国红说道："到我们窑厂怎么就是把美好青春都埋葬了啊？我们的理想远大着呢。新生说了，这个窑厂只是我们的起步，我们将来还要带着我们的红砖，乘风破浪走向长江，奔向大海。"

国红打断他的话说："你不要在家里发表你的豪情壮语了。今天我把你们都叫回来，就是要他当众表个态。在红艳和青菊之间，他到底选择谁？这个事不能再拖下去了。"

大家一齐都在望着新生。新生又是低头不语了。一直在旁边没有说话的江梦云也来插话了："国红，你这样是太过分了吧。哪有这样逼他表态的？也许是他心里还没有找到那种感觉吧。"

李学军也扶了扶眼镜说道："婚姻自由，你没权力逼他表态。他有选择的自由，也有不选择的自由。"

国红摆手打断他们，不让他们说下去，又对着新生说道："瘸子，你今天不做出决定，你就干脆去捏一个泥巴人，放到窑里烧出来。你就跟着泥巴人去过一辈子吧。"

这时，水生看到新生坐在那里很难受，终于说话了："国红，好事不在忙中起，他现在忙着投产点火的事，一时没有时间考虑，这事还是过一段时间再说吧。新生，刚才金生说的让青菊和红艳都进窑厂的事，你是怎么考虑的呀。一切都从工作出发，真需要她们，就让她们去帮你们，不需要也不要勉强啊！"

金梅听水生一说话，就生气了，对着他发火道："水生，你就知道一天到晚地教着他们如何搞窑厂，一点就不知道管他婚姻的事。这个也是人生大事呀！你想自己一辈子做光棍，也想让新生跟你一样做一辈子的光棍呀！"

水生看到金梅发火了，赶紧不再说话了。

好久没有说话的新生，终于抬起头来说："金生就是分管生产的副厂长，

安排人的事都归他管。他决定的事我都支持。"

国红一听，就气得立即站了起来，用手指着新生，怒气冲冲地骂道："瘸子，原来你还有这个贼心啊！你是两个都想要啊！真是吃了碗里的霸着锅里的，脚踏两只船哪。"

金梅对着国红说道："国红，全村就你一个人叫他瘸子。他现在是个大厂长了，你以后不能再叫他瘸子了。"

国红突然满眼灌着泪水，转身就走，一边走还一边大声地叫着："瘸子、瘸子，他就是个瘸子。"

金梅赶紧跟在她后面追，也没有追上，只好无奈地对大家说："这个丫头呀，好心好意地把你们都请来吃顿饭，怎么自己没吃就跑了，真是又吃错药了。"

金生说道："妈，你别管她了，我们都吃饭吧。她现在都是优秀赤脚医生、三八红旗手了，还能吃错药啊？"

江梦云在一旁拉住金生，小声地说道："她不是吃错药，是吃醋了。"

李学军过来安慰新生说："你别生她气呀，她也就是生气的时候，才叫你瘸子。其实她心里很关心你的，她昨天还说要到你们窑厂去办一个医疗所呢，就近为你们服务。她就是想帮助你呀。她的决定，我们都是无条件地支持。"

金生立即叫好："我们厂里工人多了，正好缺一个医疗所呢。"

只有金梅不满地说道："这个疯丫头，她家离窑厂才几步路呀，她也要跑去凑什么热闹哇。"

新生这时才抬起头，对大家说道："谢谢你们对我们窑厂的支持。我们一定会干好。李学军，你快去把她找回来，和我们一起吃饭吧。"

李学军听了新生的话，赶紧出去追国红。金梅把方卫红拉到一边，悄悄地对她说道："你叫红艳给他写信，怎么又叫青菊给他写信呢？你看他真的是把两个人都装在心里了，你说这怎么办呀？"

方卫红也很无奈地说道："我这也是为了她们好呀。我看新生心里装着的还是国红。"

五十三

就在大窑厂即将迎来激动人心的点火日子，金水家首先迎来了一个天大的喜事。方卫红的辛勤耕耘终于获得了回报。她的大儿子柳向阳高中毕业不到一年，就收到了大学录取通知书，成为了柳树湾出的第一位工农兵大学生。

方卫红接到邮递员寄来的中国石油大学的通知书，家都没有回，直接就朝田野里跑去，连摔了几跤也不知道痛了。她要第一时间去告诉正在田野里和金水一起参加劳动的柳向阳。这么些年，她还从来没有这么激动过，就是在她每年都作为基层先进教育者到县里上台领奖时，也从来没有这么激动。

向阳一直就是她心中的最爱，性格也是最像她的，从小也是最爱听她讲故事，几乎就是在听着她的故事长大的。而且还长着一副好嗓子，在小学唱《学习雷锋好榜样》时，就是领唱，一直唱到了高中。每次学校有什么活动，他都是不可或缺的主角。方卫红一直都想把他培养成一个歌唱家，为此还花过不少的精力。每天早上公鸡叫的时候，就叫他起床吊嗓子，常常跟着鸡叫一直吊到天亮。每天还要小心地把生鸡蛋黄挑出来，让他喝蛋清补嗓子。向阳唱的歌也都是她最喜欢的男高音，每次都是让她听了感到热血沸腾。可是，到了高中后，向阳在唱歌方面就没有什么进展了，想考文工团也没有考上。正是她最郁闷的时候，大学通知书就到了，而且还是她最神往的中国石油大学。

方卫红跑在田埂上，老远地就高举着手中的通知书，一边跑一边挥手。正在田里插秧的社员们，全都站了起来，好奇地望着她。

方卫红跑到金水和向阳插秧的田埂上，大声地对他们叫着："我家向阳上大学了，我家向阳上大学了！"

向阳和金水听到他的叫声，一起放下秧苗，从水田里，一路小跑着，来到田埂上。向阳一看那封大学通知书，激动得一把抱住方卫红，泣不成声。向阳已经长成大小伙子了，比金水都要高出一头了，可是在方卫红面前，激动起来还是像一个孩子。

所有的社员们都围拢了上来。方卫红不停地对大家致谢："谢谢大家的推荐啊，向阳去的是中国石油大学，我们家，我们柳树湾终于要有给国家献石油的人了。"

向阳在大家的一片热烈的恭喜声和欢呼声中，赤着脚，手里抓着秧苗，带着一身的泥水，就站在田埂上，激动地给大家现场高唱了一首《我为祖国献石油》。当他情绪激昂地唱道："锦绣河山美如画，祖国建设跨骏马，我当个石油工人多荣耀……"所有人都在不停地鼓掌。

方卫红也是热泪盈眶，情不自禁地跟着向阳的音调拍着手。这是她多少年的梦想啊！多年来她一直向往着能去大庆，无数次和向阳说起过铁人王进喜的故事，就是想着能让他从小就学到铁人的精神。今天终于梦想成真了，向阳终于就要去步着铁人王进喜的步伐，要去踏遍祖国的千山万水，去为祖国找石油了。这就是她这一生最大的光荣和骄傲啊！

金水在向阳给大家唱歌时，就已经激动得先跑回村里，来给金梅报喜。这么多年了，他还是不管遇到喜事还是愁事，都要首先跑来告诉金梅。他激动难忍地说："金梅大姐，向阳正式被中国石油大学录取了，录取通知书都来了。我们家终于出了大学生了，我们柳树湾也能出大学生了。"

金梅一听，顿时喜出望外："真是喜事成双啊。新生的新窑厂已经装砖了，马上就要点火了，向阳又要去上大学了。这都是我们柳树湾的大喜事呀。陶大胆让我们办小学校，就是办得好啊。是我们柳树湾要出人了，就要兴旺发达起来了。"

金梅和金水当即商量好了，要把新生窑厂点火和向阳上大学的两个大喜事摆在一天办。上午去给新生窑厂点火，下午就回家给向阳办喜酒，这就叫喜上加喜。他们跟大家一说，个个赞成。金梅还特意叮嘱金水，一定要亲自去把陶大胆和陶旺才校长一起请来参加。

金水有点为难地说："陶书记现在是县委书记，他还在联系我们村，去请他，他一定会来。他也是每家窑厂点火，他都去参加的。只是陶校长已经被调回大学当校长了，他不一定能请来。"

金梅急忙说道："你没去请，你怎么知道他不会来？我们最不该忘记的就是他。没有他，这些孩子能教育得这么好？"

金水马上点头说："大姐，我都听你的，我一定去把他请来。"

到了这个吉日，陶大民和陶旺才校长果然都来了。公社领导也都来了参加点火仪式。等到吉时一到，新生想请陶大民帮他点第一把火。

陶大民推辞道："我来就是来恭贺你们的。我是真心希望，你们能够天天有这样的大喜事呀。这第一把火，都是由你们厂长点的，将来这窑厂的火能不能烧旺，都是要靠你们这些厂长啊！"

于是，新生在大家的瞩目下，在金生的帮扶下，爬到窑洞口，点燃了窑洞里的第一把火。当窑炉里的火熊熊燃烧起来，那高大的烟囱冒出第一缕青烟时，所有前来观看的工人和村民们全都欢呼起来，锣鼓也敲了起来，鞭炮也炸了起来。

陶大民最后也发表了即兴讲话："我每次来到柳树湾，心里就会有种特别的感觉。今天，你们又在这里创造了一个奇迹，做出了一个好表率。刚才你们公社领导告诉了我，我也很激动啊。你们花了最少的钱，就办起了全县规模最大、设备最先进的轮窑厂，这就是了不起的成就啊！我们现在还很穷，就是要花小钱办大事。你们准备用三年多一点的时间，就在全公社基本消灭土坯墙的草屋。我相信你们一定能够早日办到，也希望你们能够早日办到！"

点火仪式后，金梅请陶大民和陶旺才校长一起回家去吃向阳的喜酒。陶大民却笑着说："金梅，我过去就吃过你们家不少饭了。今天还要赶回去开会，这喜酒就没有时间喝了。"

金梅双手拉住他不让走，真切地说道："你就是开会，也要去喝了向阳的喜酒再走。我们村里的这批孩子可都是你和陶校长带大的。你是他们的老师啊，这个喜酒怎么能不喝呢？"

陶大民真的急着赶回去开会，没有办法。他知道他不喝了这杯喜酒，金梅就不会让他的车出村，就只好说："那好，你现在就把喜酒拿来。我现在当场喝了再走。"

金水这时已经把喜酒和一包红蛋带来了。陶大民就站在车门旁对着大家连喝了三杯喜酒，又连着吃了三个红鸡蛋，最后激动难忍地说："这是你们柳树湾出的第一个大学生的喜酒，我喝了很开心，这红蛋我也是吃得很开心啊！我希望你们村以后多出一些大学生，去为国家出力。我们现在太需要有知识的人才啊！"

陶大民说完这些话，就坐上车急匆匆地走了。陶旺才校长留下参加了晚上的晚宴，当全村人都纷纷来向他敬酒时，他也很激动地说："你们村小学校办的早，比别的地方先走了十几年啊！还有许多和柳向阳一样优秀的学生。以后一定还会出许多大学生的，也有许多像新生这样比大学生还要优秀的人。"

水生从新窑厂点火后，就一步也没有离开过，带着新生和金生日夜观察着窑内的火头和变化。他虽烧了许多年的小窑，可是这样的大窑也是第一次去烧，他是一点也不敢放松的。直到第一窑红砖开窑，好几天没有合过眼的水生，不顾窑洞里的滚滚热浪，就首先钻了进去，抱出来十几块红砖，往地上一抛，才安心地去睡觉了。新生和金生一直悬了多天的心也才跟着落了下去。

真是功夫不负有心人，由于水生和金水的积极支持，也由于新生和金生的精心准备，他们新窑厂烧出的第一批红砖就获得了满堂彩。每一块红砖拿出来都是敲着钢钢地响，抛出几米高，落到地上，翻几下滚都不见碎的，几乎没有报废的废品和变形的碎砖。

当这些超标准的红砖每天源源不断地出来，整齐地码成垛时。附近许多烧过砖的人特意跑去，仔细反复地看了几天。最后不得不个个对他们竖起大拇指，只能自叹不如了："我们烧了这么多年的砖，从来没有烧出过你们这么多的好砖呀。你们都是机器压的砖坯，烧出一窑这样的好砖也不为奇呀。天天都出这样的好砖，真是神了啊！"

金生谦虚地说道："我们的技术，还不都是金水舅舅和水生舅舅从小教的，我们以后还需要你们大家继续指导。"

大家都摇摇手说："你们徒弟超过师傅了。我们都跟不上了。"

公社派人来把他们的红砖拿到县里评比，各项指标都是第一，立即在全县引起了轰动。许多先投产的窑厂都派人来取经学习。他们不明白，同样的机器，同样的窑洞，他们怎么就烧不出这样的好砖呢？

金生开始津津乐道地给大家介绍经验："其实功夫都在砖外，烧砖不能只考虑如何去烧，关键在于砖坯要制好，就是要勤快，不能怕累。一到晴天，就要拉开草袋晒太阳，就是要晒透风干，既能保证火烧后不变形，也可以节省许多的煤炭。你看我们晒好的砖坯都比一些厂里烧出的砖还要结实牢固。"

新生可没有心思像他一样去吹，他整天都在为发货发愁。由于他们的红砖一炮打响，许多别的公社和城里的建筑单位都指名要他们的红砖，都以他们的红砖为标准。青弋江大堤上都挤满了来运砖的平板车和拖拉机，青弋江里也摆满了来运砖的机帆船和小划子。

新生就是每天把出窑量拉到了最大，也无法满足大家的需求。有的计划都排到半个月后了，还在不断地增加。就是这样紧张，他每天都要去对发货的柳红艳说，无论是什么人来拉货，只能多放点儿，绝不能少一块砖。

新生每天忙得团团转，青菊和红艳进了厂，也都是跟着他忙得团团转。他还把青菊调到食堂帮忙烧饭招待来等货的客人。青菊见着新生就要说："你对他们这么客气，来的人都安排饭，有的人一等就是几天不走了，也不是我们叫他们来的，我们食堂不就成了免费的饭店了？"

新生说道："这都是我们的责任，让他们久等了。来的都是客，特别是远路来的，一定要招待好。"

窑厂自点火后就是每天满负荷地运转，大家几乎都是没日没夜地工作着。新生更是又激动又兴奋，总是在各个角落里不停地转着，累了就在自己的办公室里睡一会儿。

青菊除了每天统计生产的砖坯和出窑的红砖数字，一有空就要到食堂里去帮忙烧饭。但她再忙，都要每天三餐把新生的饭打好，送到他办公室里，看着他吃完，看到凉了，就去帮他热。她总是搞得新生不自然。他反复多次地对她说："你这样做不好。我就在食堂和工人一起吃。"

可是青菊又不听他的，都是早早帮他把饭打好了送来。新生后来只好在每次开饭的时候，先到食堂里坐着，等工人们一起来了，再和大家一起吃饭。就是这样，青菊每次给他打饭时，都要把他的饭碗压得满满的，生怕他吃不饱似的。

红艳似乎比青菊更忙，她负责发货。外面来运砖的车，由于路上不好走，常常就不按时间来，说来就来了。而新生给她的命令就是，不管人家的车子什么时候到，都要尽快给他们装车发货。所以，她常常搞到半夜里也要发货，她也从来没有说过一声怨言。她一直就想着住在厂里，不想回家了。可是新生说厂里房子紧张，一直就不给她安排宿舍，要她无论多么晚都要回家去住。红艳只好听他的安排了，她心里一直想要新生晚上送她回家，可是看到他那条断腿，一次也没有说过。她一有空的时候，就到新生的办公室里，把他的衣服和被单洗了又洗，搞得新生都不好意思了，每次都要对她说："刚洗了两天，不要再洗了。"

红艳也不理他："我们窑厂就是灰厂，整天和灰打交道，都成灰人了，还能不洗？"

国红也跟着他们忙了起来，她一直要求在窑厂开一个医疗室。但新生一

直没有腾出房子来，说要等新办公房造好。他们的新办公室已经下了墙基了，就是因为红砖供应外面不够，才一直没有建起来。国红几乎天天都要来这里，而且来了就不想走了。

她每天来了都要对新生鼓着嘴埋怨道："你就是出了奇了，哪有烧红砖的窑厂，自己没有砖头造房子的？还一直住在临时工棚里，你是不是从小住草棚住上瘾了啊？"

金梅看到这些，心中对国红越来越不满了，就把她叫回家里，劝她说："你都有两个孩子了，新生还是一个人，你要真心关心他，想让他早日过上安稳的日子，你就少往窑厂跑。"

国红不理她说道："妈，他现在不是过得好得很吗？青菊和红艳每天都把他当宝贝似的伺候着。他每晚都在做着左拥右抱的美梦呢。我去是为了工作。窑厂工人多，劳动重，又不卫生，容易受伤生病。我每天去，都在给病人看病呢。"

金梅只好摇头了："你们这些年轻人，怎么就喜欢胡闹呀？你常去会害了新生的。"

国红反过来说道："真正胡闹的是你们。哪有要青菊和红艳同时给他写信的？你们要他怎么办？他把两个都装在心里了，一个都放不下了。"

金梅也摇着头说："这个馊主意都是方卫红出的，她有文化，点子多。她也是好心啊，有时就是用不对地方。"

正如国红所说，新生确实已经把青菊和红艳都装在了心里。对于这两个从小就在一起长大的小妹妹，他一直都是把她们当成了亲妹妹，与她们之间的亲情超过了任何一种感情。在他转业回家时，他突然几乎是同时收到了她们的来信，这确实使他感到了困惑不安。但同时也感到了一种巨大的温暖，这种温暖一直都暗藏在他的心底。但他一直还沉浸在对国红的眷念和难舍之中。在他的脑海里，他还一直无法让国红远去，他对国红的这种感情也是任何人也无法相比的。她从小几乎天天跟在他后面，陪伴着他长大。在他儿时所有的记忆里，国红无处不在。只要他受到一点委屈，国红都会挡在他的面前。就是他和金生一时闹摩擦，她也是护着自己。虽然他当时还不知道这种感情是什么，但他知道，国红一辈子都是他心中最重要的人。

在新生为解救战友受伤，必须截去一条腿的那段最痛苦的日子。他当时首先想到的就是不想让国红知道伤心，他从小就是最怕看到她伤心流泪的样子。他那时回信越来越简单，就是希望让她慢慢忘记自己，从而来减轻她的痛苦。他就是要把所有的痛苦和泪水一个人装在心里。当国红一封接着一封的回信追问他时，他知道她内心的误解和伤心，也知道了她内心的痛苦和焦虑，但他只能这样做。他每次看着她的信，都要伤心流泪，但他却只能希望她这样想，这样把他忘记。他当时唯一想到的就是长痛不如短痛，她伤心痛苦一阵子，总比跟着自己受一辈子连累要好。当他收到国红寄给他的李学军写的情书时，他明知道那是国红在故意考验他，但他还是要顺水推舟，想要成全他们。

新生一直以为自己的这个决定是英明正确的。国红和李学军结合，无论如何都要比跟少了一条腿的自己幸福。可是，他转业回家后，他才感觉到自己当时的决定是多么的草率天真。自己失去了幸福，国红也没有获得真正的幸福。他们都只是把一种莫大的痛苦埋在了心里。直到现在，青菊和红艳天天在身边照顾自己。他仍感到，在他心里，他最爱恋的那个人，还是国红。

现在面对着青菊和红艳越来越炽热的感情，他真的不知所措了。他不知道该如何去选择，因为他同时喜欢她们，不想给任何人带来伤害。于是，他的内心越来越焦虑，他就特别的喜欢国红能来。因为他从小遇到了任何难题，都是国红冲在前面帮他去解决。他对于她有种天然的依赖，就是国红生气时，当着许多人的面叫他瘸子。他也从来没有生过气。只要能看到国红，听到她的声音，他就会感到心情愉快，再大的压力都会消失。

可是，在青菊和红艳的问题上，国红也从来没有好好帮他出过主意，而是常常表现出不耐烦来，这就更使他犹豫不决了。

新生感到心里这些事像乱麻一样纠缠在心里，怎么也理不清了，越想越混乱，也就不敢再去想了。只能把更多的精力和时间，都花到工作上。好在窑厂里的事就是多，再多的时间也不够用。

五十四

水生看到大窑厂点火后，越来越兴旺。新生和金生也是越干越出色，他一直牵挂的心终于安定了下来。这两个孩子终于带出来了，他们现在浑身都充满了干劲儿，一定会比自己强十倍，就应该放手让他们去干。

水生后来只是不放心的时候，才悄悄地去看看。他不像金水，就喜欢当

面去指导新生和金生，批评他们的错误。他更喜欢在背后帮他们去纠正一些错误和不足。

新生和金生后来知道了，见了他都是不好意思地保证以后不会再犯这些错误，不会再让他担心。

大窑厂里已经不用他再去过多地分心了，他可以把所有的精力花在村里的小学校了。他就是个闲不下来的人，到哪里都是喜欢一天忙到晚的。他在小学校里栽了一排冬青树，现在已经长得很高很密了，他每天早上起来都要修剪一遍。他还在小学校的四周栽了几棵野山菊和白兰花，每天都像宝贝似的照看着。

方卫红每天到小学校里来了，都要啧啧地称赞水生。每天都把小学校打扮得像花园了，全村都找不到比这里更干净更漂亮的地方了。她还不停地称赞水生真是个全才，搞窑厂烧砖是一流，养花木也是个好花工，把每一棵冬青树都修得整整齐齐。

小学校里还开了一小块菜地，过去陶大民在的时候，都是水生来帮陶大民一起种。陶大民回县里当书记后，就是他一个人种了。他总是能把这块小菜地种出许多新的花样。他种的最好的还是向日葵、玉米和芝麻。

这块小菜地也成了方卫红的一个室外课堂。她常常带着学生们现场指教。不管方卫红怎么称赞他，水生都是从不搭话。就是有些调皮的小学生偷偷地去把他种的玉米都偷了，他也不去追究。他只是去淡淡地对他们说了一句：你们想吃要等长熟了才能去掰。

水生似乎已经很享受这样的生活了，对自己的现状也很满意。可是，金梅看到他这种安于现状的生活状况，心里比谁都要着急。她一有空，就要抱着搀着金生和国红的几个孩子，到小学校里来。每次来见到方卫红都要说道："你们小学校三个老光棍，走了两个，只剩下水生一个了。他这么大年纪了，怎么就不着急呢？你有没有劝他呀？他总不能真的要做一辈子光棍吧？"

方卫红也只是无奈地摇摇头说道："金梅姐，你劝他多少年了，你的话他都不听，怎么会听我劝呢？我现在每次跟他提起，他都要说，他不急，他只要我们多帮他关心新生。"

金梅听了，就心里有些恨铁不成钢地说道："这父子两个，怎么都是一根筋呢？是河滩草棚那里的风水不好，把他们都养成了孤老样。一个更比一个俍，一个更比一个让人揪心啊！"

这天，金梅又带着几个孩子来到了小学校里。她来找方卫红商量，再一起去劝劝水生。他现在情况不同了，条件也好了，外面好多人都来打听他的情况，喜欢他的人不止一个两个了。如果他自己再不决定，她们就去帮他带一个过来。

水生看到金梅来了，知道她一定又是为了给他找对象，就一个人钻在小菜园里不停地翻土种菜，搞得一身的泥土。方卫红叫了几声，他都不出来。

金梅正气呼呼地要回去了，这时，一辆黑色的小轿车，直接开进了小学校，从车上下来了一个白皮肤蓝眼睛的外国人，还有几个陪同他的人。

金梅没有见过外国人，也听不清他们在说什么。还是方卫红眼尖，一眼就看到了那个外国人手里拿的那张照片，正是过去水生和史密斯少校的合影。她大声尖叫道："你是史密斯少校？"

史密斯听到她叫自己的名字，用还不熟练的中文，微笑着问道："你怎么知道我的名字？"

金梅已经听明白了。她直接指着史密斯手里的照片，怒气冲冲地对他说道："你就是那个美国佬史密斯？水生一辈子都被你的这张照片害了。"

方卫红听了金梅的话，红着脸低下了头。史密斯没有听懂金梅的话，忙着问旁边的翻译她在说什么。

水生看到他们，已经赶紧从菜地里跑了出来。他顾不得去洗双手上的泥土，异常激动地叫道："史密斯少校，二十多年了，你还记得我。你还真的来看我了。"

史密斯一眼就认出了他。他激动地张开双手，迎上去和水生紧紧拥抱起来："密斯特水生，我的老朋友，是二十多年了，我们终于又见面了。你是我在朝鲜战场上遇到的最佩服的中国人，还能见到你，心里真的很高兴。"

他们两个人相拥在一起，好久才分开。旁边的人一时都不知所措了。这时，一个跟着史密斯一起来的西装革履的中年人，扑通一声就朝水生跪下来，激动含泪地叫道："水生哥，你还认得我吗？我对不起你，我给你丢脸了。我是万春啊，我也回来了，我回来得太迟了。"

水生立即去扶起他说道："你就是我的小老乡李万春啊！我怎么能不认得你？你还活着呀，你能活着回来就好啊！"

李万春是水生在朝鲜战俘营遇到的一个老乡战友。他那时负了重伤，在

战俘营里已经奄奄一息了，大家都以为他已经不会活下去了。是水生发现了他，就去找史密斯少校，希望他能救这个老乡一命。说这个小老乡都是和他喝一条青弋江的水长大的兄弟，既然你要和我做朋友，你不能见我的兄弟不救啊！后来，史密斯少校就叫人把他带走了。

当时，水生利用和史密斯的关系，救过不少人。他也不知道这些人后来的情况到底怎么样了。现在看到李万春活着回来了，他心里终于放心了。他对史密斯无比感激地说道："谢谢你呀，你那时真的一直把我当成了朋友。"

李万春那时跟着史密斯去了台湾，后来又去了香港。现在已经是一家香港公司的大老板了，正要响应国家号召，回国发展，报效祖国。他仍然心中有些惭愧地说道："水生哥，你是我的救命恩人啊！我回国后，第一个想见的人就是你呀。可我真是对不起你呀。我那时没有听你的话跟你回国，是我失信于你，我都无脸来见你呀。"

史密斯也在一旁说道："这也不能怪他失信，他那时不答应去台湾，我也救不活他。"

水生紧拉着李万春的手，动情地说道："都是过去的事了，不要再提了，更不要放在心里。能回来就好啊，早回来迟回来，都是一样的。不管你去了哪里，都没有出中国。我们都还是一家人啊！"

史密斯现在已经是一家美国公司的大老板。这是他第一次到中国来，就特意来看望水生。他听了水生的情况，非常感慨地说："你那时要是听我的话，去了台湾，凭你的才能和胆识，现在不是在台湾当大官，就是在香港当大老板了。"

水生却毫无遗憾地说道："我现在活得很充实，我不想离开这里。我那时去朝鲜，就是为了保家卫国。"

史密斯摇头说道："不，你过得太清贫了，你应该能过上更好的生活。你也跟我们到香港去吧。我和李万春的公司都需要你这样忠诚的人。你自己选，想去哪家都行。"

水生笑道："我哪里也不去了，我已经习惯了和孩子们在一起。我那时出去保家卫国，也是为了他们呀。"

李万春也热切地说道："水生哥，那我就在大陆办一家新公司，交给你管理。"

水生立即回绝道："我现在除了会管孩子，什么都不会，哪里还能去管公司呀。"

庆生、新生、金生和金水听到消息，都一起赶了过来，热情地把史密斯和李万春团团地围住了。

庆生无比骄傲地说道："你、你就、就是那个被、被我们追得到处跑、跑的白鬼子？"

史密斯摇摇头笑道："在山林里打游击，我们确实不是你们的对手。我们最终都成了水生的俘虏。"

庆生立即无比自豪地说道："在、在正面战、战场上，你、你们也、也不是我们的对、对手。在，在上甘岭，我们都把你、你们打、打回去了，你、你们要是还、还敢来，我们照、照样把你、你们打、打回去。"

史密斯朝他摇摇手说："我们都是不打不相识呀。我们那就是在错误的时间错误的地点，打了一场错误的战争。以后我们只做生意不打仗了，都是老朋友。"

李万春心里一直感恩水生当年的救命之恩。他连走的时候，叫人开来了一条一百多吨的大铁船，这在青弋江里已经算是最大的货轮了。他要送给水生，水生说啥也不敢收。他最后只好对水生说："水生哥，没有你，我早就没有命了。这艘船我已经买来了，交给你，我就安心了。不管你收不收，你都要请人开起来。现在在青弋江跑运输是条发财的好路，要不你就算是帮我请人跑的。以后，等我回来了，你再跟我算账吧。"

水生一下子得了一条大船，成了个船老板，再次轰动了青弋江两岸，许多人都跑来看。

水生心里却不安了好久。他特意跑到县里向陶大民请示。陶大民积极鼓励道："这是难得的大好事呀，不管你将来和他怎么算账，都要先把这条船跑起来。这还是港商回我们县干的第一件大好事。发展青弋江的内河运输，也是一条好路。你一定要把它搞好。我们已经贫穷得太久了，不能总是守着那点土地过苦日子了。现在就是要集中精力，调动一切积极因素，大力加快发展经济。我相信你干什么都行。你就大胆地去闯出一条新路来，你一定会成为新的排头兵。"

水生听了陶大民的话，受到鼓舞，仿佛又接到了新的使命。他回到柳树湾，就把那艘船起名为柳树湾号。在这艘船首航的时候，全村的人几乎都跑了出来送行。青弋江的两岸也站满了许多前来观看的人群。

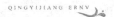

水生站在船头，不停地和大家挥舞着手，深深地感谢着大家的热情。

金梅和全家的人都在送行的人群之中。她看到水生站在船头慢慢远去的身影，又想起了他那时带领几百个青年去朝鲜战场时的激动情景，眼里不停地流着泪水。她激动难忍地对大家说道："好人都有好报啊。水生这辈子终于熬出头了，成为船老板了。他终于离开我们柳树湾了。他本来就该是去大江大河的人啊！老天保佑他，从此顺风顺水，一路平安啊！"

五十五

水生跟着船到长江跑运输。一百多吨的货船，在青弋江里是大船，到了长江就变成了小不点，颠簸不停。

水生随船一进入长江，就出现严重晕船，上吐下泻不止。他是第一次上船远航，心里不放心。又是炎热的夏天，船板有时晒得烫脚了，他都坚持着没有离船一步，就是生病了也不下来。这样几个月下来，是晒得更黑，瘦得脱形了，就像变成了另外一个人。他怕回去，大家看到他现在这个样子，会更为他担心，就想着多跑几个航次，等完全适应了再回去。他也想着能多跑多赚钱，着急着能早点把李万春帮他买船的钱还上。

这样一来，水生一心扑在船上，在长江里来回不息，就有很长时间，没有回柳树湾了。但他没有想到，金梅家里已经暗藏着许多的危机。

首先是金生和江梦云的感情危机彻底爆发了，成为了全村人都在议论的焦点。金梅的脸上已经失去了多年来的笑容。她整天带着从小都是由她带着的金生的两个孩子，见到人都是泪水汪汪地说："他们两个人没完没了地吵，最可怜的是这两个孩子呀！"

连庆生都变得心情烦躁了。他常常一回到家里就要对着金生发火："都、都是你自作自受。你、你一心想吃、吃天鹅肉，不、不听你妈的话。害、害得你、你妈都、都过不上好、好日子了。"

现在心里最烦的还是金生。他早也没有了大窑厂刚投产时的工作热情，日渐消沉。新生知道他是因为后院失火，遇到了人生的大麻烦，也就不再过多地要求他，而是把更多的工作都集中到了自己的肩上。

知青的政策已经变了，所有的知青都在积极返城中，柳树湾前后来的几批知青都回去了，只剩下来江梦云和李学军。他们两个的情况既相同又不相同。相同的都是最早来的一批知青，都也结婚安家，还都有了两个孩子。不同的是李学军从来就没有想回去过，而江梦云一直就想回到上海去，只是没有机会。现在机会来了，金生再也留不住她了。他们之间的矛盾已经到了水火不容的地步。

金生一直都是恋恋不舍地跟在江梦云后面劝着："当初是你自己坚决要求在农村扎根到底的，都过这么多年了，还有两个孩子。你现在要回去了，我和孩子们怎么办呀？"

江梦云极不耐烦地朝他怒吼道："那是我上当受骗了！我已经把最美好的青春年华，都留给你了。我的青春都被你毁了，还不够啊？你还要毁了我的一生？你太自私了，我要去要回我失去的一切美好的东西！"

金生听不下去，不服气地反问道："谁骗你了？当初还是你先追求我的。谁又毁了你一生了？这些年我们一家谁对不起你了？哪个不是把你当成娇娃娃？你下放来几年就毁掉了一生，那我们出生在农村的人，又被毁掉了几生呢？"

江梦云已经很长时间不让金生上床睡觉了，她总是用脚蹬着他说："你离我远一点，一身的土腥气。你就去跟你们的泥巴砖睡吧。"

金生只好无赖地坐在床边，又气呼呼地反问道："都过这么多年了，你才嫌我有土腥气，那我们的孩子是不是也有土腥气了？你怎么能一上调，就变得这么娇气呢？"

江梦云紧捂住自己的耳朵，朝他歇斯底里地大叫道："你住嘴，我现在听到你说话就反胃，看到你就作吐。我现在已经后悔了，是你们毁了我的青春，毁了我所有的梦想。你还我的青春。"

金梅在外面听到他们又吵起来没完，就对着他们的房门劝道："你们别吵了，再怎么着，你们都还是一家人啊！你们这样吵下去，让你们的两个孩子怎么办呀？"

金梅看到他们已经吵到了这个地步，已经没法过下去了，就开导金生说："金生，我知道你心里舍不得，可是有什么用呢？该是你的，就是你的。不是你的，强扭的瓜也不甜。她一心想走，就让她走吧。你留得住她人，留不住她心啊！她的心早已经走了啊！你们就好结好散吧。她到底还是你两个孩子的母亲。到哪里，你们都还是一家人啊！"

金梅又接着去找金水，对他说："江梦云想上调回上海，你要是有名额

就放她回去。不然她还认为是我们家扣着她，不让她走呢。这也不怪她，是我们家这个鸡窝装不下她这个金凤凰了。她到底还是给我生了两个孙子，也跟着我们吃了几年苦。我们也不能太亏了她。"

金水急忙说道："金梅大姐，我们没有扣住她呀。我就是想扣住她也扣不住呀。按条件来说，李学军更该先回去。"

金梅又说："那你就先到公社给她要一个名额。李学军不想回去，就让江梦云先回去。不能让她在心里埋怨了我们家。"

无论金生是怎么舍不得，江梦云还是回了上海，而且一去就没有回来了，只给他寄来过一封离婚申请和一封言辞激烈的绝情书。她还在信中说道，她终于告别了地狱般的生活，回到了她梦寐以求的大上海，希望他们以后任何人都不要去找她，以免重新勾起她痛苦的回忆。

江梦云离开的那些日子，金生的情绪落到了最低点。他感觉到了自己的眼前是一片漆黑。每天看到金梅辛苦地帮他带着两个孩子，他都会感到一阵阵的酸苦，但他只能自己在心里痛骂着自己。自己怎么这么无能啊，连自己的老婆都留不住，还让自己的两个孩子这么小就没有了母亲？

新生每天都要来劝他："她回去了也好，你不能怪她。水往低处流，人往高处走，是人之常情。谁不想过上好日子呀，更何况她们女人呢？谁不想要个好的依靠？我们到苏南去看了，我们的差距多大呀，何况是大上海呢？这只能怪我们太落后了。建设好我们的农村只能靠我们自己。我们不能等不能靠，只有靠自己艰苦奋斗，早日发展起来。"

金生近乎绝望地说道："我们的命运为啥这么惨？为啥要出生在这个贫穷落后的乡村呢？"

新生继续鼓励道："我们出生在哪里，不能由我们自己选择。可是我们走什么路，是可以自己选择的。我们必须坚强起来，闯出一条新路来。只要我们不去放弃，什么事都会有可能，贫穷落后的帽子绝不会永远戴在我们的头上。"

金生仍然摇着头说："我这辈子就是喜欢江梦云。不管她怎么骂我，我都愿意。她走了，我的幸福也就走了。"

新生紧紧抓住他的手说："你是堂堂的男子汉，在任何时候都不要泄气。如果你真的还喜欢她，就要振作精神，再把她抢回来。"

不管新生怎么说，金生一时都无法从感情中走出来，这就使新生更忙了。正好这年的汛期又来得特别早，几场春雨过后，青弋江里的水势就涨了起来，已经淹没到外滩上的晒场。他们的窑厂分堤内堤外两片晒场，为了节省耕地，堤内的晒场小些，砖坯主要都是放在河堤外沙滩上的大晒场。汛期来临的时候，就会被洪水淹掉。必须在洪水来临前，把所有在堤外晒场的砖坯，全部运到堤内晒场。又遇到了连续十几天的雨水天，外面来运砖的车子无法及时来运，每天出窑的红砖已经堆得像山一样了。这就使本来就紧张的堤内晒场变得更紧张，那么多砖坯一起运进来，就比平时堆得高出好几层了。

新生最不放心这些砖坯堆子，如果被水一淋，就会像山崩一样倒下来，损失不可想象。所以一到雨水天，他就会不停地去巡视。

这天后半夜，沉闷了大半夜的天上又下起了倾盆大雨，还夹杂着大风。新生又睡不着了，赶紧起来，一手举拐，一手打着电筒。他要再去巡视一遍，想看看有没有哪里被风刮起了。

他一出门，就看到柳红艳正等在门口。他吃惊地问："红艳，这么迟了，你怎么还不回家？"

柳红艳穿着一件红色的雨衣站在雨中，有些娇羞地说："新生哥，我知道今夜要下雨，你一定会去看砖坯。你不用去了，你的腿不能走路。我刚才都帮你检查过了。"

新生看到柳红艳身上的雨衣早已湿透了，紧紧地裹在身上，不停地在往下流淌着雨水，双脚上也沾满了泥水，就连忙对她说："谢谢你了，你先进来休息一下。这么黑的天，怎么能让你去检查呢？"

新生本想等柳红艳进来，陪她说说话。他看到外面雨大，心里还是不放心，就又说道："今晚雨太大了，风也大，一定会有被风刮起的。我再去看看。"

红艳看到新生又要出去，也没有进屋，就跟在他后面说："都怪金生，他应该带人来守护的，什么事都要你操心。"

新生说道："不要怪他，他现在心情不好，谁不会遇到为难的事呀？"

他们走在堆得像山一样的砖堆间，一块块地仔细去检查。柳红艳在旁边一边小心地搀扶着他，一边检查着被风吹起的草袋和雨布。这还是她和新生单独在一起最近最久的一次，这使她心里感到十分的甜蜜和幸福。其实，她等待这个时机已经等待很久了。她心里牵挂新生，怕他一个人晚上出来查看

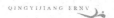

砖坯，就常常在他的门外守候着，只是她一直不想让任何人知道。

现在，她终于能够在这样的深夜，扶着新生在砖坯间走着了。她紧紧地抓住新生的胳膊，一刻也不想松开了。她突然感到心里有好多的话要对他说，因为这种感觉已经憋在她心里好久了，都快把她逼疯了。可是，这夜的风越刮越大，许多捆得结结实实的草袋和雨布都被风刮了起来，雨水直往里面灌去。

新生急了，他赶紧用身体压住那些被风卷起的草袋和雨布，对着柳红艳大喊："你快去找人来，今夜风太大了，这里不盖好，今夜一定会出事。"

柳红艳没有理他，只对他说道："你的腿不便，你留在这里干啥？你回去叫人，我来盖吧。"

柳红艳说着就把新生拖到一旁，自己又冒着雨，去用身体压住不断被风刮起的草袋和雨布。

新生只好举着拐要去叫人，还没走出几步远，只听身后轰的一声。他连忙转身，只见那个淋了雨的砖坯堆子已经坍塌了下来，把柳红艳整个人埋了进去。

新生失声惊叫着，转身扑了过来。他扑倒在砖坯堆上，抓住了红艳伸在外面的手，一边叫着，一边扒着压在她身上的砖坯。被压在砖坯下面的红艳也紧紧地抓住了他的手，再也没有放开。

新生就是这样一边发疯似的用一只手扒着砖土，一边大声哭喊着。等到听到他的呼救声，赶来的工人一起把柳红艳从砖坯堆里扒出来时，她抓住新生的手才慢慢松开了。可是她从此再也没有醒来，她永远地闭上了那双美丽的大眼睛。

新生紧紧地抱住她那被泥水包裹着的身体，失声号啕大哭起来。他那沉重的撕心裂肺的痛哭声，在这滂沱的大雨中，变得更加凄凉。

突如其来的巨大打击，彻底把新生击垮了。他连续几天都守着柳红艳，直到她下葬，都一刻没有离开。他这时再想起柳红艳写给他的信，他一个字也没有回过时，真是心如刀绞，欲哭无泪。

同样受到巨大打击的还有金生。他仿佛一下子清醒了过来。他不时地捶打着自己的脑袋，痛心疾首地向大家检讨："都是我的工作失误，都是我没有安排好。柳红艳就是被我害死的，应该死的人是我。"

方卫红也是陷入了极大的悲痛之中。她不停地对着柳红艳哭诉着："最对不起你的人就是我，从小打你骂你最多的也是我，逼你做不喜欢的事的也是我。你的美好青春刚刚开始，美好生活还没到来，怎么就这么早离开我呢。你就是怪我，也不应该这样惩罚我呀？"

但是，方卫红就是方卫红，她悲痛过后，还是最早解脱了出来。她反过来劝着痛哭不止的金梅说："金梅大姐，你也不要太伤了身子。我们家本就是烈士之家、英雄之家。我有七个儿女，牺牲了一个，还有六个为国家做贡献。红艳虽是在窑厂牺牲的，不是牺牲在战场上，但她也是英雄，牺牲在国家建设战场上的人同样都是英雄。我们应该为她感到骄傲。作为烈士之家，我们绝不会向窑厂提出任何要求，也不要任何补偿。"

一直在长江跑运输的水生，是在船运货到上海后，打电话回来才知道窑厂出了大事故。那时，他的船上还没有任何通信设备，有时在江里航行一个多星期，都无法联系。只有船到码头了，才能去打电话。

水生急匆匆地从上海赶了回来。他看到新生和金生悲痛而又沮丧的神情，用力地拍着他们的肩膀说道："都是怪我走的时间太长了，没有帮你们想周全。你们还年轻，哪有不打败仗的？你们一定要记住这次教训，擦干眼泪，继续加油干，这样才能对得起柳红艳。"

由于出现了重大责任事故，公社派来调查组。最后认为都是新生一味扩大生产、盲目追求产量，忽视安全生产的缘故，当场免去了他的厂长职务。

新生在离开这个他一手办起的窑厂时，心里充满了难以割舍的感情。但是他没有一句怨言，他举着双拐在窑厂里转了一圈又一圈，最后紧紧抱住接任厂长职务的金生说："这个窑厂就交给你了，好好地干下去。你要记住，它燃烧的不只是红砖，还有我们的梦想和希望。"

金生不安地说："新生，他们都搞错了，承担责任的应该是我，怎么是你呢？"

新生摇摇头说："不说这些了，能把窑厂交给你，我就放心了。我相信你一定会比我干得好。我们都要记住教训，建设好我们的农村，还是要靠我们自己流血流汗脚踏实地去干，不要有任何幻想。因为我们都是喝青弋江水长大的，这里就是我们自己的家。"

对于新生的免职，金生一直感到不安。他回家跟金梅一说，金梅却连着说好："哪有像他这样不要命干的？早就不该让他干了，他本就少了一条腿，现在回去坐办公室也好。他从来就是处处为别人着想，从来不为自己着想。

他来办窑厂，也不是为了他自己。现在要你干，你就尽力干好，不要再一天到晚想着江梦云了。她连两个孩子都舍得丢下，还能想着你呀？你以后要多向新生学习。他说得好，先把自己的窝建好了，还怕招不来金凤凰？"

经过这次巨大的变故，金生终于从婚姻失败的苦闷和痛苦中走了出来，全身心投入窑厂的生产之中了。

真是祸不单行，家里接连出现的不幸，已给庆生的内心带来了巨大的冲击，他早已病弱不堪的身体再也掩盖不住了。这么多年来，他在粮站里的时候，最喜欢的就是一看到太阳出来，他就去晒粮食。特别是掀开粮食堆子上的油布通风。粮食堆子越高大，他就越是喜欢往上爬。他有时站在高大的粮食堆子上面，双手叉着双腰，扫视着青弋江两岸无边的田野时，就像是一个巡视战场的将军。

这天，他又在粮站晒粮食。突然就变了天，一场暴风雨眼看着就要来了。他赶紧收起粮食，去往粮食堆子上盖雨布。当他爬上粮食堆子顶上时，一阵狂风吹来，他再也站不住了，就从高高的粮食堆子的顶上摔了下来，顿时口吐鲜血不止。

当大家惊声呼叫着把他送到医院时，他已经没法救了。他只留下了最后一句话："告、告诉水、水生哥，把、把我和银、银水埋在一起。"

金梅和全家人一起赶到医院时，庆生已经不能说出一句话来了。他只是可怜巴巴地望着金梅，不停地流着泪，直到永远地离去。

这突如其来的打击，也把金梅彻底地击垮了。她神志不清地嘶哑着声音哀号道："你们为啥不救他呀？庆生的命大得很，他到朝鲜打仗，都没有死啊！他的身体一直很好，怎么可能摔了一跤，就救不活了呀？他也是战斗英雄啊，你们一定要救活他呀。"

水生按照庆生的遗嘱，把他安葬在了银水的墓旁。但他还是没能完成庆生最后的心愿。几年后，县里修建了革命烈士陵园，银水作为特级战斗英雄，移进了烈士陵园。而庆生却无法进去了。

五十六

这年的春天又来得特别的早。刚刚开春，田野里已经像是阳春三月了，到处都呈现出一派生机勃勃的景象。各种杂草已和刚出土的油菜苗麦苗一样比赛着疯长。

金梅也开始慢慢从庆生突然去世的巨大悲痛中走出来了。特别是新生和青菊结婚后，也给她生了一个孙子，才使她久违的脸上又露出了难得的笑容。

看到金梅情绪好了些，心里最高兴的就是方卫红了。这些日子可是把她担忧死了，生怕金梅就此一天天地消沉了下去。方卫红和国红在一起，总是尽量想着办法能让金梅尽快忘记过去，过得快乐一些，可是她们都是无法做到。就是在她们强忍着悲痛和泪水，在庆生的丧期一结束，就特意把新生和青菊的婚事办得热热闹闹的时候，也没有能使金梅快乐起来。

国红最后无奈地对方卫红说道："现在最能让我妈从痛苦中走出来的，就是靠水生舅舅了，只有他最能了解我妈。"

庆生去世后，水生也是一直想留在柳树湾，长时间没有离开。可是金梅对他就突然像换了一个人似的，态度是一百八十度的大转弯，变得异常的冷淡，不再和他说一句话，也不愿再听到任何人说起他。只是在新生和青菊结婚时，金梅才当着众人的面，硬生生地跟水生说了一句话："水生，庆生已经走了。新生和青菊结婚后，都要到公社去住了。你家在柳树湾也没有亲人了。你以后就不要再回来了。"

水生没有在乎金梅的话，他仍然每跑完一个航次就要回柳树湾一趟。金梅不欢迎他了。他也不去她家，就是到大窑厂看看金生，再到金水家里和他们聊聊村里和小学校的一些事情。

方卫红总是一有机会，就想要告诉金梅，水生的一些最新情况。她总是不停地称赞着水生真是能干，现在发大财了，不但还清了李万春帮他买船的钱，还换了大货轮。现在已经是五百多吨的船了，已经从长江跑到海里去了。

方卫红没想到，现在金梅最怕听到水生的名字。一听到水生，她的脸色就会阴沉下来，转身就走了。方卫红左思右想就是想不通：金梅一直就是最关心水生的，现在怎么不能提他的名字呢？她感到一定是家里接连出现的不幸，已经使金梅精神有些不正常了。只有尽快把金梅和水生凑合到一起去，才能解决一切问题。这也是她和大家共同的心愿。

方卫红终于找准了机会。她跑到金梅家里，小心地试探着对金梅说道："金梅姐，解放初，我们在妇女培训班的时候就知道，水生心里最在乎的人，

就是你。水生现在每次回来都要牵挂着你，你们还是早点到一起过吧。"

方卫红做梦也没有想到，金梅听了她的话，顿时勃然大怒，直对着她大骂道："方卫红，我都是多大年纪的人了，你也敢拿我嚼舌头？水生苦熬了这么多年，好不容易熬出了头，熬成了一个大老板，现在什么样的人娶不到啊？以后，你们要是谁还敢来拿我嚼舌头，我就不认谁了。我的儿女都是这么大了，孙子都是一大群了，还能有什么念头啊？"

金梅说完，就怒气冲冲地把方卫红赶了出去。吓得方卫红后来在她面前再也不敢再提她和水生的事了。

金梅这天一大早，就带着金生和国红家的四个孩子一起跟着社员们到田野里锄草。四个小家伙都是差不多大的，一天到晚都在一起，就是分不开。到了田野里，就更是撒得欢，满田野地跑着要拔草。

金梅急得在后面叫都叫不住："你们哪里认得杂草啊，不要把油菜苗拔了啊！"

四个小家伙个个不服输，全都争先恐后地拔了杂草，送到金梅面前说道："奶奶、奶奶，我拔的是草。"

社员们看着全都笑了："金梅，你有了这四个小帮手，以后就不要下地了。"

金梅也开心地笑了："是呀，眼看着这些孩子一个个长大，我们不服老也不行啊！"

这时，大家都远远地看到了，在青弋江大堤上，一排好几辆漂亮的上海牌轿车朝柳树湾开来。他们都笑称这种最新的上海牌轿车是乌龟壳。他们纷纷议论道："一定又是陶大胆回来了。这个陶大胆回去当了几年县委书记，真是派头越来越大了啊，破吉普改成了乌龟壳，下来时，跟着的乌龟壳也是越来越多了。"

"他每次来都是一辆乌龟壳，这次怎么来了这么多呢？没人说要来我们大队开会呀。"

"是不是又给我们送什么奖状来了？"

"也许是来检查我们的冬修水利工程的。"

金梅只是一边锄草，一边照看着几个孩子，没太在意别人的议论。这四个孩子都是她的心头肉啊。她是看一个喜爱一个，看到他们在田野里玩得快乐，跌倒了，翻几个滚，又爬起来往前跑的样子。她是从心底里感到高兴。

果然是陶大民回来了，还有公社的领导。他和金水一起带着几个穿着军装的人一起朝田野里走来。金水激动地走在最前面，他一边走一边朝金梅不停地挥手喊着。

　　由于离得远，金梅没有听清楚他在喊什么。四个小孩一起跑到她身边说："奶奶，舅爷在喊你。"

　　金梅搂着他们问道："你们听见了，他在喊什么？"

　　他们都一起说道："舅爷说，我们家来亲戚了。"

　　金梅笑了："不就是陶大胆来了，他还这么大叫着？"

　　金水带着大家一起朝金梅走来。他们到了跟前，金梅才听清楚了金水在说："大姐，家里来亲戚了，你的亲家来了。"

　　金梅还没有完全反应过来。一位年长的首长模样的高个子军人，已经快步走过来，紧握着金梅的手，激动地说道："金梅亲家，我就是李学军的父亲李金贵。"

　　陶大民跟在后面说道："首长，李学军这些年在这里，全靠金梅一家照顾，现在过得很好啊。你看，你的两个孙子都这么大了。"

　　李金贵仍在激动地说着："我都知道了。金梅亲家，这些年真是难为你了。我们一家都会永远感谢你的。"

　　金梅说道："既然你叫我亲家，就不要说客气话了。李学军是我的女婿，照顾他是应该的。"

　　金梅说着，拉过国红的两个孩子说道："他是你们的亲爷爷，快叫爷爷。"可是两个小孩，抱住金梅的双腿，拼命地往她身后躲着。

　　李金贵也是刚刚平反，还没安排工作。听到他儿子李学军还活着，还给他生了两个孙子，高兴得立即就找来了。

　　国红和李学军都还不知道。等他们被人叫回来时，他们住的知青小屋里早已聚满了人。

　　李学军显得很吃惊的样子："爸，你还活着？"

　　李金贵笑道："我是老革命了，命大得很呀。没想到你在这里还过得这么好呀，你比我有福气呀。"

　　李学军也很感激地低下头说："爸，都是金梅妈妈和国红把我照顾得好。爸，你这些年吃苦了。我一直不知道你的消息。"

　　李金贵说道："一切都过去了，看到你过得这么好，安家生子了，我就放心了。你妈在那边也该安心了。我在来的路上就听说了，你来的时候是金梅亲家用一碗小刀面和三个荷包蛋收留了你。我今天什么饭都不吃了，只想吃金梅亲家做的一碗小刀面和三个荷包蛋。"

金梅说道："现在呀，国红比我做得好了，学军也会做了。都是他们做给我吃了。"

李学军立即站起来说道："爸，金梅妈妈年纪大了，我去做给你吃。"

金梅立即叫住他："你和国红以后有的是机会。亲家第一次来，就是贵客，就该我自己去做，你就陪你爸说说话吧。"

金梅说完就去倒了半脸盆面粉去揉面，国红也跟着她去点火烧水。金梅擀面条非常的快速熟练。她把盐放在水里融化，然后散在面粉里，用手抄几下就揉成了一个大面团，她举起大面团噼噼啪啪地往面板上出力地砸了十几次，就用面杠开始擀面了。很快就擀出了一面又薄又大的面饼，铺满了整个面板。她还没有来得及把它切成细面时，一直跟在她后面的四个小孩已经流着口水，拽着金梅的衣角叫道："奶奶，我们要吃细面。"

国红对四个孩子喝道："你们都到一边去，不要影响奶奶！"

金梅一边切着细面，一边对他们说："好，奶奶等会儿给你们下细面。"

金梅面切好时，国红一锅的水已经烧开了。金梅把切好的小刀面，放到滚开的热水里，又用另一口锅煎了几个荷包蛋。很快的，一碗热气腾腾的小刀面加荷包蛋就送到了李金贵的手里。

李金贵端过面碗，首先咬了一口荷包蛋，两面焦黄的荷包蛋一咬，里面娇嫩的蛋黄就流出了金黄的油来。李金贵十分感慨地称赞道："金梅亲家，我真的好多年都没有吃过这样的荷包蛋和小刀面了。它真是烫嘴更烫心啊！"

国红接着给陶大民和每一个客人也端来了一碗小刀面和三个荷包蛋。

陶大民笑道："你们家的小刀面，我吃得太多了，就是越吃越想吃。"

金梅也笑道："我们就是想请你常来常往啊！"

李金贵吃完面条，就在大家的陪同下，到柳树湾转了一圈，又到金梅家坐了一会儿，然后就和大家一起依依不舍地告别回去了。

李学军和国红都跟着去送他。没想到，他们一回到家里，就开始闹起了矛盾。他们之间还从来没有这样公开地闹过矛盾。

金梅一听说，就赶紧赶了过来。这几年，知青们都在的时候，李学军一直就是骨干，搞任何活动的时候，他都是主角。他的文笔好，会写诗会写剧本，爱好又广，很受大家的欢迎。晚上在家里的时候，他就喜欢研究国红的药箱。他把国红药箱里所有的药的说明书都背得滚瓜烂熟，有时都能自己帮着国红诊断。他还认真读了几本中草药的书，帮着国红出去找了好多中草药回来，搞得国红都说他："你也不是赤脚医生，搞得比我更像是赤脚医生了。我们赤脚医生只能看一些头疼发热感冒之类的小病，做一些应急护理和宣传卫生工作，稍微疑难一点的病症都要及时送医院去。我都不敢看的一些病，你都敢下药，搞得比我都是更像医生了。你又在瞎琢磨什么呀？"

李学军却不听她劝，只是说："凡是你做的事，我都感兴趣。我就是要帮你研究中草药。"

李学军只要对什么感兴趣，就一头钻进去了，劝也是劝不住的。国红也是没有办法了，只能依着他，后来又有些服他了。因为，她每次遇到疑难问题时，李学军总能给她许多及时的建议。特别是他找回的那些中草药，还真帮她看好了许多农村里的怪病。

在知青们纷纷回去后，李学军的事情少了，就更是研究国红的那些医药了。国红看到他太专心了，就劝他："你不要把肚子里的学问都浪费了。公社中学里还缺老师，你去代课教学生去吧。"

李学军头也不抬地说："我不去中学，离家太远了。你要我教书，我就去村里的小学。"

国红又劝道："我们村里现在初中生高中生一大批了，不缺小学老师了。你的性格也带不好孩子，自己家的孩子都不听你的话。你还是去教中学适合。"

李学军仍在说着："我就是不想去中学。我只想在家里，我就想给你去找草药。"

国红知道他是因为心里恋家，不想走远，就故意激他道："李学军，你是个男子汉，还是个将军的后代。不要这么没出息，一天到晚赖在家里不出去。中学才多少路呀？我们那时上学的时候，都能早出晚归了。你一天早出晚归都不行啊？你不要这样离不开家，你会被大家瞧不起的。我也会瞧不起你的。"

李学军见她这样说了，就立即回答道："你叫我去我就去。你放心，我到了中学也一定会是最好的老师。我不会让任何人瞧不起我的。"

于是，李学军就到中学代课去了。以后的几年，不管是刮风下雨，还是

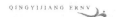

冰天雪地，他都是早出晚归。有时，遇到特别恶劣的天气，学校里的同事就劝他道："李老师，你怎么这么离不开家呀？你一天不回家，你的老婆孩子就飞了呀？"

李学军只是回答道："我有家，只有回到家里，睡觉才安稳。"所以，李学军恋家离不开国红，那就是早就出名了的。

金梅到了国红家里，才知道他们这次吵架是因为李金贵要求李学军到军校去深造，李学军怎么也不愿意去。当时就跟他爸顶撞了起来，国红都没有拦住他。

金梅一听就批评李学军道："你爸让你去军校学习，是多好的事呀？你怎么能顶撞他呢？他吃了这么多年苦，才出来，你就该去尽尽孝心了。"

李学军回答道："金梅妈妈，我小时候是想进军校。可是在我最该进军校的时候，他犯错误了。现在我已经有家有业有孩子了，还怎么去呀？"

国红仍在气愤地说道："能进军校深造，那是多么好的机会呀，多少人都在梦想着呀！你受过挫折，就该去补补课，把失去的梦想再找回来！"

李学军反问道："那你呢，你为啥不去医学院进修，只要我走？反正我就要和你在一起。你不走我就不走，你在哪里我就在哪里。"

金梅终于明白了，原来李学军不愿去军校是因为国红不想离开。金梅转又批评国红道："国红，这就是你的不对了，你能走为啥不走啊？你也应该去尽尽孝心了。"

国红解释道："妈，我们不能两个一起走。我和他的情况不一样。我走了那么多病人怎么办？还有我们的孩子，我们必须牺牲一个，只有我做出牺牲。"

李学军急着说道："要牺牲的应该是我，不是你。"

金梅打断他们的话，果断地说："你们都不要再吵了，你们都给我走。李学军，你本来就不是这里的人，无论从哪里说，你都该回到你爸身边去。还有国红，你早就是嫁出去的姑娘了，哪有老赖在娘家的？你们现在不走，我也要和金水赶你们走了。"

国红眼里含着热泪说："妈，我到现在一天没有离开过你，你怎么能狠心赶我走呢？你年纪大了，爸又不在了，金生现在一心搞窑厂，还是一个人啊！你叫我怎么能放心走呢？"

李学军紧跟着说："那我们就都不走了。我们一家人都是过得好好的，为啥要走啊？我爸要是想我们，就让他搬到我们这里来住。"

金梅继续狠心地对国红说道："最该走的人，就是你。你走得越远越好，少了你一个赤脚医生，我们就没人看病了？你走远了，新生和青菊也就可以安心过日子了。"

国红听她这么一说，就又鼓起嘴说："妈，你就是最喜欢他们。他们就是搬到了公社里住，才多远啊，你都舍不得，还要他们经常回来呢。他们现在不是过得很好吗？你为啥就舍得要我去那么远的地方？"

金水听到消息也及时赶了过来。他完全支持金梅的意见，也极其认真地说："国红，你们是早该出去了。现在下放学生都回去了，就李学军一个人留在了这里，上面也没有照顾政策了。我们村本来就是人多田少，能走一个都好。你们全家都能走多好啊。你们不走，我也要把你们家户口销了。"

国红和李学军是被大家连哄带赶地离开了柳树湾。连走的那几天夜里，国红一直躺在金梅怀里，流泪不止。

金梅也是恋恋不舍。她不停地抱着国红说："你虽然结婚几年了。我还一直都认为你在家里没有嫁出去。现在你算是真的嫁出去了，一嫁就嫁出去了一千多里呀。"

国红反劝道："妈，我们那里是南方，也比铁梅阿姨去的新疆近。我会常回来的。那里冬天暖和，你冬天就去我那里吧。"

金梅含泪笑道："我怎能去你那里，我是一天也离不开这里，你只要常给我来信，就行了。"

国红马上说："不，妈，我不写信。现在通电话了，我要天天给你打电话。"

金梅拍打着她说："不行，现在长途电话费多贵呀。两个月打一次就够了。"

国红继续撒娇地说："我不，我不在乎电话费，我就是要天天和你说话。"

金梅泪水汪汪地摇摇头说："你这丫头，还是没有长大呀。"

国红心里还是放心不下金梅，睡到半夜就又趴在金梅怀里，对金梅说道："妈，现在全村的人都在说您和水生早晚是一家，水生舅舅的心意大家都看在眼里了。怎么就是您不理他了，您到底是为啥呀？您到底是怎么想的呀？水生舅舅一辈子都可怜，他等了您几十年了。您就接受他吧。我们大家

也就都安心了。我也可以安心地走了。"

金梅听到国红又说起水生，立即生气地一把把她推到一边，转过身去，背对着她说道："你这个丫头，也来拿我嚼舌头了。你赶快给我走得远远的，以后不要再提了。就是你们大家都同意了，我也永远不会同意。我和他这辈子都没有这个缘分。"

国红看到金梅是真的生气了，也不敢再说下去了。过了很久，她又钻进金梅的怀里，看到金梅一直都在默默地流着泪。她也就无声地陪着金梅一直流泪到天亮。

就在国红和李学军离开的那一天，大家都来为他们送行。水生也突然回来了，他还特意请回了陶大民和陶旺才校长。陶校长已经好久没有来过了。金梅见到他特别高兴，拉住他的手不放松，激动地说道："陶校长，你都回去当大学校长这些年了，你还一直记得我们，记得这些孩子呀。这么小的事情还惊动了你，还麻烦你老远地赶来送他们。"

这时，陶大民大声地对金梅说道："金梅，我们今天不是来送国红和李学军的，我们今天是来喝喜酒的。"

大家一听，全都愣住了，今天村里没有哪家办喜酒呀。大家全都疑惑地望着陶大民，觉得一定是这个县委书记事情太多，跑错了村子了。

陶大民望着大家莫名其妙的情景，又哈哈大笑道："乡亲们啊，我等这杯喜酒，已经等了三十多年了。在解放前，我收水生做干儿子的时候，就说过要喝他的喜酒啊，一直等到了今天。他今天去请我来给他做证婚人，说他一定要娶了金梅，就在今天国红和李学军离开的时候娶，不让孩子们再为他们担心了。我是举双手赞成啊，我立即就来了。我的这个干儿子今天头脑开窍了，胆子也大了，终于做了一件大事。他怕我一个人面子不够，又去把陶校长请来了，他知道金梅最听陶校长的话。金梅，我和陶校长一起来给你们做证婚人，够了吧。"

陶校长也在紧握着金梅的手，激动地说道："水生去跟我一说，我什么事都放下，立即就来了。金梅，我们三个光棍，现在已经只剩下水生一个了。他真的不容易呀，他对你真是一片真心呀。你们就不要再等下去了。"

金梅被陶校长握着的双手不停地颤抖着。她望着正紧张地站在一旁的水生，满眼都是急切期待的眼神，颤抖着声音说道："我都是这么大年纪了，你为啥还要这么固执呢？你的头脑怎么就是这么倔呢？你又何必要这样呢？

还要去麻烦大家。我都跟你说过了，你为啥还要回来呢？你现在是个红得发紫的大老板了，你到哪里不能安家？到哪里不能再找一个年轻的，给你生一群孩子呀？"

水生也激动难忍地说道："我也老了，我也不想跑了。我哪里也不会去的，柳树湾就是我的家，我跑得越远就越想家。新生、金生、国红都是我的孩子，我不想再生孩子了。"

金水和方卫红也一起来到金梅身边劝道："金梅大姐，水生去请陶书记和陶校长时，都跟我们商量好了，我们全都赞成。他全都准备好了，你就让大家开心地喝这杯喜酒吧。"

陶大民和陶校长一人一个，把水生和金梅拉到一起坐下。陶大民郑重地对大家说道："今天就是你们柳树湾大喜的日子，现在我和陶旺才校长正式为金梅和水生证婚。"

所有在场的人听了陶大民的话，一起热烈地鼓起掌来。金生、新生、国红、李学军、青菊全都一起激动地拥了过来，紧紧地把他们拥抱在中间。

五十七

国红走后的好长日子，金梅都像掉了魂似的。她开始感到自己真的老了，她开始经常丢三落四的了，而且夜里总是做梦，常常叫唤着国红的名字。

李学军进入军事学院后，很快就融入了火热的军旅生活中，国红也进入了医学院进修。军校离医学院不远，他只要一有空，就往医学院跑。

国红每次见到李学军跑来，都要教育他："你现在是军人了，就要以军人的标准严格要求自己，不要老来我这里。我们的孩子都大了，还这么腻乎，不怕别人笑话？"

李学军毫不在意地说道："我现在进入军校，好像一下子年轻了十岁，浑身都是劲了。"

国红举起大拇指称赞道："你现在才算一个真正的军人了。军校还真是能锻炼人啊！我没想到军训场上都被你熬过来了。"

李学军立即又整理好衣帽，对国红敬了一个标准的军礼说："请夫人检阅！我到哪里都是最出色的，因为我是将军的儿子，我也是优秀下乡知青。

我受过锻炼和考验。军训场上的科目难不倒我的。"

就在李学军进入军校的第二年，中越边界爆发危机，又面临着战争的考验。军校里许多学员纷纷写请战书要求参战。李学军也义不容辞地上交了请战血书。他情绪激昂地对大家说："就是全校只有一个参战名额，也要让我先去！第一，在军校，我就是他们的老大哥，我已经有了两个孩子了；第二，我是共和国将军的后代，国家有难，我不上战场谁上战场？"

由于李学军的一再坚持，最后如愿以偿地加入了第一批参战部队。在接到通知的时候，他的心情非常激动，每一个细胞里都充满了为国战斗的豪情，可是他又不知道怎么回家去和国红说。这些年来，他已经完全对国红有了一种高度的依赖感，自己的脑袋几乎就是长在她的头上，从来没有私自做出过什么决定。他现在为自己终于有了这么一个伟大的决定而高兴，可是心里仍然还有许多的不舍。自己刚把国红带出来，还没有带给她幸福，就要把孩子和父亲都交给她照顾了。而且出于军事秘密，他还不能告诉她自己要去哪里。他也不想告诉她，怕让她为自己担心。

李学军犹豫不决地回到家里，最后只是告诉国红自己要到基层部队去锻炼了，要几个月才能回来，家里就要全靠她了。

国红积极鼓励道："只有到了基层部队，才能把你锻炼成真正的军人。希望你回家的时候能够变得更加优秀。"

李学军一整夜都拥抱着国红，一刻也舍不得松手了，搞得国红都不好意思了，不停地安慰他道："你今晚怎么了？还这么恋家呀，你又不是没有离开过家，你那时不是一个人离家下放到我们村的。几个月的时间，很快就会过去的，家里有我，你就尽管放心吧。"

李学军突然感到满肚子里有好多话要对国红说，可是他最终一句话也没有说。直到天亮了，李学军穿戴好军装，向国红敬了一个标准的军礼。他庄重地对国红说道："请你放心，也请你转告柳树湾的父老乡亲们，我现在已经是一个标准的中国军人，到任何地方也不会给中国军人丢脸。"

李学军一到前线，就被任命为一个主战连的指导员。他突出的军事才能和博学的才华也首次得到了充分的展现。特别是他的战前教育和动员，很受战士的欢迎。他组织大家现场观看被敌人侵略破坏的村庄，观看被敌人杀害的边防战士和百姓，痛诉这匹忘恩负义的白眼狼的种种罪行。所有的战士都是义愤填膺，心里充满了为受害边民报仇的怒火，同仇敌忾，纷纷宣誓要痛惩忘恩负义的白眼狼，誓死保卫边疆的安全。

在战争开始的那个特殊的夜晚，在我军的炮火铺天盖地地射向敌人的阵地时，李学军的内心感到了深深的震撼。他从来没有感到过自己的祖国已经这么强大。经过战火的洗礼，他更感到了热血沸腾，豪情万丈。他和连长带领全连战士，身先士卒不断地冲向了敌人的阵地。

在强大炮兵的火力支援下，他们连克顽敌，连战连胜，一路攻破敌人的数个堡垒，受到上级首长的高度赞扬。就在他们一路凯歌，乘胜追击，一举攻克凉山，眼看就要趁势而下，直捣敌人的老巢河内时，上级下达了停止进攻、分批撤退的命令。

许多战士都是一路看着战友们流血牺牲打过来的，正在要报仇泄恨的火头上，面对着突然撤退的命令，都很有情绪。明明能够打胜的仗为啥不打了？

李学军于是就深入连队的每一个排每一个班去耐心地做工作。他耐心地告诉战士们，我们国家历来都不是好战的国家，我们只是要惩罚那些危害我们国家边界安全的好战分子，给他们以严厉的警告。我们的战略目标已经达到了。我们国家现在还处在社会主义建设的关键时期，我们还是要把主要精力用在建设上，把国民经济的各项指标都搞上去。努力地把我们的国家建设好，才是我们最神圣的责任和使命。

战士们听了他耐心的教导，情绪全都安定了下来，都在做着撤退的准备。李学军由于一直都和战士们在一起，他亲眼看到了许多战士由于连日作战，劳累过度，又不适应这里丛林中高温潮湿的天气，许多人都是脚磨破起泡了，身上生脓长疮了，前线部队所带的医药又远远不够。他看到附近的山上有些草药可以医治，就想去采一些回来给他们用。这也是他过去多年给国红采草药养成的习惯，遇到珍贵的草药就想去采一些。

李学军兴致很高地采了许多草药。此时的他，心里充满着胜利的喜悦，越采越高兴，满脑子想的都是过去和国红一起采草药时的情景。那时采草药可以救治病人，现在采草药，可以医治战友，多好啊！

此时，李学军的整个心都已经飞回到国红身边去了，他甚至迫不及待地想去告诉国红。告诉她自己在战场上的一切情况和进步；告诉她自己对于这场战争的感想和体会；告诉她我们的大炮坦克已经是多么的厉害，已经是

雷霆万钧，势不可当，震天动地了；告诉她我们的战士，再也不用像银水一样去拿身体炸敌人的坦克，像陶解放拿身体去滚敌人的雷区了。他还想大声地对她说：感谢祖国的强大，感谢所有为新中国建设做出贡献的人们，是他们使我们的军队变成了钢铁洪流，变成了无敌之师。号称世界第三的军事强国，在我们的面前已经不堪一击。我们真是如秋风扫落叶，横扫千军如卷席。

由于山林很密，李学军又过于专心，在回来的时候，他的眼镜不慎被树枝挂掉了。在他低身寻找眼镜的时候，不幸踩到了地雷，英勇牺牲。

战友们怀着无限的悲伤，抬着他被炸的残缺不全的遗体回到了祖国，把他安葬在了祖国的烈士陵园。

国红和李金贵接到通知，赶到部队时，只能去面对那一个新矗立起来的墓碑。李金贵只是颤抖地说了一句话，就老泪纵横、泣不成声了："他不愧是我的好儿子，没有给我丢脸。"

国红完全被这个突如其来的打击震昏了。她怎么也没有想到，他们才出来这么些天，李学军就会变化这么大，他这次会瞒着自己就到了前线。他从来什么事情都是顺从她的，从来没有经过她同意就是自作主张的。

国红想到过去一直对他过于强硬的态度，后悔不迭，自责不止。他一直都是那么一心一意地对待自己，而自己对他却一直是那么的勉强，是自己辜负了他，是自己太对不起他了。他现在永远地离自己远去了，这就是上天对自己的惩罚呀。

国红抚摩着李学军的墓碑，一次次地哭晕了过去。最后，她只从部队收到了李学军临上战场时留下的一封遗书。她更没有想到的是，一向文采飞扬的李学军，过去给她写起情书来都是滔滔不绝，这次留下的遗书却是非常的简短。

亲爱的国红：

我就要上前线了，部队让我们每人留下一封遗书。说实话，我一直是不想写的，因为太不吉利。我们刚刚过上了最美好的生活，我不想去想象可能发生的任何意外。虽然我一天也不想离开你，但是祖国的使命高于一切。我是一位解放军战士，祖国需要时，我必须奔向战场。请原谅，我没有事先告诉你，我也知道你

一定会支持我的，但我不想让你为我多担心一天。你放心，我一
定会胜利归来，我和你的好日子还没有过够。你等着我。最后我
只想告诉你，我这生心里最大的梦想，不是当将军，而是想和你
开一个诊所。你给病人看病，我给你抓药采药。假如这个梦想，
这生不能实现了，到了下辈子，我还会去找你，实现这个梦想。
请你等着我。

永远最爱你的人：李学军

国红捧着这封遗书，默默地在心里说着无数遍：李学军，请你原谅我对
你的刻薄，过去都是我的错。不管过多少辈子，我都会等着你。等不到你，
我就自己去找你。

李学军牺牲的消息传到了柳树湾。金梅不想让家里的孩子看到她痛苦的
样子，她一个人跑到青弋江的沙滩上，又面对着南方号啕大哭起来："你这
个可怜的孩子，你的命怎么这么苦呀？你没长大死了娘，无亲无故地还被下
放到我们这个穷村，跟着我们吃了多少苦啊！现在你父亲平反了，你可以享
福了，怎么就这么年轻就走了啊。都怪我啊，你是那么不情愿离开，是我逼
着你走的呀！我要知道会是这样，打死我，我也不会要你们走啊！"

当大家听到金梅的哭声，找来时，金梅的嗓子已经哭哑了，已经哭得晕
倒在沙滩上了。

新生和金生后来一直要到部队去把国红接回来，可是国红总是打电话来
给金梅，不要求他们任何人去。她对金梅说，她也是一个军人，她在部队已
经变得更加坚强了，大家都不要为她担心。她会把两个孩子带大，还要照顾
好李学军的父亲。这都是她必尽的义务。

金梅也就对他们说："你们现在去找她，她心里只会更难受。你们都去
忙自己的事吧。我相信我的女儿，再大的难事，她都会挺过去的。"

直到国红带领两个孩子回到柳树湾看望大家，大家的心里才安定下来。
她已经转变成了一名优秀的军医，在一家大型的传染病医院工作。她浑身到
处流露出一种军人的刚毅和坚强。只是在金梅提起李学军时，她还是沉浸在
对李学军的深深思念中，她的眼里还是充满了无限的悲伤，她沉静地对金梅
说："他没有离我而去，我一直在等他回来。这辈子等不到，就下辈子，下
下辈子等。"

就在李学军牺牲的那年下半年，一个特大喜讯传到了柳树湾。所有的地富反坏右的帽子都摘了，可是金梅一家人却没有一个人高兴起来。他们都还沉浸在对李学军的思念中，也没有感觉到摘掉地主成分的帽子，对他们能有什么影响。

五十八

水生在长江跑运输，每次回来都要带来许多新消息。他说外面的形势变得很快，鼓励大家不能只守着这点土地过苦日子，要开动脑筋，多想发展新路子。村里许多人的思想在他的启发下，一下子都变得异常活跃了起来，到处都开始有人在议论纷纷。

水生一直很关心新生和金生，每次回来都要鼓励他们，年轻人就是要胆子大一些，干劲再大一些。特别是新生，上次犯了错误，调回公社当了经济办的主任。水生就经常找到他的办公室，去鼓励他要多出去看看，要到江浙那里去学习他们的成功经验。不要犯了一次错误，就变得缩手缩脚，像个缩头乌龟。

新生在水生的鼓励下，又抖起精神，跟着水生的船到江海里跑了几趟，回来后就待不住了，就不停地打报告，坚决要求公社成立水上运输公司，购买大船队。他自己还要求去当船队队长。

金梅知道了，非常生气，见着水生就不停地埋怨着："真是有什么样的父亲，就要什么样的儿子呀。你一个人在长江漂还不够，你还要新生去搞船队呀。他是一条半腿的人，走路都不稳，还能上船呀？掉到江里怎么办？他只能在家里坐办公室。"

金梅怎么埋怨，水生都不说话。等她说够了，他仍然坚持道："孩子们就是要让他们出去见见世面，让他们到大江大海里去闯。新生就不是个坐办公室的料啊！"

金梅知道自己怎么说都没用了，只好叹息一声道："你真是越老越不安稳了。你到底要把新生和金生都带成什么样呀？他们现在谁都不听我的话了。金生现在连大窑厂厂长都不想干了。"

水生知道，金梅现在心里最放心不下的就是金生的婚事。水生也是在为这事感到焦虑，他看到金梅心里着急，心里就是更加焦急了。他也多次去劝过金生，江梦云回到上海就已经嫁人了，你还在等啥？可是金生心里就是放不下江梦云。他总是耷拉着脑袋对他说："我不怪她，也不怪任何人，都是我无能。她还是我两个孩子的母亲。我可以没有老婆，孩子不能没有母亲啊！"水生每次听了金生的这句话，也是束手无策了。

水生终于又完成了一个多年的心愿，把金梅家的房子改造成了两层宽敞漂亮的大楼房。这还是柳树湾出现的第一栋新楼房，宣告着柳树湾开始进入了新楼房的时代。

金梅搬进了新楼房，心里却怎么也说不上高兴。她又在催着金生："家里房子造的再漂亮。没有人住，又有什么用啊？你还是早点找个媳妇回来，不要老惦记着江梦云了。"

金生仍在回绝她道："妈，现在大家都在想办法赚钱，我哪顾得上这事呀，我的孩子都这么大了，还急啥？"

金生是个大窑厂厂长，在全乡都是大红人。来找金梅说亲的人，每年都有好几拨。可是金生从来就没有动过一次心。金梅再说他也没有用，说得多了，他就钻在窑厂里不回家。

金梅于是就经常找到窑厂去追着骂他："金生，你翅膀硬了，就不听我的话了。你就安心叫我给你带一辈子孩子呀？"

金生只是嘻嘻地笑着："妈，我找第一个媳妇，就没有要你烦神，这以后的更不需要你烦神了。"

金梅跟着继续骂道："就是你最不让我安心，一心就想吃天鹅肉，吃了一次亏了，还不长记性。你出身就是个癞蛤蟆，还想再去吃一回天鹅肉啊！"

不管金梅怎么追着骂，金生都是跟她嬉笑着，就是没有任何进展。金梅拿他没法子了，有时在家里想到这事，就是眼泪汪汪的。水生最见不得金梅流泪。一看到她流泪，他的心里就像是猫抓似的。

水生经过长久的思考，终于做出了一个巨大的决定。他找到窑厂去对金生说道："你在家里不能安心，就到上海去吧。我帮你在上海办一个沙站，你到那里卖黄沙去。现在想承包窑厂的人很多，就给他们承包去吧。"

金生立即激动地说道："水生爸，我也是这么想的，我为啥就不能成为一个上海人呢？"

金生在水生的帮助下，到上海浦东的一条小岔河边租了一块场地卖黄沙和石子。场地很简陋，只搭了几间工棚住，下雨的时候到处漏雨，蚊虫也是特别的多，各方面都比家里辛苦多了。他每天晚上住在工棚里，每天奔走在各个杂乱的工地里。一看到黄浦江，看到那鳞次栉比的高楼大厦时，他突然感到上海是那么的亲切。因为离江梦云近了，他的心终于开始安顿了下来。

金生刚到上海时，就拎着半篮子大螃蟹去看望江梦云。这都是他特意从青弋江里带来的精选的大螃蟹。他知道江梦云过去最喜欢吃这样的大河蟹。

江梦云的家住在黄浦区延安路的一个破旧的老胡同里，好多年已经没有修过了。墙上刷着许多大红的"拆"字，到处都摆放着许多的杂物，路都走不进去。

金生过去还是和江梦云结婚生了孩子后来过一次，后来就没有来过了。但他还是一下子就找到了她家。

金生找到江梦云家住的一间十分狭小的阁楼。这个房子已经破得不成样子了，早就说要拆迁，说了多年了还没有拆迁。江梦云家里就只有一个老母亲，已经年纪大了，老眼昏花，一下子认不出金生来了。

金生大声叫道："阿妈，我是从江南乡下来的，我是你过去的女婿金生啊！我是来看看你和江梦云的，我给你们送点螃蟹来。"

老太婆仍在揉着眼睛说道："侬、侬是乡下来的？我不记得我家乡下有亲戚了。"

金生还想继续提醒她。这时，从屋里冲出一个年龄比金生还要大的中年人，指着他的鼻子骂道："乡巴佬，侬滚、滚，以后不要再来这里了。"

金生还没有反应过来，就被那人连推带搡地推出了胡同口。那人仍在背后指着他骂道："江梦云现在是我老婆了。她被你骗了许多年，把美好年华都葬送在你们那里了。侬还想来影响我们生活呀，侬有多远滚多远，侬以后永远不许再来了。"

胡同里许多人跑出来看热闹。那人又对着大家说道："侬们看啥热闹呀？一个乡下佬，臭要饭的，一身的臭味，小心他来偷侬家的东西呀。"他说完就把江梦云母亲叫回家里，紧闭着门，再也没有一个人出来了。

金生受了巨大的侮辱，拎着那半篮子的大螃蟹，一个人在胡同口来来回回地走着走着，一直走了很久。他的心里充满了心酸和痛苦，他这一生还从来没有这样被人拒之门外，这使他的自尊心受到了极大的伤害。也就是在这一刻，他在心里下定了决心：虽然没有能够见到江梦云，无论如何，他都要把江梦云再夺回来。她就是自己的妻子，她就是自己孩子的母亲，他不能眼看着她就和这样粗野的男人生活在一起。

金生下定了决心，就突然感到坚强了许多。他又走了回去，把那些螃蟹悄悄地放到了江梦云的家门口。他的心里开始有了一个真实而强力的愿望，这个愿望开始一直支撑着他。他也要成为一个上海人，把过去的幸福，把破碎的家庭都找回来。

在金生到上海办沙站的时候，公社的水上运输公司也终于成立了。新生激动地告诉大家，他已经是新成立的运输公司总经理。他们第一次就买了十几条一百多吨大船的船队，后面还订购了好几个船队呢。他们就将驾着新船队，乘风破浪奔向新时代了。

新生同时还告诉大家一个更惊人的消息，水生已经给我们柳树湾找到了一条发财大路。经过水生多年来在外奔波，经过他多次送样品出去化验试用，现在已经确定了，我们青弋江的黄沙无论力度、硬度、分散度，还是所含矿物质，都是黄沙中的精品，都是建筑材料中的极品。特别适合建造高楼大厦、大桥涵道等大型建筑，已经受到南京、上海、苏南等地区的广泛欢迎。原来我们青弋江沙滩下面埋着的都是黄金呀。

金梅看到新生一直兴高采烈地挥着手说着，事已至此，也就没有打断他的兴趣。等他说完了，才问道："你还是在听水生的话呀，都把我的话当耳边风了。他跑船跑上瘾了，就要你们都去跑船。你一条半腿上船怎么生活呀，青菊能带到船上去照顾你吗？"

新生不好意思地笑了："金梅妈妈，你放心，等我们的船队到了，你上去一看，就放心了，那都是比家里还要舒服的大船。我们已经决定了，我们的第一个航次就是从柳树湾启航。我们祖祖辈辈都是靠这片土地，这条河养大的，可是我们不能永远就看着地下这块土地，怎么挖也挖不出金娃娃来。我们必须走出去，飞起来。"

一个多月后，船队所有的船都到了，就靠在大窑厂的旁边的河里。青弋江两岸无数的人们听到消息，全都跑了来观看。

金梅也被新生请上船去观看。她也是从来没有见过这样的大船，特别是那火车头一样的拖轮。金梅看完以后，心里唯一的遗憾就是，新生没有能把青菊带到船队上去照顾他。她回到家里，还是不停地对新生说："新生呀，你样样都好，就是心急。心急吃不了热豆腐，好事情不是一天能做完的。你们的船是大，可是长江里的风浪也大。你不能装得太满呀，一定要少

装一些。"

新生安慰道："金梅妈妈，我早就记住教训了。我现在都把安全生产放在第一位。"

在启航的那天，举行了规模很大的欢送仪式。青弋江两岸的河堤上，都是站满了人，那个写着"政和号"的拖轮上悬挂着显目的标语："与时俱进、奔向江海，勇做改革开放的排头兵。"

水生也特意回来了，亲自帮助他们领航。虽然船队已经请来许多老师傅，可是他一直不放心。他非要亲自去送新生他们完成第一个航次。他拿着一根长长的竹杠，在船头不时地插下去试探水深，给拖轮指路。后面所有的人也都在听他指挥着，挥舞着竹篙撑船离岸。他又不停地从前面的拖轮跑到最后的一条船，指挥着大家的行动。这时，他精神焕发，他的心情也激动无比，超过了他自己买新船时的心情。因为，这时又使他找到了年轻时带领战士们奔赴前线时的那种豪迈激昂的感觉。

新生也一直撑着双拐，激动地站立在船头。这还是他们全县买回的第一条拖轮啊！这是他盼望了多少年的梦想成真的时刻啊！这寄托了多少人的梦想和希望啊！当他特意让拖轮拉响了长长的汽笛，拖着长长的船队，缓缓远去时，两岸聚集的人群都沸腾了起来，许多人都在河堤上跟着船队跑了很久很久。

新生一直心情澎湃地站在船头，目视着青弋江的两岸慢慢远去。直到整个船队顺流而下，冲出青弋江口，奔入长江。他们的船队在青弋江里很威武，可是一进入浩渺的长江，又变得那么渺小了。长江真是无风三尺浪。船队一进去，就立即颠簸起来，摇晃不停，就像是一条巨龙在江面上欢快地舞蹈。

新生不顾摇晃的轮船，又走进驾驶室，异常激动地亲手拉响了汽笛，久久也不肯放开。他的心潮也和奔流的江水一样奔腾不息。随着汽笛的长鸣声，新生的喉咙里终于爆发出了庄严的宣告。他对着长江，大声地呼喊道："长江、大海，我们终于来啦。"

水生在旁看着新生的表情，终于忍不住地流下来两行热泪。是的，新生终于长大了，自己一直牵挂的一颗心可以放下了，自己可以放心地看着他一路远航了。

没有资料记载，这是不是从青弋江驶出的第一条船队，但是它的影响确实是巨大的。在接下来的几年，在青弋江上就出现了无数条来来往往川流不息的船队，没有人知道它们到底运走了多少黄沙，带走了多少人才。但它们已经把这条千古悠长的河流与长江和大海更加紧密地联系在了一起，带领着两岸的人民奔向了崭新的时代。

从此以后，在水生和新生的带动和影响下，在青弋江两岸就涌现出了一大批独特的人群，充满新潮味的船老板和沙老板，经年不息地奔走在长江三角洲地区的各个工地，远送砂石和建筑材料。他们的命运也和整个长江三角洲的大发展紧密地联系在了一起。

五十九

新生和金生在水生的鼓励和带动下，越干越有出息了。金梅看着心里高兴。金水却感到越来越不适应了。他知道大家现在都是在背后里议论着他，许多人开始说着他的坏话了。他是越听越不舒服，情绪也是越来越差了。

金水又遇到了特别烦心的事。他一个人来到金梅家里，不停地抽着香烟，阴沉着脸闷闷不乐。

金梅知道他的心事。这个弟弟从小就是这样，遇到不开心的事，就喜欢到她这里来坐坐。有时和方卫红在家闹得不开心了，也都是这样来她这里坐坐生闷气。

金梅心里很心疼这个弟弟，知道他不容易，村里这个一千多人的大家穷家确实不好当啊！这几十年，他就是一头心事地扑在村里，事事都是带头干，才五十多岁头发都也熬白了。

金梅知道金水心里的那些事。自己也帮不了他，也不知道该怎么说话，只是默默地陪着他。她知道金水心里就是有了再大的事，他自己坐着生一会儿闷气，也就过去了。他也就会像往常一样又到村里村外去转了。

金梅只顾着纳自己的鞋底，直到他的一包香烟都快抽完了，才说道："你是不是心里还没想开呀？心里有什么话，就跟我说说，说出来就痛快了。"

金水用力地掐灭手里的香烟说："大姐，我是越来越搞不懂。这个陶大胆怎么做事还是一阵风，说变就变呢？去年还在鼓励我们大力发展集体经济，今年就刮单干风了，连田都要分了。我去年到县里开四干会，还是全县

的先进集体村，今年就点名批评我们思想落后了。"

金梅看着他越说越激动，就问道："陶大胆真的批评你了？"

金水点了点头又说："我们村里的各项工作都是先进，为啥要分地呀？我们那些水牯牛、水泵、排水沟、水田基本建设，都是我们花了几十年功夫才建起来的，这怎么分啊？一个人分不到一亩地，还怎么种啊？"

金梅站起来给他又倒了一杯水说："我知道方卫红也在家反对你分地单干。这个事你不能听她的，这也不是陶大胆一个人的意思。我也听到村里人都在说，大家都想分，你就顺了大家的心意，分了吧。"

金水激动地说："他们知道什么？都是瞎跟风。"

金梅放下手中的鞋底，耐心地劝道："金水，你这样说话，我就要说你几句了。水生上次回来就劝过你了。他们都是几辈子的农民，谁家分了地不会种呀？大家都在说，地球少了谁都会转。我们村离了你，就不转了？共产风的那时，你不是还偷偷给大家分过自由地吗？这次怎么就想不开了呢？"

金水举起手说："那时和现在不一样，那时村里什么都没有。现在发展了几十年集体经济，十个指头握在一起才有力量，放开了能干什么？就是一盘散沙！"

金梅继续劝道："金水，关起门来，我才和你说句真心话。你不是看不到，外面村都在分了，你还能撑多久呀。你说的不是最主要的，我最知道你的心事。你从小队长干到大队长，指手画脚指挥惯了，田一分，你就没有权了，是心里有疙瘩。"

金水仿佛被金梅说中了心事，又低头不语了。金梅又开导道："你从早到晚吆喝几十年了，就不感到累呀？村里是人人都说你好，可是大家不都是个个穷得叮当响啊！你也是有孩子跟在后面叫爷爷的人了，还是让大家各干各的吧。全村人都去找出路，动脑筋，总比你一个人动脑筋强啊！路是死的，人是活的。大家都想黄牛角水牛角，各顾各了，你是拗不过大家的。"

听了金梅的话，金水一时无语了。过了好一会儿，他才眼里含着泪水，内心十分痛苦地对金梅说："别人说我什么，我都无所谓了。我已经这么大年纪了，现在能看到村里人丁兴旺，我已经知足了。他们年轻人都长大了，都有能耐了，不服我管了，我就不管了。可是，我受不了他们年轻人忘本呀。我还没死，他们就开始指着我的脊梁骨骂我呀。他们穷能怪我吗？是我带给他们的吗？是我没有干好吗？我们村里解放时，就是这一千多亩地，养活着不到一千人口，现在两千多人口了，还是靠这一千多亩土地养活着，每年每亩地还要交二三百斤的公粮。我哪年少交过一粒啊？我们村从解放到现在从来没有吃过国家一粒救济粮，没有饿死一个人。我哪里给他们丢脸了啊？我们的土地一年只能种三季，我种不出四季来呀。他们现在的穷都是他们从娘胎里带来的，不是我带给他们的呀！"

金梅看到金水越说越激动，真是生大气了，赶紧劝道："你这是在和谁生气呀？村里的孩子还不都是你看着长大的，你还能跟他们一般见识？小孩子们知道什么。村里年纪大的人，都没有一个说过你一句坏话呀。他们才是过来人，他们都知道你干到现在不容易呀。"

金水仍然语气未消地对金梅说道："他们还有人公开地指责我呢，还要送螃蟹给我吃，还特意把螃蟹一个个捆得死死的。这就是在公开指责我把他们的手脚捆得死死的。他们现在都有能耐了，都成龙成凤了。我就是想捆能捆得住吗？"

金水说完，就气呼呼地起身走了。金梅一听就明白了，原来金水今天生这么大气都是新生带来的。

前几天，青菊从公社回来，她特意送回来半篮子螃蟹，一个个大螃蟹都被稻草绑住了，都在滋滋地吐着白沫。她说是公社五大港的螃蟹大丰收了，都爬到稻田里去了，公社派人抓了每人都分了这么多。新生叫她送回来给大家尝鲜。她还特意去请来金水，对他说，新生特意交代了。这些大螃蟹，都是在稻田里抓的，泥土多，一定要请金水舅舅来帮助解开洗干净了，才能蒸。

金梅还在满口称赞新生真是心细，还记得自己最怕螃蟹咬。可是，金水来了，看到那些被捆绑住的大螃蟹，听了青菊的话，脸色就变了，一只没动，阴沉着脸转身就走了。当时，金梅还以为金水是有事，就叫青菊送到了方卫红那里。

金梅现在知道金水是生了新生的气，赶紧跑到公社去找青菊，要她赶快通知新生早点回来赔礼。她对青菊说道："新生就是心里事情多，他好心好意地送螃蟹给金水舅舅吃，把他吃出病来了。他再不早点回来，他金水舅舅就会天天也睡不着觉了。"

青菊也笑道："新生现在跟船队去上海了，一时回不来呀。他从小就是最怕金水舅舅，不敢当面跟他说话呀，就想出来这个办法。他就是想跟金水

舅舅说。人也像螃蟹一样，捆起来了就爬不动了，就应该一个个解开了，让他们自己去爬。"

金梅听了，哈哈笑道："新生小时候怕金水舅舅，现在还怕他呀。方卫红也说他就是会瞎想啊。人怎么能跟螃蟹比呢，如果都像螃蟹一样横行霸道，不走正道，那不都乱套了啊。"

青菊又笑道："新生怕金水舅舅，更怕方卫红舅母呀。新生还想要我去跟舅母说。自己家水塘里的螃蟹再怎么爬，都是在自己家的水塘里。我也怕舅母，我还没敢去跟她说。"

金梅摇摇头说道："我看你们谁都不怕了。新生现在的胆子多大呀，一条半腿的人，搞了窑厂搞船队，跑了长江跑海里，他还有什么事不敢干？天上雷公大，地上娘舅大。这次是他得罪了金水舅舅，只有靠他自己回来去说清楚，才能消了他心里窝的气。"

柳树湾分了责任田后，全村的人突然全都爆发出了空前的工作热情，空气都变得活跃起来了。

金水早上起来到田里一看，不用叫不用喊，田野里已经到处都是劳动的人了。就是过去那些难以叫得动的懒人、笨人和落后分子，也都变得积极了，都也跑到他的前面去了。他这才感到，真的是自己落伍了，自己已经成了落后分子。

更重要的是，村里的田一下子就变得不够种了。过去一次双抢都要干二十天，现在不到一个星期，家家户户的田里都插上了新苗。许多人家都自发地组织起来搭帮，互帮互助，谁家的田里事多了，有困难了，大家就一哄而上，帮助他家割稻插秧。

田里的活不够干了，个个都在另找出路。许多年轻力壮的青壮年都拖着板车到大窑厂运砖去了。有些人开始筹钱买拖拉机运砖，买船运黄沙。

公社又改名为乡政府了，大队又改回叫村。金水觉得不管怎么改，反正自己都还是和过去一样。只是大家都在找事干，他觉得他自己反而清闲了，没事干了。家里分的几亩地哪里够他种呢？可他又是闲不住的人。于是，他就跑到窑厂要去烧窑。

窑厂里人都很吃惊地问道："金水，田分了，你还是村里的支书呀。你还是有许多事要做呀，怎么能跑来烧窑呢？"

金水听他们这么一说，心里就有些火了，虎着脸对他们大声说道："你们窑厂刚办的时候，就是我和水生教你们烧的。你们还怕我烧不好，不想要我呀？别人都能来拖板车，我为啥就不能来烧窑？"

大家都知道他是心里不高兴了，连忙说道："金水，我们不是这个意思呀。你这样的老师傅帮我们烧砖，我们是请都请不到呀。"

金水听他们这么一说，就不发火了。他又对大家说道："我中华人民共和国成立以来就是先进，什么时候都不会落在别人后面。就是现在，我也不能比他们落后。你不要以为我老了，拉不动板车了。论烧窑技术，你们有几个能比得过我呀？过去新生和金生都是我教的，他们现在再有能耐了，也是我的徒弟。"

大家全都连声称赞道："是的、是的，我们都是你徒弟，你就是老师傅。"

方卫红心疼他，不让他去，也拦不住他。她只好跑到金梅家里，极其生气地跟她说："金梅大姐，金水还没老，头脑就变偏了，连我话都不听了。我们家谁还在乎他去挣这个辛苦钱啊？他不是去烧窑，就是去烧气呀。"

金梅吃惊地笑了："他真的跑去烧窑了？你现在就让着他一点，他还是干部当长了，有些面子下不来，心里不舒服。我知道他，过几天，就没事了。"

新生从上海回来，听说金水去烧窑了，就知道他还是心里不舒服。二话没说，也就特意跑到窑厂，去陪他烧了一整夜。

新生现在的变化是最大。他朝上海几次航次跑下来，整个从里到外就像是换了一个人，西装革履，戴着一副太阳镜，皮靴擦得发亮，头发也开始抹着油了，一副整天不离手的拐杖，也增添了许多的魅力。他开始成为了全村年轻人追逐的对象。个个见着他都在叫着他是大老板，都开始把他当成财神爷。就是他的那条假腿都成了大家热议的对象，好像那就是一条神腿似的。特别是孩子们，几天不见，就会哭着吵着要见新生。因为他每次回来都会带一些花花绿绿的上海糖果回来，遇到孩子就散给他们吃，把他们的嘴都吃馋了。后来见到他，就要拉住他的衣服要糖吃。

新生到了窑厂，先送给金水一条上海牌香烟，又给他泡好一杯热茶，然后说道："舅舅，我那时跟你学烧窑，技术还没学到家。你今晚就休息，在旁喝喝茶，抽抽烟，指挥着我烧。"

金水心里还有气，就阴沉着脸不客气地说道："你就不要来跟我谦虚了。

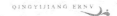

这个窑厂就是你建起来的，你哪里还需要我教，你是要来指导我吧？我现在是两条腿跑不过你一条腿了。"

新生一直烧到了后半夜，也没有要金水插一下子手。金水烟也抽足了，茶也喝饱了，看到新生还不走，颠着一条腿，不停地来回加煤，有些不好意思了，就先说道："新生，你先回去吧。我知道你今天来，就是要和我说话。你现在是航运公司的大经理了，专门跑上海、南京这些大码头了。是我落伍了，我跟不上你们了。"

新生这才在金水面前坐下说："舅舅，我和金生都是你从小带大的。你一直就是我们的榜样啊。怪我这段时间常在外面跑，没有找时间和你交流，来和你说说心里话。我知道你现在的心里还很难受。今夜我们就来唠唠心里话。"

金水叹息道："田都分了，人心也散了，还有什么好谈的？人啊，还是都有私心，见到个人利益就像疯了一样。"

新生又给他点着一支香烟说道："也有不是这样的，舅舅您就是个大公无私的人啊！几十年了，您都是全村起得最早，睡得最晚的一个。您真是辛辛苦苦，呕心沥血，一年到头都没有好好休息一天，全都是为了村里，没有多占村里一点便宜呀。我们大家都记在心里了。"

金水听了新生的这些话，眼里闪动着泪光，满肚子委屈地说道："可是现在在他们年轻人心里，谁还记得这些？他们背后还都是在骂我，好像他们没有过上好日子，都是因为我拖的后腿呢。他们也不想想，我们村解放时是一千来亩田地，现在还是一千来亩田地。那时养活多少人，现在养活了多少人啊，整整增加了一倍多。每亩还要交三百多斤的公粮，这日子能不苦吗？他们还在后面怪我骂我，我哪样工作没有做好呀？他们怎么这么没有良心呢？我还没有死，他们就要把我往泥土里埋了。"

新生又给他倒了一杯水，端到他手里劝道："舅舅，您不要这么伤心。这只是少数人的胡说，大多数人心里都是有数的。您的功劳大家都记着，您在全村的威望还是最高的。所以大家还是一致要求您当村支书呢。"

金水放下茶杯，又愤愤不平地说道："这么多年来，我吃多少苦，受多少累，我都没有意见，从不说一个不字。我就是受不了这个气，这个冤枉气。我们过得再穷，我都是把村里这么多孩子一批批地养大了，也不能说我没有一点功劳，都是过吧？"

　　新生等到金水心里气平了，才耐心地说道："舅舅，现在分责任田承包，不是说你们没有干好，而是以后为了干得更好。您也说了，现在村里的人口比解放时增加了一倍了，还在增加。大家不进一步解放思想，开动脑筋，还守着这一千来亩地怎么能过好日子呀？凡事都不是绝对的，各地情况不同，就是要根据不同情况实事求是、因地制宜啊！外面也有些地方没有分，我也去看过，那是他们的基础好，搞集体有利于发展。可是我们的基础太差了，按照我们村里的情况呀，人多田少，守着土地没前途，还是分了好。大家都可以出去想办法的。我们必须得千方百计地走出去才有出路啊！"

　　金水听了新生的话，觉得他说得句句是理。果然是在外面跑大码头的，当了几年干部，比自己看得远，真是不服不行啊！新生现在看上去比水生都更能干了，也比水生有水平会说话了，他也就抽着烟不再说话了。

　　新生又去往窑洞里加完煤炭回来，又继续说道："舅舅，没有你们这一代人辛辛苦苦几十年的劳动和积累，哪里还有我们？哪里还有我们现在的改革开放？舅舅，我们现在思想解放了，大家有了不同的想法就是进步呀。不管大家怎么说，大家都是认为，您这几十年，是一直都把我们整个村子装在了心里。现在年轻人都在朝外发展了，村里的许多事，都还是要靠您管起来呀。大家还是离不开你，村里还是需要您呀。"

　　金水听了新生的话，心里慢慢地舒服多了。他十分感慨地说道："要是他们年轻人都是像你这样想，我就是死了也安心了。我们吃苦受累算什么？还不是希望你们这些孩子越来越好、越来越有出息啊！"

　　新生和金水就是这样一直聊到了天亮。天一亮，他就对新生说："你还是回去好好睡一觉吧。要论熬夜，你还是没法跟我比，我连熬三夜不睡觉，那时经常的事。你放心，我们柳树湾就是我的家，我会一辈子把它装在心里。随他们说去吧，我不在乎了。我走得正，不怕影子歪，心里越走越亮堂。你们都放心出去闯吧，我保证在家帮你们看好门户。"

　　金梅听说他们一夜没睡，就急得跑了过来。看到金水精神头很足的样子，根本就不像一个一夜没睡的人，就笑着对新生说："你就该早点回来呀，都是你那螃蟹把他气的。你以后有话就跟他直说，不要怕他了。他心里最喜欢听你的话。你陪他就烧了一夜砖，就把他的思想做通了。"

　　新生也不好意思地说道："金梅妈妈，我是一直想早点回来的。我们又新买了几个船队，要发展业务，事情实在太多了。"

金水没有回家，他又精力充沛地回到村委会去了。他似乎清楚了，他的工作岗位和责任还是在那里。

六十

金水白天在村支部上班，晚上有时在家耐不住寂寞，就又想到窑厂去烧窑。方卫红看了心里难过，就挡住他，坚决不让他去了："你也不看看你多大年纪了，还要跟年轻人比呀，还想一个顶三个干？"

金水很不服气地说道："我就是要让大家看看，单干了我也不输给任何人。我的承包地干得比别人好，村里工作照常抓，晚上还能去烧窑。我就是一个能顶三个使。"

方卫红反激他道："你一个顶十个干也没有用。你也顶不了新生的半个指头了。他朝上海跑一个航次要赚多少钱啊，你几辈子能赚得到？还有他们的大窑厂，一年能烧两千多万块红砖，你一辈子才烧了多少砖呀？你这辈子再怎么干，也干不过他们年轻人了。还是等你儿女们都大学毕业了，再来跟他们比吧。"

金水听她这么一说，也就无话可说了。他想想也是，自己怎么也比不上他们年轻人了。但他心里也很高兴，村里这些年轻人这么能干，都是自己看着长大的，也是自己带出来的，他们就和自己的孩子没有什么区别。于是，他就跑到窑厂丢下一句话："你们以后烧窑遇到困难就去找我，我会毫不保留地教你们。"后来也就真的很少再去了。

金水现在是再不服气也没有用了。就是方卫红无论在村里，还是在家里的影响力，都已经远远地超过了金水。因为自从村里出了第一个工农兵大学生柳向阳后，很快又重新恢复高考了。村里人现在最骄傲的已经不是谁家地种得好，多收了多少粮食，谁家又成了万元户。因为这些纪录不到一年就会被人超越了。现在他们最羡慕的就是谁家孩子又考上了大学。家家户户都在望子成龙。成批成群长大的孩子们也不再相比谁有了新衣服，谁家又吃了肉和鱼，而是在相互比学习成绩了。每天晚上，村里总有几盏夜读的灯光亮到黎明。特别是在外面读中学的孩子们，全部放假回家的时候，村里就会出现另一番独特的景象。人们早上起来就会发现，在村头的柳树下、在田埂上、在沟塘旁，还有在青弋江的沙滩上，到处都有朗朗读书的孩子们。他们有在高声朗读古文古诗的，也有在朗读英语单词的。许多人不知道孩子们在读的什么，就都跑去问方卫红。

方卫红立即告诉他们："现在改革开放了，形势变了，学生们都在学外语了。过去都说有了数理化，走遍天下都不怕，现在是学了ABC，走遍世界都管用。"

柳树湾良好的学习氛围起源于他们最早的小学校，得益于陶大民和陶旺才在时培养的好传统，养成于知青们到来的那段时间。也有水生、方卫红和一些后来的教师的辛勤耕耘。现在他们村最吸引外面的地方，就是他们村每年都会有许多孩子在"再过二十年，我们来相会，伟大的祖国，该有多么美。天也新、地也新，春光更明媚，欢歌笑语绕着彩云飞"的歌声中，走向了祖国的四面八方。连续多年，他们村被外面的大专院校和职业技校录取的学生，都超过了全乡的总和。这也成了柳树湾后来最大的骄傲。

虽然每年村里都会有几个孩子考入大学中专，可是还没有一人能超过方卫红家的孩子。她家的孩子长大一个，考取一个，而且都还是重点大学。她已经被人们尊称为大学生母亲。

方卫红似乎对儿女们的表现还永不满意。她心里有股永不服输的傲气，她总是想和铁梅、铜梅家的孩子比。羡慕她们家的孩子考取的都是国家名牌大学，而且都是特殊学科，不是去造导弹、火箭、核潜艇，就是去造飞机、军舰，还有就是去设计城市规划和高楼大厦的。自己出去的几个儿女虽然都比村里人考得好，可是除了柳向阳去的中国石油大学叫得响外，其余考的都是一些工学院、农学院、商学院、师范学院，这将来怎么跟他们比呀！都是一棵树上下来的呀。于是，她就对最小的女儿柳向红要求得特别严，从小时每天就要逼她背十个英语单词，背不出来，就要严厉地教训她。

方卫红现在可以把所有精力都用在小女儿身上了，一心想要她最后给自己放一颗卫星，能出国去考美国的名牌大学。偏偏这个最小的小女儿，也是金水心里最疼爱的，一看到方卫红教训她，就要来护着她："她现在中国话还没有学好，你逼她学什么英语呀？我们一辈子不认识ABC，不照样过得好？"

方卫红立即转怒于他："你没事就给我滚出去。村里没事要你管了，就管到家里来了。"

金水被方卫红一骂，只得乖乖地出去了。是的，这么多年了，他一心都

扑在村里，家里从来就没有过问过，早就是方卫红的天下，自己是插不上嘴。现在村里分田单干，大家生产生活的事都不用他操心了。但他每天还是习惯性地要到全村的田野里去转一转，看看各家各户责任田里庄稼长得怎样。很快地，他就发现，都是自己过虑，没有了他的操心，大家责任田里的庄稼都照样长得很好，看不到一点杂草。就是公共用的水渠也保护得很好，没有哪家为了用水发生过争执。原来村里离了他也照样转得很好。

他回到村支部，闲得没事，就在想着新生的话。要他继续为村里人服务，可是他该怎么去服务呢，他感到了一些困惑。他感到闷了，就给新生打电话，一说起来就是没完没了。他就是觉得新生比水生更有本事更有水平，也比自己的孩子们更贴心。水生的船虽然也是在越搞越大，可是根本没法和新生比了。水生只是单独的一条船，而新生手下的都是大船队，那气势看上去就不同。儿子已经超过老子多少倍了。

新生现在的变化确实是越来越大，他每次回来都要变一个样。他已经是新成立的青弋江运输公司总经理。他手下的船队年年都在增加，还不够用，还要跑到外面去找船队。在这些船队的带动下，青弋江里开始出现一支强大的扒沙大军。

金水看到这么多人都跑到青弋江里去扒沙，自己也动了心，也要去扒沙。每次都被新生劝阻了："舅舅，这样的辛苦钱，你就不要想挣了吧？"

他的大儿子柳向阳也在外地打电话给他："爸，全村一千多人，还不够你操心的呀？你不要看到别人发财，当了万元户，就心急。你去扒沙能挣多少钱，我寄给你。"

柳向阳在石油大学毕业后，到他最神往的大庆实习了一年，又到全国各地去钻探石油。每年总是能给他们带来一些特大好消息，他们又发现了几个特大级油田。现在，他正在东海钻探石油。听了向阳的话，金水真是不得不服了，自己就是跟不上了啊！国家真是发展得太快了，向阳都能跑到海里，把海底几千米的石油抽上来了。而自己就是去扒沙，也还是在青弋江的沙滩上。

金水看到大家都反对，也就没有去了。他实在没事干的时候，就到全村去转。去数数谁家又多养了多少鸡，谁家的老母猪多下了几个崽。最后，他是越数越高兴，好像都是他自己家里的一样。

村里到处都是充满了干劲，天天都有喜事。铜梅和铁梅也经常写信回来，报告她们那里不断取得的惊人成就。

就是大家最挂念的银梅一家，在山里也过得好了。银梅一年都要跑回来好几次。每次回来都有好消息，她告诉大家，现在山里发展也快了，他们的移民新住地也建设得越来越好了，大家的日子已经越来越好了。特别是青山，他回到山里承包了一大片的山林，还在山林里养起了野鸡和鸽子，满山坡跑的飞的都是呀。他还在水库旁建起了漂亮的楼房，要接他们一起到他那里去养老。

新生心里一直不放心国红，他得知史密斯和李万春都已经在深圳特区开办了新公司，整整一夜没有睡。最后，他特意去找到水生商量："爸，我准备辞职下海，到深圳特区去发展。"

水生有些吃惊地望着他，过了半天才说："新生，你考虑好了？你们的运输公司都是你一手办起来的。现在十几条船队了，生意这么红火，你真舍得丢下？"

新生坚定地说道："现在公司里能跑船队的人太多了，少了我一个没影响。我就想去深圳特区。现在连史密斯都跨过太平洋来了，我不想去得太迟。"

水生没有再说话了。他知道新生已经是下了很大的决心。他也知道新生一直就想离国红近些，好去照顾她。自己虽然很不情愿他去那么远的地方，可是他也无法劝阻。

水生最后只好鼓励他说道："你已经长大了，自己的路该怎么走自己去走吧。你想去闯，就去闯吧，家里你就不要担心了。你和青菊都走了，金梅也就更孤单了。我早就想把船卖了，回去陪她。"

新生也很动情地说道："爸，我也是这么想的。你辛苦了一辈子，也该歇歇，享享福了。由你回家陪着金梅妈妈，我们就都放心了。"

水生当即就果断决定卖了船，支持新生到深圳发展去了。他回到家里，跟金梅一说。金梅就不停地埋怨水生道："新生就是被你惯坏了，好好的运输公司大经理不干，跑那么远去干啥？"

水生安慰道："你放心，新生会有更大的出息的。他去了深圳才能安心呀。深圳离广州近，他们和国红也可以互相照顾了。"

金梅望着水生，接着又无比痛心地说道："水生，你在江里辛辛苦苦漂了这么多年，好不容易才买了大船。你又支持金生在上海搞沙站，又支持新

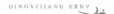

生去深圳办公司。现在把船都卖了，你又是什么都没有了。你又是何苦呢？"

水生继续安慰金梅道："我们不都是为了孩子们好吗？只有他们都有出息了，我还要船要钱干什么？"

新生辞去了运输公司总经理的职务后，带着青菊一起到深圳去了。他和青菊先在广州下了车，直接去传染病医院看望国红。国红已经是这家传染病医院的一个护士长。这几年，新生每年都要代表县里来广州参加广交会，都要来看望国红。

国红见到他们很吃惊："广交会还没有开始，你们怎么又来了？"

新生笑道："我们就要到深圳去办一个外贸公司了，那是我们国家改革开放的最前沿。我就是要在深圳打开一面新窗口。"

国红一听就不高兴了，直对着他大吼起来："你一条半腿的人，怎么就像是个翻天的猴子，翻来翻去的。航运公司的效益那么好，都是你一手创办的，你都舍得丢下？你一个瘸子，也要做第一个吃螃蟹的人，也不怕把你另一条腿也掐断了。"

青菊看到国红越说越生气，就在一旁插嘴说道："他不是想吃螃蟹的人，他就是想和你离得近一些。以后我们来看你就更方便了，就不用天天在家里翻日历，查看广交会的日期了。"

国红仍然颇为生气地说道："瘸子，你还是做任何事情都不和大家商量。那你们就来好好的发展吧，我马上就打报告调回芜湖去。你以后少来我们医院啊。我们这里是传染病医院，小心哪天把你传染了。"

新生没有在意国红的话，他去深圳办起了一家外贸公司，青菊也学会了开车，每天带着他到处去谈生意。他们去的最多的地方就是广州。每次去了广州，都会去看望国红和她的孩子。他和青菊都把国红的孩子看得比自己的孩子都重。

新生和史密斯的合作非常愉快，生意也是越做越大。他从鞋帽服装开始，逐渐向五金家电发展。他和青菊最多的时间都是花在了到全国各地寻找合作厂家的身上。他们来得最多的还是青弋江两岸。在他们的带动下，青弋江两岸又出现了许多外贸配套厂家。它们从无到有，从小到大，逐步发展了起来。

新生一直都是这片土地上的明星。每次回来，都是最受大家欢迎的人。他为了把大家的产品推向全世界，乐此不疲，来回奔波。

六十一

金生刚到上海时，去江梦云家，没有见到她，还受到了极大的侮辱。这更激发了他内心的痛苦和奋斗的决心。其实他的心里早也装满了辛酸的泪水。特别是他的两个孩子有时问他要妈妈时，他就更是感到心如刀绞。但他只能强忍欢笑，在背后偷偷地流泪。在江梦云回到上海去的时候，他的一半心都跟她来了上海。他的心里已经装不下任何别的女人了。即使江梦云临走时，跟他说够了绝情的话，就是不能使他死心。

来到上海后，他时刻都在关注着江梦云的一切。当他打听到江梦云回到上海后，一直过得很不幸福。分配在一家水产公司工作，工作繁重。还遇到了一个十分粗暴的男人，经常遭受家庭暴力。他的心都要碎了。他已经不再记恨江梦云。他只是恨自己无能，没有能力来维护自己心爱的女人，没有能力来维持这个原本幸福无比的家庭，使自己的孩子没有了母亲。他一次次地发狠，一定要帮他们把妈妈找回来。

金生开始骑着摩托车日夜奔走在上海各地的工地上，推销源源不断地运过来的黄沙和石子。由于上海市区白天交通管理很严，他们装砂石的大卡车都不让进去，只有晚上才能进去。于是，他就在摩托车的后座上，绑上了一捆棉被，夜里困了就睡在工地上。他不记得他在上海的马路边睡过多少个夜晚。他只要接到有人要货的电话，他都会风雨无阻地第一时间赶到那里。当时在马路边走过的行人，没有谁知道这个经常裹住棉被睡在马路边，头上身上覆盖着灰尘和落叶，只有一个脑袋露在外面的流浪汉，早已经是个在青弋江两岸大名鼎鼎的，在黄浦江两岸也是声名鹊起的大老板了。

金生几乎是每天晚上睡在马路边，亲眼看着东方明珠电视台、金茂大厦和许多浦东标志性的建筑一天天建起来的。他常常半夜跑到黄浦江边，面对着浦西，难以压制内心的苦闷，不停地在心中大吼着：江梦云，你看到了吗？我现在也是大上海的人了。我现在不只是大上海的旁观者，而是大上海的积极参与建设者。

辛勤的汗水和周到的服务，获得了巨大的回报。他的沙站规模逐步变大，他已经不满足在浦东岔河上的小沙站。他又把目光投向了黄浦江，在黄浦江边也租起了大码头。许多重点工程都在使用他供应的砂石。当他看到用他送的沙石铺的新马路、建造的新高楼大厦时，他的心里总感到一种由衷的

自豪和骄傲。他感到他的身心终于已经融入了这座国际性大城市。

在上海具有标志性的建筑南浦大桥和杨浦大桥确定用他的砂石的时候，他已经在上海黄浦江边购买了第一套宽敞的住房。他特意回到柳树湾把金梅和两个孩子一起接到了上海。他开着豪车，带着金梅和孩子到上海的各个地方去转，兴致勃勃地说道："妈，你看现在上海发展的多快呀，一天一变样啊！我要把你和水生爸一起接到大上海来养老享福。我的生意已经越做越大了。现在上海浦东正在大开发，东方明珠电视塔和金茂大厦都是用了我送的砂石，还有浦东国际机场，都用了我们的砂石。未来发展机会更大，我还准备以后搞房地产开发呢。"

金梅摇摇头说："我越看越眼花，出门都找不到路啊！我还是住在柳树湾好。住了一辈子了，喝惯了青弋江里的水，离不开了。水生也不想来上海。"

在一切安顿好后，金生又自己开着车，带着两个孩子，一起来到了江梦云家的那个流着臭水沟的小胡同。这个小胡同到现在还没有拆迁，也比以前更加破旧了。

出来开门的还是那个江梦云后来的丈夫。他早已经没有了过去的那种傲气，一见面就自感到矮了三分。因为这些年他也知道金生在上海取得的非凡成就，而且他已经私下里接受了金生的许多帮助。

金生直截了当地对他说道："我非常感谢你这些年帮助我照顾了江梦云，你到了要把她还给我的时候。你有什么条件都可以提，我会加倍补偿你的。"

那男人低着头，不敢出声了。自从金生在上海出现后，他和江梦云已经是越过越不开心了，而且现在双双下岗回家，正是最困难的时候。他只能和江梦云天天在家里闷吵着。到处埋怨着他们这一代人时运不济，长身体时遇到经济困难，上学时遇到政治风暴，青年时遇到下放，中年时遇到下岗。他也知道，这几年金生虽然一直没有来找过他，但是他就像影子一样时刻都在他们身边转着，想方设法地给予他们一些关心和帮助。每次金生的影子出现一次时，他和江梦云的关系就会恶化一次。他也知道这一天早晚会来到的。在任何地方，他都不再是金生的对手。他早已经没有和他谈判的资格。

金生又掏出一张支票，对他说："我知道你们这些年过得也不开心，也没有孩子。在一起没有幸福，为啥还要在一起呢？我可以给你买一套房子，找一份好工作，还可以给你一笔钱做补偿。我只求你把我的老婆还给我。她本来就是我的老婆。"

那男人无奈地望着金生，最后垂头丧气地说："你去跟江梦云说，这事都由她决定。"

这时，江梦云终于冲了出来。她流着泪说道："哪有你这样逼人的？你以为你有了钱，我就该跟你走啊！你现在是大老板了，什么样的女人找不到，非要来找我？"

金生望着她，十分真情地说："我什么样的女人都不要，我只要你。因为你是我们孩子的母亲。我可以没有老婆，我们的孩子不能没有母亲。过去都是我的过错，我没有能在你最困难的时候帮助你。你回家吧，让我们共同拥有一个完整的家。"

两个孩子也一起抱住江梦云，不停地痛哭道："妈妈，你跟我们一起回家。我们再也不离开了。"

江梦云双手抱住了孩子，痛哭不止："都是我的错，是我对不起你们。你们为啥还不能忘记我呢？"

金生说道："你没有错，你当初的选择也是对的。为了我们的孩子，为了一个完整的家，你应该跟我们回家了。你放心，我们一切都会重新开始的，我们还会回到美好的过去。"

当金生终于把江梦云接回家里时，江梦云直接就给金梅跪下了，她失声痛哭着："金梅妈妈，都是我一时昏了头，是我错了。这些年，孩子都靠你带，是我没有尽到做母亲的责任。"

金梅连忙扶起她说："这也不能全怪你，现在孩子也大了，你们一家又团圆了，以后就好好地过日子吧。一家人在一起，比什么都好啊。大上海就是好呀，谁不想回到大上海呢？"

金梅在江梦云回来后的第二天，心里牵挂水生，就离开上海，回到了柳树湾。

金生在上海发展得很快，只过了几年，就从沙石业务发展到了地产行业，成为了赫赫有名的房地产大老板。

新生在深圳的外贸业务也在不断地发展，已经做到了世界各地。但是这么多年，他们不管有多么忙，每个星期都要相聚一次，只是地点在上海、广州、深圳、香港不停地变换着，而且国红也常被他们叫上一起。由于国红在

这家传染病医院当了护士长后，时间没有他们自由。于是金生和新生飞往广州的次数就是最多的了。

同时，他们都还有个不成文的规定。每年的清明和春节，不管在外面有多忙，都必须回到柳树湾去看望大家。因为金梅、水生和那些长辈年龄都已经大了，现在最使他们牵挂的，就是他们的身体。国红还特意给他们每人都制定了一份健康记录卡，每次回来都要带他们去医院检查。

金生心里一直有个心愿。他要趁着移民建镇的大好机遇，再造一个新柳树湾。让所有柳树湾的人，都能提前住进高大明亮的楼房，率先实现小康。

新生听了他的设想，大表赞赏。他积极鼓励道："你现在在上海开发了那么多高楼大厦，是该回家开发了。"

金生十分动情地说道："我回家建房，不是搞开发赚钱。我一是为了还债，二是为了让我父母和亲人全都住上楼房。他们年纪大了，哪里都不愿去了。"

由于金生投入了巨大的热情。不到两年，在十三连圩的中心集镇，一座带着花园的崭新漂亮的柳树湾小区就建起来了。柳树湾所有的人都搬进小区里去了。最后只有金水和水生不愿搬了。金生紧急请新生回来做他们的工作。

金水年纪大了，脑袋就变得更僵化了。他每次见到金梅都要气呼呼地对她说："金梅大姐，你家金生也是我看着长大的。他小子现在有能耐了，就不把我放在眼里了。这么大的事都不和我商量了，他还要把我们柳树湾都拆了。你知道，我们建设这个村子花了几十年的时间，吃了多少苦啊！每一块砖每一块瓦都是我亲手烧的，这里就是我的家呀。他怎么能说拆就要拆呢？"

金梅知道他这就是没事瞎吵，就对他说道："你比我年纪小，怎么记性还比我差呀？金生不是早就回来跟你说了，现在大家都要住大楼房，不住瓦房了？你造的这些砖瓦房早就过时了。"

金水还是低着头倔强地说："他就是给我住别墅洋楼，我也不稀罕。我还是住在自己造的房子里心安。"

金梅只好又耐心地劝导道："你的儿女都考大学走了，没人会来住你的房子了，你就一个人住在这里呀？你不要老想着你过去当村长的时候风光了。我们现在的这些孩子，个个都是能耐大得很，挨不到你做主了啊！"

金梅没有想到的是，一向都护着金生的水生，这次也和金水一个鼻孔出气了，他也想不通了。从来没有对金生发过火的水生，满脸憋得通红地对着金生敲起来桌子："金生，你回来建柳树湾小区，让大家住楼房，我没意见。可是你为啥非要把柳树湾拆了？还要把我的那个草棚拆了？还要把那些老祖坟和沙滩上的柳树林都挖了啊？那里埋着银水、庆生和老祖宗啊！那里就是他们的家，是你们的根啊！"

金生从没看到水生发过这么大的火，只好怯怯地说道："这都不是我决定的，这是上面为了疏通河道，要拆要挖的。"

最后柳树湾全村的人都搬走了，就剩下了金水和水生两个不想走。他们两个老头儿又一起聚到水生在沙滩上的那个碉堡里，全都一边流着泪诉说着往事，一边喝着闷酒。最后都一起把酒喝醉了，个个都是人事不知。

新生和金生找了半天，才把他们找到，紧急叫来救护车把他们送到医院，好不容易才把他们都救了回来。

新生满眼含着泪水，咬咬牙对金生说："你就趁他们都在医院里，赶紧去把柳树湾的房子全拆了。还有水生爸的那个碉堡，给我叫挖土机去把它全挖了，不要再给他们找到一个痕迹。"

金生听了新生的吩咐，立即组织人去把柳树湾所有的房子全拆了。当金水和水生一起回到柳树湾的时候，他们再也找不到过去的一点影子了。柳树湾没有了，沙滩上的柳树林也没有了。

金水和水生最后也只能望着空荡荡的青弋江河谷，气呼呼地指天怒骂道："你们这些小杂种，都是忘本的货色，一点印象都不留给我们呀，连沙滩上的柳树都给挖了啊！"

金生和新生也跟着他们一起过来了。他们看到金水和水生气成那样，只好耐心地对他们说："那些柳树是上面来人叫挖的，说它们堵住了河道，不利于洪水泄洪。"

金水没有再说话了。他突然又哆嗦着身体，在光秃秃的青弋江大堤，面对着青青的青弋江，重重地跪下了，止不住地老泪纵横，痛哭失声："我们的家呢？我们的村呢？我们的柳树湾呢？"

水生也赶紧俯下身子，跪下去搀扶着他。正是夕阳西下的时候，落日的光辉照在他们的身上，散发出无数道耀眼的光环。

新生和金生久久地凝望着这两个跪在大堤上的老头儿，一时无限感慨涌上了心头。他们不知道该去说什么了。他们只感到此时，他们内心所有的情

感都已经化成源源不断的泪水，一起融入了绵绵不断的青弋江中。

六十二

新生和金生看到水生搬进了柳树湾小区，一直过得不开心，整天闷闷不乐的，就去向金梅了解。他们终于知道了水生还有一个未了的心愿，就是他一心想把陶辛圩葫芦岛开发成一块旅游胜地，想在那里安家养老。只是不好跟他们说，怕给他们添麻烦。

新生、金生和国红一听，满口赞成。他们也看中了那块风水宝地，就和水生一起回到了陶村。

全村人都拥出来热情地欢迎他们。陶根子已经不再担任村里任何职务了，但他仍然像个精干的小老头，他激动地和他们一个个握着手，不停地赞扬道："还是我们陶村的风水好啊！你们都是我们陶村出去的呀，都是我们陶村的水土养育的陶家子孙啊！你们现在一个个都是红上天了，有能耐了，真是给我们陶村争光了啊，也给我们老祖宗长脸了啊！"

金生首先来到陶家的正八间，里里外外地仔细看了几遍，十分感慨地对着新生和国红说道："这是我们家的祖屋啊！这么多年了，还保存得这么好啊，那时老祖宗的房子造的就是好啊。"

水生赶紧过来对他们说道："这个房子现在没人住了，我已经和大家商量好了，把它买回来做一个旅游景点。现在全陶辛圩，也找不到这样好看这样老的房子了。"

新生也跟着赞道："这个正八间现在就是老古董啊，价值无量，一定要好好地保护下去，留给游客参观。"

水生一下子好像又年轻了十岁，他又老当益壮，精神抖擞地投入葫芦岛的开发建设之中。他每天和工人们在一起，一步也不离开。他激动不已地告诉大家。他解放前，一个人住在葫芦岛的时候，就天天晚上做梦，梦见葫芦岛里建起了许多漂亮的房子，是人来人往，热热闹闹的。现在这个几十年前的老梦终于就要变成现实了。

陶根子也天天跟在水生后面一步不离。他还是精气神十足地到处炫耀着："我那时跟在陶大胆和水生后面打游击的时候，就把这里老祖宗设计的八卦水道摸得清清楚楚了。现在我闭着眼睛就知道，我以后就帮着水生划船做向导了。"

葫芦岛的旅游开发正如火如荼。新生和青菊就在家多待了几天，帮着水生现场指导。因为这都是他们在香港请专家来设计的。

新生突然接到了国红所在军医院的紧急电话。他没敢告诉任何人，就和青菊急匆匆地赶回了广州。新生做梦也没有想到的是，每次在遇到紧急传染病情，都是义不容辞地冲在第一线的国红，这次也被深度传染了。

当新生和青菊赶到时，国红已经英勇地倒下了，已经不能再见他们了。她躺在隔离的急诊室里，脸上戴着氧气罩，只有两只眼睛还能动着。

新生和青菊只能趴在隔离的玻璃窗上，焦急地朝里面看着她。新生心如刀绞，痛不欲生，他早已说不出一句话来，只能任泪水不停地流着。

国红也只能远远地拿眼睛望着他们，眼角全是泪水。最后，她艰难地拿手写了几个字，抬起来给他看着。新生看到，那字条上只写着这几个字："我要去见李学军了，不要告诉我妈。"

新生再也难以控制自己的情绪了。他狠狠地把头砸在玻璃上，砸出一片血迹来。医护人员赶紧把他强拉了出去。

金生紧急赶到时，国红已经牺牲了。他们忍受着巨大的悲痛，一起参加了国红的追悼会。当他们面对着国红病危时留下的那个字条，痴痴地发呆，他们不知道下面该怎么办。他们知道国红临走时，最担心的就是金梅妈妈年纪大了，已经受不了这样的打击了。这就是国红最后的心事啊！可是这种事又怎么能瞒得住呢？

金梅确实老了，但她行动仍很利索，眼神也很好。搬到新房子后，小区里到处种的都是花花草草，没有了种菜的地方，使她很不习惯。她仍然每天都要坚持回到柳树湾的菜地种菜。

方卫红退休后，也就成了她的跟班，天天跟着她一起。金梅看到她来了，总是很羡慕地对她说："还是你命好，多子多福啊！我就两个孩子和新生，一个在上海，一个在广州，新生也去了深圳，一年见不到几次面啊！"

方卫红立即安慰道："你要想他们，就搬到他们那里去吧。"

金梅摇摇头说："他们都很忙，我们就不去打搅他们了。我们这把老骨头还是留在家里舒坦。"

方卫红也跟着说："就是呀，我们的这些孩子呀，都是为国家养的，都不是为我们自己养的。你就说我家向阳吧，开始从大庆搞石油，又跑到新

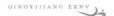

疆，后又到四川、甘肃，现在又跑到海里去搞石油了。我就是想跟着他也跟不上啊！"

银梅、铜梅和铁梅突然都给金梅打来电话，要一起来看望她，还要专门回来请她一起出去旅游，使她感到很吃惊，也使她很不解。她反复不停地问道："你们都退休了，不在家带孙子，怎么就想起来看我了？"

铁梅和铜梅回来后都说是来接她的。铁梅说他们退休后，已经全家居住在北京了，她的儿孙都很优秀。现在有搞导弹的搞潜艇的搞飞机的搞宇宙飞船的。她就是特意来接姐妹们一起去北京展览馆看那些世界最先进的东西，去看看我们国家真的很强大了。

铜梅也说，我们现在都有时间了，也有条件了。我们姐妹四个应该一起出去旅游，去看看祖国的大好河山，去坐坐国家最新的高铁。铜梅说他们钢厂炼的钢铁，不仅在长江上架起了几十座大桥，造出了几十万吨的大轮船，还出口到国外去了。她一直就想去看看那些大桥，去坐坐那些大轮船。

银梅和方卫红也在一旁附和着，要跟金梅一起出去旅游。姐妹们辛苦了一辈子，早应该一起出去旅游开心了。

金梅从接到铁梅和铜梅的电话时，就开始变得魂不守舍了。她天天守候在电话旁，等着电话。家里人来得越多，她的心情变得越差了。她们说的任何好消息都已经无法使她高兴起来。

等她们都说够了，金梅早已泪流满面。她近乎绝望地大叫道："你们不要再骗我了，你们都是新生和金生叫回来的！你们赶紧给我把新生和金生叫回来，他们有什么大事瞒着我呀？还有水生怎么天天躲在葫芦岛呀？"

大家听她这么一说，全都不敢再说话了。金梅已经失去理智地大哭起来："你们都在瞒我呀，真是该来的人没来，不该来的人都来了。国红每三天都要给我来一个电话，怎么这么多天没有来电话呀？她到底出了什么事呀？你们快告诉我。"

没有人敢说一句话了，屋里屋外早也是哭声一片了。

新生和金生赶紧赶了过来。可是金梅一个人把自己关在房间里，一个人都不见。新生只好跪在房外痛心疾首地哭诉着："金梅妈妈，你要怪就怪我，是我没有照顾好她呀！我们也没有能见到她最后一面呀！"

金梅好几天都是一个人待在房间里。她的泪水早也哭干了，喉咙哭哑了。她只能机械地不停地叠出了许多纸人、纸船、纸衣和许多纸品，把床上和地上都堆满了。最后，她自己带着几大箱这些纸品纸具，来到柳树湾外的那片沙滩上。在青弋江的河水边，她一边用嘶哑的嗓音不停地呼喊着国红的名字，一边一件一件地焚烧着。

全家人都跟在她后面，没有一个人敢去打搅她。金梅从此以后，一下子就变得无比苍老了，意识也开始变得模糊不清了。水生慌了，他也不知道如何才能使金梅的头脑完全清醒过来。他只好把金梅带到了刚刚开发出一些模样的葫芦岛。每天陪伴着她，希望她能呼吸到葫芦岛的新鲜空气，早点清醒过来。

水生已经以葫芦岛为中心，种上了几百亩的荷花。葫芦岛和四周的沟渠经过他的精心开发，就像是一个久居闺中的处女，终于揭开了神秘的面纱。

葫芦岛旅游公司开业的时候，水生特意去把都已退休的陶大民和陶校长请来剪彩。当他们一起拉住金梅的手，一起亲切地叫着她金梅大姐时，金梅有些模糊不清地问道："陶大胆，你们又犯错误了？又下放来了？"

陶大民大笑道："金梅大姐，我早就退休了，现在想犯错误，也没有机会了。我现在只能来钓钓鱼划划船了。"

已经是满头白发的陶校长长久地握住金梅的手赞道："金梅，你的孩子们这么有出息，你就不要再为他们操心了。你现在可以安心地享福养老了，长命百岁呀！"

金梅也开始露出了笑容："好人长寿，你们都是好人，你们都能活一百岁的。你们都是我们的恩人啊，一定要常来呀。"

水生也在一旁说道："陶书记陶校长，我特意给你们安排了一个凉亭，就是专门给你们来钓鱼的，你们一定要多来住些天啊！"

陶校长连忙点头道："古人说人生七十古来稀，现在不稀奇了。现在国家形势好了，生活水平提高了，活过一百岁不是稀奇事了。大家都要好好地活过一百岁呀！"

陶家的那间正八间也被水生开发成了一个著名的景点，很受游人欢迎。金梅在房子里走着想着，头脑仿佛一下子清晰了许多。她叫过新生和金生，十分认真地对他们说着："这房子早就卖给陶村了，你们不能要回来。"

金生立即说道："妈，你放心吧，现在的陶村是省里的美好乡村模范村了。家家都住上小洋楼了，这样的老房子没人住了。我们是出钱买回来搞旅游开发的。"

陶村也在水生的帮助带动下成立了一个游船公司，买了几十条小船，每天载着游客，穿行在陶辛圩密密的水网之中。那充满野生趣味的八卦水道和无数说不清的野生动植物，以及天空飞过的水鸟，水里游荡的鱼儿，到处盛开的鲜花，总是使无数的游人啧啧称赞，流连忘返。

陶根子虽然已经老了，但他不甘寂寞不服老，也要活动活动筋骨。他成了游船公司最老的一个老船工。不管有人没人，他每天都要摇着双桨，划着小木船，到葫芦岛去转上一圈。他也成了游客们最欢迎的向导，因为没有人能比他更了解这里的一草一木和这里的历史故事了。他一路讲解下来，每次都能受到游客们的大力鼓掌。他说得高兴了，有时就要仰起头，用他那苍老的嗓音高喊几声号子。

金梅在这里住了一段时间，每天呼吸着清新的空气，行走在荷塘里弯曲的木桥上，看着接天连地的荷叶，遍地盛开的荷花，望着天上成群的白鹭，神智也终于慢慢地恢复过来了。她每天听着大家说着外面的巨大变化，听着水生、金水和方卫红说着各家子孙在外面的最新发展和进步，脸上始终洋溢着幸福的笑容，不停地朝他们竖起大拇指。只是有时看到有小女孩跑来时，还是常常对她们喊着"国红、国红"。

水生特意在葫芦岛开设了柳树湾专区，经常去请过去柳树湾的人一起来相聚钓鱼，这里几乎又开始成为了大家的一个新家了。银梅、铜梅和铁梅也经常回来陪着金梅，个个都流连忘返。她们姐妹们团聚的时间也是越来越多了。

新生和金生也对葫芦岛的旅游项目越来越感兴趣，投入也越来越大，范围也越来越大了，很快就成为了一处独具江南特色的旅游胜地，远近闻名，常年游人络绎不绝。他们也真心地希望，金梅和水生这一辈老人都能在这里享受幸福安康的晚年。他们心里对这一辈老人都充满了敬仰。他们多么愿意这一辈老人都能够这样幸福地活下去，直到永远、永远。

2017 年 5 月 6 日初稿
2017 年 11 月 16 日完成第二稿

347

命运咏叹背后的乡愁守望

——读许祚禄长篇小说《青弋江儿女》

◎ 庄稼汉

乡愁是铭记历史的精神蕴藉，是绝不能割舍丢弃的民族遗产和精神财富。毋庸置疑，中国当代文学在对悠悠乡愁的情感抒写中，始终有着不凡的表现。作家许祚禄新近推出的长篇小说《青弋江儿女》就是一部通过书写故乡人物的命运咏叹，而表达对乡愁深深眷恋的优秀文学作品。同时，这部长篇小说也是一部具有史诗般气质的文学作品，它从抗日战争时期起笔，通过柳树湾、陶辛圩陶氏、柳氏两个家族人几代人的命运，在每个人的爱恨交织、国恨家仇以及诸多情感纠葛和故园变迁中，见证了一段段沧桑。在作家许祚禄以历史纵深为切入点、以人物命运起伏为叙事维度的乡土情感表达中，不仅深化了对故园人物的深深关切，还借时代的不断发展变迁，拓展了自我情感，跳出"小我"的叙事视角，以耿耿赤子的情怀抒发着对浓浓乡愁的守望和对精神家园坚守与重建——在对故园炽热情怀和对家乡热土充满美好憧憬的背景之下，辽阔乡愁与对命运咏叹交织成了一支跌宕起伏的旋律，每个音符似乎都在表达着作家内心汹涌变幻的激荡风云。

可以说，作家许祚禄的这部刚刚杀青的长篇小说《青弋江儿女》，是对他以往小说的一次突破与提升。当然，在叙事风格上，这部长篇小说还是保留和发扬了作家特有的文学底蕴——静水流深而又举重如轻，在看似不缓不急的叙事中，让一条条线索与脉络自然凸显，以其澎湃不息的力量，让字里行间展现出沉静而让人血脉偾张的力量。其实，不仅是这部长篇小说，在许

祚禄的另一部长篇小说《子孙满堂》中，作家的突破与创新已初露端倪——他在浓淡相宜的笔墨铺陈中，以家族或者家园的故事为主线，紧贴着人物的命运娓娓道来，把庞大的叙事主线埋在看似微不足道的家长里短或者情感纠葛中，初展卷时，似乎平淡无奇，而随着阅读的步步深入，就会越发触目惊心——原来作家看似平静的笔锋里，还藏着无边的风雷。最为难能可贵的是，作家许祚禄在《子孙满堂》和《青弋江儿女》这两部长篇小说中，跳出了以往过于依靠精彩故事情节取胜的窠臼，将他擅于讲故事的那种文学的锋芒毕露，悄悄地转化成对人物内心的挖掘与探究，让小说更有文学味道。尤其是在这部《青弋江儿女》中，他对小说情节叙述的把握上，更加沉稳更加沉静，在不动声色的日常叙述中，完成了情节的推进与人物命运铺展，从而使整部小说更具文学品质。

　　法国著名结构主义文学批评家、叙事学理论奠基者之一的茨维坦·托多罗夫认为，在现代小说创作中，"叙述等于生命，没有叙述就等于死亡"。无疑，许祚禄先生在这部《青弋江儿女》中也极为重视文学叙述。而这一次他一改过去那种情绪激昂的叙述，而是站在冷静的旁观者角度，向读者呈现出一幅幅或凄冷，或热烈，或生动，或让人喟叹不已，或让人痛彻心扉的生活界面，并将这些界面串接起来，构成了小说的成长历史和精彩岁月，从而让小说具有了极为强大的文学张力和阅读向心力。《青弋江儿女》以陶寡妇家童养媳柳金梅、长工陶水生命运为主线，辐射到与其相关联各色人物命运变迁轨迹，在历史这张偌大的宣纸上轻轻地落笔，让其浓重的笔墨渐次铺展洇染开来，慢慢地从一点到一线，再到无数个点、无数条线的蔓延伸展，在岁月的轮回转变中，被沉静的叙述铺排成一幅盈荡着浓浓乡愁的壮美画卷。

　　"此夜曲中闻折柳，何人不起故园情。"民族精神萌发、形成乃至成熟和国家影响力凝聚力的形成与逐渐壮大，在某种程度上都是要依托强大而浓烈的乡愁背景。在许祚禄的这部《青弋江儿女》中，无论是抵御外来侵略者的抗日战争时代，还是解放战争年代，抑或是和平建设时期和改革开放的大潮中，浓烈乡愁都萦绕在人们的心头，无论是奋斗在他乡的游子，还是坚守故园的父老乡亲，他们都在乡愁精神的滋养和促动下，积极地为家乡为国家为民族而浴血奋斗、无私奉献。且不说，抗日游击队的陶大民带领游击队与日本侵略者巧妙周旋、勇敢杀敌了；只说，原来为了不受家族其他势力欺辱、不惜借助日本人力量狐假虎威的陶寡妇，虽然有着旧社会妇女身上那种只打自己小算盘狭隘心理，但一旦涉及民族大义时，慷慨解囊向抗日游击队捐出粮食。而原本只知道为东家效劳的陶寡妇家的长工陶水生，在游击队历练之后，也跳出"小我"的圈子，在民族大义的光芒映照下迅速成长为一名革命战士。饱受苦难和生活磨砺的陶家童养媳柳金梅，也在历史不断前进的步伐，逐渐走出旧生活给她划定的圈子，不断走向全新的天地，成长为一位伟大的母亲，用其母性的光芒，照耀了柳氏和陶氏家族几十春秋的生活，引领着整个家族走向一个又一个希望。从而，让柳氏家族和陶氏家族，从陈旧家族的羁绊跳脱出来，并开枝散叶连结硕果，成为新社会中一股不可忽视的新生力量。这股力量，不仅推动着两家人命运的不断向好转变，而且还影响着家乡的进步与改变。

其实，这两个家族的变迁和磨难，及至后来的越来越好，应该说是我们国家和民族成长变迁的一个缩影。无论是抗日战争、土改运动、抗美援朝、"大跃进"、"文化大革命"、南疆保卫战、改革开放、特区建设……甚至是抗击"非典"、小城镇建设……都成为这部长篇小说情节推进的背景，也给这部作品打下了深刻的时代烙印。而小说中的人物，也始终与我们的国家与民族同喜同悲、同呼吸共命运。正是在这样的大背景下，小说中的人物才更加生动更加可亲，也更具典型意义。而作为皖南大地的母亲河——青弋江，也具有强烈的象征意义，她滋润了皖南大地，哺育了两岸的人民。她时而奔腾长啸，时而波澜不惊，在诉说着民族的繁华与荣辱的同时，还以其博大的胸怀拥抱两岸儿女的沧桑，疗治着这片皖南大地上的苦难与伤痛！在小说中，柳金梅这一人物形象其实是与青弋江的形象是重叠的，她的母性光芒和包容所有正确和错误的胸怀，和母亲河青弋江一样伟大一样博大。是啊，几十年来，我们的国家和民族受过了太多的磨难，从而在人们的心灵上留下了太多的创伤，正是有无数像柳金梅这样的伟大母亲，忍辱负重任劳任怨宽容仁慈勇敢善良的伟大情怀，包容了历史发展中的所有问题，才使我们的民族强大无比。从某种意义上讲，柳金梅是这部长篇小说的灵魂和精神的象征，正是她这样伟大的母亲，在用自己的无私的大爱和甘甜的乳汁，在滋养和治愈我们民族在生存成长和发展进步中留下的过多的心灵创伤。

而水生战火中成长和在朝鲜战场成为美军俘虏之后的忍辱负重，庆生从

懦弱到抗美援朝的英雄，政治运动陶大民的政治起伏，乃至一向都猥琐、自私的陶根子最后洗心革面，都让读者深深地感到青弋江滋养的这片热土，有着深厚的民族传承和深厚的道德文化底蕴——化育苍生、净化心灵，让这片土地上的一辈辈男女们不断挣脱追求自我价值个体化梦想，将自己的命运与整个家族、整个村庄、整个社会、整个时代、整个国家、整个民族的兴衰存亡融合到一起，与其同呼吸共命运，使之成为不可分割的命运共同体。至于陶家、柳家一代代新人的成长与辉煌，以及他们之间的情感故事，也以其可延续性、可传承性、可光大性，再一次证明了浓烈乡愁不可小视的重要影响力。而这些，也为这部小说增添了厚重的历史纵深感。

关注百姓苍生命运，守望好乡愁里的"精神故园"，这是《青弋江儿女》这部长篇小说中的一条深深嵌入其中的主线，也是许祚禄作为一名青弋江畔成长起来的作家，内心深处所激越的家国情怀。正是这种家国情怀的生动体现，把活在乡村里的传统文化和长在老百姓心中的价值观，用独特的文学故事挖掘并讲述出来，以其"随风潜入夜"的化育功能，从社会主义核心价值观中汲取营养，并折射和彰显出中国精神，成为伟大中国梦闪光的注脚。这是一位文学写作者的责任与使命，也是每一位热爱赤子所袒露的炽热情怀。读完《青弋江儿女》这部长篇小说，我们就会深深地体悟到：继承好热爱故土家国这个民族精神内核，我们国家、民族和个人的灵魂就得到了最妥当的安放和寄托。是啊，对于今天的每一位中华儿女来说，实现中华民族的伟大复兴，是我们最大的梦想，而悠悠乡愁，就是那伟大梦想最为深沉的底色。

一部优秀的小说，通常要通过典型环境的具体描写，展开情节，刻画人物，以显示人物的身份、情致和品格。许祚禄的这部长篇小说《青弋江儿女》开篇就对美丽的青弋江进行了传神的描绘：

凌晨的大地还冰冻在一片无垠的冰雪中，刚刚发亮的天空中又飘起了鹅毛般的大雪，到处都是白茫茫的一片，正是漫漫长夜结束前最寒冷的时刻。

江南的冬天很少能遇到这么冷的天气。青弋江的河谷和堤岸，以及两边无边无际的田野都被厚厚的冰雪覆盖着，大地仿佛都连成了白皑皑的一片。只有河流中间的没有封冻的河水，还在急速地流淌着。两边沙滩上那无数的柳树的树干和树枝，都被冰雪包裹着，一排排矗立在雪地上，就像是晶莹透底的玉树琼花。这完全是一个冰清玉洁的世界。

在青弋江中游一个古老的清凉渡口。摆渡的曹老头，披着厚厚的棉大衣，似睡非睡地靠在渡船上，已经熬过了一个漫长寒冷的冬夜，脚下的那个小火炉里的木炭早已烧完了。

这是个已经有一千多年历史的老渡口了。历史上这里到长江沿岸都是低洼的沼泽地带，沟河湖泊众多。从有人开始居住时，先辈们开始筑坝建圩，从小圩口逐步连片成为大圩口。从那时起，也就有了这个清凉渡口。它不只是对岸这两个圩口的渡口，还有在河西陶辛圩后边的好几个圩口的几万人，要过青弋江到河东的十三连圩去，都要从这个渡口经过。

曹老头已经这样在这个渡口守候了一辈子，从没有想到离开过。因为他知道这里是上下十几里最重要的一个渡口，连接着青弋江两岸的十几万人口，一夜到天亮随时都有人要过河。虽然枯水的冬季河面已经很小，有时他把渡船横隔在河面，就能把两边连接起来。可是这青弋江的水势变幻不定，随时就可能把渡船冲走。所以，不管天气有多么冷，他从来都不敢离开。

是的，这样描写青弋江的开篇有些凄冷，但对人物命运走向暗示，有着极为重要的作用。而那位在小说中看上去可有可无的人物——摆渡人"曹老头"，作家虽然着墨不多，但刻画了一位饱经沧桑、见惯冷暖炎凉的老人形象。同时，还将让"老曹头"这位摆渡人，以带有悲悯情怀的旁观者角度，见证着青弋江畔上演的命运悲喜剧，从而映照出民族蒙难时小人物对命运和困难的无奈与苦苦挣扎。

但许祚禄还是对青弋江充满了期待和希望，他笔下的青弋江也不都是凄冷而悲凉，也有秀美如画的时候：

金梅顺着青弋江东岸的政和大堤一路走来，宽阔的河谷里绵延几十里都是一眼望不到头的沙滩。虽然沙滩上的柳树林越来越

稀疏，没有柳树湾那里的密集，但是从上游一路流来的青弋江水，仍是那么的清澈明亮。一艘艘小渔船划行在江面上，就像是行驶在一幅江南的水墨画里。

从这段以小说主人公金梅视角看青弋江的描写，可以看得出来，许祚禄对青弋江有着极为深厚的感情。当然，《青弋江儿女》这部长篇小说所表现出来的，不只是对家乡的热爱和思恋，还有对人物命运咏叹背后，对于家乡热土本真生活的流逝深远忧虑——在现代化花园小区背景的家园，能不能一如既往地让人们留得住青山绿水、望得见美丽乡愁？也许，正是内心带着深深的忧思，许祚禄笔下乡村的书写，隐隐带有些许悲观和感伤，在竭力歌颂和赞美青弋江英雄儿女的同时，也还是有着深刻的忧思。但冷静思考一下，就能明白作家的良苦用心——无论小说中的忧思和遗憾意味如何浓烈，但字里行间明显有着殷殷期许和期待家乡热土更加美好的愿望。而这些隐含在忧思意味背后的东西，真切地反映并表达了作家对柳树湾的深情、对青弋江的守望、对时代责任的勇敢担当。

细细梳理许祚禄的创作走向，就会发现，担当也正是作家创作源头活水的源泉。纵观，许祚禄近年来的长篇小说创作，他始终坚守的是，他一直坚定地立足于他的故土家园，将深情的笔扎根在皖南大地的苍茫群山和悠悠流淌的青弋江两岸，用饱含着故园情结的笔触，尽情书写这片土地上的父老乡亲，写出他们奋斗的历史、丰富的情感，以及为家乡独立自由乃至富强繁荣而不懈努力的坚定意志和从来都不放弃信念与希望。可以说，在许祚禄的笔下，乡愁不再是单纯的眷恋、回眸，而是深情的回望、坚毅的守望和深刻的反思、美好的期盼。当然，更有由此而自然而然生发出来的家乡父老，在艰难困苦中永远顽强的生命意志和不断强健的民族精神和性格。

有人说，乡愁是最实在的家国情怀，也是最坚实的故土观念。读完许祚禄先生的这部《青弋江儿女》，对这句话体会更为深刻。无论是老一辈中的陶水生、陶大民、柳金梅致力办学，兴修水利，还是金水、新生等几代人艰难创业，致力改变家乡面貌……是啊，青弋江儿女是优秀的，这毋庸置疑。最让人感佩的是，他们不仅是在追求温饱和安逸，而是不断用自己的努力，为这片土地注入文化内涵、凝聚经济力量，锻造未来希望……虽然，当老人们面对"在十三连圩的中心集镇，一座带着花园的崭新漂亮的柳树湾小区就建起来了。柳树湾所有的人都搬进小区里去了……"时，心中有着深深地不舍和化不开的哀愁，但人们感受最多最深的，还是青弋江儿女身上的那种自强不息的奋斗精神！最让人感到高兴和欣慰的是，这种精神早已成为了这片热土上生生不息、在任何历史时期都不会泯灭的一种特殊的植物，并深深扎根在这片沃土中，不断催生推动历史进步和发展的源动力。

是啊，一代代中国人体验着乡愁，记录着乡愁，传承着乡愁。而乡愁走过沧桑岁月，一点一滴地融入我们这个民族的血脉之中，成为龙的子孙无法抹去的精神基因。许祚禄这位优秀的、带着历史责任感和神圣使命感的作家，正是站在一个民族的文化走向和守望乡愁的高度思考行事，自觉履行历史责任，用智慧与心血构筑了一个属于中国人自己的精神家园和融合着社会主义核心价值观的美丽乡愁。作家许祚禄笔下的乡愁，让我们真切感受到了中华民族的体温，触摸到了一方热土的脉动，聆听到了在历史新起点上那铿锵有力的前行足音……脉脉乡愁，寄托着人们对核心价值观的基本念想。而作家许祚禄那带着强劲民族风的文字，将人们心底深处那种自然的、朴素的、渐行渐远的乡愁乡思，融入当代社会主义核心价值观的建设和践行中，并使得浓烈乡愁在社会主义核心价值观的践行中发挥着重要作用。同时，也为美丽乡愁赋予了新时代的崭新内涵。

（庄稼汉，原名曹景常。著名评论家。吉林省报告文学学会常务副秘书长，长春作家协会副秘书长，长春市文学社团协会副主席，中国报告文学学会会员，吉林省作家协会会员，吉林省新诗学会常务理事，吉林省科普作协会员，吉林省戏剧家协会会员，吉林省电视艺术家协会会员，《中国报告文学》杂志特约作家。）